SCIENCE FICTION

Herausgegeben
von Wolfgang Jeschke

Vom **BATTLETECH™-Zyklus** erschienen in der Reihe
SCIENCE FICTION & FANTASY:

Die Gray Death-Trilogie:
William H. Keith jr.: Entscheidung am Thunder Rift · 06/4628
William H. Keith jr.: Der Söldnerstern · 06/4629
William H. Keith jr.: Der Preis des Ruhms · 06/4630

Ardath Mayhar: Das Schwert und der Dolch · 06/4686

Die Warrior-Trilogie:
Michael A. Stackpole: En Garde · 06/4687
Michael A. Stackpole: Riposte · 06/4688
Michael A. Stackpole: Coupé · 06/4689

Robert N. Charrette: Wölfe an der Grenze · 06/4794
Robert N. Charrette: Ein Erbe für den Drachen · 06/4829

Das Blut der Kerensky – Trilogie:
Michael A. Stackpole: Tödliches Erbe · 06/4870
Michael A. Stackpole: Blutiges Vermächtnis · 06/4871
Michael A. Stackpole: Dunkles Schicksal · 06/4872

Die Legende vom Jadephönix – Trilogie:
Robert Thurstone: Clankrieger · 06/4931
Robert Thurstone: Blutrecht · 06/4932
Robert Thurstone: Falkenwacht · 06/4933

Robert N. Charrette: Wolfsrudel · 06/5058
Michael A. Stackpole: Natürliche Auslese · 06/5078
Chris Kubasik: Das Antlitz des Krieges · 06/5097
James D. Long: Stahlgladiatoren · 06/5116
J. Andrew Keith: Die Stunde der Helden · 06/5128
Michael A. Stackpole: Kalkuliertes Risiko · 06/5148
Peter Rice: Fernes Land · 06/5168
Michael A. Stackpole: Die Kriegerkaste · 06/5195 (in Vorb.)
Victor Milan: Auge um Auge · 06/5272
James D. Long: Black Thorn Blues · 06/5290
Robert Thurston: Ich bin Jadefalke · 06/5314 (in Vorb.)
Blaine Pardoe: Highlander Gambit · 06/5335 (in Vorb.)
Don Philips: Ritter ohne Furcht und Tadel · 06/5358 (in Vorb.)

Victor Milan

Auge um Auge

Vierundzwanzigster Roman
im BATTLETECH™-Zyklus

Deutsche Erstausgabe

WILHELM HEYNE VERLAG
MÜNCHEN

HEYNE SCIENCE FICTION & FANTASY
Band 06/5272

Titel der Originalausgabe
CLOSE QUARTERS
Übersetzung aus dem Amerikanischen von
Oliver Hoffmann
Die Innenillustrationen sind von Earl Geir,
die Konstruktionszeichnungen von
Duane Loose

Redaktion: Rainer Michael Rahn

Printed in Germany 1995
Umschlagbild: FASA Corporation
Umschlaggestaltung: Atelier Ingrid Schütz, München
Technische Betreuung: M. Spinola
Satz: Schaber Satz- und Datentechnik, Wels
Druck und Bindung: Elsnerdruck, Berlin

ISBN 3-453-07978-7

Für Sean
mit Dank für die Überlassung
des Forschungsmaterials.

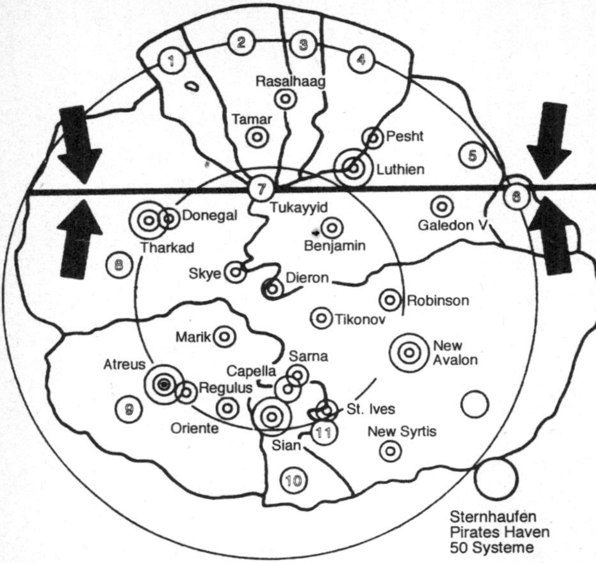

Karte der Nachfolgerstaaten

Clan-Waffenstillstandslinie

1. Jadefalken/Stahlvipern, 2. Wölfe, 3. Geisterbären, 4. Nebelparder/Novakatzen, 5. Draconis-Kombinat, 6. Außenweltallianz, 7. Freie Republik Rasalhaag, 8. Vereinigtes Commonwealth, 9. Liga Freier Welten, 10. Konföderation Capella, 11. St. Ives-Pakt

Karte erstellt durch COMSTAR,
nach Informationen des COMSTAR-EXPLORERDIENSTES
und des STERNENBUNDARCHIVS, Terra.

3054 COMSTAR-KARTENDIENST

PROLOG

Wir schreiben das Jahr 3056. Der stets gefährdete Waffenstillstand zwischen den Clans und der Inneren Sphäre ist zu fast einem Drittel abgelaufen. Das gewaltige Vereinigte Commonwealth, das einst bestimmt schien, die Innere Sphäre zum erstenmal seit dem Niedergang des Sternenbundes wieder zu einen, verzehrt sich in einem rasenden Bürgerkrieg.

Die Orgie der Selbstvernichtung, in der das Vereinigte Commonwealth schwelgt, stimmt Theodore Kurita, den allmächtigen Koordinator des Draconis-Kombinats, aber nicht froh. Jetzt, da der größte Rivale des Kombinats so verwundbar geworden ist, scheinen die Gebete von Generationen von Kurita-Herrschern vor ihm erhört worden zu sein. Aber Theodore weiß, daß die Tumulte im Vereinigten Commonwealth nicht nur Gelegenheiten schaffen, sondern auch das Potential für eine Katastrophe. Die Bedrohung durch die Clans ist nur aufgeschoben, nicht aufgehoben. Die Nachfolgestaaten müssen enger zusammenrücken – oder sie werden ausgelöscht, wenn der Waffenstillstand abläuft.

Auf Hachiman, der reichsten Welt des Kombinats, spielt Theodores Vetter Chandrasekhar Kurita sein eigenes Spiel – ein Spiel, das Theodores Meisterspion Subhash Indrahar für Verrat hält. Und ein Skandal, in den ein Mitglied der Herrscherfamilie des Kombinats verwickelt ist, könnte durchaus alle Hoffnungen des Koordinators zunichte machen, die Clans aufzuhalten, wenn Kerenskys übermenschliche Krieger ihren unaufhaltsamen Marsch auf Terra wieder aufnehmen.

Aber das ist Politik. Die wahre Geschichte beginnt zwei Jahrzehnte zuvor auf einer abgelegenen Welt der Konföderation Capella …

TEIL I

ALPTRÄUME

1

Kalimantan, Larsha
Kommunalität Sian, Konföderation Capella

6. Mai 3034

Cassie war drei, als die Mechs nach Larsha kamen.

»Mami, Mami, wo ist Daddy?«

Ein Krachen wie von Donner rüttelte an den Fenstern des kleinen Hauses am Rande Kalimantans, der Hauptstadt Larshas, fern am Rand der Konföderation Capella. Alexandra Yamaguchi Suthorn erschauderte heftig, versuchte aber zu verhindern, daß das Entsetzen ihre Stimme verzerrte, als sie ihrer kleinen Tochter antwortete.

»Er ist jetzt fort, Cassie. Er wird zurückkommen« – ein Krachen von draußen, ihre blauen Augen huschten wieder zum Fenster –, »sobald er kann.«

Cassiopeia Suthorn wand sich im Griff ihrer Mutter. Sie war ein kleines Kind mit nackten gebräunten Armen und Beinen und großen grauen Augen. Alle Nachbarn – die alte Mrs. Wu nebenan, Dr. Bandaryan am Ende des Blocks, die Aungs von gegenüber – machten ständig Bemerkungen darüber, wie intelligent und heiter sie war. Cassie war immer glücklich, immer verspielt und stellte fast ständig irgend etwas an. Aber sie hatte ein so hübsches Lächeln, hatte etwas so Unschuldiges an sich, daß niemand ihr lange böse sein konnte. Nicht einmal Mrs. Sanders, die auf der anderen Seite neben den Wus wohnte und dafür bekannt war, daß sie ältere Kinder aus der Nachbarschaft, die versuchten, Äpfel von den Zweigen zu pflücken, die hinten über die Mauer hingen, mit Steinen bewarf.

Heute war Cassie kein glückliches Kind, denn sie kämpfte ebensosehr darum, ihren gelben Teddybär festzuhalten – einen abgewetzten, einäugigen Veteranen –, wie darum, sich von ihrer Mutter loszureißen. Es war noch dunkel gewesen, als die Geräusche sie an jenem Morgen geweckt hatten. Geräusche aus dem Nebenzimmer. Das intensive Flüstern ihrer Eltern, die sich irgendwie einbildeten, ihr erregtes Zischeln würden den scharfen Sinnen ihres Kinds entgehen. Sie war in einem der Unterhemden ihres Vaters, die sie als Nachthemd trug, aus dem Bett gekrochen und hatte aus dem Flur um den Türpfosten gespäht. Sie hatten mitten im Wohnzimmer gestanden, Mutter in ihrem Morgenmantel, Vater in seiner staubgrünen Militärkleidung mit den dunkelgrünen Beinkleidern und Unterarmbändern und den schlichten gelben Abzeichen seines Kommandeursranges am Kragen.

Sofort war auch Cassie aufgeregt. Sie liebte es, wenn ihr Vater seine Soldatenkleidung anzog. Er sah dann so hübsch aus. Und manchmal nahm er sie zu Umzügen mit, bei denen sie Reihen junger Männer mit ihren geschwungenen Helmen und hübschen Uniformen sah und die großen Panzer, auf die ein kleines Mädchen manchmal – wenn es sehr geschickt war – klettern konnte. Und manchmal bekam sie sogar einen BattleMech zu sehen, der wie ein riesiger, furchterregender Metallmann in der heißen Sonne Larshas glühte.

Aber an der Art, wie sich ihre Eltern benahmen, erkannte Cassie, daß es heute keine lustigen Ausflüge geben würde. Sie sahen so ernst aus, wie es Erwachsene immer taten, wenn sie über Dinge sprachen, die Kinder nicht hören sollten.

»... nur ein Alarm«, sagte Commander Manoc Suthorn. Sein Mund wurde schmal. »Die Befehle untersagen eine Evakuierung. Es soll keine Panik verbreitet werden.«

Cassies Mutter packte ihn am Arm. »Besteht die Chance, daß es auch hier Kämpfe geben wird?«

»Ich weiß nicht.« Ihr Vater schüttelte den Kopf. »Ich

wünschte, wir hätten unter dem Haus einen Schutzkeller angelegt.«

»Gib mir nicht die Schuld dafür!« Alexandra Suthorns Stimme war schrill und überschlug sich fast. »Mir kannst du nicht die Schuld geben! Andere Ausgaben waren wichtiger, und wir hatten nie genug …«

»Für die Abendkleider reichte es aber, weil ihr wieder die Stellung erreichen wolltet, die wir damals im Kombinat hatten.« Sanft löste er ihre Finger von seinen Armen. »Ja, ja, ich weiß … den Status, den ich verlor …«

Er küßte sie auf die Stirn. »Jetzt ist es zu spät für Schuldzuweisungen«, sagte er, »und wenn jemand Schuld hat, dann habe ich soviel wie du. Paß auf Cassie auf.«

Und dann drehte er sich um und sah Cassie. Das Kind machte gar nicht mehr den Versuch, sich zu verstecken. Den Teddybär hielt sie in einer kleinen Faust. Manoc Suthorn hob sie hoch, umarmte sie fest, nannte sie sein kleines Mädchen und sagte ihr, sie solle lieb sein. Dann war er draußen.

Zwei Stunden später begannen die Sirenen zu heulen wie Todesfeen, sie schwollen an und ab, an und ab … Und dann ein tosendes Brausen am Himmel, als zöge ein gewaltiger Sturmwind vorbei, und Cassies Mutter umklammerte ihren Arm wie ein Schraubstock, um zu verhindern, daß sie hinausging, während Tränenspuren auf ihrer Elfenbeinhaut glitzerten.

Noch ein Krachen. Ein roter Blitz erhellte die Straße, dem ein Donnern folgte. Der Geruch von Ozon, und dann rauschte mit brennenden Ästen der ausladende Sandusk-Olivenbaum im Vorgarten der Suthorns am Fenster vorbei. Alexandra ließ ihre Tochter los, zerkratzte sich mit den Nägeln die Wangen und schrie.

Männer kamen die Straße entlang, Männer waren im Aung-Hof gegenüber der Gasse des Schillernden Ruhmes. Männer in den unverkennbaren olivgrünen Uniformen und Helmen, die Cassie so vertraut waren.

»Daddy!« rief sie und wand sich mit doppelter Energie. »Es ist Daddy.«

»Nein, Liebes, nein«, sagte ihre Mutter und rang irgendwie die Panik nieder. »Das sind nur Soldaten, die wie Daddy gekleidet sind. Du kannst nicht sagen ...«

Ein blauer Strahl traf vor dem Aung-Haus den Boden und schnitt ihr das Wort ab. Das blaue Feuer nahm Cassie vorübergehend die Sicht. Durch große unscharfe Wolken von Nachbildern sah sie das große Frontfenster schimmern und einfach zerschmelzen, spürte einen Hitzeschub im Gesicht wie den heißen Lufthauch, wenn sie zu nahe am Ofen hockte, während ihre Mutter Backwaren hineinschob oder herausholte.

Im Aung-Hof brannten Männer. Cassie stieß einen Schrei aus, der ihr die Kehle zu zerreißen schien. Sie ließ ihren Bären fallen, riß sich von der Mutter los und rannte durch die Vordertür hinaus.

Die brennenden Männer waren zu Boden gefallen. Die gesamte Vorderfront des Aung-Hauses stand in Flammen. Neben Cassie brannte der umgestürzte Baum mit knackenden Geräuschen.

Von irgendwoher ertönte schweres Stampfen, wie langsame Schritte, aber tausendfach verstärkt. Mit fliegenden Rockschößen kam Alexandra Suthorn aus dem Haus gerannt. Sie riß Cassie in die Arme und trug sie über die Straße, im Bogen weg von dem brennenden Haus in den Vorhof der Fabrikanten. Dann war sie auf allen vieren, schleppte Cassie mit, wühlte sich wie ein Tier in einen Lazelienbusch, der jetzt vor gelborangenen Blüten strotzte.

Die hämmernden Geräusche dröhnten näher. Wieder entwischte Cassie ihrer Mutter und kroch hinaus, um aufrecht auf dem Rasen der Fabrikanten zu stehen und zu ihrem Haus zurückzustarren.

Plötzlich ragte hinter dem Haus eine riesige Gestalt auf. Mit einem gewaltigen, splitternden Krachen schob sie mit der Schulter die immergrüne Eiche beiseite, auf

die Cassie sehr zum Mißfallen ihrer Mutter immer so gern geklettert war. Das kleine Mädchen starrte zu dem Riesen empor, als der eine mächtige Metallhand hob und diese dann auf das Haus herabsausen ließ.

»Teddy«, sagte sie mit verlorener, kaum hörbarer Stimme.

Der riesige BattleMech sah auf sie herab, sein Totenschädel war die metallene Parodie eines Menschenkopfes. Langsam hob er den linken Arm, bis Cassie genau in die gewaltige Röhre starrte, die an seinem Ende angebracht war. Tief in dem schwarzen Tunnel begannen blaue Lichtkreise zu leuchten. Hinter Cassie begann ihre zusammengekauerte Mutter zu wimmern.

Was auch immer die Riesenmaschine vorhatte, geschah nicht, denn im nächsten Augenblick krachte eine Rakete mit einem gellenden Geräusch wie Gottes persönlicher Schmiedehammer in die Seite des Mechkopfes. Das Metallmonster bebte, drehte sich. Der blaue Blitz aus seinem linken Arm traf die nächste Straße und sandte in einem orangenen Feuerball einen Schutthaufen himmelwärts. Aber der Riese war noch nicht gefällt. Der Mech fand sein Gleichgewicht wieder und senkte den rechten Arm, um eine Säule rubinroten Lichts, das in den Augen wehtat, in die Trümmer von Cassies Haus zu jagen, der unmittelbar ein Feuerstoß folgte. Zu diesem Zeitpunkt schritt das Monster schon davon, stampfte durch das Wu-Haus und drückte mit seinem ungeheuren Gewicht den Asphalt der Gasse des Schimmernden Ruhms ein.

Cassie Suthorn stand da und beobachtete, wie das Riesenbiest, das ihr Leben zerstört hatte, davontorkelte, ohne auf die Verwüstung zu achten, die es hinterließ. Tränen strömten aus ihren Augen; Blut floß aus Trommelfellen, die geplatzt waren, als das Geschoß den Kopf des BattleMechs getroffen hatte.

Die kleine Cassie begann zu schreien.

Irgendwo tief drinnen hörte sie nie wieder auf.

2

Kalimantan, Larsha
Kommunalität Sian, Konföderation Capella

19. Juli 3047

Cassie war sechzehn, als die Mechs wieder nach Larsha kamen.

»Hey!« rief Ratte aus einer Ecke des abgedunkelten Ladens. »Es kommt Der Stolz des Königshauses!«

Das plötzliche Stimmengewirr aus dem Holovidgerät, das im Elektronikladen auf einem Regal stand, wurde von Krachen und Münzengeklimper unterbrochen, als Pachinko und Rusty es endlich geschafft hatten, mit den lächerlichen Schwertbajonetten, die ihnen zusammen mit ihren Strahlengewehren ausgehändigt worden waren, die Schublade der Registrierkasse aufzubrechen. In ihrem Enthusiasmus rissen sie die Schublade ganz heraus, so daß sie auf den Boden krachte und das Geld sich über die abgetretenen Fliesen verteilte.

Rekrutin Cassie Suthorn saß in einer Ecke zwischen einer Glasvitrine und einer Regalwand, die tragbare Holosichtgeräte und -recorder enthielt. Ihre triste Uniform war mehrere Nummern zu groß für sie und hing wie ein Sack an ihrer knochigen Gestalt; das Gewehr, das neben ihr in der Ecke lehnte, war fast so groß wie sie. Sie kaute auf einer Mango herum, die sie im Hinterzimmer gefunden hatte, und ignorierte das Gehabe ihrer Landsleute, die im Geschäft herumhuschten und Hände voller grüner und orangefarbener capellanischer Münzen vom Boden auflasen.

»Komm schon, Cassie«, rief Tango sie. »Geld umsonst! Hol dir deinen Teil.« Er hielt ihr eine Handvoll Scheine hin. Er wollte ihr ständig imponieren.

Sie schnaubte. »Wozu? Wisch dir damit den Arsch ab,

und du wirst nur Streifen am Hintern kriegen. Es kratzt nämlich.« Cassie verstand vielleicht das Konzept der Inflation nicht – das Haus Liao hingegen sehr wohl –, aber das Leben auf der Straße hatte sie genug über ihre Folgen gelehrt. Es hatte sie noch so manches gelehrt, was sie aus Erfahrungs- und Bildungsmangel nicht ganz verstand.

Tango schüttelte den Kopf über ihre unerklärliche Gleichgültigkeit gegenüber seinem neu erworbenen Wohlstand, der ihnen, was ihn anging, direkt vom Himmel in den Schoß gefallen war. Er stopfte ihn ins Oberteil seines fadenscheinigen Secondhand-Kampfanzugs und wandte sich ab.

Cassies Nasenflügel bebten in amüsierter Verachtung. Es überraschte sie nicht, die Soldaten der Abteilung Ruhmreiche Erlösung 325 denken und handeln zu sehen wie Teilzeitganoven. Genau das waren sie schließlich auch.

Die Capellaner waren arme Leute, sagte die Regierungspropaganda, und aufgrund der Selbstsüchtigkeit und des Futterneids ihrer Nachbarn, besonders des bösen Hauses Davion von den Vereinigten Sonnen, blieb das auch so. Capellaner konnten es sich nicht leisten, etwas wegzuwerfen. Nicht einmal ihren kriminellen Abschaum.

Plötzlich wurde das Schaufenster von einer Explosion erschüttert, und Cassie spürte, wie sich die Muskeln zwischen ihren Schulterblättern spannten. Einen Augenblick lang war es wieder jener lang vergangene Tag, an dem ihre ganze Welt gestorben war …

Rusty sah aus dem Fenster und biß sich auf die Unterlippe. »Frage mich, ob die Gweilu hier entlangkommen werden.« Rusty hatte helle Haut, rotes Haar und blaue Augen, die nicht geschlitzt waren, aber sie fand es nicht unangebracht, die Räuber ›rundäugige Teufel‹ zu nennen. Sie war Capellanerin, und die waren Davions.

Ba Ma schüttelte den Kopf, seine Ohren ragten wie Tassenhenkel unter dem Helm hervor. »Nein«, sagte er in seinem üblichen autoritären Tonfall. »Sie gehen gegen die Mechbasis östlich der Stadt vor. Sie werden nicht in die Stadt kommen.«

»Und was ist dann das?« fragte Schlange und deutete mit ihrem pummeligen Finger aus dem Schaufenster. »Ein hüpfender Geist?«

Etwas, das entfernt einem Zinnsoldaten ähnelte, hatte sich im Norden über den Horizont erhoben und segelte in aufrechter Haltung über die schmutzige Wolkendecke. Eine Lanze roten Lichts pulste aus seinem Kopf. Dann sank er auf Sprungdüsen, die in seinen Klumpfüßen aufflammten, wieder außer Sicht.

»Steppenwolf«, sagte Rusty. Die stämmige Rekrutin hatte irgendwie einen Hang zu BattleMechs und verstand sich auf die Kunst des Ladenplünderns.

Cassie spürte, wie sich galliges Erbrochenes tief in ihrer Kehle sammelte. Dreizehn Jahre voller Alpträume drängten sich pochend in ihren Schädel.

»Von uns oder von denen?« wollte Tango wissen.

Rusty warf ihm einen mitleidigen Blick zu. »Die Konföderation stellt keine *Steppenwölfe* her«, sagte sie, »und die Allzeit Siegreiche Armee hat ihn sicher nicht in der Schlacht erobert – weil wir nämlich nie Schlachten gewinnen.«

Cassie warf ihre halb aufgegessene Frucht weg und hielt sich ihr Gewehr vor die Brust, obwohl sie wußte, wie nutzlos diese Geste war. Selbst ein vollautomatisches Gewehr hätte kaum Schutz gegen eines dieser Metallmonster geboten, und sie hatte ohnehin nur eine der Strahlenwaffen, die den Mitgliedern der Abteilung Ruhmreiche Erlösung ausgehändigt worden waren. Selbst wenn die Waffen nicht – wie man gerüchteweise hörte – über tausend Jahre alt waren, die Technik war es auf jeden Fall. Aber sie waren billig und entbehrlich ... wie die Knackisoldaten der ARE.

Sie zwang sich zu atmen, wie Guru Johann es sie gelehrt hatte: langsam, tief, kontrolliert, die Panik meisternd. Der Kris mit der wellenförmigen Klinge, den er Cassie zu ihrem zwölften Geburtstag geschenkt hatte, schien in seinem Versteck unter der Bluse ihres Kampfanzugs mit einem eigenen Herzschlag zu pochen. In der Tat hatte der Guru ihr versichert, die Waffe lebe und könne sich an jeden Augenblick ihrer Geschichte seit den Tagen, als sie vor zwölf Jahrhunderten im Malaienarchipel Terras geschmiedet worden war, erinnern.

Cassie liebte ihren Guru und ehrte sein Andenken. Aber das bedeutete nicht, daß sie alles glaubte, was er ihr gesagt hatte. Dennoch gab ihr Bluttrinkers Vorhandensein Kraft.

Wenn schon nichts anderes, so konnte sie sich mit ihm wenigstens das Leben nehmen, ehe die Metallmonster sie schnappten.

»Hey, ihr Clowns, Ruhe«, rief Pachinko. »Ich will das hören. Archon Alison trifft ihre verlorene Tochter.«

»›Trifft ihre verlorene Tochter‹?« wiederholte Ba Ma. »Du siehst zuviel Vid, Mann. Du fängst an zu reden wie jemand aus einer Geschichte.«

»Wen kümmert überhaupt dieser Gweilu-Müll?« spottete Schlange.

»Mich«, sagte Pachinko stur. »Als ich noch auf der Straße lebte, habe ich diese Serie jeden Tag gesehen.«

Jeder konnte sich selbst seine Meinung bilden, warum eine von Davion produzierte Spielfilmserie – besonders eine über die Häuser Steiner und Davion, die jetzt gemeinsam als Vereinigtes Commonwealth bekannt waren – auf Larsha, einer Welt am Rand der Konföderation Capella, so ungeheuer populär war. Ein noch größeres Geheimnis war, warum die Zensoren des Hauses Liao sie überhaupt über ComStars interstellares Kommunikationsnetzwerk importieren und senden ließen.

Nicht, daß Cassie das nicht völlig egal gewesen wäre. Sie war nicht besonders neugierig auf Dinge, die nicht unmittelbar mit ihrem Überleben zu tun hatten. Sie hatte jedoch einmal eine Erklärung gehört: Der Alte Hsu aus der Gegend, in die Cassie und ihre Mutter gezogen waren, nachdem die Mechs gekommen waren, behauptete, die Regierung lasse die Leute die Sendung sehen, weil das Verhalten fiktiver rundäugiger Adliger sie vom Verhalten der Herrscher der Konföderation selbst ablenkte, besonders von dem Romano Liaos, die, wie manche sagten, so verrückt war wie ein Sack Rubinaugenskorpione. Das war kurz bevor die Abteilung Sondereinsätze der Maskirovka den Alten Hsu verschwinden ließ, weil er den Mund nicht halten konnte.

Er hatte es wissen wollen, dachte Cassie – nicht daß sie Sympathie für die ASE oder irgendeine andere Polizeitruppe empfand. Es war die Quittung dafür, daß er sich um Dinge kümmerte, die nicht wichtig waren. Es brachte einen nur durcheinander, lenkte vom Wesentlichen ab.

»Suthorn«, sagte Lance Corporal Sugiman. »Schauen Sie raus. Vielleicht können Sie erkennen, was vor sich geht.«

Cassies Blut gefror. Sie bewegte sich nicht. Da draußen sind die Monster.

Sugiman verzog das Gesicht. Er war befehlshabendes Mitglied der kleinen Schwadron, weil der eigentlich befehlshabende Lance Sergeant – ein Angehöriger der Capella-Regimenter, der als Disziplinarstrafe in diese Einheit gesteckt worden war – vor fünfzehn Minuten hinausgehuscht war, vorgeblich um sich selbst ›mal umzusehen‹. Niemand erwartete, ihn wiederzusehen, zumindest nicht, bevor alle Räuber wieder weg waren.

»Cassiopeia«, setzte er an und machte dabei zwei Fehler gleichzeitig: Er bat um etwas und benutzte dabei Cassies vollen Vornamen, den sie verabscheute.

Sie machte eine obszöne Geste. »Schieb ab, Hübscher Tony.«

»Aber ich bin verantwortlich.«

Ein Krachen von der Rückseite des Ladens. Sofort war Cassie auf den Beinen und hatte das Gewehr schußbereit. Sie mußte es nicht entsichern, weil sie vergessen hatte, es zu sichern.

Als sie am Morgen in aller Herrgottsfrühe aus der Kaserne gescheucht worden waren, war ihr klargewesen, daß sie am heutigen Tage echte Action erleben würde: Man hatte ihnen Kugeln gegeben. Es war das erste Mal, daß jemand vom Abschaum der ARE mit scharfer Munition umging, das war nicht einmal in den mehreren Wochen brutaler Schinderei vorgekommen, die als ihre Grundausbildung gedient hatte.

Heriyanto kam aus dem Lagerraum zurückgetaumelt. Schweiß lief an seinem Hals herunter, seine Nase war vom Schalldämpfer einer gedrungenen Tseng-Maschinenpistole plattgedrückt.

Vier weitere Gestalten drängten hinter dem Träger der Tseng in den Laden, kugelsichere Westen beulten ihre Uniformoberteile aus, und dunkle Visiere verbargen ihre Gesichter: Maskirovka-Wachen, das stumpfe Ende der gefürchteten Geheimpolizei Liaos.

Cassie spürte, wie ihr Schweiß über die Wangen und das Genick lief, das sich ohne das tröstliche Gewicht des Zopfes, den sie seit ihrer Kindheit getragen hatte, immer noch nackt anfühlte. Zwei Alpträume an einem Tag, das war selbst für sie zuviel.

Eine weitere Wache stand hinter dem Mann mit der Waffe und überblickte die Szene, die behandschuhten Hände in die Hüften gestemmt. Er war der kleinste der vier, aber keineswegs der schmalste. An seinem Kragen befanden sich die drei grünen Sterne mit den drei Querbalken eines Truppführers.

»So, so, so«, schnarrte er mit einer Stimme, die rauh war von der typischen, aus Arrak, Bhang und starkem

Larsha-Tabak bestehenden Ernährung der Wachen, »was haben wir denn hier?«

»Sieht aus wie ein Haufen Drückeberger, Tuan«, sagte die, die ihre Wumme in Heriyantos bleiches Gesicht preßte. Ihre bloßen, pummeligen Handrücken waren mit ingwerfarbener Behaarung wie der eines Orang Utans bedeckt, die allerdings lockig war. Fasziniert starrte Cassie hin.

»Was glotzt du so, Rotznase?« fragte ein stämmiger Wachmann und gab Cassie eine Ohrfeige. Sie flog rückwärts in die Regale und verlor dabei ihren zu großen Helm, so daß sie sich übel den Hinterkopf anschlug. Vidchip-Schachteln purzelten über sie, während hinter ihren Augenlidern wilde Funken tanzten. Die Wachen lachten.

»Wo ist euer Sergeant?« fragte der Truppführer.

»W-weg, Tuan«, sagte der Hübsche Tony. Tuan bedeutete auf Malaiisch Herr; es war der örtliche umgangssprachliche Ausdruck für ›Boß‹. Die meisten Angehörigen von Larshas vielfältiger Bevölkerung hatten ihre Wurzel im alten Indonesien. »Er ist, äh, rausgegangen, um die Lage zu peilen.«

»Maul halten«, sagte der Truppführer. Tony verstummte. »Du – steh auf.«

Wie betäubt gehorchte Cassie und stieß dabei ein Daewoo-Radio vom Regal. Es zerbarst zu ihren Füßen. Sie starrte unablässig auf den Ärmel des Wachmanns, wo er den Schwertarm-Aufnäher des Hauses Liao trug, dessen Sterne und dreieckiger Saum auf die ASE hinwies, zu der die Wache gehörte. Ihr Gesicht war heiß, ihre Sicht verschwommen.

Sie war erst neun gewesen, als einer der vielen Liebhaber ihrer Mutter sie zum ersten Mal vergewaltigte. Danach lachte er sie aus und sagte, er würde Mami verschwinden lassen, wenn sie jemandem davon erzählte. Und dazu war er auch imstande. Sie hatte den gleichen grünen Aufnäher auf seinem Ärmel gesehen, als er seine Jacke anzog und sie über seinem fetten haarigen Bauch zuknöpfte. Dann hatte er den Helm mit dem Visier auf den Kopf gesetzt und war aus der Hütte in den Monsunregen getreten, der wie dämonische Affenfäuste auf das Blech- und Teerpappendach trommelte.

»Wo ist der Inhaber, hm?« fragte der Truppführer. Er stand jetzt direkt vor dem Hübschen Tony und schrie dem Lance Corporal ins Gesicht. Tony war größer, aber der Wachmann war gut zwanzig Kilo schwerer als er. Außerdem war er ein Wachmann. Straßenabschaum wie Tony wuchs in schrecklicher Furcht vor den Maskirovka-Wachen auf, selbst wenn er nicht, wie Cassie, persönliche Gründe hatte.

»Er war weg, als wir herkamen. Ehrlich. Unser Lance Sergeant befahl uns, hereinzukommen und die Stellung zu halten und ging dann ...«

Die behandschuhte Hand des Truppführers krachte in Tonys Gesicht. »Maul halten«, bellte er wieder und wandte sich dann von Tony ab, um seinen Blick über die Schwadron schweifen zu lassen, die sich in dem kleinen Laden in der Marschall-Chiang-Avenue zusammendrängte. »Ich weiß, wer Ihr seid«, sagte er. »Glaubt nicht, ich wüßte es nicht. Ruhmreiche Erlösung – welch ein Witz.«

Alle vier anderen Wachen lachten unangenehm. »Die Armee und der Gouverneur denken vielleicht, sie könnten Abschaum wie euch erlösen. Ich nicht. Ich habe mein ganzes Leben lang mit euresgleichen zu tun gehabt. Ich weiß, was ihr getan habt. Ich glaube, ihr seid hier hereingekommen, um euch vor den Kämpfen zu verstecken, und habt den Ladenbesitzer verjagt, damit ihr seinen Laden plündern konntet. Habe ich recht? Nun?«

»Nein, ehrlich ...«, begann der Hübsche Tony. Ohne ihn auch nur anzusehen, griff der Truppführer nach hinten und packte ihn am rechten Ohrläppchen. Dick behandschuhte Finger drehten das Ohr. Quietschend fiel Tony auf die Knie.

»Schau dich um«, sagte der Truppführer. »Ihr habt eine ganz schöne Sauerei angerichtet, nicht wahr?«

Er drehte wieder. Tony wimmerte zustimmend.

»Nun, heute morgen hat der PG einen Erlaß verabschiedet, der den Leuten verbietet, die Stadt zu räumen. Ihr glaubt doch nicht, der Sack voll Abschaum von einem Händler, dem dieses Loch gehörte, hatte genug Mut, um sich unserem ruhmreichen Führer zu widersetzen, oder?«

Tony stöhnte. Der Truppführer warf ihn zu Boden und stieg über ihn hinweg zum Holovidgerät, wo Pachinko bebend stand wie ein Schilfrohr in einer steifen Brise.

»Was ist das?« fragte der Truppführer und legte seinen behelmten Kopf schief. »Davion-Müll? Ich glaub's ja nicht. Ihr seid alle als loyale Diener des Kanzlers vereidigt und seht euch diesen Dreck an.«

Pachinko schob die Unterlippe vor. »Aber die Regierung läßt zu, daß sie es ausstrahlen. Wie kann es dann falsch sein?«

Er wurde von einem Schlag ins Gesicht unterbrochen, der ihn in die Knie zwang. »Ruhe!« röhrte der Truppführer. Er zog einen spiegelverchromten abgesägten Revolver aus dem Gürtel und jagte Archont Alison eine Kugel ins Gesicht. Der Knall war so laut, daß sich Cassie wunderte, daß das Schaufenster des Ladens nicht zersprang.

»Ich sage, das ist Verrat, ihr Lackaffen!« übertönte er das Klingeln in den Ohren der ARE 325. »Es ist eine Beleidigung, daß ihr es überhaupt wagt zu existieren!«

Er schaute sie der Reihe nach an, und die Verachtung schimmerte durch seinen opaken Gesichtsschutz wie der Strahl eines Sieben-Zentimeter-Lasers. Sie sahen ihn an wie Tiere, die auf ihre rituelle Schlachtung warteten.

Der Zug war den Geheimpolizisten zwei zu eins überlegen, und mindestens die Hälfte hatte Gewehre in der Hand. Doch keiner der Soldaten leistete Widerstand.

Schließlich sicherten nicht nur drei der Wachen den Raum mit ihren Maschinenpistolen, sondern die Leute aus der Konföderation Capella waren es auch gewohnt, harten Anforderungen gerecht zu werden. Larsha war eine arme kleine Garnisonswelt, dicht an der Grenze zum feindlichen Davion – und näher an den Banditenwelten der Peripherie, als ihr guttat. Ihre Regierung war selbst nach Liao-Maßstäben repressiv und korrupt. Wie in der gesamten Konföderation waren hier das sichtbarste Symbol der Unterdrückung die gesichtslosen Maskirovka-Wachen. Widerstand zu leisten, würde heißen, eine lebenslange Konditionierung zu überwinden. Das war viel verlangt, selbst von früheren Straßenkriminellen.

Nicht lange nach Cassies zwölftem Geburtstag versuchte der Liebhaber ihrer Mutter wieder, sie zu mißbrauchen, wie schon so oft. Dieses Mal bedrohte sie ihn mit Bluttrinker. Er lachte, bis sie ihm in den Handrücken schnitt und schrie, sie werde ihn töten, wenn er sie noch einmal berührte.

Er ging und schwor, mit seinen Schwadronskameraden zurückzukehren und sie verschwinden zu lassen. Ihre Mutter betreffende Drohungen bewirkten bei ihr damals schon weniger.

Als Cassie ihrer Mutter sagte, was sie getan hatte – und warum –, schlug ihr Alexandra Suthorn ins Gesicht. »Du kleine Närrin«, sagte sie, und ihr noch immer hübsches Gesicht verzerrte sich vor Zorn und Angst. »Hättest du dich nicht ein bißchen beherrschen können? Merkst du gar nicht, wenn es uns einmal gut geht?«

Da verließ Cassie das Haus und nahm nichts mit als die Kleider an ihrem Leib und ihren Kris. Sie kehrte nie zurück.

Der Truppführer löste mit dem Daumen den Verschluß seines Revolvers und kippte ihn seitwärts, so daß die Trommel herausklappte. Er leerte den Inhalt – eine abgefeuerte und fünf scharfe Patronen – in seine behandschuhte Handfläche. Eine Patrone schob er wieder in die Trommel und klappte die Waffe zu.

»Laßt uns ein kleines Spielchen spielen, Straßenabschaum«, sagte er und ließ die Trommel über den linken Unterarm rollen. »Ein Spielchen Maskirovka-Roulette, hm?«

Er hielt die Pistole hinter das rechte Ohr des knienden Pachinko. Pachinko kniff die Augen zu. Tränen sickerten heraus. Seine Lippen bewegten sich lautlos.

Der behandschuhte Finger krümmte sich um den Abzug.

Der Hahn knackte.

Das Lachen des Truppführers ging so durch Mark und Bein wie der Schuß, den zu hören jeder erwartet hatte. »Nun«, sagte er, »du bist eine Rotznase mit sehr viel Glück.«

Schluchzend versuchte Pachinko, auf die Beine zu kommen. Der Truppführer drehte die Trommel erneut, spannte die Waffe, drückte sie gegen den Nasenrücken des Jungen und zwang ihn so wieder auf die Knie.

»Nicht so schnell«, sagte er. »Ich hatte noch nicht genug Spaß. Laß uns doch mal sehen, ob du wirklich Glück hast, einverstanden?«

Im nächsten Augenblick begannen die Wände und der Boden heftig zu beben, und weitere Elektrogeräte wurden aus den Regalen geschleudert. Blitze erleuchteten die Front des gegenüberliegenden Gebäudes unter einem Dröhnen wie von einem Preßlufthammer.

Die Mitglieder der Abteilung Ruhmreiche Erlösung ignorierten die Wachen und ihre Waffen und duckten sich auf der instinktiven Suche nach Schutz. Der Truppführer schwenkte seine Abgesägte durch die stauberfüllte Luft. »Was ist los?« brüllte er über das pfeifende Dröhnen hinweg, das wie ein Taifun aufbrandete.

»KSR!« brüllte Ba Ma. »Und Sprungdüsen. Ein Mech kommt!«

Zur Abwechslung hatte er einmal recht. Eine riesige humanoide Gestalt, die mattblau und grau angemalt war, tauchte plötzlich in der Luft über den Geschäftsgebäuden auf der anderen Straßenseite auf und landete dann mit dem Geräusch zerberstenden Straßenpflasters einen halben Häuserblock entfernt auf der Avenue.

Tief in Cassie Suthorn zerbarst etwas wie eine Bombe und glühte dann wie eine Nova.

3

Kalimantan, Larsha
Kommunalität Sian, Konföderation Capella

19. Juli 3047

Schnell und mit einer fließenden Bewegung wie ein Mungo bückte sich Cassie, um ihr antiquiertes Gewehr vom Boden aufzuheben. Aus der Hüfte zielte sie auf den Truppführer. »In Ordnung«, zischte sie. »Raus auf die Straße – alle!«

Er sah sie einen Augenblick lang an und lachte dann, wobei er den Kopf zurückwarf, so daß sie seinen offenen Mund unter dem unteren Rand seines Visiers sehen konnte. Seine Zähne waren fleckig und von dunklen Löchern übersät.

Er war nicht der Mann, der sie vergewaltigt hatte. Aber er war nicht viel anders.

Cassie wußte, daß die Panzerweste des Wachmanns eine Salve aus einer Handfeuerwaffe abfangen würde, deshalb senkte sie den langen Lauf ihres Gewehrs und schoß den Mann in seinen ungeschützten Oberschenkel.

Er schrie und fiel, wobei er sein Bein umklammerte, während Cassie am Schloß herumfummelte und das Gewehr auf die affenartige Frau richtete, die mitten im Versuch, ihre Tseng auf das Mädchen zu richten, erstarrte.

»Raus«, wiederholte Cassie. »Jetzt.« Der Truppführer wand sich weinend am Boden.

»Aber der Mech wird uns sehen«, keuchte eine andere Wache.

Cassie lächelte. »Das entspricht genau meiner Vorstellung.«

»Er wird uns töten!«

»Er könnte danebenschießen. Ich nicht.« Sie wies mit

dem Kopf auf den verletzten Truppführer. »Nehmt diesen Dreck mit. Geht.«

Die Frau und die Wache, die gesprochen hatte, ließen ihre Tsengs in den Schlaufen hängen, bückten sich, faßten ihren Anführer unter den Schultern und schleppten ihn auf die Straße. Ihre beiden Kameraden folgten ihnen.

Ein Maschinengewehr ratterte, als sich die Tür hinter den Wachen schloß. Cassie senkte ihr Gewehr und sah ihre Kameraden an, die sie alle anstarrten, als seien ihr plötzlich Hörner gewachsen.

»Hinten raus«, sagte sie. »Schnell. Wir haben nicht viel Zeit gewonnen.«

Sie schwenkte ihr Gewehr, um ihre Worte zu unterstreichen, und trieb die Schwadron durch die Tür ins Hinterzimmer und auf die Gasse hinaus. Cassie, die als letzte herauskam, hielt inne und drehte sich um, um aus dem Fenster zu sehen.

Sie sah einen Wachmann über die Straße huschen, geduckt wie eine Krabbe, dann schoß ein Lichtstrahl herab und berührte ihn mit einem sengenden Knistern. Er explodierte in einem Wirbel ultrahocherhitzten rosafarbenen Dampfs.

Cassie drehte sich um und rannte ihren Kameraden nach.

»Warum mußtest du das tun, Cassie?« jammerte der Hübsche Tony. Seine Stimme schien wie ein Moskitoschwarm durch den Uringestank und das trübe Licht zu summen, die das Treppenhaus der verlassenen Wohnung erfüllten. Er keuchte ein wenig. Das taten sie alle, nachdem sie vom Elektroladen aus vier Häuserblocks weit gerannt waren. »Es wird sicher einen Bericht über uns geben. Jetzt sind wir alle dran, nur weil du auf diesen Wasserbüffel geschossen hast.«

»Yeah«, sagte Tango. »Sie müssen unsere Namen auf

den Oberteilen gelesen haben. Sobald das hier vorbei ist, werden sie uns aufspüren, und dann ...«

»Halt die Klappe«, sagte Cassie, ohne zurückzuschauen, um festzustellen, wie viele Schwadrons-Kameraden ihr aufs Dach folgten. Es war ihr egal. Sie war entkommen, sie hatte gehandelt. Sie hatte die Furcht hinter sich gelassen – oder würde ihr zumindest nicht mehr nachgeben. Sie war jenseits der Sorge um Konsequenzen.

Das Gefühl von Befreiung machte sie trunken.

Die Tür zum Dach sollte verschlossen sein, aber jemand hatte sie schon vor längerer Zeit aufgebrochen, und sie war natürlich nie repariert worden. Cassie stieß die Tür auf und machte sich auf den Weg nach draußen.

Was sie dann sah, ließ ihr Herz bis zum Hals schlagen und erteilte ihr abrupt eine Lektion über Mutmaßungen. Auf einem weiteren dreistöckigen Gebäude, keine fünf Häuserblocks entfernt, stand ein Mech. Er war wesentlich kleiner als der Steppenwolf, humanoider und mit einer einzelnen Antenne, die hornartig aus seiner spitz zulaufenden, kastenartigen Stirn ragte. Statt der üblichen Bewaffnung schien der Mech etwa auf Hüfthöhe so etwas wie eine übergroße Schußwaffe zu tragen.

Cassie erstarrte. »Hornisse«, sagte Ba Ma, der sich duckte, um unter ihrer Achsel durchsehen zu können. »Zwanzigtonner, leichter Mech. Was er da trägt, ist ein mittelschwerer Laser.«

»Ziemlich stabiles Gebäude, wenn es nicht nachgibt«, sagte Heriyanto.

»Siehst du, wie er auf den Zinnen steht? Der Mechpilot ist gut«, warf Ba Ma im Tonfall des Kenners ein.

»Worauf du dich verlassen kannst«, sagte Rusty, die schmollte, weil Ba Ma den Mech vor ihr identifiziert hatte. »Ich wünschte, es würde nachgeben.«

»Warum hast du uns hier hoch geführt, Cassie?«

wollte Tango wissen. »Das Ding wird uns sehen. Auf der Straße wären wir sicher.«

»Was?« spottete Rusty. »Tango denkt mal an was anderes als ans Plündern?«

»An seinen Arsch«, sagte Schlange.

»Was machen wir hier oben?« wollte der Hübsche Tony wissen.

Nach kurzer Suche fand Cassie ihre Stimme. »Wenn ihr herumrennen und warten wollt, bis einer auf euch tritt«, grollte sie, »nur zu. Ich bleibe hier oben, wo ich etwas sehen kann.«

»Aber dieses Ding kann uns sehen«, zischte Tango. »Mechs haben allerlei Sensoren und so Zeug.«

Cassie spürte, wie ihr Herz kurz stehenblieb, und genau in diesem Augenblick drehte sich der Kopf der Hornisse und sah sie direkt an ...

Und drehte sich dann einfach weiter. Im nächsten Augenblick kauerte sich der BattleMech hin, sprang in die Luft, und seine Sprungdüsen brachten ihn südwestwärts in Richtung Stadtmitte.

Cassie spürte so etwas wie eine Welle von Triumph. Das Metallmonster hatte sie nicht gesehen. Mechs sahen schließlich nicht alles.

Irgendwo tief drinnen wagte sie zu vermuten, die Kolosse wären auch nicht unverwundbar.

»Kommt«, sagte sie und trat in das wässrige Licht, das seinen Weg durch die dichten, niedrig hängenden Wolken gefunden hatte. Um unter dem Dachsims zu bleiben, bewegte sie sich in der Hocke vorwärts, bis sie über die Kante spähen konnte.

Der Distrikt war weitgehend für Läden und leichte Industrie genutzt, und wenige Gebäude erhoben sich mehr als drei Stockwerke hoch. Die Wolkenkratzer waren in der Innenstadt zusammengedrängt, auf die sich der Großteil der vorrückenden Mechs zuzubewegen schien. Sie schienen auch Verteidiger aus der entgegengesetzten Richtung anzulocken. Die Monster waren alle damit beschäftigt, aufeinander zu schießen, was Cassie gerade recht war.

»Sieht aus, als wollten sie auf den PG losgehen«, sagte Ba Ma, der sich neben Cassie niederkauerte. »Dort befindet sich der Regierungssitz.«

»Frage mich, ob sie auch das Große Rosa Hurenhaus angreifen werden«, sagte Rusty von der anderen Seite her. So nannte jeder die weitläufige Residenz des Gouverneurs Pang in den Hügeln im Westen.

In diesem Augenblick packte jemand Cassies Oberarme, aber ohne auch nur hinzuschauen oder nachzudenken, löste sie sich aus dem Griff und verdrehte die aufdringliche Hand. Guru Johann hatte Pentjak-silat betrieben, aber er hatte auch Bestandteile und Techniken aus anderen Künsten mit einbezogen, darunter Aikido. Niemand berührte Cassie ohne Erlaubnis.

Es gab einen dumpfen Schlag, als ein Körper auf das splittbestreute Dach aufschlug. Sie schaute hinüber und sah Lance Corporal Tony auf dem Rücken liegen.

Er deutete mit seiner freien Hand. »Da, verdammt! Schau, in was du uns hineingeritten hast!«

Es war ihr alter Freund, der Steppenwolf, der zwei Häuserblocks entfernt durch die Straßen stapfte. Cassie spürte eine Welle von Gefühlen – Zorn, Haß, Abneigung, Furcht –, die in ihr hochkochten wie Wasser in einem Topf. Aber als sie den Kopf des Monsters hinter einem höheren Bauwerk verschwinden sah, spürte sie, wie sich diese Gefühle in die Entscheidung verwandelten, etwas zu tun.

Von Zeit zu Zeit konnten sie die Blitze sehen, wenn der Mech Ziele mit seinen Lasern beschoß, dann erloschen sie wieder, wenn er an eine Kreuzung kam. Aus dem Nichts schwirrte eine Rakete heran und traf ihn in die Brust. Aber der Mech wies keine Beschädigungen auf, sondern hob nur seinen rechten Arm und antwortete mit einer zuckenden Salve aus der dort angebrachten Autokanone. Die seltsam kugelige kleine Spitze einer Art Turm, der direkt vorn an dem Teil angebracht war, den Cassie für den Kopf des Biests hielt, pulsierte in gleißendem Licht. Stromkabel, die über die Kreuzung verliefen, lösten sich von einem Gebäude und fielen funkensprühend auf die Straße.

»Du magst die Leitungen nicht«, hauchte sie. »Hab' dich, du Bastard.«

Sie hatte den Hübschen Tony losgelassen, der sich aufsetzte, sein Handgelenk massierte und sie seltsam ansah. »Cassie? Wovon, zur Hölle, redest du?«

Sie sah sich um. Die Leitungen liefen in dieses Gebäude ... genau da. »Feueraxt«, sagte sie.

»Was?«

»Hol mir eine Feueraxt. Zwei Treppen runter war eine in einem Kasten.«

»He, ich bin hier der Boß ...«

Sie musterte ihn mit ihren funkelnden Augen. Sie waren normalerweise rauchgrau und unterschieden sich nicht sehr von der Farbe, die der Himmel heute hatte, aber jetzt schimmerten sie fast blau. »Hol sie.«

Der Lance Corporal rappelte sich hoch und verschwand die Treppe hinunter. Cassie kauerte sich hin und erspähte in kurzen Blicken unter Laserblitzen den *Steppenwolf,* der durch den Bezirk stapfte und Widerstandsnester aushob. Gerade als sie dachte, der Hübsche Tony hätte das einzig Vernünftige getan und wäre weggelaufen, kam er mit einer Axt in der Hand aus dem dunklen Durchgang.

Sie legte ihr Gewehr weg und nahm sie ihm ab, dann kroch sie an der Brüstung entlang zu der Stelle, an der die Stromkabel ins Gebäude führten. Sie holte tief Luft, nahm die Axt in beide Hände und hob sie über den Kopf.

»Wirst du keinen Schlag bekommen, Cassie?« fragte Heriyanto ängstlich.

»Ich weiß nicht«, sagte sie und holte aus.

Funken stoben um den Axtkopf, als er Isolierung

und Kabel durchschlug. Große blaue Funken sprühten ihr wie zornige Wespen entgegen. Der Holzgriff mußte als Isolierung ausgereicht haben, denn das geflochtene Metallkabel riß und fiel auf die Straße. Cassie grinste wie ein Wolf und ließ die Axt hinterherfallen.

»Was jetzt?« fragte Rusty und spähte über den Rand auf das durchtrennte Kabel hinunter.

»Jetzt suchen wir uns einen – einen Besenstiel«, antwortete ihm Cassie. »Und gehen jagen.«

Die Schritte des Mech dröhnten wie Donner zwischen den Gebäuden, die die General-Tao-Straße säumten, begleitet vom dumpfen Krachen des Pflasters, das unter den fünfundfünfzig Tonnen des Monsters nachgab. Als er sich der Ecke näherte, sprang Rekrutin Cassie Suthorn vor und feuerte einen Schuß auf seinen glänzenden Brustpanzer.

Die Kugel konnte bei dem Koloß nicht mehr Schaden anrichten als das gleiche Gewicht in Speichel und erregte noch viel weniger die Aufmerksamkeit des Kriegers, der die Maschine steuerte. Cassies Absicht war gewesen, sie direkt durch die Transpex-Gesichtsplatte des Mech zu jagen, aber sie war eine schlechte Schützin. Das Monster bemerkte die läppische Kugel vielleicht nicht, wohl aber die winzige, impertinente Gestalt im sackartigen Liao-Kampfanzug.

Die kleine Laserkugel zielte, schoß. Der Strahl sprengte Beton, wo die Gestalt noch einen Augenblick zuvor gestanden hatte, aber die Gestalt war nicht mehr da.

Das Monster zögerte, dann rumpelte es vorwärts. Die Kriegsführung im einunddreißigsten Jahrhundert hatte bestimmte… Eigenarten, die beachtet werden wollten. Eine davon war, daß eine wertlose kleine Schnake von einem Bodenhüpfer es nicht wagen sollte, die unüberwindliche Macht eines BattleMech herauszufordern – und auch nicht das unüberwindliche Ego eines MechKriegers. So etwas durfte einfach nicht passieren.

Aber jetzt rannte Cassie so schnell sie konnte die nächste Straße entlang, zurück in die Richtung, in die das Monster unterwegs gewesen war. Sie hörte, wie sich der Donner seiner Schritte der Ecke hinter ihr näherte, und das Herz flatterte ihr in der Brust wie die Flügel einer verschreckten Taube. Sie fühlte sich großartig.

Dreizehn Jahre lang hatten die Alpträume sie gequält. Jetzt schlug sie gegen die Stahldämonen zurück, die sie ihres Vaters und ihres Hauses und ihrer Kindheit beraubt hatten. Sie würde vielleicht sterben – dieser Laserfinger könnte jetzt jeden Augenblick nach ihr greifen und sie unverzüglich in eine brennende, taumelnde Lumpenpuppe verwandeln. Aber ob sie lebte oder starb, sie war nicht mehr hilflos. Sie war entzückt.

Sie duckte sich in einen Hauseingang, als der Mech gerade um die Ecke kam. Er stand da und sah sich nach seinem unverschämten Gegner um.

Cassie wußte, daß sich der tödliche Strahl seines Lasers mit Lichtgeschwindigkeit bewegte, auch wenn sie nicht ganz sicher war, was das bedeutete, außer, daß es verdammt schnell war. Aber die Reaktionszeit des Monsters war nicht so beeindruckend. Aus ihrer Sicht war es tödlich langsam.

Sie trat auf die Straße, hob das Gewehr, feuerte auf den Kopf des Dings, lud nach, schoß erneut. Dann senkte sie das Teil und winkte.

»He«, rief sie, »he! Du großes Schneckengesicht da drüben. He!« Sie hörte ihre eigene Stimme kaum, so laut klangen die Schüsse in ihren ungeschützten Ohren nach. Aber im Augenblick mußte sie auch gar nichts hören, um zu wissen, daß die Aufmerksamkeit des Monsters ihr galt. Wie ein Mensch unter Wasser schwenkte es seinen Torso und hob die rechte Hand.

Wie eine Ratte flüchtete sie sich wieder in den Hauseingang, der düster war und nach Lack und Desinfektionsmittel stank. Offenbar war irgend jemandem dieses Dreckloch noch nicht völlig egal, was fast lustig gewesen wäre, wenn sie Zeit gehabt hätte, darüber nachzudenken. Rechts verschwand eine Treppe im Dunkeln, aber Cassie stürmte direkt zur Hintertür und erreichte sie im selben Augenblick, in dem der Schuß der Autokanone die Vorderfront traf.

Glasscherben und Flammen und Explosionsgestank und dröhnender, berstender Lärm verfolgten sie. Sie schlug die Hintertür aus stabilem Metall vor all dem zu, überquerte mit zwei Schritten die schmale, stinkende Gasse und huschte durch eine weitere Tür. Einen weiteren engen Gang entlang, der nicht halb so gut roch wie der letzte, hinaus auf die Straße, wo sie ihre Schwadronskameraden im Hinterhalt zurückgelassen hatte. »He«, rief sie, als sie über die Straße auf die Wohnung zurannte, auf deren Dach sie ihren kühnen Angriffsplan so halbwegs zusammengestoppelt hatte. »He, macht euch fertig!«

Keine Antwort. Ihre Kumpel hatten sie verlassen. Alle weg, bis auf den letzten Mann.

Keine Überraschung. Keine Bitterkeit. Sie schuldeten Cassie nichts. Sie ihnen auch nicht. Wie sie waren sie nur ein Haufen Gassendreck, per Definition Verlierer, denen es gelungen war, daß die Liao-Gerichtsbarkeit aufgrund von Pech oder Dummheit den Arm um sie legte. Zum Teufel mit ihnen. Ob der Plan funktionierte oder nicht, sie waren sowieso nur schmückendes Beiwerk. Ihre armseligen Gewehre konnten dem Monster genausowenig anhaben wie ihres.

Sie blieb vor dem Wohnhaus stehen und schaute die Straße entlang. Sie hoffte, der Pilot des Steppenwolfs hatte erkannt, daß sie weitergerannt war, und würde ihr um die Ecke folgen.

Aber er überraschte sie, denn der Mech kam durch das Gebäude, das sie soeben durchquert hatte. Zuerst ertönte ein Höllenlärm, dann war er plötzlich da, in einer riesigen Staub- und Schuttwolke ragte er neunmal so hoch auf wie ein ausgewachsener Mann. Der Steppenwolf hob schon im Augenblick seines Auftauchens die Autokanonenhand.

Cassie stand einen Augenblick da, ihr Mund stand in entsetzter Enttäuschung offen. Dann gewannen ihre Überlebensreflexe, vom jahrelangen Leben auf der Straße geschärft, die Oberhand. Sie duckte sich unter dem Feuerstoß der Kanone weg, rollte ab, als Bruchstücke über sie hinwegpfiffen, kam dann wieder auf die Füße und flitzte hinüber zu dem Besenstiel, den sie in der Gosse hatte liegen lassen.

Das Gewicht des durchtrennten Stromkabels, das mit dem Stahlmantel des Gewindes verschmolzen war, überraschte sie, als sie den Stiel anhob. Da es im Moment keine Funken spie, konnte sie nicht erkennen, ob es unter Strom stand oder nicht. Nun, es gab nur einen Weg, das herauszufinden …

Das Monster hatte sich umgedreht, um sie aufzuspüren, und zielte noch immer mit der Autokanone. Der Pilot mußte begriffen haben, daß sie für den Laser zu flink war, aber vom Geschoßhagel der anderen Waffe versprach er sich wohl mehr.

Mit gewaltigem Knirschen und Ächzen hob der Mech den rechten Fuß und schritt voran, um den unverschämten kleinen Käfer zu zerquetschen. Cassie hob den Besenstiel wie einen Speer, achtete aber darauf, nicht mit dem blanken Kabel in Berührung zu kommen. Dann tat sie das letzte auf der Welt, was ein MechKrieger von einem Bodenhüpfer erwartet, den ein BattleMech im Freien stellt: Sie griff an.

Cassie rannte in den Schatten des erhobenen Fußes. Als er sich senkte, schrie sie und schleuderte den Besenstiel nach oben und direkt gegen sein großes rundes Kniegelenk.

In einem Funkenregen zerschmolz das unter Strom

stehende Elektrokabel das Kniegelenk des Riesen. Nicht vollständig, aber gerade genug, um es bewegungsunfähig zu machen.

Guru Johann hatte Cassie gelehrt, im Kampf gegen einen größeren Gegner – was in ihrem Falle praktisch jeder war – immer gegen die Gelenke vorzugehen. Eine Lektion, die hier ihre Anwendung zu finden schien.

Der Mechpilot hatte offenbar keine Vorstellung davon, was dieses impertinente Insekt vorhaben könnte, bis seine Maschine sich vorwärts neigte, um das Gewicht auf ein Bein zu verlagern, das sich rundweg weigerte, sich zu strecken, um eben dieses Gewicht zu tragen.

In dem Augenblick, in dem sie den Besenstiel losließ, hetzte Cassie davon und sprintete dreißig Meter, ehe sie herumwirbelte, um den Steppenwolf mit majestätischer Langsamkeit in das Wohnhaus fallen zu sehen. Das Gebäude gab genau in der Mitte nach, und Betonbrocken spritzten durch den gewaltigen Aufprall wie Wassertropfen umher. Cassie stand einfach nur linkisch da und keuchte.

Nach einer Weile ließ das fürchterliche Poltern und Krachen nach. Stille lag über der Straße, man hörte nur das Rutschen und Plumpsen gelegentlicher loser Schuttbrocken und ab und zu ein Knacken von abkühlendem Metall.

Cassie war völlig verblüfft über das, was sie vollbracht hatte. Sie hatte nicht wirklich erwartet, das Monster zu Fall zu bringen. Statt ihren Sieg zu bejubeln, fühlte sie sich völlig leer.

»Nicht schlecht«, gelang es ihr schließlich zu krächzen.

Die Worte hatten kaum ihren Mund verlassen, als Cassie einen Schatten auf sich fallen fühlte. Sie wirbelte herum, nur um ein weiteres der Monster hinter sich aufragen zu sehen. Sie war so vom Sturz des *Steppenwolfs* gefesselt gewesen, daß sie sonst nichts bemerkt hatte.

Ein Donnern tonnenschwerer Füße, und dann tauchte am anderen Ende der Straße hinter dem gefallenen Koloß ein weiterer riesiger Mech auf. Cassie erkannte, daß ihr unerwarteter Sieg sie unvorsichtig hatte werden lassen, denn sie war doch in der Tat von etwa hundert Tonnen Metall überrascht worden.

Sie sprintete auf einen Hauseingang zu. Hinter ihr ratterte das Maschinengewehr des Monsters los. Vor ihren Füßen spritzten Steinsplitter hoch. Sie blieb stehen.

Sie konnte nirgendwohin fliehen. Die Mechs liefen Gefahr, einander gegenseitig zu beschädigen, wenn sie ihre schweren Waffen einsetzten. Andererseits konnten sie die Straße völlig mit Maschinengewehrkugeln bestreichen, die wie die Stahlkugeln des Spiels hin- und hersprangen, dem Pachinko seinen Namen verdankte.

Ich werde sterben, dachte sie. Es war die logische Summe ihrer Kindheitsalpträume. Jetzt war der Zeitpunkt gekommen, und sie hatte eigentlich keine Angst. Zorn, ja. Aber in erster Linie Erschöpfung und Entschlossenheit, es hinter sich zu bringen.

Dreizehn Jahre Flucht waren eine lange Zeit.

Mit einer krampfhaften Bewegung zog sie ihren Kris, obwohl sie nicht genau wußte, was sie damit tun würde. Vielleicht sich umbringen und den Monstern die Genugtuung vorenthalten. Wenigstens mit Bluttrinker in der Hand sterben.

»Komm schon«, gellte sie und schwenkte die Klinge in Richtung des nächststehenden Monsters. »Worauf wartest du, du großer Kotzbrocken? Bring es zu Ende!«

Ein Geräusch ließ sie herumfahren. Auf der Hüfte des umgestürzten Monsters stand ein Mann. Er war groß und braun, und seine Augen und das Haar, das lang und wild darüberhing, waren schwarz. Er trug die Kühlweste und die Shorts eines MechKriegers und hielt eine Pistole in der Hand.

Der Mann sprang aufs Pflaster und schritt auf sie zu.

Cassie ließ sich in eine Pentjak-Abwehrhaltung fallen und hielt den Kris mit der Klinge nach vorn über den Kopf, als könnte er ihr gegen seine Kugeln mehr nützen als gegen die Metallriesen.

»Du kleine Nutte«, sagte er auf Englisch mit starkem Akzent. Englisch war die Handelssprache der Inneren Sphäre, und sie verstand sie ebenso wie Chinesisch, Pidginmalaiisch und Japanisch – ihre Mutter hatte darauf bestanden, daß sie diese Sprache lernte und zu Hause benutzte. »Ich werde dir eine Lektion erteilen, die du nie vergißt.«

Aus einem Lautsprecher, der an dem Mech hinter ihr angebracht war, dröhnte eine Reihe von etwas, das Cassie für Worte hielt. Sie war sich nicht ganz sicher; es klang wie eine Marktfrau, die auf dem Hackklotz ein Huhn zerlegte, allerdings mit Tonhöhenschwankungen. Nicht so viele wie bei Liao-Mandarin, aber vernehmlich. Der dunkle Mann blieb stehen, hob die Faust und schrie in der wohl selben Sprache zurück. Cassie sah, daß er jung war. Vielleicht nicht viel älter als sie.

Als er weiter auf sie zukam, spannte sie die Muskeln an.

Ein pfeifendes Kreischen, das ihr schon allzu vertraut geworden war, übertönte den Wind, der den Geruch von Rauch, verbranntem Treibstoff und Schmiermittel und einen Hauch des an gegrilltes Schwein erinnernden Geruchs verbrannten Menschenfleischs heranwehte. Aus dem Augenwinkel sah sie einen weiteren Mech, der sich zu ihrer Linken vor dem Gebäude, durch das der *Steppenwolf* marschiert war, um sie zu fassen, aus dem Himmel senkte. Sie beachtete ihn nicht. Noch ein paar Schritte, und der wütende Mechpilot würde in Reichweite ihrer Klinge sein.

Maschinengewehrfeuer ertönte von dem Neuankömmling, als sich seine Metallfüße knirschend herabsenkten. Die Kugeln schlugen zwischen Cassie und ihrem näherkommenden Gegner ein und wirbelten stechenden Zementstaub gegen ihre Beine. Auch gegen seine, nach der Art zu urteilen, wie er zurücksprang.

»Zurück«, sagte eine Frauenstimme aus den Lautsprechern des neuen Mech, der leichter als alle anderen war, aber größer aussah als die Hornisse. Wie die Hornisse trug er eine übergroße Waffe in der rechten Hand. Die Waffe war nach unten auf das Pflaster gerichtet, nicht auf Cassie. »Sie ist eine Kriegsgefangene, Wolf.«

Der ausgestiegene Pilot wandte sich dem neuen Mech zu. »Ich wußte nicht, daß wir bei diesem Ausflug Gefangene machen. Wenn – dann gehört diese Puta mir.«

»Kein Stück, Bobby. Du bist jetzt ein Caballero, erinnerst du dich? Wir foltern unsere Gefangenen nicht.«

»Aber sie hat Skinwalker zerstört!« schrie er fast rasend vor Zorn.

»Ein Grund mehr, sie am Leben zu lassen«, sagte die Mechpilotin. »Wie oft legt ein einzelner Bodenhüpfer einen Mech um? Geschweige denn eine dürre kleine Miliz-Zwangsrekrutierte, die tropfnaß noch keine vierzig Kilo wiegt.«

Der Mech drehte seinen runden Kopf und sah auf Cassie herab. »Wie lautet Ihr Name, Soldatin?«

»Suthorn«, antwortete sie. »Cassie Suthorn.« Sie wußte, sie sollte ihren Rang und all das angeben. Aber das schien gerade nicht wichtig zu sein.

Von drüben aus Richtung Stadtmitte ertönte schwerer Beschuß. »Wir verschwenden unsere Zeit, Patsy«, schrie Wolf. »Laß mich sie umlegen, ehe die Läuse an uns hängen wie der Gestank an der Ziege.«

»Callate«, schnauzte die Frau. »Rekrutin Suthorn, ich bin Seniorleutenient Patricia Camacho vom Siebzehnten Scoutregiment. Ergeben Sie sich mir?«

Cassie wippte auf den Fersen. Sie konnte Bobby, den Wolf, wie seinen Namensvetter vor sich hin knurren hören. Sein Haß auf sie strömte aus seinen dunklen Zügen wie Hitze aus einem Ofen.

»Das wird bedeuten, daß Sie Ihre Heimat und all Ihre Familienangehörigen und Freunde verlassen«, sagte die Frau nicht unfreundlich. »Aber Sie haben keine andere Wahl, *hermanita*, weil wir nicht viel Zeit haben.«

Cassie schaute zu dem Mech auf. Der Guru war tot. Ihre Mutter ... die Mutter, die sie geliebt und für sie gesorgt und sie vor Schaden beschützt hatte, hatte den Piratenüberfall vor dreizehn Jahren nur als Wrack überlebt. Cassie empfand nichts für die wandelnde, sprechende Hülle, die übriggeblieben war. Sonst gab es niemanden.

Mit einem Zucken ihres Handgelenks ließ sie den Kris nach oben wirbeln. Sie hörte das Heulen von Lenkvorrichtungen, als verschiedene an Mechs angebrachte Waffen auf sie zielten.

Bluttrinker schoß herab. Sie fing ihn an der Klinge und streckte ihn mit dem Griff voran dem Mech hin, der über ihr stand.

»Ich gebe auf«, sagte sie. »Macht mit mir, was ihr wollt. Ich kann euch nicht daran hindern.«

Dann gaben Cassies Beine nach, und sie brach zusammen wie eine fallengelassene Stoffpuppe. Sie war sich des Mech bewußt, der sich über sie beugte und mit seiner humanoiden Hand nach ihr griff. Und dann versank sie in Schwärze.

TEIL II

ÜBERLEBENDE

4

New Horizons
Irgendwo in der Peripherie

30. Juni 3056

Tief im Sumpf füllt sich der Fußabdruck eines Monsters mit Wasser. Neben ihm kauert eine Frau, fast nackt in der drückenden, feuchten Hitze dieser vergessenen Welt am Rande des bekannten Raums. Ihr Sturmgewehr liegt quer auf ihren schlanken, festen Schenkeln. Sie streckt eine Hand aus, um den Rand des Abdrucks zu befühlen. Die Erde ist hier schwarz und vergleichsweise fest, sonst hätte sie nie die fünfundsiebzig Tonnen Gewicht des Kolosses tragen können, der den Abdruck hinterließ. Grundwasser war hineingesickert.

Der Abdruck ist rund und gespalten und hat einen solchen Umfang, daß sie sich mit gespreizten Armen und Beinen hineinlegen könnte, ohne auch nur annähernd den Rand zu berühren. Am Grund des Abdrucks waren Gräser durch die zusammengedrückte Erde gewuchert und hatten ihre Spitzen aus dem braunen Wasser erhoben. Die Ränder des Abdrucks sind rund. Er ist nicht frisch. Er verrät ihr nichts, was sie nicht schon weiß.

Sie hebt den Kopf und lächelt. Unter den Menschen gilt ihr Lächeln als schön. Aber kaum jemand würde diesen Gesichtsausdruck so beschreiben. Der Abdruck erinnert sie daran, weswegen sie gekommen ist, macht es real und unmittelbar.

Sie jagt Mechs.

Gnade kennt sie dabei nicht.

Der Fußabdruck stammt von einem *Marodeur*. Der *Marodeur* gehört zu den gefürchtetsten BattleMechs der Inneren Sphäre und ist ein Feind, dem selbst ein Clan-

Omni Respekt zollen muß. Fünfundsiebzig Tonnen Boshaftigkeit und thermonukleare Flammen. Cassie hat zwar schon lange die harte Lektion gelernt, daß die Götter, falls es denn irgendwo da draußen in der Schwärze zwischen den Sternen welche gibt, ebensowenig auf große, böse Mädchen hören, die Gewehre und Messer als Spielzeuge tragen, wie auf das Weinen kleiner Mädchen mit Pferdeschwänzen und Teddies. Aber dennoch murmelt sie ein Stoßgebet, der *Marodeur* möge ihr gehören.

Eine Stimme in ihrem Ohr sagt: »Kommen, Abtacha?«

Ihre Lippen sagen: »Ich nähere mich jetzt dem *Basura*«, aber aus ihrem Mund dringt kein Laut. Sie subvokalisiert für das winzige, an ihrer Kehle befestigte Klebemikrofon.

»Sei vorsichtig dort, Abtacha«, dringt die Stimme Kapitän Badlands Powells, der den Spähtrupp befehligt, in ihr rechtes Ohr. Ein Punktlautsprecher aus Keramik von der Größe eines Daumennagels ist unmittelbar hinter dem Ohr am Schläfenwulst befestigt und überträgt seine Schwingungen direkt in ihren Schädel. Jemand hätte seine Wange an Cassies drücken können und dennoch nichts gehört.

Ein kurzes Zucken der Spannung im Winkel rauchgrauer Augen. Neun Jahre in der Einheit, und noch immer ist sie eine Außenseiterin. Sie nennen sie Abtacha, das Clanwort für eine Gefangene, die in die Einheit aufgenommen wurde, die sie gefangennahm. Eigentlich ist es ein Lehnwort der Clans, eines der Dinge, das die Clans dem Siebzehnten Scoutregiment auf Jeronimo gaben, zusammen mit einer Welt des Schmerzes. Wie dem auch sei, der Begriff beschreibt genau den Status von Juniorleutenient Cassie Suthorn.

»In Ordnung, Badlands«, sagt sie. Sie erhebt sich und bewegt sich auf einen Palmackhain zu, dessen große, fleischiggrüne Blätter direkt aus dem Schlamm emporzuschießen scheinen, wobei ihre Ränder aussehen, als hätten die kleinen, zahnbewehrten Wesen, die den Sumpf bewohnen, an ihnen genagt. Ihre bloße Haut ist mit einem grünbraunen Fleckenmuster bemalt, um ihre Silhouette zu tarnen, und ihre einzige Kleidung besteht aus einem Streifen Tarnstoff um ihre kleinen Brüste und einem knappen Unterteil. Ein kleiner, leichter Rucksack mit ihrem Kommunikator und anderen unabdingbaren Ausrüstungsgegenständen tanzt auf ihrem Rücken. Ihre Füße stecken nicht in den üblichen Sportschuhen; die wären sofort voller Schlamm und würden ihr tonnenschwer vorkommen.

Cassie glaubt an die Notwendigkeit, mit so wenig Gepäck wie möglich zu reisen. Der unförmige Kampfanzug, den die meisten Bodenhüpfer der Inneren Sphäre in Sumpfgebieten tragen, hielte die krabbelnden Blutsauger, die dort leben, nur unzureichend fern, böte aber den hiesigen Entsprechungen von Egeln hervorragende Deckung. Was die allgegenwärtigen Dornen angeht, die stören sie nicht. Sie schwebt zwischen ihnen hindurch wie Rauch.

Es ist wahr, daß die besten Späher im Freiland auch dort geboren sind. Cassie ist die Ausnahme. Sie wurde als Stadtmüll geboren und erzogen – aber sie ist anpassungsfähig.

Die anderen Mitglieder des Kundschafterzugs sind echte Männer und Frauen der Wildnis, die aus den härtesten Gegenden der Dreibundwelten des Marikraumes stammen. Von den Welten, die Außenstehende die Südwestlichen nennen: Sierra, Cerillos und Galisteo, die Planeten, von denen der Großteil der Regimentsangehörigen stammt. Chiricahua und Apachen aus den Weißen Bergen, Acoma und Zuni aus den Wüsten, Truchasenos und Hinterwäldler aus dem trockenen Gebirge. Sie besaßen in ihrer heimischen Umgebung Fertigkeiten, die Cassie niemals erlernen kann; insgesamt aber ist sie unschlagbar.

Im Vergleich zu Cassie haben die anderen Späher in dieser Umgebung tatsächlich Nachteile. Ihre Heimatwelten sind trocken und heiß. Larsha ist heiß und feucht, genau wie diese gottverlassene Außenwelt der Peripherie, die jetzt New Horizons heißt.

Sie gleitet in einen Sumpfarm und geht vorsichtig, damit sie sich nicht an einem Aststumpf den Fuß zerrt oder in ein unsichtbares Loch fällt. Sie muß öfter schwimmen, wobei sie die M23 mit einer Hand über Wasser hält. Das Sturmgewehr soll wasserdicht sein, aber Cassie kann kaum glauben, daß es gegen Schlamm und Treibsand gefeit und danach noch funktionstüchtig sein soll.

Das Wasser ist trüb und ölig, aber die Facetten seiner bewegten Oberfläche nehmen das ultraviolettintensive Sonnenlicht auf und strahlen es wie winzige Laserzellen in ihre Augen zurück.

Auf der gegenüberliegenden Seite gleitet Cassie wie ein Otter die Böschung hoch und erzeugt kaum ein Geräusch, als sie sich aus dem schmutzigen Wasser löst. Sie verschwindet in einem dichten grünen Streifen Unterholz, das weißgesprenkelt mit Blüten ist, die wie Seeanemonen gelappt sind. Die Zweige bewegen sich kaum, wenn sie vorbeigeht.

Dieser Planet hatte einst Krücke geheißen. Er war vor vielen Jahrhunderten vom üblichen Sortiment von nicht Gesellschaftsfähigen, Ausgestoßenen und echten Banditen besiedelt worden, die in die Peripherie kamen, weil sie das von der damaligen Terranischen Hegemonie und den fünf Großen Häusern Liao, Marik, Steiner, Kurita und Davion bestimmte Leben in der Inneren Sphäre zu restriktiv – zu heiß – für ihren Geschmack fanden. Der Name Krücke mochte den Gründervätern der Welt gefallen haben, aber ihre Nachkommen hatten offenbar jenen Drang zur Respektabilität empfunden, der so oft mit dem Nachlassen des Eroberergeistes einhergeht. Sie suchten ihr Image zu verbessern und änderten den Namen ihres Planeten.

Die Cabelleros, wie sich die Jungs und Mädels des Siebzehnten Scoutregiments gerne nennen, empfanden eine Menge Sympathie für nicht Gesellschaftsfähige, Ausgestoßene und Banditen. Damals, in den guten alten Tagen, waren die Dreibundwelten selbst ein Banditenkönigreich gewesen, das sich selbst als Intendanz des Neuen Neuspanien bezeichnete. Dann war die streitsüchtige Dreiweltenallianz von der Liga Freier Welten erobert und geschluckt worden, ein kühner Streich, der viel dazu beitrug, daß die neugegründete Liga von den schon lange leidenden Nachbarn der Südwestler anerkannt wurde. Die Caballeros hatten kein Problem damit, diesen Planeten Krücke zu nennen. Außerdem paßte es.

New Horizons war eine abgelegene Welt jenseits der Präfektur Qandahar im Distrikt Pesht des Draconis-Kombinats. Ihre relative Abgeschiedenheit hatte sie zusammen mit ihrem Wasser- und Mineralienreichtum befähigt, von einer Piratenwirtschaft zu einer zu kommen, die mehr oder weniger auf Handel beruhte. Dementsprechend veranstalteten ihre Nachbarn, die sich nach wie vor wie Banditenkönige aufführten, gelegentlich Überfälle.

Die Draconier jedoch sahen in letzter Zeit, wie sich mehr als genug aufstrebende Piratenmächte – etwa die Oberon-Föderation – an ihren Grenzen bildeten. Deshalb kam jedesmal, wenn einer der Nachbarn von New Horizons zu aufdringlich wurde, ein Trupp ruhmdurstiger Möchtegernsamurai aus Qandahar herangedonnert, um ihnen in den Hintern zu treten. Dafür sandte das Planetensyndikat, das New Horizons regierte, dem Militärkommandanten der Präfektur Qandahar einen regelmäßigen Tribut. Jeder hatte sein *wa* auf der Reihe.

Dann tauchten aus dem kernwärtigen Raum die Clans auf und fuhren bei ihrem kosmischen Plünderungszug wie eine Sichel ins Kombinat. Oberon und die anderen Piratenstaaten in den Raumbezirken um New Horizons wurden aufgerieben.

Die kleineren Piratenreiche an den Rändern des Clanvormarsches zerplatzten.

Kapitän Vater Dr. Roberto ›Nenn mich Bob‹ Garcia, SJ, der unter anderem der führende Geschichtscrack des Siebzehnten war, freute sich immer, wenn er Cassie – mehr als diese wissen wollte – über Präzedenzfälle und Parallelen zwischen gegenwärtigen Ereignissen und Terras bewegter Vergangenheit informieren konnte. Er verglich die Auswirkungen der Claninvasion der Peripherie gern mit der großen Völkerwanderung und wies darauf hin, wie das Vordringen eines einzelnen Stammes räudiger, stinkender, ponyreitender, schafefressender, bogenschießender Barbaren namens Hsiung-nu aus der Wüste Gobi nach Zentralasien Völker zur Flucht bis nach Skandinavien, Britannien, Spanien und sogar Nordafrika getrieben hatte, was Cassie alles für Welten in der Nachbarschaft Terras hielt. Sie achtete nie besonders auf Vater Bob, wenn er dozierte, genausowenig wie wenn er versuchte, sie zu analysieren.

Präzedenzfälle waren Cassie egal; sie interessierten Fakten. Relevant war, daß eine beträchtliche Menge menschlichen Abschaums, den die Clans in die Flucht geschlagen hatten, direkt auf New Horizons gelandet war. Mit sich brachte er die raubgierigen Werte einer echten Piratenkultur in Kombination mit der bösartigen und willkürlichen Grausamkeit eines besiegten Heeres – etwas, worüber Vater Bobs Geschichtsbücher nicht gerne berichteten, was Cassie aber in ihren neun Jahren beim Regiment immer und immer wieder selbst miterlebt hatte. Diese Piraten bemühten sich sehr, den Namen zu verdienen, die die Caballeros ihnen gaben: *Basura*. Das war Spanisch für Müll.

Cassie war das recht. Es machte ihre Aufgabe nur um so leichter.

Die Verteidigungsstreitmacht von New Horizons war beim Kampf gegen die ursprüngliche Zuwanderung der Piratenflüchtlinge weitgehend aufgerieben worden. Sie war mehr als bereit gewesen, die Caballeros – die selbst menschliches Treibgut der Clansinvasion waren – die Aufgabe übernehmen zu lassen, die überlebenden Piratenbanden aus den Stützpunkten zu holen, in denen sie sich verschanzt hatten.

Das Regiment seinerseits hatte beim Kampf gegen die Clans unter dem Banner des Vereinigten Commonwealth schwer gelitten. Es brauchte dringend Ruhe und neue Ausstattung. Dieser Job bot für eine Mission von vergleichsweise geringer Gefahrenstufe einen hübschen Batzen Kleingeld.

Nach der Auseinandersetzung mit den Clans war das wie Urlaub.

Diese Basura-Bande war im Großen Murchison-Sumpf auf dem größten Kontinent von New Horizons gelandet. Sie hatten Mechs, Dutzende, die alle am Grund eines großen, stillen Sees kauerten, der an einem sumpfigen Flußarm lag. Meist ließen sie sie hier, wo schlammiges Wasser und beträchtliche Erzvorkommen im Gestein unter dem Seegrund eine Fernortung ihres Standortes erschwerten. Die Piraten schwärmten meist zu Fuß aus, zu Plünderzügen gegen die örtlichen Sumpfbewohner. Die üblichen Scheußlichkeiten vernachlässigten sie dabei nicht: Folter, Vergewaltigung und das Abbrennen der Pfahlbauten der Sumpfbewohner.

Dies kitzelte Cassies spezielle Fähigkeiten hervor, die sie sich als Kind auf den Straßen angeeignet hatte. Die meisten Angehörigen des Scoutregiments waren asoziale Einzelgänger, die mit Außenstehenden noch schlechter umgehen konnten als der durchschnittliche Südwestler. Cassie hingegen war als Schieberin und kleine Gaunerin aufgewachsen. Sie schwamm mit Leichtigkeit und Anmut durch das menschliche Umfeld.

In den letzten beiden Wochen war sie ein vielbeschäftigtes Mädchen gewesen, hatte das Basuralager ausgespäht und Vorbereitungen getroffen. Die Sumpfbewohner – ein Völkergemisch aus Cajuns und Filipino-Negrillos, und noch ein bißchen mit allem möglichen anderen vermischt – waren sehr hilfreich gewesen.

Cassie kauert in einer Welt aus Grüntönen: Staubgrün, Fahlgrün, Grün, das so dunkel ist, daß es fast schwarz wirkt, ein Grün, so rein und strahlend, daß es in den Augen weh tut. Aber sie ist wegen der Aussicht hier, nicht wegen der Landschaft.

Aus ihrer Deckung im dichten, stacheligen Unterholz überblickt sie eine breite Wasserfläche. Sie stinkt nach Bracke und organischem Zerfall, wobei der Geruch mit dem von Lagerfeuerrauch vermischt ist. Auf der anderen Seite des toten Gewässers erheben sich die dürren Kronen einer Ansammlung von Silurabäumen über glatten, dreißig Meter hohen Stämmen.

Am Fuße des Silurahains wurde das Unterholz gerodet. Wie bunte Pilze wuchert dort eine unregelmäßige Siedlung: ausgebleichte, einst bunte Zelte, die aus den Kaufhäusern Medwicks und Fiaskos, der größten Städte auf New Horizons, geraubt wurden; große weiße Polymerschachteln, die zum Verpacken von Fracht verwendet werden; aus Restbeständen von Teerpapier und Polymer zusammengestoppelte Unterstände; sogar Hütten aus Gras und Holz.

Das Auge eines Außenstehenden könnte Probleme haben, das Basuralager von den rohen Behausungen der Sumpfbewohner zu unterscheiden. Für Cassie gibt es keine Ähnlichkeit. Die Hütten der Sumpfbewohner sehen krude aus, bewähren sich aber bestens, wenn es darum geht, die schlimmsten Auswüchse des schlechten Wetters in dieser Gegend abzuhalten, während sie sich der Wucht von Wind und Wasser nicht allzu direkt entgegenstellen. Sie wirken organisch; sie passen in die Umgebung.

Die Basurahütten sind die halbherzigen Improvisationen von Leuten, die so demoralisiert sind, daß ihnen ihre eigene Bequemlichkeit fast schon egal ist. Sie stechen hervor wie ein Tumor auf einem MRI-Scan.

Ohne Hast legt Cassie ihren leichten Rucksack ab. Sie senkt ihn auf den schwammigen Boden, öffnet den Reißverschluß. Sie entnimmt ihm eine kopfgroße schwarze Schachtel, legt sie unter den Ästen eines Wandaugenbuschs ab, öffnet Abdeckungen und drückt Knöpfe. Verschiedene Steuerlichter glühen auf wie die roten Augen von Nagetieren.

»Diana, hier Abtacha«, flüstert sie.

»Ich höre, Abtacha«, ertönt die Stimme von Seniorleutenient Diana Vásquez. Wie es im Regiment gelegentlich vorkommt, ist ihr Rufzeichen gleichzeitig auch ihr Vorname. Im Hintergrund ertönt die Fernartillerie der Caballeros. »Sprich weiter.«

Vásquez hat die Stimme eines fröhlichen kleinen Mädchens. Und auch die dazugehörigen Manieren, trotz ihres tödlichen Berufs als Pilotin eines *Katapult* der Einheit. Sie ist schüchtern, eine schlanke, hübsche Frau mit Händen wie braune Tauben, die gerne die extravaganten hiesigen Blumen im Haar trägt. Sie unterscheidet sich grundlegend vom typischen Mechpiloten, was es Cassie ermöglicht, sie beinahe zu mögen.

»Dein Signal ist vor Ort und eingeschaltet«, sagt Cassie.

»Ich habe es jetzt auf meinem Schirm, Abtacha. Danke.«

Cassie grinst. Von allen Mechkriegern denkt ausgerechnet Diana daran, ihr für die Erledigung ihrer Aufgabe zu danken.

Sie versteift sich, als sie ein Rascheln im Unterholz hört, das Dröhnen achtloser Schritte, ein Gemurmel mürrischer Stimmen. Dann dreht der Wind und trägt ihr den Geruch von Zigarettenrauch und ungewaschenen Leibern zu.

Verdammt, denkt sie. Die Basura sind für gewöhnlich unbeholfen und faul. Warum müssen sie ausgerechnet an diesem Morgen eine Fußstreife ausschicken? Und warum muß sie hier langkommen?

Sie entfernt sich ein paar Meter von dem eingeschalteten Signalgeber. Die meisten der kleinen Überraschungen, die sie in den umgebenden Wäldern versteckt hat, sind zu gut verborgen, als daß eine widerwillige, achtlose Streife sie zufällig entdecken könnte. Wenn aber jemand über den Peilsender stolpert, wird wirklich die Hölle los sein.

Da waren sie. Keine dreißig Meter entfernt, und kamen direkt auf sie zu: eine Frau und drei Männer. Zwei haben tatsächlich ihre Sturmgewehre umgehängt. Ein anderer trägt sein Gewehr am vorderen Griff, Mündung nach unten, wie ein guter alter Junge, der von der Jagd zurückkommt.

Natürlich ist es ausgerechnet der linke Flankenmann, der so aussieht, als hätte er eine Vorstellung von dem, worum es hier geht. Und der kommt direkt auf Cassie zu. Ein O-beiniger, bärtiger kleiner Bursche in einer schmutzigen dunkelbraunen Tunika, Shorts und zu großen Dschungelstiefeln mit einem DCMS-Dschungelbarett auf dem Kopf und dem Sturmgewehr im Anschlag. Er könnte sogar ein Deserteur der Draconier sein.

Die Streife watet durch einen Sumpfarm. Die Stimme der Frau übertönt das Platschen. Wimmernd wie ein Moskito, beklagt sie sich über die allgemeine Ungerechtigkeit. Cassie grinst. Nöl ruhig weiter, Schwester.

Sie tritt beiseite, wird eins mit einem blühenden Busch, wartet. Der Mann in der abgelegten Drac-Uniform geht direkt am Busch vorbei und schafft es wenigstens, etwas weniger Lärm zu machen als ein *Atlas* mit Hüftschaden.

Cassie bewegt sich geräuschlos. Ihr linker Arm gleitet von hinten um seinen Hals, ihre Finger umklammern sein bärtiges Kinn und verschließen den Mund. Ihre Rechte stößt Bluttrinker mit einem Vorhandstoß in die Seite seines Halses. Sein Körper biegt sich im Todeskampf. Sie hält ihn fest und stößt die gewellte Klinge inmitten eines scheußlichen Blutstrahls vorn aus seiner Kehle wieder heraus.

In den Holovids sterben die Leute mit Messerwunden schnell und lautlos. So ist es nicht. Cassie zieht ihn rückwärts mit sich zu Boden, dreht ihn aufs Gesicht, so daß alle Geräusche, die aus seinem Mund dringen – oder das Zischen der Luft, die aus seiner zerfetzten Luftröhre entweicht – von der schwammigen Erde verschluckt werden.

Seine Zuckungen lassen nach. Cassie kauert auf ihm, horcht, bereit, beim leisesten Hinweis darauf, daß die Kameraden des Mannes seine Todeskrämpfe gehört haben, aufzuspringen. Sie nörgeln nur weiter und machen mehr als genug Lärm, um ihr Deckung zu bieten.

»Cassie?« fragt Diana. »Bist du in Ordnung? Ich habe ein Geräusch gehört.«

Sie krabbelt auf allen vieren zu dem Busch zurück, bei dem sie ihren Rucksack und ihr Sturmgewehr liegengelassen hat. »Mir geht es gut, Diana. Tiburón? Abtacha.«

Cassie säubert die Klinge des Krises und steckt den Dolch dann in die Scheide. Sie zieht eine Handeinheit von der Größe und Form eines Personalkommunikators aus ihrem Rucksack.

»Hier Tiburón«, antwortet jemand. Es ist die tiefe, spanisch eingefärbte Stimme eines kräftigen Mannes in fortgeschrittenem mittlerem Alter. Für Cassies Ohren klingt er auch müde und traurig. »Sprich weiter, Abtacha.«

»Bereit?«

Die Basura ist in zwanzig Metern Entfernung stehengeblieben. »Leo?« fragt sie. »Leo, wo bist du hin?«

»Bestätigung, Abtacha«, antwortet Tiburón, der auch als Kolonel Carlos Camacho, Kommandant der Siebzehnten, bekannt ist.

Die Frau geht auf den Busch zu, unter dem Leos Blut auf dem schon vollgesaugten Boden eine Pfütze bildet. »Wo bist du hin, Leo? Bist du irgendwo pissen?«

Cassie läßt die Hartplastikabdeckung der Einheit in ihrer Hand aufschnappen. »Dann laß uns den Müll wegschaffen«, sagt sie. Sie drückt einen Knopf, und die Hölle bricht los.

Zahlreiche Raketen zischen plötzlich aus Raketenwerfern hervor, die tief in den das Basuralager umgebenden Wäldern verborgen sind. Sie ziehen, Schweife aus weißem Rauch hinter sich lassend, bogenförmig durch den hellblauen Himmel und schlagen in den toten See ein, wo sie mit lautem Knall explodieren und Dreckwasserfontänen emporschleudern. Es sind alles nur Feuerwerkskörper, Silvesterraketen, aber es klingt wie die Einschläge beim Beschuß mit Langstreckenraketen.

Aus den Büschen rings um die verstreuten Hütten und Rundzelte bricht Maschinengewehrfeuer hervor, dann ertönt das Knallen von Granaten. Weitere Feuerwerkskörper, Feuergefechtssimulatoren, die Cassie bei einer ihrer mitternächtlichen Krabbelaktionen durch den Schlamm plaziert hat, die auf New Horizons zu ihrer Spezialität geworden sind. Piraten rennen wie aufgescheuchte Hühner aus den Behausungen hervor. Manche tragen Gewehre, Maschinenpistolen, Raketenwerfer. Andere streifen Mechkrieger-Kühlwesten über, während sie zum See stürmen.

Cassie rollt sich auf ein Knie und bringt ihre M23 in Anschlag. Kaum vier Meter entfernt steht die Frau und starrt sie an, das Gewehr noch über der Schulter. Pech gehabt. Cassie gibt einen einzigen Schuß ab, während ihr Blick über die Gürtelschnalle der Uniformhosen der Frau nach oben wandert und auf ihrer nackten Magengrube hängen bleibt.

Die Basura fällt strampelnd und schreiend. Trotz der allgemeinen Hektik erregt der Gewehrschuß die Aufmerksamkeit ihrer Kumpane. Sie wirbeln zu Cassie herum und nesteln an ihren Waffen, um sie feuerbereit zu machen. Aber sie werden mit schnellen Feuerstößen niedergestreckt.

Cassie ist keine schlechte Schützin mehr. Sie hat in ihrer Zeit beim Regiment viel gelernt.

Sie bewegt sich wieder aufs Unterholz am Rande des Sees zu, wo sie sieht, daß dessen Oberfläche zu kochen begonnen hat. LSW-Simulatoren knattern weiter sporadisch hinein, aber das verursacht die Wasserbewegung nicht: Monster erheben sich aus den Tiefen.

Cassie lächelt, als ein *Heuschreck*, umsprüht von schmieriger Gischt, herausspringt. Faul wie sie sind, haben die Piraten in manchen ihrer Mechs rund um die Uhr Piloten – wie die NHVA sehr zu ihrem Bedauern bei zwei verheerenden Überfällen feststellte, ehe sie das Problem dankbar den Söldnern überließ. Der kleine Hüpfer ist immer noch gut einen halben Klick weg, im Uhrzeigersinn links von Cassie am See entlang. Noch kein Problem.

»Sie schlucken den Köder«, meldet sie. »Termingerecht. Mach dich bereit, Diana. Alle anderen bleiben auf Empfang.«

Sie hört die Bestätigung kaum. Die Oberfläche hat regelrecht zu sieden begonnen. Die großen Jungs tauchen auf.

Wie ein dämonischer Geliebter singt das Adrenalin in ihren Ohren. Diese Furcht, diese äonenalte Furcht, steigt mit den Piratenmechs auf. Sie ist ihr Waffengefährte, ihr Lockmittel und ihr Führer. Sie durchströmt sie wie eine Glücksdroge die Adern eines Clan-Elementars in aufgebrochenem Kampfanzug.

Als nächster taucht ein *Paladin* auf. Schlamm strömt von der Geschützkrone auf seiner Stirn und dem Hinterkopf, die Arme sind erhoben, um blendende Laserstrahlen gegen Phantomfeinde in den Wäldern abzufeuern. Baumstämme explodieren zu Dampf, als der Mech auf seinen Sprungdüsen aufsteigt.

Cassie lacht laut auf. »Diana, auf Effekt berechnetes Feuer.«

»Unterwegs, Cassie.« Diana, kühl und selbstbewußt im Cockpit ihres Hundert-Tonnen-Mechs, vergißt gelegentlich, die Rufzeichen zu verwenden. Es paßt zu ihr, daß sie den Feind aus so großer Entfernung anzugreifen pflegt, daß sie ihn nie sterben sieht. Sie könnte Cassies Art von Krieg nicht aushalten, bei der sich das Blut eines Feindes mit dem Dreck, in dem man sich mit ihm gewälzt hat, zu klebrig schwarzem, nach Eisen riechendem Schlamm vermengt.

Dianas Arrow IV-Langstreckenraketen zerreißen den Himmel, als sei er ein dünner Vorhang. Höchste Zeit abzuhauen. Eine zu kurz abgefeuerte Salve würde Cassie verdampfen; außer einer Erinnerung bliebe nichts zurück. Es ist ihr egal. Sie vertraut Diana. Selbst wenn eine Rakete auf sie herabstürzen würde, wäre es schnell vorbei und Cassies Alptraum endlich zu Ende.

Jetzt singt ihr Herz. Denn jetzt taucht ihr Mech auf: der *Marodeur*, dessen vollgelaufenen Fußabdruck sie gefunden hat. Die lange, oben auf seinem buckligen Kopfleib angebrachte Autokanone, deren Mündung mit einer roten Polymerkappe verschlossen ist, schwingt hin und her wie ein Finger, der jemanden zum Anklagen sucht, während das Monster ans Ufer watet.

»Ja«, flüstert sie. »Ja.«

Nein. Es soll nicht sein. Eine Arrow IV von Dianas erster Salve landet direkt auf dem Kopf des MAR-3D und sprengt ihn auf wie eine Kartoffel in der Mikrowelle. Cassie stößt einen Schrei der Wut und Enttäuschung aus, als der *Marodeur* versinkt, Rauch und Dampf ausstößt und das Wasser dann blubbernd wieder über seiner geborstenen Hülle zusammenschlägt.

Ein rebellischer Kampfschrei gellt in Cassies Ohren, als sich das Donnern des *Arrow* über ihr erhebt wie ein larshanischer Wirbelsturm. »Santiago y adelante!« brüllt ein Mann. Heiliger James und drauf! Kojotengeheul und ›Ca-bal-leros!‹-Rufe machen den schweren Sprengköpfen tatsächlich Konkurrenz. Irgendwo singt Hachita sein Todeslied, während sein *Tomahawk* einen Sumpfarm durchwatet, wobei seine Axt danach giert, weißäugige Schädel zu spalten. Aber wenigstens besitzt er das Feingefühl, dies abseits zu tun.

Befehlsdisziplin gehört nicht zu den starken Seiten der Caballeros – genausowenig wie jede andere Art Disziplin. Nichtsdestoweniger verstummen die Kriegsschreie schnell, um den Kampfverkehr durchzulassen.

»Erstes Bataillon rückt vor«, sagt Tiburón unnötigerweise.

»Zeit, dich zurückzuziehen, Abtacha«, setzt Badlands hinzu.

Cassie lächelt. »Tiburón, paß auf, daß deine Leute auf den Wegen bleiben, die ich markiert habe«, sagt sie. Es gibt im Großen Murchison nicht viel Grund, der fest genug wäre, um das Gewicht auch nur eines kleinen BattleMechs zu tragen. Nur weil unter dem Seebett eine Gesteinsschicht liegt, können sich die Mechs der Gesetzlosen dort unten verbergen. Das war ein Grund, warum alle Regierungsmechs in ihr Verderben rannten, als die NHVA versuchte, die Basura auszuräuchern: Die Piraten hatten die benutzbaren Pfade markiert. Die Verteidigungsarmee nicht. Ihre Mechpiloten steuerten ihre Maschinen in tiefen Schlamm und saßen dann fest, während die Basura sie abschlachtete.

In den letzten beiden Wochen hat Cassie nicht nur das Feuerwerk installiert, sondern auch die sicheren Pfade ausfindig gemacht und diese mit Caballerosendern markiert. Sie hat auch ein paar eigene Spiele gespielt.

»Werde mich daran halten, Abtacha«, sagt Don Carlos. »Zieh dich jetzt zurück. Deine Aufgabe ist erledigt.«

»Tut mir leid, Tiburón«, sagt Cassie und faßt sich hinters Ohr. »Ich habe Probleme mit meiner Kommunikationseinheit. Dein Signal kommt nur unklar.«

»Schaff dich fort, Rotzgöre«, hört sie Buffalo Soldier sagen. Wie sie ist er ein Außenseiter, ein Nicht-Südwestler. Wie Diana ist er für einen Mechpiloten fast menschlich.

Kommt überhaupt nicht in die Tüte, Rastamann, denkt sie. Sie zieht das Punktmikrofon von der Haut ab und steckt es in die kleine Tasche, die in ihr Oberteil eingenäht ist und in der sich auch der Kommunikator befindet.

Ihre Pflicht dem Regiment gegenüber ist getan. Jetzt ist sie dran.

Im See blubbern und brennen mindestens drei Piratenmechs. Eine *Wespe* ist damit beschäftigt, am gegenüberliegenden Ufer in Lagernähe aufzutauchen. Der *Paladin* schwebt wieder auf seinen Düsen nach oben und fängt sich eine LSR von der vorrückenden Caballero-Kompanie ein. Cassie muß sich beeilen, sonst ist für sie nichts mehr übrig.

Dieser *Heuschreck* ist in ihre Richtung durch das Gebüsch gebrochen. Sie verzieht das Gesicht. Er ist keine so große Zielscheibe wie der *Marodeur*, bei weitem nicht. Zudem ist er wesentlich gefährlicher für einen Schlammspringer – trotz seiner fehlenden Sprungdüsen schnell und beweglich. Und sein Cockpit ist viel dichter am hohen Gras, in dem sich eine unverschämte Späherin vielleicht verstecken könnte.

Sie steht auf und tritt aus ihrer Deckung. »He, hier drüben!« Sie hebt ihr Gewehr und feuert eine Salve auf den Mechkopf ab. Im allgemeinen Aufruhr geht das

Geräusch der Schüsse unter, aber das Abprallen der Kugeln von den Panzerplatten erregt die Aufmerksamkeit des Piloten. Der *Heuschreck* schwenkt herum, der Hängerüssel seines mittelschweren Lasers sucht nach demjenigen, der unverschämt genug war, ihn anzugreifen.

Der Laser speit Licht. Der blühende Busch explodiert in einer Dampfwolke, der Rauch folgt. Cassie ist schon lange weg, sie durchschwimmt mit platschenden Stößen einen Sumpfarm. Der Mechpilot folgt in ihrem Kielwasser und feuert mit seinen an den Armen befestigten Maschinengewehren auf sie.

Als sie das Heulen der Armauslöser hört, ist sie schon untergetaucht. Salven kleiner Waffen verlieren nach zwei Metern Wasser den Großteil ihrer Energie. Ein paar verschwendete Salven zischen an ihr vorbei und ziehen Blasenspuren durch opakes Wasser, aber es fehlt ihnen die Kraft, auch nur ihre bloße Haut zu durchschlagen.

Cassie bewegt sich hauptsächlich nach ihrer Erinnerung und nach ihrem Gefühl, zieht ihr Gewehr am langen Schulterriemen hinter sich her und schwimmt in einen anderen Kanal, in dem sie am schlammigen Grund entlang und hinauf ins Schilf der Uferbank kriecht. Durch die wogenden langen Grasbüschel sieht sie den *Heuschreck* über den Leichnamen der Streife stehen, die sie kaltgemacht hat. Sie hebt ihr Gewehr, feuert einen einzelnen Schuß auf das am linken Arm befestigte Maschinengewehr. Vielleicht kann sie etwas zerstören, auch wenn das nur von untergeordneter Wichtigkeit ist.

Der Mech dreht sich um. Der Laserturm kann herumschwenken, die Kopf-Rumpf-Einheit hingegen nicht. Er muß die Füße bewegen, damit sich das Sichtfeld des Piloten ändert.

Dahinter ein enormes Platschen. Der *Paladin*, dem es gelungen ist, Dianas näher kommenden Salven riesiger

Arrow IV-Raketen auszuweichen, indem er weiter so hoch und so oft sprang, wie es die Düsen und die Wärmetauscher erlaubten, ist in eine Direktfeuersalve von LSR des vorrückenden Mechbataillons gesprungen. Kopf- und Brusttreffer haben die schwere Panzerung dort nicht durchschlagen, aber die Gyroskope beschädigt, worauf der Flug des Sechzig-Tonnen-Mechs ein abruptes Ende fand. Er ist gerade kopfüber in den Sumpf gestürzt.

Der Pilot des *Heuschreck* ignoriert den Fall seines MechKrieger-Kollegen, stellt seinen Mech auf die Zehenspitzen und springt. Die Maschine kann nicht wirklich springen, sondern benutzt ihre Myomermuskeln, um über den kleinen Brackwasserarm auf den Streifen vergleichsweise festen Landes zu hüpfen, hinter dem sich Cassie verbirgt.

Der Pilot ist gut genug, um das Manöver durchzuziehen, scheitert aber fast an der Landung, bei der er taumelt und torkelt, weil ein Fuß tiefer einsinkt als erwartet. Das Problem mit dem wendigen kleinen *Heuschreck* in dieser Umgebung ist, daß seine vogelartigen Beine ihn zu einer Maschine mit vergleichsweise hohem Bodendruck machen. Der herrschaftliche *Marodeur*, bei dessen altem Fußabdruck Cassie auf dem Herweg innegehalten hatte, konnte seinen Fünfundsiebzig-Tonnen-Leib mit weit größerer Sicherheit durch den Sumpf bewegen. Seine großen, seerosenblattähnlichen Hufe belasteten die Oberfläche mit viel weniger Kilo pro Quadratzentimeter.

Der Pilot des *Heuschreck* hofft, seinen Gegner überraschen zu können, und bestreicht die Gräser zu seinen Füßen mit seinen Maschinengewehren. Der Mech beugt sich vor und wirbelt mit seinem Laser zur Sicherheit eine Fontäne von Dampf und heißem Schlamm auf. Aber Cassie ist nicht da. Während noch der schmutzige Regen der Lasersalve in den Sumpf den Sichtschirm des Mech wie dunkler Vogeldreck bespritzt, lenkt das beunruhigende Ping einer Gewehrkugel, die von Panzerplatten abprallt, seine Aufmerksamkeit auf sich.

Tiefer und tiefer verfolgt der *Heuschreck* seinen Feind in den Großen Murchison-Sumpf. Ein *Heuschreck* ist einer der schnellsten Mechs, viel schneller als jeder Mensch. Aber dieser hier wird von der Notwendigkeit, Pfaden zu folgen, die durch die Signale der Piraten abgesteckt sind, stark behindert. Ein im Schlamm steckengebliebener Mech ist ein toter Mech. Besonders, wenn eine feindliche Streitmacht von unbekannter, aber offenbar beträchtlicher Größe die Gegend stürmt.

Hinter dem *Heuschreck* tobt eine einseitige, aber wilde Schlacht. Cassies Lärmsalve hat die verborgenen Mechs für Dianas Langstrecken-Vernichtungsangriff genau richtig aufgeschreckt. Die Überlebenden haben ihr wässriges Versteck verlassen, um sich von allen Seiten beschossen zu sehen, als die drei Caballero-Kompanien des Ersten Bataillons sich wie Zangen um ihre Lichtung und den toten See schließen.

Wahrscheinlich glaubt der Pilot des *Heuschrecks*, er sei weit weg von diesem Fiasko. Wenn ihm – oder ihr – aufgeht, daß sich sein Jagdwild erfreulich dicht an mechsicherem Gelände hält, schätzt er sich wahrscheinlich doppelt glücklich.

Ja, da vorne… da, vom gegenüberliegenden Rand eines breiten Sumpfstreifens winkt die unverschämte Fußgängerin dem *Heuschreck* zu. Sie salutiert mit einer unmißverständlichen Geste, dem gestreckten Mittelfinger, dreht sich dann um und sprintet auf die Deckung eines Palmackhains in ihrem Rücken zu.

Sie hat sich selbst hereingelegt. Mitten in diesem Sumpf leuchtet ein Signal hell und vertrauenerweckend auf dem taktischen Display des MechKriegers. Der *Heuschreck* konzentriert sich, springt wieder und landet mit einem gewaltigen Platschen inmitten des überschwemmten Feldes.

Der Aufprall muß das Rückgrat des MechKriegers eigentlich durch dessen Schädeldecke getrieben haben, aber er feuert seinen Laser und die Maschinengewehre noch beim Aufprall ab. Dicke Stämme fliegen in Splitterwolken auseinander. Gewaltige Blätter welken in der Hitze und beim Einschlag des Kugelhagels. In triumphaler Wut verwandelt der *Heuschreck* die Baumgruppe in Zahnstocher.

Der Ausbruch läßt nach. Der *Heuschreck* steht über den rauchenden Überresten des kleinen Hains. Die einzigen Geräusche sind das Prasseln der Flammen und das Knacken der Wärmetauscher, die versuchen, die Resthitze des Martell-Lasers abzustrahlen.

Plötzlich bricht fast zu Füßen des Mech die Menschenfrau aus dem Schilf hervor, aus dem überschwemmten Zugang eines Sumpfotterbaus. Laser und Maschinengewehre feuern aus allen Rohren, aber sie ist schon innerhalb des toten Winkels. Sie taucht zwischen den Beinen des Heuschrecks hindurch und flieht halb rennend, halb schwimmend durch den Sumpf.

Aber jetzt ist sie im Freien und weit von jeder Deckung entfernt. Der Pilot des *Heuschreck* hebt seinen rechten Fuß und schwenkt die Gyroskope für eine schnelle Rechtsdrehung herum, nur um festzustellen, daß der linke Fuß des Mech mehr als zwei Meter in den Schlamm eingesunken ist. Die beruhigende Sicherheitsbotschaft des Signalgebers war eine blanke Lüge. Zumindest wurde sie dazu, als Cassie ihn mitten in ein Sumpfloch versetzte.

Die Gyroskope des kleinen *Heuschreck* drehen ihn regelrecht von den Füßen. Er wirbelt herum und fällt in den Schlamm, wobei er seinen Laser wie einen Dorn in den Morast bohrt. Sein rechter Armstummel streift Cassie fast, die die Dinge wie üblich ein bißchen zu kühn angegangen ist. Die große Bugwelle schlammigen Wassers, die von der Landung des Mechs verursacht wurde, schlägt über ihr zusammen wie eine Sturzsee.

Sie taucht jedoch sofort wieder auf, schlammbedeckt und mit einem enormen Grinsen. Sie stößt ihre rechte Faust in die Luft und ruft: »Yeah!«

Der *Heuschreck* windet sich wie eine Schlange mit gebrochenem Rückgrat, schafft es so aber nur, sich noch tiefer in den Schlamm zu wühlen. Cassie nimmt ihr Gewehr von der Schulter, lädt durch, läßt ein verbrauchtes Magazin in glitzerndem Bogen davonfliegen und schüttelt die Waffe dann, um allen Schlamm herauszubekommen, der vielleicht bei all dem Schwimmen und Graben hineingekommen sein könnte. Das Vorhandensein eines Baus, den ein zwei Meter langer Sumpfotter in den Palmackhain gegraben hatte, war genausowenig Zufall wie die falsche Position des Basura-Signalgebers. Cassie hat diese Überraschung schon seit Tagen geplant.

Mit einem Zischen, das durch die erhitzte Luft hervorgerufen wird, öffnet sich die Hauptluke. Nachdem er zuerst in den Sumpf gestürzt ist, rappelt sich der helmlose MechKrieger auf, starrt Cassie wild an – die keine dreißig Meter entfernt mit der M23 im Anschlag steht – und rennt dann, nachdem er sich umgewandt hat, auf die qualmenden Überreste des Hains zu. Er rennt mit der federnden Energie eines Mannes, der schreckliche Angst hat, und sinkt mit jedem Schritt fast bis zum Knie ein.

Cassie läßt ihn gehen und grinst seinem breiten, in eine Weste gekleideten Rücken hinterher. Die Beute gehört ihr; er zählt nicht, und da er klug genug ist, sie nicht zu bedrohen, kommt er mit dem Leben davon. Zumindest bis die Sumpfbewohner ihn einholen.

Ihre nackte Haut ist warm, errötet, ihr ganzer Körper prickelt vom Triumph einer weiteren erfolgreichen Jagd. Ihre Beute war nicht so groß, wie sie gehofft hatte, aber nur wenige Schlammstampfer in der Inneren Sphäre können sich damit brüsten, einen BattleMech ohne Hilfe von *Power Armor* zu Fall gebracht zu haben. Sie hat das Biest nicht zerquetscht, vernichtet, wie sie es eigentlich wollte. Aber das hat auch seine Vorteile. Schon schwebt ein *Dunkelfalke,* wie es aussieht Gabby Camachos Rotschwänzchen, auf sie zu und sucht nach dem Piraten-Mech, der einer Schlacht entkommen ist, die jetzt fast vorbei ist. Don Carlos und sein Regiment brauchen neue Mechs, um die schrecklichen Verluste auszugleichen, die ihnen die Nebelparder zugefügt haben.

Cassie watet zu einem anderen Palmackhain und setzt sich in den Schatten, um die Bestätigung und Bergung ihres Jagderfolgs abzuwarten. Ich werde den Sumpf vermissen, denkt sie. Diese Aufgabe ist erledigt. Nach einer großen Diskussion hat ihnen Don Carlos einen neuen Auftrag verschafft, diesmal in der Inneren Sphäre. Garnisonsdienst – ausgerechnet auf einer Kuritawelt, fern von der Peripherie und weit genug unter der Waffenstillstandslinie, daß Clanüberfälle kein Problem darstellen werden.

Es wird lange dauern, bis sie wieder ihr brennendes Verlangen befriedigen kann, Mechs zu zerschmettern und ihre Piloten zu beschämen.

Mit dem Dröhnen der Chilton-360-Düsen taucht der *Dunkelfalke* über den hohen, buschigen Kronen eines Silurahains auf. Es ist tatsächlich die Maschine von Komtur Gavilán Camacho, Sohn vom Kolonel und Kommandanten des Ersten Bataillons. Cassie winkt glücklich, als sich der Mech dem Signalgeber entgegensenkt, den sie auf den wirklich sicheren Boden neben dem Schlammloch gelegt hat.

Sie hat Beute gemacht. Was auch kommen mag, heute nacht wird sie traumlos schlafen.

5

Imperial City, Luthien
Distrikt Pesht, Draconis-Kombinat

27. August 3056

Der Raum war dunkel. Die schlichten weißen shoji – Reispapierschirme –, die die Stahlbetonwände verbargen, spiegelten den Tanz der Lichter des Schattenspiels wider, das am gegenüberliegenden Ende des Raumes aufgeführt wurde.

In seiner Mitte saß ein alter Mann und sah zu. Sein langer, haarloser Schädel war zwischen hängenden Schultern eingesunken. Sein in einen Kimono aus dunkler, glänzender Seide gewandeter Körper schien mit dem motorisierten Rollstuhl verschmolzen zu sein, in dem er saß. Die Farben der Puppen, die sich auf der Holobühne bewegten, spiegelten sich in Augen wider, die schwarz waren und noch immer scharf wie eine ererbte Katana. Er war achtundachtzig Jahre alt und fühlte das Gewicht jeder Minute wie einen Bleibarren.

Die Holoanzeige zeigte einen vollen, hell erleuchteten Zuschauerraum. An der Decke sichtbare Metallträger gaben Zeugnis von seiner improvisierten Natur. Es handelte sich offenbar um eine Art Lagerhaus, das konfisziert worden war. An seiner Stirnwand befand sich ein Podium.

Auf dem Podium stand ein kleiner, zerknitterter Mann mit lichtem, zerzaustem Haar und stechenden schwarzen Augen. Er wurde umrahmt von einem riesigen Abbild des Kuritadrachen, der schwarz auf Rot prangte. Der Mann schüttelte eine pummelige Faust in Richtung des Publikums.

»Wir fordern den Sturz der Verräter, die unseren edlen Koordinator, Takashi, ermordet haben!« röhrte er mit einer überraschend kraftvollen Stimme. »Kokuryu-kai, die Gesellschaft vom Schwarzen Drachen, verlangt Blut!«

»Blut!« wiederholte die Menge, die ausschließlich aus Männern bestand, von denen die meisten in die für Mitglieder der Arbeiterklasse des Draconis-Kombinats vorgeschriebenen Gewänder gekleidet waren. Bei näherem Hinschauen entdeckte man gelegentlich einen Händler oder niederen Beamten in eleganter geschnittener Kleidung aus besserem Tuch.

»Wir fordern die Absetzung der Verräter, die unseren gegenwärtigen Koordinator Theodore falsch beraten und ihn blenden. Nie war die Gelegenheit günstiger, unsere Feinde sind jetzt völlig desorganisiert. Die Zeit ist gekommen, der Drache sollte zuschlagen, und zwar gnadenlos! Unser Ruf lautet Hakko-ichi-u, die Acht Ecken der Welt unter Einem Dach!«

Die Menge antwortete mit wilder Begeisterung, sprang auf und reckte Fäuste in der Luft. »Hakko-ichi-u! Hakko-ichi-u!« schrien alle.

»Unsere Feinde, die Steiners und die Davions, befinden sich in einem Zustand der Auflösung!« schrie der Sprecher und brachte den Tumult damit fast augenblicklich zum Verstummen – dies war schließlich ein gehorsamer Kurita-Mob. »Unsere Brüder in der Konföderation Capella sind bereit loszuschlagen! Was können wir und sie zusammen unter Führung des Drachen nicht erreichen?«

Ob der Mann seine Frage selbst beantworten wollte, oder ob sie einfach rhetorisch war, sollte nie jemand erfahren. Genau in diesem Augenblick ertönte auf der Tonspur ein merkwürdiges Explosionsgeräusch, halb Zischen, halb Knallen, und dann zerplatzte das Gesicht des Sprechers in einem roten Halo.

Einen Augenblick lang herrschte Stille im improvisierten Zuschauerraum. Dann zerbarst die Menge wie eine antike Vase, die auf Fliesen aufschlägt. Manche rannten auf das Podium zu, um ihrem gefallenen Anführer zu helfen. Andere – die entweder besser informiert waren oder einfach schärfere Überlebensinstinkte besaßen – stürzten zu den Ausgängen.

Weder die eine noch die andere Richtung führte in die Sicherheit. Die ersten, die die Türen nach draußen erreichten, wurden vom Rest der Menge dagegen gedrückt und schließlich zerquetscht. Die Türen waren von außen blockiert worden.

Der Kameramann schwenkte jetzt herum, um Männer und Frauen zu zeigen, deren Gesichter unter schwarzen Gesichtsmasken verborgen und deren Körper von Kopf bis Fuß in schwarze Kleidung gehüllt waren. Sie bewegten sich von hinten nach vorn durch den Raum und töteten, während sie vorrückten – zuerst mit kurzen, schallgedämpften Sturmgewehren und dann, als sich die panischen Schwarzen Drachen auf sie stürzten, mit der Katana, die sie in Scheiden auf dem Rücken trugen.

Der Mann, der zusah, ließ ein leises, kehliges Geräusch hören, während er auf einen Schalter drückte, der in die Armlehne des Rollstuhls eingelassen war. Das holographische Bild gefror und zeigte einen der schwarzgekleideten Agenten, dessen Silhouette mit erhobenem Schwert vor dem Drachenbanner zu sehen war.

Das Licht ging an. »Und das passiert hier auf Luthien«, murmelte der alte Mann.

Der wesentlich jüngere Mann zu seiner Rechten ließ die aristokratischen Nasenflügel beben. »Unsere Kollegen«, sagte er, bezugnehmend auf Daniel Ramakas gefürchtete Abteilung Interne Sicherheit der Internen Sicherheitsagentur, »lassen hundert Blumen blühen, damit sie ihnen die Köpfe abschlagen können.«

»In der Tat.« Der alte Mann schwenkte seinen Rollstuhl herum, so daß er dem Mann gegenübersaß, der sich zu seiner Linken befand.

»Der Holokameramann war natürlich einer unserer

Agenten«, sagte der zweite Mann. Er war jünger als der Mann im motorgetriebenen Rollstuhl und hatte Hängebacken, einen feuchten Schnurrbart und ein schwarzes Barett, das auf langem, dünnem, schwarzem Haar thronte. Er trug ein senfgelbes Sportjackett über einem weißen Hemd mit offenem Kragen. Ein weißer Schal lag um seinen Hals. »Er hatte Befehl, jede Einzelheit des Überfalls aufzuzeichnen.«

»Das nahm ich an«, sagte Subhash Indrahar, der Direktor der Internen Sicherheitsagentur des Draconis-Kombinats. Er hielt einen Augenblick inne und studierte den wenig reinlichen Mann mit dem Barett mit seinen wild glitzernden Augen.

»Empfehlen Sie immer noch, daß wir diese Aufzeichnung den Medien zugänglich machen, Mr. Katsuyama?«

Katsuyama nickte enthusiastisch mit dem Kopf. »Allerdings, Subhash-sama. Natürlich entsprechend bearbeitet. Sie ist schön, einfach schön. Sie betont gleichzeitig das bösartige Wesen der Kokuryu-kai und die Fruchtlosigkeit ihres Tuns angesichts unserer überall vorhandenen und heldenhaften ISA-Agenten ...«

Der Mann schien geneigt zu sein, möglicherweise ewig so weiterzumachen, aber Subhash schnitt ihm das Wort ab, indem er seinen Stuhl herumschwenkte und plötzlich den Mann ansah, der rechts von ihm saß.

»Migaki?« fragte er.

Der dritte Mann war jünger als alle anderen, groß und schlank und im allermodernsten Stil der herrschenden Klasse in Luthien, der Hauptstadt des Kombinats, gekleidet: Er trug einen hellgemusterten Happi-Mantel offen über einem grauen Sweatshirt der Sun Zhang MechKriegerakademie, schwarze Hosen im Pyjamastil aus Seide, weiße Tabi-Socken mit Spalt für den großen Zeh und Geta-Holzschuhe. Sein schwarzes Haar war trotz des Knotens so lang, daß es über die Schulter fiel. Er entschränkte die langen Beine – es entging Subhash nicht, daß er damit eine Pause kaschierte, die er brauchte, um seine Antwort zu formulieren – und zuckte dann gewollt lässig die Schultern.

»Ernie-sensei ist der Fachmann«, sagte Takura Migaki, Oberhaupt der Stimme des Drachen, der Propagandaabteilung der ISA.

Subhash wartete, aber sein Abteilungsleiter hatte sonst nichts zu sagen. Trotz seines guten Aussehens und des sorgsam gepflegten Äußeren eines sorglosen Lebemanns und Dandys war Migaki ein Mann, der nie eine Silbe zufällig oder aus Versehen äußerte. Die Verwendung eines Spitznamens mit dem Wort für Meister oder Lehrer, vor allem, wenn er ihn in seinem üblichen trockenen, fast verächtlichen Ton vorbrachte, war unorthodox, grammatikalisch fast falsch. Das gleiche galt für die Verwendung eines Ehrentitels, wenn man von einem Jüngeren sprach. Es ging ihm darum, sowohl Katsuyamas Beherrschung der vorliegenden Frage als auch die Exzentrizität zu betonen, die seine Kleidung schon anklingen ließ.

Subhash fuhr seinen Rollstuhl an eine Stelle zurück, von der aus er beide Männer sehen konnte, ohne den Kopf drehen zu müssen, obwohl das die schwindenden Halsmuskeln anstrengte. Zu seiner Zeit war Subhash ein Athlet gewesen, ein kendoka von großer Begabung. Er schämte sich, jetzt in diesem hilflosen Zustand zu sein.

Enrico Katsuyama war Oberhaupt der Gütigen Führung, die für die Stimme des Drachen die Medienmanipulation übernahm. Er war von Migaki persönlich für diese Aufgabe ausersehen worden, der selbst berühmt für seine Propagandafähigkeiten war. Migaki war der Magier, der Hanse Davion den Spitznamen ›Schwarzer Ritter‹ gegeben hatte, wobei er das Musketier-Charisma des verstorbenen Oberhauptes der Vereinigten Sonnen benutzte, um ihn in den Augen der Bevölkerung des Kombinats zu einem überlebensgroßen Schurken zu machen. Subhash Indrahar fühlte sich mit

Migaki nicht ganz wohl, obwohl Migaki nie die sorgfältig ausgelegten Köder geschluckt hatte, die ihn darauf hinwiesen, daß er Subhash' Nachfolger als Leiter sein könnte, ob nun mit gerechten oder hinterlistigen Mitteln. Migaki war einfach zu glatt. Aber Subhash hatte keinen Grund, daran zu zweifeln, daß Katsuyama der Position würdig war, in die ihn Migaki befördert hatte. Migaki war zu eitel und zu vorsichtig, um einen Gesichtsverlust durch die Beförderung eines Unfähigen zu riskieren.

»Üblicherweise machen wir die Aktivitäten unserer Agenten nicht publik«, sagte Subhash.

»Aber warum sollten wir damit nicht anfangen?« fragte Katsuyama überschäumend vor Enthusiasmus. »Wir leben in schweren Zeiten. Das Volk braucht Helden. Warum nicht die Männer und Frauen der ISA?«

Subhash sah ihn an. Selbst er empfand die Idee, daß die Öffentlichkeit seine so gefürchtete Geheimpolizei als Helden betrachten könnte, zumindest als neu.

»Übrigens«, sagte Katsuyama, »wird diese Ausstrahlung mit Sicherheit Gerüchte verstummen lassen, die ISA selbst stecke hinter den Schwarzen Drachen.«

Subhash stieß den Atem aus, den er unwillkürlich angehalten hatte. Der Ruf der ISA war ihm ziemlich egal, solange sie gefürchtet war. Aber es war schon bekannt, daß sich die ultranationalistische Kokuryu-kai Gerüchte zunutze machte, nach denen sie in der Regierung des Kombinats hochgestellte Verbündete hatte. Es würde nicht ausreichen, sie sich durch die Interne Sicherheit fälschlicherweise legitimieren zu lassen.

Hier lag eine Ironie, die so groß war, daß Subhash fast lächelte – ein überraschend seltenes Ereignis für einen Mann, den man bei Hofe noch immer ›der Lächelnde‹ nannte. Takashi Kurita war nicht ermordet worden, wie der Redner der Schwarzen Drachen behauptete. Allerdings hatte es an Versuchen Subhash' und seiner ISA nicht gemangelt.

Er nickte, eine fast nicht wahrnehmbare Geste. Migaki, der sie bemerkt hatte, nickte seinerseits und erhob sich. Katsuyama, dem sie entgangen war, saß wie ein Schuljunge mit gefalteten Händen da, so weit auf seinem Stuhl vorgebeugt, daß er unmittelbar gefährdet zu sein schien, auf die Nase zu fallen.

»Sie können tun, was Ihnen angemessen erscheint, Mr. Katsuyama«, sagte Subhash.

Katsuyama hüpfte wie ein fetter, schwabbeliger Welpe auf die Füße. »Danke, Direktor! Ich verspreche Ihnen, Sie werden nicht enttäuscht sein.«

Natürlich nicht, dachte der Direktor, als Migaki seinen Untergebenen aus dem Raum geleitete. Subhash Indrahar war ein Mann, der wenig Fehler machte; und er war absolut skrupellos, wenn es darum ging, die wenigen, die ihm unterliefen, zu korrigieren. Ich glaube nicht, daß du den Mut hast, mich hängen zu lassen.

Subhash war allein. Einen Augenblick lang saß er da, ein alter Mann, dem nur seine Müdigkeit Gesellschaft leistete. Dann schaltete er das Holobild am Ende des Raumes ab und löschte gleichzeitig die Gesellschaft des Schwarzen Drachen aus seinem Geist. Sie war für den Augenblick erledigt.

Es war Zeit, sich einer dringenderen Angelegenheit zuzuwenden: der Mission, die seinen Adoptivsohn und designierten Nachfolger auf die nahe Welt Hachiman geführt hatte.

6

Masamori, Hachiman
Distrikt Galedon, Draconis-Kombinat

27. August 3056

»Hier in den Randbezirken von Masamori, der größten Stadt der Welt Hachiman im Draconis-Kombinat, herrscht festliche Stimmung. Die über neunzig BattleMechs des Siebzehnten Aufklärungsregiments kommen auf dem Planeten an, um ihre Stellung bei Hachiman Taro Electronics, Limited, dem zweitgrößten Konzern des Planeten, anzutreten. HTE gehört Chandrasekhar Kurita, einem entfernten Mitglied der Familie, die das Kombinat seit seiner Gründung vor mehr als sieben Jahrhunderten regiert.

Hinter mir sehen Sie das Landungsschiff, das Mechs des Ersten Bataillons von Camachos Caballeros entlädt, während sich die Männer und Frauen des Siebzehnten ausgehfertig machen. Sie werden in die Stadt selbst einmarschieren, um in dem mächtigen Industriekomplex von HTE, der am Westufer des Yamato im Stadtbezirk Murasaki liegt, Sicherheitsdienste zu verrichten. Die für ihre Unrast berüchtigte Bevölkerung Masamoris hat die Gelegenheit für eines ihrer ausgelassenen *Matsuri* oder Straßenfeste genutzt.«

Der junge Mann mit dem bleistiftdünnen Schnurrbart wandte sich halb nach links und ließ die Holokamera sein schön gemeißeltes Profil einfangen, während sie in Großaufnahme auf eine Auslegerbrücke schwenkte, die den Yamato überspannte, der hier eine Breite von fünfhundert Metern erreichte und südwärts durch die Metropole floß. Menschenmengen säumten die Zufahrt und schwenkten Banner und bunte, karpfenförmige Drachen. Am anderen Ufer verwandelte das spätnachmittägliche Licht die Wolkenkratzer Masamoris in Bronzetürme.

»Hinter mir sehen Sie die Hohiro-Kurita-Gedächtnis-Eisenbahnbrücke. Wie die meisten Autobahnbrücken im Draconis-Kombinat sind auch die nach Masamori führenden so gebaut, daß kein Fahrzeug sie überqueren kann, das schwerer als neunzehn Tonnen ist, eine Eigenschaft, die dazu dienen soll, feindliche BattleMechs im Falle einer Invasion an der Benutzung der Brücken zu hindern. Nur eine Eisenbahnbrücke kann die bis zu einhundert Tonnen schweren Söldnermaschinen tragen.

Sie können die Erregung der Menge vernehmen, während sich der erste BattleMech dem Brückenbogen nähert. Und zu Recht; vielleicht wurde seit der deutschen Stuka von Terra aus der Zeit vor der Raumfahrt keine Maschine mehr so völlig mit einem mächtigen und makellosen Reich identifiziert. Denn der Mech, der dem Kommandanten des Siebzehnten, Kolonel Carlos Camacho, gehört, der früher zum Militär der Liga Freier Welten zählte, hat die unverkennbare bucklige, kugelnasige Form eines *Katamaran* – das Symbol schlechthin der fürchterlichen Macht der Clan-Invasoren.

Hinter dem *Katamaran* seines Vaters schreitet der *Dunkelfalke,* der Komtur Gavilán Camacho gehört, dessen Mech vorn und hinten mit dem beeindruckenden Bild eines Falken mit gespreizten Schwingen und Klauen bemalt ist. Hinter ihm reihen sich die restlichen Maschinen des Ersten Bataillons ein.

Aber der *Katamaran,* auf dessen Schnauze ein Haimaul prangt, ist nicht das erste Fahrzeug in der Reihe. Die Ehre, die Prozession nach Masamori zu führen, ist einem Mitglied des Kundschafterzugs des Siebzehnten zugefallen.«

Die Kamera fuhr näher heran und konzentrierte sich auf eine einzelne Gestalt, die vor dem furchteinflößenden Koloß von Kolonel Camachos Großem Weißen unbedeutend wie ein Käfer wirkte. »Der lange und herausragende Dienst im Regiment hat Unterleutenient

Cassiopeia Suthorn diese Ehre eingebracht. Sie führt die mächtige Prozession der Kampfkolosse auf dem möglicherweise bescheidensten Fahrzeug im gesamten Regiment an: einem Mikoyan-Gurevich-Mountainbike mit dreißig Gängen.«

Nahaufnahme von Cassie, die – langer Zopf auf dem Rücken und das Sturmgewehr an die Fahrradstange geschnallt – tapfer in die Pedale tritt. Dann fährt die Kamera wieder zurück, um den hübschen jungen Reporter in seiner makellosen Buschjacke ins Bild zu bekommen.

»Das war Archie Westin, VCND, aus Hachiman in der Präfektur Oshika, Militärdistrikt Galedon.«

»Gut, Archie«, sagte seine Kamerafrau und ließ die Holokam von der Schulter gleiten. Archie lächelte fast scheu und nickte mit dem blondgelockten Kopf.

»Entschuldigung, junger Mann«, ertönte eine sanfte Stimme hinter Westins linker Schulter. Der Nachrichtenreporter drehte sich um und sah einen Mann mittlerer Größe in mittleren Jahren, der sich von der Stelle näherte, an der er in diskretem Abstand gewartet hatte, bis die Aufnahme im Kasten war. Der Wind zerzauste die dunkelbraunen Haarsträhnen, die er über die kahlen Stellen gekämmt hatte. Er hatte einen Schnurrbart und dunkle Augen mit so dichten Wimpern, daß sie fast buschig wirkten. Er trug den weißen Kragen und den dunklen Übergangsmantel über dunkler Kutte eines modernen katholischen Priesters. Archie nickte ihm höflich zu.

»Könnte ich kurz mit Ihnen sprechen, Mr. Westin?« fragte er.

»Sicher, Vater.«

Ein schüchternes Lächeln. »Ich bin Vater Roberto García, Jesuit«, sagte der Priester. »Aber Sie können mich Bob nennen, wenn Sie wollen.«

Darauf grinste Archie und nickte. Er war von Natur aus ein höflicher, aber auch extrovertierter junger Mann. Beides war in seinem Metier ein unschätzbarer Vorteil.

»Was kann ich also für Sie tun, Va … Bob?«

»Ohne es zu wollen, habe ich Ihre Anspielung auf die Stuka gehört. Sind Sie zufällig Historiker?«

Archie lachte. »Nichts so Großartiges. Eher ein Geschichtsfan.«

Das Gesicht des Jesuiten hellte sich auf. »Dann haben wir ein gemeinsames Interesse. Wir sollten uns irgendwann einmal ausführlich unterhalten. Was meinen Sie?«

»Unbedingt.« Archie sah hinüber zu Kamerafrau Mariska Savage, die sich gerade über ihre Holoausrüstung beugte. Er grinste kaum wahrnehmbar über die Art, wie sich die Khakishorts über ihrem Hintern spannten. Für seinen Geschmack war sie ein wenig stämmig, aber dennoch phantastisch gebaut. Nichts war bei ihr im Überfluß vorhanden. Berufliche Prinzipien und der gesunde Menschenverstand hielten ihn von dem Versuch ab, ihre Beziehung über die bereits enge Freundschaft derer, die gemeinsam in Gefahr gewesen waren, hinaus auszudehnen. Aber schauen konnte er ja.

»Ich sage Ihnen was, Bob«, sagte Archie und wandte sich wieder dem älteren Mann zu. »Ich habe zwar Kolonel Camacho getroffen und wurde von Leutenient-Kolonel Cabrera ins Bild gesetzt – und sie waren die Höflichkeit in Person, das muß ich zugeben –, aber ich kenne hier eigentlich noch niemanden so richtig, wenn Sie verstehen, was ich meine. Da ich den Auftrag habe, über das Siebzehnte zu berichten, könnte ich einen Insider als Freund wirklich gebrauchen.«

García nickte. »Zufällig bin ich am ehesten so etwas wie der Verbindungsoffizier der Caballeros. Das ist eine von mehreren Hochzeiten, auf denen ich tanze – neben Historiker der Einheit, Psychologe und Pilot eines *Kreuzritter*.«

Westins haselnußbraune Augen weiteten sich. »Sie sind ein MechKrieger?«

García nickte. »Habe die Ehre.«

»Eher ungewöhnlich für einen Padre, in den Kampf zu ziehen. Noch ungewöhnlicher, mechtauglich zu sein.«

»Sie sind nicht mit den sogenannten Südwestlichen Welten vertraut, oder?« fragte der Priester, woraufhin Westin den Kopf schüttelte. »Dann werde ich Sie eine Menge lehren müssen, mein Freund. Zunächst einmal haben wir nur einen Kaplan, der nicht an den Kämpfen teilnimmt, Vater Montoya. Der Rest von uns – Pastoren und auch Rabbis – kämpfen mit den anderen zusammen. Nur so können wir den Respekt dieses Haufens erringen.«

»Pastoren, Rabbis und Priester?« fragte Archie.

»Wie gesagt, Sie müssen noch viel über uns lernen.« Der Priester legte dem jüngeren Mann die Hand auf die Schulter – wozu er den Arm nach oben strecken mußte, da Westin um einiges größer war – und drehte ihn sanft zur Prozession der Caballero-BattleMechs um, die die Brücke überquerten und in Masamori einmarschierten.

»Jetzt sagen Sie mir als Geschichtsstudent: Erinnert Sie diese Szene an etwas?«

Archie kaute kurz mit makellos geraden weißen Zähnen auf seiner Unterlippe herum und zuckt dann die Schultern. »Nichts, was mir auf Anhieb einfiele.«

»Mich erinnert sie«, sagte der Priester, »an den Einzug der Katalanischen Großen Kompanie im Jahre des Herrn dreizehn-null-zwei in Konstantinopel.«

Archie schüttelte leicht den Kopf. »Mit diesem Ereignis bin ich leider nicht vertraut, Padre.«

»Die ottomanischen Türken hatten kurz zuvor begonnen, den Platz der Seldschuken einzunehmen. Sie verbreiteten sich über das Byzantinische Reich wie eine Heuschreckenplage. Um mit ihnen fertigzuwerden, heuerten die Byzantiner eine Kompanie katalanischer Almugavars an, jener unübertroffenen leichten Infanterie. Es waren die härtesten Söldner jener Tage, und die Frauen unter ihnen waren so angesehen wie die Männer – genau wie bei unseren eigenen Caballeros.«

»Wollen Sie damit sagen, das Siebzehnte hätte die härtesten Söldner unserer Tage, Padre?« fragte Archie mit hochgezogener Augenbraue.

García schüttelte den Kopf. »Nicht, solange es noch Wolfs Dragoner und die Kell Hounds gibt, Mr. Westin, obgleich jeder Caballero lieber stürbe als einen Zentimeter nachzugeben, nicht einmal einem von ihnen.«

»Nennen Sie mich Archie.«

»Also Archie. Nein, es ist eher der Kontrast der Bilder, der mich anlockt. Es gibt ein Gemälde aus dem neunzehnten Jahrhundert, das die Ankunft der Kompanie in der byzantinischen Hauptstadt zeigt. Da sitzt der Herrscher auf seinem Thron, die Hagia Sophia ist über seiner rechten Schulter zu sehen, und umgeben ist er von seinem schillernden, geschminkten Gefolge in seiner ganzen Pracht.

Und vor ihm marschieren die Katalanen: struppige Barbaren, um ehrlich zu sein, schmuddelig und wild in ihrem Schuppenpanzer und den Metallkappen, mit ihren *Azagayas* und Schilden auf dem Rücken. Sie sehen nicht anders aus als ihre Ahnen, die Westgoten und wilden iberischen Stammesangehörigen, als sie die damals größte Stadt auf Erden betreten.«

Archie lachte. »Gewiß ein fesselndes Bild. Aber es entspricht, wie mir scheint, nicht so ganz Ihren Kameraden.«

»Ich bin durch und durch ein Caballero, Archie. Meine Familie ist eine der stolzesten auf Sierra, meiner Heimatwelt. Aber ich kenne meine Leute gut.«

Archie reckte das Kinn vor und nickte. Es war ein hübsches Kinn, kantig, ohne zu vorspringend zu sein. Er war stolz darauf.

»Und wie endete die Episode?« fragte er und beobachtete, wie die langen Schatten der Caballero-Mechs sich behäbig einen Weg über die Schattenbrücke suchten, die auf dem träge dahinfließenden Wasser des Yamato lag.

García seufzte. »Nicht gut. Die Byzantiner begannen, die Macht der Katalanen und den Ehrgeiz ihres Anführers Roger de Flor zu fürchten. Sie luden Roger zu einem Bankett zu seinen Ehren und stürzten sich dann auf ihn und sein Gefolge. Sie ermordeten sie. Gleichzeitig griffen sie die verschiedenen Söldnerlager an und versuchten sie dem Erdboden gleichzumachen.«

»Gelang es ihnen?«

»Nicht ganz. Die Katalanen verteidigten sich nicht nur, sondern verwüsteten in ihrem Zorn all jene Teile des Reichs, die außerhalb der Stadtmauern lagen, zu deren Erstürmung ihnen die Belagerungsmaschinen fehlten. Dann segelten sie fort, nach Griechenland, und eroberten den Peloponnes von den fränkischen Rittern, den sie besetzt hielten. Und noch jahrhundertelang sagte ein Grieche, der jemanden wirklich verfluchen wollte: ›Möge dich die Rache der Katalanen treffen.‹«

Eine Zeitlang hörte man nur das Pfeifen des Windes, die fernen Rufe und das Summen von Luftkissenmaschinen, während Arbeitsgruppen Ausrüstung der Caballeros aus dem Landungsschiff auf das Gelände der Sport- und Trainingseinrichtung luden, die HTE gehörte und in der der Großteil des Regiments untergebracht sein würde, sowie das leise langsame Donnern der Caballero-BattleMechs, die beim Überqueren der Eisenbahnbrücke bewußt unrhythmisch gingen.

»Ein eher böses Omen, würde ich sagen«, bemerkte Archie schließlich.

»Wenn man an Omen glaubt.« Der Jesuit schlug ihm wieder auf die Schulter. »Komm. Ich glaube, wir und deine charmante junge Assistentin könnten etwas zu trinken finden und dann hinüber in die Stadt fahren. Dann bleibt noch genug Zeit, über die Ankunft unserer Mechs im HTE-Komplex zu berichten.«

7

Masamori, Hachiman
Distrikt Galedon, Draconis-Kombinat

27. August 3056

Da kamen Usagi und Unagi, die klassischen *Ashigaru*, unzertrennlich wie Zwillinge, in voller Geschwindigkeit mit bloßen Armen und Beinen und wehendem, glattem schwarzem Haar durch den Mob geeilt.

»Sie kommen, Lainie«, keuchte Usagi, der ein paar Zentimeter größer war. Sein Name bedeutete Hase, was man auf den ersten Blick als passend erkennen konnte. Es war auch *ingo* – Unterweltdialekt – für kleiner Dieb. Auch das war richtig.

»Es ist total seltsam«, sagte Unagi zu der rothaarigen Frau, die einen guten halben Meter größer war als er und Usagi. Umgeben von einer kleinen Gruppe Männern mit harten Gesichtern stand sie auf dem Gehweg, und es umgab sie ein weiterer, unsichtbarer Kreis, den die im Zweifelsfall gesetzestreuen Bürger Masamoris nicht zu betreten wagten. Jeder, der auch nur einen flüchtigen Blick auf die Gruppe warf, hätte angenommen, daß dies eine besonders brutale Straßenbande war. Er hätte gar nicht so schief gelegen.

Unagi blieb stehen und atmete ein paarmal tief durch, während die große Frau mit verschränkten Armen auf ihn herabblickte. Er war ein zierlicher kleiner Mann, dessen Bewegungen flossen wie Öl, wenn er nicht gerade volle Pulle rannte. Sein Name bedeutete ›Aal‹ und stand auch für das dünne, weiche Seil, das Fassadenkletterer bevorzugen. Genau das war er gewesen, ehe die Freundlichen Berater ihn geschnappt hatten. Er und Usagi hatten eine Zelle auf Galedon V geteilt, während sie ihre ›Pflicht‹ taten.

»Sie werden von einer Frau angeführt«, keuchte Unagi, »und weißt du was? Sie fährt Fahrrad.«

In der Ferne waren auf der Yoguchi-Kurita-Straße die hochragenden, schwankenden, großen BattleMechs zu sehen, die näher kamen. Die Rothaarige sah über die Schulter einen Mann an, der noch größer war als sie und ebenso breit wie sie zierlich. Ein Teil davon war Fett, ein anderer nicht. Er hatte einen rasierten Kopf, runde, jovial aussehende Wangen und trug die rotorangefarbenen Roben eines Mönchs des Ordens der Fünf Säulen.

Der große Mann trat vor, dorthin, wo Schaulustige am Rande des Gehsteigs die Hälse reckten, um besser sehen zu können. Er machte ein Geräusch wie ein Vulkan kurz vor dem Ausbruch. Die Schaulustigen drehten sich um, sahen ihn an und verdrückten sich schnell.

Die rothaarige Frau nahm ihren Platz ein, ihr Gefolge gruppierte sich um sie herum. Die Bürger wichen pflichtschuldig nach allen Seiten zurück wie Quecksilber vor einer Fingerspitze.

Der Weg war übersät von kunstvollen Girlanden aus buntem Papier – einige wurden von Bündeln heliumgefüllter Ballons in der Luft gehalten –, von Blumen aus Papier und echten Blüten, von Bannern, die die Fremden in Kanji-, Hiragana- und Katakana-Schriftzeichen willkommen hießen, die sie zweifellos nicht lesen konnten. Tänzer in traditionellen Kostümen – japanischen, chinesischen und Hindugewändern – tänzelten fast unter die Metallfüße der Mechs. Die Masakko, wie man die Bewohner der Hauptstadt Hachimans nannte, hatten sich nicht lumpen lassen.

Natürlich hatten die PR-Spezialisten von HTE einiges springen lassen, um ein stürmisches Willkommen für die Fremden zu garantieren. Aber die Begeisterung auf der Straße war durchaus echt. Lainie konnte spüren, daß sie von der Menge ausging wie Hitze von einem Papierlampion in einer Winternacht. Die Masakko liebten das Neue, und riesige Söldner-BattleMechs, die mitten durch die Stadt schritten, waren mehr als neu. Mehr noch, die Leute liebten den kleinsten Vorwand, um ein *Matsuri* auszurichten – ein Fest, jene einzigartige Masamorimischung, die sich aus einem Teil traditioneller Feierlichkeiten, einem Teil Straßenfest und einem Teil Aufstand zusammensetzte.

»Die Schnurrbart-Petes müssen vor Neid erblassen, wenn sie sehen, daß für einen Haufen zerlumpter Gaijin eine solche Party veranstaltet wird«, sagte Shig Hofstra, ein langer, schmaler Typ mit scharfen Zügen und einem strohblonden Haarschopf. Er hatte unter dem Verdacht gestanden, Aufwiegler zu sein und eine schwere Zeit in einer der Erholungseinrichtungen des Ministeriums für Frieden und Ordnung im Distrikt Benjamin zugebracht – wenn sie gewußt hätten, daß er ein Aufwiegler war, hätten sie ihn hingerichtet –, als die Clan-Invasion losbrach. Insgeheim hatte Theodore Kurita für all die, die sich freiwillig für an Selbstmord grenzende Missionen meldeten, die Gefängnistore geöffnet. Shig war zwar in seinem Leben noch nie in einem BattleMech gewesen, wollte aber auch nicht in Teruho verrotten, also meldete er sich sofort und unterschrieb auf der gepunkteten Linie. Nach einem MechKrieger-Schnellkursus von neunzig Tagen, bei dem er sich als überraschendes Naturtalent erwies, fand er sich beim Heruzu Enjeruzu wieder – dem Neunten Geisterregiment, das dem Unheil direkt in die Arme lief. »Ganz abgesehen von der Tatsache, daß es Söldner sind.«

Lainie kicherte. ›Schnurrbart-Pete‹ konnte damit jeden traditionalistischen Kurita meinen, der Probleme hatte, die Reformen des Koordinators Theodore zu schlucken. Es bezog sich besonders auf jenen höchst konservativen Teil der Kombinatsgesellschaft, die Oyabuns oder Bosse des Yakuza-Verbrechersyndikats. Wie viele der nicht zur Yakuza gehörenden Regimentsmitglieder glaubte Shig, wirklich Haß für die ›Außenseiter‹ der Yakuza zu empfinden, diejenigen, die noch immer zivile Straßengauner waren.

Ihr Lächeln wurde schmaler und erstarb. Er wußte nicht, was es bedeutete, die Oyabuns zu hassen.

Lainie Shimazu schon. Sie gehörte selbst zur Yakuza.

Der Hase und der Aal hatten recht, wie sie jetzt sah. Da kam die Anführerin der Prozession. Ihre nackten braunen Beine bewegten sich trotz des leichten Anstiegs der Yoguchi Kurita gleichmäßig. Sie sah wie ein asiatischer Mischling aus, hätte selbst aus dem Kombinat stammen können. In ihr floß auch Gaijin-Blut – sie sah kurz in die Augen der großen Frau, graue Augen mit einer Spur Blau.

Sie sahen einander einen Augenblick lang an, und die kleine junge Frau und die große schätzten einander ab. Dann war die Radfahrerin vorbei, und die böse Gestalt eines *Katamaran*, auf dessen Schnauze ein klaffendes Haimaul gemalt war, dröhnte vorbei. Die große Frau rieb sich das Kinn.

»Für mich sehen sie nicht besonders beeindruckend aus«, sagte der hübsche junge Mann mit dem purpurn gefärbten Haarknoten, als die Söldner-Mechs nordwärts über die Yoguchi-Kurita-Straße marschiert kamen. Er war ein Neuling bei den Geistern, irgendein unbedeutender zweiter Sohn eines Samurai aus Miyada, der sich entehrt hatte, indem er irgendeine junge Arbeiterin bumste. Er war so begierig darauf, sich zu beweisen, daß er bereit war, sich ganz nach unten inmitten des Gewühls aus Gaijin, Yakuza und Eta zu begeben, das das Neunte Geisterregiment bildete. Über Geschmack läßt sich nicht streiten.

Tai-sa Eleanor Shimazu hatte die Haltung eingenommen, die sie immer annahm, wenn sie über irgendwelche Dinge nachdachte: Beine weit gespreizt, eine Handfläche an der Schläfe, in ihren unbezähmbaren roten Haarschopf verkrallt. Bekleidet mit Khaki-Reithosen und einer schwarzen Weste über einem weißen Männerhemd wäre sie selbst dann eine beeindruckende Gestalt gewesen, wenn sie mit ihren 172 Zentimetern die in aller Regel kleinwüchsige Bevölkerung Masamoris nicht überragt hätte.

Sie achtete nicht auf den jungen Leutenient. Sie konnte sich nicht einmal auf Anhieb an seinen Namen erinnern. Im Cockpit seines Mech sah er ziemlich fesch aus. Aber er hatte sich seine Goldene Kugel noch nicht verdient, also zur Hölle mit ihm. Hinter ihrer linken Schulter stand Tai-sa Buntaro Mayne und kicherte. »Glaubst du, die Nebelparder haben diesem Söldner-Oyabun einen *Katamaran* zum Geschenk gemacht?«

Der Neuling wurde bis zu seinem purpurnen Haaransatz rot. Mayne wäre genauso hübsch wie der Neue, wäre da nicht die Augenklappe über seinem rechten Auge gewesen. Er war auch ganze zwei Jahre jünger. Aber Mayne hatte gegen die Clans gekämpft und überlebt, so daß er davon berichten konnte. Um es zu beweisen, trug er eine scharfe Patrone Sturmgewehrmunition an einer dünnen Kette um den Hals. Sie war mit reinem Gold vakuumbeschichtet worden – nur ein Molekül dick.

»Schau dir das an«, sagte der neue Mann und deutete lässig. »Dieser *Heuschreck* ist ja völlig verdreckt.«

Hinter den Schwergewichten – dem *Katamaran*, einem *Atlas* und einem kleineren, aber noch immer beeindruckenden *Dunkelfalken* – kam ein kleiner *Heuschreck* entlanggestelzt. Viele der Söldner-Mechs waren kunstvoll bemalt. Der *Heuschreck* fiel aus der Reihe. Eine Unmenge von Plastikspielwaren und -schmuckstücken waren überall an ihm festgeklebt – Puppenköpfe, Mechmodelle, Blumen, Früchte – eine phantastische Kruste. Blumengirlanden aus Plastik waren um seine Gliedmaßen gewunden und schlängelten sich zum langen Lauf seines Lasers hinab.

»Ich weiß nicht«, sagte Unagi. »Ich finde, er ist...«

»… sehr abgefahren«, sagte Usagi, der die zwillingstypische Angewohnheit hatte, die Sätze seines ehemaligen Zellengenossen zu vollenden.

»Das ist eine Kugelfalle«, sagte der Samuraijunge, und sein Gesichtsausdruck zeigte, daß er es noch immer kaum über sich brachte, zu Abschaum wie den *Ashigaru*-Zwillingen zu sprechen. Das war wieder ein Schlag gegen ihn. Die Geisterregimenter bestanden alle mehr oder weniger aus Abschaum. »Wenn eine Salve dieses Ungetüm trifft, wird sie nicht abprallen, sondern stecken bleiben oder durchgehen.«

»Unsinn«, sagte der einäugige Buntaro. »Das Plastik ist zu weich. Der Schmuck wird einfach fortfliegen. Es ist irgendwie *Kiza*« – das Wort bedeutete Kitsch –, »aber was soll's? Ich habe gehört, diese Jungs haben auch gegen die Clans gekämpft. Sie können machen, was sie wollen.«

»Wie wir«, sagte ein großer blonder Mann.

Der Samurai schüttelte seinen Haarknoten. Zwischen Zähigkeit und mangelndem Gespür dafür, wann man das Thema wechseln mußte, verlief ein schmaler Grat. Er war gerade dabei, ihn zu überqueren. Vielleicht war es ein weiterer gesellschaftlicher Nachteil, in der *Buke*, der Militärkaste, aufgezogen zu werden: Versenkung in Bushido, all dieses *Jarajara* über den Weg des Kriegers.

»Wieviel Ehre können sie besitzen, wenn sie sich von einer Frau anführen lassen?« fragte er verächtlich. Und dann setzte er, als er erkannte, daß er voll in ein Fettnäpfchen getappt war, hastig hinzu: »Ich meine, von einer Radfahrerin.«

Tai-sa Shimazus Augen waren groß und schön und hatten einen erstaunlichen kastanienbraunen Ton. Wenn sie heftige Gefühle empfand – üblicherweise Zorn –, wurden sie rötlichbraun wie die Augen eines exotischen Tiers. Die Augen, die auf den purpurhaarigen verstoßenen Samurai herabstarrten, waren dunkelrot.

»Sie hat die Hölle gesehen«, sagte Lainie Shimazu. »Ganz im Gegensatz zu dir, Namenloser.«

Der Neue kochte. Namenloser war die schlimmste Beleidigung für jemanden seiner Klasse. Er öffnete den Mund, um ihr zu widersprechen …

Und fiel in sich zusammen. Der Kolonel – Tai-sa – hatte seine Absicht ganz klar erkannt und lächelte. Auf Widerspruch gegen einen vorgesetzten Offizier stand bei den Vereinigten Soldaten des Draconis-Kombinats nicht nur für den Übeltäter, sondern für jedes Mitglied seiner engeren Familie der Tod.

Wie durch eine plötzliche Erleuchtung wußte der junge Samurai, daß er sich darüber keine Sorgen machen mußte. In der Heruzu Enjeruzu, die aus Kreti und Pleti, aus Dörflern und anderem Abschaum bestand, machte sich niemand die Mühe, jedesmal zur Versammlung des Hohen Inquisitors zu rennen, wenn jemand an der falschen Stelle furzte. Was geschehen würde, wenn er das Maul aufriß, war, daß die Frau, die man die Rote Hexe nannte, sich ihm mit jeder Waffe stellen würde, die er wählte – Mechs, Klingen oder bloße Hände; und was dann noch von ihm übrig war, würde ohne Zeremonie außerhalb der Stadt in einem Frühstücksbeutel bestattet werden. Ein toller Abgang für einen Samurai, *iie*?

Der Augenblick verging. Der Riese in der Mönchsrobe streckte eine große weiche Hand aus und stieß den jungen MechKrieger, der jetzt unwiderruflich als der Namenlose bekannt war, hart vors Brustbein. Der Neue stolperte rückwärts in eine Traube Zivilisten, die in respektvoller Entfernung standen. Sie quäkten und spritzten entsetzt auseinander, und der Samurai fiel auf seinen dürren Hintern.

»Schau mal da drüben, *bancho*«, sagte Shig Hofstra und deutete mit dem spitzen Kinn zwischen den Beinen eines vorbeimarschierenden *Steppenwolfs* durch, auf den der merkwürdige Name Hautwandler gemalt war. »Die Bonbonfarbenen dort werfen ein Auge auf uns.«

Lainie sah hinüber. Ein Paar Beamte der als Freundliche Berater bekannten Polizeitruppe beäugten die Enjeruzu und fingerten an ihren Anti-Aufruhr-Waffen herum. Sie achtete darauf, daß sie sie sahen, als sie über sie lachte.

»Laß sie kommen«, sagte sie. »Laß sie all ihre Freunde mitbringen. Und wir werden sie am Leben lassen, damit der Hohe Inquisitor sie auseinandernehmen kann, weil sie es gewagt haben, Mitgliedern der ruhmreichen Vereinigten Soldaten in die Quere zu kommen.«

Die Geister lachten dann alle über die Bullen. Als sie verpflichtet worden waren, hatten Theodore Kuritas Agenten keinen Zweifel gelassen: Ihr seid Abschaum, sagten sie, und dafür geboren, zum Ruhm des Drachen und des Hauses Kurita zu sterben, amen. Aber wenn ihr auf der gepunkteten Linie unterschreibt, dürft ihr warten, bis die Feinde des Kombinats euer Urteil vollstrecken. Dennoch brachte es Vorteile mit sich, ein Geist und lebenslanges Mitglied des Ordens der Goldenen Kugel zu sein. Einer, den viele Jungs und Mädchen genossen, war, daß die Zugochsen vom Zivilen Führungscorps einen nicht in die behandschuhten Finger bekamen.

Die Bullen sahen es. Und schauten böse. Und verdrückten sich. Die BattleMechs marschierten vorbei wie metallgewordene Riesen aus der Legende.

Ein Mann mittleren Alters mit dem Körperbau eines Backsteins streckte dem gefallenen Samurai eine vernarbte, derbe Hand hin. Der Namenlose starrte sie einen Augenblick lang angeekelt an. Der Mann hieß Mond. Er war Sabu, Unterführer, bei Lainies Bancho. Er war Mitglied der Tosei-kai gewesen, der Bande der Stimme des Ostens, ehe er zum Regiment kam. Das bedeutete, er war sowohl koreanischer Abstammung als auch ein schmutziges Eta-Yak.

»Mujo«, sagte der ältere Mann. Es war ein alter buddhistischer Ausdruck für die Vergänglichkeit des Lebens. In der Einheit bedeutete er so ungefähr ›macht nichts‹. Er bedeutete auch: ›Das Leben ist vergänglich – also paß darauf auf.‹

Der Samurai nahm die Hand und ließ sich von Mond hochhelfen.

Der Koreaner trat an seinen üblichen Standort hinter seiner Kommandantin, wo er leise sprechen und nur sie es hören konnte.

»Ein merkwürdiger Zufall, nicht wahr?« murmelte er.

»Was?« fragte sie.

»Daß Onkel Chandy ein Regiment fremder Söldner importiert, um seine Fabriken zu schützen, und zwar nur Tage, nachdem unser Mechbestand zum erstenmal seit Tukayyid wieder auf volle Stärke gebracht wurde.«

»Und?« fragte Lainie Shimazu.

»Hachiman ist weit von der Vertragsgrenze«, sagte Mond. »Rechnen unsere Herren damit, daß der Waffenstillstand zwischen den Clans so bald gebrochen wird? Oder vielleicht wird sich dieser Ärger aus der Erde dieser Welt erheben?«

»Es könnte sich als das erweisen, was du gesagt hast«, konterte Lainie. »Zufall.«

»Könnte sein«, stimmte der kompakte Mann in einem Ton zu, der besagte, daß auch Schweine fliegen könnten – wenn sie Flügel hätten.

8

Masamori, Hachiman
Distrikt Galedon, Draconis-Kombinat

27. August 3056

Cassie hatte noch nie von der Katalanischen Kompanie gehört und hätte Vater Bob gesagt, er solle sich eine Socke in die Klappe stopfen, wenn er versucht hätte, ihr davon zu erzählen. So war sie: offen bis zur Grobheit, wenn nicht darüber hinaus. Aber irgendwie hatte niemand etwas gegen sie. Vielleicht lag es an ihrem Lächeln.

Ihre drahtigen, starken Beine bewegten sich ohne Anstrengung. Sie beugte sich vor und ließ die auf den geraden Lenker gestützten Arme einen Augenblick lang ihr Gewicht tragen, obwohl ihre Handballen zu ermüden begannen. Ihr Steiß schmerzte von der Fahrt über die Hohiro-Kurita-Brücke. Die verfluchten Schwellen waren holprig. Im Gegensatz dazu war die Fahrt in den Murasaki-Distrikt ein Zuckerschlecken gewesen. Masamori war in einem weiten Tal oberhalb der Bucht erbaut worden, aus der sich der Yamato in die Shakudo-See ergoß. Das bedeutete, es war weitgehend flach.

Ihr vorbereiteter Paradeweg war nicht lange nach dem Eintreffen in der eigentlichen Stadt vom Fluß abgebogen, genau wie es Leutenient-Kolonel Marisol Cabrera, der Stabschef von Kolonel Camacho, ihr angekündigt hatte. Cassie hatte die Prozession zunächst nach Norden und dann ostwärts nach Murasaki geführt. Sie mußte sich bemühen, der Versuchung zu widerstehen, den Zug im Zickzackkurs durch die Hauptstadt Harimans zu führen, die Spießer zu erschrecken und das Pflaster zu zertreten, aber sie hatte ihr widerstanden. Nicht aus Angst vor den schauderhaften Folgen, mit denen ihr la Dama Muerte Cabrera gedroht hatte, falls sie so etwas abziehen sollte. Sondern aus Achtung für den müden alten Mann im *Katamaran*, der unerschütterlich hinter ihr herstapfte.

Der Murasaki-Distrikt bestand weitgehend aus Büros mit Restaurants und kleinen Läden im Erdgeschoß. Cassie erinnerte sich zwar nicht an ihr Leben im Kombinat, aber die Gegend war ein ganzes Stück heiterer, als sie erwartet hatte. Sie hatte immer den Eindruck gehabt, das Leben im Draconis-Kombinat sei freudlos, und das nicht nur wegen der langen Jahre, in denen sie der offiziellen Propaganda des Vereinigten Commonwealth und den Schauergeschichten der Emigranten aus dem Kombinat gelauscht hatte, unter denen sie aufgewachsen war.

Aber diese Straßen waren breit und sauber, die Farben hell und die Angestellten und Sekretärinnen, die den Großteil der Fußgängerströme bildeten und die von Polizisten des Zivilen Führungscorps mit ihren helmbedeckten Kapuzen und Anti-Aufruhr-Schrotflinten in ihre Schranken verwiesen wurden, waren frisch gebadet und fröhlich. Die Begeisterung, mit der sie der Söldnerprozession zujubelten, wurde wahrscheinlich von Kadern in der Menge sorgfältig orchestriert – so war das nun einmal im Kombinat. In Wirklichkeit aber wirkten die Massen ziemlich glücklich, wahrscheinlich aus reiner Liebe zum Spektakel.

Viele der Gebäude waren regelrechte Wolkenkratzer. Sie waren meist im Yamato-Stil gebaut, der nach dem Flaggschiff des alten Admirals Kurita im Zweiten Weltkrieg auf Terra hieß, ein Stil, der im späten neunundzwanzigsten Jahrhundert im Kombinat beliebt gewesen war. Die Stilisierung beruhte offenbar auf der Vorstellung irgendeines Architekten des neunundzwanzigsten Jahrhunderts von der äußeren Form der Yamato: Formen, die vage an gewaltige, dünne Haiflossen erinnerten, eine terrassenförmige Front, die sich wie zur Erreichung von Stromlinienform zu einer glatten senkrechten Wand verjüngte, glitzernde Glas- und Metalltürme, die durch das Licht von Hachimans gelborangener Sonne in Bronze verwandelt wurden.

Cassie kannte all das, weil sie einen Reiseführer gelesen hatte, der zusammen mit einer oberflächlichen Vorbesprechung vor der Landung mit Rabbi Bar-Kochba, dem KO des Zweiten Bataillons und Planetologen der Einheit, die einzige Vorabinformation der Caballeros über das Gelände bildete.

Ihr Interesse war keine eitle Neugier. Don Carlos versuchte zwar vielleicht, sie zu ehren, indem er sie die Parade anführen ließ, aber für Cassie bedeutete es nur, ihre Aufgabe zu erfüllen: das Regiment in Feindesland zu führen.

Diese Gebäude, dachte sie, wären ein gefundenes Fressen für Heckenschützen. Manche der Gebäude sahen stabil genug aus, daß leichte und vielleicht sogar mittlere Mechs auf ihren Dächern Stellung beziehen konnten. Was häßlich werden könnte, sollte es je zu einer Konfrontation kommen.

Cassie hatte keine Vorstellung, von welcher Seite aus ein Feind zuschlagen könnte – noch nicht. Als Späherin wollte sie verdammt sein, wenn sie davon ausging, daß nicht plötzlich jemand auftauchen würde, nur weil die Einheit so und so viele Parsec von der üblen Peripherie und den noch übleren Clans entfernt war. Ein guter Späher dachte immer an Bedrohung, egal, wie sehr die tapferen MechKrieger die Möglichkeit auch ausschließen mochten.

Cassie war daran gewöhnt, diese Jungs und Mädels vor sich selbst in Schutz zu nehmen.

Die gegenüberliegende Seite der Kreuzung vor ihr wurde durch eine Straßensperre blockiert, die von Polizisten in rot-weiß gestreiften Beinschienen und Armschützern bemannt war. Wenn ich diese Schranke durchbrechen wollte, würdet ihr Knüppelfuzzis ganz schön hüpfen, dachte sie, beließ es dann aber dabei.

Hinter den bonbonfarbenen Schaukelpferden standen ein Bus sowie eine Schlange von Lastwagen und kastenförmigen kleinen Privatfahrzeugen, die offensichtlich unterwegs gewesen waren, als die Freundlichen Berater auftauchten, um die Straße zu sperren. Die kleinen Kurita-Leute waren an diese Art von Unannehmlichkeiten gewöhnt. Die Fahrzeughalter waren alle nach vorne gekommen, um die Annäherung der riesigen, menschenartigen Kriegsmaschinen zu begaffen, in die Hände zu klatschen und mit dem Ausdruck erfreuten Erstaunens zu jubeln – alles sorgsam orchestriert von Claqueuren, die der Schirmherr des Planeten, Percival Fillington, der junge Graf von Hachiman, aufgeboten hatte.

Na gut, dachte Cassie nicht ohne Sympathie, wenigstens bekommen sie für ihren Ärger etwas zu sehen. Wie angezeigt, bog sie rechts in den Tai-sho-Dalton-Weg ab.

Die vierspurige Straße neigte sich sanft vor ihr und erstreckte sich fünfhundert Meter bis hin zu Toren, die wie echte Bronze aussahen und in abweisenden sechs Meter hohen Steinmauern ruhten. Das Licht der sinkenden Sonne erleuchtete die hervorgehobenen Insignien auf den Metalltoren und ließ die Rasiermesserbandschleifen auf den Steinmauern glitzern wie Kupfer. Cassie unterdrückte gewaltsam den Impuls, sich flach auf den Lenker und ihre festgeschnallte M23 zu legen, hart in einen hohen Gang zu schalten und hügelabwärts zu sausen, so schnell es ihre von Jahren des Steppenlaufs auf einem Dutzend lebensfeindlicher Welten konditionierten Beine erlaubten.

Aber auch diesen Impuls unterdrückte sie. Die hinter ihr aufgereihten Caballeros wußten, warum sie an der Spitze fuhr, und auch sie taten in der Regel, was Don Carlos wollte, ohne daß er seine Wünsche erläutern mußte, weil Kolonel Camacho der Inbegriff der Caballeros war, ihr Geist und ihre Seele. Wenn sie ein Problem mit der Marschordnung hatten, konnten sie darüber meckern, wie Soldaten es immer taten.

Aber Südwestler verabscheuten Fahrräder. Es spielte keine Rolle, daß Fahrräder ideale leise Spähfahrzeuge waren, die weder durch Wärme- noch durch Sichtortung leicht aufzuspüren waren und Orte erreichen konnten, an die man nicht einmal mit dem beweglichsten Rattenwagen kam. Ihre winzigen MechKrieger-Hirne waren für derartige Überlegungen einfach nicht ausgelegt. Für sie symbolisierten Fahrräder den verweichlichten, städtischen, Mehr-Geld-als-Verstand-Lebensstil, den sich Stadtbewohner aus Trinity leisteten, Leute, die über die Rotnacken und Bandidos und wilden Indianer mit den blanken Ärschen, die die wahren Caballeros waren, die Nase rümpften. Wenn sie den Metallriesen davonfuhr, würden das die MechPiloten hinter ihr als ehrenrührig empfinden, etwas, das sie genausowenig ertragen konnten wie die Schlammköpfe der Clans. Dann würden sie Stoff geben, ihre Kolosse hügelabwärts rennen lassen, mit kreischenden Gyros, damit sie nicht nach vorne kippten, so würdelos und unkontrolliert wie Erstklässler auf dem Weg zum Spielplatz.

Wenn diese kleinen Kinder außer Rand und Band ein Durchschnittsgewicht von sechzig metrischen Tonnen hatten, war das mehr als nur würdelos. Es bedeutete, daß selbst das spezialverstärkte Pflaster unter ihren Füßen – das wahrscheinlich der Grund für die offiziell festgelegte Route war – unter den Tritten der stampfenden Monster nachgeben würde. Und die rasenden MechKrieger würden einander anrempeln, genau wie Kinder außer Rand und Band einander bei voller Geschwindigkeit gegen Hausfronten stoßen, was bedeutete, daß es Glas und Stein und Zement regnen würde und es nicht unwahrscheinlich war, daß eine beträchtliche Anzahl von Zuschauern die Gesichter an Fenstern in den unteren Stockwerken plattgedrückt bekam.

Und damit nicht genug. Es könnte ihre Beziehungen zu ihrem neuen Arbeitgeber belasten – was sehr leicht möglich wäre, weil er eben ein gottverdammter Kurita war, wenn auch aus einer Seitenlinie der unendlich wichtigen Erbfolge. Schlimmer noch, es könnte für Don Carlos Gesichtsverlust vor einem Haufen Dracos bedeuten.

Cassie, benimm dich. Du mußt mit gutem Beispiel vorangehen.

Also fuhr sie für die Metallmonster Schrittempo, kontrollierte die Geschwindigkeit durch raschen wechselseitigen Einsatz der Vorder- und Hinterradbremsen, ließ sich die meiste Zeit rollen, auch wenn das wirklich schlechter Stil für eine Geländeradfahrerin war.

Als sie sich dem Himmlischen Glanz des Drachen-Boulevards näherte, der breiten Prachtstraße, die parallel zum Fluß an der Westmauer des Komplexes entlanglief, begann sie ein Gefühl dafür zu entwickeln, wie groß die Anlage tatsächlich war. Diese hochragenden Mauern erstreckten sich in beide Richtungen einen ganzen Kilometer weit.

Jetzt konnte sie auch die ins Metall der Tore getriebenen Symbole erkennen. Rechts befand sich das Symbol des Hauses Kurita und damit des Draconis-Kombinats, der Drache im Kreis. Links befand sich ein Samuraihelm, auf dem ein seltsamer Schmuck wie ein stilisiertes Geweih prangte, und darunter eine Mempo-Maske, deren Züge entweder von Kampfeswahn oder verrücktem Gelächter verzerrt waren.

Mit einem Heulen von Servomotoren und dem Quietschen von Angeln schwangen die Tore vor ihr nach innen auf.

Innerhalb der Mauern waren zu beiden Seiten der Straße die HTE-Sicherheitskräfte in ihren blauen Overalls und Helmen aufgereiht, die Sturmgewehre in Präsentierstellung in den weißbehandschuhten Händen vor der Brust. Cassie fuhr zwischen den stummen Reihen hindurch und begann erst jetzt richtig zu begreifen, wie gewaltig der Komplex eigentlich war.

»Eine Stadt in der Stadt«, murmelte eine Stimme im Knochenübertragungslautsprecher hinter ihrem Ohr. Bis jetzt hatte sie das Geschwätz der vorrückenden MechKrieger ignoriert. Aber dies war die näselnde Cowboystimme Kapitan Kali MacDougalls, der neuen Chefin der Bronco-Kompanie, die Cassie so sehr auf die Nerven ging, wie ein einzelner Mensch das nur konnte. Ihre Stimme kratzte immer an Cassies Rückgrat wie Nägel auf einer Glasscheibe.

»Frage mich, ob sie drinnen Freudenhäuser haben?« grübelte eine männliche Stimme. »Habe draußen nichts Vielversprechendes gesehen.«

»Denkst du wieder mit deinem kleinen Kopf, Cowboy?« fragte MacDougall. Cowboy war Unterleutenient William James Paysons Rufzeichen und gleichzeitig auch seine ethnische Zugehörigkeit. Bei den Caballeros benutzte man das Rufzeichen, das man von seinen Kumpels verpaßt bekam. Die Spitznamen waren vielleicht nicht immer phantasievoll, aber normalerweise passend.

»Ich habe eben harte Prioritäten, Ma'am«, antwortete der Wespenpilot mit gespielter Bescheidenheit.

»Das ist aber auch das einzig Harte«, ertönte die Stimme seines Kumpels und Mentors, Oberleutenient Buck ›Sägebock‹ Evans aus seinem *Orion* namens Bucks Bronc. »Zumindest bist du clever genug, um mit dem Kopf zu denken, in dem sich das Hirn befindet.«

»Dem, der aus meinem Kragen schaut.«

»Kaum.«

»Das ist aber mein kleiner Kopf«, erklärte Cowboy triumphierend.

»Nur im Hinblick auf die Nutzanwendung«, sagte MacDougall.

»Ich liebe es, wenn ihr obszöne Worte benutzt, Lady K. Over.«

»Krasnyy Oktyabr«, sagte Leutenient JG Gorchakov.

»Gesundheit«, sagten Evans und Payson gleichzeitig.

»Nein, nein«, sagte Gorchakov grämlich. »Das bedeutet ›Roter Oktober‹. Das war diese große alte Traktorenfabrik, um die die Deutschen und Sowjets in Stalingrad kämpften. Das erste Mal, daß je eine Schlacht in einer riesigen Fabrikanlage geschlagen wurde. Auch sie war so groß wie eine Stadt, genau wie diese hier. Einer meiner Ahnen kämpfte dort.«

»Bildest du dir wieder was ein, Tex?« fragte Cowboy argwöhnisch. »Schätze, ich muß dich ein bißchen verhauen.«

Der ältere und gerissenere Evans erzielte einen Treffer: »Auf welcher Seite kämpfte er, Hackklotz?«

Das stürzte Gorchakov wie üblich in blinde Wut, er stammelte etwas über den Heldenmut seiner illustren Vorfahren im Dienste des Vaterlandes im lange vergangenen Großen Vaterländischen Krieg. Die Cowboys und -girls neigten dazu, auf Gorchakov herumzuhacken, nicht weil seine Familie (eine der reichsten Cowboyfamilien auf Cerillos) zu Hause immer noch Russisch sprach, sondern weil sie von Texanern abstammten. Der Großteil der Trinitarianer, Rote, Weiße und Braune, stammte von Bewohnern der alten terranischen Staaten Chihuahua, Neu-Mexiko, Arizona und Sonora ab, und sie alle betrachteten Texaner mit der Wertschätzung, die Eulen für Krähen hatten. Nämlich keine.

In diesem Falle hatte die Familientradition Tex getäuscht. Die Traktorenfabrik hieß Feliks Dzerzhinsky, nicht Roter Oktober. Gut, daß Vater Bob nicht da war, um den Irrtum aufzuklären, sonst hätte die Ehre Texas' und des Gorchakov-Clans noch weiter gelitten.

»Kommt schon, Jungs«, ertönte Gavilán Camachos Stimme. »Haltet euch mal bedeckt.«

»Ja«, setzte Lady K sanft hinzu. »Wenn euer Mund zu ist, besteht eine größere Wahrscheinlichkeit, daß eure Augen offen sind. Und es gibt viel zu sehen.«

Gabby grunzte. Der Beitrag des Cowgirls hatte ihn mehr nach einem Anführer und weniger nach einer Heulsuse klingen lassen, aber dennoch gefiel er ihm nicht.

Zu glatt, dachte Cassie hinsichtlich MacDougalls. Sie selbst hatte nie aufgehört zu schauen. Lady K hatte wieder einmal recht, verflucht seien ihre kornblumenblauen Augen. Es gab eine Menge zu sehen.

Cassie wußte wenig über moderne Fertigungsmethoden und war nicht sicher, was HTE nun genau herstellte, außer, daß es Elektronikgeräte für den Endverbraucher waren. Sie sah Reihen langer, niedriger Gebäude, die ihrer Vermutung nach wohl Herstellungs- und Montagestraßen waren, aber da links – im Norden – waren große, hohe, hangarartige Gebäude, die aussahen, als wären sie für Mechs errichtet worden.

Was wird den Monstern dort angepaßt? fragte sie sich. Kommunikationsgeräte? Leitsysteme? Kontrollsysteme? Sie wußte es nicht. HTE wurde üblicherweise nicht als großer Militärlieferant des Kombinats aufgeführt. Was nur wieder einmal zeigte, wie schwer es sogar für die besten Spionagedienste der Inneren Sphäre war, Agenten ins Kombinat einzuschleusen. Aber hier sah es ganz so aus, als könnte man bis in den vierten Stock einer halben Hundertschaft von Gebäuden hinaufsteigen und die verdammten Schuppen sehen, dachte sie.

Sie erschauerte ein wenig. Sie kam gewissermaßen nach Hause. Aber es war kein tröstlicher Gedanke.

Vor ihr ragte ein Gebäude auf, das wie ein altes japanisches Schloß aussah, mit ansteigenden Terrassen und geschwungenen Dachkanten im Pagodenstil. Echter Kurita-Kitsch in dunkel kastanienbraunem Marmor mit Goldadern. Im Gegensatz zur klassischen japanischen Festung, die nicht leicht zu betreten sein sollte, hatte dieses Gebäude breite Treppen, die zu einem großen Torbogen hinaufführten, über dem sich ein goldener Drache wand.

Auf der obersten Stufe stand ein fetter, kahler Mann in einer schillernden scharlachroten Robe. Darüber trug er eine dunkle purpurne Weste, auf deren beiden Brustteilen Drachen eingestickt waren und deren Schultern ausgestellt waren wie extravagante Schwingen. In die Bronzetüren hinter ihm war das gleiche Muster gearbeitet wie in die Haupttore.

Der Mann sah aus wie ein dekadenter Buddha, und als Cassie sich ihm näherte, konnte sie sehen, daß er breit lächelte, als hätte er gerade bei den Solarisspielen auf einen Taurischen Küchenjungen gesetzt, der gegen Kai Allard-Liao antrat, und der Koch hätte gewonnen.

Neben ihm stand ein ungeheuer großer dünner Rechen von einem Mann mit langen, ernsten Zügen und schütterem grauem Haar. Er war in konservatives Grau und Aubergine gekleidet und sah aus wie ein typischer höherer Draco-Beamter. In seiner natürlichen Umgebung, dem Sitzungszimmer, ganz schön raubgierig, außerhalb aber harmlos.

So wäre er zumindest den meisten Augen erschienen. Cassies graublaue sahen ihn anders. Chefattentäter, dachte sie, während sie ihr Rad in eine den Fuß der Treppe flankierende Position wirbelte, wie man sie angewiesen hatte.

Trotz allem konnte sie nicht widerstehen, sich ein bißchen zu produzieren. Sie erreichte den ihr zugewiesenen Platz, blockierte ihr Vorderrad und warf ihr geringes Gewicht nach vorn über den Lenker, wodurch sich das dicke Hinterrad mit dem starken Profil vom Boden hob. Auf dem Vorderrad balancierend schwang sie um 180 Grad herum und ließ sich nur mit einem sachten Aufprallgeräusch von Gummi auf Asphalt wieder zurückfallen.

Sie warf einen Blick auf den nächststehenden blauen Burschen, der eine Armeslänge links von ihr stand. Sie konnte nicht sagen, ob seine Augen bei ihrem Kunststückchen auch nur gezuckt hatten. Er hätte genauso gut aus Beton gegossen sein können.

Ein paar ganz schön gedrillte Hurensöhne, dachte sie. Bei einer Parade.

Mal sehen, ob sie zerbrechen, wenn der Hammer runterkommt.

Ganz knapp vor dem Fuß der Treppe kam der Große Weiße des Kolonel zum Stehen. Der *Katamaran* kniete nieder wie ein dressierter Elefant, als hundert kobaltblaue Krieger das Gewehr präsentierten, die Waffen zum Salut herumwirbelten und sie dann gegen ihre rechte Schulter knallten. Zischend öffnete sich die Luke, und Kolonel Camacho kletterte heraus.

Am Fuß dieses Monsters blieb er einen Augenblick stehen, ein dunkelhäutiger, stämmiger Mann mit schütterem, graumeliertem schwarzem Haar, einem aschgrau gesprenkelten buschigen Schnurrbart und schweren Tränensäcken unter seinen seelenvollen braunen Augen. Ein Ranchero bis auf die Knochen, krummbeinig, mit einem Kugelbauch, der ihm über den Gürtel hing. Aber er strahlte Würde und ruhige, gelassene Stärke aus.

Dieser Eindruck war nur eine Schale, wie Cassie wußte. Wenn man ihn richtig anfaßte, würde sie völlig zerfallen und verwehen, als bestünde seine Aura der Stärke aus einer dünnen Ascheschicht. Er war einst stark gewesen, stark wie die vom Wind geformten Hochplateaus seiner Heimatwelt Galisteo. Aber die Stärke war ihm ausgesaugt worden.

Er ist unser Geist und unsere Seele, dachte sie. Schade nur, daß die Tigres uns auf Jeronimo das Herz herausgeschnitten haben.

Zwei Mechs kamen knapp hinter dem Großen Weißen, ihn zu beiden Seiten flankierend, zum Stehen.

Einer davon war Gabbys *Dunkelfalke*. Der andere, der sich etwas steif bewegte, war ein *Atlas*, der für diesen Anlaß ausgeliehen worden war. Er spie die Chefadjutantin des Kolonel aus, Leutenient-Kolonel Marisol Cabrera. La Dame Muerte wurde sie genannt: Lady Tod. Klein, drahtig, ihre Züge vom Alter gezeichnet, aber noch immer attraktiv, ihr kastanienbraunes Haar weiß gesträhnt. Sie war mechtauglich, steuerte derzeit aber nicht.

Ihm entstieg auch eine große, schlanke Gestalt mit einem Bauchansatz, der die Linien seiner makellosen Ausgehuniform, weiß mit kastanienbraunen Säumen, altgoldenem Kragen und Schaftstiefeln, störte. Das war Leutenient Gordon Baird – ›Gordo‹ –, der S2 des Regiments. Sein Gesicht war wettergegerbt, sein Haar silbern, und er sah teuflisch gut aus.

Sie traten vor und formierten sich um Don Carlos: Gabby an seiner rechten Schulter, Lady Tod zu seiner Linken – letztere warf Cassie hinter dem Rücken des Kolonel wegen der kleinen Show zuvor einen giftigen Blick zu –, Gordo Baird ragte hinter ihm auf. Als sich Don Carlos den Stufen näherte, folgten ihm die anderen dichtauf.

Am Fuße der breiten Treppe hielt Camacho an. »Ich bin Kolonel Carlos Camacho, Kommandant des Siebzehnten Aufklärungsbataillons, Patron der Hacienda Vado Ancho und Ritter von Galisteo.« Er kniete nieder. »Meine Leute und ich stehen Ihnen zu Diensten.«

Der fette Mann in der Robe strahlte noch breiter, was Cassie zuvor für unmöglich gehalten hätte. »Ich bin Chandrasekhar Kurita, Oberster Leitender Beamter von Hachiman Taro Enterprises«, sagte er mit sanfter, angenehmer Stimme. »Das ist der Mirza Peter Abdulsattah, mein Sicherheitschef.«

Der große Mann neben ihm nickte mit dem langen, schmalen Kopf. Seine Züge waren so asketisch gedehnt wie die seines Herrn rund, seine Nase erinnerte an den

Schnabel eines Raubvogels, seine Augen waren dunkel und lagen unter schweren Lidern.

»Es ist mir ein großes Vergnügen«, sagte der Kurita, »Sie willkommen zu heißen, Kolonel.«

Er wandte sich mit einer ausladenden Geste seines in Scharlachrot gekleideten linken Arms um. Irgendwo ertönte ein Gong. Die großen Türen schwangen auf.

Gravitätisch langsam betrat Chandrasekhar Kurita seine Trutzburg. Sein alter Gefolgsmann und die Neuankömmlinge folgten ihm hinein.

9

Masamori, Hachiman
Distrikt Galedon, Draconis-Kombinat

27. August 3056

Eine Arbeiterkneipe zwei Straßen vom Tai-sho-Dalton-Weg und um die Ecke von den Haupttoren des HTE-Komplexes. Eine Handvoll Männer und Frauen in tristen Arbeiterklamotten sahen von ihren Borstal Boy-Bierflaschen auf, als die Tür wie von einem mächtigen Windstoß aufflog.

Da stand ein großer, hagerer Gaijin in einer Lederjacke und ausgebeulten Tarnhosen, der seine Daumen in einen geflochtenen Waffengurt gehakt hatte. Am Absatz seines rechten Stiefels trug er eine Silberspore. Der vorstehende Adamsapfel der fremdartigen Gestalt hüpfte sehr entschlossen auf und ab, als sie den Zahnstocher, an der sie gerade kaute, nach oben schob, bis er fast seine lange Gaijin-Nase berührte.

»Howdy«, sagte er und betrat die Bar zur Verdienten Erholung.

Ihm folgte sofort ein Mob Fremder, die mit der eingeübten Ledernacken-Lässigkeit des MechKriegers außer Dienst gekleidet waren. Die Neuankömmlinge schoben sich zur Bar und zu freien Tischen vor und ließen die drei pummeligen Töchter des Besitzers springen, um ihre Getränkebestellungen auszuführen. Ein Gaijin-Söldner zu sein, scheint durstig zu machen.

Klimpermusik und schrill-süßliche Stimmen pubertierender Mädchen blubberten aus der Musikbox in der Ecke. Bilder der Gruppe, einem momentanen Topact von Luthien namens Purpurne Schwanzfedern, tanzten mit unglaublicher Hologrammgenauigkeit auf dem Deckel der Box: drei junge Mädchen, die ganz aus langen Beinen, weißen Zähnen, großen Augen, schwarzen

Ponys und den namensgebenden purpurnen Federn zu bestehen schienen und einander ähnelten wie Klone. So verkam die Unterhaltung unter der neuen, lockereren Führung. Es gab Leute, die sagten, der alte Drache Takashi drehe sich in seinem Grab um.

Diese Empfindung schien der dunkelhaarige schlaksige Gaijin zu teilen, der die Unverletzlichkeit der Verdienten Erholung gestört hatte. Er stelzte zur Box hinüber und stützte seine Unterarme genau durch die tanzenden Puppengestalten. Während er einen Augenblick lang dastand und zuhörte, verzog sich seine lange Gaijin-Oberlippe verächtlich. Noch einen Augenblick, und er ließ seine Faust auf die Box herabkrachen.

Die Purpurnen Schwanzfedern gerieten aus dem Rhythmus. Eine Scanlinie flackerte durch ihr Bild. Er schlug wieder zu, härter, und das Kleinmädchen-Ensemble ging dorthin, wo derartige Dinge auch immer hingehen, wenn sie nicht mehr in sind.

»Abend«, sagte der Gaijin. »Mein Name ist Cowboy. Ihr könnt mich alle Sir nennen. Ich erkläre diese Lärmbox hier zum offiziellen Eigentum des Radiosenders TAWB.«

Beim abrupten Hinscheiden der Purpurnen Schwanzfedern hatten sich ein paar der stämmigeren Arbeiter erhoben. Cowboy fixierte sie nacheinander mit ganz kurzen Blicken. »Hat irgendwer damit ein Problem?«

Die Arbeiter setzten sich wie ein Mann wieder hin. Scheinbar nicht; es gab kein Problem.

»Gut«, sagte Cowboy mit einem treudoofen Nicken und einem Grinsen. »So, Zuma, warum klärst du Mr. Barkeeper da drüben nicht über ein bis drei Dinge auf. Etwa darüber, daß er uns hier mal richtige Musik besorgen soll.«

Die Eindringlinge hoben Gläser und Flaschen und jubelten. Ein paar von ihnen warfen auch die Köpfe zurück und japsten wie Kojoten oder stießen trillernde Schreie aus, die mit einem nasalen ›ah-ha!‹ endeten.

Ein Lulatsch, der noch länger war als der namens Cowboy und über dessen Rücken vom ansonsten kurzgeschorenen blonden Haar ein einzelner langer Zopf herabhing, ließ die Wände der Bar mit einem erhebenden Rebellen-Kampfruf erbeben.

Ein kleiner krummbeiniger Mann mit einem hübschen schwarzen Schnurrbart und Mongolenaugen, der ein paar Schritte nach der Herde in Begleitung einer wunderschönen jungen Frau mit einem langen schwarzen Zopf eingetreten war, löste sich von seiner Gefährtin und kam herüber, wo der Barkeeper stand und seine Schürze knetete. Der Barkeeper und Besitzer war ein großer Mann mit hängenden Schultern und einem langen Gesicht mit Hängebacken und einem nervösen Zucken im Außenrand seines steuerbordseitigen Augenschlitzes. Heute nacht flatterte es wie das Sonnensegel eines Schoners in steifer Brise. Der mongolisch aussehende Fremde berührte ihn am Arm und sprach dann in lächelndem Ernst.

Ein paar Augenblicke später hörte das Augenlid des Wirts fast auf zu flattern. Er rief nach seinem stämmigen Jungen, schickte ihn eilends zur Hintertür hinaus auf die Gasse. Dann straffte er sich und sah sich um, und man konnte ein Glitzern in seinen Augen sehen, als er die Einnahmen der Nacht im Geist aufaddierte – trotz der Tatsache, daß die meisten Stammkunden mittlerweile Spalten im *tatami*-bedeckten Holzboden gefunden hatten und irgendwie darin verschwunden waren.

Cowboy Payson hatte seine Musikbox-Ansprache beendet und legte einen Arm, an dessen Ende eine Flasche Borstal Boy hing, um die in eine Buschjacke gekleideten Schultern Archie Westins. »Also, was denken sie, Limey?« fragte der MechKrieger.

Ein leichtes Lächeln zuckte um die Schnurrbartspitzen Westins. »Ich denke, Sie wissen ganz genau, wie man einen Auftritt gestaltet.«

Cowboy lachte. »Darum geht es doch überhaupt nur, oder? Einen guten Auftritt zu haben – und einen guten Abgang.«

Er führte den Reporter zur Bar, an der Sägebock Evans – der große blonde Mann mit dem Pferdeschwanz – lehnte und mit der vernarbten Faust eine Flasche Hotei Black Label-Whisky umklammerte. Neben ihm saß ein dritter Cowboy, im Gegensatz zu den glattrasierten anderen bärtig, aber ebenso groß und schlank. Sein Strohhut mit einer zerzausten roten Feuervogelfeder im Hutband war über einen Schopf karamelfarbenen Haars zurückgeschoben.

»So, mein Sohn«, sagte Payson zu Archie, der den Caballero auf vielleicht ein Jahr älter als er selbst schätzte, »ich will Ihnen meine Raufkumpane Buck Evans und Rebell Perez vorstellen.«

Er schlug dem bärtigen Mann auf die Schulter. »Lassen Sie sich von dem Namen nicht täuschen, Gringo. Der alte Reb hier ist durch und durch ein Judenboy.«

Archie spürte, daß seine Augenbrauen wie blonde Raupen in Richtung Haaransatz krochen. »Judenboy?«

»Jüdische Cowboys«, sagte Buck. »Die schlimmsten eines schlimmen Haufens – bösartig wie eine Novakatze, die gerade herausgefunden hat, daß sie eine Mutter hatte.«

Reb berührte mit dem Hals der Bierflasche seine Hutkrempe. »Howdy«, sagte er mit einer Stimme wie Sand im Hüftaktivator eines *Kampftitan*.

»Ist mir ein Vergnügen«, sagte Archie schwach.

»Sie haben Glück, daß der alte Cowboy Sie von Vater Bob weggezerrt hat«, sagte Buck. »Wenn man ihn läßt, labert er einem das Ohr ab.«

»Übrigens«, fragte Archie, »wofür stehen die Buchstaben TAWB?«

»Tritte in den Arsch ...«, begann Cowboy.

»... und Wüste Beschimpfungen«, beendete Rebell den Satz für ihn.

»Jetzt«, sagte Cowboy, »geben wir Ihnen ein paar Drinks aus, und dann werden wir Ihnen beibringen, wie man mit uns Hurensöhnen und -töchtern aus dem Südwesten redet.«

Cassie schnappte sich eine Flasche Hotei Black Label und ließ Zuma mit dem Barkeeper zurück. Dieser besänftigte den Mann wie ein verängstigtes Pferd. Sie ging auf den Ecktisch zu, drüben bei der derzeit schweigenden Musikbox.

In diesem Augenblick kam der Reporter aus dem Vereinigten Commonwealth mit dem blonden Haar und Schnurrbart gerade zur Bar marschiert, wo einige der Norteno-MechKrieger standen, tranken und Lügen austauschten, und sagte dann mit einer schrecklich hellen Stimme Macho Alvarado direkt ins dunkle, hübsche Gesicht: »Odale, cabrón.«

Macho wurde aschfahl. Im nächsten Augenblick hatte er ein Messer in der Hand und stach nach dem Gesicht des verblüfften Reporters.

Im *nächsten* Augenblick krachte er mit dem Hintern auf die Reisstrohmatten am Boden, als Cassie, die noch immer die Flasche hielt, ihm die Beine wegtrat.

Für diejenigen, die die Geschichte später erzählten, reagierte Cassie mit ihrer fast schon mystischen, mungohaften Schnelligkeit. Da sie nie einer der Geschichten widersprach, die über sie erzählt wurden, stellte sie das nie richtig. In Wirklichkeit hatte sie so flink reagieren können, als Macho klapperschlangenschnell dieses Messer zog, weil sie schon darauf reagiert hatte, was der dumme Gringo gesagt hatte. Sie hatte gewußt, was Macho tun würde, noch ehe er es tat.

Einen Augenblick später hielt sie den tobenden Mechpiloten mit einer Unterarmklammer am Hals zurück. »Macho, halt's Maul und hör mir zu!« überschrie sie seinen Schwall von Flüchen auf Spanisch, Englisch und in ein paar Indianerdialekten. »Der *pen-*

dejo gringo wußte nicht, was er sagte. Er wurde hereingelegt!«

Macho faßte sich. Cassie wog vielleicht fünfundvierzig Kilo, selbst wenn ihr langes Haar voller Wasser war; er hätte sie mit einem guten Griff regelrecht wegschleudern können. Sie las seine Körpersprache, legte den anderen Arm quer über ihre Unterarmklammer, packte den Kragen seiner Lederjacke fest und schaltete ihn mit einem Nervengriff aus.

Dann kletterte sie von ihm herunter und hob die Flasche auf, die sie auf den Boden gestellt hatte, als sie zu dem Tritt ansetzte. »Chango«, sagte sie zum nächststehenden Kumpel des jetzt schlafenden MechKriegers, »schaff ihn verdammt noch mal hier raus. Wenn ihm nachher immer noch der Sinn nach Kampf steht, soll er zu mir kommen. Aber wenn er sich wieder an dem Gringo vergreift, wird er Austern aus der Sierra Madre zum Frühstück essen, und er weiß, wo die herkommen werden.«

Chango war ein junger Aufreißer, genauso hart und selbstgefällig wie Macho. Aber er nickte nur und sagte mit überaus höflicher Stimme: »Klar, Cassie.«

Als Chango und seine Freunde sich Macho schnappten und ihn zur Tür hinausschleppten, sah sich Cassie mit nunmehr himmelblauen Augen in der Verdienten Erholung um. Ihr Blick fiel auf Cowboy Payson, Buck Evans und Reb Perez, die ein Stück weiter unten an der Bar saßen und überallhin, bloß nicht zu ihr schauten. Das Urbild der Unschuld.

Sie sahen sie nicht einmal an, als sie hinübermarschierte und ihre Flasche auf die Bar knallte. »Wer von euch Bauern hat dem Vereinigten diesen kleinen Streich gespielt?«

Payson saß auf einem Hocker zwischen seinen Kumpels, die Ellbogen auf die Bar gestützt, und hängte sein knochiges Gesicht über eine Bierflasche. »He, Cassie, ich weiß ganz bestimmt nicht, wovon du sprichst ...«

Sie trat ihm den Hocker weg, und Paysons Gesicht schlug auf die Kante der Bar, als er zu Boden ging. Cassies rechte Hand packte ihn bei seinem wirren braunen Haar.

Als Evans aufstand, um ihr entgegenzutreten, schoß Cassies linke Hand hoch, und urplötzlich piekste Bluttrinker den Adamsapfel des schlaksigen blonden Cowboys.

Evans nahm die Hände hoch. »He, keinen Ärger, Abtacha.«

»Ganz genau. Was ist in euch Dickschädel gefahren? Wenn wir einen Gringo-Holoreporter umlegen, wird das dem Ansehen des Kolonel schaden.«

Trotz ihrer Hand in seinem Haar versuchte Cowboy aufzustehen. Nicht allzu erfolgreich, denn seine Füße waren um die Beine des Hockers gewunden. Er betastete sein Gesicht. »HDLC, Cassie«, wimmerte er, »warum mußtest du das tun? Du hast mir die verdammte Nase gebrochen.«

»Nein, habe ich nicht.« Mit einem schnellen, wilden Ruck rammte sie sein Gesicht erneut gegen die Bar. Es krachte hörbar.

»Aber jetzt.«

»Auuu!« klagte Cowboy, als er zusammenbrach und sein Gesicht mit den Händen bedeckte. Blut strömte zwischen seinen Fingern hervor.

Cassie funkelte Buck Evans an, der den Kopf schüttelte und zurücktrat. Sie warf Reb, der auf Paysons anderer Seite saß, einen Blick zu. Er saß nur da und kicherte in sein Bier. Der Kris verschwand.

»Kommen Sie«, sagte Cassie zu Archie. »Ehe ich noch weitere Teile unserer Arbeitskraft außer Gefecht setzen muß.« Sie holte sich ihre Flasche wieder und ging weg.

»Das Mädel ist scharf auf mich!« tönte Cowboy hinter ihrem Rücken her. »Das ist der letzte Beweis. Auu.«

Sie drehte sich um und schenkte ihm ein wildes

Lächeln. »Träum weiter, Payson. Deine eigene rechte Hand würde dich zurückweisen, wenn sie einen Weg fände, sich von deinem Arm zu lösen.«

Das Publikum applaudierte. Cowboys blutverschmiertes Gesicht wurde zu einer gramgezeichneten Maske. »Du meinst, ich sei … kojotenhäßlich?« fragte er im Tonfall übertriebener Tragik.

»Du hast's erfaßt, Roter Kosak.«

Cowboy faßte sich mit beiden blutigen Händen ans Herz und fiel mit dem Rücken zur Bar auf einen Hocker zurück. »Mitten ins Herz!« rief er aus. Cassie wandte sich ab. Payson schwang herum, um beide Ellbogen auf die Bar fallen zu lassen, seine gebrochene Nase mit den Händen zu bedecken und zu stöhnen.

Archie folgte Cassie zu einem Tisch und warf unsichere Blicke zurück. »Dieser Herr, dessen Nase Sie gebrochen haben, sieht Ihnen dauernd nach, Leutenient Suthorn.«

»Er starrt mir nur auf den Hintern«, sagte Cassie, ohne sich umzublicken. »Vergessen Sie's. Und nennen Sie mich nicht ›Leutenient‹. Läßt mich wie ein Möchtegern-Zinnsoldat klingen.«

»Zinnsoldat?« fragte er, während sie sich mit dem Rücken zur Ecke setzte.

»MechKrieger.«

Er setzte sich direkt links neben sie. »Ich hoffe, Sie glauben nicht, ich sei zu dreist, wenn ich mich so dicht neben Sie setze«, sagte er. »Aber ich ziehe es vor, den Raum überblicken zu können.«

Sie zuckte die Achseln und kippte einen Schluck Hotei.

»Ich bin Ihnen für Ihren Beistand dankbar. Aber haben Sie sich nicht etwas … weit aus dem Fenster gelehnt? Ich meine, diese Männer scheinen eine eher rauhbeinige Herangehensweise an das Leben zu haben. Und Sie haben einem die Nase gebrochen und den anderen mit Ihrem außergewöhnlichen Dolch da bedroht.«

»Bluttrinker? Guru Johann gab ihn mir an meinem zwölften Geburtstag.« Ein Schatten huschte über Cassies Gesicht, Sommerwolken glitten über die Sonne. »Er ist fünfzehnhundert Jahre alt. Er sagte, nicht viele Krise hätten eine weibliche Seele, der hingegen schon.«

Sie schüttelte sich leicht wie ein Pferd, das Fliegen von seinen Flanken verscheucht. »Machen Sie sich über die Trampel keine Sorgen. Das ist schon vergessen. Es sind gute große Jungs; für sie ist alles ein Spiel – zum Beispiel, Sie so hereinzulegen, daß Macho Sie aufschlitzt. Sie dachten, er würde Sie nicht töten, nur ein bißchen aufschlitzen, Ihrem hübschen Profil da etwas Charakter verleihen.«

Archie sah sie an. Er konnte den Ausdruck dieses aus Mahagoni geschnitzten Gesichts nicht lesen. Das störte ihn. Er war es gewohnt, Frauen lesen zu können. Besonders so attraktive wie seine Wohltäterin.

Sie seufzte und lehnte sich auf ihrem Stuhl zurück. »Bei den Caballeros ist es aber so, daß sie leicht auf einen losgehen und einen töten, wenn sie glauben, man hätte sie beleidigt. Oder vielleicht beschließen sie auch einfach nur, einen zum Spaß zusammenzuschlagen, wobei es sich von selbst versteht, daß der andere zurückschlägt, und dann mal sehen, was du draufhast, *hombre*. Aber das ist wie ein Sommerregen. Es geht alles schnell vorbei, und wenn es erst einmal vorbei ist, ist es vergessen. Wir sind nicht nachtragend.«

Sie goß sich einen weiteren Schluck ein, starrte hinein. »Wenn man sich nicht darum bemüht«, sagte sie. »Etwa wie das, was zwischen uns und den *tigres* ist, den Nebelpardern. Das ist Blutrache. Wenn jetzt in diesem Augenblick ein Elementar in voller Kampfpanzerung durch die Wand käme, würde jeder Mann und jede Frau im Raum sich sofort auf den Kotzbrocken stürzen.«

»Und Sie?«

Ein grimmiges Halblächeln. »Würde etwas suchen,

das heiß brennt und klebt. Vielleicht versuchen, ob ich einen Cerillos-Pfannkuchen zusammenbekäme – kochender Zucker und Lauge, Küchennapalm. Man kann damit einen Schlammkopf braten wie eine Scheiß-Sierrakartoffel, wenn man ihn richtig erwischt.«

Es gelang Archie nicht ganz, ein sachtes Schaudern zu unterdrücken. Ziemlich unangenehm, die sachliche Art und Weise, wie dieses charmante Wesen von solchen Widerwärtigkeiten sprach. Als spräche sie aus Erfahrung.

»Schlammkopf?« fragte er.

»Puebloausdruck. Indio, indigena – Indianer. Schlammköpfe sind übernatürliche Clowns – allerdings wesentlich finsterer als die Clowns, die es bei Ihnen daheim gibt. Sie sind Erzeugnisse von Inzest zwischen Göttern. Die Indianer glauben, die Clans vermehrten sich durch Inzest. Und betrachten Sie das bloß nicht als Vorurteil; man kann es so sehen.«

Er schüttelte den Kopf. »Tue ich nicht, glauben Sie mir. Aber Sie dürfen auch ruhig glauben, daß ich verblüfft bin. Von der Terminologie, von der, äh, ethnischen Komplexität Ihres Regiments.«

Sie lachte. »Das ist ein guter Name dafür. Einen guten Rat: Benutzen Sie nie ein Südwestler-Wort, wenn Sie nicht tausendprozentig wissen, was es bedeutet. Was, zum Teufel, hat Sie eigentlich bewogen, das zu Macho zu sagen?«

Er kaute an seiner Unterlippe. »Leutenient Payson« – er sprach es Leftenant aus – »sagte mir, es sei ein kameradschaftlicher Gruß, der mir helfen würde, akzeptiert zu werden.«

Sie beugte sich vor und tätschelte eine seiner Hände. Die Berührung sandte ein Prickeln durch seinen Arm wie eine Brise, die die kurzen ingwerfarbenen Armhärchen kräuselte. »Schätzchen«, sagte sie, »die werden Sie niemals akzeptieren. Ich trage diese Uniform seit neun Jahren, ich bin die eingeschworene Blutschwester etwa der Hälfte aller, die sie tragen und habe jedem einzelnen von ihnen über ein dutzendmal den Arsch gerettet. Und ich bin immer noch eine Gringa. Werde es bleiben, bis ich sterbe.«

Sie lehnte sich zurück, und ihr süßer Mund nahm einen bitteren Ausdruck an. »Dann werde ich eine von ihnen sein. Vorher nicht.«

»Sie scheinen Sie aber doch zu akzeptieren.«

Sie zuckte die Achseln. »Ich gehöre zur Familie. Aber ich bin dennoch adoptiert. Abtacha, wissen Sie.«

»Sie stammen nicht von den Südwestlichen Welten?«

»Nein.«

Er wartete darauf, daß sie sich näher erklärte. Als sie es nicht tat, sagte er: »Ich gestehe, ich habe keinen Erfolg bei dem Versuch, die verschiedenen Gruppen und ihre Beziehung zueinander zu begreifen.«

»Die Gruppen? Cowboys, Nortenos und Indianer. Die meisten von ihnen stammen aus der Caballero-Klasse, Grundbesitzer und Gefolgsleute von den großen Gehöften und Haciendas oder bei den Indianern aus frei umherstreifenden Stämmen. Sie schauen auf die Stadtbewohner, Großstadtcowboys und Ponchos und Stadtindianer herab, fast so sehr wie auf Gringos.«

»Aber ich dachte immer, Gringo bezeichnete einen, äh, Weißen.«

Sie schüttelte den Kopf. »Nicht bei diesem Haufen. Gringo bedeutet Außenstehender – selbst wenn sein Name Gutiérrez ist und er aus Mexico City auf Terra stammt.«

»Ich verstehe«, sagte Archie ohne Überzeugung. »Und was ist mit den Leuten, die Leutenient Payson ›Judenboys‹ nannte?«

»Natürlich jüdische Cowboys. Stammen von konservativen israelischen Flüchtlingen ab, die nicht mitkommen wollten, als viele Juden aus Protest gegen bestimmte Aktionen des Staates Israel damals auf Terra zur katholischen Kirche konvertierten. Sie wollten nie wieder etwas mit den orthodoxen Juden zu tun haben, beschuldigten sie, Israel zugrunde gerichtet zu haben, also beschlossen sie, sich so weit von ihnen zu entfernen wie möglich. Das führte sie in den Dreibund.« Sie schlürfte ihren Drink. »Sie müssen mit dem Wort nicht vorsichtig sein; sie nennen sich selbst so.«

»Es scheint ziemlich schwierig, zu unterscheiden, was man unbesorgt sagen kann und was nicht.«

»Sie haben's erfaßt. Denken Sie daran, und Sie kommen schon klar.«

»Was ist mit den Indianern?«

»Soweit ich weiß, sind die meisten Indianer im Dreibund wohl Pueblos, aber sie bleiben in ihren Siedlungen und betreiben nicht viel Raumfahrt. Unsere sind hauptsächlich Apatschen und Navajos, was fast das gleiche ist, aber sagen Sie das nie zu ihnen, und dazu noch ein paar Typen aus den südlichen Steppen – wie Doc Zehn Bären, unsere *Curandera*. Sie ist Kiowa/Komantschin von Cerillos.«

»Und diese Typen kommen alle miteinander aus?«

»Kommt darauf an, was Sie darunter verstehen. Daheim neigen sie dazu, oft zu kämpfen – Fehden, Überfälle, all das.«

»Wie in ›Leute werden getötet‹?«

»Dauernd. Sie müssen verstehen, Cowboys haben mit derselben Wahrscheinlichkeit Fehden gegen andere Cowboys wie jeder andere auch, Nortenos gegen Nortenos, diese Geschichten. Sie machen viel Getöse darum, wie sehr sie einander hassen, die verschiedenen Gruppen, aber genauso gut kann es sein, daß sie untereinander heiraten. Und setzen Sie sie an einen Tisch und bringen Sie sie zum Trinken, dann besteht nicht mehr der geringste Unterschied zwischen ihnen.«

»Und hier draußen?«

Sie zuckte die Achseln. »Alle Ärsche geraten gemeinsam in die Schußlinie. So zusammengepfercht ziehen manche einander Gesichter, andere scheren sich nicht drum. Es...« – sie vollführte gelenkige, verschränkende Gesten mit ihren Händen – »...wechselt. Fließt. Schwer zu beschreiben.«

Er schüttelte den Kopf. »Ich glaube, das werde ich nie verstehen.«

»Machen Sie sich keine Sorgen«, sagte Cassie. »Das sollen Außenstehende auch gar nicht.«

Sie sah auf und lächelte dann. »He, Zuma. Hast du alles geklärt?«

Der mongolenäugige Mann kam herüber, in der Hand eine Flasche des fahlgelben Safts einer heimischen Frucht. Hinter ihm kam der Besitzer, der einen Chip umklammerte. Er öffnete die Abdeckung der Musikbox, ließ den Chip hineingleiten und wandte sich mit einem überraschenden Grinsen an Zuma.

»Alles bereit!« sagte er und ging zur Bar zurück. Die hämmernden Akkorde von Chain Gang, einer beliebten Davion-Band, erdröhnten aus der Box. Ein paar Cowboys stießen Rebellenschreie aus, und mehrere Indianer erhoben sich zum Kopfklopfen.

Cassie lachte. »Weiß nicht, wie du das immer machst, Zuma.«

Zuma tat so, als reinige er mit dem kleinen Finger sein Ohr. Er roch zwar noch auf diese Entfernung nach Seife, aber seine Hände waren geschwärzt vom tiefsitzenden Schmutz eines Mechanikers, die Art, die man nicht wegbekommt, egal, wieviel man schrubbt.

»Man muß nur wissen, wie man mit diesen Schnöseln redet«, sagte er. »Puh. Die Indios lieben dieses Zeug ja vielleicht, aber ich halte es kaum aus. Klingt wie das, was passiert, wenn man eine Schublade voll Besteck und ein paar Katzen in eine Betonmischmaschine wirft, wißt ihr?«

Archie lachte. »Das ist die beste Beschreibung für diese spezielle Band, die ich je gehört habe.«

Zuma deutete auf die Wand links von Cassie. In sie waren mehrere Nischen eingelassen, die kleine Gemälde oder Statuetten enthielten, vor denen Kerzen brannten. »Ich habe die Santos hier bewundert. Erkenne keinen davon.«

»Schreine zu Ehren der *kami*«, sagte Cassie. »Geister.«

»Ich dachte, das Kombinat lehne offiziell die Verehrung anderer Götter neben dem Drachen ab«, sagte Archie.

»Typische Davvy-Betrachtungsweise«, sagte Cassie kühl und nahm einen Schluck aus der Flasche. »Den Arbeitern ist eine Form des Shintoismus vorgeschrieben. Schlichter Animismus – sie verehren alles, von ihren Ahnen bis hin zu den Geistern, die hier lebten, ehe sie diesen Teil der Welt chinesischen Göttern des Ichweißnichtwas überließen.«

Archie studierte die Bilder in ihren kleinen Nischen. »Was ist denn dann das Blaue da drüben? Wenn das nicht Krischna ist, bin ich Johannes der Täufer.«

Zuma lachte. »Sie sähen mit Ihrem Kopf auf einem Tablett bestimmt ziemlich lustig aus.«

»Stimmt schon, das ist der Blaue Junge. Rabbi Makkabäer – das ist Komtur Bar-Kochba – sagt, die Bevölkerung bestehe weitgehend aus mit Japanern vermischten Ostindern. Die ISA läßt sie Hindugötter als *kami* einführen. Es sollen alles Aspekte des Drachen sein, verstehen Sie.«

Bei der Erwähnung der ISA schien die Temperatur in der Bar um ein paar Grad zu fallen. Die Interne Sicherheitsagentur des Hauses Kurita war wahrscheinlich die gefürchtetste Geheimpolizei im gesamten bekannten Universum. Die Maskirovka Liaos war vielleicht sadistischer, aber die ISA war smarter. Es war nicht sehr günstig, den Namen hier mitten im Bauch des Drachen zu erwähnen. Archie ließ den Blick schweifen, als erwarte er, *metsuke* hinter der Musikbox lauern zu sehen. Er hatte seine eigenen Gründe, warum er nicht an die Existenz der ISA erinnert werden wollte.

Urplötzlich bemerkte er, daß Cassie an ihnen vorbei zur Vordertür der Erholung schaute. Er sah, wie sie sich versteifte, und drehte sich um, um ihrem Blick zu folgen, wobei er sich fragte, ob er in Richtung *tatami* hechten sollte.

Zuerst hatte er keine Ahnung, was sie mit zusammengekniffenen Augen betrachtete. Dann erkannte er, daß sie einem großen blonden Cowgirl in verwaschenen Blue Jeans und einer blauen Seidenbluse, deren Enden verknotet waren, um ihren flachen Bauch sichtbar zu machen, nachsah. Er entließ seinen Geist aus dem Verteidigungsmodus, denn er bemerkte auch, daß es sich durchaus lohnte, der neu Eingetroffenen nachzuschauen.

Die Frau kaufte eine Flasche von demselben Zeug, das auch Zuma trank, hielt inne, um ein paar Leuten an der Bar auf die Schulter zu klopfen und ein paar Worte zu wechseln, und kam dann herübergetänzelt.

»Abend«, sagte sie mit kehliger Altstimme. »Darf ich mich setzen?«

Zuma lächelte offensichtlich erfreut. »Lady K. Schön, Sie zu sehen.«

Sie grinste und nickte ihm zu, aber sie sah Cassie an. »Sie können sitzen, wo Sie wollen, Kapitan«, sagte die Späherin kühl.

Überrascht bemerkte Archie, daß der Neuankömmling eine Laserpistole in einem Gürtelhalfter an der rechten Hüfte und einen großen ovalen Türkis im Nabel trug. Eine insgesamt beeindruckende Gestalt, stellte er fest.

Sie drehte einen Stuhl um, setzte sich und verschränkte die Arme auf der Lehne. »Willst du mich deinem hübschen Freund nicht vorstellen, Cassie?«

»Ich kenne seinen Namen nicht, Kapitan MacDougall.«

Die Blonde wandte sich Archie zu und streckte die

Hand aus. »Ich bin Kali MacDougall, Oberleutenient und Atlaspilotin.«

Archie nahm ihre Hand. Ihr Griff war fest. »Ich bin entzückt«, sagte er und hob ihre Hand an die Lippen. »Ich bin Archie Westin. Reporter beim Nachrichtendienst des Vereinigten Commonwealth.«

Sie hob anerkennend die Augenbrauen. »Ein Kavalier, wie ich sehe.«

»Ich tue mein Bestes, Leutenient.«

»Kali.«

»Sie ist die Chefin der Bronco-Kompanie«, sagte Zuma. »Lassen Sie sich nicht von der Tatsache täuschen, daß sie blond und Offizierin ist, Amigo.« Er tippte mit einem Zeigefinger an seine Schläfe. »Sie ist scharf.«

Er trank seine Flasche leer, stellte sie auf den Tisch. »Nun, ich gehe besser mal nachschauen, was die Jungs und Mädels alles angestellt haben, als sie mit ihren Mechs in die Stadt gewackelt sind. Locker bleiben, Cassie. War nett, Sie zu treffen, Mr. Westin.«

Lady K streckte die Hand aus und berührte Zuma am Arm. Sie lächelten einander herzlich an, und Zuma ging in die Nacht hinaus.

Die MechKriegerin sah Cassie an, die in den Kragen ihrer weit ausgeschnittenen Bluse versunken zu sein schien. »Ich bin ein wenig überrascht, dich hier zu finden, Cassie«, sagte sie in freundlichem Tonfall. »Du tollst und heulst doch sonst nicht mit den anderen Kojoten.«

Cassie hob ihre Flasche und deutete damit in der Bar herum. »Dieser Ort ist jetzt Teil des Geländes. Ich bin Späherin. Ich überprüfe ihn.«

MacDougall verzog das Gesicht. »Deshalb bist du also nicht unten im Komplex, um auf den Zinnen herumzumarschieren. Du spähst das Gelände hier aus.« Sie schüttelte den Kopf. »Du mußt lernen, Freizeit zu genießen, Mädchen, dich um dich selbst zu kümmern.«

»Der Kapitan muß seine Zeit wirklich nicht damit verschwenden, sich um mich Sorgen zu machen.« Cassie stand auf. »Ich gehe besser zurück.«

Sie ging fort und ließ ihre noch fast volle Flasche auf dem Tisch stehen. Archie erhob sich halb, um ihr zu folgen.

»Lassen Sie sie gehen, Mr. Westin«, sagte Lady K. »Sie wird nicht besonders gerne bedrängt.«

Archie setzte sich langsam wieder. Er sah MacDougall an. Irgendein Teufelchen ließ ihn sagen: »Warum tun Sie es dann?«

Ein langsames Lächeln begann in einem ihrer Mundwinkel und breitete sich gemächlich aus, wobei sie strahlend weiße Zähne enthüllte. »Ich habe meine Gründe«, sagte sie. »Aber warum gönnen Sie sich nicht mal einen Augenblick Ruhe und erzählen mir, warum ein Vollzeit-VerKom-Holojournalist einem Haufen dahergelaufener Söldner wie uns die Ehre gibt?«

Cassie ging über den Tai-sho-Dalton-Weg zurück, die Hände in den Taschen ihrer ausgebeulten Khakihosen vergraben und mit gesenktem Kopf. Im Bürgersteigbereich war die Straße hell erleuchtet. Über ihrem Kopf reckten sich die Bürotürme des Distrikts in den Himmel, Schattengebilde, die die Sterne verhüllten. Die Straßen waren voller Fußgänger, Fahrradtaxis mit klingelnden Glöckchen, hupenden Autos. Im Gegensatz zu vielen Draco-Welten – und zu Larsha, wo sie aufgewachsen war – machte sich die Polizei auf Hachiman mit Ausnahme von Zeiten mit Bürgerunruhen nicht die Mühe, eine Sperrstunde durchzusetzen. Und wie die noch größere Tanadi-Computerfabrik am Stadtrand fuhr HTE Wechselschichten, vierundzwanzig Stunden am Tag. Was bedeutete, daß die Arbeiter und Mittelklasse-Bürohengste dazu neigten, rund um die Uhr Geld auszugeben.

Ein paar Bullen, die an einer Kreuzung standen, nahmen sie genau in Augenschein, als sie vorbeiging, und spielten dabei mit den Sicherungen ihrer Anti-Aufruhr-Schrotflinten. Cassie ignorierte sie. Selbst unter Koordinator Theodore waren Gaijin auf den Straßen so tief im Kombinat kein weitverbreiteter Anblick; sie mußten sie für eine Söldnerin halten. Und wenn der Chef des Regiments, der große Buddhabauch Kurita persönlich, nicht schlau genug war, um die örtliche Polizei anständig zu schmieren ... Sie verwarf den Gedanken. Kurita oder nicht, wenn Chandrasekhar so dumm wäre, dann hätte er nie das nötige Kleingeld zusammenkratzen können, um ein MechRegiment anzuheuern, das mit ihm Händchen hielt. Nicht einmal ein so chaotisches wie die Caballeros.

Warum machte sie sich überhaupt Gedanken über diesen Bimbo? MacDougall war schon bei der Einheit gewesen, ehe Cassie für das Landungsschiff ›rekrutiert‹ worden war, das von Larsha abhob. Sie hatte Bronco übernommen, als der frühere Kommandant nach New Horizons beschloß, sich zur Ruhe zu setzen. Natürlich hatte Cassie nie besonders viel mit Lady K anzufangen gewußt, obwohl sie zugeben mußte, daß das Cowgirl seine Sache gut machte. Aber erst vor kurzem, erst nachdem Kapitan Silva nach Hause nach Cerillos gegangen war, hatte die blonde MechKriegerin begonnen, die Späherin nicht mehr in Ruhe zu lassen.

Vielleicht wurde es Zeit, sie sich vom Hals zu schaffen. Normalerweise unterschied Cassie nicht zwischen Männern und Frauen. Frauen wurden in den dominierenden Kulturen der Dreibund-Welten zwar manchmal wie Bürger zweiter Klasse behandelt, aber in der Praxis bedeutete das, daß jede Frau, die es zur MechKriegerin brachte, mindestens so hart sein mußte wie ihre männlichen Gegenstücke – in aller Regel gemeiner. Cassie hatte Zusammenstöße mit Frauen ebenso erlebt wie mit Männern.

Etwas an der größeren MechKriegerin entmutigte

Cassie aber, sich mit ihr anzulegen. Worüber mache ich mir Sorgen? Ich kann sie schaffen.

Aber das war es nicht. Es war etwas ... anderes.

Eine Traube betrunkener Sararimen ohne Krawatten mit offenen Mänteln blockierten den Gehweg vor der Treppe, die zu einem Stripclub im Keller hinunterführte. Sie starrten Cassie in glotzäugiger Faszination an wie eine Herde Schafe.

»Bakayaro!« schnarrte sie sie an. »Dumme Idioten! Geht mir aus dem Weg!« Der Ausbruch auf Japanisch zerstreute sie in alle Richtungen. Sie fühlte sich etwas besser und setzte ihren Weg mit hocherhobenem Kopf fort.

Nun gut, Fräulein allmächtige MechPilotin, dachte Cassie. Ich werde auf den Zinnen herummarschieren. Ich lade nur noch meine M23 und sehe dann mal, was für Umfeldsicherheitsmaßnahmen diese *culebras* sich haben einfallen lassen.

Als sie sich den Weg durch eine diskrete kleine Seitentür neben den großen Bronzetoren bahnte, lächelte Cassie tatsächlich.

10

Masamori, Hachiman
Distrikt Galedon, Draconis-Kombinat

2. September 3056

Warme, feuchte Luft schien vier Stockwerke tiefer vom Pflaster abzuprallen und Cassie ins Gesicht zu schlagen, als sie mit einem Fuß auf der Brüstung des seitlich offenen Gebäudes stand. Die Dämpfe des Ethanolgemischs, das die Draco-ICEs verbrannten, erzeugten häufig Formaldehyd, das ihr in den Augen brannte.

»He, Cassie«, ertönte das nach Polypen in der Nase klingende Nölen des Soldaten Absalom Sloat vom Kundschafterzug hinter ihrem Rücken. »Warum kriechen wir überhaupt in einem Parkhaus herum? Du hast nicht einmal ein Auto.«

Sie ignorierte ihn, schob die dunkle Sonnenbrille weiter in die Stirn und kratzte sich dort, wo Schweiß auf ihrer Haut zu jucken begonnen hatte. Vielleicht kam ja der Herbst nach Masamori, aber heute war es hier unten, zwei Klicks vom Fluß, schwül.

»Verdammt! Genau, wie ich es mir gedacht habe«, sagte sie. »Von hier oben kann man den ganzen Scheiß-Komplex einsehen.«

Aus Scooter Barnes' breiter Brust löste sich ein leises, trockenes Kichern. »Gib mir die große Zwölf-Sieben von einem *Zeus*«, sagte er, »und ich könnte das Gelände bildschön leerfegen.«

Sie fletschte die Zähne und stieß die Luft geräuschvoll zwischen ihnen aus. »Ja.«

Ein halbes Dutzend der Mannschaft des Kundschafterzugs war mitgekommen und lugte jetzt in die in erster Linie kastenförmigen Fahrzeuge, die Mittelklassetypen der mittleren und unteren Gehaltsklasse gehörten. Der Zug war nur formell eine Einheit; die

Späher arbeiteten im allgemeinen im Alleingang oder paarweise, selten in größeren Gruppen. Im Gegensatz zu den meisten Militärorganisationen der Inneren Sphäre ermutigten die Caballeros ihre Späher zum Denken in kleinen Begriffen. Wenn die Späher nicht gerade für einen Hinterhalt eingesetzt wurden, bedeutete jedes Zusammentreffen mit dem Feind üblicherweise ein Scheitern ihrer Mission, weil der Feind unweigerlich auf ihre Anwesenheit aufmerksam geworden war. Schwere Geschütze nützten den Spähern des Siebzehnten selten etwas, zumal es eine entscheidende Schwäche darstellte, auf Streife zu viele Leute dabeizuhaben, die ständig übereinander stolperten.

Den meisten Militäreinheiten war nicht wohl bei dem Gedanken, ihrem Personal zu erlauben, individuell zu handeln, geschweige denn es dazu zu ermutigen, aber die Leute aus den drei führenden Kulturen der Südwestlichen Triade waren Individuen, und verdammt sollte jeder sein, der sie nicht als solche behandeln wollte. Das Geheimnis ihrer Führung bestand meist darin, sie zur Zusammenarbeit und zu ordentlichem Verhalten zu bewegen.

Der Kundschafterzug setzte sich aus Soldaten zusammen, die selbst nach den Maßstäben der Caballeros im großen und ganzen unverbesserliche Individualisten waren. Aber solche Soldaten neigten dazu, selbstbewußt und unabhängig zu sein und sowohl die Fertigkeiten als auch die Mentalität zu besitzen, die nötig waren, um Tage oder Wochen isoliert in einem Gelände zu verbringen, das sowohl hinsichtlich der Anwesenheit von Feinden als auch nicht selten von der Natur her feindlich war.

Badlands Powell, dessen Rufzeichen von dem Vulkangebiet auf Cerillos stammte, wo er herkam, war mehr Babysitter und Regisseur als tatsächlich Kommandant des Kundschafterzugs. Er kannte und akzeptierte diese Tatsache und erledigte seine Aufgabe gut.

Die geborene Anführerin für einen solchen Mob war natürlich Cassie Suthorn.

Er wußte, daß sie die Beförderung zur Offizierin nach dem Abflug von Jeronimo nur angenommen hatte, weil Don Carlos darauf bestanden hatte. Für ihn würde Cassie so ziemlich alles tun – besonders jetzt, wo Patsys Tod eine klaffende Wunde in seine Seele riß. Sie war die beherrschende Persönlichkeit im Kundschafterzug. Auch das akzeptierte Badlands. Seine launischen Leute waren zwar nicht sonderlich mannschaftstauglich, er hingegen war es trotz seiner eigenen beachtlichen Begabung als Späher.

Cassies Gefährten waren vor allem aus reiner Neugier oder schlicht aus Langeweile mitgekommen. Sie erwarteten hier im Herzen einer Metropole offenbar keine große Nachfrage nach ihren Diensten und freuten sich darauf, zum Sportplatz vor der Stadt zurückzukehren, wo die anderen beiden Bataillone biwakierten. Dort konnten sie sich zumindest die Beine vertreten oder ein wenig wandern und jagen gehen. Sie teilten nicht Cassies Gefühl, daß es dringend sei, ihre Umgebung zu überprüfen, und auch nicht ihren besessenen Leistungstrieb.

Ihr war das recht. Niemand, den sie je getroffen hatte, konnte ihrer Sturheit je das Wasser reichen. Was ihr bei der Begegnung mit zahlreichen Feinden zustatten gekommen war und einen Hauptgrund dafür darstellte, daß sie noch lebte und die nicht.

Cassie inspizierte das Stockwerk, um zu überprüfen, ob sich einer von ihren Kumpels mit Draht an den Fenstern der geparkten und verschlossenen Fahrzeuge zu schaffen machte. Sie hatte versprochen, jedem weh zu tun, der sich bei diesem kleinen Ausflug ins Feld auf Kosten der Bevölkerung bereicherte. Selbst der größte, übelste Chauvi des Zugs – und übrigens auch des gesamten Regiments – wußte, daß Cassie ausgesprochen gut im breiten Spektrum der Möglichkeiten war, diese Drohung wahrzumachen. Also benahmen sie sich.

Sie wandte sich dem kleinen rundköpfigen Burschen mit den großen runden Gläsern und dem Hawaiihemd zu, der an ihrem Ellbogen klebte. »Yo, Preetam.«

Preetam Masakawa, der HTE-Gnom, der ihr als Fremdenführer bei diesem kleinen Rundgang zugeteilt war, nickte und sagte: »Bitte?«

»Wir müssen unbedingt etwas dagegen tun. Haben Sie irgendeine Ahnung, wem dieses Gebäude gehört?«

»Natürlich«, sagte er stolz. »Onkel Chandy!«

»Onkel Chandy?«

»Sri Chandrasekhar Kurita. Dem großen Boß.«

Das erinnerte sie an etwas; Sri war auch auf Larsha ein verbreiteter Ehrentitel.

Ihr ging ein Licht auf, langsam wie die Hauptstraße, die sich aus Sodegarami herausquälte, dem Ukiyo-Distrikt im Osten am anderen Ufer des Yamato. »Wem gehören die Gebäude links und rechts von diesem hier?« fragte sie.

»Onkel Chandy. Er besitzt alles, was an den Komplex angrenzt.«

Scooter Barnes pfiff. Der Halbkiowa-Cowboyheckenschütze war ein wenig kultivierter als die meisten von Cassies Gefährten im Kundschafterzug, weil er einen Teil seiner Jugend in Städten zugebracht hatte.

»Ein solches Stück Land würde eine Stange Geld kosten«, sagte er. »Jedes einzelne Gebäude würde bestimmt soviel kosten wie ein BattleMech.«

Preetam lachte. »Wie ein Bataillon«, sagte er.

»Mein Gott«, entfuhr es Billy Huckaby.

Das erklärte natürlich einiges. Sie waren bei diesem Erkundungsstreifzug herumgelaufen, wo sie wollten, wobei Preetam gelegentlich beiseite getreten war, um ein paar Worte mit dem Sicherheitsdienst des Gebäudes zu wechseln. Cassie hatte gedacht, Onkel Chandy müsse etwas Kohle unter den benachbarten Grundbesitzern verteilt haben – oder auf die harte Tour gelernt haben; er war ein Kurita. Aber die ganze Zeit über hatte als Schmierstoff die Tatsache gedient, daß Chandy der Grundbesitzer war.

»In Ordnung«, sagte Cassie, wandte sich von der Brüstung ab und Preetam zu, der tatsächlich kleiner war als sie. »Jetzt bringen Sie mich zu Onkel Chandy.«

Der kleine Eingeborene war schockiert. »Sie nicht sehen Onkel Chandy! Warum Sie wollen sehen Onkel Chandy?«

»Um eine Gehaltserhöhung zu erbitten.«

Egal, wieviel sie von sich selbst hielt, eine dahergelaufene kleine Abtacha-Söldnerin bekam keinen Termin bei Onkel Chandy, nur weil sie darum bat, aber Cassie arbeitete nach dem Prinzip ›Man weiß nie, was man bekommen kann, wenn man nicht danach fragt‹ und hatte in der Vergangenheit einen Haufen Leute damit überrascht, was sie alles bekommen hatte.

Und dieses Mal bekam sie eine Unterredung mit Mirza Peter Abdulsattah. Es war nicht der Chef persönlich, aber es war beeindruckend genug.

Der Mirza hob den langen, schmalen Kopf und starrte sie an, während er Preetam mit einem Wink seiner Spinnenfinger entließ. Etwas in seinem Verhalten und in Preetams Abschiedsverbeugung ließ in Cassies Schädel kleine Glöckchen klingeln und ihr Hirn sich fragen, ob der Fremdenführer wirklich der komische Tölpel war, der er zu sein schien. Denn Abdulsattah war wirklich ein Meisterspion reinsten Wassers, und diese ach so passenden Spinnenfinger waren wie dafür geschaffen, am unerwartetsten Ort Marionetten tanzen zu lassen – oder trogen sie ihre Instinkte?

Wenn sie sie trogen, war ihr Leben keinen Pfifferling mehr wert. Diesen Mirza mußte sie im Auge behalten. Den kleinen Preetam auch.

Abdulsattah erhob sich hinter seinem Schreibtisch –

und wurde immer größer. Er mußte fast zwei Meter groß sein. Er war dürr wie ein Skelett, seine olivenfarbene Haut spannte sich fast straff genug, um an den zarten asketischen Knochen seines Gesichts einzureißen. Er trug eine Kappe und hatte einen hübschen, ergrauenden Bart.

»Sie sind die junge Frau, die draußen vor der Treppe dieses Kunststück auf ihrem Fahrrad vorgeführt hat«, sagte er mit überraschend tiefer Stimme.

»Die bin ich«, sagte Cassie, die sich weder durch Rang noch durch Körpergröße einschüchtern ließ.

»Preetam sagte, Sie müßten mit mir Sicherheitsfragen besprechen.«

»Ich bin überrascht, daß Sie mich überhaupt empfangen haben«, sagte sie. »Frauen zählen im Kombinat nicht allzuviel.«

»Ihr Kolonel spricht lobend von Ihnen«, sagte der Mirza. »Bitte setzen Sie sich, wenn Sie wollen.«

Das tat sie. Noch dazu, wo es den Sicherheitschef von HTE dazu veranlaßte, seine immense Körpergröße wieder in den lederbespannten Stuhl hinter seinem bescheidenen Hartholzschreibtisch zu falten.

»Sie sprechen kenntnisreich über die Kultur des Kombinats«, sagte er. »Sicher war Ihre Zeit im Kombinat zu kurz, als daß Sie viel hätten lernen können. Ich nehme an, die Exilgemeinschaft auf Larsha sorgte für Ihre Bildung?«

»Peter-sama, bei allem Respekt: Sie nehmen nicht an, Sie wissen.«

Die Lider senkten sich über Abdulsattahs schwarze Augen wie geschoßabweisende Leichentücher. Er sah Cassie einen Augenblick lang an, während seine Finger auf der Tischplatte tanzten wie eine Spinne bei einer Gigue.

Sie hielt seinem Blick stand.

»Sie sind eine bemerkenswerte junge Frau«, sagte er schließlich. »Ihre Personalakte beweist Ihren Mut. Aber ein Wort der Warnung an Ihre Kameraden ebenso wie an Sie selbst: Sie sind weit weg von daheim.«

»Ist das eine Drohung?« fragte Cassie.

Der Mirza schüttelte das schmale, edle Haupt. »Nur die Feststellung einer Tatsache, Leutenient. Ich bin kein ganz gewöhnlicher Kombinatsbeamter …«

Erzähl mir doch mal etwas, was ich noch nicht weiß, dachte Cassie. Aber sie behielt den Gedanken für sich. Sie war eine Späherin – großspurig, aber nicht dumm.

»… und Chandrasekhar-sama ist ein noch ungewöhnlicherer Kurita. Aber er ist dennoch ein Kurita, und Sie und Ihre Leute werden hier viele treffen, die wesentlich weniger nachsichtig sind als wir beide.«

Cassie sah ihm noch einen Augenblick länger in die Augen. Dann nickte sie. »Ich verneige mich vor Ihrer Weisheit, Peter-sama.«

»Irgendwie bezweifle ich das«, sagte er mit einem winzigen Anflug eines Lächelns. »Aber wie bei so vielem im Leben werden Sie es entweder lernen oder sterben.«

Cassie legte einen Arm über die Rückenlehne des Stuhls und lehnte sich zurück. Sie empfand seine Worte nicht als Bedrohung. *Lern oder stirb* waren die Bedingungen, unter denen sie lebte, seit sie drei war.

Der Mirza erhob sich und trat vor etwas, das wie ein Panoramafenster aussah und sich auf eine üppige, sonnendurchflutete Oase inmitten von Gipsdünen öffnete, die so weiß waren, daß sie von innen zu leuchten schienen, als seien sie in einem Schmelzofen erhitzt worden. Es war natürlich eine Illusion. Abdulsattahs Büro lag tief in der Zitadelle, HTEs festungsartigem Hauptverwaltungszentrum. Hätte es Fenster gehabt, hätten sie sich auf den stets geschäftigen Komplex geöffnet.

Natürlich böten Fenster Feinden auch einen bequemen Weg, an den Mirza heranzukommen. Cassie fragte sich, ob die Vorsichtsmaßnahme nur aus Klugheit geschah – das Leben im Draconis-Kombinat war in aller

Regel wesentlich turbulenter, als Außenstehende annahmen, besonders in den höheren Bereichen der Wirtschaft und des Staats – oder ob hier ein komplizierteres Spiel ablief.

Abdulsattah betrachtete einen Augenblick lang das Hologramm, als könnten seine verschatteten dunklen Augen hinter den Horizont dieser Phantasiewelt blicken, als wäre sein Blick nicht eingeschränkt durch die Reichweite der Laser, die das Bild eingefangen hatten.

»Was bedeutet Mirza, Peter-sama?« fragte sie hinter ihm stehend.

»Auf meiner Heimatwelt bedeutet es ›Prinz‹«, sagte er und drehte sich wieder zu ihr um.

»Sie sind ein Arkaber?«

»Gewissermaßen.« Er lächelte. Es wirkte ziemlich echt. »Jetzt erzählen Sie mir, warum eine Unteroffizierin ein Treffen hinsichtlich unserer Sicherheitsvorkehrungen verlangt und nicht ihr Leutenient-Kolonel des Nachrichtendienstes.«

Weil im Falle Gordos Nachrichtendienst leider nichts mit Intelligenz zu tun hat, dachte sie. Aber wieder äußerte sie ihre Gedanken nicht. Es gab nur wenige Regeln bei den Caballeros. Don Carlos erlaubte seiner Truppe, sich weitgehend so zu verhalten, wie sie wollte, solange die Leistung stimmte. Diejenigen, bei denen sie nicht stimmte, mußten sehr schnell feststellen, daß sie mit einer eiskalten Skrupellosigkeit, bei der sie nur noch keuchen konnten, gefeuert wurden. So war die Einheit schon immer geführt worden, es war kein Ergebnis von Kolonel Camachos innerer Emigration als Folge von Patsys Tod. Es kam Cassie sehr gelegen.

Aber es gab Regeln, in erster Linie ungeschriebene. Und die beachtete Cassie – meistens. Die wichtigste war das eherne Gesetz des Dreibundes: Wenn der Hammer fällt, heißt es, wir gegen das Universum. An dieses Gesetz glaubte Cassie leidenschaftlich. Weil es bedeutete, daß sie keine Gringa mehr war, wenn der Hammer fiel, sondern ein Caballero. Sie mochten sie Abtacha nennen, aber sie gehörte dazu. Es war ein Gefühl, das sie nicht kannte, außer aus der Zeit mit Guru Johann. Sie klammerte sich daran wie eine Ertrinkende.

Das Gesetz bedeutete unter anderem, daß man einen anderen 'llero nicht vor Außenstehenden kritisierte. Egal, was für ein Riesenhaderlump er sein mochte.

»Leutenient-Kolonel Baird ist ein vielbeschäftigter Mann«, sagte sie in sorgfältig neutral gehaltenem Tonfall. »Und er kümmert sich in erster Linie um elektronische Informationsgewinnung.«

Die dunklen Augen des Mirza fraßen sich wie Laserbohrer in die ihren. Sie zuckte vor der Inaugenscheinnahme nicht zurück; sie wußte, daß selbst die durchdringendste Untersuchung immer nur ein Stück weit in ihren Schädel eindringen konnte und nicht weiter. Aber diese Wahrheit war so tief nicht vergraben.

»In der Tat«, sagte Abdulsattah und nahm wieder Platz. »Worüber genau wollen Sie mit dem Chef sprechen, Leutenient?«

»Ich höre, HTE besitzt die Gebäude, die an den Komplex angrenzen.«

»So ist es. Der Chef meinte, sie könnten sich als gewinnbringende Investition erweisen.« Flackerte da ein Funken Heiterkeit ganz hinten in diesen anthrazitfarbenen Augen?

»Mir scheint«, sagte Cassie, »daß es Vorbereitungen gibt, die man in diesen Gebäuden treffen könnte. Einige Überraschungen für die schlimmen Jungs, nur falls jemand mit feindlichen Absichten zufällig vorbeikäme. Sensoren, Sprengladungen – ich bin sicher, das muß ich Ihnen nicht erzählen.«

Der Mirza lachte – nicht das nervös wirkende Gekicher, das Cassie mit den paar Arkaben, die sie kannte – oder im übrigen auch mit den meisten Masakkos, denen sie begegnet war –, in Verbindung brachte. Es war ein lautes Lachen, das aus seiner Mitte emporzuquellen schien.

»Ganz bestimmt nicht, Leutenient«, sagte er, als das Lachen verebbte. Er beugte sich vor und umklammerte den Schreibtisch mit den Händen. »Es wird Sie vielleicht überraschen, aber weder Mr. Kurita noch ich selbst haben die Möglichkeit gänzlich übersehen, daß sich der den Komplex umgebende Grund und Boden zur Schädigung derer mit bösen Absichten eignen könnte. Die Investition, von der ich sprach, war nicht ausschließlich finanzieller Natur.«

Cassie zuckte die Achseln. Nein, das war keine Überraschung. Aber sie hatte nicht so lange überlebt, indem sie irgend etwas als gegeben vorausgesetzt hatte.

»Dennoch«, sagte der Mirza, »weder Chandrasekhar Kurita noch ich meinen alles zu wissen, so unglaublich das auch klingen mag. Ich würde gerne hören, welche ›Überraschungen‹ Sie im Sinn haben, Leutenient.« Wieder diese Spur von Erheiterung in fast undurchdringlichen Augen. »Ich hörte, daß das Überraschen von Feinden fast so etwas wie eine berufliche Spezialität von Ihnen ist.«

11

Masamori, Hachiman
Distrikt Galedon, Draconis-Kombinat

2. September 3056

»Leftenant Suthorn?«

Cassie verließ ihr Treffen mit dem Mirza – die Hände in den Taschen, den Kopf gedankenvoll gesenkt – und hatte nicht bemerkt, daß der Nachrichtenheini vom Vereinigten Commonwealth hinter ihr hertrottete. Toll, tadelte sie sich. Versink in deinen Gedanken und vergiß die Umwelt. Unter genau solchen Umständen hätte sie erwartet, daß Guru Johann aus dem Nichts auftauchte und ihr wegen Unaufmerksamkeit eine klebte.

Der hübsche junge Reporter schritt mit in der Nachmittagssonne golden schimmerndem Haar auf sie zu. Seine stämmige schwarze Kamerafrau trottete hinterher.

»Was kann ich für Sie tun, Mr. Westin?« fragte sie.

Er strahlte, ein echtes Zahnpastareklamelächeln.

»Archie bitte. Ich habe mich gefragt, ob Sie so freundlich wären, mich herumzuführen.«

Cassie nickte zu der Kamerafrau hin, einer schüchternen jungen Frau mit breiten, angenehmen Zügen. »Sie wollen wohl unsere getroffenen Vorkehrungen festhalten, wie?«

Er blinzelte, kicherte nervös. »Nichts dergleichen. Ich tue nur meinen Job.«

Sie schnaubte. »Ja. Nun, ich gehe rüber, um mir die Montechs anzusehen. Kann nicht schaden, wenn Sie mitkommen.«

Sie brachen auf. Der Komplex war erfüllt von geschäftigem Treiben, die große Einrichtung allein war wohl mehr wert als manch eine Peripheriewelt. Eine der Auswirkungen ihrer Größe war, daß HTE-Arbeiter nicht gezwungen waren, unter den drangvoll engen Bedingungen zu arbeiten, unter denen die meisten ihrer Kollegen im Kombinat litten. Die Montageetagen und Produktionsbereiche waren geräumiger als üblich, und in gelegentlichen Ruhepausen konnten HTE-Angestellte tatsächlich nach draußen gehen und sich die Beine vertreten.

Die Arbeiter, die in pastellfarbenen HTE-Uniformen an ihnen vorbeigingen, deren Farben die feinen Unterschiede zwischen Abteilungen und Schichten verrieten, die Cassie erst noch unterscheiden lernen mußte, trugen den Kopf hoch und bewegten sich wie alle Arbeiter des Kombinats – zumindest wollte die Stimme des Drachen Außenstehende das glauben machen: Sie alle glühten vor *aisha seishin*, Firmen-Kampfgeist. Normalerweise war das nur Propaganda. Hier nicht.

»Merkwürdigen Akzent haben Sie da, Archie«, sagte Cassie beiläufig, obgleich sie die Frage eigentlich nur als abstrakte Neugier betrachtete. Informationen über den Hintergrund einer Person gaben Hinweise auf sie, halfen einzuschätzen, inwieweit sie eine Bedrohung darstellte. Und für Cassie war jeder eine Bedrohung, der nicht zum Regiment gehörte. Nicht, daß niemand im Siebzehnten eine gewesen wäre; bei den Draco-Flüchtlingen daheim auf Larsha hatte sie oft das Epigramm gehört: ›Nattanin – feindliche Fremde – beginnen bei den eigenen Geschwistern.‹

Er lachte wieder, diesmal entspannter. Mariska Savage ließ sich zurückfallen, diskret unbeteiligt an der Unterhaltung, eher so, als wolle sie wirklich nicht einbezogen werden, als meine sie, es gehe sie nichts an.

»Northfield wurde von Leuten von den Britischen Inseln gegründet, wissen Sie«, sagte er.

»Sie sind also Davioner.« Northfield lag in der Nähe von New Avalon, der Hauptstadt der früheren Vereinigten Sonnen.

»Ich bin ein loyaler und selbstverständlich glücklicher Bürger des Vereinigten Commonwealth.«

Sie warf ihm einen Seitenblick aus diesen großen, rauchigen Augen zu, die Art von Blick, die das Herz eines Mannes aus dem Rhythmus geraten läßt, selbst wenn sie bar jeder herkömmlichen Koketterie ist. »Davon gibt es heutzutage nicht mehr allzu viele.«

Ein Ausdruck, der Schmerz gewesen sein könnte, huschte über Westins gemeißelte Züge wie eine Klapperschlange. »Vielleicht nicht. Dennoch dienen die Westins schon seit Generationen dem Haus Davion loyal, ob es nun gerade in Mode war oder nicht. Und jetzt dienen wir dem Haus Steiner-Davion – auf unsere Weise.«

Sie gingen eine Weile schweigend. »Wenn ich das sagen darf«, sagte Archie, verzweifelt um einen fliegenden Themenwechsel bemüht, »ist auch Ihr eigener Akzent zwar sehr charmant, aber wohl kaum orthodox. Diese nasalen amerikanischen Westernvokale, die leicht stakkatohafte Kadenz Ihrer mexikanischen Kameraden, gemischt mit einer Art … nun, Musik.«

Nun war es an ihr zu lachen – ein Klang, den Archie ziemlich bezaubernd und in der Tat musikalisch fand.

»Ich bin im Regiment aufgewachsen«, sagte sie. »Da ist es nicht überraschend, daß ich spreche wie sie. Ansonsten …« Cassie zuckte die Achseln. »Zuvor lebte ich auf Larsha.«

»Bevor …?«

»Bevor ich gefangengenommen wurde«, sagte sie, und ihr Tonfall wurde ausdruckslos.

»Sie scherzen.«

»Nein. Ich war bei der Miliz. Ich war ein Straßenkind – wie wir alle. Wurde bei einem zufälligen Fischzug aufgegabelt, anläßlich von ein paar Raubüberfällen, an denen ich nicht einmal beteiligt war.«

»Sie … haben also Raubüberfälle begangen?«

Sie lachte. »Klar. Ich war auf mich allein gestellt, seit

ich zwölf war. Habe vieles gemacht.« Ein Kopfschütteln. »Jedenfalls war ich dumm oder hatte Pech und wurde geschnappt. Also gab man mir ein altes Bolzengewehr und sagte, ich müsse Soldatin werden. Und dann fiel das Siebzehnte in der Stadt ein. Larsha ist eine Grenzwelt zwischen der Peripherie und dem Davvyraum ...«

»Ich bin damit vertraut, ja.«

»... und die Capellaner hatten wiederholt Raubzüge über die Grenze ins Vereinigte Commonwealth unternommen, deshalb schickte das VC ein Söldnerregiment herüber, um sie zu lehren, das nicht mehr zu tun. Ich legte einen ihrer Mechs um – den alten Steppenwolf von Bobby, dem Wolf, ehe er diesen Greif bekam, den er jetzt steuert.«

Westin starrte sie an. Sie mußte ein Kichern über die Weise unterdrücken, wie er seine rötlichblonden Augenbrauen hochzog. Wie Raupen. »Sie haben einen BattleMech besiegt? Ein sechzehnjähriges Mädchen mit einem Gewehr?«

»Eigentlich mit einem durchgeschnittenen Stromkabel. Zerschmolz das Knie.«

»Heißt das, in der Konföderation gibt es wirklich noch oberirdische Stromleitungen?«

»Auf Larsha schon. Jedenfalls war Bobby fertig bis aufs Leimen. Er haßt mich noch immer, nicht daß er sonst irgend jemanden in der Sphäre mag. Und Patsy – die Tochter des Kolonel, sie war damals Oberleutenient und Pilotin eines Feuerfalken – hielt ihn davon ab, mich zu töten. Sie fragte mich, ob ich mich ergeben wolle.« Cassie zuckte die Achseln. »Sie hatten mich mit drei Mechs umzingelt, was hätte ich also anderes tun sollen als ja zu sagen? Es bedeutete, Larsha zu verlassen, aber es war ohnehin nicht so, daß mich in diesem Höllenloch irgend etwas gehalten hätte.«

Da erschauerte sie, hielt die Geste aber so klein, daß er sie nicht bemerkte oder zumindest nicht zu bemerken schien. »Seit dem Tod von Guru Johann nicht mehr.«

»Ich verstehe. Und wo ist diese Patsy Camacho jetzt? Ich glaube nicht, daß ich ihr vorgestellt ...«

»Sie ist gestorben.« Die Worte durchschnitten Westins Geplauder wie ein Hackmesser den Hals eines Kaninchens. »Auf Jeronimo. Kämpfte gegen fünf Nebelparder-Omnis. Erledigte zwei, beschädigte die anderen, aber sie legten sie um.«

»Sie hat in einem Feuerfalken zwei OmniMechs der Clans zerstört?«

»Einen Geier und einen Puma.«

Westin schüttelte verwundert den Kopf. »Sie muß eine außergewöhnliche Pilotin gewesen sein.«

»War sie. Die beste lebende FF-Pilotin.« Cassie holte tief Luft, stieß sie durch geblähte Nüstern aus. »Sie war unsere Seele, Mr. Westin. Und die einzige Freundin, die ich je hatte. Seit sie tot ist, ist nichts mehr wie vorher.«

»Das kann ich mir vorstellen«, murmelte Archie. Er hatte das Gefühl, irgendwo eingedrungen zu sein, und versuchte das so gut wie möglich aufzufangen.

Weiter vorn sah man das flackernde Blitzen eines Schweißgeräts, selbst bei Tag blaugleißend, und hörte den Klang einer Gitarre. Sie umrundeten die Ecke eines Gebäudes und waren da: bei den großen, hangarartigen Mechmontagegebäuden, die Cassie zuvor so fasziniert hatten.

Auf einem Tieflader hinter einer Kettenzugmaschine lagen die zerlegten Unterarmbauteile eines Atlas. Ihr Anblick ließ Cassie erschauern.

Ein Mann mit nacktem Oberkörper saß auf dem Unterarm des Mech und klimperte auf einer Gitarre herum. Seine Brust war vom Schlüsselbein bis zur Gürtellinie mit einer seltsamen Tätowierung bedeckt. Neben der Zugmaschine stand eine hübsche Frau in den Dreißigern mit üppigem mahagonifarbenem Haar und sprach mit ihm.

Als sie näherkamen, konnte Archie erkennen, daß die Tätowierung eine Frau in einer Kapuzenrobe darstellte, die von stilisierter Strahlung umgeben war und auf einer Mondsichel stand.

»Odale, Zuma«, rief Cassie.

Der Gitarrist grinste unter seinem Schnurrbart. »He da, kleine Schwester. Was geht?« Mit Verspätung erkannte Archie ihn als den Mann, der in der Nacht nach ihrer Ankunft mit Cassie in die Bar gekommen war.

Die Frau drehte sich um und lächelte. »Hallo Cassie.«

»Annie«, sagte Cassie oberflächlicher, als sie den Mann mit der Gitarre gegrüßt hatte. »Mr. Westin, darf ich Ihnen Oberleutenient Annie Sue Hurd und Mastersergeant Richard Gallegos vorstellen. Leutenient Hurd steuert für Bronco einen Kampfschützen. Richard ist unser Leitender Montech. Leute, das ist Archie Westin vom Nachrichtendienst des Vereinigten Commonwealth.«

»Hi«, sagte die Frau mit den Fransen. Sie war auf eine eher fade Weise hübsch.

Gallegos – Zuma – nickte Archie höflich zu. »Habe gehört, Sie hatten einen kleinen Zusammenstoß mit meinem Vetter. Hoffe, Sie wurden nicht ernstlich verletzt.«

»Ihr Vetter – oh, Sie meinen Leutenient Alvarado.«

Zuma lachte. Es war ein lautes Lachen für einen so kleinen Mann, aber er schien sehr viel Übung darin zu haben. »Macho? Nein. Der ist so dumm, daß ich nicht zugäbe, mit ihm verwandt zu sein, selbst wenn ich es wäre, was ich, der Jungfrau sei Dank, nicht bin.« Er hielt inne, um sich zu bekreuzigen. »Ich meinte Billy. Leutenient Payson.«

»Cowboy«, half Cassie aus.

Archie blinzelte. Das schien er häufig zu tun. »Cowboy ist Ihr Vetter? Ich dachte ...«

Zuma sah die kleine Späherin an. »Er hat das mit uns noch nicht im Griff, was, Mädchen?«

»Gib ihm noch eine Chance, Zuma. Es ist ja auch nicht gerade einfach.«

»Bitte verzeihen Sie«, sagte Archie. »Ich hatte den Eindruck gewonnen, die Grenzen zwischen Ihren ethnischen Gruppen seien schärfer gezogen.«

»Bei uns ist nichts scharf gezogen«, sagte Zuma. »Außer der Grenzlinie zwischen uns und dem Rest des Universums.«

»Ich verstehe«, sagte Archie.

»Sie kommen aus dem Vereinigten Commonwealth?« fragte Annie Hurd und kam zu ihm herum. Er nickte. »Ach, ich wollte Ihnen nur sagen, wie tief ich für Ihre königliche Familie empfinde. Ich hoffe sehr, daß Victor und Katherine ihre Differenzen bald begraben. Ich kann einfach nicht glauben, daß jemand von ihnen etwas mit dem schrecklichen Mord an ihrer Mutter zu tun hatte.«

Archie öffnete und schloß den Mund wie ein Karpfen. Cassie lachte. »Die rächende Annie ist ein großer Fan Misha Auburns«, sagte sie. Leutenient Hurd nickte begeistert.

»Ich … verstehe.« Misha Auburn, Countess von Tikonov, war Archon Melissa Steiners beste Freundin und offizielle Historikerin am Hofe des Lyranischen Commonwealth gewesen. Ihre erstaunlich schmeichlerischen Geschichten über die Königsfamilie des Vereinigten Commonwealth waren Gegenstand großer Erheiterung bei den literarisch Gebildeten im Davionraum, zu denen Archie sich mit einem Hauch von Stolz zählte. Sie waren jedoch bei der breiten Öffentlichkeit ungeheuer beliebt, und das nicht nur im Vereinigten Commonwealth.

Wie die Davion-Seifenoper *Stolz des Königshauses* in Cassies Jugend waren sie sogar in der Capellanischen Konföderation und im Kombinat beliebt, wo Theodore neulich ihre Einfuhr legalisiert hatte – die Erwärmung der Beziehungen zwischen dem Draconis-Kombinat und dem Vereinigten Commonwealth im Anschluß an die Claninvasion war in den Werken der Countess Auburn entsprechend wiedergegeben worden. Selbst Leute, die sich um das VC als politisches Gebilde nicht groß kümmerten, waren scheinbar von den Spleens seines Adels entzückt.

»Ich habe *Melissa: Der Triumph und die Tragödie* geliebt«, blubberte Hurd. »Einfach geliebt. Ich bin wegen ihres Todes immer noch völlig fertig.«

»Ich dachte, die meisten Mitglieder Ihres Regiments stammten aus der Liga Freier Welten«, sagte Archie vorsichtig.

»O ja. Ich selbst komme von Galisteo. Aber das Regiment hat die meiste Zeit, in der ich dazugehöre, dem Vereinigten Commonwealth gedient. Und ich habe schon als kleines Mädchen Ihre Königsfamilie bewundert.«

Sie schüttelte den Kopf, was ihre kastanienbraunen Locken so beiläufig um ihre Schultern fliegen ließ, daß Archie sofort überzeugt war, daß sie diese Geste stundenlang geübt haben mußte. »Ich finde, es gibt keinen Grund für eine Rivalität zwischen dem Commonwealth und der Liga, wirklich nicht. Schließlich ist Joshua, der Sohn des Captain General, Gast von Prinzarchon Victor im New Avalon Institut der Wissenschaften.«

»In der Tat«, sagte Archie ein wenig automatisch. Unter Zynikern – und bei denen, die es genau wußten – wurde der Status des kränklichen Joshua eher als der einer Geisel denn als der eines Gastes angesehen.

»Nun, ich muß machen, daß ich weiterkomme, sonst fängt Bärchen an, mich zu vermissen«, blubberte Hurd, die für Archies Antwort kaum eine Pause einlegte. »War mir ein Vergnügen, Sie zu treffen, Mr. Westin. Wenn Sie je über die Königsfamilie plaudern wollen, besuchen Sie mich jederzeit. Wunderbar, mal mit euch zu reden, Cassie, Zuma.« Und sie hüpfte davon wie ein fröhliches Schulmädchen.

Als Annie um die Ecke des Gebäudes verschwunden war, brachen sowohl Cassie als auch Zuma in Gelächter aus. »Bärchen?« fragte Archie.

»Ihr Teddybär«, sagte Cassie. »Sitzt bei ihr im Cockpit.«

Archie blinzelte. »Oberleutenient Hurd scheint eine Frau von hervorragendem Geschmack zu sein«, sagte er schließlich.

»Sie ist in Ordnung«, sagte Zuma. »Ich meine, wenn man bedenkt, daß sie sowohl Offizierin als auch MechKriegerin ist, ist sie wirklich ganz schön, äh, normal.« Cassie warf ihm einen Blick voller Skepsis zu, hielt aber den Mund.

»Es scheint für eine MechEinheit eine überraschend große Antipathie gegen MechKrieger zu herrschen«, sagte Archie.

Cassie zuckte die Achseln. »Ich mag keine Mechs, ich mag keine MechPiloten. Dafür werde ich nicht bezahlt. Ich werde dafür bezahlt, sie zu töten.«

Archie starrte sie überrascht an. Wenn sie scherzte, dann zeigten es die glatten, feinen Züge und die großen grauen Augen nicht. Cassie Suthorn einzuschätzen, war sehr schwer, erkannte Archie; aber so weit er es vermochte, schien sie aus vollster Überzeugung zu sprechen.

»MechPiloten sind wie Kinder«, sagte Zuma, dessen fröhliche Stimme die kurze Anspannung zerbersten ließ wie eine unsichtbare Blase. »Man darf sie nicht zu ernst nehmen. Lang ihnen einfach eine, wenn sie zu übermütig werden, und finde dich ansonsten mit ihnen ab.«

»Leftenant Gallegos ...«

»Sergeant«, korrigierte Zuma hastig. »Oder Zuma. Oder Richard oder einfach he du. Der *patrón* will mich ständig zum Offizier machen, aber ich sage ihm dauernd, daß ich meine Gehirnzellen am Leben erhalten will. Irgend jemand in dieser Einheit muß schließlich die Zinnsoldaten in Schuß und am Laufen halten, oder?«

»Da fällt mir ein«, sagte Archie, »wenn Ihnen die Frage nichts ausmacht, woher kommt der Spitzname ›Zuma‹? Ich verstehe die meisten Kurznamen, die ich beim Siebzehnten gehört habe, aber bei diesem bin ich überfragt.«

»Das ist die Abkürzung für Montezuma«, sagte Cassie.

»Wie solltet ihr mich auch sonst nennen?« fragte Zuma. »Ich bin schließlich der Oberste Azteke.«

Eine besondere Aussprache der üblichen Abkürzung MonTech, ging Archie auf. Er lachte.

»Sie scheinen alle Spaß an Wortspielen zu haben«, sagte er.

Zuma nickte. »Jetzt fangen Sie an, uns zu begreifen, Mr. Westin. Caballeros spielen hart, und wir spielen viel, weil man nie weiß, wann man stirbt.«

Mariska Savage war diskret beiseite getreten und hatte begonnen, die Unterhaltung aufzuzeichnen. Sie konnte im Hintergrund bleiben, so daß man sie kaum bemerkte, und die Rolle des Schattens des sprudelnden Archie schien ihr nichts auszumachen.

»Nun, Sergeant – Zuma«, sagte Archie, »werden Sie uns ein Lied auf Ihrer Gitarre vorspielen? Unsere Zuschauer im Vereinigten Commonwealth wären entzückt, dessen bin ich mir sicher.« Er sah zu seiner Assistentin, die nickte und ermutigend grinste, ohne das Auge vom Sucher der Holokam zu nehmen.

»Klar, solange Sie nicht darauf bestehen, daß ich in der Tonart bleibe oder so.« Der Aztekenhäuptling spielte einen Akkord, warf den Kopf zurück und erklärte: »Presentando el Capitán Carlos Camacho!«

Er begann, auf der Gitarre zu schrubben und mit guter – wenn auch nasaler und tabakangerauhter – Tenorstimme zu singen. Es war eine spanische Ballade, und Archie verstand kein Wort, außer ein paar gelegentlichen Bezugnahmen auf Kapitan Carlos Camacho, den offensichtlichen Helden des Stücks.

Als es vorbei war, applaudierte er stürmisch. »Bravo! Das war ziemlich rührend, obwohl ich gestehen muß, daß ich das meiste nicht verstanden habe.«

»Es handelt von Carlos Camachos Kampf gegen *los bravos del norte*.«

»War das, als der Kolonel noch ein junger Mann war? Vielleicht noch im Dienst von Marik?«

Zuma und Cassie lachten. »Dieser Kapitan Camacho ist seit tausend Jahren tot«, sagte der Aztekenhäuptling. »Wenn es ihn je wirklich gab. *Los bravos del norte* waren wilde Indianer aus Nordmexiko – Chihuahua, Sonora, wo viele von uns herstammen.«

»Sie nennen auch uns manchmal *bravos* und *bravas*«, ertönte eine klare Frauenstimme mit Cowboyakzent hinter ihnen. Cassie zog ganz leicht den Kopf ein. Wenn Archie sie nicht so intensiv beobachtet hätte, wie es seine feinen Northfieldmanieren erlaubten, hätte er es nie bemerkt. »Uns wilde Jungs und Mädels von draußen aus der Wüste und dem Chaparral.«

Archie wandte sich um. »Kapitan MacDougall«, sagte er. »Schön, Sie zu sehen.«

»Ganz meinerseits, Archie, Ms. Savage. Hi, Cassie.«

»Hallo«, sagte Cassie fast motzig.

»Ich hörte das Ende deines Lieds, als ich herüberkam, Zuma«, sagte Kali. »Ich habe versucht herauszufinden, welches es war – Carlos Camacho fliegt Spitfires gegen die Japaner oder kämpft gegen den Vietkong oder greift unsere Gastgeber, die Dracos, im ersten Nachfolgekrieg an.«

»In jedem Zeitalter gibt es einen Carlos Camacho«, sagte Zuma, »und über jeden eine Ballade.«

»Das ist faszinierend«, sagte Archie. »Was ist mit Ihrem Kolonel Camacho? Wird es je ein Lied über ihn geben?«

Zuma schüttelte den Kopf. »Ich würde ihm eins schreiben…«

»Zuma ist ein fähiger Komponist«, sagte Lady K. »Ich bin tatsächlich nicht sicher, ob es überhaupt etwas gibt, das er nicht kann.«

Zuma kicherte. »Habe Sie ganz schön reingelegt, wie?« sagte er und zwinkerte Archie zu. »Jedenfalls läßt er mich keins schreiben.«

Sein Gesichtsausdruck verfinsterte sich. »Er läßt mich auch keins über Patsy schreiben. Obwohl sie tot ist und die Art, wie sie starb, ein Lied verdient hätte.«

Die heitere Atmosphäre kühlte ab, als habe sich die Sonne hinter einer Wolke versteckt, und die beginnende Herbstkälte würde die Oberhand gewinnen. Ein paar Herzschläge vergingen, dann sagte Kali MacDougall: »Wann, glaubst du, wird ein Dock frei, Zuma?«

»Heute nachmittag, heißt es. Sie sollten die Mech-Einrichtung sehen, die sie hier haben, Kali.« Er schüttelte den Kopf. »Sie passen einem hier Feuerkontrollsysteme an. Es ist unglaublich, was sie alles haben. Und sie sagten, wir könnten sie benutzen, wenn was frei wird.«

»Großartig. Ich bin froh, wenn ich die Dunkle Lady wieder flott habe – Zuma sitzt auf ihrem Unterarm. Ich glaube nicht, daß wir es uns erlauben können, weniger wachsam zu sein, egal, wie weit wir auch aus der Schußlinie sein mögen. Onkel Chandy zahlt eher wie der Archonprinz, nicht wie ein Kurita, und wir erreichen bald die Sätze der Kell-Hounds.« Jetzt war es an ihr, den Kopf zu schütteln. »Ich glaube nicht, daß er so viel ausgibt, nur um bei seinen OLA-Kollegen mit seinem Hausregiment von Gaijin anzugeben. Zumindest möchte ich nicht darauf setzen.«

Archie bemerkte, daß Cassie die große blonde Offizierin genau beobachtete, als schätze sie sie zögernd neu ein. »Ich gehe also davon aus, Zuma, daß Ihre

Rolle nicht rein administrativ ist«, sagte er. Bei den meisten Einheiten waren MonTechs oft für Dreckarbeiten da und wurden aus der örtlichen Bevölkerung rekrutiert.

»Yeah. Bei den Caballeros erledigen wir MonTechs meist den mechanischen Kram. Den Schädelschweiß, die Neurohelme und all so was überlassen wir Astrozombie und seiner Mannschaft.«

»Astrozombie?« fragte Archie. »Oh, ich klinge schon fast wie ein Echo, was?«

»Kap'n Harris«, sagte MacDougall. »Unser Cheftechniker.«

»Wenn Sie ihm begegnen«, setzte Cassie hinzu, »werden Sie den Namen verstehen.«

»La Curandera – das ist Doc Zehn Bären, unsere Knochensäge – behauptet, er sei der einzige psychosomatische Bucklige in der Inneren Sphäre«, sagte Zuma mit offensichtlichem Stolz.

»Cyberkotze«, entgegnete Cassie, als erkläre das alles.

»In der Tat«, sagte Archie, weil es das eigentlich auch tat.

Cassie hatte sich fast unmerklich von MacDougall entfernt, seit die größere Frau eingetroffen war. »Zuma, gibt es in diesem Laden einen Affenstall?«

Er nickte. »Hier runter, an den MechHangars vorbei, dort gibt es eine große alte Werkstatt für ihren Fahrzeugpark. Wenn sie noch lange kein MechDock freigemacht hätten, hätte ich mich da unten breitgemacht und geschaut, ob ich ein paar Nachhilfestunden bekommen kann. Diese *culebras* hier scheinen so manches zu wissen.«

Cassie nickte. »Bis dann«, sagte sie zu der gesamten Gruppe und schritt von dannen, daß ihr Zopf hinten gegen ihre Bluse schlug.

Archie sah ihr konsterniert nach. »Diese junge Frau scheint mir ständig davonzurennen.«

»Es liegt nicht an Ihnen«, antwortete ihm Lady K. »Es liegt an mir. Kann ich euch Jungs zu einer Soda einladen?«

Die HTE-Werkstätten waren hell erleuchtet und blitzsauber, was überall sonst im Draconis-Kombinat wie ein Widerspruch in sich geklungen hätte. Die Techs waren überrascht, als Cassie sie in fließendem Japanisch ansprach. Trotz ihres Geschlechts und ihres Gaijin-Status verschaffte ihr das Ansehen. Ein Großteil der Bevölkerung Masamoris waren Japaner, zwar nicht der Herkunft, aber immer der Neigung nach, doch bei weitem nicht alle beherrschten die schwierige Sprache. Vertrautheit mit der Sprache des Hauses Kurita war im Kombinat ein Zeichen gehobener Klassenzugehörigkeit, und Cassie benutzte Mittelklasseformen. Die Arbeiter behandelten sie automatisch mit Respekt.

Hai, ja, sie hatten eine Montagegrube, die derzeit frei war. *Hai,* sie konnte sie benutzen. Sie fragten nicht, wozu, wohl aber ihre Augen.

Ihre Augen weiteten sich noch mehr, als sie ihre Sportschuhe auszog, in die Grube hinabglitt und mitten in der Schmiere, die ihr fast bis zu den Knöcheln ging, eine unverkennbare Kampfsporthaltung einnahm. Sie begann eine gelenkige Kata auszuführen und bewegte sich elegant auf dem schlüpfrig-rutschigen Grund, benutzte ihn manchmal regelrecht bei ihrem Schattenboxen. Eine Menschenmenge sammelte sich.

Schlauere Kampfsportmeister bildeten ihre Schüler in Gassen und Wäldern und Reisfeldern aus, nicht nur auf den hübschen *tatami*-bedeckten Böden der Dojos. Man wurde schließlich selten mitten in offenen, hell erleuchteten Räumen angegriffen. *Pentjak-silat* ging noch einen Schritt weiter. Cassies Guru Johann hatte darauf bestanden, daß sie auf dem schwierigsten vorstellbaren Grund trainierte: mitten zwischen umgestürzten Möbeln und zerbrochenen Flaschen, in schienbeinhohem Schlamm, auf einem murmelbestreuten Gehweg, in Ölpfützen. Die meisten Kämpfer gieren nach sicherem Stand wie ein Süchtiger nach seiner Droge, hatte der Guru zu ihr gesagt. Die Vorurteile und Begierden deines Gegners gehören zu deinen mächtigsten Waffen. Nutze sie.

Wenn ich mich jetzt noch ausziehen könnte, dachte Cassie, als sie in den dicken petrochemischen Schlick trat, um mit der Übung des *harimau*, den bodennahen Tigerformen des *pentjak-silat*, zu beginnen. Aber ich mache Don Carlos nur das Leben schwer, wenn ich die Spießer zu sehr erschrecke.

Sie bückte sich aus der Hüfte, bis sie ausgestreckt war, Arme und Beine weit gespreizt, ihr flacher Bauch einen Zentimeter über dem Öl und der Schmiere. Da riefen die Zuschauer »ooh« und »aah«, aber für Cassie war die Außenwelt verschwunden. Herzschlag und Atmung hatten sich verlangsamt und waren gleichmäßig, und für kurze Zeit fand sie wieder Frieden.

12

Masamori, Hachiman
Distrikt Galedon, Draconis-Kombinat

2. September 3056

»Was also wollen Sie, junge Frau?« fragte Leutenient-Kolonel Gordon Baird. Er war zwar auf einer Ranch auf Galisteo geboren, aber in Johnson City aufgewachsen. Sein Akzent war der eines Asphaltcowboys, nicht viel anders als der jedes anderen Gringos von den Freien Welten, aber seine Stimme nahm einen häßlichen, gereizt nölenden Tonfall an, wenn er zeigen wollte, daß etwas noch unterhalb seiner Verachtung lag.

Cassie hörte ihn oft.

»Die Erlaubnis, meine Arbeit zu tun, Kolonel«, sagte sie schlicht.

»Ihre Arbeit.« Er sah sich unter den Bataillons- und Kompaniekommandanten um, die jetzt im Besprechungszimmer in den Eingeweiden der Zitadelle versammelt waren. »Ihre Aufgabe, so wie ich sie verstehe, ist es, unbekanntes Gelände zu erkunden und zu berichten, was Sie herausgefunden haben. Verbessern Sie mich, wenn ich mich irre, aber wir befinden uns derzeit mitten in einer großen Stadt, oder? Ich sehe weder Buschwerk noch Sumpfgelände, das Sie erkunden könnten.«

»So verstehen Sie meine Aufgabe«, entgegnete sie. Baird versteifte sich. *Na schön, ich habe mich also so lange zusammengenommen, wie ich konnte,* dachte er.

Don Carlos saß am Kopfende des Tischs, das Kinn war ihm auf die Brust gesunken. Er schien nicht zuzuhören, aber Cassie glaubte, daß er es doch tat. Vielleicht, weil sie es glauben mußte.

»Meine Aufgabe ist es, die Umgebung des Regiments zu beobachten, wo immer wir auch sein mögen. Nur weil wir mitten unter Leuten und zwischen großen hohen Gebäuden statt Bäumen, Blumen und zwitschernden Vögeln sind, heißt das noch lange nicht, daß wir uns urplötzlich in einem Vakuum befinden. Weit gefehlt.«

»Aber was soll das?« fragte Kapitan Angela Torres. Sie war Kommandantin der Frontera-Kompanie, Rufzeichen Eitelkeit. »Sie wollen unsere Situation erfassen? Wir sind von *culebras* umgeben.« Das war das Wort für ›Schlangen‹, alter Einheitsslang für das Kombinat.

»Indianerland«, sagte Lee Morales, Kommandeur der Deadeye-Kompanie, schleppend. Bobby der Wolf, der Cochise vorstand, warf ihm einen bösen Blick zu. Komtur Peter White Nose Pony und ›Stretch‹ Santillanes, die anderen beiden anwesenden Indianer, grinsten nur.

»Wir sind mitten unter Millionen von Feinden, Cassie«, sagte Angela Torres. »Was müssen wir sonst noch wissen?«

»Das Leben besteht aus mehr als Ihrem Spiegelbild, Kapitan Torres«, sagte Kali MacDougall ruhig.

Torres funkelte sie an. »Bitte?«

»Danke. Wir können nicht einfach annehmen, jeder Draconier sei unser Feind. Oder haben Sie vergessen, daß auf Jeronimo Kombinatstruppen direkt neben uns ihr Blut vergossen?«

Don Carlos bekreuzigte sich, sagte aber nichts.

»Wir dürfen auch nicht selbstzufrieden werden. Die meisten von uns jedenfalls nicht.« Letzteres sagte das große blonde Cowgirl zu Baird, der sich versteifte. »Unser Arbeitgeber gibt einen Haufen Kleingeld aus, um uns hier zu haben. Wenn auf diesem angenehmen kleinen Planeten alles einfach ganz toll ist, warum tut er das dann?«

»Die Clans«, sagte Bobby Begay düster. »Wir dürfen diesen Hexern nicht trauen. Früher oder später werden sie den Waffenstillstand brechen.«

Kali schaute von ihm zu Cassie, fing ihren Blick auf und zuckte die Achseln. Aus ihren vielen Jahren im Regiment wußte Cassie, daß ein ›Navajowolf‹ – auch bekannt als Wendegänger oder Gestaltwandler – für die Diné eine Hexe der übelsten Sorte war, weswegen die meisten anderen Navajos dazu neigten, Bobby den Wolf zu meiden. Zumindest war es ein Grund dafür.

»Vielleicht ist das so«, sagte Bar-Kochba ruhig, »aber was brächte Onkel Chandy auf den Gedanken, wir und die Dracos könnten sie diesmal wirkungsvoller aufhalten als beim letzten Mal?«

Lady K sagte in die unangenehme Stille hinein: »Vielleicht könnte uns Leutenient Suthorn sagen, warum sie es für so wichtig hält, in den Untergrund zu gehen.«

Alle Augen richteten sich auf Cassie, die am Fußende des Tisches stand. »Ich habe in den letzten paar Tagen die Gebäude rings um den Komplex zusammen mit den Leuten des *Mirza* untersucht. Sie haben mir die Sensoren und Sprengladungen gezeigt, die sie dort angebracht haben, und ich habe einige Vorschläge gemacht, was sie sonst noch tun könnten.«

»Ich wette, sie waren einfach hingerissen«, sagte Angela Torres.

Cassie kniff den Mund zusammen. »Fahr fort, Cassiopeia«, sagte Don Carlos und zeigte damit die ersten Lebenszeichen seit Beginn des Treffens. Er war der einzige in der Einheit, der es wagte, sie mit ihrem vollen Namen anzusprechen.

»Ich habe so ein… Gefühl«, sagte Cassie. »Genauer kann ich mich nicht ausdrücken. Nur etwas, das ich von der Bevölkerung mitbekomme – wie uns die Leute ansehen, was sie sagen, wenn sie glauben, ich verstünde sie nicht. Da ist etwas im Busch, und es betrifft HTE. Was heißt, es betrifft uns.«

Die Kommandanten der Einheit wechselten Blicke. Baird grinste höhnisch, sagte aber nichts. Caballeros aller Art neigten dazu, aus dem Bauch heraus zu handeln. Und sie wußten aus langer Erfahrung, daß Cassies Vorahnungen besonders genau waren.

»Was haben wir zu verlieren?« fragte Kali. »Es ist schließlich nicht so, daß wir noch eine Menge anderer Aufgaben hätten, die nur Leutenient Suthorn erledigen kann.«

»Sie hat recht«, sagte Sänger – White Nose Pony, Kommandant des Dritten Bataillons.

Bar-Kochba nickte. Der Cowboyrabbi und der Navajosänger – dessen zweiter Beruf, der auch sein Rufzeichen war, dem Bar-Kochbas entsprach – waren eng befreundet. Als erfahrene MechKrieger und Führungspersönlichkeiten hatten ihre Stimmen im Rat über das hinaus Gewicht, was ihnen dienstgradmäßig zustand. Weil die beiden Männer ähnlich dachten, bildeten sie nicht selten einen Block gegen den jüngeren und weitaus impulsiveren Kommandanten des Ersten Bataillons.

Cassie beäugte Komtur Camacho intensiv. Manchmal schien er sich alle Mühe zu geben, sich mit ihr gut zu stellen, manchmal wischte er ihr aber auch eins aus. Gabby war in seinem Stuhl zusammengesunken, ein motziger Gesichtsausdruck verunzierte seine hübschen dunklen Züge. Entweder stimmte er mit den älteren Bataillonskommandanten überein, oder er war entschlossen, sich nicht ausschließen zu lassen, um vor seinem Vater nicht sein Gesicht zu verlieren, denn er nickte plötzlich und hielt – was ungewöhnlich war – den Mund.

»Was ist mit der Arbeit, die Cassie getan hat?« fragte Don Cojote, Kommandeur von Adelante. Er war ein weiterer schlanker und hübscher *ranchero* mit gepflegtem Schnurrbart, Koteletten bis zur Kieferspitze und einem teuflischen Grinsen. Trotz seines Nachnamens, O'Rourke, und seiner Hautfarbe, schwarz, stammte er aus einer sehr alten und angesehenen *Norteno*-Familie von Cerillos.

Kein Wunder, daß Archie bei uns ständig die Krise kriegt, dachte Cassie – zusammenhanglos und zu ihrer eigenen Überraschung, denn im Rat dachte sie selten an etwas anderes als an ihre Mission. Noch überraschter war sie, als sie entdeckte, daß sie mit mehr Vergnügen als Verachtung oder gar Vorsicht an den VCND-Reporter dachte, wenn auch sein wahrer Beruf ihr fast schmerzlich offenkundig war.

Ich werde mich von ihm fernhalten müssen, sagte sie entschlossen zu sich selbst.

»Was?« grinste Bobby der Wolf höhnisch, »in der Nachbarschaft herumziehen? Werden wir alle im Nebenberuf als Hausmeister arbeiten, wenn uns im Komplex der Lagerkoller packt?«

Sängers Augen in seinem wettergegerbten, lederfarbenen Gesicht wurden schmal. Es war eine winzige Geste, die vielleicht nur Cassie auffiel; ihr entging nie ein Detail, und sie kannte die Gesichtsausdrücke des Komturs gut.

»Ich kenne gerne das Gelände, um das wir vielleicht kämpfen müssen«, sagte O'Rourke, der Bobby, Macho, Chango und die anderen rauhbeinigen *Nortenos* für Idioten hielt. »Besonders, wenn es möglicherweise, ihr versteht schon, Überraschungen enthält. Für uns oder für die – wer immer die am Ende sein werden.«

Don Cojote war ein Heuschreck-Pilot, der selbst auf Kundschaftermissionen spezialisiert war und oft eng mit Cassie zusammenarbeitete. Was sie anging, waren sogar zwanzig Tonnen Metall eine Menge, und egal was für nette Sensoren man in diesem gepanzerten Kokon dabeihatte, isolierte er einen doch im Grunde von der Umgebung. Innerhalb seiner Grenzen war er allerdings gut.

»Badlands kann die Umgebung weiter auskundschaften«, regte Kali MacDougall an. »Wenn er den Rat eines MechPiloten braucht oder will, kann ich mitkommen. Ich habe auch nicht viel zu tun.«

»Das Erste Bataillon ist morgen mit dem Sportplex dran«, merkte Gabby Camacho in jenem gelangweilten Tonfall an, den er oft anschlug, wenn er anderer Meinung war. In diesem Falle vermutete Cassie, er krittele herum, weil Kali eine Frau war. Trotz der Tatsache, daß eine beträchtliche Anzahl der Caballero-MechKrieger Frauen waren, hatten viele der Männer damit Probleme.

Und Gabby hat noch ein paar persönliche Gründe, dachte sie. Nicht, daß sie ihm deswegen Vorwürfe machen wollte.

Kali zuckte die Achseln. »Und? Die Dunkle Lady ist wahrscheinlich noch ein paar Tage einsatzunfähig, bis Zuma den Armaktivator repariert hat.« Als Erster Azteke hatte Zuma das Recht, am Rat teilzunehmen, ebenso wie der gleichermaßen nicht anwesende Astrozombie. Keiner der Techniker machte einen Hehl daraus, daß er die Arbeit in der Werkstatt der Teilnahme an Debatten vorzog. »Und es ist ja auch kein so großer Ausflug. Ich springe in einen Zug und bin zwanzig Minuten später am Sportplex.«

Zumindest für den vorläufigen Wechsel beabsichtigte Kolonel Camacho kein Bataillon länger als eine Woche Dienst im Komplex tun zu lassen. Er wußte sehr genau, wie Garnisonsdienst an der Moral zehrte, etwas, das sich das Siebzehnte nicht leisten konnte.

Seine Lösung für dieses Problem war – wie seine generelle Doktrin – unablässiger BattleMech-Drill. Die von Hause aus undisziplinierten Caballeros hatten einen Vorteil gegenüber vielen normalen Soldaten, an die sie gerieten: Die meisten Caballeros – *nortenos*, Cowboys oder Indianer – hatten das Steuern der Mechs fast von dem Tag an, an dem sie laufen lernten, im Umgang mit AgroMechs gelernt. Ihre Bordschützenwerte waren nicht die besten, ihre Koordination war alles andere als perfekt, aber als reine MechPiloten konnten sie mit den Besten der Inneren Sphäre mithalten. Don Carlos war fanatisch darauf bedacht, sie in Topform zu halten.

Morgen würden die Kompanien Adelante, Bronco und Cochise per Zug und Barke den Yamato hinauffahren. Maccabees Zweites Bataillon – Deadeye, Eskiminzin und Frontera – würde ihren Platz einnehmen. Das Erste würde mit dem Dritten im Sportplex trainieren, bis das Dritte in den HTE-Komplex mußte.

»Ich habe eine Ausbildung als Zivilingenieur«, sagte MacDougall. »Ich weiß ein bißchen was über Materialien und Strukturstärken, das die Arbeit voranbringen könnte. Und Vater Bob kann die Jungs und Mädels drillen, solange ich weg bin.«

Die versammelten Kommandanten sahen zu Don Carlos. Der Kopf des Kolonel war wieder herabgesunken, die Augenlider hingen tief, als würde er gleich einschlafen.

Tat er aber nicht. Cassie wußte, was er auf der Innenseite seiner Augenlider sah.

Wie lange können wir so weitermachen, fragte sie sich, wo er nur noch wenig mehr ist als eine Galionsfigur? Sie fürchtete, die Sache könne für das Siebzehnte gerade im Augenblick übel ausgehen – das Nichtstun, der Entschlossenheitsverlust, der damit einherging. Doch das Geld, das Onkel Chandy zahlte, bot die Aussicht auf Erholung von den schrecklichen Verlusten, die die Nebelparder den Caballeros zugefügt hatten. Zumindest von den materiellen Verlusten.

Die anderen gingen tiefer. Und sie würden wesentlich schwerer zu verkraften sein.

Es war eine richtige Entscheidung des Kolonel gewesen, diesen Auftrag inmitten ihrer alten Feinde anzunehmen, und sein Urteilsvermögen hatte nicht nachgelassen. Er gab dem Regiment noch immer, was er konnte. Aber es wurde immer weniger.

Cassie kniff den Mund zusammen und starrte blicklos auf die Tischplatte. Ihre Welt war in Gefahr, und sie konnte nichts dagegen tun. Sie konnte sich nur auf die Dinge konzentrieren, die sie seit ihrer Kindheit am Leben und am Laufen hielten: ihre Kunst und ihre Arbeit.

Der Kolonel hob den Kopf und sah sie an. Die Tränensäcke unter seinen Augen schienen mit Blei gefüllt.

»Tun Sie, was Sie wollen, Leutenient«, sagte er. »Sie sind unsere Späherin. Beschützen Sie uns.«

»Leutenient? Kann ich Sie kurz sprechen?«

Cassie entfernte sich den weißen hallfreien Gang entlang vom Besprechungszimmer und spürte, wie sich beim Klang dieser Stimme mit dem Cowboyakzent ihr Kiefer und die Muskeln zwischen ihren Schulterblättern verspannten. Sie hielt an.

»Sicher, Kapitan«, sagte sie, ohne sich umzudrehen.

Lady K trat neben sie und stelzte auf ihren verdammten langen Beinen locker neben ihr her. Sie sah mit vorsichtigem Lächeln auf die kleinere Frau hinab und vergewisserte sich dann, daß niemand in Hörweite war.

»Sie scheinen Probleme mit mir zu haben, Leutenient«, sagte sie ruhig. »In der Vergangenheit war das in Ordnung – mich muß nicht jeder liebhaben. Aber jetzt, wo Suavecito zur Liga zurückgekehrt ist und ich Bronco habe, müssen wir zusammenarbeiten. Ich will keine Störungen in der Leitung zwischen uns, wenn ich daran etwas ändern kann.«

Kali hielt inne. »Lassen Sie sich von mir zu einem Drink einladen, und wir können reden«, sagte sie und schenkte Cassie dieses strahlende Lächeln, das im Dreibund sicher so manches Männerherz zerschmolzen hatte.

Cassie zog den Kopf ein und kochte. Tu mir das nicht an, dachte sie wütend. *Du bist eine MechKriegerin und eine blonde Tussi. Laß es dabei.*

Lady Ks Lächeln verblaßte zu einem besorgten Blick. »Bitte?«

Cassie seufzte. »Ja, Ma'am.«

»Kali. Oder Lady K.«

Cassie nickte nur. Sie traute sich nicht zu sprechen.

TEIL III

TRÜGERISCHER GRUND

13

Masamori, Hachiman
Distrikt Galedon, Draconis-Kombinat

2. September 3056

Die blauen Flecken, die sich Cowboy von Cassie eingefangen hatte, verblaßten langsam. Zusammen mit seinen Saufkumpanen Buck und Reb war er an seinem Stammplatz an der Bar, als Cassie und Lady K in die Verdiente Erholung kamen – die ehemalige Verdiente Erholung. Die 'lleros hatten Mr. Krishnamurti, den Besitzer, endlich dazu gebracht, das Lokal umzubenennen: Zum Salbeibusch sollte es nun heißen. Sie sammelten schon für ein neues Schild.

Cowboy erhob sich und prostete den beiden Frauen zu, als sie auf den Tisch an der Musikbox in der Ecke der weitgehend leeren Bar zugingen. »Abend, die Damen«, rief er aus. »Fühlt ihr beiden Hübschen euch heute nacht ein bißchen einsam, hier auf dieser fremden Welt unter all diesen Schlangen?«

»Einsam ja«, sagte Lady K, »aber nicht verzweifelt. Setz dich auf deinen Hintern, Cowboy.«

Seine Kumpel lachten. Nach einem Augenblick grinste er und nahm wieder Platz.

Kali blieb beim Tisch stehen. Überrascht stellte Cassie fest, daß ihre Begleiterin ihr den Eckstuhl überließ, von dem aus sie ein Auge auf das gesamte Etablissement werfen konnte. Dankbar nahm sie den Platz ein, während Lady K einer von Mr. Krishnamurtis Töchtern, die in dieser Nacht servierte, zuwinkte. Das Mädchen nahm die Bestellung auf, verbeugte sich und huschte davon, wobei sie darauf achtete, einen möglichst weiten Bogen um die Cowboys an der Bar zu machen.

Aus der Box, an der ein auf irgendeiner lange vergessenen Welt gedruckter Aufkleber für das mythische Radio TAWB prangte, ertönte eine sanfte Ranchero-Ballade. »Ich dachte, Cowboy versucht einer von Krishnamurtis Töchtern den Kopf zu verdrehen«, beobachtete Kali. »Die ist es vermutlich nicht.«

Cassie sah sie an. »Ich sollte wirklich nicht allzu lange bleiben, Kapitan ...«, begann sie.

MacDougall seufzte und schüttelte den Kopf. »Cassie, was habe ich getan, daß wir uns so wenig verstehen?«

»Das Verhalten des Kapitans mir gegenüber war immer völlig korrekt«, sagte Cassie in roboterhaftem Tonfall.

Lady K schnaubte. »Das ist ein Haufen organischer Dünger, wenn ich je einen gehört habe. In Ordnung, schauen wir mal ... vielleicht kann ich dir sagen, was du an mir nicht magst. Ich bin zu groß, zu blond, und du glaubst, ich hätte vielleicht, als der liebe Gott mich fragte, was ich wolle, um in diesem Jammertal zurechtzukommen, gesagt: ›Herr, gib mir eine doppelte Portion Titten und behalt das Hirn.‹ Liege ich da so falsch, Leutenient Suthorn?«

Cassie starrte die andere Frau mit riesigen Eulenaugen an, während die pummelige Tochter Krishnamurtis einen Fruchtsaft für Kali und ein Borstal-Boy-Bier für Cassie brachte, sich erneut verneigte und dann wieder davonhuschte, um Cowboys amouröser Aufmerksamkeit zu entgehen.

Wie eine zerberstende Fensterscheibe brach Cassie in Gekicher aus. Lady K fiel ein. Das Gekicher wurde zu lautem Lachen, als sich die MechPiloten an der Bar umdrehten und sie anstarrten.

Cassie faßte sich wieder und wischte die Tränen aus ihren Augenwinkeln. Sie erkannte, daß sie wieder einmal überreagiert hatte. Doch Lady K schien ihr etwas unangemessenes Verhalten nichts auszumachen. Und sie empfand ein unleugbares Gefühl von Erleichterung, das sie nicht erklären konnte.

»Ja, Kapitan«, sagte sie, »Volltreffer.«

Lady K lehnte sich auf ihrem Stuhl zurück und nahm einen Schluck von ihrem Saft. »Auch die Tatsache, daß ich *Atlas*-Pilotin bin, stört dich, nicht? Es war ein *Atlas*, der dein Elternhaus in Schutt und Asche legte und deinen Daddy tötete, als du ein kleines Mädchen warst, stimmt's?«

Cassie fühlte sich, als hätten sich vor ihrem Gesicht wieder Rolläden geschlossen. Ja, es stimmte, das wußte sie jetzt. Ein *Atlas* mit nicht standardisierter Bewaffnung – bei Mechs der Inneren Sphäre nicht ungewöhnlich, von räuberischen Piraten aus der Peripherie gar nicht zu reden. Wenn ein Krieger ein größeres Waffensystem verlor, mußte er manchmal jedes nur erhältliche Ersatzteil einbauen. Das System war nicht ganz so effizient wie die modularen Omnis der Clans, aber mit genug Einfallsreichtum – oder wilder Entschlossenheit – funktionierte es oft. Und ein Genie bei solchen Sachen wie Zuma konnte den Clans oft das Wasser reichen.

»Cassie, Cassie, schau, es tut mir leid, wenn ich den Nerv getroffen habe. Ich weiß, warum du gegenüber Mechs und MechKriegern so empfindest, wirklich. Aber ich war nicht dabei, Schatz. Verdammt, ich war selbst vielleicht erst sieben. Klar, ich lernte damals, einen verbeulten alten AgroMech um das Gelände meines Daddys zu lenken, wie jedes brave kleine Cowgirl. Aber glaub mir, in jenen Tagen hätte mir niemand einen Atlas anvertraut.«

Cassie stellte fest, daß sie, ohne es zu wollen, wieder lächelte. Es erwies sich als schwierig, den Kapitan weiterhin nicht zu mögen. Vielleicht hatte sie sich deshalb all die Jahre so bemüht.

»Schau, Cass«, sagte Kali, »ich verstehe, warum dir mein Aussehen auf die Nerven geht. Eine Menge Leute glauben, ich hätte hier oben ein kleines Ventil« – eine Hand schob neben ihrem linken Ohr blondes Haar beiseite – »mit einem kleinen Schild daneben, auf dem steht ›AUF EINE ÖRTLICHE STANDARDATMOSPHÄRE AUFBLASEN‹. Und was soll's? Ich sehe keine Notwendigkeit, ungewaschen und mit völlig verklebt in die Augen hängendem Haar herumzulaufen, nur damit die Leute von meinen blonden Haaren abgelenkt werden. Ich bin stolz auf mein Aussehen. Aber ich lasse nicht zu, daß man mich allein danach beurteilt. Und wenn die Leute das unbedingt wollen…« Das Lächeln, das sie dabei aufsetzte, war nicht allzu angenehm. »… nun, das kann manchmal geradezu amüsant sein, nicht?«

Cassie nickte langsam. Zögernd. Ihr Bier schmeckte schal.

»Übrigens bist du in der Abteilung Aussehen ja auch ganz gut dabei, Cass. Nicht ganz schlecht, wie dieser süße Limey-Nachrichtensprecher sagen würde, um nur eine Person zu erwähnen, die hinter dir herdackelt, als seien ihre Augen an deinem Hosenboden festgemacht.«

Cassie lächelte und spürte zu ihrem Erstaunen, wie ihre Wangen erglühten. »Mir? Ich dachte, er… Sie…« Sie senkte den Blick, denn sie konnte MacDougall nicht länger ansehen.

»Manche Männer mögen große, blonde, unverschämte Frauen. Andere stehen auf die dunklen, zierlichen, exotischen Typen – zum Beispiel auf dich. Die Welt ist bunt. Und was mich betrifft, für deine Stupsnase und diese mandelförmigen grauen Augen würde ich über Leichen gehen. Von deinem Stoffwechsel, der dir erlaubt, wie ein Rangerbulle im Frühling zu essen und nie ein Kilo zuzulegen, ganz zu schweigen.«

Ranger waren das Haupterzeugnis der Dreibundwelten, genmanipulierte Kreuzungen zwischen amerikanischen Bisons, spanischen Kampfstieren, Longhorns und dem Zebu, das auch als Brahmabulle bekannt war. Vater Bob sagte, sie reproduzierten fast perfekt den alten Auerochsen, eine wilde Rinderart, die so wild war, daß sie Menschen jagte. Ob das stimmte oder nicht, sie waren riesig, ungeheuer stark und unglaublich griesgrämig. Es gab einen Grund, warum Ranchkinder aus dem Südwesten in sehr jungen Jahren lernten, AgroMechs zu steuern. Etwas kleineres respektierten Ranger nicht – und ein ausgewachsener Bulle konnte durchaus einen umwerfen, wenn der Fahrer nicht vorsichtig war.

In Cassie machte sich Verwirrung breit, wie aufgewirbelter Treibsand, der den Grund eines klaren Gebirgsbachs verbirgt. Sie war sich ihrer Anziehungskraft auf Männer bewußt, war sich seit ihrer Kindheit dieser Tatsache nur allzu bewußt. Sie hatte sie oft genug nutzbringend eingesetzt, als Straßenkind und als kleine Gaunerin, und danach als Späherin. Immer reizend, aber nie die Grenze überschreitend. Sie würde nie zur Hure werden, egal was geschah. Dafür war die Erinnerung an ihre Mutter zu gegenwärtig. Aber Cassie konnte so tun als ob.

Der einzige Mann, den sie je gekannt hatte und der kein Interesse an ihr als sexuellem Wesen gezeigt hatte, war Guru Johann gewesen. Nein, sie wußte, was ihn angezogen hatte: der Hunger in ihr, dieser Wahn, der sie vom Aufwachen bis in den traumgeplagten Schlaf antrieb. Er machte sie zur perfekten Schülerin, zum idealen Gefäß für seine tödliche Kunst, die er in sie ergossen hatte wie Samen. Ihr Hunger würde seine Unsterblichkeit bedeuten, und so war es gekommen.

Aber Cassie hatte noch nie auf so gütige Weise über ihre körperliche Attraktivität nachgedacht. Als könnte sie etwas sein, das man um seinetwillen genießen konnte.

In diesem Augenblick empfand sie einen stechenden Haß auf den großen blonden Kapitan, so wild und weißglühend, daß sie darüber erschrak. *Ich kenne mich, verdammt!* dachte sie. *Ich weiß, wer ich bin und wo ich stehe. Und dann kommst du, bringst alles durcheinander ...*

Sie riß sich zusammen, bevor sie zu Ende denken konnte: *Du machst mir Angst.* Sie hätte nie zugeben können, daß ihr jemand Angst machte, besonders nicht diese aufdringliche, teiggesichtige *Bolilla*-Hure.

MacDougall hatte sich leicht zurückgebeugt. »Ich will dich nicht durcheinanderbringen, Cassie Suthorn«, sagte sie ruhig, als besänftige sie ein verängstigtes Pferd. »Ich mag dich, ich bewundere dich, ich achte dich. Ich weiß, was du für das Regiment bedeutest. Ich bin stolz darauf, deine Kameradin zu sein.«

Sie streckte eine Hand aus und legte sie auf Cassies. »Und wenn du mich läßt, werde ich stolz darauf sein, mich deine Freundin nennen zu dürfen.«

Cassie hob den Kopf. Kali MacDougall sah sie an, mit offenen, hellblauen Augen und lächelndem Mund. Ein wirklich warmes Lächeln, kein aufgemaltes glänzendes Grinsen. Cassie Suthorn, die die Gefühle der meisten Leute lesen konnte, als seien sie mit LEDs in ihr Gesicht geschrieben, und kaum sagen konnte, was sie selbst von einem Augenblick zum nächsten fühlen würde, studierte MacDougalls Züge so sorgfältig, wie sie je etwas in ihrem Leben untersucht hatte. Sie sah nur Freundschaft.

»Das würde mir auch gefallen, Kapitan«, sagte Cassie, ehe sie es verhindern konnte. In ihr jammerte eine Stimme: ›Ich kann keine Freunde haben! Freunde gehen immer fort! Patsy war meine Freundin, und sie …‹

»Kali«, sagte MacDougall. Sie sah jetzt an Cassie vorbei, um der anderen Frau den direkten Druck ihres Blicks zu ersparen, ohne wirklich wegzuschauen.

Cassie holte tief Luft, aus dem Bauch heraus, wie der Guru sie gelehrt hatte. Kontrolliere deinen Atem, und du kannst die Furcht bezwingen, hatte er immer gesagt. Sie konnte sie nicht vertreiben, aber sie konnte verhindern, daß sie sie beherrschte.

Sie versuchte, Unbehagen mit Leichtfertigkeit abzutun. »Ich glaube, ich habe dir einiges unterstellt, Kali«, sagte sie. »Ich dachte, du seist eher wie, nun – Leutenient Hurd.«

Kali lachte. »Ich weiß, was du meinst. Annie Sue wirkt manchmal irgendwie naiv, aber sie ist ein ziemlich braves Mädchen.« Sie nippte an ihrem Saft. »Hmm, ich nenne sie Mädchen, dabei ist sie älter als ich. So ist das eben. Aber sie hat diesen alten *Kampfschützen* ziemlich gut im Griff, und das ist weiß Gott nicht einfach.«

Mit sechzig Tonnen galt der *Kampfschütze* als schwerer BattleMech. Die meisten modernen MechPiloten betrachteten ihn auch als Todesfalle. Er besaß große Schlagkraft, besonders auf mittlere Reichweite, und seine beiden großen Imperator-Autokanonen boten höchst wünschenswerte Langstrecken-Feuerkraft bei geringer Hitzeentwicklung. Aber ihm hafteten auch die schlimmsten Sünden sowohl schwerer als auch mittlerer Mechs an: die Panzerung eines mittleren gepaart mit der Geschwindigkeit eines schweren. Das machte ihn zur Unterstützungswaffe, wie eine altmodische Selbstfahrlafette; in dichtem Getümmel konnte er nicht überleben. Da sie eine Caballera war, hatte die Rächende Annie in mehr als einem Dutzend Schlachten das Beste aus ihrem kleinen treffsicheren Bastard herausgeholt.

»Yeah«, sagte Cassie. »Auf Distanz holt sie ziemlich viel aus ihrer Maschine heraus. Aber sie hat auch immer diesen Teddybär im Cockpit dabei.«

»Bärchen«, sagte Lady K und zuckte die Achseln. »Ich habe auch einen Teddybär. Heißt Albert. Natürlich habe ich ihn nicht in der Dunklen Lady dabei, aber du weißt ja, was immer dich durch die Nacht bringt ...«

Cassie zog ein Gesicht, nickte aber. Was immer dich durch die Nacht bringt – das war so eine Art inoffizielles Credo des freigeistigen, lebensfrohen Siebzehnten. Für die 'lleros war die Art, wie jemand lebte, verdammt noch mal seine Sache, solange er da war, wenn es galt – wie die verdammt clevere MacDougall Cassie gerade ins Gedächtnis gerufen hatte. Es lag noch etwas in der Art, wie Kali sie ansah, nicht drohend, aber auf eigentümliche Weise beunruhigend.

Sie hatte nicht viel Zeit zum Überlegen, denn genau in diesem Augenblick öffnete sich die Tür zur Straße, und es roch plötzlich nach nassem Asphalt und Auspuffgasen. Die Kneipe lag in einer Seitenstraße abseits der vielbefahrenen Hovercraftstraße, und sie befand sich zwar im Keller, doch die kurze Treppe führte gerade und ohne Geländer direkt von der Straße nach unten, so daß die Kunden jedesmal in die Musikbox geblasen wurden, wenn ein Schweber vorbeirauschte. Draußen regnete es.

Eine Gestalt schlüpfte herein und trat schnell nach links weg, um den Durchgang freizumachen. Es war eine verblüffende Erscheinung: ein junger Mann mit einem Wolfsgesicht und mit einer schwarzen Augenklappe, einem schwarzen Haarschopf und einer Lederjacke, die achtlos offenstand und komplizierte Tätowierungen freigab, die sich um seine unter dem Pullunder sichtbare rechte Schulter wanden. Er sah sich in der Bar um, schob den Zahnstocher, auf dem er herumkaute, zur Oberlippe hoch und lächelte.

»Uh-oh«, sagte Cassie. Sie versicherte sich, daß Bluttrinker unter ihrer eigenen Jacke locker in der Scheide steckte.

»Wen haben wir denn da?« murmelte Kali und bewegte sich gerade so weit in ihrem Stuhl, daß sie aus dem Augenwinkel die Tür beobachten konnte, ohne allzusehr aufzufallen. »Sieht aus wie ein Mann, der auf seine Tattoos stolz ist.«

»Das sind *irezumi*«, sagte Cassie. »Er ist Yakuza.«

Lady K schürzte die Lippen. »Ärger?«

Mit besorgtem Gesichtsausdruck huschte Mr. Krishnamurti hinter der Bar hervor. Cowboy erhob sich von seinem angestammten Barhocker und stieß den Besitzer freundschaftlich gegen das Brustbein, worauf dieser rückwärts gegen die Flaschen auf ihren Regalen torkelte.

»Laß mich das machen, Falkenauge.« Die Jungs hatten ohne ersichtlichen Grund begonnen, den Barbesitzer ›Falkenauge‹ zu nennen.

»Könnte sein«, sagte Cassie auf Kalis Frage.

Die Daumen in den Gürtel verhakt, schob sich Cowboy mit übertrieben säbelbeinigem Gang auf den Neuankömmling zu, ungeachtet der Tatsache, daß er seit Jahren auf keinem richtigen Pferd mehr gesessen hatte.

»Howdy«, sagte er. »Schätze, Sie wissen mittlerweile, daß Sie am falschen Ort gelandet sind. Dies ist ein Etablissement von der exklusiven Sorte ...«

Der Neuankömmling schaute zu dem schlaksigen Cowboy auf, der einen Kopf größer war als er selbst, und lächelte noch breiter. Dann rammte er einen steifen Zeigefinger in Cowboys Solarplexus.

»Nicht mehr«, entgegnete er in knappem Englisch mit Draco-Akzent, während Cowboy einknickte. Der Neuankömmling sah die beiden Gefährten Cowboys an, die an der Bar aufgesprungen waren.

Etwa in diesem Augenblick schickte Cowboy den Yak mit einem rechten Haken schlafen, der von ganz unten aus der Gegend seiner spitzen Eidechsenlederstiefel zu kommen schien. Der einäugige Mann flog rückwärts gegen ein Poster der Purpurnen Schwanzfedern und blieb dort zusammengekauert liegen, während er offensichtlich nicht wußte, wie ihm geschehen war.

»Wow«, entfuhr es Lady K. Sie stand auf, und Cassie bemerkte, daß sie plötzlich Handschuhe trug – damenhafte Hirschlederhandschuhe. Bis vor ein paar Minuten hätte Cassie ihr das als Affektiertheit angekreidet, die der Rächenden Annie würdig gewesen wäre. Aus ihrer neuen Perspektive ging ihr auf, daß selbst leichte

Handschuhe jemanden in die Lage versetzten, einen anderen voll am Kopf zu treffen und dabei das Risiko senkten, daß es zu Knochenbrüchen kam. Zumindest beim Zuschlagenden.

Ein paar weitere Yakuzas kamen hereingestürmt, die Jacken regennaß. Einer schaute hinüber zu dem noch immer benommenen Einäugigen. Der andere ließ seine Knöchel knacken und begann entschlossen auf Cowboy zuzugehen, der, nachdem er berechtigtermaßen zurückgeschlagen hatte, sich der wichtigen Beschäftigung des sich Vornüberbeugens und Stöhnens zugewandt hatte.

Cassie verzog das Gesicht, stand aber nicht auf. Für einen Kampf zur Entspannung war sie nicht zu haben. Ihre Auseinandersetzungen mit Macho und Cowboy in jener ersten Nacht in der Bar waren kein Sport, sondern eher Kommunikation gewesen. Sie würde ihren Kumpeln bei einer beiläufigen handgreiflichen Auseinandersetzung nicht den Rücken stärken, eine Tatsache, derer sich alle bewußt waren und die sie akzeptierten; wenn es aber gefährlich wurde, war sie mitten dabei und schlug zu wie eine Kobra.

»Halt.« Das Wort war nicht laut, aber es explodierte, als trüge es in sich den Überschallknall eines Gewehrschusses. Die Yaks erstarrten. Reb und Buck, die gerade von der Bar herüberkamen, auch.

In der Tür stand eine weitere Gestalt, deren Umrisse sich vor dem Nieselregen abzeichneten, den die Straßenlaterne an der Ecke anleuchtete, so daß er aussah wie ein Nebel schwebender Lichtfünkchen.

Ein Augenblick verging, dann trat die Gestalt ein. Es war eine Frau in engen Lederhosen und einer weiten Lederjacke, eine Frau, die noch größer war als Lady K mit ihren 170 Zentimetern. Sie hatte goldene Haut, über eine Stupsnase verteilte Sommersprossen, rotbraune Augen mit ausgeprägten Schlitzen und eine wilde Mähne auffällig roten Haars, die Art von Schopf, die man nicht zähmen kann und auch nicht sollte.

Die drei Yaks knurrten wütend, fielen aber zurück und überzeugten Cassie dadurch, daß diese ganze kleine Szene irgendwie inszeniert war. Die Yakuza – die gut organisierte Unterwelt des Kombinats – hatte ein starkes Gespür für Hierarchie, und die große Rothaarige gab offenbar die Befehle.

Vielleicht im wahrsten Sinne des Wortes, entschied Cassie, denn alle vier Eindringlinge trugen Abzeichen, die einen geflügelten Schädel zeigten. Offenbar Einheitsabzeichen. Und sie wußte natürlich genau, welche Einheit.

»Cowboy«, sagte Kali MacDougall, die den Neuankömmlingen entgegengetreten war, »einmal im Affekt zurückzuschlagen, ist erlaubt. Jetzt ist es gut.«

»Och, Kali«, stöhnte Cowboy und richtete sich auf, als sei nichts geschehen. Das rechte Bein seiner Tarnhose rutschte wieder auf den Stiefelspann hinunter. Er hatte es noch nicht weit genug hochgezogen gehabt, während er so tat, als sei er vor Schmerzen gekrümmt, um seinen verborgenen Dolch ins Spiel zu bringen. Wenigstens hatte er nicht zum linken Stiefel gegriffen, wo der Zehn-Millimeter-Doppelderringer steckte.

Cassie stand auf und trat vor. »Kapitan MacDougall, darf ich Ihnen Tai-sa Eleanor Shimazu vorstellen, die Kommandantin des Neunten Geisterregiments. Kolonel Shimazu, dies ist Kapitan Kali MacDougall, Kommandantin der Kompanie B des Ersten Bataillons des Siebzehnten.«

»Es ist mir eine Ehre«, sagte Shimazu und streckte Lady K die Hand hin. Dann wandte sie sich mit einer hochgezogenen Augenbraue Cassie zu.

»Und wer sind Sie, daß Sie wissen, wer ich bin?«

Cassie grinste. »Das ist Unterleutenient Cassie Suthorn«, bemerkte Lady K trocken. »Sie ist unsere beste Späherin und fast so gut, wie sie zu sein glaubt.«

Der Geisterkolonel nickte. »Eine Einheit braucht eine gute Späherin«, sagte sie und grinste dann plötzlich breit. Es war ein ehrliches Grinsen, aber es verflog schnell, wie ein Blatt, das im Herbstwind von Hachiman die Straße entlanggeweht wird.

Der einäugige Geist stand jetzt ohne die Hilfe eines seiner Freunde oder der Wand. Er rieb sich das Kinn und sah Cowboy abschätzend an.

»Gute Rechte«, sagte er.

Cowboy lachte schnaubend. »Du hast da einen verdammt gemeinen Finger, Mann.« Er streckte die Hand aus. »Ich bin Cowboy.«

Nach nur einem Augenblick des Zögerns schlug der Einäugige ein. »Buntaro Mayne«, sagte er, und seine Stimme verriet nicht, daß Cowboy seine Hand zu zerquetschen versuchte.

Nach einem Augenblick weiteten sich Cowboys Augen. An seinem dunklen Haaransatz sammelte sich Schweiß. Ein weiterer Augenblick verging, dann ließ der Yakuza die Hand des anderen los.

»Kann ich dich zu einem Drink einladen?« fragte Cowboy und schüttelte verstohlen seine malträtierten Finger.

»Aber sicher doch«, akzeptierte Mayne mit einem Grinsen.

Tai-sa Shimazu nahm mit Cassie und Lady K am Ecktisch Platz. »Verzeihen Sie meine Unwissenheit«, sagte MacDougall, »aber ist Tai-sa nicht ein paar Dienstgrade zu niedrig, um das Neunte zu kommandieren? Ich dachte, die Drac ... onier ließen Regimenter nur von Generälen befehligen.«

Shimazu schenkte ihr ein halbes Lächeln. »So ist es üblich«, sagte sie. »Aber die Regulären der VSDK wären über alle Maßen empört, wenn einer Yakuza der Generalsrang verliehen würde. Und noch dazu einer Frau.«

Die diensthabende Krishnamurti-Tochter kam herübergeschlurft, um die Bestellung des neuen Gastes aufzunehmen. Der Kolonel bestellte Alten Stock mit

Sack – Hotei Black Label – pur. Kali bedeutete ihr, es auf ihre Rechnung zu setzen. Shimazus Augen verengten sich kurz, aber die glatte Haut ihres Gesichts blieb faltenlos, und sie sagte nichts. Cassie wußte, sie berechnete das Ausmaß der Verpflichtung, die die Söldneroffizierin ihr auferlegte, und fand es akzeptabel. Sie hatte unter den ausgewanderten Dracos auf Larsha denselben abschätzenden Reflex erlernt.

Shimazu beugte sich vor. Aus der Nähe leuchteten ihre Augen im dumpfen gelben Glanz der Lichter seltsam. Die Stärke ihrer Persönlichkeit schien abzustrahlen wie Hitze aus überbelasteten Wärmetauschern eines Mech. Sie war wie eine Naturgewalt.

Cassie glitt auf ihrem Stuhl ein wenig zur Seite und ließ den Arm über die Rückenlehne hängen. Gleichzeitig sah sie Lady K sich leicht vorbeugen und den Unterarm auf den Tisch legen. Cassie gab den Naturgewalten nach, Kali stellte sich ihnen – und keine der beiden Frauen gab auf.

Aufgrund der kleinen Pause des Kolonel nahm Cassie an, auch ihr sei die unausgesprochene Dynamik der Körperhaltung nicht entgangen. Keine Überraschung. Im Kombinat konnte das Unausgesprochene – *haragei*, ›Reden mit dem Bauch‹ – genauso wichtig sein wie das, was laut ausgesprochen wurde.

»Ich stelle fest, daß zu Ihrer Einheit eine außergewöhnlich hohe Anzahl Frauen gehören«, sagte Shimazu, »von denen ein beträchtlicher Prozentsatz in Führungspositionen steht. Ist das bei der Liga Freier Welten oft so?«

Sie zeigte, daß man Cassies Spiel des Wissens auch zu zweit spielen konnte. So ziemlich jede Einzelheit der Zusammensetzung und Gliederung aller Einheiten der VSDK wurde als militärisches Geheimnis betrachtet, aber als Höflichkeitsgeste hatte man den Söldnern die Namen der Kommandanten der auf dem Planeten befindlichen Kombinatseinheiten genannt, der Geister.

Zog man die Extravaganz der Kommandantin der Neunten in Betracht, war es unvermeidbar, daß sie überall erkannt wurde. Onkel Chandys Sicherheitsleute, die Cassie in Kantinen im Werk zu einigen Drinks eingeladen hatte, hatten viel über sie zu sagen, das meiste davon war Klatsch.

Natürlich mußte der Kolonel nach Informationen über das Siebzehnte nur fragen. Chandrasekhar Kurita war verpflichtet worden, der Planetenregierung eine komplette Liste seiner Söldnereinheit zukommen zu lassen, ehe sie die Erlaubnis erhielten, aus dem Orbit zu kommen. Shimazu zeigte, daß auch sie ihre Hausaufgaben gemacht hatte.

Kali lachte leise. »Kaum.« Nachdem sie sich zum persönlichen Platzbedarf geäußert hatte, lehnte sie sich zurück und entspannte sich wieder. »Tatsache ist, daß unsere kleine Ecke der Liga, die die meisten Leute die Südwestlichen Welten nennen, etwa so männlich-chauvinistisch ist, wie es nur geht, Kolonel. Was soll also eine Dame mit einem Sinn für Abenteuer, oder zumindest ohne Lust, eine gehorsame kleine Babyfabrik und Hausfrau zu sein, was soll sie machen? Sie kann doch nur in die Armee eintreten.«

Shimazu nickte. »Ich hörte, Sie haben auf Jeronimo gegen die Clans gekämpft.« Was bewies, daß sie von der ISA auch Spionageerkenntnisse erhalten hatte; das hatte Onkel Chandy auf kein Formular schreiben müssen.

Ein abwesender Ausdruck trat in Kali MacDougalls Augen, und sie seufzte. »Ja, haben wir. Haben dort fast die Hälfte unserer Leute gelassen – zum Verrotten, denn Lebende lassen wir nie zurück. Haben zusammen mit den Kombinatstruppen gekämpft.«

Shimazu nickte. »Ich weiß. Auch ich habe dort Freunde verloren. Und gegen die Geisterbären, als wir sie auf Alshain bekämpften.«

Die Getränke kamen. Shimazu schob ihres wie geistesabwesend von sich und beugte sich dann vor. »Was glauben Sie, wie man sie bekämpfen soll?« fragte sie. »Jeder weiß, daß auch wir bald gegen sie vorgehen werden. Unser Koordinator erinnert sich daran, während die anderen Oberhäupter der Großen Häuser mal wieder durch ihre lächerlichen kleinen Thronfolgestreitigkeiten abgelenkt sind. Als wären die Clans nie eingefallen – diese Narren.«

»Da haben Sie recht, Schätzchen«, sagte Lady K. »Als wir gegen die Clans gekämpft haben, lernten wir, daß wir vor allem an zwei Dinge denken mußten: Wie die Clans kämpfen und wie sie glauben, daß wir kämpfen ...«

Mit der Hand an der Whiskyflasche lehnte Buntaro Mayne an der Bar. Seine beiden Yakbrüder saßen an einem Tisch in Türnähe und beobachteten. Sie erwarteten keinen Ärger, am allerwenigsten von den Freundlichen Beratern. Aber unter Tai-sa Shimazu machte man es nicht lange, wenn man Dinge als gegeben hinnahm. Da für die meisten Mitglieder der Heruzu Enjeruzu die Alternative zum Militärdienst der Knast war, zahlte es sich aus, aufmerksam zu sein.

»Wie gefällt es dir, von Frauen befehligt zu werden?« fragte er und nahm einen tiefen Schluck.

»Nun, dazu hat mich mein Daddy nicht gerade erzogen«, sagte Cowboy. Er saß, auf die Ellenbogen gestützt, mit dem Gesicht zur Bar. »Aber ehrlich gesagt, Buntaro, alter Junge, ist Kap'n Mac gar nicht meine eigentliche Kommandantin. Sie ist Kommandeur von Bronco. Ich gehöre zu Adelante.«

Er nahm einen Schluck aus seiner eigenen Flasche. »Und dir?«

Mayne zuckte die Achseln. »Ich mußte mich erst daran gewöhnen«, gab er zu. »Aber der Kolonel ... ist auf jeden Fall äußerst befähigt, ein Kommando auszuüben.«

Cowboy nickte. »Nun, ich muß sagen, daß el patrón – das ist Don Carlos, unser Kolonel – das Kommando über eine Kompanie auch nicht einfach so vergibt. Lady K hat schlicht und einfach jegliche Befähigung dazu.«

»In mehr als einer Hinsicht«, sagte Reb durch einen Schleier aus Zigarettenrauch.

»Unterschätz auch die magere Kleine nicht«, sagte Buck Evans, der zwischen Cowboy und Reb stand. »Sie hat dem guten alten Cowboy letzte Woche die Fresse poliert, nur weil er einem Neuling einen freundlichen kleinen Streich gespielt hatte.«

Mayne sah Cassie an, die dasaß und intensiv dem Gespräch zwischen MacDougall und der Kommandantin der Geister lauschte. »Was glaubt ihr, was haben die so interessantes zu besprechen?« fragte er.

Cowboy zuckte die Achseln. »Oh, das Übliche«, sagte er. »Klamotten, Frisuren, all so was.« Er setzte die Flasche an. »Sag mal, die hier geht zur Neige. Falkenauge, schieb deinen Arsch hier rüber und füll meinen Tank nach, ehe ich verdurste.«

14

Masamori, Hachiman
Distrikt Galedon, Draconis-Kombinat

3. September 3056

»Ah, Eleanor-san«, sagte der Mann hinter dem großen schwarzen Schreibtisch durch ein lippenloses Reptilienlächeln hindurch, »gut, Sie zu sehen.«

Lainie Shimazu war froh über ihre jahrelange Übung darin, ausdruckslos zu bleiben, als sie sich dem großen Mann näherte. »*Oyabun*«, sagte sie. »Die Freude und Ehre, die mir zuteil wird, indem ich Euch sehen darf, sind ohne Maß.«

Was bis zu einem gewissen Grad, dachte sie, *auch die absolute Wahrheit ist.*

Das Yakuzaoberhaupt war ein kleiner Mann mit fast ohrlosem Kopf, der auf einem mageren Hals saß, der wiederum aus seiner schwarzen Anzugsjacke im westlichen Stil ragte. Er sah einer Schildkröte ziemlich ähnlich.

Hinter ihm ermöglichte eine durchsichtige Wand – Transpex, der kugelsichere Kunststoff, der für die Sichtschirme von BattleMechs verwendet wird – einen atemberaubenden Panoramablick über Hachimans Hauptstadt in all ihrem chaotischen Glanz. Die orangefarbene Morgensonne füllte den Raum fast spürbar, wie ein Geruch, machte die absichtlich spartanische Einrichtung weich und schuf eine Illusion nicht der Reinlichkeit – natürlich hielt das Putzgeschwader die Büros fleckenlos –, sondern der Reinheit.

Kazuo Sumiyamas Büro nahm das Penthouse im 100. Stockwerk des Sumiyama-Gebäudes ein, des Hauptquartiers der Sumiyama-kai, der Sumiyama-Gesellschaft: der größten Yakuza-Organisation auf Hachiman. Es war alles recht offen. Name und Logo der Ge-

sellschaft waren auf den Vordertüren des Gebäudes abgebildet, prangten in drei Stockwerke hohen Buchstaben auf jeder Fassade des Gebäudes und als mon, Wappen, auf der Brusttasche der mitternachtsblauen Blazer, die die beiden Leibwächter trugen, die knapp hinter dem *Oyabun* zu seinen beiden Seiten standen.

Gaijin waren immer erstaunt über die Offenheit der Yakuzapräsenz im Kombinat. Die Yakuza führte ihre überirdischen Operationen mit vollem Wissen und stillschweigendem Einvernehmen der Polizei und darüber hinaus auch der ISA durch. Ein Hauptgrund dafür war schlicht die Tradition – es war schon immer so gewesen, im Kombinat wie im Japan des Zeitalters vor der Raumfahrt. Und im Draconis-Kombinat hatte Tradition fast Gesetzescharakter.

Es gab natürlich auch noch andere Gründe für die Nachsicht der Polizei. Lainie kannte sie gut. Und die schon lange währende Allianz des neuen Koordinators mit den Yakuza-Clans war nur einer davon.

»Bitte setzen Sie sich.« Sumiyama wies auf einen Stuhl, der vor seinem Schreibtisch stand. Der Schreibtisch selbst war aus einem einzelnen Stück heimischen Hachiman-Ebenholzes geschnitzt und glitzerte wie Obsidian. Durch seinen hohen Metallgehalt war das Holz dicht und schwer zu bearbeiten. Es sollte auch sehr gut in der Lage sein, Salven aus kleinen Waffen abzufangen, und es dauerte eine Weile, bis sich ein tragbarer Laser hindurchgebrannt hatte.

Der Stuhl aus geschwungenen Chromstahlröhren und schwarzem Kunstleder war nicht bequem und sollte es auch nicht sein. Lainie flegelte sich soweit hinein, wie es der Respekt für den *Oyabun* – die ›Vaterfigur‹ – erlaubte.

Damit ging sie schon recht weit, keine neue Erfahrung für sie. Der bulligere von Sumiyamas Leibwächtern knurrte leise und kehlig. Viel an diesem riesigen Mann war Fett, ebensoviel aber nicht. Sein Gesicht hatte die Farbe gegerbten Stiefelleders mit einem leichten Purpurstich. Seine Wangen wölbten sich um eine oft eingeschlagene Nase und ein vorspringendes Kinn nach außen, fast als seien sie von irgend einer Krankheit angeschwollen. Seine darüberliegenden Augen waren finstere Schlitze.

Der Mann, ein *sumitori*, der gezwungen gewesen war, sich aufgrund bestimmter Gerüchte über Unstimmigkeiten aus dem Wettbewerb zurückzuziehen, trug den Namen Emma. Es war nicht der weibliche Vorname, sondern vielmehr der Name des buddhistischen Königs der Hölle und Richters der Toten. Es war auch ingo – Yakuza-Straßenslang für Zange, denn König Emma benutzte solche Instrumente oft, um den nicht Rechtschaffenen die Zähne auszureißen und ihnen so zu helfen, auf den rechten Weg zurückzufinden. Sie wurden auch von diesem Emma für genau denselben Zweck verwendet. Das und eine eingebildete Ähnlichkeit mit der buchstäblich stierköpfigen Gottheit gab dem früheren Sumoringer seinen Namen.

Lainie ignorierte ihn. Der andere Leibwächter, ein Rundauge namens Sutton, war fast so groß wie Emma und von konventionellerem athletischem Körperbau. Er fing ihren Blick auf und zwinkerte. Auch das ignorierte Lainie.

Die Zeit, in der ich mich deinesgleichen hingegeben habe, ist lange vorbei, Kleiner, dachte sie. Und das war nur ein weiterer Punkt, für den sie dem Koordinator Dank schuldete.

Sie hatte kaum Platz genommen, als sich der *Oyabun* erhob und zur Fensterwand hinüberging, um hinauszuschauen. »Ah, Masamori«, hauchte er, »kostbares Juwel des Kombinats. Doch wie sehr hast du dich verändert, seit diese junge Frau dich als *kyakubun* zum ersten Mal betrat.« Das Wort bedeutete ›Gastmitglied‹.

Er wandte sich um und sah sie an. »Nicht alle Veränderungen waren Verbesserungen. Meinen Sie nicht auch, Lainie-chan?«

Die Haut schien sich fast bis zum Zerreißen über Lainies schräge Wangenknochen zu spannen. Adrenalin sang in ihren Ohren. Ich werde ihn keine Reaktion sehen lassen. Das Suffix bedeutete Schatz, eine Phrase, die etwa dem Ausdruck ›meine Liebe‹ entsprach. Seine Verwendung in diesem Kontext implizierte Besitz.

»Die Reformen des Koordinators und seines Vaters vor ihm waren für uns alle ein Segen«, sagte sie in neutralem Tonfall. »Aber die Veränderungen, die von den Clans herbeigeführt wurden, waren sicher nicht zum Besten.«

Nun war es an Sumiyama, seine Reaktion zu schlukken. Obschon Theodore Kurita die Yakuza legitimiert hatte wie nie zuvor, indem er sie zu Partnern im Kampf gegen die Clans machte, paßten der Unterwelt die von Takashi begonnenen und von seinem Sohn fortgesetzten Reformen nicht.

Lainies Politik begann und endete mit der Loyalität für Theodore Kurita, auch wenn ihr Politikverständnis eher breiter war. Sie wußte sehr gut, daß Kriminelle von Natur aus dazu neigten, äußerst konservativ zu sein. Die Yakuza waren es eher noch mehr. Der Status quo kam ihnen wunderbar entgegen, wie es schon seit über einem Jahrtausend der Fall war, lange bevor jemand von ihnen Terra verlassen hatte.

Theodore Kurita hatte seinen Vater bedrängt, die strikten Regeln der Kombinatsgesellschaft zu lockern, und den Prozeß selbst fortgesetzt. Von allen bestehenden Mächten war die Yakuza die einzige, die sich solchen Maßnahmen wohl entgegenstellen würde. Die Armee bewunderte Theodore, den früheren Gunji no Kanrei oder Beauftragten für Militärangelegenheiten. Der Orden der Fünf Säulen vertraute völlig auf seine Fähigkeit, die Seelen der Kombinatsbevölkerung zu stärken, zumindest angesichts zeitweiliger Veränderungen. Die gefürchtete ISA, der jener Meister des Eigennutzes, der Lächelnde, vorstand, wußte genau, wie verdammt schwer es war, die harten Kontrollen des Kombinatslebens aufrechtzuerhalten. Und beide Organisationen wurden von persönlichen Verbündeten Theodores geleitet.

Der Einfluß der Yakuza, eisbergartig im Verhältnis des Sichtbaren zum Unsichtbaren, war enorm. Indem Theodore die Unterwelt in angemessener Weise umarmte, hatte er den Vereinigten Soldaten des Draconis-Kombinats einen enormen Vorrat an dringend benötigten Finanzmitteln und an Menschenmaterial aus der Unproduktiven Klasse erschlossen, zu der technisch gesehen alle Yakuza gehörten. Für die meisten war das eine ausreichende Erklärung für sein Tun. Aber Lainie wußte, daß Theodores Wunsch, es den Yakuza-Bossen schwer zu machen, sich in seinen politischen Zeitplan einzumischen, vielleicht gleichermaßen ausschlaggebend gewesen war.

Das bedeutete nicht, daß sie es alle mögen mußten. Kazuo-sama tat das sicher nicht. Weswegen Lainie es ihm gerne diskret unter die Nase rieb, wann immer ihr das möglich war.

Es war ihre subtile Art und Weise, ihn daran zu erinnern, daß sie ihm nicht mehr gehörte. Weil sie kein *kyakubun* mehr war, nicht mehr dieselbe entsetzte Teenager-Ausreißerin war, die durch ein ganzes Viertel des Kombinats geflohen war, um den Männern zu entgehen, die ihren Vater ermordet hatten. Damals war sie gezwungen gewesen, sich Sumiyamas Gnade auszuliefern, und er hatte nicht gezögert, die Gelegenheit zu nutzen.

Theodore-sama hat mich von dir befreit, dachte Lainie. *Deshalb werde ich ihm folgen, bis ich sterbe.*

»Sie haben einige dieser neuen Gaijin-Söldner getroffen, die Chandrasekhar Kurita importiert hat«, sagte der Oyabun. »Was halten Sie von ihnen?«

Das war Sumiyamas Art und Weise, sie daran zu erinnern, daß er Spione in ihrer Einheit hatte, was keine Überraschung war. »Es sind erfahrene Soldaten«, sagte sie. »Die, die ich getroffen habe, schienen mir hinreichend kompetent. Dennoch sind es Fremde.«

Er nickte; ihm gefiel, was er für eine Schmälerung der Fähigkeiten des Siebzehnten hielt. »Es ist ein Skandal, daß er solchen Müll importiert«, sagte er. »Als seien Sie und die Regulären nicht genug, um uns gegen jede mögliche Bedrohung zu verteidigen! Es ist wirklich ein Schlag in Ihr Gesicht, mein Kind.«

»Vielleicht hat Onkel Chandy ...«

»Bezeichnen Sie ihn nicht so! Er ist ein Kurita.«

Lainie senkte den Kopf. »Ja, *Oyabun*.« Ihre Augen hatten die Farbe von Blut angenommen. »Vielleicht beabsichtigt Chandrasekhar-san, sie als Spielzeug zu benutzen. Zierde seines Ego.«

Sumiyama nickte. Der Gedanke gefiel ihm. »Chandrasekhar ist ein Kurita«, sagte er und wandte sich wieder ab, »aber er ist ein Apfel, der sehr weit vom Stamm gefallen ist. Er wurde in seiner Jugend vom Hofe verstoßen, weil er ein Verschwender war – ja, und ein Narr.« Er betrachtete sie mit hinter dem Rücken verschränkten Händen und gab ihr Zeit zu würdigen, daß er in jedem gewünschten Tonfall von Chandrasekhar Kurita sprechen konnte.

»Ein Narr«, sagte er noch einmal. »Und er hat auf Hachiman weiter den Narren gespielt.«

Er ist ein solcher Narr, daß er HTE aus dem Nichts aufgebaut hat, bis es deinen Kumpels bei Tanadi Konkurrenz zu machen droht, dachte Lainie, sagte aber nichts.

»Ihnen ist zweifellos bewußt, daß seine Sicherheitskräfte dazu übergegangen sind, unsere Leute aus der Umgebung seines Komplexes zu verjagen«, fuhr Sumiyama fort. »Plötzlich sind wir in einem gewaltigen Teil der Stadt unserer Lizenz- und Schutzgelder beraubt!«

An dieser Stelle mußte Lainie die Augen niederschlagen. Das Bild ihrer neuen Bekannten Kapitan MacDougall, wie sie in ihrem 100-Tonnen-*Atlas* Sumiyamas Soldaten entgegentrat, die unterwegs waren, um von den kleinen Ladenbesitzern Schutzgeld zu erpressen, war fast zuviel. Einen Anblick, für den sie ganz bestimmt bezahlen würde. Sie mochte die Söldneroffizierin, weil sie erkannte, daß die andere Frau auf ihre Weise fast so vortrefflich war wie sie selbst. Aber dann wiederum wirkte die große Blonde nicht halb so gefährlich wie ihre ruhigere, kleinere Freundin. Die war eine geballte Ladung Boshaftigkeit.

»Aber noch schlimmer«, fuhr der *Oyabun* fort, von gerechtem Zorn gepackt, »er hat die Arbeitszeit verkürzt. Schon wieder!«

Dieses Mal mußte sich Lainie auf die Lippe beißen, um nicht aufzulachen. »Jetzt läßt er sie nur noch zehn Stunden täglich arbeiten. Zehn! Als ob zwölf nicht schon eine ausreichend skandalöse Nachsicht gewesen wären! Die anderen sechs Stunden eines richtigen Arbeitstages schenkt er ihnen.«

Er schüttelte den Kopf, als versuche er, Wasser aus den Ohren zu bekommen, ehe er sich wieder in seinen Panzer zurückzog. »Oh, er sagt, seine Angestellten seien in diesen sechs zusätzlichen Stunden dennoch am Arbeiten. Er nennt sie ›die Zeit des Drachen‹. Er behauptet, sie werde von den Arbeitern benutzt, um sich zu verbessern oder um ihre Bindungen an ihre Brut zu pflegen oder sonstwie zu arbeiten, um den Drachen zu stärken. Ich nenne das Unsinn, und es ist Unsinn! Ich kenne diese Arbeiter. Alles ein Haufen fauler Hunde. Die verstehen nur die Peitsche. Sie werden die Zeit vergeuden – denk an meine Worte. Vergeuden!«

Er fuhr wütend zu ihr herum. »Ein solcher Mann nagt an den ureigensten Fundamenten unserer Gesellschaft. Egal, was für einen angesehenen Familiennamen er trägt!«

Weil sie Japanisch sprachen – was Sumiyama erlaubte, die Selbsttäuschung aufrechtzuerhalten, er sei ein wichtiger Geschäftsmann und kein Gauner, der im Grunde *eta*, ein kastenloser Pariah, war –, konnte Lainie das mit einem kurzen Murmeln quittieren, das nach Zustimmung klang. *Aimai*, jene eingebaute Ambiguität der Sprache der Überkultur des Kombinats, hatte definitiv seine Vorteile.

Er holte tief Luft, drehte sich zum Fenster, legte die Hand darauf. Mehrere Kilometer entfernt tuckerte eine Barke mit der riesigen menschenartigen Gestalt eines Söldner-BattleMechs, der in liegender Position auf dem Deck festgezurrt war, den Yamato hinauf. Lainie fragte sich, ob es vielleicht Lady Ks *Atlas* war. Durch den Schmutzschleier konnte man es nicht erkennen. Hachiman war für die Begriffe des Kombinats eine saubere Welt, aber Masamori war keine besonders saubere Stadt.

»Aber es weht ein frischer Wind, Lainie-chan«, sagte Sumiyama. »Ein Wind, der die Schwäche und Korruption von den Straßen unserer Stadt fegen wird, wie der Herbstwind vom Yamato den Smog vertreibt. Mehr kann ich Ihnen jetzt nicht sagen, mein Kind – nur daß Sie und Ihre Männer Ihre Rolle zu spielen haben werden.«

Er lächelte sie gerissen an. »Ich habe vollstes Vertrauen, daß Sie mir weiter so loyal dienen werden wie in der Vergangenheit.«

Lainie erhob sich und verbeugte sich vor ihm. »Ich lebe nur, um meine Pflicht zu erfüllen, *Oyabun*.«

Und wenn du glaubst, ich bin dir irgendwie verpflichtet, du verschrumpelter Degenerierter, dachte sie, *wirst du vielleicht eines Tages bekommen, was dir zusteht.*

»He, he, kleines Vögelchen«, sagte der Mann im Sportjackett mit den extravagant wattierten Schultern. »Warum weinst du?«

Das Mädchen saß auf einer Kiste mit einer gackernden, blaugefiederten einheimischen Moorhenne darin. Ihre Robe, kobaltblau mit dunkelblauen Verzierungen, schmiegte sich um eine schlanke, aber definitiv sehr annehmbare Figur und war typisch für das, was ein Mädchen vom Lande kaufen mochte, um es beim ersten Mal in der großen Stadt zu tragen. Was ein Bauernlackel für modisch, aber nicht zu gewagt halten mochte.

Der Mann kniete neben ihr nieder. Er legte ihr fast die Hand aufs Knie, schaffte es aber irgendwie, dem Impuls zu widerstehen. Er war groß und blond und unansehnlich und jünger, als er wirken wollte.

Der Straßenmarkt floß um sie herum wie ein Fluß. Anmutige Frauen balancierten Obstkörbe und Geflügelkisten auf dem Kopf. Männer priesen Waren aus Behältern an, die an Tragestangen auf ihren Schultern gebunden waren. Es war eine Seite Masamoris, die einem Fremden unpassend erscheinen mochte, diese Dorfmarktbetriebsamkeit im Schatten hundertstöckiger Bronzetürme. Aber sie war ein ebenso lebenswichtiger Bestandteil der Stadt wie die Maglev-U-Bahnen und die glitzernden Nachtclubs.

Es war auch ein Bereich, den die Freundlichen Berater nicht gerne betraten. Nicht einmal paarweise.

»Komm schon, Fräuleinchen«, sagte der blonde junge Mann. »Warum weinst du denn so?«

Das Mädchen hielt inne und sah ihn an. Das Mascara war ihr über die Wangen gelaufen. Der Effekt wäre komisch gewesen, wenn sie nicht ganz so goldig gewesen wäre, mit ihren ziselierten mahagonifarbenen Zügen und den schrägstehenden rauchgrauen Augen.

»Ich... ich komme von einer abgelegenen Welt«, sagte sie, und ihre Worte wurden von den Schluchzern so verfremdet, daß sie genauso gut irgendeine exotische Sprache hätte sprechen können. »Von Kawabe in der Präfektur Matsuida. Ich habe all mein Geld verbraucht, um herzukommen und bei meiner Tante zu bleiben, weil sie krank war. Und dann kam ich her und mußte feststellen, daß sie tot ist, und jetzt hat jemand meine Tasche gestohlen, und meine Papiere sind weg, und annhh ...«

Das Schluchzen übermannte sie. Sie vergrub ihr Gesicht in seinem Bizeps. Ungeschickt tätschelte er ihr den Rücken und wurde sich der glatten, schweißnassen Haut bewußt, die über dem Kragen ihrer Robe bloßlag, und der Art, wie das Kleidungsstück ihren Körper umschmeichelte, der an seinen gedrückt zitterte. Irgendwie war es ihm egal, daß ihre Schminke sein Jackett beschmutzte, Farbtupfer auf weißem Hintergrund.

»Na, na«, sagte er. »Es ist ganz bestimmt gar nicht so schlimm.«

»Aber ich habe kein Geld und keine Bleibe und kann nicht einmal arbeiten, wenn ich keine Papiere habe!« Sie hatte den Kopf gehoben, um tief Luft zu holen, dann stieß sie sie in einem wirren Wortschwall wieder aus. Sie holte erneut Luft wie ein Schwimmer, der an den Strand gespült wird, nachdem er beinahe ertrunken war. »Ich weiß nicht, was ich tun soll!«

Im Geiste des Mannes im Sportjackett begann ein Gedanke Gestalt anzunehmen. Er schob mit dem Daumen seine Kappe mit dem knickbaren Schirm aus der Stirn. »Nun«, sagte er und dehnte das Wort sehr lang, »man braucht nicht immer Papiere zum Arbeiten.«

Sie hob den Kopf und sah ihn an. Ein weiteres Schluchzen durchzuckte sie wie ein Erdbeben. »Aber die Polizei ...«

Er kicherte. »Die Polizei weiß auch nicht alles. Viele Dinge will die Polizei nicht einmal wissen.«

Sie starrte ihn praktisch mit offenem Mund an. Sie war wirklich ein totales Landei, und was konnte man bei einem Fleck in der Pampa wie Kawabe auch anderes erwarten? Aber trotzdem sah das Mädchen wirklich beeindruckend aus.

Plötzlich sprang sie auf und versuchte davonzulaufen. Er packte sie am Arm. »Du bist ein Agent der ISA«, sagte sie und versuchte sich loszumachen. »Du willst mir eine Falle stellen. Ich weiß es!«

Er warf den Kopf zurück und lachte, wobei er allerdings darauf achtete, seinen Griff nicht zu lockern. »Kleines Vögelchen, du siehst zu viele Holovids. Ich gehöre nicht zum Atem des Drachen – bin nicht einmal ein Freundlicher Berater. Ich habe aber Verbindungen. Komm, setz dich. Die Leute starren uns an.«

Die Leute starrten sie nicht an – in den verschlungenen Nebenstraßen Masamoris empfahl es sich nicht, irgendwo zu genau hinzuschauen –, aber das Mädchen ließ zu, daß es wieder in eine sitzende Position auf der Kiste gebracht wurde. Ihre Bewohnerin schüttelte die Flügel und gackerte vor sich hin, verstimmt, weil ihre Zornesschreie nicht beachtet wurden.

»Mein Name ist Peter«, sagte er. »Und deiner?«

»M-Mitsuko.«

»Na also, Mitsuko.« Er legte ihr die Hand unters Kinn. »Wie ich schon sagte, man legt nicht überall soviel Wert auf Papiere. Du mußt nur die richtigen Leute kennen.«

Sie zog die Nase hoch. Sie hatte eine Stupsnase. Ihre Augen waren sehr groß und von verschmiertem dunklen Make-up umgeben. »Aber ich kenne niemanden!«

»Das ist nicht wahr.« Er erhob sich, streckte eine Hand aus, um ihr auf die Beine zu helfen. »Du kennst mich.«

15

Masamori, Hachiman
Distrikt Galedon, Draconis-Kombinat

4. September 3056

Das Mädchen mit dem hochgeschlitzten Kleid und dem schimmernden, aufgetürmten Haar schlüpfte durch die Menschenmenge im Kit-Kat Klub wie ein Aal durchs Wasser. Sie ließ ihr Tablett auf die Bar fallen, wandte sich um und schenkte dem jungen blonden Mann ein Lächeln, das so blendend war wie sein Sportjackett. »Peter-san«, sagte sie, »ich habe etwas für dich.«

Seine trüben blauen Augen erhellten sich kurz, ehe es ihm dämmerte, daß sie ihm das kaum hier mitten in einer voll besetzten Bar geben würde. »Oh«, sagte er.

Das Ausmachen eines Ziels ist eine arkane Kunst. Cassie konnte nicht ausdrücken, wie sie es genau machte, obwohl sie es ein oder zweimal einer gelegentlichen Vertrauten zuliebe versucht hatte, die sie auf Larsha kennengelernt hatte. Heutzutage versuchte sie es nicht mehr. Es war eine zu persönliche Enthüllung.

Die beiden Hauptüberlegungen waren jedoch unkompliziert. Das Ziel mußte a) etwas haben, das der Gauner wollte; und b) Anzeichen zeigen, daß der Gauner es von ihm bekommen könnte. Das Entdecken dieser Zeichen war es gewesen, was das genaue Ansehen von Leuten für Cassie als Kind zur Kunst und Herausforderung gemacht hatte. Mit ihnen zu spielen, war immer die leichtere Übung gewesen.

Heutzutage gaunerte sie nur noch, wenn ihre Aufgabe es erforderte, aber das hielt sie nicht davon ab, jenes gewisse Hochgefühl der Jagd zu verspüren. Selbst wenn das Ziel der Gaunerei war, eine niedrige

Arbeit als Kellnerin in einer schummrigen Pinte zu bekommen.

Was zählte, war, daß es sich um eine *Yak*-Pinte handelte.

Die Aufgabe war nicht so einfach, wie sie vielleicht aussah. Die Kombinats-Kultur war im Grunde eine dörfliche Kultur, in einer Riesenstadt wie Masamori nicht weniger als auf einer Bauernwelt wie Kawabe. *Mizo-shobai,* der Wasserhandel, untersuchte üblicherweise die Vorfahren derer, die ihn betrieben, nicht allzu eingehend. Aber man mußte dennoch jemanden kennen. Man konnte nicht einfach so auf der Straße auftauchen und eine Anstellung erwarten – nicht von einem Gemüsehändler, nicht von einem Striptease-Club.

Und besonders nicht von einer Bar, die von Yakuza-Soldaten der unteren bis mittleren Ebene besucht wurde. Die Yaks hatten einen Modus vivendi mit dem Zivilen Führungskorps gefunden – und auf einer wesentlich verschwiegeneren Ebene mit der ISA, einen Modus vivendi, der auf der Tatsache beruhte, daß die Yakuza offen ultranationalistisch war, den Drachen heftig unterstützte und daß die Straßenkriminalität Subhash Indrahar ziemlich egal war. Dennoch war der Großteil der Yakuzaunternehmungen illegal, und die Freundlichen Berater mußten eine Fassade der totalen Kontrolle aufrechterhalten. Deshalb gab es manchmal Spione.

Eine Bar war im Kombinat eine Art heiliger Ort. Sie war ein allgemein akzeptierter Zufluchtsort, an dem loyale Diener des Drachen vom niedrigsten Arbeiter bis zum Sarariman im zerknitterten Anzug sich versammeln konnten, um nach ihrem langen Arbeitstag auszuspannen. Diejenigen, die sich ihren Kameraden nicht zu einem Umtrunk nach der Schicht anschlossen, wurden argwöhnisch betrachtet und manchmal sogar zum Ziel der Spionageaktivitäten der ISA, weil sie nur unzureichend harmonisch eingestellt waren.

Yak-Soldaten arbeiteten kürzer – wenn sie Sechzehn-Stunden-Schichten hätten arbeiten wollen, wären sie nicht zu Kriminellen und Unproduktiven geworden –, aber sie liebten dennoch die lockere Kameradschaft des Wasserlochs ebensosehr wie die Ladenkrieger und die Dreckarbeiter mit dem sonnenverbrannten Nacken. Und sie wollten schwätzen und von der Arbeit erzählen können, genau wie jeder andere, der in eine Bar kommt. Also waren sie auf ihre eigene Weise wählerisch beim Einstellen von Mitarbeitern.

Wenn es eines gab, was Cassie gut konnte, war das, die Leute davon zu überzeugen, daß sie kein Polizeispitzel war. Und sie hatte gute Bürgen: Peter Malloy war ein aufstrebender junger Soldat – gut, er stieg nicht schnell auf, aber stetig, und man konnte regelrecht spüren, daß er zur richtigen Zeit am richtigen Ort war. Wenn er für seine kleine Freundin Mitsuko, das Landei von Kawabe, eintrat, konnte sie keine Spionin sein.

Aber für wie gutmütig sich Peter auch immer halten mochte, sein gutes Wort war ein Gefallen. Und Gefallen haben ihren Preis.

Ehe Peter-pal allzuviel Enttäuschung zeigen konnte, drückte sie ihm etwas in die Hand und stellte sich dann für einen flüchtigen Kuß auf die Wange auf die Zehenspitzen. »Danke«, flüsterte sie ihm ins Ohr.

Malloy starrte auf den Gegenstand hinunter, den sie ihm gegeben hatte. Es war ein Stift, kombiniert mit einem Laserzeiger, der aus echtem Silber bestand und hervorragende Arbeit verriet. Es war genau die Art von Statussymbol, mit dem ein Soldat, der kurz davor stand, den Sprung ins untere Management zu schaffen, gerne angeben würde.

Die kleine Kellnerin hatte ihr Tablett aufgenommen und war fast schon wieder mit der Menge verschmolzen, als ihm die schreckliche Wahrheit dämmerte: Sie hatte ihre Schuld zurückgezahlt. Das bedeutete, sie würde keine Verpflichtung empfinden, mit ihm ins Bett zu gehen.

Peter Malloy gehörte zu dem Teil der Firma, der fürs Grobe zuständig war, und konnte Enttäuschung nur schlecht wegstecken. Er schob den Stift in die Innentasche seines Jacketts – er war es wert, ihn zu behalten –, streckte dann seinen Arm aus und legte die Hand schwer auf die Schulter des Mädchens.

Sie wirbelte leichtfüßig herum, ohne ihr Tablett fallen zu lassen. »He«, rief Malloy. »Glaubst du, du kommst einfach so davon? Du schuldest mir was, du Hure!«

»Eddie-sama!« quickte sie mit einer Stimme, die wie eine Katana durch das Geplauder und die blecherne Musik schnitt. »Eddie-sama, schau doch!«

Hinter Peter Malloy ragte eine riesige Gestalt auf. Sein Sportjackett zeugte vom gleichen grellen, schlechten Geschmack wie das des Soldaten, aber die Schultern waren fast doppelt so breit, und der Unterschied lag nicht in der extravaganten Wattierung. Sein Gesicht hatte die Farbe heimischen Ebenholzes, und sein rostrotes Haar war zu einem Samurai-Haarknoten zusammengebunden, eine Mode, die in Masamori derzeit denen vorbehalten war, die in der Sumiyama-kai zumindest den Rang eines *chunin* – eines Unterführers – erreicht hatten. Eddie Katsumori war kein besonders dicker Fisch in der Organisation, aber er war der Hecht im Karpfenteich des Kit-Kat Klubs.

»Was?« fragte Eddie mit einer Stimme, die wie ein *Atlas* dröhnte. Er war ein Mann, der nicht viele Worte machte. Das hätte das Zuschlagen länger verzögert, als ihm lieb war.

Mit flinken Fingern öffnete die Kellnerin Peter Malloys Sportjackett. »Dieser silberne Stift, den du verloren hast, Eddie-sama«, sagte sie. »Siehst du? Dieser *chimpira* hat ihn geklaut!«

Peter Malloy erkannte, daß man ihn voll aufs Glatteis geführt hatte. Er öffnete den Mund.

Eddie ersparte ihm die Peinlichkeit zu leugnen, was man ihm sowieso nicht geglaubt hätte, indem er sein Gesicht mit einer schnellen Rechten deformierte, die Malloy in die Menschenmenge schleuderte. Die Menschenmenge hatte genau diesen Fortgang der Ereignisse vorausgesehen und öffnete sich wie durch Zauberhand vor ihm, um seine Flugzeit nicht zu beeinträchtigen. Sein Kopf krachte gegen die Musikbox und ließ die Purpurnen Schwanzfedern indigniert quäken und kurz flackern, als hätten sie plötzlich Feuerameisen in den Strumpfhosen. Neben der Box wackelte eine Statue des elefantenköpfigen Ganesha, des Gottes der Diebe, und fiel fast aus seiner Nische. Eine Hand, der der kleine Finger fehlte, fing die Statue auf und stellte sie wieder hin.

Zu dem Zeitpunkt, als der hilflose Malloy auf dem *tatami* aufschlug, das den Boden bedeckte, flankierten ihn bereits zwei von Eddies *hatamotos*. Einer erleichterte ihn um den gestohlenen Stift. Dann faßten sie ihn unter, schleppten ihn zum Hintereingang und kippten ihn auf die Gasse.

Eddie hatte bereits das Interesse an den Vorgängen verloren. Er grunzte, schnippte der Kellnerin eine Münze zu und wandte sich wieder zur Bar. Die Menge war mittlerweile zu ihrer Hauptbeschäftigung zurückgekehrt: dem Trinken.

Cassie fing die Münze mit lässiger Geschicklichkeit, ließ sie in die Tasche gleiten und nahm dann fast ohne aus dem Tritt zu kommen ihre Runde wieder auf. Sie hatte sich den kurzen, ruhmlosen Flug ihres früheren Wohltäters nicht einmal angeschaut.

Sie empfand kein Bedauern für sein Schicksal. Sie hatte versucht, die Angelegenheit mit ihm zu regeln, aber nur, weil es ihr letztlich darum ging, eine Weile in diesem Lokal herumzuhängen, statt wie üblich nach der erfolgreichen Kontaktaufnahme einen schnellen

Abgang zu machen. Es war einfacher, zu bezahlen und Ärger zu vermeiden.

Sie hatte schon vermutet, daß es Peter nicht um das Geld ging, mit dem er bezahlt wurde. Aber für Cassie waren Wettschulden Ehrenschulden. Wenn Malloy nicht so gierig geworden wäre, hätte der große Eddie nie einen Hinweis auf den Verbleib seines Lieblingsstifts bekommen.

Die Sache war wohl erledigt. Der Sumiyama-Leutenient dachte, sie hätte ihm einen Gefallen getan, und hatte ihr Trinkgeld gegeben, um aus der *on*, der Verpflichtung, freizukommen. Wenn Peter hier noch mal sein Gesicht zeigte, würde er es wieder eingeschlagen bekommen und Schlimmeres.

Natürlich könnte ihm einfallen, das undankbare Landei aufs Korn zu nehmen und die Rechnung mit ihr außerhalb der Mauern des Kit-Kat zu begleichen. Aber das wäre der schlimmste Fehler seines Lebens. Und auch der letzte.

»He, Mädchen! Bring noch Bier!« Cassie heftete ein Lächeln auf ihre Züge und eilte hin, um zu gehorchen. Ihr Geist war wieder leer, aber ihre Augen und Ohren waren offen.

Durch lebenslanges Training darin, nur die Gefühle zu zeigen, die sie zeigen wollte, fand Cassie es einfach, nicht zu lächeln, als sie mittags auf der engen Straße den Rempler spürte.

Sie trug ihr langes schwarzes Haar in einem am Hinterkopf zusammengedrehten Zopf und gegen die Herbstkälte, die vom Gebirge her den Yamato herunterwehte, eine VSDK-Luftraum-Pilotenjacke. Auf der Jacke waren keine Einheitsabzeichen, und jeder wußte, daß das Kombinat sein bereits membrandünn angespanntes Luftraumbudget nicht auf einer kaum bedrohten Welt wie Hachiman verschleuderte. Für einen Betrachter hätte die Jacke wohl darauf hingewiesen, daß Cassie wahrscheinlich zur Bordbesatzung eines Drac-Handelsraumers gehörte und sich gerne mit den Luxusgesetzen des Kombinats in Konflikt begeben wollte. Selbst vor der gegenwärtigen Nachlässigkeit wäre das auf Hachiman nichts Ungewöhnliches gewesen. Die Masakko waren loyale Söhne und Töchter des Drachen, aber sie fanden, ihre Hingabe gäbe ihnen das Recht, von ihm zu erwarten, daß er wegschaute, wenn sie nicht jedes noch so kleine Gesetzes-Iota befolgten, das zu erlassen seine Diener für richtig hielten. Die Bevölkerung Masamoris fand, daß sie und der Drache sich da sehr ähnlich waren.

Die Beachtung der Regeln war in Sodegarami, dem belebten *ukiyo* Masamoris am anderen Flußufer gegenüber dem HTE-Komplex, oft besonders lax.

Cassie bummelte nur, durchstreifte wie jemand, der nicht warten kann, bis die Sonne hinter dem Horizont versinkt, das Armenviertel in Vorfreude auf eine nächtliche Exkursion. Alles, was in Masamoris Schwimmender Welt zu haben war – also alles –, war bei Tage ebenso leicht zu haben wie im Dunkeln. Aber die halblegalen Drahtzieher der Sodegarani-Version des Wasserhandels waren Nachtwesen. Am Tag arbeiteten sie rein mechanisch.

Also schlenderte sie mit den Händen in den Taschen umher, reckte den Hals, um die Stripschuppen, Geishasalons – was hier ein Euphemismus für ›Puff‹ war – und die Pachinkohallen zu betrachten, als sei sie unschlüssig, wo sie die dicke Geldrolle rausschmeißen sollte, die die rechte Gesäßtasche ihrer Whipcordhose ausbeulte.

Der Hauptverkehrsweg Sodigaramis, der Kamelienweg, war für Fahrzeuge gesperrt. Als der rechte der beiden jungen Männer, der aus dem Fußgängerstrom vor Cassie aufragte und scheinbar ganz ins Gespräch vertieft war, sie versehentlich anrempelte, wußte sie, daß jemand beschlossen hatte, ihre Entscheidungen für sie zu treffen.

Der Versuch war gut, die Berührung federleicht. Selbst Cassie hätte sie vielleicht nicht bemerkt, wenn ihre Randsicht nicht ganz nach außen konzentriert gewesen wäre, genau wie der Guru es sie gelehrt hatte, so daß sie fast keine Einzelheiten mehr erkannte, aber in einem unglaublich weiten Umkreis Bewegungen wahrnahm.

Noch bevor er ihren Geldbeutel herausholen konnte, hatte sie die Hand des Taschendiebs rückwärts in Richtung Unterarm gebogen. »Wenn du auch nur ein einziges Geräusch machst«, sagte sie ins Ohr des jungen Mannes, dessen Arm sie gepackt hatte, »wirst du mit dieser Hand nie wieder etwas berühren.«

Er biß die Zähne zusammen und nickte. Eine schwarze Haartolle hing über seine ängstlichen schwarzen Augen. Als ginge sie mit einem Freund spazieren, steuerte sie ihn bedächtig, aber zielbewußt in eine Gasse, die so eng war, daß sie mit ausgestreckten Armen links und rechts die Hauswände hätte berühren können.

Sie hielt ihn im Polizeigriff und wartete. Ein paar ruhige Herzschläge, und seine beiden Komplizen tauchten auf. Einer wirbelte ein Balisongmesser mit Ebenholzgriffen herum. Der andere wickelte eine dünne Kette von seiner Hüfte.

Cassies linke Hand schoß hoch. Sie hielt einen abgesägten fünfschüssigen 10-Millimeter-Revolver, ohne Hahn und mattschwarz. Der Besitz von Schußwaffen war Zivilisten im Kombinat verboten, was potentielle Gesetzesbrecher natürlich nicht daran hinderte. Die örtlichen Masakko-Raufbolde benutzten, genau wie Kriminelle im ganzen Kombinat, eigentlich nur selten Schußwaffen, aber nur aufgrund persönlicher Vorlieben. Sie bevorzugten Blutvergießen auf eine persönlichere Weise, die Art, bei der man das Blut auf den Fingerknöcheln spürt. Aber Masamoris Punks und Banden wußten genug über Schußwaffen, um eine in jeder

Weise ernst zu nehmende, gut zu verbergende Waffe zu erkennen und die entsprechenden Schlüsse zu ziehen.

Diese beiden ließen ihre Waffen fallen und hoben die Hände, ohne daß man sie darum bitten mußte.

Cassie lächelte. »Kluge Jungs.«

»Damit kommst du nicht durch«, ächzte der im Polizeigriff.

»Spar dir das.« Sie wirbelte ihn mit dem Gesicht nach vorn gegen die Wand – ausreichend, um ihm ein paar blaue Flecken zu verpassen, ohne daß Blut floß. Auch ausreichend, um ihn leicht zu betäuben, damit er nicht sofort davonrannte. Dann steckte sie die Waffe weg.

»Ihr wollt das, was hier drin ist?« fragte sie und fischte die fette Brieftasche heraus. »Gut, könnt ihr haben – einen Teil davon. Und ihr müßt dafür nur mit mir reden.«

Der Yoshitsune-Raumhafen auf den mit Kastendämmen umgebenen Flutsteppen östlich der Stadt war ein *ukiyo* anderer Art. Selbst im strikt reglementierten Kombinat waren Raumhäfen voller Aktivitäten, die man nicht immer überblicken, und Schatten, die das Licht nicht immer durchdringen konnte. Ein Hauch von Extraterritorialität schien Raumhäfen immer zu umgeben, als gehörten sie zum Kombinat als Ganzem und nicht zu der Welt, auf der sie sich zufällig befanden.

Natürlich waren die meisten Kombinatswelten zunächst einmal wesentlich ordentlicher und gehorsamer als Hachiman.

Die jüngste Öffnung des Kombinats für mehr Kontakt mit seinen Nachbarn hatte den Effekt der noch weitergehenden Lockerung der Beschränkungen in Yoshi-Stadt – einer winzigen Satellitenstadt, die sich aus dem Schilf erhob. Besonders HTE hatte mit dem wohlhabenden Vereinigten Commonwealth zunehmend gute Geschäfte gemacht und sich den Ruf der Rechtschaffenheit erworben, um den es zu beneiden früheren Generationen von Kuritamagnaten nicht einmal eingefallen wäre. Davion- und Steiner-Raumer, die an Standards persönlicher Freiheit gewohnt waren, die selbst im Vergleich zu denen auf Hachiman extravagant erschienen, hatten ihre Spuren hinterlassen.

Schließlich kontrollierten die Yaks zwar die Werftarbeiter des Raumhafens, hatten die Straßenkriminalität aber nicht in jenem Würgegriff, der sie im gesamten Kombinat auf einer so niedrigen Stufe hielt – ein fraglos beneidenswerter Zustand, den außenstehende Kommentatoren ausnahmslos und fälschlicherweise dem eisernen Griff der Freundlichen Berater und der ISA zuschrieben. Das bedeutete, die schäbigen Straßen zwischen den Lagerhäusern und den Spelunken der Raumer waren wirklich nicht zu unterschätzen.

Aber wenn es auf Hachiman Geheimnisse zu erfahren gab, dann würden sie in Yoshitsune fast sicher durchsickern.

Die Nacht war freundlich zu Yoshi-Stadt wie zu einer alternden Hure. Sie verbarg ein wenig das zusammengestoppelte Hüttenviertelaussehen des Ortes, und die hellen, allzeit tanzenden Lichter verliehen ihm gar einen gewissen Hauch von exotischem Charme. Zumindest für die Masakko der oberen Mittel- und unteren Oberklasse, die hierherkamen, um die Sau herauszulassen und nach Abenteuern zu suchen. Schon allein die effekthaschende Kurzlebigkeit der Freudenhäuser kitzelte ihre Sinne mit der Erinnerung an die Vergänglichkeit des Lebens. Aber für die Bewohner von Yoshi-Stadt und die Raumer, die Yoshi-Stadt unter Hunderten von Namen auf Hunderten von Welten gesehen hatten, war es das gleiche alte triste Einerlei.

Die asphaltierten Straßen glitzerten von Öl und frisch gefallenem Regen. Ein Shuttle, das von Startrampe Nummer Neun abhob, sandte eine gleißende *tsunami*-Welle über die Schaufenster der drittklassigen Antiquitätenläden und Fleischbars und berührte die Gesichter aller, die sich auf der Straße befanden, mit dem Licht der entfesselten Hölle. Die drei Huren, die mit der winzigen Raumfahrerin sprachen, ignorierten es.

Es war schade um die Raumfahrerin mit dem französischen Davvy-Akzent, dachten die Huren. Sie hatte offenbar eine tolle Figur, auch wenn sie diese unter der schweren Jacke und den ausgebeulten Hosen zu verstecken trachtete, und ihre Züge waren ziemlich hübsch. Aber sie mußte sich von dem portweinfarbenen Muttermal entstellt fühlen, das die rechte Seite ihres Gesichts bedeckte. Als die Straße im Auspuffglühen aufleuchtete, verbarg sie diese Seite ihres Gesichts reflexartig in ihrem Kragen.

Sie bezahlte den Standard-Stundensatz, nur um mit ihnen in einem Café zu sitzen und zu reden. Das machte sie auf fast transzendente Weise pervers. Aber keine der Huren hatte eine Abneigung gegen leicht verdientes Geld.

Außerdem war es leicht, mit ihr zu reden. Ein arbeitendes Mädchen braucht dann und wann ein offenes Ohr.

»In letzter Zeit sind mit dem normalen Zustrom aus Luthien ein paar harte Kunden mitgekommen«, sagte Lulu und spielte an ihrem platinblonden Zopf herum. Der Wind wehte aufs Meer hinaus, und unterstützt vom Luftstoß des Shuttle-Starts, versuchte er ständig, das Haarteil abzureißen und es wie ein verängstigtes Tier die Straße hinunterhuschen zu lassen. »Sowohl Männer als auch Frauen. Harte Gesichter und verkniffene Lippen.«

»Wen kümmert das schon?« fragte Bonnie, klein und

hart mit neonorangefarbenem Haar, von dem sie behauptete, sie sei damit auf die Welt gekommen.

»Das bedeutet, daß sie auch ihre Geldbeutel geschlossen halten«, erklärte Kimiko an ihrem Kaugummi vorbei. »Für Bon gibt es sie erst, wenn sie bezahlt haben.«

»Wer hat schon die Zeit, sich mit ihnen einzulassen?« fragte Bonnie.

»Sagen sie nichts?« fragte die Davvy-Raumfahrerin.

»Zumindest nicht zu irgend jemandem, mit dem ich so rede«, sagte Lulu. Kimiko nickte kauend. Einen Augenblick später schüttelte auch Bonnie den Kopf. Die Raumfahrerin zahlte schließlich.

»Sie winken nur mit ihren Papieren und huschen durch den Zoll«, sagte Kimiko.

»Was ist mit ihrem Gepäck?«

»Reisen leicht, wie ich hörte«, sagte Lulu. »Ein oder zwei Taschen. Nur saubere Klamotten für den Sprung von Luthien.«

»Was ist mit Gepäck im Frachtraum?«

Die Bordsteinschwalben sahen einander an. Wenn jemand von ihnen dachte, die Fragen der Gaijin-Frau seien seltsam, so zeigten sie es zumindest nicht.

Und wenn die Freundlichen Berater je nachfragten – nein, so eine Frau hatten sie nie gesehen. An dieses Muttermal würden sie sich ganz bestimmt erinnern.

»Ich kann Shiro fragen«, sagte Kimiko. »Er ist einer meiner Stammkunden, lädt die Sendungen aus. Fährt die kleinen Wägelchen, weißt du?«

»Paß auf«, warnte Lulu. »Er ist durch und durch Sumiyama.«

Kimiko machte mit der rechten Hand eine Bewegung, als schüttele sie Würfel, um klarzumachen, was sie von der örtlichen Yak-Organisation hielt. Dann schaute sie über die Schulter der Davvy-Raumfahrerin, und ihre Mandelaugen weiteten sich.

»So, Mädels«, rief der Mann in Robe und Kappe und

kam die Straße entlang auf sie zu. Wenn man nicht genau hinschaute und die Kleidervorschriften des Kombinats nicht besonders gut kannte, hätte man ihn für irgendeinen kleineren Beamten halten können. Ein großes Paar Schatten folgte ihm. »So, so, so. Ihr habt also nichts Besseres zu tun, als hier an der Ecke an der Ampel herumzuhängen und mit diesem Bimbo zu quatschen.«

»Sie zahlt, Rikki«, sagte Lulu in näselndem, wimmerndem Tonfall.

Rikki hielt inne. Dann zuckte seine rechte Hand vor und schlug der Frau ins Gesicht. Die schweren Goldringe an seinen Fingern hinterließen Schwellungen, die selbst durch das stuckdicke falsche Geisha-Make-up sichtbar waren.

»Du wirst dafür bezahlt, den Futon beben zu lassen, Baby«, sagte der Zuhälter höhnisch, »nicht dafür, daß du dein Gesicht spazieren trägst. Vielleicht sollten Leon und Teruo dieses Gesicht ein wenig umgestalten, damit du dich besser daran erinnerst.« Er nickte den Schatten zu, die bedrohlich vortraten.

Lulu wimmerte. Dann trat zu ihrer Überraschung die kleine Raumfahrerin vor.

»Ich zahle gutes Geld«, sagte sie. »Was, zum Teufel, schert es dich also?«

»Bitte?« Rikki hatte ein langes, schmales Gesicht und einen kleinen Kinnbart. Es war ein Gesicht, dem ein höhnisches Grinsen gut stand. »Ich kümmere mich jetzt um das Geschäft. Du kannst abschieben.«

»Ich habe tatsächlich für das Gespräch bezahlt«, sagte die Raumfahrerin stur. »Ich gehe hier nicht weg, ehe ich für meine C-Noten etwas bekommen habe.«

Die Huren warfen einander Blicke zu. Bonnie zuckte die Achseln. *Na ja. Weg ist das leichtverdiente Geld …*

Rikki lächelte. Es war kein angenehmer Gesichtsausdruck. »So, so, so. Was haben wir denn da?«

»Ich weiß nicht, Boß. Was haben wir denn da?«

fragte Leon. In seiner Stellenbeschreibung schien *harter Typ* zu stehen. Teruo schaute nur böse und ließ die Knöchel seiner in fingerlosen Handschuhen steckenden Hände knacken.

»Wir haben hier eine Gaijin-Schlampe, die sich einmischt, wie es aussieht. Eine, die danach schreit, den Abflug zu verpassen. Wird mit dem Gesicht nach unten im Kanal gefunden, wie schade …«

Er schien im Begriff zu sein, das Thema noch auszubauen, aber plötzlich fehlten ihm die Worte. Es könnte mit den drei Zentimetern wellenförmigen Stahls zu tun gehabt haben, die plötzlich hinten aus seinem Hals ragten, direkt links neben der Wirbelsäule.

Cassie drehte Bluttrinker und riß ihn in einer Fontäne von Herzblut, das Leons überraschtes Gesicht bespritzte und seinen Anzug ruinierte, nach außen. Zuckend brach Rikki zusammen.

Sie stand da und zielte mit ihrem Kris etwa auf die Mitte zwischen die beiden Schläger. »Wer will noch mal?« fragte sie, ohne zu vergessen, ihren niedlichen kleinen Davvy-Raumkadetten-Akzent beizubehalten.

Die Raufbolde hatten schon in ihre grellen Zacki-Sportjacketts gegriffen. Der Ausdruck in den Augen der Raumfahrerin ließ sie ihre Hände langsam wieder herausziehen.

»Sieht aus, als hättet ihr den Leib eures Chefs unglaublich gut bewacht«, sagte Cassie. »Ihr Jungs sucht euch besser ein anderes Metier.«

Leon und Teruo sahen einander mit verängstigten Tieraugen an. »Jetzt«, setzte Cassie hinzu.

Das Paar wandte sich um und ging rasch davon, wohl um eine neue Karriere zu beginnen. Lulu spie auf ihren früheren Zuhälter, der aufgehört hatte zu zucken. Kimiko drehte sich um und kotzte.

»Du bist ein Weichei, Kimmi«, sagte Bonnie.

Kimiko starrte Rikkis Leiche an, die mit dem Gesicht

nach unten in einer großen dunklen Pfütze lag. »Wer wird sich jetzt um uns kümmern?« klagte sie.

»Ich.«

Die drei wandten sich um und starrten die winzige Frau in der Raumerkleidung an. »Du bist nur ein kleines Mädchen«, sagte Bonnie. »Warum sollte dich jemand ernstnehmen?«

Cassie schüttelte mit einer Bewegung des Handgelenks das Blut von ihrem Kris und drehte Rikki mit der Stiefelspitze um. Die Lichter von Yoshi-Stadt tanzten in seinen toten Augäpfeln.

»Sie könnten zum Beispiel ihn fragen«, sagte sie mit einem Lächeln.

16

Masamori, Hachiman
Distrikt Galedon, Draconis-Kombinat

5. September 3056

»Ach du liebe Güte«, sagte Kali MacDougall. »Was würde Kolonel Cabrera sagen, wenn sie wüßte, daß du ein paar Pferdchen laufen hast?«

Sie kicherte, sah aus und benahm sich wie etwa vierzehn. Eine gutgebaute Vierzehnjährige, wie ein bestimmter eifersüchtiger Teil Cassies unweigerlich feststellen mußte. Dann kicherte auch Cassie, ohne es zu wollen. So wirkte Lady K auf sie.

Mußt aufpassen, warnte sie ihr innerer Zensor. Sie wurde sofort nüchtern.

In der ersten Stunde der Mitternachtsschicht im Masamori-Komplex von HTE war die Kantine nicht besonders voll. Ein paar Typen aus dem mittleren Management saßen hemdsärmlig in der Ecke und diskutierten bei einer Tasse Tee über Produktionsziele. Cassie und Kapitan MacDougall waren die einzigen anwesenden Söldner. Kali trug Jeans und ein Hemd, das am Bauch zusammengeknotet war. Sie hatte im gutausgestatteten HTE-Fitneßcenter noch eine späte Trainingseinheit eingelegt, und jetzt stand ihre Tasche neben dem Stuhl. Cassie trug noch immer ihre Jacke und die ausgebeulten Hosen, hatte allerdings die wasserfeste Muttermalschminke mit einer Speziallösung abgeschrubbt.

»He, ich zahle Geld in den V&B-Fonds«, sagte Cassie bezugnehmend auf den Fonds, den das Regiment unterhielt, um Verletzungen und Behinderungen bei Mitgliedern und ihren Verwandten finanziell auszugleichen. »Sie sollte mich lieben – ich spare dem Siebzehnten Geld.« Es war allgemein bekannt, daß Marisol Cabrera, die unter anderem auch Rechnungsprüferin der Einheit war, Geld auszugeben mit der gleichen Leidenschaft haßte, wie sie Don Carlos liebte.

Kali grinste und nickte. »Glaubst du, diese Damen wissen etwas?«

Cassie zuckte die Achseln. »Vielleicht haben die harten Brocken aus Luthien etwas zu bedeuten, vielleicht auch nicht. Im Augenblick konzentriere ich mich darauf, mein Netz auszulegen.«

»Ich beneide dich nicht um deinen Job, Schätzchen. Du weißt ja noch nicht einmal, wonach du suchst.«

»Das stellt ja die eigentliche Herausforderung dar.« Cassie beugte sich vor. »Ich weiß einfach, daß etwas da draußen ist.« Sie berührte ihren flachen Bauch. »Hier drin spüre ich es.«

Leiser sagte sie: »Ich verlasse mich auf meinen Instinkt. Als ich ihn ignorierte, bin ich in der Larsha-Miliz gelandet ...«

»Du hast BattleMechs mit einem Bolzengewehr flachgelegt«, sagte Kali. »Wir alle vertrauen deinen Instinkten, Schätzchen. Na ja, außer Gordo und Cabrera und diesem Psychoten Bobby Wolf.«

»Vergiß Kapitan Torres nicht.«

»Würde ich gerne. Jedenfalls hast du mir erzählt, was du da draußen auf den schäbigen Straßen Masamoris tust. Ich dachte, du hättest diesen Kellnerinnenjob, um Informationen zu beschaffen.«

Cassie hob die Hand. »Was ich suche, davon könnte ich im Club hören«, sagte sie, »aber ich verlasse mich nicht darauf. Ich bin in erster Linie dort, um mich an das Tempo des örtlichen Lebens auf der Straße zu gewöhnen.«

»Du bist wie immer die perfekte Späherin, Cassie«, sagte Kali und nippte an ihrem unvermeidlichen Fruchtsaft. »Bemühst dich, so schnell wie möglich mit deiner Umwelt zu verschmelzen.«

Cassie betrachtete ihre neue Freundin einen Augenblick lang genau. Sie sah keine Anzeichen von Falschheit oder Geringschätzung – und sie wußte, wie man danach sucht. So seltsam es war, die große und extravagante MechPilotin schien Cassie um ihrer selbst willen zu mögen.

Das machte sie gefährlich.

»Hier kommt es darauf an«, zwang sich Cassie zu sagen, »nicht direkt auf die Information zu stoßen. Wenn es tatsächlich passiert, ist das reines Glück.«

»Und du verläßt dich nie auf Glück.«

»Ich verlasse mich nicht darauf, nein.« Sie nahm einen Schluck ihres eigenen Erfrischungsgetränks. »Aber jemand hat, was ich suche, was immer das letztlich auch ist. Und wenn ich meine Kontakte da draußen kriege« – sie spreizte die offenen Hände – »wächst die Wahrscheinlichkeit, daß einer einen kennt, der einen kennt, der weiß, was ich wissen muß.«

Kali lachte und schüttelte den Kopf. »Ich liebe es, Künstlern bei der Arbeit zuzusehen. Es ist kein Wunder, daß du die Beste bist.«

»Danke«, sagte Cassie wieder wachsam.

Kali sah sie mit ihren Kornblumenaugen an. »Wie ist der Empfang? Kriegst du irgend etwas mit?«

»Bruchstücke und Einzelheiten«, sagte Cassie. »Der Yakuza-Boß, Sumiyama, schiebt einen gewaltigen Haß auf Onkel Chandy. Beim Bier im Kit-Kat sprechen die *kobun* viel darüber.«

»Könnte es das sein, was dich quält? So ein Mann könnte in der Lage sein, einen Haufen Ärger zu machen. Selbst jemandem, der Kurita heißt.«

Cassie schüttelte kurz den Kopf. »Das ist es nicht. Und auf der Straße hört man nichts darüber, daß der Schirmherr des Planeten HTE beschneiden wolle.«

»Junker Percy«, sagte Lady K. »Percival Yamaguchi Fillington, Herzog von Hachiman. Noch grün hinter den Ohren, wie er im Holo aussieht.« Sie musterte Cassie über ihr Glas hinweg, als sie trank, und ihre Augen sprühten vor Boshaftigkeit. »Er ist aber eine echte Augenweide, und ich begreife, daß er der gefragteste Junggeselle des Planeten ist. Mensch, Cass, vielleicht solltest du darüber nachdenken, dich seßhaft zu machen…«

Der Ausdruck in Cassies Augen ließ Kali innehalten. »Vielleicht aber auch nicht«, beendete sie ihren Satz gewandt.

Cassie zwang sich, ein Geräusch zu machen, das nach Kichern klang. Irgendwie. »Was ist mit dir?« fragte sie.

»Dieser magere kleine Aal?« Kali schüttelte den Kopf. »Nicht genug Vitamine. Ich will keinen Mann ohne Ecken und Kanten, ganz bestimmt nicht.«

»Es scheint auch, als würde Marquis Hosoya, OLA von Tanadi Computer, nervös wegen des Wachstums von Onkel Chandys Unternehmen«, fuhr Cassie fort. »Die Fillingtons hat Tanadi schon seit Generationen in der Tasche. Die offizielle Linie des Grafen war immer, daß das, was schlecht für Tanadi, auch schlecht für Hachiman ist.«

»Dann ist das also das Problem?«

Wieder schüttelte Cassie den Kopf. »Wenn Chandy mit solchen Wanzen nicht fertig werden könnte – Percy, Hosoya, selbst den Yaks –, hätte er nie das Geld zusammenkratzen können, um uns anzuheuern. Egal, wie er mit Familiennamen heißt.«

Kali nickte langsam. »Klingt sinnvoll. Selbst wenn Chandy den Großteil seines Vermögens durch Korruption und Erpressung verdient hat, im guten alten Kombinatsstil, muß er irgend etwas drauf haben.« Sie lachte schnaubend durch die Nasenlöcher und schaffte es, daß das fast elegant wirkte. »Er kann nicht ganz so ein harmloser fetter Narr sein, wie er aussieht. Das ist nämlich niemand.«

»Und dann ist da noch sein Mann fürs Grobe, Abdulsattah. Er macht mich nervös.«

»Dich? Whoa, *mamacita,* mach halblang. Er muß ein absoluter Brocken sein, um eine harte Nummer wie dich zu erschüttern.«

Cassie nickte.

»Was ist es dann? Irgendein Hinweis?«

»Nein. Aber es ist real. Ich bilde mir das nicht ein, egal was Gordo und Cabrera sagen. Auch die Yaks spüren es. Sie sind alle nervös wie Katzen, wenn in der Stadt eine Pitbull-Ausstellung stattfindet. Es gärt auf den Straßen. Jeder sieht, wie sich über dem Komplex Sturmwolken zusammenbrauen, aber niemand weiß etwas.«

»Hmm«, sagte Kali, und ihr Mund verzog sich zu einem Ausdruck, der zeigte, daß sie den Geschmack dessen, was Cassie zu sagen hatte, nicht mochte. »Glaubst du vielleicht, Onkel Chandy hatte außer dem Kauf eines neuen Spielzeugs noch etwas anderes im Sinn, als er den Alten anheuerte?«

Cassie sah ihre Freundin einfach nur an.

Kali seufzte. »Ah so. Ich hätte wissen müssen, daß dieser Job zu bequem ist, um wahr zu sein. Du wirst uns eine Warnung zukommen lassen, kurz bevor der Sturm losbricht. Ich weiß, daß du das wirst.«

Sie saßen einen Augenblick lang schweigend da. Die hemdsärmligen Managertypen hatten sich in einen lautstarken Streit hineingesteigert. Schließlich stand ein Mann mit kantigem Gesicht und militärischem Haarschnitt auf, schwenkte die Arme, rief etwas auf Japanisch und stapfte dann hinaus.

»Ich dachte, diese Kombinatstypen wären alle zurückhaltend und höflich«, sagte Lady K. »Außer natürlich, wenn sie einen Aufstand machen.«

»Wir – sie sehen sich gerne so«, sagte Cassie.

»Sie ziehen für die Gaijin eine Show ab?«

Ein Lächeln. »Und für sich selbst. Selbstbetrug ist im Kombinat eine Art Nationalsport.«

»Ganz im Gegensatz zu anderswo?«

Der große blonde Kapitan lehnte sich zurück, einen Arm über die Rückenlehne ihres Stuhls gelegt, und sah Cassie an. »Du mußtest den Zuhälter also umlegen?«

Cassie spürte, wie sich ihre Kiefermuskeln anspannten. »Glaubst du, ich hatte eine andere Wahl? Ich war der Ansicht, ich müßte ihn entweder auf der Stelle umlegen oder gegen seine Schlägertypen kämpfen. Oder hätte ich mich einfach von ihnen flachmachen lassen sollen?«

Kali tätschelte ihre Hand. »Ruhig, Schwester. Du hast getan, was du mußtest, und offen gestanden klingt es so, als hätte Rikkiboy sowieso umgelegt werden müssen. Aber ...« Sie zuckte die Achseln. »Aber vielleicht sollte es nicht zu einfach werden, verstehst du?«

»Du hast auch schon Leute umgebracht«, sagte Cassie angespannt.

Sie erwartete, das übliche MechPiloten-Zitat zu hören zu bekommen, daß man zwar gegen den Menschen kämpfte, aber nur die Maschine tötete – als sei die Verletzung oder der Verlust des Lebens nur ein unangenehmer Nebeneffekt, nur Flurschaden. Aber Kali nickte und sagte: »Habe ich. Und ich werde es wohl wieder tun. Ich sage nur, ich weiß nicht, ob es je einfach sein sollte.«

»Was ich tue, tue ich für das Regiment.«

»Yep. Und unserer Ansicht nach machst du es wirklich gut; jeder, der drei oder mehr funktionsfähige Hirnzellen hat, weiß es auch zu schätzen. Verdammt, selbst Cowboy tut das, und ich bin nicht sicher, ob bei ihm noch drei funktionieren. Aber vielleicht solltest du gelegentlich einmal darüber nachdenken, was du für dich tust.«

Cassie schüttelte den Kopf. »Ich weiß nicht, was du meinst.«

Lady Ks Lächeln war traurig. »Nein. Tust du wohl wirklich nicht.«

Sie stand auf, streckte sich, nahm ihre Sporttasche.

»Nun, wir fahren morgen früh raus zum Sportplex, dann ist das Zweite mit dem Dienst dran. Ich brauche etwas Schlaf. Begleitest du mich zurück?«

Cassie nickte. Sie fühlte sich immer noch wie gerädert und erschöpft von dem, was sie für MacDougalls Inquisition hielt. Aber Kali schien bereit zu sein, das Thema fallenzulassen.

Als sie hinausgingen, schlenderte Archie, der VCND-Reporter, mit Vater Doktor Bob herein, seinem Freund und selbsternannten Verbindungsoffizier. Westin erblickte die beiden Frauen, und sein Gesicht hinter dem bleistiftdünnen Schnurrbart hellte sich merklich auf.

»Meine Damen«, sagte er. »Wie erfreulich ...«

»Später, Archie«, unterbrach Kali mit einer müden Handbewegung. »Wir gehen auf die Piste.« Dann huschten sie und Cassie hinaus, ehe ihr verblüfftes Gegenüber seinen Satz beenden konnte.

»Danke, daß du uns da rausgeholt hast«, sagte Cassie, als sie nach draußen gingen.

Kali schüttelte den Kopf. »Ich weiß nicht, warum du dir solche Mühe gibst, Archie aus dem Weg zu gehen. Er ist ein netter Junge, und darüber hinaus noch unglaublich hübsch.«

Cassies Antwort war eher ein Schaudern als ein Kopfschütteln. »Er beunruhigt mich.«

»Könnte nicht schaden, wenn du ein wenig lockerer würdest und ein wenig lebst, Schätzchen. Ist 'ne Weile her, seit du einen Freund hattest, oder?«

»Es tut mir nicht weh«, sagte Cassie knapp.

»Vielleicht nicht«, sagte Kali. »Aber ich habe ganz bestimmt nichts dagegen, mir den jungen Archie anzuschauen. Nur scheint er nicht zu wissen, daß es mich gibt.«

Cassie erzeugte in ihrer Kehle ein schwer zu deutendes Geräusch, als sie in die frische Herbstnacht hinaustraten. Vom anderen Ufer des Yamato ertönte ein Krachen. Cassie blieb stehen, lauschte der Kadenz, nickte.

»Feuerwerkskörper«, sagte sie und ging auf die Kaserne zu. »In Sodegarami haben sie wieder einmal ein Straßenfest, keinen Aufstand. Noch nicht.«

»Woran erkennst du den Unterschied?« fragte Kali.

»Wenn du diese automatischen Schrotflinten hörst, die die Bonbonfarbenen tragen«, sagte Cassie, »dann weißt du, daß es ein Aufstand ist.«

Kali grinste. »Diese Dracs wissen zweifellos, wie man feiert.«

Cassies Zimmer kam zuerst. Sie schloß die Tür auf und trat ein.

»Warte mal eine Sekunde«, sagte Kali und bückte sich, um in ihrer Tasche herumzukramen. »Ich habe was für dich.«

Staunend stand Cassie da. Kali drehte sich um und drückte ihr etwas Weiches, Wuscheliges, Rosafarbenes in die Hand.

»Überraschung«, sagte der Kapitan.

Cassie sah nach unten und stellte fest, daß sie ein Plüschtier in der Form eines plumpen Eisbärs mit einem breiten, freundlichen Lächeln in der Hand hielt. Cassie zuckte und machte Anstalten, das Ding wegzuwerfen.

»Whoa, he, Mädchen«, sagte Kali. »Beruhige dich. Er wird dich nicht beißen.«

Cassie streckte das Ding von sich weg. »Was ist das?«

Kali beugte sich darüber und tat so, als untersuche sie es. »Es ist ein Teddybär«, sagte sie. »Es sei denn, jemand hat mir eine Bombe in die Tasche geschmuggelt, als ich gerade nicht hinsah.«

»Nimm ihn zurück«, sagte Cassie fest.

Kali schüttelte den Kopf. »Tut mir leid. Kann ich nicht. Ist gegen die Regeln. Er ist jetzt dein Teddybär. Sieh zu, wie du mit ihm fertig wirst.«

Cassie öffnete den Mund, schloß ihn wieder. Sie fühlte sich, als seien ihre Gliedmaßen und ihr Körper zu hohlen Röhren geworden, und in ihr tropfe kaltes Kondenswasser herab.

»Du mußt mir nicht danken«, sagte Kali. »Behalt ihn einfach.« Sie beugte sich vor, gab Cassie einen schwesterlichen Kuß auf die Wange und scheuchte sie in ihr Zimmer.

Die Nadelspitze von Bluttrinker schwebte einen Millimeter vor dem rechten Knopfauge des Plüschbären. Cassie saß am Fußende ihres Bettes und hatte das Ding auf dem Schoß. Die Hand, die den Kris hielt, zitterte aufgrund eines Gefühls, das sie absolut nicht benennen konnte.

Sie wollte den Dolch in das Ding stoßen, es zerfetzen und seine Eingeweide im Raum verstreuen. Statt dessen stieß sie es mit einer zuckenden Handbewegung weg.

»In Ordnung«, sagte sie. »In Ordnung. Ich werde ihn behalten. Kali wäre mir böse, wenn ich ihn zerstöre.«

Sie ging hinüber und hob den Bären auf, der neben die kleine Frisierkommode gefallen war, während eine Stimme in ihrem Kopf sagte: *Warum scherst du dich darum, was sie denkt?*

»Ich weiß nicht«, sagte Cassie und setzte sich wieder. Sie klopfte mit dem Dolch gegen ihren Schenkel. Der Bär strahlte sie weiter dümmlich an.

Vielleicht, wenn ich nur ein bißchen stochere …

Es klopfte an der Tür. Sie sprang auf und versteckte das Plüschspielzeug augenblicklich hinter ihrem Rücken. Der Gedanke, daß jemand hereinschauen und sie mit diesem Ding in der Hand ertappen könnte, entsetzte sie – irrationalerweise, denn die Tür war verschlossen, und nicht einmal Bobby der Wolf war verrückt genug, mitten in der Nacht Cassies Tür einzurennen.

»Wer ist da?« rief sie, überrascht und unangenehm berührt vom Beben in ihrer Stimme.

»Wenn du ihn Snuggles nennst«, ertönte Kali MacDougalls Stimme durch die Tür, »würde er antworten, da wette ich. Nacht.«

»Ooh!« Der Zornesschrei brach aus Cassie hervor, als hätte man sie in den Magen geschlagen. Sie wirbelte herum und warf den Plüschbären gegen die Wand, aber er landete nur auf dem Kissen, wo er lag und ununterbrochen voller Liebe und Annahme weiterlächelte.

Cassie warf sich bäuchlings auf das Bett und löste sich sehr zu ihrer eigenen Überraschung in heiße und hilflose Tränen auf.

17

Masamori, Hachiman
Distrikt Galedon, Draconis-Kombinat

6. September 3056

Aus dem Norden näherte sich am Yamato entlang eine Kompanie Mechs, als habe sie vor, Masamori einzunehmen. Mit dem Rücken zur Silhouette der Stadt stand wartend eine zweite Kompanie, um sie zu empfangen. Auf ihre Arme und Beine waren blaue Streifen gemalt worden.

»Ein herrlicher Tag für eine Übung«, sagte Onkel Chandy, der einen unter einem Pavillon, der im Schatten der Baumwollbüsche am Fluß errichtet worden war, aufgestellten Klappstuhl mehr als nur füllte. Er nippte an einem exotischen Rumgetränk, das in einer halben, kopfgroßen Vindhayanuß vom südlichen Kontinent Deolali serviert wurde. Aus dem schaumigen Gemisch ragte ein winziger orangefarbiger Sonnenschirm auf.

Der Himmel war von einem schmerzenden Hellblau und wolkenlos, die Sonne heiß genug, um ungeschützte Haut zu verbrennen. Der Geruch des Flusses erhob sich intensiv und kühl, und immer wieder einmal nahm eine Brise von den majestätischen, blau in der Ferne aufragenden Trimurtibergen der Morgenhitze die Schärfe und erinnerte die Grüppchen von Zuschauern, die am Ufer aufgereiht waren, daß der Herbst fraglos über die Shakudoküste hereinbrach, egal, wie warm und hell der Tag war.

Kolonel Carlos Camacho, der zur Rechten Kuritas saß, nickte bedeutsam, sagte aber nichts. »Damit haben Sie absolut recht, Exzellenz«, sagte Gordon Baird und lehnte sich über die Schulter des Kolonel. Er war immer bereit, mit Hochgestellten ein Wort zu wechseln. »Heute ist ein herrlicher Tag.«

Der Magnat ignorierte ihn. »Ich weiß einen Vorwand für eine Exkursion nach draußen an einem solchen Tag durchaus zu schätzen, Kolonel«, sagte er. »Doch ich bin neugierig, warum Sie so darauf bestanden haben, daß ich komme, um mir etwas anzusehen, was, wenn ich das richtig verstehe, ein reiner Routinedrill ist.«

Camacho sah ihn an. »Ich will, daß der Señor einfach einmal sieht, wofür er bezahlt«, sagte er.

Der junge Samurai mit dem purpurfarbenen Haarknoten stocherte mit einer Wegwerfgabel auf seinem weißen Polymerteller herum und beäugte den Inhalt argwöhnisch. »Was ist das?« fragte er und wies auf einen dicken, fingerlangen Zylinder, der in eine Maishülle gewickelt und mit bräunlicher Soße übergossen war.

»Tote Ratten und zerstoßener Müll«, sagte Gandaka, wickelte seine Tamale aus und biß herzhaft hinein. »Echt lecker.«

Der Samurai erschauderte anspruchsvoll.

»Was kümmert es dich?« fragte Mond. »Es riecht ziemlich eßbar. Du hättest schon Schlimmeres gegessen, wenn du bei uns gewesen wärst, als wir gegen die Clans kämpften.«

»Oder wenn du am selben Ort geboren wärst wie wir«, sagte Gandaka. Er war ein langer, schlaksiger Typ mit vorstehendem Adamsapfel und Koteletten bis zum Kiefer. Wörtlich bedeutete sein Name ›große Wildgans‹, und im übertragenen Sinne bezog er sich auf das, was er stolz als sein herausragendstes körperliches Merkmal betrachtete.

Der junge Mann errötete bis zum Haaransatz, der auf traditionelle Weise bis zum Scheitel zurückrasiert war. Dieser *eta*-Abschaum wagte es, ihm wegen seiner hohen Geburt Vorwürfe zu machen. Und es gab verdammt noch mal nichts, was er dagegen tun konnte.

»Was ist mit ihm?« fragte er, um seine eigene Verwirrung zu tarnen, und deutete mit dem Stiel seiner Gabel auf Buntaro Mayne. Der einäugige MechKrieger stand mit den Händen in den Taschen abseits der Eßtische und beobachtete, wie die Kompanie Cochise zum Angriff überging. Draußen rannten Kinder und Hunde vor ihm herum, spielten Fangen, ohne dem bevorstehenden Zusammenprall der Titanen Beachtung zu schenken.

»Ich warte darauf, daß die Ziege fertig wird«, sagte er und nickte mit dem Kopf in die Richtung, in der mehrere stämmige Azteken, nackt bis zur Hüfte, eine ganze Ziege am Spieß über einer Kohlengrube drehten.

Eleanor Shimazu war eine Frau von bemerkenswertem Appetit. Im Moment war sie allerdings satt, weil ihre Untergebenen darauf bestanden hatten, daß sie zuerst aß. Vielleicht forderte sie solche Vorrechte nie ein, da ihre gesetzlosen Jungs und Mädels sie ihr ständig aufdrängten.

Jetzt stand sie da und beobachtete ein paar ihrer MechKriegerinnen, die schüchtern mit Söldnerinnen mit Babys im Arm sprachen. Mehrere davon waren selbst MechKriegerinnen. Das Siebzehnte Aufklärungsregiment kam der Tai-sa vor wie eine Mischung aus Großfamilie, Zirkus und Zigeunerkarawane.

Das ließ die Art und Weise, wie ihre Leute und diese Fremden aufeinander zuzugehen begannen, völlig normal erscheinen. Auch Heruzu Enjeruzu war ganz ähnlich.

»Auf welche Seite setzt du?« fragte Shig Hofstra den Namenlosen Samurai. Aus einem Taco purzelten Fleisch, geriebener Käse und Salat, während er versuchte, den richtigen Angriffswinkel zu berechnen, um ihn sich in den Mund zu stopfen.

»Weiß«, sagte der junge Samurai knapp. »Die meisten Leute um uns herum haben weiße Wimpel.«

Alle schauten ihn böse an. »Was für ein Schlaffsack«, grinste Gandaka höhnisch, nahm den Rest seiner Tamale mit den Fingern auf und stopfte ihn sich in den Mund.

»Ich setze auf Blau«, erklärte Buntaro Mayne und nickte zu den Verteidigern hinüber, die eine leichte Lanze am Fluß entlang vorwärts schickten, gefährlich nahe bei den Picknickenden, die abwechselnd jubelten oder spotteten und Plastikbecher warfen, je nach Vorliebe. Landeinwärts auf der rechten Flanke der gemischten Angriffslanze, die sich in Reserve hielt, rückte eine kurze Lanze von drei mittleren Mechs vor. »Das ist die Kompanie Adelante. Cowboy gehört zu Adelante, und ich bin der einzige, der ihn in den Arsch treten darf.«

»Da habe ich anderes gehört«, brummte der große Mann mit dem rasierten Kopf in den Roben des O.5.S. Sein Rufzeichen war Yamabushi, nach dem etwas suspekten Orden von Kriegermönchen, dem er angehörte. »Ich habe gehört, dieses kleine Spähermädchen mit dem Fahrrad hat ihm die Fresse poliert. Mehr als du.«

»Wo ist sie überhaupt?« fragte Gandaka, wischte die Finger an seiner Jacke ab und sah sich um.

»Sie ist nicht dein Typ, Gandaka«, sagte Lainie gedehnt.

»Warum?« fragte Gandaka. »Worauf steht sie dann? Mädchen?«

»Menschen.«

Die Geister brüllten vor Lachen. Die in der Nähe sitzenden Caballeros sahen sie an und grinsten, obwohl keiner eigentlich nahe genug gewesen war, um den Witz mitzubekommen. Gandaka nickte und lachte selbst am allerlautesten.

Lainie nippte Borstal Boy aus einem Plastikbecher. Sonnenschein und Sattheit begannen bei ihr Wirkung zu zeigen. Ihre Gedanken waren anderswo und trieben auf einer nostalgischen Strömung in der Zeit zurück.

Sie haßte Nostalgie.

Lainie Shimazu hatte einen Großteil ihrer Kindheit und Jugend als Mittelpunkt der Aufmerksamkeit bei Sportveranstaltungen verbracht, und so schienen die 'lleros unter den Zuschauern das Ganze hier auch zu verstehen. Sie hatte sich dem Reiten gewidmet, war in der Gesamtkombinatsklasse geritten und besaß ein Talent für Sport im allgemeinen, mit dessen Hilfe sie sich erfolgreich in verschiedenen Sportarten versucht hatte.

Während ihrer Kindheit verstand sie sehr lange nicht, daß die Art, wie ihr Vater seinen Lebensunterhalt verdiente, etwas Unorthodoxes hatte. Er war widerlich reich, das war klar, und umgab sich und seine Familie mit stämmigen jungen Männern mit Schußwaffen. Aber wenn man im Kombinat reich war, machte man das einfach so.

Als sie etwa zwölf war, fand Lainie heraus, daß ihr Vater nicht nur ein unnahbarer, aber nachsichtiger alter Mann war, der zufällig steinreich war, sondern vielmehr der oberste *Oyabun* auf Kagoshima. Sie war tatsächlich eine Yakuzaprinzessin. Vor dieser Zeit hatte sie dazu geneigt, ein kleiner Wildfang zu sein, im Grunde aber war sie eine brave und pflichtbewußte Tochter. Das Gefühl von Verrat, das die Entdeckung in ihr weckte, hatte einen bis dahin schlummernden rebellischen Impuls angefacht.

Ihre Rebellion hatte sich darin geäußert, daß sie von mehreren Privatakademien flog, eine Tatsache, die Milos Shimazu in zweierlei Hinsicht störend fand. Er verlor nicht nur sein Gesicht, sondern hatte auch das Bestechungsgeld für ihre Aufnahme in diese Schulen verschwendet. Lainie war das, was man eine Minderleisterin nannte, was bedeutete, daß der Unterricht sie langweilte. Aber das war nicht das eigentliche Problem. Das eigentliche Problem war, daß sie eine Yakuza war, und obwohl die Yakuza schon eine bestimmte Quasilegitimität im Kombinat genossen hatten, ehe Theodore sie zu seinen Verbündeten machte, wurden sie nicht als gesellschaftsfähig angesehen.

Lainie begann sich von einer schlaksigen und reizlosen Pubertierenden zu einer auffallend schönen jungen Frau zu entwickeln – und Möglichkeiten zu bedenken, die ihren Vater wirklich auf die Palme gebracht hätten –, als ihre Welt buchstäblich explodierte. Ein Klüngel von fünf niederrangigen *Oyabuns* Kagoshimas beschloß, daß sich ihr Lebensstil verbessern würde, wenn der alte Milos den Weg der meisten heimischen Lebensformen des Planeten von mehr als Spatzengröße ginge. Jemand – traditionellerweise wäre es ein vertrauenswürdiger Leutenient gewesen, aber das fand Lainie nie zweifelsfrei heraus – hatte eines angenehmen Herbstnachmittags, der sich von diesem hier nicht groß unterschied, eine Gruppe Meuchelmörder auf den Familienbesitz geführt, und das war es dann für Milos gewesen.

Eine weitere Gruppe war in der Schule erschienen, die damals gerade dabei war, Lainie hinauszuwerfen, und zwar mit der Absicht, diese spezielle offene Frage abschließend zu beantworten. Nur das Eingreifen eines vertrauten Gefolgsmanns, der nicht übergelaufen war, rettete ihr das Leben. Er brachte sie auf einen Frachter Richtung Hachiman, wo ein Vetter, Kazuo Sumiyama, ein aufstrebender Yakuzaführer war. Der Diener wurde dabei tödlich verwundet.

Lainie war ohne Geld und emotional erschüttert in Masamori angekommen. Außer den Blutsbanden, die die Yakuza ganz genauso ernst nahmen wie die *katagi* – rechtschaffene – Gesellschaft, hatte sie wenig vorzuweisen. Sie hatte ihre Reit- und Sportfähigkeiten, die beide auf keine besondere Weise zu vermarkten waren. Sie hatte auch die üblichen Fertigkeiten, die in angesehene Familien des Kombinats geborene Frauen mitbekamen, Fertigkeiten, die dazu dienen sollten, sie zu guten kleinen Hausfrauen und Schmuckstücken zu machen. Auch sie waren in der Unterwelt nicht so furchtbar gefragt. Ihre einzige Wahl war, sich als *kyakubun*, Gastmitglied, der Gnade ihres entfernten Vetters auszuliefern und das Beste zu hoffen.

Was nicht eintrat. Es zeigte sich, daß Kazuo Sumiyama Verwendung für seine flüchtige Verwandte hatte, die ja gerade zur Frau erblühte. So lernte die ehemalige Prinzessin die Yakuza-Vorstellungen von Pflicht und Verpflichtung auf die harte Tour kennen.

Kazuo-sama hatte Lainie außer der pfleglichen Unterbringung mit dem hohen Preisschild noch einen weiteren Dienst erwiesen: Er hatte ihr erlaubt zu studieren, was immer sie wollte, sei es Wirtschaft, Geschichte, Verwaltung oder die Führung seiner Sumiyama-kai, die er zur vorherrschenden Organisation in Masamori und damit auf ganz Hachiman ausbaute. Er war nicht aufgeklärt. Es war ihm einfach egal, was sein ›Schützling‹ tat, solange ihre Dienste zur Hand waren, wenn er sie brauchte.

Erstmals in ihrem Leben war Eleanor wirklich motiviert gewesen zu lernen. Sie bewies eine sehr schnelle Auffassungsgabe. Nicht, daß ihr neues Wissen irgend etwas gebracht hätte; sie hatte ihre Nische, soweit es den *Oyabun* anging, und durfte nicht erwarten, daraus zu entkommen.

In den späten Vierzigern hatte sie dann erfahren, daß der Gunji no Kanrei intelligente, ehrgeizige und fähige Rekruten ohne Rücksicht auf Vorfahren suchte, um die Reihen seiner Geisterregimenter zu füllen. Sumiyama hatte ihr tatsächlich erlaubt mitzumachen. Er wußte, daß es nie schaden konnte, Kontakte zum Militär zu haben, an die man nicht so einfach herankam, weil das Oberkommando des Kombinats die Yakuza zutiefst verachtete, in erster Linie wegen ihres hyperaktiven patriotischen Gehabes. Außerdem hatte sie begonnen, ihn zu langweilen.

Eleanor Shimazu hatte nie große Nähe zum Draconis-Kombinat, seinen Lebensweisen und Idealen empfunden. Sie hatte die übliche Indoktrination erfahren und ihr so wenig Aufmerksamkeit geschenkt wie allem anderen, was ihr ihre Mentoren als Kind einzupauken versucht hatten. Sie empfand noch immer wenig von der patriotischen Begeisterung, um die der Oyabun gerne so viel Getue machte.

Aber ihre Hingabe an Kanrei Theodore Kurita, der später Koordinator werden sollte, war absolut. Ungeachtet der Tatsache, daß sich Lainie auf seinen Befehl hin wieder in der verhaßten Gegenwart ihres Vetters befand.

»Was?« fragte Lainie, die bemerkt hatte, daß Buntaro Mayne auf seine übliche lakonische, oberschlaue Weise etwas gesagt hatte.

»Ich sagte, du setzt besser, *bancho*, weil es jetzt hier gleich rund geht«, sagte der einäugige MechKrieger.

Lainie grunzte. »Hundert auf Blau«, sagte sie abwesend. Sie wurde sich der Spannung in ihren Unterarmen bewußt und sah auf ihre Hände hinab.

Sie waren zu Fäusten geballt, so fest, daß die Knochen durch die weiß gewordene Haut zu brechen drohten. Schmerz schoß ihre Arme empor, als sie sich zwang, die Hände zu öffnen. Ihre Fingerspitzen hatten halbmondförmige Krater in ihren Handflächen hinterlassen. Glücklicherweise waren ihre Nägel kurz, wie sie sie schon immer getragen hatte, seit sie aus der Schule auf Kagoshima geflohen war, und zwar trotz der häufigen Kommentare Sumiyamas, daß es die Pflicht all seiner Gespielinnen war, entsprechend feminin auszusehen. Sie hatte sich einverstanden erklärt, falsche Nägel zu tragen, solange er sie wie ein Ausstellungsstück behandelte, hatte ihre eigenen aber nie wachsen lassen.

Vielmehr waren ihre Hände, die langgliedrig waren und einst als besonders edel angesehen worden waren, jetzt rauh und schwielig von rigorosen Abhärtungsübungen. Auch das war eine Art von Rebellion.

Zu beiden Seiten der gewaltigen Stoppelfelder, auf denen die Übung stattfand, standen BattleMechs, deren Arme und Torsos mit schwarz-weißen Streifen bemalt waren. Es waren aus der Kompanie Bronco entnommene Schiedsrichter, die am heutigen Wettkampf nicht teilnahmen. Nicht weit von Lainie und den etwa zwanzig sie begleitenden Geistern stand der *Atlas*, von dem sie wußte, daß er ihrer neuen Freundin, Kapitan MacDougall, gehörte.

Die Menge pfiff und jubelte, als aus dem vorrückenden Mech eine Salve Raketen herausschoß und an Adelante-Rüstung zerschellte. Die Geschosse hatten wenig Energie und waren mit Farbe gefüllt. Auf Gliedmaßen und Brustpanzern tauchten gelbe Flecken auf. Adelante antwortete mit dem Schnarren von Farbsalven aus Autokanonen und pinkfarbenen Laserlanzen mit geringer Intensität. Blaugrüne Übungslaser mit geringer Intensität spielten die Rolle von Partikelgeschoßkanonen.

Buntaro Mayne tänzelte zu Lainie heran, sein Teller war voller Ziegenfleisch, das in rotem Chili schwamm. »Ganz schön miese Schützen, *bancho*«, sagte er mit vollem Mund.

Genau in diesem Augenblick traf eine Salve KSR-Simulatoren die Bäume etwa sieben Meter oberhalb und hundert Meter südlich der Geister und bespritzte die Picknickenden mit dem Orange, das Adelante verschoß. Die Zuschauer zerstreuten sich unter dem heiteren Applaus der Mitbürger, die das Glück hatten, außer Reichweite gewesen zu sein.

»Ein Leben in totaler Sicherheit zu leben, scheint für diese Leute nicht gerade Priorität zu haben«, bemerkte Mayne.

Lainie zuckte die Achseln. »Mujo«, sagte sie.

Eine leichte Cochise-Lanze raste den leichten Adelante-Mechs entgegen. Ein als Schiedsrichter eingesetzter *Kampfschütze* stieß durch die Lautsprecher einen schrillen simulierten Pfiff aus und deutete mit den langläufigen Waffen, die ihm als rechter Arm dienten, auf eine heranstürmende Weiße *Wespe*. Offenbar protestierend, begann die Wespe auf- und abzuspringen und mit dem Arm in der Luft herumzuwedeln. Die rechte Autokanone des *Kampfschützen* spie Feuer, und große schwarze Spritzer erblühten auf dem vorderen Glacis der *Wespe*, die bereits großzügig mit Orange bedeckt war. Der kleine Mech klappte seine mittleren Laser ein, legte seinen Handaktivator über die Brust und fiel prompt rückwärts um.

Lainie lachte laut auf. »Der ist wohl raus.«

Einen Herzschlag später kam eine Adelante-*Wespe*, deren Torso mit schwarzen und gelben Streifen bemalt war, über den Kopf der Dunklen Lady gesprungen und rammte eine unvorsichtige *Valkyrie*, auf deren Brust ein Schmetterling prangte.

»Das ist Cowboy!« jubelte Buntaro und vergoß dabei sein *cabrito*. »Los, du mickriger Hurensohn!«

»Mein Wort darauf«, sagte Chandrasekhar Kurita, als weiße und blaue Mechs mit einem Krachen zusammenprallten, das wie Donner dröhnte. »Sie sind ganz gewiß ... ausgelassen.«

Ein blauer *Kampftitan*, Macho Alvarados Macho-Mann, trat mit einem Bein nach einem Weißen *Heuschreck*, der prompt zu Boden krachte. Die Dunkle Lady stürmte heran, schwenkte die Arme und pfiff. Macho versuchte, sie mit der Fusigon-Langzahn-PPK mit der Extrareichweite im rechten Arm seines Mech am Kopf zu treffen. Lady K blockte, stellte dann das rechte Bein ihres *Atlas* hinter den rechten Knöchel des Macho-Mannes, legte ihre rechte Handfläche auf seine Brust und warf den *Kampftitan* nach allen Regeln der Kunst mit einem Beinwurf und einem Krach, der

Onkel Chandys Zähne hörbar aufeinanderschlagen ließ, zu Boden.

Kolonel Cabrera, die zur Rechten Camachos saß, zuckte zusammen.

Chandy schüttelte den großen Kopf, auf dem Schweißperlen glitzerten. »Erstaunlich. Aber nehmen Ihre Maschinen keinen Schaden, Kolonel? Ich dächte, es wäre teuer, sie zu reparieren.«

Cabreras Gesicht zuckte bei der Erwähnung der bevorstehenden Ausgaben erneut. Don Carlos nickte.

»Der Schaden trifft in erster Linie die Panzerung und ist recht leicht zu reparieren.« Er klang fast begeistert. »Manchmal werden Gelenkaktivatoren beschädigt, aber unsere Techniker wirken Wunder.«

»Das müssen sie in der Tat.«

»Was die Kosten angeht...« Der Kolonel zuckte die Achseln und wich dem Blick seiner ersten Adjutantin aus. »Ich finde, es ist die Kosten wert. Wir erweisen uns nicht als solche Zielschützen wie der Nagelring oder New Avalon. Wir haben auch nicht die Technologie, um es mit den Clans aufnehmen zu können. Aber es gibt keine besseren geborenen MechPiloten als Caballeros. Es ist uns viel wert, ständig in Bestform zu bleiben. Alles.«

»Es zahlt sich gewiß aus, Kolonel«, sagte Chandy enthusiastisch. »Ihre Leute sind wirklich geschickte MechKrieger, wenn sie ihre Maschinen so manövrieren können.«

»Das ist ja noch gar nichts, Exzellenz«, begeisterte sich der mondgesichtige Vater Montoya, der einzige Kaplan der Einheit, der nicht an Gefechten teilnahm. »Patsy zum Beispiel, die konnte einen BattleMech steuern. Ich glaube nicht, daß es in der gesamten Sphäre einen besseren FF-Piloten gab. Nicht einmal Allard-Liao, niemand.«

»Patsy?« wiederholte Onkel Chandy höflich. »Wer ist denn diese Patsy?«

Der momentane Glanz war aus Don Carlos' großen dunklen Augen verschwunden und hatte sie leer und matt wie die Augen eines geschlagenen Hundes zurückgelassen. Marisol Cabrera funkelte Montoya wütend an, und der Blick in ihren dunklen Augen enthüllte, warum sie den Spitznamen la Dama Muerte, Lady Tod, trug.

»Nur meine Tochter«, murmelte Don Carlos halb entschuldigend. »Sie ist gestorben. Auf Jeronimo ...«

»Das also ist er persönlich«, sagte Archie Westin und beschattete seine Augen, um Chandrasekhar Kurita in dem fünfzig Meter entfernten Pavillon anzuschauen. Er, Mariska und ihr gewöhnlicher Fremdenführer Vater García nahmen das Spiel für die Leute daheim im Vereinigten Commonwealth auf. »So also sieht ein leibhaftiger Kurita aus.«

»Ein kleinerer Kurita«, sagte Vater Doktor Bob. »Recht weit entfernt von der Erbfolge. Ich hörte, der verstorbene Koordinator Takashi hielt ihn für so etwas wie einen Narren.«

»Das scheint allgemeiner Konsens zu sein«, sagte Archie nickend. »Er verstand sich aber blendend mit Theodore, als der alte Mann damals so rauh mit dem Jungen umsprang. Ergriff bei Hofe Partei für ihn. Teddy schätzt ihn noch heute, wenn auch auf eine eher mitleidige Weise. Daher hat er den Spitznamen ›Onkel Chandy‹, wissen Sie, weil er für Theodore den Onkel spielte, als der Junge in Ungnade gefallen war, auch wenn sie in Wirklichkeit Vettern sind. Um die Wahrheit zu sagen, Chandy ist nur ein Jahr oder drei älter.«

»Sie scheinen eine Menge über Ihren Arbeitgeber zu wissen.«

»Ja?« Ein jungenhaftes Grinsen. »Ich schätze schon. Um die Wahrheit zu sagen, ich bin ziemlich fasziniert von der Herrscherfamilie des Kombinats.«

Vater Bob lächelte. »Die meisten Leute finden Ihre Königsfamilie fesselnder.«

»Du vergißt hier die ganze Action, Arch«, sagte Mariska Savage und kauerte sich hin, um einen anderen Blickwinkel zu bekommen.

Archie lachte. »Ich empfinde sie einfach als weniger exotisch. Eher wie Mitglieder meiner eigenen Familie.« Sein Gesicht verfinsterte sich. »Obgleich der gegenwärtige Stand der Dinge zwischen dem Archonprinzen und seiner Schwester zutiefst besorgniserregend ist.«

»Das kann ich mir vorstellen«, murmelte der Jesuit.

»Arch«, sagte Savage.

»Ja, ja, Augenblick.« Er schaute wieder zu Chandy hinüber. »Ich frage mich, ob er wirklich so ein harmloser Narr sein kann?«

In diesem Augenblick erwischte ihn seine Kamerafrau im Flug und riß den Nachrichtenmann zu Boden. Sie hakte sich auch im Vorbeifliegen in Vater Bobs Kutte fest, und so landeten alle auf einem Haufen.

Einen Herzschlag später krachte Buck Evans' *Orion*, geschleudert von einem Tritt von Marshal Waits' *Marodeur*, genau an der Stelle in die Bäume, wo das Trio eben noch gestanden hatte.

Dann kam ein Weißer *Feuerfalke* hinterhergeschwirrt, landete auf dem Bauch des *Orion* und hieb mit den Fäusten auf den Mech ein. Ein Pfiff, und die Dunkle Lady riß den *Feuerfalken* an einer Schulter mit körperlicher Gewalt aufs Feld zurück.

»O je«, sagte Vater Bob atemlos.

»Erstaunlich, wie Ihr Kapitan MacDougall in diesem großen, ungelenken *Atlas* vorankommt«, sagte Archie, stand auf und half dem erschütterten Jesuiten auf die Beine.

Savage, die ihre Kamera an einem Schulterriemen trug, blieb sitzen und filmte ungerührt weiter.

»Das war knapp«, sagte Westin. Er beugte sich vor

und küßte Savage auf den Kopf. »Mariska, du bist ein Schatz. Danke, daß du uns gerettet hast.«

Savage grinste, hielt aber ihr Augenmerk auf den Sucher gerichtet, während die beiden anderen zebragestreiften Mechs heraneilten, um Buck Evans und seinen *Orion* aus den zerfetzten Baumwollsträuchern zu schälen.

»Die Offiziellen gehören alle zu Ihrer Bronco-Kompanie, nicht?« fragte Archie. García nickte. »Warum, wenn ich fragen darf, sind Sie nicht dabei? Sie sind ein im Regiment hochangesehener Mann.«

Vater Bob kicherte. »Das ist der Schlüsselbegriff, mein Freund: Mann. Die beiden Assistenten der guten Lady K sind auch Frauen. Wir Caballeros haben einen ritterlichen Zug. Wir tun einer Frau nur zögernd Gewalt an, auch wenn unsere MechPilotinnen im Geben und Nehmen gleichermaßen hart sind. Wäre ich da draußen« – ein Achselzucken –, »nun, in der Hitze des Gefechts könnte selbst ein guter Katholik vergessen, daß er ein Mann des Glaubens ist.«

Archie schüttelte den Kopf. »Ihr Padres seid faszinierende Leute.«

»Ja, nicht?« stimmte García begeistert zu. »Ich liebe meine Arbeit.«

»Wo wir gerade von Frauen – Caballeras? – sprechen, ich frage mich, wo ihre kleine Späherin ist.«

»Ah, die reizende Cassiopeia...« begann Vater Bob mit entrücktem Blick.

»Irgendwo beruflich unterwegs, Archie«, sagte Savage, die noch immer vom Boden aus filmte. »Sie ist eine Fanatikerin. Außerdem interessiert sie an Mechs nur, wie man sie hochgehen lassen kann.«

Archie blinzelte. »Ich weiß«, sagte er.

Die Übung verwandelte sich – ›degenerierte‹ war eigentlich das Wort, das Lainie in den Sinn kam – in ein Getümmel Mech gegen Mech, das die Caballeros, die sich um die Geister versammelt hatten, erheitert als *lucha libre* bezeichneten. Es wurde viel von einem Kapitan Santo gesprochen, dem Kommandanten der Kompanie Infante, aber er gehörte zum Dritten Bataillon, dessen Mitglieder heute nicht mitspielen durften. Lainie erfuhr, daß Santo keinen anderen Namen trug, nie ohne eine silberne Maske erschien und aus einer Adelsfamilie stammte, deren Abkömmlinge einer wie der andere maskierte Wrestler waren. Zu diesem Zeitpunkt war sie stark angeheitert, hatte einen Sonnenbrand und wiegte die zwei Jahre alte Tochter irgend einer jungen Caballera-MechKriegerin auf der Hüfte.

Bobby der Wolf bekam einen Wutanfall und wurde disqualifiziert, weil er versuchte, Cowboys *Wespe* den Kopf abzureißen. Das schien das Ende der Auseinandersetzung anzuzeigen, da nur noch drei Adelante-Mechs standen: Raven O'Connors *Rabe*, Perez' Todesbote und Pipiribaus *Heuschreck*, dessen Plastikspielzeugschmuck entfernt worden war, ehe der Übungskampf begonnen hatte.

Johlend begann Buntaro Mayne herumzutanzen, und Usagi und Unagi, die mit ihm zusammen Blau unterstützt hatten, klatschten in die Hände. Alle anderen, mit Ausnahme der tai-sa, hatten auf Weiß gesetzt – nicht aus Übereinstimmung mit den umstehenden Zuschauern, sondern weil Maynes neuer Kumpel Cowboy zur Blauen Mannschaft gehörte.

»Was also haben wir heute gesehen, Leute?« Die Stimme des Kolonel durchschnitt die Feier, als Lainie das Kleinkind Kapitan Vásquez übergab, der engelsgesichtigen *Katapult*-Pilotin, die für die kleineren Kinder verantwortlich zu sein schien.

»Ganz schön scharfe Mech-Manöver«, krähte Mayne. »Brüder, habt ihr gesehen, wie Cowboy es dieser verdammten *Banshee* besorgt hat?«

»Die *Banshee* ist sowieso ein Haufen Müll«, brummte Shig Hofstra.

»Yeah, dich möchte ich sehen, wie du das versuchst …«

»Ich auch«, sagte Lainie Shimazu. Allerdings leise.

»Wovon redet ihr?« fragte der junge Samurai, dessen hübsches Gesicht gerötet war. »Diese Söldner sind eine Schande! Wild, achtlos, total undiszipliniert.«

»Total fähige Piloten«, sagte Shimazu.

Der Junge riß die Hände hoch. »Sie haben gedankenlos gehandelt! Sie sind wahnsinnig! Völlig von allen guten Geistern verlassen! Wie … wie Tiere!«

Er benutzte das schlimmste japanische Wort, chikusho. Mond, der überhaupt nicht gewettet hatte, ließ eine quadratische vernarbte Hand auf die Schulter des Samurai fallen.

»Mein Sohn«, sagte der Koreaner, »man muß wissen, wann man aufhören muß. Was du da beschreibst, das ist der Geist des Kriegers. Wenn du auch nur halb soviel davon zeigen kannst, wenn dir die PPC-Strahlen wirklich um die Ohren prasseln, Junge, kannst du auf diese Weise deinen guten Namen retten, ehe du stirbst.«

18

Masamori, Hachiman
Distrikt Galedon, Draconis-Kombinat

6. September 3056

Vorgebeugt suchte sich Cassie still und leise ihren Weg über die Stapel aufgetürmter Polymerkisten. Über ihr spendeten Lichter, die von den Deckenstreben hingen, dem Boden des Lagerhauses gedämpfte Helligkeit. Sie achtete darauf, wohin ihr Schatten fiel.

Zu ihrer Überraschung war es ihr Job im Kit-Kat, der schließlich zum Erfolg geführt hatte. Zwei *kobun*-Soldaten, die in einer Ecke zusammenstanden und sich murmelnd über das große geheimnisvolle Treffen unterhielten, das der Boß nächste Nacht hatte. Einer nuschelte in seinen Alten Stock mit Sack, daß er eine tolle Verabredung mit einer Tänzerin aus dem Torashii Gyaru verpaßte, dem derzeit angesagtesten Stripschuppen in Sodegarami. Der andere sprach ihm sein Mitleid aus.

Sie dachten, sie hätten an alle Sicherheitsmaßnahmen gedacht. Außer der kleinen Kellnerin mit den rauchgrauen Augen und dem perfekten kleinen Hintern war niemand in der Nähe.

Und hier war Cassie nun und schnüffelte und stöberte in einem Lagerhaus an der Gezeitenmündung direkt südlich des *ukiyo* herum – das, was vielleicht bedeutsam war, in direkter Sichtlinie der abweisenden Mauern des HTE-Komplexes lag. Sie war ganz schwarz gekleidet, und ihr Gesicht war mit matter Tarnfarbe geschwärzt. Sie war mit Bluttrinker, einer Pistole, verschiedenen Einbruchswerkzeugen und einem handflächengroßen Camcorder bewaffnet – einfaches Video. Sie wollte an einem Ort, an dem es vor Detektoren nur so wimmeln mochte, nicht nach dem Zufallsprinzip Laserstrahlen umherschicken.

Eine Kreuzung. Ein Paar stämmiger Gorillas mit Sportjacketts in grellen Mustern und mit wattierten Schultern – *zaki*, Marke Gangsterkitsch – standen mit zusammengesteckten Köpfen da. Sie trugen Maschinenpistolen, und in ihren Ohren waren kleine Knöpfe, die durch Drähte mit ihren Brusttaschen verbunden waren. Es waren modernere Kommu-Anlagen zu haben, selbst im Kombinat. Zweifellos liebten die Yaks diese hier.

Sie entfernte sich kriechend wieder ein paar Meter von den Wachhunden, die gelegentlich daran dachten, sich umzusehen, aber – wie die meisten Amateure – nie nach oben zu blicken. Sie konzentrierte sich und sprang über die zwei Meter breite Lücke zwischen den Stapeln, leicht und leise wie ein Schatten. Dann stahl sie sich unbemerkt weiter.

In der Mitte des großen Lagerhauses hatte man auf einer Fläche von etwa zehn Metern die Kisten weggeräumt und eilig auf die umliegenden ordentlichen Stapel getürmt. Auf dem fleckigen Zementboden standen zwei Gruppen einander gegenüber. Cassie kroch vorwärts und fand eine passend gelegene Spalte zwischen Kisten, in der sie sich niederkauerte, um hindurchzuspähen.

Ein Trio umringte einen Mann mittlerer Größe und von leichtem Körperbau; aus dem Kragen seines dunklen, gutgeschnittenen dreiteiligen Anzugs ragte ein Schildkrötenkopf auf, und er hatte einen Mund wie ein Schlitz. Cassie tippte auf Anhieb auf Kazuo Sumiyama. Auch beim zweiten und dritten Raten. Sie hatte die Jungs über ihn reden hören. Außerdem hatte sie in den Akten des Mirza sein Bild gesehen.

Links und rechts hinter ihm standen Gorillas, der eine bullig, der andere drahtig. Auch sie hatten Knöpfe im Ohr, aber keine auffälligen, was bestätigte, daß sie Leibwächter und keine Wachen vom Fußvolk waren. Cassie hakte sie mit einem Blick ab. Sie dachten offenbar, sie hätten bei wenig Hitzeentwicklung große

Reichweite, aber sie waren nicht besonders aufmerksam. Sie hatten sie noch nie gesehen und konnten daher keine Bedrohung für sie darstellen.

Zwischen den anderen drei und den Yaks bestand ein Unterschied wie Tag und Nacht. Die zentrale Gestalt war ein großer Mann mit einem roten Haarschopf und einer darunter vorspringenden Faust von einem Gesicht. Seine Züge wiesen jene zerschrammte Art von Häßlichkeit auf, mit der man geboren wird und an der man dann mit Hilfe des Wetters, von Fäusten, Klingen und verschiedenen anderen Hilfsmitteln stetig weiterarbeitet. Cassie hatte keine Ahnung, wer er war, aber sie kannte ihn. Nach seiner Präsenz und seiner Haltung zu schließen, der Art, wie er mit nach vorn verlagertem Gewicht einem Boxer ähnlich auf den Ballen stand, war er der Tod.

Auch seine Bodyguards waren ein ganz besonderer Fall. Im Gegensatz zu Sumiyamas Leibwächtern waren sie kompakt, beide nicht so groß wie der Rotschopf, ein Mann und eine Frau, gesichtslos, von Kopf bis Fuß in Schwarz mit undurchsichtigen Transpex-Visieren. Beide trugen ein kompaktes Shimatsu-42 Sturmgewehr. Beide hatten ein Schwert auf den Rücken geschnallt.

Auch sie waren der Tod. Cassie hatte diese Aufzüge nie zuvor leibhaftig gesehen – nur in Spionageberichten und etwa hundert Action-Holodramen. Das da war das Outfit des Draconis-Elite-Einsatzteams. Die Anzüge waren aus kugelsicherem Panzerstoff, für chemische und biologische Kampfstoffe undurchlässig. Sie verfügten über ein großes Spektrum von Sensoren, darunter Infrarot, und hatten wie BattleMechs einen Sehschlitz oben am Visier, der auf kleinem Raum ein 360-Grad-Sichtfeld präsentierte. Es war schwer, sich an Mitglieder der Spezialeinheiten des Drachen anzuschleichen.

Aber DEET-Mitglieder brauchten die Anzüge nicht, um diesen Ruf zu erringen. Sie waren Meister des

Kampfsports, der Lautlosigkeit und jedes dem Menschen bekannten Waffensystems. Sie waren bis hart an den Rand der Psychose gedrillt und bereit, auf der Stelle zu sterben, wenn der Drache es verlangte. Oder auch nur aufgrund einer seiner vorübergehenden Launen.

Wenn es keine Attrappen waren – nein, Cassie konnte den rothaarigen Mann bis hierher spüren. Er brannte da am Boden wie ein Stern der Bedrohung. Wenn er wollte, konnte er beide Männer Sumiyamas in der Zeit, die sie zum Blinzeln brauchten, ausschalten, ohne daß seine eigenen Wachen auch nur ihr Gewicht zu verlagern brauchten. Ein solcher Mann würde sich nicht einmal mit Wachen abgeben, die nicht voll qualifiziert waren, die DEET-Kommandoausrüstung zu tragen.

Cassie dachte ihre Pläne neu durch, während sie durch den Spalt zwischen den Kisten ihren kleinen Corder ausrichtete. Ein solcher Mann würde sich überhaupt nicht mit Wachen abgeben – zumindest nicht mit sichtbaren –, wenn er nicht Eindruck machen wollte. Er trug diese beiden wie ein Ziertaschentuch, aber sie waren fast sicher nicht die beiden einzigen. Die anderen taten vermutlich, was DEET-Agenten tun sollten: nicht gesehen werden.

Und suchten sie. Oh, sie wußten nicht, daß sie hier war – noch nicht, sonst wären sie ihr schon in die Ohren gekrochen. Aber sie würden das Lagerhaus mit Bewegungsmeldern und IR-Scannern und partikelsammelnden Personenschnüfflern durchkämmen. Sie würden auch nicht vergessen, nach oben zu schauen. Es war tatsächlich ziemlich sicher, daß sie daran dachten, eine Streife nach oben auf die Kistenstapel zu schicken …

Sie spähte durch den Sucher und schwenkte den kleinen Corder nach links, von Sumiyamas Gruppe zu dem rothaarigen Mann, dann zurück, nur um sicherzustellen, daß sie von beiden wiedererkennbare Bilder aufnahm. Das kleine Gerät besaß ein hochempfindliches Richtmikrofon. Sie konnte es nicht abhören. Sie würde nicht mit einem Knopf im Ohr, der ihr Gehör störte, in feindlichem Gebiet herumrennen, wenn sie es verhindern konnte. Cassie war keine besonders gute Lippenleserin, und Kazuo Sumiyama hatte ohnehin keine besonders ausgeprägten Lippen, aber sie war völlig sicher, daß sein Mund die Silben ›Chandrasekhar Kurita‹ formte.

Dann war sie weg. Zurück zu der Seitentür, deren Schloß sie geknackt hatte. Sie war leise, aber vor allem war sie schnell. Doch keine ihr zur Verfügung stehende Kunst konnte sie lange vor den Männern und Frauen in Schwarz verbergen.

Zweimal erblickte sie schwarze Anzüge. Einmal unter ihr, entlanghuschend, das Sturmgewehr im Anschlag, einmal zwanzig Meter entfernt über die Kisten kriechend. Beide Male duckte sie sich so schnell sie konnte aus der Sichtlinie.

Die DEET-Visiere boten Rundumsicht, aber die Bilder waren nicht besonders klar. Cassie hatte Nachahmungen solcher Minianzeigen gesehen. Man brauchte allerhand Training, um bildlich umzusetzen, was sie einem zeigten. Sie waren wunderbar, um zu verhindern, daß jemand sich von hinten anschlich und einen niedermachte, aber ihre Bewegungsempfindlichkeit war eher geringer als die der unverstärkten Randsicht einer ausgebildeten, aufmerksamen Person.

Und die DEET-Agenten waren zwar so dicht am Übermenschen wie außerhalb einer Geschko des Wolfs- oder Jadefalkenclans nur möglich, doch selbst Kerenskys Retortenbastarden waren menschliche Grenzen gesetzt. Diese Kommandos waren wesentlich aufmerksamer und beobachteten schärfer als normale Menschen – und zwar ohne Frage einschließlich Sumiyamas klumpfüßiger Streifen. Aber sie erwarteten nicht wirklich, daß jemand diese kleine Plauderei ausspionierte. Deshalb erhöhten sie ihre Aufmerksamkeit nicht um jenen winzigen Extrabruchteil, der sie auf das rasche Vorbeiflitzen der Augen des Siebzehnten Aufklärungsregiments aufmerksam gemacht hätte.

Cassie erreichte einen Punkt, von dem aus sie die Tür beobachten konnte, durch die sie hereingekommen war. Sie war noch immer zu, und es war niemand in der Nähe. Sie atmete erleichtert auf und glitt lautlos auf den Zement hinab. Ich bin hier raus …

Offenbar noch nicht, denn genau in diesem Augenblick kam ein DEET-Agent um die Ecke auf sie zu.

In einer Millisekunde schätzte Cassie ihre Möglichkeiten ab. Das ängstliche kleine Mädchen in ihr schrie ihr zu, sich umzudrehen und in den einladenden Irrgarten des Lagerhauses zu fliehen, weg von dem bösen Mann in Schwarz. Aber das war der Tod. Wenn der Rest des DEET-Teams erst einmal alarmiert war, würde er nicht länger brauchen, um sie zu finden, als es dauerte, allen Wein aus einer umgedrehten Flasche laufen zu lassen, und an dieser Tatsache konnte selbst die beste Späherin der Inneren Sphäre nichts ändern.

Aber als das ängstliche Kind in ihr schrie, ging Cassie reflexartig in den Tötungsmodus. Sie sprintete auf den schwarzgekleideten Agenten zu, ehe sie sich überhaupt bewußt war, was sie tat.

Der schwarze Anzug hätte eine Salve ihrer Pistole abgefangen, selbst wenn sie Zeit gehabt hätte, sie zu ziehen. Gegen Klingenwaffen war ballistisches Tuch jedoch beträchtlich weniger wirksam als eben gegen Kugeln, und vielleicht konnte sie Bluttrinker in sein Fleisch stoßen. Aber sie hatte nicht viel Zeit, um nach Schwachstellen zu stochern. Sie würde das hier mit der bloßen Hand erledigen müssen.

Zwei Meter vor dem DEET-Mann setzte Cassie zu einem Hechtsprung über den sich hebenden Lauf der Shimatsu an. Dies war *pentjak silat* im *madi*-Stil, die schwierigste und anstrengendste Form der Künste. Nur ein perfekter Akrobat mit Nerven wie Drahtseilen konnte diese Technik umsetzen.

Cassie war einer. Und sie war noch dazu motiviert.

Ihr Sprung war hoch genug angesetzt, um sie frei über die linke Schulter des Mannes zu tragen. Als sie darüberflog, packte sie seinen Kopf mit beiden Händen. Obgleich ihr Körper zierlich war, reichte ihr Schwung mehr als aus, um den Kopf weit in den Nacken zu reißen.

Sie drehte den Körper, als er sich zu Boden senkte, setzte ein Knie gegen den Steiß des Mannes und zerrte.

Das Genick des Mannes brach mit einem Geräusch wie ein Pistolenschuß.

Cassie landete auf den Füßen, rutschte, fing sich an den Befestigungen der Kisten. Sie griff nach oben und packte eine vorstehende Kante, an der sie mit aller Kraft, die das Adrenalin ihren perfekt abgestimmten Muskeln verlieh, zog. Krachend fielen Kisten herab und stürzten auf die bewegungslose Gestalt in Schwarz.

Sie war durch die Tür, noch ehe die letzte Kiste am Boden auftraf. Die Nacht war ihre Freundin und umarmte sie.

Die mitternächtlichen Straßen der Treibenden Welt waren mit Vergnügungssuchenden verstopft, ein Fluß von Seelen zwischen neonerleuchteten Ufern. Vorbeikommende Masakko und gelegentliche Außenweltler wandten sich gleichermaßen um und starrten unverfroren die vier Frauen an, die auf dem Gehweg standen und ein ungewöhnlich diskretes Neonschild neben einer nach unten führenden Treppe ansahen. Besonders die große Blonde in den enganliegenden Hosen.

»Was heißt ›Torashii Gyaru‹?« fragte Janet Esposito. Ihr Rufzeichen war Mariposa. Ihr Mech, der Eiserne Schmetterling, war die *Valkyrie*, die Cowboys *Wespe* angegriffen hatte, nachdem Macho wegen unnötiger Brutalität ausgeschieden war. Mittlerweile waren allerdings die blauen Flecken und die Enttäuschung der nachmittäglichen Übung gleichermaßen vergessen. Morgen nach der Messe würde sie Lonny Ortega heiraten, einen *Pirscher*-Piloten der Kompanie Infante. Sie war entschlossen, ihre letzte Nacht in Freiheit maximal zu feiern.

»›Wertlose Mädchen‹«, antwortete Lady K.

»Woher weißt du das?«

»Abtacha hat mir Nachhilfestunden in Japanisch gegeben.«

»Sie ist unheimlich. Wo ist sie überhaupt?«

»Arbeitet«, sagte Raven O'Connor. Sie war eine drahtige, herbe Blondine, die mit John Amos ›Pommes frites‹ Ames verheiratet war, der wie sie MechKrieger bei Adelante war. Er hatte seinen Spitznamen von dem, was er sich bei Partys in die Nase zu stecken pflegte, früher, in seinen wilden Junggesellentagen, als er mit den üblichen Verdächtigen herumzog: Buck, Reb und Cowboy, dem archetypischen Cowboy. Sein *Feuerfalke* war am Nachmittag von Navajo Wolf ›getötet‹ worden, und er selbst war dabei ziemlich in die Mangel genommen worden. Er war außerstande, seiner Frau die Nacht in der Stadt zu neiden.

»Macht ihre verrückten Übungen«, sagte Mercedes ›Misty‹ Saaverdra, eine zum Kichern neigende, runde kleine MechKriegerin von Bronco, die Janines beste Freundin und zukünftige Brautjungfer war.

»Tanzt da drin, soviel ich weiß«, sagte Kali.

»Ooh, schaut«, sagte Misty und spähte auf ein Zeichen an der dunklen Tür am Ende der halben Treppe. »Es ist Damennacht. Sie haben auch Tänzer!«

»Laßt uns reingehen!« erklärte Janine. »Das hier ist meine Party, und ich bin bereit, die Kuh fliegen zu lassen.«

»Lonny ist wahrscheinlich selbst da drin, mit Macho

und den Jungs«, sagte Misty. »Weißt du nicht, daß es Unglück bringt, wenn du ihn in der Nacht vor eurer Hochzeit siehst?«

»Och, was soll's. Kommt, laßt uns gehen.«

»Geht ihr nur, Mädels«, sagte Lady K. »Ich schlendere noch ein bißchen weiter.«

»Was ist los?« fragte Janine. »Schiß bekommen?« Sie hatte schon leicht einen sitzen.

Lächelnd schüttelte Kali den Kopf. »Nein. Nur nicht in der Stimmung, irgendeinen Wildfremden sein Ding in meinen alkoholfreien Mai Tai hängen zu lassen.«

Raven lachte. »Sie sollten mit uns kommen, Kap'n«, sagte sie. »Sie werden Sie wahrscheinlich anheuern. Hier lieben sie langbeinige Blondinen; Sie könnten leicht ein paar C-Noten verdienen.«

»Sierra Foxtrott, Baby Doll, was versuchst du mir da anzutun?« lachte MacDougall. »Wenn Cabrera je herausfände, daß ich meine Titten in einer Pinte in der Schwebenden Welt entblöße, würde sie mich allen Ernstes häuten und einen Lampenschirm daraus machen.«

»Oh, Sie haben doch wohl keine Angst vor la Dama Muerte«, rief Misty aus.

»Darauf kannst du wetten. Jeder geistig Gesunde hat Angst vor dieser Hexe.«

»HDLC«, höhnte Janine. »Sie ist nicht einmal eine richtige MechKriegerin.«

»Der Satan fährt überhaupt nicht«, sagte Lady K. »Glaubt ihr nicht, daß sein Atem euch die tiefgefrorenen MechPiloten-Höschen an den Arsch schmelzen würde?«

»Ich würde gern reingehen.«

Alle waren ruhig und sahen Diana Vásquez an. Die *Katapult*-Pilotin war so still, daß die Leute oft vergaßen, daß sie überhaupt da war.

»In so einem Laden war ich noch nie«, sagte sie schüchtern. »Ich würde gern sehen, was da vor sich geht.«

Diana war so zurückhaltend, daß sie oft übersehen wurde, aber man durfte durchaus behaupten, daß sie die schönste Frau im Regiment war. Wie Kali hatte sie einen Ingenieursabschluß, aber sie benahm sich auf unglaublich kindliche, unschuldig reine Weise. Im Regiment erzählte man scherzhaft, daß sie einen zweijährigen Sohn hatte, wohl also keine Jungfrau mehr war – aber niemand wollte darauf wetten.

»Kommen Sie mit, Kapitan?«

Kali seufzte. »Klar, Di.«

»Werden Sie wirklich mit uns trinken?« fragte Janine plötzlich.

»Wie meinen, Mariposa?« antwortete Kali ruhig.

»Werden Sie wirklich was trinken oder bloß ständig an Ihrem Fruchtsaft saugen?«

»Janine«, mahnte Raven.

»Schon gut, Rave«, sagte Lady K. »Du tust, was du willst, Janine. Ich habe damit kein Problem. Aber ich gehe meinen eigenen Weg.«

»Bist du dir zu schade, mit mir zu trinken, *bolilla*?«

»Hör mit dem Scheiß auf, Janine«, sagte Raven und schob sich zwischen die beiden. Janine ballte eine Hand zur Faust.

Dann stand Diana neben ihr und lächelte süß. Sie legte eine Hand auf Janines zurückgezogenen Arm, und plötzlich verflüchtigte sich die Spannung aus der Szene.

Die Artilleristin sah Lady K fragend an. »Mach dir über meine Anonymität keine Sorgen, Di«, sagte Kali. »Mir ist es egal, wenn die Leute wissen, daß ich auf Entzug bin. Ich mache nur keine Reklame damit.«

Janines gehässiges Verhalten fiel in den Rinnstein zu ihren Füßen. »Hijo la«, stöhnte sie. »Tut mir leid, Kap'n.«

Lady K grinste sie strahlend an. »Ist nie passiert, Schmetterling. Laßt uns reingehen.«

TEIL IV

AUF MESSERS SCHNEIDE

19

Masamori, Hachiman
Distrikt Galedon, Draconis-Kombinat

7. September 3056

Mirza Peter Abdulsattah wirkte völlig wach, völlig gesammelt und keineswegs überrascht, weil er – vermutlich – mitten in der Nacht aus dem Schlaf gerissen worden war. Er ordnete die braun und schwarz gestreiften Roben um seinen dürren Leib und ließ sich hinter seinem Schreibtisch nieder.

»Ja?« sagte er.

Cassie wartete einige Herzschläge, noch immer auf alles gefaßt. Würdenträger im Kombinat waren für ihre Nachsicht gegenüber Untergebenen nicht gerade berühmt. Und nach Cassies Erfahrungen auch sonst nirgends. Aber die erwartete Tirade darüber, was passieren würde, wenn sie ihn ohne verdammt guten Grund geweckt hatte, blieb aus.

Muß mich konzentrieren, dachte sie. Die Ereignisse der Nacht hatten sie in einer Weise erschüttert, die sie nicht ganz begriff.

»Heute nacht hat in Sodegarami ein Treffen stattgefunden, in einem Lagerhaus drunten am Wasser«, sagte sie. Cassie, die noch immer ihre anonyme Raumerkleidung trug, zog den Handflächencorder aus einer Innentasche der Jacke, ließ die Diskette herausspringen und schubste sie ihm über den Tisch hinweg zu. »Ein Bursche, von dem ich ziemlich sicher bin, daß es Kazuo Sumiyama war, spielte den Gastgeber. Ich war ein ungebetener Gast. Der Ehrengast war jemand, den ich nicht erkannte, der aber vermutlich ein großer Fisch ist.«

Abdulsattah sah sie an und zog eine Augenbraue hoch. »Und wie groß ist ›groß‹, Leutenient?«

»Wenn seine Wachen nicht zum DEET gehörten, dann fehlt irgendeiner Holo-Produktionsgesellschaft ein Haufen Kostüme.«

Abdulsattah nahm die Diskette mit spitzen Fingern auf. »Im Draconis-Kombinat machen Holoproduzenten keine Filme über das DEET«, sagte er. Er schob die Diskette in ein Laufwerk im Schreibtisch und machte sich an einem ins Holz eingelegten Keyboard zu schaffen.

Die Lichter wurden noch dunkler. Bilder glommen auf, Abdulsattah nickte. »In der Tat, Sumiyama. Und der andere ...«

Die Szene verlagerte sich wieder zu dem rothaarigen Mann. Cassie, die wußte, was auf der Diskette war, beobachtete den Mirza. Selbst in der Dunkelheit konnte sie sehen, wie er erbleichte.

Auf der Tonspur waren deutlich die Worte des Mannes mit dem geschlitzten Mund zu hören: »... sekhar Kurita soll bekommen, was er ver ...«

Abdulsattah sah sich die kurze Sequenz dreimal an, dann beließ er ein Standbild des Rothaarigen an der Wand und schaltete die Lichter wieder an.

»Erzählen Sie mir alles, was geschah«, sagte er. »Alles, was Sie getan haben, alles, was Sie gesehen haben. Sogar alles, was Sie vermutet haben.« Er hob nicht die Stimme, aber die Anspannung darin war unverkennbar.

Cassie gehorchte. Nach kurzem Zögern beschrieb sie den Mord an dem DEET-Agenten und den improvisierten Versuch, ihn wie einen Unfall aussehen zu lassen.

»Sie haben mit bloßen Händen einen DEET-Agenten getötet?« fragte der Mirza ungläubig.

»Das Überraschungsmoment war auf meiner Seite«, sagte sie. »Und die Motivation.«

Abdulsattah schüttelte den schmalen Kopf und murmelte etwas, das Cassie nicht verstand. Er holte die Datendiskette heraus, nahm sie und erhob sich.

»Folgen Sie mir«, sagte er und führte sie durch eine Tür in der Rückwand seines Büros. Dort gab es eine kleine, mit dunklem, schimmerndem Holz verkleidete Kammer mit einer gerahmten Schriftrolle, die mit komplizierten, verschnörkelten Mustern in schwarzer Tinte bedeckt war. Eine Tür in der Verkleidung glitt zur Seite, und Abdulsattah führte Cassie in einen kleinen Aufzug.

Die Kabine sank in die Tiefen der Zitadelle hinab. Der Mirza stand da wie in einer eigenen Welt, summte unmelodisch vor sich hin und tippte mit den Zehen des rechten Fußes gegen die Sohle seiner Sandale. Das Summen, das Tippen mit den Zehen, beides war fast nicht wahrnehmbar – doch für einen Mann, der so wenig Bewegung verschwendete, summierten sie sich fast zu einem nervösen Zucken.

Die Kabine kam in einer Etage zum Stehen, von der Cassie annahm, sie befinde sich weit unter der Erde. Die Tür glitt auf und enthüllte eine Kammer von etwa zehn Quadratmetern. Die Wände waren hinter üppigen Behängen und teuren, eleganten Wandschirmen verborgen. Inmitten des Bodens war eine Gesprächsmulde, die mit Seidenkissen fast völlig angefüllt war. Dazwischen hatte sich Chandrasekhar Kurita ausgestreckt, eine gewaltige Babypuppe in scharlachroter Robe.

Cassie hatte zwar nicht gesehen, daß Abdulsattah etwas getan hätte, um ihre Ankunft anzukündigen, doch schien Onkel Chandy nicht überrascht, sie zu sehen. Wenn er gestört oder geweckt worden war, ließ er sich das genausowenig anmerken wie sein Sicherheitschef.

»Lord Kurita«, sagte Abdulsattah, »diese junge Frau bringt uns höchst beunruhigende Neuigkeiten.«

Onkel Chandy nickte mit dem rasierten Schädel. »Danke, Peter. Ich werde mir ihre Geschichte anhören.« Er wies mit einer breiten Hand auf die Kissen. »Kommen Sie, Kind. Setzen Sie sich. Fühlen Sie sich wie zu Hause.«

Cassie zögerte und betrachtete ihren Arbeitgeber genau. *In meiner Stellenbeschreibung steht keine Silbe über das Herumrollen mit einem fettigen Schleimklumpen,* dachte sie. Dennoch bezweifelte sie, daß es sich ein Kurita gefallen lassen würde, wenn sie ihn abblitzen ließ. Es hatte keinen Sinn, einen Krieg wegen etwas vom Zaun zu brechen, was oberflächlich betrachtet eine Höflichkeitsgeste war. Ihr blieb immer noch genug Zeit, sich zu wehren, wenn und falls Onkel Chandy etwas Unannehmbares forderte. Sie setzte sich, blieb aber absichtlich außer Reichweite des fetten Mannes.

Abdulsattah ging hinüber zu einem kleinen antiken Tisch, ließ die Datendiskette in den Mund von etwas gleiten, das ein kleiner, fetter, aus blauer Proserpinajade geschnitzter Drache zu sein schien. Dann verbeugte er sich und zog sich in den Aufzug zurück, der ihn geräuschlos verschluckte.

Chandrasekhar Kurita saß da und schaute sich Cassie einen Moment lang genau an. Seine Augen waren klein und schwarz wie Knöpfe; sie versanken fast in glänzenden Speckwülsten. Sie waren auch hart und glänzend wie Obsidian.

»Sprechen Sie, Kind«, murmelte Onkel Chandy. »Erzählen Sie mir Ihre Geschichte.«

Er hörte fasziniert zu, ohne zu unterbrechen. Es erschien Cassie, als weiteten sich seine Augen bei der Erwähnung des rothaarigen Mannes für Sekundenbruchteile.

»Sie sind eine junge Frau mit herausragenden Eigenschaften«, sagte der Kurita, als sie fertig war, »zu denen nicht zuletzt Glück gehört.«

Er klatschte in die Hände und sagte in die Luft: »Spielen Sie jetzt die Aufzeichnung ab.«

Was wie ein Buchara-Teppich von der alten Erde ausgesehen hatte, verwandelte sich in einen Sichtschirm, der die Lagerhausszene zeigte. Onkel Chandy nickte, als der rothaarige Mann ins Bild kam.

»Halten Sie es an«, sagte er, und es geschah. »Der erste Mann ist, wie Sie richtig annehmen, mein alter Freund Kazuo Sumiyama. Wissen Sie, wer der andere ist, junge Frau?«

»Nein. Nur, daß er wichtig sein muß.«

»Wichtig ist er in der Tat. Und mehr als das. Er ist tödlich.«

Das habe ich mir auch gedacht, dachte Cassie, biß sich aber auf die Zunge. Es gelang Chandrasekhar Kurita fast, sie einzuschüchtern, was es noch viel schwerer machte, ihre Schlauberger-Impulse zu unterdrücken. Zum Glück hatte sie einen starken Selbsterhaltungstrieb, den die Begegnung im Lagerhaus erst richtig geweckt hatte.

»Er heißt Ninyu Kerai Indrahar«, sagte Chandy. »Er ist der Adoptivsohn und designierte Erbe Subhash Indrahars, des Lächelnden.«

Cassie hielt den Atem an. Sie war alles andere als leicht zu beeindrucken. Aber die Erkenntnis, daß sie auf Spuckreichweite an den zweitgefürchtetsten Polizisten der Inneren Sphäre herangekommen war, ließ ihre Glieder zittern, und einen Augenblick lang toste es in ihrem Kopf.

Sie schüttelte ihre kurze Verwirrung ab und hörte Onkel Chandy sagen: »…Ihre Eindrücke dessen, was Sie beobachtet haben, Leutenient Suthorn.«

Sie sah ihn an. Er lächelte fast schüchtern. »Sie sind überrascht, daß ich Ihren Namen kenne? Ich wünschte, ich könnte behaupten, alle Namen der Mitglieder Ihres Regiments zu kennen, wirklich. Genau wie ich wünschte, ich könnte jeden meiner Angestellten erkennen, wenn ich ihn sehe. Leider liegt das jenseits meiner bescheidenen Fähigkeiten. Der Mirza hat mich über Sie unterrichtet. Und Ihr eigener Kolonel hat während unserer Vertragsverhandlungen in der Tat mit meinen

Agenten über Sie gesprochen. Ihre Talente als Späherin waren ein bedeutendes Verkaufsargument.«

»Sie haben so etwas erwartet.« Die Worte brachen aus ihr hervor, ehe sie darüber nachdenken konnte, welche Konsequenzen es haben würde, sie zu äußern.

Er lächelte gütig. »Ich habe etwas erwartet. Man erwirbt bestimmte Instinkte – wenn man Jahre bei Hofe verbringt, jahrelang Geschäfte macht, als Kurita geboren ist.«

Soviel zum lockeren Job. Sie konnte sich nicht dazu aufraffen, sich betrogen zu fühlen. Onkel Chandy hatte nie versprochen, die Caballeros nur aus Eitelkeit und ohne mögliche Gefahren anzuheuern. Für eine so wenig bekannte Einheit verlangte das Siebzehnte viel für seine Dienste. Es war von jedem Mann viel verlangt, so viel für ein Spielzeug zu bezahlen, selbst von jemandem, der angeblich ein so reicher Narr war wie Chandrasekhar Kurita.

Und während die Frage des Reichtums über jeden Zweifel erhaben war, ging Cassie auf, daß sie von einem Narren bei Onkel Chandy bisher noch nichts gesehen hatte.

Sie spürte ein Prickeln, ein sich ausbreitendes Gefühl, das zum Teil Furcht und zum Teil der Willkommensgruß für eine Herausforderung war. Dieses Spiel könnte sich als genauso anstrengend erweisen wie die Mechjagd – und vielleicht als noch gefährlicher.

»Sumiyama mag Sie nicht, Lord Kurita«, sagte sie und suchte in seinem Gesicht nach einem Flackern des Impulses, den Überbringer schlechter Nachrichten zu töten. Die gewaltige Fläche weizenfarbener Haut blieb still wie ein windgeschützter Teich. »Daß er ein geheimes Treffen mit dem Erben des Lächelnden abhält ...«

Sie hielt inne. »Das sieht aus, als wolle die ISA gegen Sie vorgehen.« Der Schluß erschütterte sie wie der Einschlag einer Langstreckenrakete.

Kurita zog eine dünne Augenbraue hoch. »Nicht

nur interessiert, ein Auge auf meine Wenigkeit zu haben?«

Cassie schüttelte den Kopf. »Nein.« Gefesselt, wie sie war, ließ sie den Ehrentitel weg. Onkel Chandy erinnerte sie nicht daran. »Vielleicht habe ich zu viele meiner Vorstellungen davon, wie die ISA arbeitet, aus dem Holo und aus Steiner- und Davionpropaganda, aber mir scheint, der Atem des Drachen hätte genug Spione, auch ohne sich mit der örtlichen Yakuza einzulassen. Ich – ich glaube, sie suchen nach einem Stützpunkt vor Ort und Unterstützung für eine verdeckte Operation.«

Während sie sprach, ging Cassie auf, daß sie hier einen wirklich außergewöhnlichen Kurita vor sich hatte. Onkel Chandy ließ sich nicht nur dazu herab, die Meinung einer Untergebenen anzuhören, sondern fragte regelrecht danach – und noch dazu die einer Frau. *Vielleicht halten ihn deshalb alle für einen solchen Narren, weil er auf Leute hört, die angeblich unter ihm stehen.*

Sie hatte den Verdacht, die Toleranz würde erschöpft sein, sobald der angeblich unter ihm Stehende – oder im übrigen auch sonst jemand – nichts mehr Hörenswertes zu sagen hatte.

Er nickte und zeigte noch immer keine Anzeichen von Überraschung oder Sorge. »Warum glauben Sie, geht die ISA dann nicht direkt gegen mich vor?«

Cassie war vielleicht taktlos, aber ihre Überlebensinstinkte waren mehr als aktiv genug, um rechtzeitig die Zügel in die Hand zu nehmen. Dieser fröhliche fette Mann war schließlich ein Kurita. Sie senkte den Kopf.

»Darf Eure bescheidene Dienerin fragen, warum Eure Herrlichkeit die Güte besitzt, ihren Meinungen zu lauschen?«

Onkel Chandy warf den Kopf zurück und lachte. Wie beim Mirza war es nicht das schrille Kichern, das bei den Masakko üblich war, sondern ein dröhnendes

Gebrüll. »Ist es nicht ein bißchen spät, um die dienstbare Untergebene zu spielen, Leutenient?«

»Sagte nicht ein weiser Mann einst: ›Besser spät als nie‹, Herr?«

Weiteres Gelächter. »Zweifellos. Ich habe das nicht selten selbst gesagt. Aber kommen Sie, Kind, Ihre Gaijin-Impertinenz macht einen Teil Ihres Charmes aus. Auch wenn Sie als Tochter des Drachen geboren wurden.«

Ihre Körpertemperatur fiel ein paar Grad. Er hatte sich wirklich für sie interessiert. Sie hoffte, das würde keine unerwünschten Begleiterscheinungen haben.

»Außerdem«, fuhr er fort, »waren Sie vor Ort. Und allein die Tatsache, daß Sie sich an den gerissenen Ninyu anschleichen konnten und überlebt haben, so daß Sie mir jetzt davon berichten können, zeigt, wie gut Sie sind. Oder daß Sie sehr viel Glück haben – wahrscheinlich beides. Das ist in der Tat eine nutzbringende Kombination und macht das, was Sie zu sagen haben, für meine Korpulenz interessant.«

Cassie erkannte, daß ihr Arbeitgeber ein alter Schwätzer war – und auch irgendwie zur Selbstparodie neigte, eine weitere Eigenschaft, die sie bei einem Kurita nicht erwartet hätte. Trotz der Tatsache, daß sie ohne große Liebe zum Kombinat, seiner Herrscherfamilie oder sonstigen wie auch immer gearteten Autoritätspersonen aufgewachsen war, war sie versucht, diesen fetten alten Betrüger zu mögen.

»Jetzt beantworten Sie aber freundlicherweise meine Frage, meine Tochter«, sagte Onkel Chandy, und ein ganz leichter Kommandoton schlich sich in seine Stimme. Sie mußte seine Technik bewundern. Er hatte sich subtil als nachsichtiger, wohlmeinender Herr eingeführt – aber eben als Herr.

»Ich weiß nicht viel Substantielles über die Innere Sicherheitsagentur«, sagte sie, »aber mir scheint, sie hegen nur mehr Argwohn gegen Sie. Wenn sie die

Waren hätten, würden sie Sie einfach vom Fleck weg verhaften, egal wer Sie auch seien. Wie es aussieht« – sie zuckte die Achseln – »sollte der bloße Verdacht ausreichen, um Sie verschwinden zu lassen oder zu töten, als wären Sie ein Arbeiter oder Sarariman. Aber weil Sie ein Kurita sind, meinen sie, bei Ihnen raffinierter vorgehen zu müssen.«

Dann sah sie ihn mit großen grauen Augen fragend an. Er erwiderte den Blick einen Augenblick lang. Seine buschigen Brauen zogen sich zusammen wie Gewitterwolken, die sich über den Westlichen Meerbergen sammeln, und dann kicherte er.

»Sie haben eine amüsante Art, impertinente Fragen zu stellen, ohne sie überhaupt zu artikulieren«, sagte er. »Ich bin ausreichend amüsiert, um zu antworten. Nein, ich bin nicht mit der aktiven Verletzung der Interessen des Draconis-Kombinats, des Hauses Kurita oder meines geliebten Vetters Theodore beschäftigt.«

Sie senkte den Kopf bis zum Teppich. »Vergebt mir, Herr. Aber ich mußte es wissen. Mein Regiment ...«

»Ist Ihre Familie. Und die Frage spielt für sein Überleben eine Rolle. Ich verstehe. Aber Sie scheinen den Kernpunkt schon erfaßt zu haben, die Unschuld spielt für den Atem des Drachen keine Rolle, wenn sie nicht schlüssig bewiesen werden kann. Bis dahin reicht der Verdacht für die Annahme von Schuld aus. Selbst für die Schuld von jemandem wie mir.«

Er winkte. Ein Teil der Wandvertäfelung glitt beiseite, und eine junge Frau, auf deren Kopf sich tiefrotes Haar türmte und die in eine durchscheinende Robe gehüllt war, kam mit einem Tablett herein. Sie stellte es zwischen Cassie und Onkel Chandy ab, goß hellen Wein aus einer gravierten schwarzen Lackflasche in Schalen aus getriebener Bronze. Sie lächelte Cassie an und glitt hinaus.

»Die Geier sammeln sich also«, murmelte Onkel Chandy. »Was Sie wahrscheinlich nicht wissen, mein

Kind, ist die Tatsache, daß das Lagerhaus, in dem das Treffen stattfand, einer Tochtergesellschaft von Tanadi Computer gehört.«

Sie sah ihn an. Das waren in der Tat neue Informationen, aber sie konnte nicht behaupten, überrascht zu sein.

»Sie neiden Euch den Erfolg?«

Er nickte. »Und der geschätzte Kazuo-sama von der Sumiyama-kai haßt mich, weil ich meine eigenen Packer verwende anstatt solche, die seine angebliche Gewerkschaft zur Verfügung stellt, und ihm nicht erlaube, von meinen Leuten oder den Bewohnern meiner Immobilien Schutzgelder zu erpressen.« Er kicherte. »Ich glaube, in Wirklichkeit findet er es schwerer, mir zu verzeihen, daß ich die Arbeitszeit meiner Beschäftigten gekürzt habe und mich auch ansonsten nicht auf die traditionelle Art benehme. Große Bewahrer der heiligen Tradition des Drachen, die Kriminellen unseres Kombinats. Und der Graf von Hachiman, der zweifellos darin verwickelt ist, hat wahrscheinlich endlich die wahre Ausdehnung des Finanznetzwerks erkannt, das ich geknüpft habe, und findet seine Macht beschnitten – von dem gewaltigen Drang gar nicht zu reden, einen Anteil der Gewinne für sich selbst abzuzweigen.«

»Aber die ISA«, stieß Cassie hervor. »Wenn Ihr unschuldig seid, Herr, warum …?«

»Warum sie mich verdächtigen? Liebes Kind, der Lächelnde ist von Natur aus argwöhnisch, so wie es die Natur der Tigeraale des Großen Bodhisattvariffs ist, zuzubeißen und festzuhalten. Ich bin schließlich von königlichem Geblüt. Ich bin zwar weit von der Erbfolge entfernt, doch ich wäre nicht der erste Kurita, der das als geringes Hindernis für seinen Ehrgeiz betrachtet.«

Er schüttelte den Kopf, woraufhin seine Hängebacken schlackerten wie Gelatinegletscher. »Das Kombinat hat zu lange für die Stahlsäule gelebt und die Jadesäule vernachlässigt. Haus Steiner und Haus Davion sind stärker als wir, doch die Steiners sind in allererster Linie Händler, und die Davions sind zwar angesehene Krieger, haben aber nie den Handel vernachlässigt. Wir sind stark, aber arm.

Was ich besitze, habe ich mir durch eigene Geistesschärfe und Anstrengung erarbeitet; ich habe nie auf meinen Namen gesetzt. Das ist vielleicht der Hauptausschlag für den Argwohn des alten Subhash, daß er langsam entdeckt, wieviel ich eigentlich aufgebaut habe, und zwar unter Einsatz von Strohmännern und Scheingesellschaften, um meine persönliche Beteiligung zu verbergen.«

Er sah sie an, die anthrazitfarbenen Augen leuchteten mit solchem Ernst, daß Cassie sofort wachsam wurde. »Es war schon immer die Schwäche des Kombinats, daß wir Handel als Anhängsel des Krieges betrachteten und ihn nur allzuoft auf eine Weise betrieben haben, daß er von Konflikt kaum zu unterscheiden war. Unsere Reputation für Betrügereien und offene Piraterie ist schandbar. Was ist das Ergebnis? Unser Volk leidet, unser Reich kratzt die letzten Ressourcen zusammen, während Schmuggler aus dem Vereinigten Commonwealth den Großteil des interstellaren Handels im Kombinat treiben – und den Großteil des Profits einstreichen.

Mein Ziel ist es, das zu ändern. Nicht mit Waffengewalt – der Drache weiß, daß wir das versucht haben, und es ist, als versuchten wir mit unseren armseligen Armen die Flut aufzuhalten. Statt dessen habe ich das Ziel, unsere Wirtschaft zu stärken, indem ich Leuten, die tatsächlich bereit sind, dafür zu zahlen, Waren zu vernünftigen Preisen zugänglich mache; und indem ich immer ehrlich mit meinen Geschäftspartnern umgehe.«

Cassie sah ihn aus zusammengekniffenen Augen an. Für sie klang das alles verdächtig.

»Nicht jeder im Kombinat ist mit derlei Zielen einverstanden. Ich bezweifle nicht, daß unser Koordinator es wäre, aber er wurde so erzogen, daß er sich zuallererst mit Krieg befaßt. Er ist vollauf mit der Bedrohung durch die Clans beschäftigt. In der Tat scheint allein er in der Inneren Sphäre sich mit der großen Bedrohung zu befassen, vor der wir alle stehen, dem Damoklesschwert, das an einem Haar, welches mit den Jahren immer brüchiger wird, über unseren Häuptern schwebt. Mittlerweile hasten all die anderen Prinzen umher und ringen um Vorteile in der Erbfolge, die in nur elf Jahren so bedeutungslos sein werden wie die Kirschblüten vom letzten Jahr, wenn wir kein Mittel gegen die Macht der Clans finden.

Aber andere – Marquis Hosoya, die Yakuza, vielleicht sogar der Schirmherr des Planeten – fühlen sich von meinen Versuchen bedroht. Sie bevorzugen die gute alte Zeit, in der Verrat, Korruption und offene Gewalt als Tauschmittel dienten. Das Konzept des Austauschs von Wert gegen Wert unterhöhlt ihr ganzes Dasein. Sie werden vor nichts zurückschrecken, um mich aufzuhalten.«

»Glaubt Ihr, der Lächelnde ist mit ihnen verbündet, Herr?«

»Er arbeitet durch sein Alter ego Ninyu mit ihnen zusammen, so viel wissen wir – dank Ihres eigenen Muts und Geschicks, meine Liebe.« Seine Augen zwinkerten, während er an seinem Wein nippte. Cassie war sich noch nicht sicher, ob er sie zu verführen versuchte oder nicht. Das war an sich schon ungewöhnlich; historisch gesehen verführten Kuritas nicht. Sie nahmen.

Andererseits hatte man Cassie Bluttrinker gelassen. Sie nahm an, das bedeutete, daß Onkel Chandy irgendwo hinter diesen erlesenen Wandbehängen Scharfschützen verborgen hatte. Jedenfalls würde sie sich lebend nicht so leicht vergewaltigen lassen.

»Aber ich fürchte, in gewissem Sinne hat meine eigene Harmlosigkeit sich gegen mich gewandt. In all meinen Jahren habe ich nichts getan, das auch nur vom leisesten Interesse am Koordinatorenamt zeugte. Ich habe Theodore öffentlich und privat unterstützt, selbst angesichts des Mißfallens des armen verstorbenen Takashi – wie übrigens auch Subhash. Jetzt erfährt der Lächelnde von der Machtbasis, die ich mir auf Geld, nicht auf Blut, aufgebaut habe. Und das erregt seinen Argwohn. Warum sollte ich mich selbst so in den Hintergrund stellen, ein solches Schattenreich aufbauen, wenn ich nicht vorhätte, nach der absoluten Macht zu greifen? So funktioniert Subhash' Geist. Aber manchmal ist er verschlagener, als ihm selbst guttut.«

»Was das angeht, warum hat eigentlich der Lächelnde noch nicht die Macht an sich gerissen, Herr?«

»Weil sein Ehrgeiz nicht über den Dienst am Drachen hinausgeht. Er ist ein Mönch mit der Hingabe und Selbstverleugnung eines Mönchs, genau wie ich selbst – ich sehe, daß du ein Lächeln zu verbergen suchst. Ich versage mir nur wenige fleischliche Genüsse, Kind. Aber ich versage mir jenen letzten Ehrgeiz, und das ist für einen Kurita das größte aller Opfer. Ich gebe mich jenen Genüssen hin, derer sich ein Kurita traditionell enthält, widerstehe aber der Machtgier, deren Sklave so viele meiner Verwandten sind. Wie Subhash' ist mein einziger Wunsch zu dienen.«

Er seufzte wie ein Vulkan. »Aber leider kann der Lächelnde das von niemandem außer sich selbst glauben. Und vielleicht von seinem Adoptivsohn, der unseren Planeten mit seiner Anwesenheit beehrt.«

Chandrasekhar befingerte sein oberstes Kinn, und sein Blick schweifte in die Ferne. Wartend ließ sich Cassie auf den Hacken nieder. Geduld fiel ihr nicht leicht, aber sie hatte geübt, bis sie sie vortäuschen konnte.

Die Umstände jedoch machten es ihr nicht leicht, die Füße stillzuhalten. Sie empfand das dringende Bedürfnis, aufzuspringen und hinauszurennen, um Don Carlos und den Rest ihrer Kameraden vor der bevorstehenden Gefahr zu warnen. Hatte sie sich nicht mit dem Fanatismus eines Akoluthen des Ordens der Fünf Säulen der Sicherheit des Regiments verschrieben? Dies war die größte Bedrohung für die Caballeros, seit sie den Nebelpardern entkommen waren.

Gerade als sie kurz davor stand, nervös zu zappeln, kehrte Onkel Chandys Aufmerksamkeit zurück, und er blinzelte ihr mit seinen Amphibienaugen zu. »Sie sind so vielseitig, wie Ihr Kolonel behauptet hat«, sagte er. »Und so geschickt der Mirza und seine Agenten auch sein mögen, ich fürchte, daß die ISA schon lange fette Dossiers über sie alle zusammengestellt hat. Sie wird jedoch nicht viel Zeit gehabt haben, viel über Sie zu erfahren. Sie müssen diese Angelegenheit weiter untersuchen.«

Cassie verbeugte sich wieder bis zum Boden. »Vergebung, Herr, aber ich muß meinen Kolonel über alles, was ich erfahre, auf dem laufenden halten.«

Diesmal bewölkte sich sein Gesicht merklich. Er war zwar der nachsichtige Onkel Chandy, aber kein Kurita erwartete Widerspruch. Besonders nicht von einem weiblichen Unterleutenient einer Gaijin-Söldnertruppe.

Die Leidenschaft erlosch. Sein Gesicht glättete sich wieder, bis es fade war wie ein Pudding.

»Sie riskieren viel, Tochter«, sagte er mit leicht rauher Stimme. »Vielleicht sollten Sie über den Unterschied zwischen Tapferkeit und Wahnsinn meditieren.«

»Wie Eure Exzellenz schon sagte, mein Regiment ist meine Familie«, antwortete sie ihm und erhob sich, um ihm in die Augen zu blicken. »Sicher weiß Chandrasekhar Kurita es zu schätzen, wenn jemand für seine Familie alles riskiert.«

Wieder lachte er, sein dicker Bauch bebte. »Ich mag Sie – der Lächelnde möge mich in Säure tauchen, wenn ich Sie nicht mag. Wir werden gemeinsam viel erreichen, Leutenient, wenn ich nicht gezwungen bin, Sie zu töten.«

Oder ich dich, dachte Cassie und verbeugte sich erneut, als der große Mann ihr mit einer Handbewegung erlaubte, sich zurückzuziehen. Trotz seiner abschließenden Bemerkung fühlte sie in ihrer Magengrube eine ungewohnte Wärme, als sie in den Aufzug trat, der sich öffnete, als sie näherkam.

Sie vertraute dem alten Mann. Natürlich innerhalb enger Grenzen – aber dennoch vertraute sie ihm.

Vertrauen war etwas, das ihr nicht leichtfiel. Seit Guru Johann gestorben war, hatte sie nur wenigen Leuten vertraut – dem Kolonel, Patsy Camacho und jetzt zähneknirschend dieser glatten blonden Schlampe von *Atlas*pilotin.

Paß auf, warnte sie eine Stimme in ihr. Vertrauen macht dich verwundbar.

Cassie schauderte, als der Aufzug sie aufwärtstrug. Sie hatte ein Leben lang darum gekämpft, sich gegen alle denkbaren Schwächen zu wappnen. Doch sie war nicht gewillt, ihr Vertrauen in Don Carlos, Lady K oder Onkel Chandy aufzugeben.

Werde ich weich? fragte sie sich.

Die ComStar-Akoluthin, die Ninyu Kerai das Blatt mit der Botschaft übergab, verbeugte sich so tief, wie es das Dictum Honorium nur vorschreiben konnte. Nichtsdestotrotz wirkte sie abgelenkt und wäre fast davongerannt.

Ninyu Kerai Indrahar konnte man nicht unbedingt als verständnisvollen Mann beschreiben, aber er kannte das Problem der Akoluthin: Der technologische Fortschritt erschütterte ComStars Monopol bei überlichtschneller interstellarer Kommunikation, während die Dissidentensekte Blakes Wort – mit Thomas Marik, dem Herrscher der Liga Freier Welten, als Hauptunterstützungsquelle – sie als Ketzer zu vernichten drohte. Bisher bedienten sich die Spalter in erster Linie sporadischer Terrorakte, aber wie ComStar selbst verfügten sie über eine mächtige moderne Armee. Eine Armee, die bald Rückendeckung von Mechs der Freien Welten bekommen konnte – wenn nicht gar der Streitkräfte von Mariks zukünftigem Schwiegersohn, Sun-Tzu Liao.

Die Sorge der Akoluthin war wohl eher abstrakt als unmittelbar; das Kombinat hatte eine lange währende Übereinkunft mit ComStar. Sowohl Marik als auch Liao faßten Haus Kurita derzeit mit Samthandschuhen an, weil sie hofften, ein Bündnis gegen das in Bedrängnis geratene Vereinigte Commonwealth schmieden zu können. Und Generalhauptmann Marik hatte jüngst die Köpfe von etwa sieben Terroristen von Blakes Wort erhalten, eingepackt in Trockeneiskanister, Männer, die unverschämt genug gewesen waren, im Kombinat aktiv zu werden. Zumindest im Herzen des Kurita-Raumes war ComStar sicher.

Ninyu lächelte unmerklich. Es mochte der Akoluthin aufgegangen sein, daß sie sich nicht allzu fest auf den guten Willen des Kombinats verlassen durfte. Und das war weise.

Vergiß nie, wer wir sind, sagte sein Adoptivvater gern zu ihm, *oder was wir sind. Überlaß die Ehre den Samurai mit ihrer Dauerpubertät. Unsere einzige Ehre ist das, was dem Drachen wirklich dient.*

Ninyu fragte sich, ob er dem Drachen am besten diente, indem er Seppuku beging. Er öffnete mit ruhigen Fingern das gefaltete Blatt.

Die Botschaft war in einem Privatcode verfaßt, der nur ihm und Subhash Indrahar bekannt war. Sie lautete: *Mach Dir keine Sorgen, Adoptivsohn. Selbst wenn ein Eindringling Dein Treffen mit Sumiyama belauscht hat, so bedeutet das nicht viel.*

In der Zwischenzeit schicke ich Dir einen Aktivposten, der sich, wie ich glaube, als nützlich erweisen wird.

Es gab keinen Gruß, kein Lebewohl. Ninyu nickte, als er das dünne gelbe Papier zerknüllte. Er schätzte seines Adoptivvaters Mangel an Gefühlen. Der alte Mann war körperlich schwach, aber noch immer vom Geist des Drachen durchflutet.

Daß Ninyu nicht als einer betrachtet wurde, der einen entscheidenden Fehler gemacht hatte – und somit weiterleben konnte –, stellte er ohne Erleichterung oder Jubel fest. Hätte er nicht schon lange gelernt, wie jemand zu leben, der bereits tot ist, hätte der Lächelnde ihn nie als Sohn und Erben auserwählt.

Als er in die finstere Nacht hinaustrat, um den Zettel mit der Botschaft zu verbrennen, fragte er sich kurz, welchen wertvollen Gegenstand ihm Subhash Indrahar wohl schicken mochte. Er glaubte, die Situation – mit Ausnahme des ungeklärten Todes von Agent O'Connel im Lagerhaus – voll im Griff zu haben.

Mit Bluttrinker in der Hand vollführte Cassie fast wie unter Wasser die Bewegungen eines Kampfmanövers. Ihr Quartier war dunkel, die Vorhänge vorgezogen, um das Licht des blauen Mondes Benkei abzuhalten. Ohne Sicht zu trainieren, war eine gute Übung, und es half ihr, sich zu sammeln.

Aber die Furcht in ihr ließ nicht nach. Selbst ihre Kunst konnte sie nicht völlig beruhigen, und die Leere der Meditation entzog sich ihr wie schon seit Jahren nicht mehr.

Schließlich gab sie auf und kroch ins Bett. Heiße, plötzliche Tränen übermannten sie.

Du bist überspannt, versuchte sie sich einzureden. Das ist eine Reaktion auf körperliche und geistige Erschöpfung, mehr nicht. Aber sie wußte, es war eine Lüge.

Seit Jahren wachte Cassie entsetzt aus Alpträumen auf, in denen sie riesige Metallmänner verfolgten und alles zerstörten, was sie liebte oder je geliebt hatte. Als Reaktion darauf hatte sie sich in eine Mordmaschine verwandelt, die so tödlich war wie ein OmniMech der

Clans. Jeder BattleMech, den sie zerstörte, verschaffte ihr ein wenig Ruhe vor den entsetzlichen Träumen.

Tief im Inneren fürchtete sie Mechs noch immer. Aber sie hatte schon vor langer Zeit gelernt, mit dieser Angst zu leben – sie zu benutzen, sich zu einer vollendeten Waffe zu machen, ihren Körper, ihren Geist und ihre Fertigkeiten so geschickt einzusetzen wie ein Kenjutsu-Meister seine Klinge. Die riesigen Kampfmaschinen hatten bei all ihrer fürchterlichen Macht ihre Schwächen – und Cassie kannte sie alle und lebte in ihnen wie eine Ratte innerhalb von Festungsmauern.

Aber der rothaarige Mann – er war ein Mörder, und er befehligte schwarze Legionen, deren Ausbildung und Technologie den Großteil ihrer mühsam erkämpften Fertigkeiten der leisen Fortbewegung nutzlos zu machen vermochten. Sie überlebte gegen BattleMechs, weil sie groß und ungelenk waren und ihre Piloten von der Außenwelt durch Tausende von Tonnen Panzerung isoliert waren – und durch ihre eigene MechKrieger-Arroganz. Sie schlug sie, weil die Piloten sie nur sehen konnten, wenn Cassie ihnen das gestattete.

Aber sie konnte sich vor den schwarzgekleideten Agenten des DEET nicht verbergen; die waren so klein, wachsam und beweglich wie sie selbst. Der rothaarige Mann konnte ihre eigenen Waffen gegen sie einsetzen, eine Erkenntnis, die ihre Seele in den Grundfesten erschütterte.

Die Angst hatte ein neues Gesicht für sie. Einen neuen Namen. Ninyu Kerai Indrahar.

Erst dann erkannte sie, daß sie den Plüschbären umklammert hielt, den Kali MacDougall ihr geschenkt hatte, und sein rosafarbenes Fell naß von ihren Tränen war. Sie tat, als wolle sie das verhaßte weiche Ding quer durch den Raum werfen, aber wieder überkam sie die Furcht, und sie rollte sich zusammen, umklammerte das Spielzeug und weinte, bis die Erschöpfung sie endlich in den Schlaf hinabzog.

20

Masamori, Hachiman
Distrikt Galedon, Draconis-Kombinat

21. September 3056

Der narbengesichtige Raumfahrer lächelte durch den Qualm seiner Zigarette die winzige Frau in der Jacke eines Luftraumpiloten an, als sei ihm das portweinfarbene Muttermal, das einen großen Teil ihres Gesichts bedeckte, völlig egal.

»Yeah, ich bin sicher«, sagte er. Sie konnte seinen Akzent nicht einordnen. Seine Kleidung ließ keine Rückschlüsse auf seine Herkunft zu, was in seinem Metier nicht ungewöhnlich war. »Es waren Clanner, die wir auf die Oberfläche gebracht haben.«

Cassie starrte ihn an. Sie widerstand dem Impuls, sich hektisch in der Raumhafenkneipe umzusehen, um sicherzugehen, daß niemand ihr allzuviel Beachtung schenkte. Sie hatte die Geschäftsleitung gut geschmiert, damit sie ihr erlaubte, ein paar eigene Detektoren einzubauen, die sie vor Wanzen warnten. Und wie die einäugige Frau sagte, die den Laden schmiß, tat Cassie ihr einen Gefallen, weil es bedeutete, daß sie ihren Kunden völlige Privatheit garantieren konnte.

Natürlich wurde im Wasserhandel Loyalität in der Regel nur erkauft, bis jemand vorbeikam, der mehr bot. Andererseits machte sich Cassie keine allzu großen Sorgen; das Schicksal Rikkis, des Zuhälters, hatte sich herumgesprochen. Die Leute würden sich nicht ohne weiteres mit ihr anlegen.

Aber ohne weiteres war auch kein Ausdruck dafür, wie der rothaarige Mann auf jemanden losgehen konnte. Cassie stellte fest, daß sie paranoid zu werden begann, aber sie würde sich auch auf nichts verlassen.

»Bist du sicher?« fragte sie. »Was waren es, Krieger? Elementare?«

Er lachte. »Sicher bin ich sicher. Weiß nicht, welcher Kaste sie angehörten, auch nicht, welchem Clan; und sie trugen keinerlei Abzeichen. Ich bin mir nur sicher, daß es keine Elementare waren – keine Muskelpakete von zwei Metern siebzig. Aber es waren ganz sicher Clanner, nach dem Schnitt ihrer Kleidung und diesem Aussehen zu urteilen, das sie nun mal haben.« Er schauderte. »Wenn man sie einmal gesehen hat, vergißt man sie nie wieder. Hielten mich und meine Mannschaft eine Weile auf Twycross fest, bis Kai Allard-Liao uns rausholte. Habe damals meinen Teil und mehr von ihnen abgekriegt.«

Cassie hatte die letzten beiden Wochen auf der Straße und in den Clubs verbracht und ihr eigenes Spionagenetz gepflegt wie eine geschmeidige grauäugige Spinne. Sie hatte sogar wieder ihre regulären Schichten im Kit-Kat abgeleistet, nachdem sie ihre Angst überwunden hatte, die Sumiyamayaks wüßten irgendwie, daß sie bei dem Treffen gewesen war, und warteten nur auf eine Gelegenheit, sie zu packen und zu foltern.

Taten sie aber nicht. Sie wußten gar nichts, nur, daß ein paar Kisten von einem Stapel gefallen waren und einem von Ninyu Kerais arroganten, schwarzgekleideten Raufbolden das Genick gebrochen hatten. Darüber lachten sie bei ihren Borstal Boys ziemlich.

Darüber hinaus – über die Tatsache hinaus, daß der stellvertretende Leiter der gesamten ISA auf dem Planeten war – wußten die Soldaten unten im Kit-Kat nichts. Auch niemand anders, mit dem die weit gespannten Fäden des Netzes in Kontakt kamen.

Das war zwar frustrierend, überraschte sie aber nicht. Ninyu hatte sicher nicht vor, seine Pläne mit den Yaks zu diskutieren. Er würde ihnen beizeiten sagen, was er wollte, und wenn sie schlau waren, würden sie dafür sorgen, daß er es mit minimalem Aufsehen bekam.

Cassie schnappte Gerüchte auf, der rothaarige Mann wohne auf Sturmhafen, dem Besitz der Fillingtons an der Küste nördlich vom Masamori, aber in die besseren Kreise Hachimans war sie noch kaum vorgedrungen. Die Geishahäuser und Spielhöllen, die die Elite versorgten, waren etwas härtere Nüsse als der Kit-Kat Klub und das Torashii Gyaru, wo Cassie tatsächlich immer wieder mal tanzte, um zu sehen, was sie aufschnappen konnte. Aber sie beabsichtigte nicht, Aufmerksamkeit zu erregen, indem sie irgendwo allzu großen Druck ausübte.

Als ihr dann eine fette Fliege ins Netz ging, hatte das ironischerweise gar nichts mit dem zu tun, was sie suchte. Oder vielleicht alles.

»Wo hast du sie aufgelesen?« Cassie fischte in der Tasche nach ihrem Geldbeutel und nutzte die Gelegenheit, den Raum mit den Augen abzusuchen. Niemand schien auf sie zu achten. Nicht, daß sie das überrascht hätte. Es war eine gute Methode, sich den Tod zu holen, wenn man sich in Yoshi in die Angelegenheiten anderer Leute einmischte.

»Draußen in der Priff«, sagte er und benutzte den Raumfahrerausdruck für Peripherie, »direkt jenseits der Grenze von Gravenhage. Für meinen Geschmack zu dicht am Parderraum, auch wenn ihnen die Wölfe und Bären derzeit gerade so richtig einheizen. Natürlich hatten die Schlangenpatrouillen so dicht am Clan-Raum Besseres zu tun, als nach uns zu suchen.«

»Ihr habt Clanner ins Kombinat gebracht«, sagte sie erstaunt.

»Sagte ich doch.« Er kicherte. »He, du glaubst doch wohl nicht, wir hätten von den Dracs eine Lizenz zum Überqueren der Grenze gehabt, oder? Es ist egal, ob man wegen eines Schafs oder eines Lamms gehängt wird, was immer das auch bedeuten mag.«

Er zog an seiner Kippe und zuckte die Achseln. »Übrigens waren wir überhaupt nicht sicher, daß es Clanner waren. Nur, daß sie eine Passage nach Hachiman wollten und bereit waren zu zahlen.«

»C-Noten?« Kein Raumfahrer, den Cassie je getroffen hatte, hätte auch nur darüber nachgedacht, sich Kurita-Raumpatrouillen und ihrem Verständnis von Gerechtigkeit für eine Zahlung in den weichen H-Noten auszusetzen, die die Großen Häuser der Inneren Sphäre ausgaben. Natürlich begannen auch die von ComStar ausgegebenen C-Noten dieser Tage an den Ecken auszufransen, dank des Drucks von seiten der Hanswurste von Blakes Wort.

»Gold.«

Cassie machte ein anerkennendes Gesicht und nickte.

Sie hatte nie beabsichtigt, sich so stark auf den weniger legitimen Wasserhandel einzulassen, wie es durch das impulsive Wesen Rikkis, des verstorbenen Zuhälters, geschehen war. Aber hier machte es sich mehr als bezahlt. Es war erstaunlich, was für Dinge ein einsamer Raumfahrer – oder vielmehr, um die ganze Wahrheit zu sagen, eigentlich so ziemlich jeder – einer völlig Fremden erzählen konnte, nur weil sie einen Tisch teilten. Oder ein Kopfkissen.

»Wie ich schon sagte«, fuhr der Raumfahrer fort, »sie haben sich nicht als Kerenskys oder so vorgestellt, als wir sie mit der *Daisy Belle* hier absetzten. Es war nur – sie benahmen sich irgendwie komisch, weißt du, als ob sie sich im Umgang mit Leuten nicht wohl fühlten, oder zumindest nicht mit abgerissenen Typen aus der Inneren Sphäre wie uns. Sie waren schon ziemlich höflich, nur – abwesend. Anders.«

»Wo habt ihr sie hingebracht?«

Diesmal musterten seine farblosen Augen die vollbesetzte Bar, und er rieb mit einer Handfläche gedankenvoll über die Stoppeln auf seinen eingefallenen Wangen. Es gab ein kratzendes Geräusch, bis Cassie die Hand vom Tisch nahm, um eine Rolle C-Noten zu zeigen.

Seine Augen leuchteten auf. So sehr hatten die Blakies die ComStar-Währung noch nicht ruiniert.

»Haben sie mitten in die Aventurinsee gebracht, ganz auf der anderen Seite der Welt«, sagte er.

»Wie habt ihr es geschafft, nicht entdeckt zu werden?«

Er tippte sich an den Kopf und warf ihr einen seltsamen, vogelartigen Blick zu. Ihr wurde klar, daß sie einen Fehltritt begangen hatte. Unter der Tischkante kroch ihre Hand auf den gebogenen Griff ihres Kris zu.

»Du weißt, wie aufmerksam die Verkehrskontrolle von Hachiman ist«, sagte er. »Oder?«

»Ich habe selbst schon Sprünge als Fracht gemacht.«

Die argwöhnischen Krähenfüße um Mund und Augen des Raumers glätteten sich. »Nun, laß es dir von einem gesagt sein, der es weiß: Ihre Dichte ist mehr Masche als Netz. Kinderspiel, eine rasche Landung zu machen und wieder abzuhauen. Schätze, die Yak mag es so.«

»Könnte sein«, sagte Cassie. »Was ist mit den Clannern?«

Er drückte seine Zigarette in einem Bronzeaschenbecher aus und entzündete sofort eine neue. »Haben sie an einer auf einer Karte eingezeichneten Stelle in ein Zodiac-Boot abgesetzt. Es stürmte, die Wellen waren über zehn Meter hoch, und sie verzogen keine Miene, sprangen nur in diesen Z-Vogel, als wäre ihnen auf der ganzen verdammten Welt alles egal.«

»Land in Reichweite?«

»Keine Chance.«

»Hast du das Schiff gesehen, das sie aufnahm?«

Der Raumfahrer schnaubte. »Habe nicht mal hingeschaut. War mir egal. Um die Wahrheit zu sagen, ich war froh, daß ich sie nicht mehr sehen mußte. Und wenn sie direkt auf den Meeresgrund gesunken sind, um so besser. Nicht einmal Untersuchungsbeamte der ISA können aus toten Clannern viel herausholen.«

Er stand auf. »Schätze, ich habe so viel geredet, wie meine Gesundheit verträgt«, sagte er. Er hob die in einem fingerlosen Handschuh steckende rechte Hand und zählte den Stapel C-Noten durch, den Cassie ihm zugeschoben hatte.

»Leicht verdientes Geld, schätze ich«, sagte er. »Sicher, daß du mir nicht beim Ausgeben helfen willst?«

Cassie sah zu ihm auf und nickte langsam. Er zuckte die Achseln und war weg.

Sie saß da, mit verschwommenem Blick, und ließ ihre Sinne Eindrücke der Menge und der Taverne um sie herum sammeln: Geruch von Tabak und verschiedenen rauchbaren Drogen, Schweiß, ein Hauch von Furcht; gemurmelte Gespräche, Zornesschreie, gezischte Beruhigungen, die blecherne Marokko 'n' Roll-Musik, die derzeit bei Raumfahrern der Inneren Sphäre beliebt war; Blicke voll Zorn und Gier und Lust und nackter Verzweiflung. Langsame, rauchgeschwängerte Luftschwaden und der Druck der Anwesenheit vieler Menschen.

Der Guru hatte ihr beigebracht, das Vorhandensein von Gefahr zu spüren, indem sie einfach ihren Sinnen freien Lauf und ihr Bewußtsein nicht eingreifen ließ; ihren Instinkt in den Wahrnehmungen nach Nuggets der Bedrohung sieben ließ. Natürlich klappte das nicht immer. Guru Johann trat auf eine Glaskobra und starb, noch ehe sein zuckender brauner Körper vor seiner Hütte in den Außenbezirken Larshas auf dem Boden aufschlug. Cassie war vom Tod des einzigen Menschen im Universum, der ihr etwas bedeutete, so erschüttert gewesen, daß sie sich zwei Tage später von einer zufälligen Straßenfegerstreife der Polizei hatte einlochen lassen.

Aber sie hatte seit damals viel durchgemacht. Sowohl ihre Sinne als auch ihre unterbewußte Verarbeitung dessen, was sie ihr zutrugen, waren auf zwanzig Welten und in tausend potentiell tödlichen Situationen geschärft worden. Hier drohte keine Gefahr.

Keine unmittelbare Gefahr, setzte sie im Geist hinzu. Draußen war es, als sei die Nacht zu einem gewaltigen Meer der Bedrohung geworden; sie konnte seinen Druck spüren, wie sie sich immer einbildete, tausend Meter tief in einem Tauchboot den zerquetschenden Druck des Ozeans spüren zu können.

Sie hatte keine Ahnung, was die Anwesenheit der Clanner auf Hachiman bedeuten mochte, für sie, für ihren Arbeitgeber, für ihre Ersatzfamilie. Aber sie wußte in ihrer DNS, daß sie bedeutsam war. So bedeutsam wie die Anwesenheit des rothaarigen Mannes – und so potentiell tödlich.

Einige der männlichen Singles in der Bar warfen ihr begehrliche Seitenblicke zu. Es würde Aufmerksamkeit auf sie lenken, wenn sie jemanden verletzen oder töten mußte. Daß sich jedermann an die Frau mit dem ausgeprägten Muttermal erinnerte, die ausführlich mit dem schlaksigen Raumer gesprochen hatte, dem einmal das Gesicht von der rechten Augenbraue bis zur Kinnspitze aufgerissen worden war, war das letzte, was sie wollte. Sie hatte das portweinfarbene Mal gewählt, weil es Aufmerksamkeit erregte und das einzige sein würde, woran sich jeder würde erinnern können. Aber sie gab sich nicht der Illusion hin, den Psychotechnikern der ISA mangele es an Methoden, aus dem Unterbewußtsein eines Zeugen ein genaueres Bild herauszuholen.

Ihre Instinkte schrien ihr zwar zu, von hier zu verschwinden, aber sie zwang sich, sitzenzubleiben und so zu tun, als rauche sie eine Zigarette, um Abstand zwischen den Weggang ihres Informanten und ihren eigenen zu legen. Dann erhob sie sich und schritt durch die rauhbeinige Enge der Trinkenden lässig nach draußen.

Draußen war die Nacht erhellt von den holografischen falschen Versprechungen Yoshis. Cassie verschaffte sich rasch einen Überblick über die Straße. Eine Traube betrunkener Dockarbeiter kam auf sie zu und sang ein zotiges Lied in der Sprache von Rasalhaag: *Muß um sie herumgehen*. Keines ihrer Pferdchen war in Sicht – sie hatte den Treffpunkt so gewählt, daß er in angemessener Entfernung von ihrem Revier lag –, und wenn jemand im Schatten lauerte, um sie zu beobachten, war er verdammt gut.

Sie steckte die Hände in die Taschen. Die Rechte schloß sich beruhigend um den schwarzen Gummikolben ihrer verborgenen abgesägten 10-mm-Waffe. Sie begann, die Straße entlangzugehen, als hätte sie ein bestimmtes Ziel, aber kein besonders dringendes.

Onkel Chandy lümmelte zwischen seinen Kissen herum und aß gewürztes Obst, als der Mirza Cassie aus seinen Privatgemächern in die Räume des OLA geleitete. Der Chef war nicht allein. Ein Paar seiner hübschen Gespielinnen lungerte bei ihm herum, gekleidet in durchsichtige Haremsgewänder, die Haare auf dem Kopf aufgetürmt. Sie beobachteten Cassie wie Katzen, in deren Revier ein unbekanntes Katzentier eingedrungen war; ihre Augen folgten ihr wie Gewehrmündungen, und sie konnte fast die Schwänze zukken sehen.

Habt keine Angst, dachte sie, ich möchte um nichts in der Welt sein, wo ihr seid. Selbst wenn la Dama Muerte sie für eine totale Schlampe hielt – sogar ohne zu wissen, daß Cassie im Torashii Gyaru nackt tanzte.

»Meine Damen«, sagte Chandy, »wenn Sie uns entschuldigen würden ...?«

Sie erhoben sich, warfen Cassie einen letzten Wenn-Blicke-töten-könnten-wären-von-dir-nur-noch-rauchende-Stiefel-übrig-Blick zu und verließen hüftenschwingend die Kammer.

Chandy klopfte neben sich auf die Kissen. »Komm, setz dich zu mir, Tochter. Genieß ein paar Früchte.«

Vorsichtig setzte sich Cassie, aber nicht so nah zu seinem gewaltigen Leib, wie er angedeutet hatte. Er suchte eine blaßgrüne Traube aus. »Das sind terranische Trauben, mariniert in einer heimischen Gewürzmischung. Wirklich köstlich.«

»Danke, Herr.« Cassie war immer noch zu sehr Straßenkind, um Gratisobst abzulehnen. Sie nahm eine Portion auf einem goldenen Teller und begann zu essen. Trotz der Furcht, die in ihr schwelte, probierte sie voll Appetit.

Chandy nickte zustimmend. »Du bist zu dünn, Tochter; ein wenig mehr Fleisch auf diesen zarten Knochen wird dich vor Krankheiten schützen, denk an meine Worte.« Er legte sich in die Kissen zurück. »Nun, was hast du mir mitgebracht?«

Zwischen Happen des süß-würzigen Obstes erzählte sie ihm, was der Raumfahrer gesagt hatte. Er schürzte seinen großen Mund und saß sehr still.

»So. Jemand auf Hachiman hat Umgang mit unserem großen Feind.« Er befingerte seine Kinne. »Vielleicht ahnt der Lächelnde von ihrer Anwesenheit. Vielleicht hat er deshalb seinen Schoß-Bluthund hierher entsandt.«

Cassie erstarrte mit der Scheibe einer unbekannten purpurnen Frucht auf halbem Weg zu ihrem Mund. Wenn der rothaarige Mann dachte, Onkel Chandy habe sich mit den Clans eingelassen …

»Mirza.«

»Zu Diensten.«

»Verwenden Sie all Ihre Ressourcen auf diese Angelegenheit. Sofort.«

»Aber die Sache Ninyu Kerai Indrahar …«

»Wird warten.« Ein Lächeln. »Wenn die Zeit gekommen ist, wird er zweifellos zu uns kommen. Finden Sie inzwischen heraus, was Sie über diese Clanangelegenheit in Erfahrung bringen können. Leutenient Suthorn wird ihre Erkundigungen natürlich fortsetzen, die sich bereits als so fruchtbringend erwiesen haben. Aber wir haben Aktivposten, mit denen sich nicht einmal unsere einfallsreiche Abtacha messen kann.«

Ein eiskaltes Prickeln lief Cassies Rückgrat hinunter. Die Verwendung des Clan-Lehnwortes wirkte merkwürdig, obgleich es seit 3051 ihr Rufzeichen war.

Der Mirza zögerte. »Direktor …?«

»Sprechen Sie.«

»Mir scheint, daß nur ein Wesen auf Hachiman die Ressourcen hätte, um Clanmitglieder auf den Planeten zu schmuggeln.«

»Tanadi.« Onkel Chandy rollte es im Mund herum, dann legte er den großen Kopf zurück und lachte. »Das wäre in der Tat köstlich. Der Marquis hilft Ninyu Kerai dabei, mich für ein Verbrechen zu vernichten, das der Marquis selbst begeht! Das wäre in der Tat köstliche Ironie.«

Er hob eine pummelige Hand, als erteile er seinen Segen. »Gehen Sie. Wir wissen nicht, ob es Tanadi ist. Wir können auch erst handeln, wenn wir mehr Informationen haben.«

Abdulsattah verbeugte sich und zog sich zurück.

»Müssen Sie rasch weg, Leutenient?«

Überrascht hielt sie inne. Was ist los mit mir? Das passiert dieser Tage viel zu häufig. Doch es ließ sich nicht leugnen, daß Onkel Chandy ein ungewöhnlicher Mann war – ein in der Tat unorthodoxer Kurita, aber ein Kurita.

»Ich …« Sie hob die Hände. »Ich habe das Bedürfnis, etwas zu tun, Herr.«

»Ich dachte«, sagte er, »als Kundschafterin mit Ihrer Erfahrung müßten Sie wissen, wie man sich in Geduld übt.«

Sie senkte den Kopf. »Ich denke, hier bin ich überfordert, Herr.«

»Nein.« Sie riß den Kopf hoch. »Ich glaube nicht, daß Sie das sind, Kind. Aber das ist etwas, was Sie selbst entscheiden müssen.« Er verlagerte sein Gewicht. »Sind Sie sicher, daß Sie nicht eine Weile bei mir bleiben möchten? Ich genieße Ihre Gesellschaft.«

Sie verspannte sich. »Sie können diesen Raubtierblick aus Ihren Augen lassen, Leutenient«, sagte Chandy und grinste plötzlich auf eine Weise, die ihn fast jungenhaft wirken ließ. »Wie Sie sehen, bin ich mit Bettwärmern ganz angemessen ausgestattet. Es stimmt zwar, daß Sie auf Ihre ruhige, unterernährte Weise so bezaubernd sind wie die bezauberndste unter ihnen, aber ich habe kein Interesse daran, Sie zu verführen. Zumindest nicht, Sie zu etwas zu zwingen.«

»Was wünscht Eure Exzellenz dann?«

»Daß Sie bei mir sitzen und mir wunderbare Geschichten von den Taten erzählen, die Sie vollbracht haben, und von den Dingen, die Sie gesehen haben. Warum der überraschte Blick? Glauben Sie, ich sei irgendein übernatürliches Wesen, das keine Unterhaltung braucht? Selbst die *kami* lieben eine gute Geschichte.«

Sie seufzte, setzte sich. Anspannung fiel von ihr ab. Sie hatte keine Wahl, und irgendwie war das ungeheuer befreiend.

Doch wie der Kontrollverlust, der durch Alkohol oder Drogen entstand, war es keine Entspannung, die sie sich allzuoft gönnen wollte.

»So ist es besser«, sagte Onkel Chandy. »Bevor Sie mir jetzt von Ihren Taten berichten, Leutenient, gibt es etwas, das ich Sie fragen muß: Haben Sie in der Tat vor, Ihre Landsleute über das zu informieren, was Sie heute nacht erfahren haben?«

Sie holte tief Luft, atmete aus. »Nein, Herr.«

Er nickte, lächelte. »Ihre Weisheit wächst, Kleine. Nun, wie wurden Sie zur Späherin dieser verrückten Männer und Frauen aus dem Dreibund?«

21

Masamori, Hachiman
Distrikt Galedon, Draconis-Kombinat

22. September 3056

Cassie ging über die schwarze Erde des HTE-Sportplexes außerhalb Masamoris, die von Mechfüßen plattgetrampelt worden war wie Asphalt, als ihr aus dem Augenwinkel etwas auffiel, das von rechts auf ihr Gesicht zuflog.

Es war zu spät, Bluttrinker auch nur zu ziehen. Sie konnte nur in eine verdrehte *Pentjak*-Haltung wirbeln, mit offenen, verteidigungsbereit erhobenen Händen.

Ein roter Plastikball, der mit blauen und gelben Punkten bedeckt war, flog ihr in die Hände.

»Hi, Cassie!« rief ein kleines, dickliches Mädchen mit pechschwarzen Ringelzöpfen. »Gut gefangen!«

Sie grinste. »Danke, Nopalita. Wie geht's euch, Bande?«

Etwa ein Dutzend Kinder aus der Kindergartengruppe scharte sich um sie, hüpfte auf und ab und umarmte Cassie. Kinder liebten Cassie. Sie hatte keine Scheu, mit ihnen zu spielen.

»Muß jetzt rennen«, sagte sie kurz und löste sich von dem Rudel. Sie winkte Diana zu – auch sie ein Liebling der Kinder, die den größten Teil ihrer Freizeit mit Arbeit im Kindergarten des Regiments verbrachte – und machte sich zum Ruheraum auf.

Noch ehe Cassie dort ankam, hörte sie die Rufe und den Jubel, trotz der lauten Musikbox, die den alten Gassenhauer *El Camino Real de Guanajuato* dröhnte. Es klang, als ginge etwas Lebhafteres vor sich als die üblichen Debatten über die Vorzüge des Vaquero-Starsängers Tino Espinosa gegenüber Johnny Tchang, dem Hologott, der '49 aus der Konföderation Capella ins Vereinigte Commonwealth übergelaufen war, kurz bevor die Claninvasion losbrach.

Sie trat ein und fand die Tischtennisplatte an die Wand gelehnt, davor war Platz freigemacht, auf dem zwei bis zur Hüfte nackte Männer einander mit Messern gegenüberstanden. Das Hologerät lief in der Ecke, ein Kickboxkampf aus Luthien, der ebenso ignoriert wurde wie die Musikbox. Archie Westin, der jungenhafte Reporter, hüpfte um die Kämpfenden herum wie ein nervöser Terrier.

»Ah, Leftenant Suthorn!« sagte er, als er sie entdeckte. Er hüpfte an ihre Seite. »Sie müssen etwas tun!«

»Warum ich?« fragte Cassie und beobachtete, wie die Kämpfer einander umkreisten. Einer war Macho, der ein Messer mit schmaler Klinge vor sich herumschwenkte. Der andere war ein Kiowa aus Kapitan Santos' Kompanie Infante, der den Namen Metallkopf trug. Er war ein großer, schwerer Mann mit rundem, dunklem Gesicht, Adlernase und leichtem Bauchansatz. Momentan hielt er ein gewaltiges Bowiemesser mit der Schneide nach oben vor sich. »Sowohl Vater Doktor Bob als auch Lady K stehen in einem höheren Rang als ich.«

Der Jesuit stand mit den Händen in den Taschen und etwas bedrücktem Gesichtsausdruck an einer Seite. Kali MacDougall stand mit dem Rücken zur Wand am Rand des Kampfplatzes und hielt ein Billardqueue in den Händen.

»Sie sind keine besondere Hilfe«, stieß Westin verzweifelt hervor. »Kapitan MacDougall ist doch tatsächlich Schiedsrichterin.«

Cassie nickte Marisa Savage zu, die sich duckte und wedelte wie ein Boxer, um den ganzen Ring mit ihrem Holocorder einzufangen. »Zumindest hält Ihre treue Kamerafrau alles auf Diskette fest. Wird für die Leute daheim eine gute Show sein; seit dem Übungskampf hatten Sie ihnen nichts besonders Aufregendes zu zeigen.«

»Guten Tag, Cassie«, sagte Vater García, der auf ihrer anderen Seite auftauchte.

»*Buenas*, Vater. *¿Que pasó?*«

»Ich fürchte, unser junger Freund aus dem Commonwealth ist von der barbarischen Seite unseres Charakters entsetzt.«

Cassie zog ein Gesicht und zuckte die Achseln. »Sie lassen Dampf ab. Könnte schlimmer sein; könnten ihre Streitigkeiten mit Zweiundvierziger Shimatsus beilegen.«

»Das erlaubt Ihr Kolonel?« fragte Archie, dessen Augenbrauen entsetzte Bögen bildeten.

»Er ermutigt uns insgeheim dazu«, sagte Vater García. »MechKrieger – besonders die aus dem Dreibund – bestehen meist darauf, daß der Ehre Genüge getan wird. Und der Schaden, den sie einander mit Messern oder gar Maschinenpistolen zufügen können, ist nichts im Vergleich zu dem, was geschähe, wenn sie in BattleMechs loslegten.«

»Oh«, ließ der Reporter mit dem Gesichtsausdruck eines Mannes vernehmen, dem verspätet ein Licht aufgeht.

»Selbst die Kell Hounds und Wolfs Dragoner duellieren sich«, erklärte der Jesuit. »Wir versuchen, alles im Griff zu behalten.«

Die Menge heulte wie ein Rudel Wölfe. Archie und die anderen drehten sich um und sahen, wie Metallkopf die Hand von einer langen, bluttriefenden Wunde nahm, die quer über seine Bauchdecke lief, während Macho über das ganze Gesicht grinste. Archie wurde unter seinen Sommersprossen grün im Gesicht.

»Das scheint aber nicht immer zu gelingen«, sagte er.

»Risky kommt richtig drauf«, sagte Cassie und verwendete den Spitznamen, den die Einheit der VCND-Kamerafrau verpaßt hatte. »Passen Sie besser auf, sonst läßt sie Sie im Stich, um über den Untergrund-Schlägerwettkampf im Capella-Raum zu berichten.«

Archie sah sie an und zog eine Augenbraue hoch. »Sie machen sicher Witze.« Nichtsdestoweniger warf er seiner Fotografin einen besorgten Blick zu.

Etwa in diesem Moment stach Metallkopf mit einer Geschwindigkeit, die seine Masse Lügen strafte, nach Machos Gesicht. Macho lehnte sich weit zurück und riß seine kleinere Klinge hoch, um zu parieren. Der Kiowa trat zu und riß dem *norteno* das rechte Standbein weg, dann warf er sich auf ihn, setzte sich auf seine Brust und preßte die Messerhand auf den kahlen Holzboden.

»In Guanajuato ist das Leben nichts wert«, sang die Musikbox.

Mit einem Triumphgeheul drehte Metallkopf das Bowiemesser, um es Macho in die Brust zu stoßen. Ehe das geschehen konnte, pfiff Lady Ks Billardqueue herum und traf mit einem häßlichen Krachen die Innenseite seines Handgelenks. Das Messer flog ihm aus der Hand.

»Das reicht, Jungs«, sagte Kali fröhlich. In himmelblauen Jeans und einem zartblauen Hemd, das direkt über der Taille zusammengebunden war, sah sie aus wie ein Mädchen vom Lande, das in einer warmen Frühlingsnacht ausritt. »Der Ehre ist Genüge getan. Zeit, sich die Hand zu geben und die Sache für erledigt zu erklären.«

»Wer sagt das?« fragte Metallkopf höhnisch und schlug nach ihr. Kali duckte sich nicht unter dem wilden Schwinger weg; statt dessen krachte das Ende des Billardqueues gegen das vorspringende Kinn des Kiowas und warf ihn flach auf den Rücken. Ehe er aufstehen konnte, stand die Kommandantin von Bronco über ihm. Die Spitze des Queues bohrte sich in die Kuhle seines Schlüsselbeins.

»Ich sage das«, bellte sie. »Du hast mich als Schiedsrichterin akzeptiert, hast im voraus jede Entscheidung gutgeheißen, die ich treffe. Hast du das kapiert, oder willst du in den letzten Minuten deines verschwendeten Lebens lernen, wie man mit dem anderen Ende seines Verdauungskanals atmet?«

Metallkopf nahm die großen Hände hoch. Zu Archies Erstaunen lachte er. »Kein Problem, Gelbhaar. Eifer des Gefechts, weißt du?«

Sie nickte und griff mit einer Hand nach unten, um ihm aufzuhelfen. Cassie sah Archie zurückzucken, als der Krieger sie nahm und aufstand.

»Was ist denn jetzt los?« fragte Cassie.

»Ich...« Er befeuchtete seine Unterlippe mit der Zunge. »Ich war sicher, dieser Kerl würde etwas Verzweifeltes versuchen, als der Kapitan ihm die Hand hinstreckte.«

»Warum?«

»Ich nehme an – ich nehme an, weil das immer in den Holodramen passiert.«

Vater Doktor Bob lachte und legte dem Reporter eine Hand auf die Schulter. »Wir Caballeros nehmen unsere Ehre ernst.«

»Übrigens«, sagte Cassie, als Metallkopf weggeführt wurde, um sich die Wunde verbinden zu lassen, »ist das für sie ein Spiel.«

Archie schüttelte den Kopf. »Ich gebe zu, ich bin perplex.«

»Weswegen?« fragte Lady K und kam herüber. Sie hatte das Queue ins Regal zurückgestellt. »Durch unser gelegentlich bizarres Spielverhalten? Hallo, Cass.«

Sie und Cassie umarmten einander. »Setzen wir uns und trinken was«, sagte sie. Die vier ließen sich an einem Tisch nieder, so weit von der Musikbox entfernt, wie Lady K es zuließ.

»Die Damen haben beide das Wort Spiel verwandt«, bemerkte Archie ernst. »Das erscheint mir passend, wenn ich an die Namen denke, die Sie einander und Ihren Maschinen geben, die grellen Kostüme, die einige von Ihnen tragen, und den Zierat, der überall an einem Ihrer Mechs hängt. Ich weiß auch, daß Mech-

Krieger traditionell Rufzeichen verwenden, aber vielem von dem, was Sie tun, scheint eine Spur von, nun, Unwirklichkeit anzuhaften.«

»Ich glaube, der Begriff, den Sie suchen, ist Verstellung«, sagte Vater García.

Lady K nickte und nahm einen Schluck aus einer Halbliterflasche Saft, die ihr einer ihrer Broncopiloten gebracht hatte. »Es ist so, Arch«, sagte sie. »Überall in der bekannten Galaxis wachsen Kinder bis zum heutigen Tage auf und spielen Cowboy und Indianer, stimmt's?«

Archie sah sie einen Augenblick lang von der Seite an, als befürchte er eine Falle. »Ja«, stimmte er vorsichtig zu. »Ich habe das selbst gespielt, als ich jünger war.«

»Nun, sehen Sie, Süßer, wir sind Cowboys und Indianer. Also glauben wir, das berechtige uns, auf ewig Kinder zu sein.«

Der Reporter blinzelte sie an, nicht sicher, was er antworten sollte. Schließlich grinste er lahm.

»Wissen Sie, Kapitan, diese Erklärung ergibt fast einen Sinn.«

»Wenn ich einmal als ausgebildeter Soziologe sprechen darf«, sagte Vater Doktor Bob, »ist das die beste Erklärung, die Sie bekommen werden.«

»Das ist also alles Verstellung – sie spielen einfach eine Rolle?«

»Wir sind alle zum Sterben geboren, Archie«, sagte Lady K. »Der Dreibund ist ein brutaler Ort, zumindest draußen in der Wüste und im Chaparral und im Gebirge, wo die echten Caballeros herumstreunen, *norteno*, Cowboy und Indianer gleichermaßen. Wir alle lernen von klein auf, daß hier niemand lebend rauskommt.« Sie zuckte die Achseln. »Solange man auf einer Einbahnstraße über die Bühne unterwegs ist, kann man die Show ebensogut so aufregend wie möglich gestalten, *que no*?«

Während sich Archie sichtbar bemühte, all das zu

verdauen, tauchte Mariska Savage auf, aufgeregt wie ein neugeborener Labradorwelpe. »War das nicht stark, Archie? Ich habe alles im Kasten. Hi, Leutenient.«

»Was ist los, Risky?«

Die Kamerafrau strahlte. Sie behauptet, noch nie zuvor einen Spitznamen gehabt zu haben, aber niemand wußte, ob sie scherzte oder nicht. Und obgleich die subversive Kampagne der Caballeros, sie aus ihrem Schneckenhaus herauszuholen, langsam Wirkung zeigte, konnten sie sie noch immer nicht einschätzen.

»Kein Untergrund-Schlägerwettkampf für Sie, Ms. Savage«, sagte Archie streng.

»Was?«

»Die capellanischen Schlägereien kommen nicht in Frage, junge Frau. Das ist kein Ort für eine wohlerzogene Person wie Sie.«

»Archie, wovon reden Sie? Haben Sie sich irgendwo den Kopf gestoßen?«

Cassie sah Lady K an. »Kann ich kurz draußen mit Ihnen reden, Kapitan?«

Kali nickte. Archie drehte sich um und sah betroffen aus, als sich die beiden Frauen erhoben. »Leutenient Suthorn! Müssen Sie so rasch fort? Ich würde Sie wirklich gern über Ihr mysteriöses Kommen und Gehen seit der Ankunft Ihres Regiments interviewen ...«

Lady K warf ihm ein süßes Lächeln zu und tätschelte ihm die Wange. »Wenn sie jedem Holoreporter im Vereinigten Commonwealth davon erzählte, wäre es doch nicht mehr mysteriös, oder? Ziehen Sie kein Gesicht, Süßer. Wir sind gleich wieder da.«

»Cassie ...«, stieß Archie hervor, aber sie war schon weg.

Der Jesuit legte ihm väterlich die Hand auf den Unterarm. »Hören Sie auf den Kapitan, mein Sohn, und bringen Sie Ihr Innerstes nicht in Aufruhr, wie es unsere Cowboybrüder so pittoresk ausdrücken würden.« Er sah den beiden nach, und auch er schien voller Bedauern. »Die beiden können Sie nicht festhalten. Da fangen Sie eher den Wind mit bloßen Händen.«

Draußen war die Sonne ein riesiger Ball aus geschmolzener Bronze, der kurz davor stand, in der unsichtbaren Shakudosee zu versinken. Ein *Quasimodo* schlenderte am Westrand des Komplexes entlang und sah im Schattenriß aus, als sei sein Kopf nachdenklich gesenkt. Diana Vásquez hatte ihre Schutzbefohlenen wieder nach drinnen gescheucht.

»Was belastet dich, Cass?« fragte Kali. Sie trat an die Seite des Durchgangs und lehnte sich mit den Schultern an eine Wand, die aussah, als bestünde sie aus Holzplanken. Ihr stets hilfreicher Verbindungsmann Preetam Masakawa hatte sie stolz darüber informiert, daß die Schlafräume und Nebengebäude im Sportplex aus Platten eines Kunststoffs bestanden, der in einer Abwasseraufbereitungsanlage in HTE-Besitz aus sterilisierten menschlichen Ausscheidungen hergestellt wurde. Ein weiterer Hinweis auf Hachiman Taros ungewöhnliches Interesse am Umweltschutz, von Onkel Chandys Einfallsreichtum ganz zu schweigen.

Wie alle ranghohen Offiziere des Siebzehnten hatte sich Lady K an Klagen über den Geruch gewöhnt. Preetam bestand darauf, daß es keinen Geruch gab. Kali hatte gerade beschlossen, alle bildeten sich den Geruch ein, aber dann und wann erwischte sie eine Nase voll von ... nun, irgend etwas.

»Passiert das oft?« fragte Cassie.

Kali runzelte die Stirn, und plötzlich war sie Kommandantin einer Kompanie, der ein Untergebener eine unverschämte Frage gestellt hatte. Cassie bereitete sich auf den Anschiß vor. Siehst du? jubelte die spöttische Stimme in ihrem Kopf. Du hast dich ihr geöffnet, und sie wird dich wie Dreck behandeln. Einsam bedeutet sicher.

Statt dessen schüttelte der Kapitan die Steifheit ab

und nickte. »Mehr und mehr. Der übliche Lagerkoller. Man kann nur eine gewisse Anzahl von Holospielen spielen, sich nur einige Male Tino Esposito ansehen, wie er sich das hübsche kleine Herz aus dem Leib singt, während die bösen Buben näher kommen, um ihn zu töten.«

»Ist es nur das?«

Lady K begann wieder zu beben, dann seufzte sie. »Gut, daß wir eine Familie sind«, sagte sie, »und du eine Kundschafterin mit so großer Reichweite und so geringer Wärmeentwicklung bist. Du würdest die hohen Tiere in den meisten Einheiten wahnsinnig machen.«

»Glaubst du etwa, du nicht?«

Kali lachte.

Langflügelige Nachtvögel umschwirrten sie und stießen klagendes Gekrächze aus, während sie sich an den Zwielichtschwärmen später Riedgrasmücken labten. In ein paar Wochen würde der erste Frost kommen, und die Insekten würden verschwinden.

»Es ist mehr als nur die übliche Langeweile«, gab Kali zu. »Wir hatten viel mehr Raufereien, und die Verluste werden schlimmer. Seit du uns die frohe Botschaft gebracht hast, daß die ISA an unserem Lieblingsonkel großes Interesse entwickelt, haben die Jungs und Mädels das Gefühl, wir säßen mittendrin im V-Ring und warteten darauf, daß der alte Ninyu den Hammer auf uns herabsausen läßt.«

Cassie starrte sie weiter an. Die Mundwinkel Lady Ks näherten sich langsam ihren Wangen, aber ihr Gesichtsausdruck war kein Lächeln.

»Sie könnten mir an dieser Stelle etwas Schonung gönnen, Leutenient.«

»Du hast dich in mein Leben gedrängt und mich gezwungen, diesen verdammten Bären anzunehmen. Vergiß die Schonung.«

Kali lachte humorlos. »In Ordnung. Yeah, Don Carlos ist in letzter Zeit noch tiefer als gewöhnlich in Melancholie versunken. Das Nichtstun läßt ihm viel Zeit, über Patsy nachzugrübeln. Die Leute beginnen sich zu fragen, ob er langsam durchdreht.«

»El patrón hat immer noch mehr auf der Pfanne als jeder selbstsüchtige MechPilot im Regiment!« entgegnete Cassie hitzig.

»Süße, laß den Boten leben. Ich setze dich nur darüber ins Bild, was an der Heimatfront passiert ist, während du fort warst, um herumzuschnüffeln und -zuballern und mit gefallenen Mädchen zu handeln.«

»Entschuldigung«, sagte Cassie. »Es ist nur, daß Don Carlos so viel für uns getan hat. Nur er hat uns so weit gebracht.«

»Yeah«, sagte Kali, »und du kannst mich ruhig mit deinem Krötenstecher mit dem Wellenschliff aufspießen, wenn ich das sage, aber er wird uns nicht mehr viel weiter bringen, wenn er sich nicht gewaltig zusammenreißt.«

Cassie wandte sich ab. Unerwartete Tränen brannten in ihren Augen. Für sie war Don Carlos kein vorgesetzter Offizier, keine Autoritätsperson. Er war das einzige Element der Stabilität in einem Universum der Ungewißheit und des zerstörerischen Wandels.

»He!« ertönte eine Stimme aus dem Ruheraum.

Sie steckten die Köpfe wieder durch die Tür. Es war Cowboy. Er und Machos andere Begleiter hatten sich an der Bar versammelt und trösteten ihren Kämpen. Der schlaksige Cowboy deutete auf die Holovidanzeige.

»Schaut euch das an«, sagte Cowboy. »Unser Chef hat es bis in die Abendnachrichten gebracht!«

Es liefen die Abendnachrichten der Masamori Broadcasting Company. MBC war angeblich privat – es war eine Tochtergesellschaft von Tanadi –, aber natürlich tanzten alle Medien im Kombinat nach der Pfeife des Drachen. Die junge Reporterin, die unzweifelhaft wegen ihres gesunden, ernsten, aber heiteren Aussehens ausgewählt worden war, sagte: »Berichten von anderen Orten in der Inneren Sphäre zufolge, steht die in Masamori ansässige Firma Hachiman Taro Enterprises kurz davor, einen Durchbruch in der überlichtschnellen Kommunikation vorzustellen.«

»Dieser Fortschritt würde das Aufbrechen des lange von ComStars Hyperpulsgeneratornetzwerk gehaltenen Monopols auf interstellare Kommunikation vollenden, der mit der Forschung des Vereinigten Commonwealth über unlängst wiederentdeckte Technologie bereits begonnen hatte«, sagte das ernste, aber dennoch irgendwie grinsende Sechs-Quadratmeter-Gesicht an der Wand von Onkel Chandys Spielzimmer.

Chandrasekhar Kurita seufzte, ein Geräusch, als rausche eine Zwei-Monde-Springflut den Yamato hinab. »Aus dieser Ecke also greifen sie an«, sagte er.

Der Mirza Peter Abdulsattah stand neben seinem Herrn und nickte ernst. »Blakes Wort hat noch nicht hingenommen, daß der Verlust des Hyperpulsmonopols unvermeidlich ist«, sagte er. »Diese Fanatiker werden sich hier sammeln wie Fliegen an einem Honigtopf, um unserer Häresie ein Ende zu bereiten.«

»Zweifellos mit ein wenig verdeckter Hilfe von Ninyu Kerai Indrahar.« Kurita verschränkte die Finger vor den geschürzten wulstigen Lippen. »Bietet sich eine dieser cleveren und illegalen Methoden Ihres Mullahs Nasruddin an, die diese Folge von Umständen abdeckt, alter Freund?«

»Es sieht nicht so aus, mein Herr.«

Chandrasekhar Kurita nickte. »Wir müssen unsere Vorsichtsmaßnahmen vorantreiben. Befehlen Sie den Söldnern, einige ihrer Leute vom Sportplex zurückzurufen.«

Abdulsattah hielt inne. »Wenn der Herr Direktor erlaubt ...«

»Heraus damit! Warum sollte ich die Risiken eingehen, die es mit sich bringt, ein Mitglied einer verbotenen Sekte zu beschäftigen, wenn nicht, um mich des gesamten Spektrums seiner Fähigkeiten zu versichern? Ich bin von Ihrer Offenheit abhängig, mein Sufi-Freund.«

»In militärischen Kreisen – wenn auch nicht immer bei den VSDC – wird es als bester Führungsstil betrachtet, niemals zu befehlen.«

Kurita starrte ihn an. Seine schwarzen Augen waren matt, undurchdringlich. Nach einem kurzen Moment breitete sich ein Lächeln auf seinem gewaltigen Gesicht aus.

»Sie schlagen vor, ich äußere meine Besorgnis und erlaube meinen wilden Gaijin, die Initiative zu übernehmen, indem sie ihre Streitkräftepräsenz im Komplex erhöhen?«

Abdulsattah verneigte sich. »Sie haben es selbst vorgeschlagen, Chandrasekhar-sama.«

Onkel Chandy lachte dröhnend. »Sie sind ein cleverer Scharlatan, Peter.«

»Ich bin, wie Sie sagen, ein Sufi, Herr.«

22

Masamori, Hachiman
Distrikt Galedon, Draconis-Kombinat

23. September 3056

Der rothaarige Mann stand auf der Terrasse von Sturmhafen, dem Familiensitz der Fillingtons, der hoch über atemberaubenden Felsklippen lag, die hundert Meter über der sich selbst verzehrenden Gischt der Shakudosee aufragten. Wer immer den Familiensitz erbaut hatte, er hatte es an einer hervorragend zu verteidigenden Stelle getan.

Vermutlich hatte sein Gastgeber damit nichts zu tun.

Der Wind zerzauste Ninyus Haar wie Finger, die schwer vom Geruch und dem leicht klebrigen Gefühl des Salzwassers waren, zart gefärbt vom Duft blühender Herbstblumen im Garten des Grafen.

Die Sonne sank, der Himmel im Westen war schiefergrau, indigo und feuerrot gestreift. Feldheuschrecken zirpten unsicher und wärmten sich für ihr nächtliches Konzert auf.

Es lag nicht in Ninyus Wesen, derlei Dinge schätzen zu können. Das war etwas, das ihm sein Adoptivvater beizubringen versuchte. Du bist kein Bushi, kein Krieger, du bist ein Ninja. Doch du mußt von den Samurai lernen, trotz all ihrer Posen und ihres Selbstbetrugs. Und eins, was du lernen mußt, ist, daß ein Krieger, der die Schönheit nicht zu schätzen weiß, wie eine Klinge ohne Schneide ist.

Das im Draconis-Kombinat vorherrschende Bild des Lächelnden war das eines gütigen Ästheten mit erlesenem Geschmack und vollendeten Manieren, eines Mannes, der manchmal Schulkindern den Kopf tätschelte, wenn sie ihn in seinen ausgedehnten Gärten besuchten, um ihm Gedichte vorzulesen, die sie zum

Ruhme des Koordinators geschrieben hatten. Außerhalb des Kombinats wurde allgemein angenommen, Indrahar sei dann am glücklichsten, wenn er diese glücklichen Schulkinder in einem Topf kochen konnte. Selbst Liaos gefürchtete Maskirovka sah ihn so und bewunderte ihn dafür nur um so mehr.

Ninyu Kerai kannte die Wahrheit. Sein Adoptivvater würde diese Schulkinder ohne mit der Wimper zu zucken kochen, wenn es seine Pflicht dem Drachen gegenüber erforderte. Aber es würde ihm keinen Spaß machen. *Giri* ist wichtiger als *ninjo*; Pflicht geht vor menschlichen Gefühlen. Das war das Gesetz des Drachen.

Doch Subhash bedrängte seinen Erben ständig, diese menschlichen Gefühle nicht zu vernachlässigen. Ninyu begriff das nicht ganz. Aber sein Vater bat ihn darum, und er gehorchte. So lernte er den Sonnenuntergang und die salzige Gischt und den Duft der Hachimanveilchen schätzen.

Aber nicht so sehr, daß er nicht sofort das Scharren eines Schuhs auf den Pflastersteinen bemerkt hätte. Etwas klickte, hielt inne, klickte wieder, als versuchte jemand das Zirpen der Grillen mit einem Paar Gabeln zu imitieren. Er schnitt eine Grimasse und spürte, wie sich die Muskeln zwischen seinen Schulterblättern anspannten. Gerade als er begann, jene Heiterkeit zu erfassen, zu der ihn sein Adoptivvater hinführen wollte, da kam der verhaßte Katsuiyama und verdarb sie.

Er drehte sich um, und da war er, bekleidet mit einem lächerlichen Barett und einem Kittel. In seiner Hand war etwas, das an einen Chronometer erinnerte, doch statt einer Digitalanzeige waren am Rand entlang kleine Punkte, Zahlen und schlanke Zeiger angeordnet.

Ninyu Kerai unterdrückte seinen Zorn über die Störung. *In der Vergangenheit hat dir dein Zorn als wunderbare Waffe gedient, Adoptivsohn,* hatte Subhash zu ihm gesagt. *Doch er kann sich in deiner Hand wenden und dich wie eine Muramasaklinge schneiden. Er ist ein Diener, der leicht zum Herrn werden kann. Die Zeit ist gekommen, daß du lernst, ihn abzulegen.*

Ninyu versuchte es. Aber er hatte Enrico Katsuyama auf den ersten Blick gehaßt.

»Was haben Sie da, Beigeordneter Direktor?« bellte er.

Katsuyama hielt ihm das Gerät vors Gesicht, drückte auf den obersten Knopf. Ninyu widerstand dem Impuls, es zu packen und über die Klippe ins Meer zu schleudern. Er beobachtete, wie der schmalste Zeiger sich rasch und der mittlere langsamer im Kreis drehten.

»Es ist eine Stoppuhr«, sagte der schwerfällige Mann.

»Lächerlich. Wie sollte man so ein Ding je ablesen?«

Katsuyama drehte es um, sah es an, als hätte er es gerade unter einem Blatt im Garten gefunden. »Diese Zeiger drehen sich und zeigen die Zeit an.«

Ninyu blickte finster. »Sie scherzen.«

»Nein, nein, wirklich. Das ist eine ganz besondere Stoppuhr. Sie ist fast tausend Jahre alt. Sie wurde beim Abspann und in den Rahmensequenzen der alten terranischen Flachbildshow *60 Minutes* verwendet.«

»Tatsächlich«, grunzte Ninyu. Er hatte eigentlich keine Ahnung, was er jetzt passenderweise sagen konnte, aber er wollte verdammt sein, wenn er sich von dieser Kröte vorführen ließ.

Katsuyama nickte enthusiastisch mit dem Kopf. Feuchtigkeit glitzerte in den Ecken seines Schnurrbarts, wie Ninyu angeekelt bemerkte, als hätte er darauf herumgekaut.

»Es ist die neueste Bereicherung meiner Sammlung«, sagte Katsuyama. »Ich habe Josef Goebbels' Mikrophon, eine einen halben Meter hohe Statue von Mickey Maus, Indiana Jones' Filzhut und den Pullover, den Franklin Roosevelt bei seinen Kamingesprächen trug, auch wenn ich argwöhne, daß es sich dabei um eine

Nachbildung handelt. Alles aus dem zwanzigsten Jahrhundert.«

»Warum die Obsession für diese bestimmte Ära?« fragte Ninyu, der keine Ahnung hatte, wovon Katsuyama redete.

»Aber diese Zeit sah das Heraufdämmern der Ära der Massenkommunikation!«

Ninyus Augen wurden schmal. »Und?«

»Also sah sie auch die Morgendämmerung der Medienmanipulation. Josef Goebbels entdeckte als erster das Prinzip der Großen Lüge, auf dem alle öffentliche Meinungsmache basiert. Meine Reliquien sind Artefakte aus dem Besitz von Herrn Goebbels und anderen Größen der Kunst, die sich darauf spezialisiert hatten, die öffentliche Meinung zu formen, ob durch manipulative Unterhaltung, geschickt manipulierte Berichterstattung in den Nachrichten, falsche Umfragen oder direkte Agitation.«

»Sind Sie sicher, daß dieses Ding echt ist?« fragte Ninyu. »Es sieht keine tausend Jahre alt aus.«

Katsuyama blinzelte ihm zu. »Warum nicht?«

»Meine Herren.«

Beide wandten sich um und sahen den Höchst Ehrenwerten Percival Fillington, Graf von Hachiman, vom großen Haus her auf sich zukommen. Er war ein schlanker junger Mann Anfang Dreißig mit bleichen, hübschen Zügen und lockigem, hellbraunem Haar. Er hielt sich recht gerade, aber innerlich lachte Ninyu höhnisch. Die Fitneß dieses Mannes stammte aus der Sporthalle, von Trainern und Saunen und Masseuren. Er betrieb Kendo, was für die oberen Klassen des Kombinats fast schon eine Pflicht war. Er war sogar kurz als Pilot eines BattleMech im Einsatz gewesen. Aber er war kein Krieger; im Kern war er weich.

Deshalb machen wir unsere eigentlichen Geschäfte mit der Yakuza, obwohl die Höflichkeit verlangt, daß ich mich mit dir abgebe.

»Haben Sie schon gehört? MBC hat gerade von anderswo in der Inneren Sphäre eine Story aufgepickt, derzufolge Chandrasekhar Kurita eine Art Hyperpulskommunikationstechnologie entwickelt haben soll!«

Ninyu sah Katsuyama nicht an, aber er spürte das Grinsen des kleinen Mannes wie die Wärme aus den Tauschern eines Mechs. Der Schirmherr des Planeten sah beide abwechselnd an. Seine Augen waren groß, braun, hatten lange Wimpern und traten leicht vor.

»Sie wissen das beide«, sagte er in einem Tonfall, der einer Anklage so nahekam, wie es der Schirmherr eines Planeten dem zweiten Mann der ISA und dem Abteilungsleiter der Propagandaabteilung gegenüber wagen durfte.

»Die Geschichte ging vom Beigeordneten Direktor Katsuyama aus«, gab Ninyu zähneknirschend zu.

Der Mund des Grafen wurde zu einem überraschten ›O‹. »Aber das wird Horden von Fanatikern von Blakes Wort nach Hachiman bringen!« rief er aus. »Sie werden alles tun, um das Hyperpulsmonopol aufrechtzuerhalten, selbst unter der Kontrolle von ComStar.«

»So wird es sein, Schirmherr«, sagte Katsuyama selbstzufrieden.

»Aber, Ninyu-san, ich dachte, die ISA zöge gegen Blakes Wort zu Felde.«

Irgend etwas muß ich dem Narren doch erzählen, oder? Er könnte sich als unangenehm erweisen, wenn sein Ego nicht gestreichelt wird. Takt war eine weitere Eigenschaft, die Ninyus Adoptivvater ihn zu lehren versuchte. Der Lächelnde war in jeder Weise anspruchsvoll.

»Wir haben mit Macht alle Bemühungen von Blakes Wort vereitelt, im Kombinat Angriffe gegen ComStar-Einrichtungen zu führen, mein Herr.« Er lächelte, ein Gesichtsausdruck, der überhaupt nicht zu seinen vernarbten Lippen paßte. »Wenn sie damit einverstanden sind, ComStar in Ruhe zu lassen, ist die Innere Sicherheit gewillt, ihnen bei der Erledigung anderer Angelegenheiten einen gewissen Handlungsspielraum zu lassen.«

»Oh«, sagte der Graf. Die Vorstellung eines Kabukischauspielers von einem verschwörerischen Gesichtsausdruck stahl sich in sein Gesicht. Ninyu mußte ein Lachen unterdrücken. »Sie werden sie also an Ihrer Stelle den fetten alten Chandrasekhar in seine Schranken verweisen lassen, hm?«

Unter anderem, dachte Ninyu. Seine Mitarbeiter hielten ständig Ausschau nach Agenten von Blakes Wort. Diese Brüder waren zu vorsichtig, um ohne vorherige Absprache mit der ISA jetzt im Kombinat aktiv zu werden.

Wie er Fillington bedeutet hatte, würde die Innere Sicherheit Blakes Wort erlauben, sich um diese neue Häresie zu kümmern – so lange sie sich an die Richtlinien hielten, wovon er und Subhash sicher ausgingen. Er und sein Adoptivvater waren auch sicher, daß Blakes Wort, bedacht, wie sie darauf waren, HTE und seinen anmaßenden Direktor zu vernichten, viele der Aktivposten verraten würden, die ins Kombinat zu schmuggeln ihnen ohne Wissen der ISA gelungen war.

Der Lächelnde war ein Meister der Spiele innerhalb von Spielen.

Fillington sah von Ninyu zu Katsuyama. »Nun, ich werde die Herren jetzt der Feinabstimmung ihrer Pläne überlassen. Wenn Sie von unserer guten abendlichen Seeluft genug haben, erwartet Sie das Abendessen.« Es schien ihn nervös zu machen, in Ninyus Nähe zu sein.

Als der Schirmherr des Planeten schnell ins Haus zurückkehrte, stand Ninyu da und wünschte sich inständig, Katsuyama werde ihm folgen. Die Verlockung eines reich gedeckten Tischs war etwas, dem der kleine Mann kaum widerstehen konnte.

Aber Katsuyama bestand darauf, an seinem Ellbogen zu kleben, im Zwielicht grau wie ein schwerfälliger

Geist. »Das haben Sie gut gemacht, Beigeordneter Direktor«, sagte Ninyu.

Katsuyama nickte dankbar mit dem Kopf. »Danke, Lord Ninyu. Vielen Dank.« Er machte keine Anstalten zu gehen.

Ninyu drehte sich zu ihm um und hob eine Augenbraue. »Nun?«

Katsuyamas Zunge huschte über seine Lippen wie eine Ratte über Tempelstufen. »Ich weiß, daß Ihr dem Wert der Medienmanipulation skeptisch gegenübersteht, Herr. Ich hoffte, diese Demonstration würde Euch den Ruhm dieser Kunst erschließen.«

»Sie scheint in diesem Fall angemessen zu funktionieren. Mein Adoptivvater zeigte seine übliche Weisheit, als er Sie zu mir sandte.«

»Ich vertraue darauf, daß Ihr bald seine Weisheit in seiner Bitte sehen werdet, bis zum Ende dieser Angelegenheit bei Euch zu bleiben.« Der Medienmann nahm seine Brille ab, begann sie mit dem Saum seines Kittels zu polieren. »Habt Ihr nie den Satz gehört ›Soll es eben Kuchen fressen‹, Lord Indrahar?«

Es stand Katsuyama nicht an, Ninyu so anzusprechen. Er würde ihn dafür tadeln müssen – irgendwann. In der Zwischenzeit nickte er vorsichtig und langsam. »Habe ich.«

Katsuyamas Gesicht erstrahlte wie ein Leuchtgeschoß. »Und wißt Ihr, wer ihn gesagt hat, Herr?«

»Irgendeine Königin in den Tagen vor der Raumfahrt.« Er dachte einen Augenblick lang nach. Ninyus Adoptivvater hatte ihm das Studium der Geschichte aufgezwungen. Das Leben war soviel einfacher gewesen, als er nur ein ISA-Agent war. »Sie haben sie dafür enthauptet, glaube ich.«

»Genau die. Nur, daß sie den Satz nie gesagt hat. Er wurde von den politischen Gegnern der Königsfamilie erfunden. Aufgrund dieser kühnen Lüge wurden der König und die Königin enthauptet, eine alte Monarchie gestürzt, die Gesellschaftsordnung ganz Europas unwiderruflich verändert.« Katsuyama schüttelte den Kopf. Seine Augen glitzerten vor feuchtem, hingebungsvollem Feuereifer, als habe er das Privileg, den Koordinator an seinem Geburtstag zu sehen. »Begreift Ihr denn nicht die transzendente Macht und Schönheit von Propaganda, Herr? Bis auf den heutigen Tag wird genau die gleiche Lüge mit Erfolg von Sozialaktivisten benutzt und denen in den Mund gelegt, die sich gegen ihre Reformen stellen, um sie zu diskreditieren.«

»Normalerweise müssen wir solche Aktivisten zum Tode verurteilen, nicht?« fragte Ninyu.

»Nun ja.« Noch immer ließ die Kröte sich nicht zum Schweigen bringen. »Doch das Prinzip behält seine Gültigkeit. Eine in der Tat sehr umfassende Gültigkeit. Und jetzt gerade haben wir sie wieder einmal belegt.«

»Haben wir?«

»Habt Ihr irgendeinen Beweis dafür, daß Chandrasekhar Kurita auch nur das geringste Interesse an überlichtschneller Kommunikation hat, Herr?«

»Nein.«

Katsuyama zeigte ihm sein unebenmäßiges Sortiment großer gelber Zähne. Glücklicherweise war es zu dunkel geworden, um viele Einzelheiten wahrzunehmen. »Was ist dann dieser Nachrichtenbeitrag anderes als eine Große Lüge? Und Ihr werdet sehen, sie wird uns wieder genauso gut dienen.«

»Lassen Sie uns hoffen, daß sie das nicht muß.« Ninyu sah aufs Meer hinaus. Auf dem ruhelosen Wasser schien ein Hauch eines Purpurschimmers zu liegen, der aus dem Sonnenlicht hervorblutete, das die unteren Ränder der schwarzen Wolken säumte. Er wandte sich um und sah, daß einer von Hachimans kleineren Monden begonnen hatte, sich über das große Trimurtigebirge weit im Landesinneren zu schieben. Ein paar Sterne leuchteten zögernd am Himmel.

»Ich gehe hinein«, sagte er brüsk.

Katsuyama rückte sein Barett in einem kecken Winkel zurecht. »Ich glaube, ich komme mit.«

»Die Bedingungen hier draußen sind absurd, Papá.« Gavilán Camachos hübsches Gesicht meldete sich aus dem Kommunikator auf Don Carlos' Schreibtisch. »Wir konnten noch keine entsprechende Hilfsmannschaft anheuern. Die Arbeiten an den Rohren halten uns weiter auf. Das Essen ist schrecklich. Der ...«

Der Kolonel drehte seinem Sohn den Ton ab. *Mutter Maria, vergib mir,* dachte er, *denn ich habe den Jungen zu dem gemacht, was er ist. Aber ich kann es nicht ertragen, mir länger sein Gejammer anzuhören.*

Die MechKrieger des Ersten Bataillons waren eigentlich eine gute Gruppe, aber wie Soldaten zu allen Zeiten liebten sie es, sich zu beklagen. Statt damit fertig zu werden oder den Großteil einfach als reines weißes Rauschen abzutun, war die Lösung des jüngeren Camacho, die Klagen an seinen Vater weiterzugeben.

Gabby war ein guter Junge, zumindest innerhalb seiner Grenzen. Aber selbst sein stolzer Vater Don Carlos konnte sehen, daß seine Reife zu wünschen übrig ließ.

Gavilåns Ernennung zum Bataillonskommandanten hatte für eine gewisse Aufregung in den Rängen gesorgt. Die anderen Bataillone wurden von einem Rabbi und einem Sänger befehligt. Die protestantischen Kaplane, die Reverends Odegaard und Poteet, und die katholischen Padres fragten sich manchmal gleichermaßen laut, warum keinem guten christlichen Geistlichen ein Bataillon übertragen worden war.

Die Frage war nicht leicht zu beantworten – zumindest nicht direkt den Männern gegenüber, die sie stellten. Poteet war ein prahlerischer Narr. Odegaard hatte nicht das Zeug zum Kommandanten. Vater Elfuego Goldstein, dessen Familienangehörige seit der Ära, in der politisch enttäuschte Juden zur Römischen Kirche konvertiert waren, fromme Katholiken gewesen waren, auch nicht. Don Carlos' eigener Beichtvater, Vater Montoya, nahm nicht einmal an den Kämpfen teil. Was Vater Doktor Roberta García anging – er würde glücklicherweise eine solche Aufgabe nie übernehmen. Er war auch nicht unbedingt eine Führungspersönlichkeit. Und der Kolonel konnte Vater Montoya schon sagen hören: *Aber wir wünschten, du hättest einen Katholiken zum Bataillonskommandanten gemacht, mein Sohn. Statt dessen gibst du uns einen Jesuiten.*

Ah, gut. Gabby war ein guter MechKrieger, das erkannte jeder an. Er hatte sogar einen Abschluß vom Nagelring, der Elite-Militärakademie des Hauses Steiner, während seine Schwester Davions Militärakademie New Avalon absolviert hatte. Er hatte sich im Kampf bewiesen.

Und dennoch ist er als MechKrieger nicht mehr als ein Schatten seiner Schwester, sagte Don Carlos zu sich selbst. *Das konntest du noch nie einem von beiden verzeihen. Und deshalb hat sich Patsy umgebracht, und Gavilán verbringt sein Leben mit der endlosen Jagd nach einem Geist.*

Er bemerkte ein Licht, das auf der Konsole seines Schreibtischkommunikators blinkte. »Gavilán«, sagte er, »ich habe noch einen anderen Anruf.«

Sein Sohn runzelte klagend die Stirn. »Aber Vater ...«

»Er kommt auf der Direktleitung unseres Arbeitgebers. Ich werde später mit dir reden.« Nicht ohne Erleichterung unterbrach er die Verbindung.

Gaviláns Gesicht wurde durch das des Sicherheitschefs von HTE ersetzt. »Kolonel Camacho«, sagte der Mirza, »ich hoffe, es geht Ihnen gut.«

»Den Erwartungen entsprechend, der Jungfrau sei Dank. Und Ihnen?«

»Ich bin bei ausgezeichneter Gesundheit, Kolonel, danke. Aber ich gebe zu, daß es mir schon besser gegangen ist.«

»Was kann ich für Sie tun, Mirza?«

»Haben Sie die Abendnachrichten gesehen?«

Der Kolonel lächelte und schüttelte den Kopf. »Meine Pflichten lassen mir wenig Zeit, HV zu sehen.«

»Erlauben Sie mir, Ihnen einen Ausschnitt aus der Sendung von heute abend vorzuspielen.«

Als Don Carlos das Stück über den entscheidenden ›Durchbruch‹ bei HTE gesehen hatte, seufzte er schwer.

»Wir dürfen bald mit einem Besuch von *los ateos* rechnen, nicht?« fragte er.

»Bitte? Dieser Name ist mir nicht geläufig.«

»Die Atheisten. Die Anhänger von Blakes Wort.« Für die frommen Caballeros waren die durchschnittlichen ComStar-Fanatiker nicht weniger atheistisch, aber der Kolonel sah keine Notwendigkeit, das zu erklären.

»Ja.« Das asketische Gesicht betrachtete ihn einen Augenblick lang prüfend. »Kolonel, die Pflicht zwingt mich, eine Frage zu stellen, die ich persönlich geschmacklos finde.«

Don Carlos lächelte. »Ich halte einem Mann nie vor, daß er seine Pflicht tut.«

»Nun gut. Sie und die meisten Ihrer Leute stammen aus der Liga Freier Welten. Viele Ihrer MechKrieger hatten früher einen Rang beim Marik-Militär inne. Sie selbst blicken auf eine Geschichte hervorragender Dienste im Haus Marik zurück, ehe Sie Söldner wurden.«

Die dünnen Lippen preßten sich kurz zusammen, ehe der Mirza fortfuhr. »Generalhauptmann Thomas Marik ist praktisch das Oberhaupt von Blakes Wort«, sagte er. »Kolonel, besteht hier irgendeine Möglichkeit eines Interessenkonflikts?«

Würde mein Sohn zuhören, er würde aufheulen, weil meine Ehre als Ritter von Galisteo beschmutzt wurde. Der Gedanke drängte sich ihm geradezu auf. Don Carlos hatte sich während der Jahrzehnte, in denen er aus dem merkwürdigen, archaischen und vollkommen isolierten Dreibund weg war, weit mehr Kultur angeeignet, als ihm eigentlich lieb war. Er verstand vollkommen, warum der Mirza diese Frage stellen mußte. Was er empfand, war Verblüffung. Ehe er in Pension gehen und das Regiment Gavilán übergeben konnte, mußte der Junge noch eine Menge lernen.

»Wissen Sie, warum ich aus dem Dienst bei Marik ausgeschieden bin, Mirza?« fragte er, während er dachte: *Ich wette, du weißt es, du blutarmer alter Cabrón.* Er achtete den Mirza, begriff aber auch, was er war.

Abdulsattah schüttelte sein schmales Heiligenhaupt.

»Vor vielen Jahren unterstützte ich Duggan Marik als Nachfolger für das Amt des Generalhauptmanns. Nachdem er und sein Vater Janos von der Bombe eines Attentäters getötet worden waren, zog ich mich aus dem Dienst bei Marik zurück. Ich wußte, daß keiner der beiden möglichen Erben, weder Thomas noch Duncan, meine Dienste unverzichtbar fände, egal, wer nun an die Macht kam.«

Abdulsattah lachte leise. »Sie sind in der Tat ein weiser Mann.«

»Was meine Leute angeht...« Don Carlos bewegte sich beim Versuch, es sich bequem zu machen, auf seinem Stuhl. Manchmal schien es ihm, als laste das Gewicht jedes einzelnen der zweitausend Krieger, Hilfsarbeiter und Angehörigen, die das Regiment bildeten – und für deren Wohlergehen er verantwortlich war –, direkt auf seinen Schultern. »Die meisten von ihnen stammen aus der Liga, ja. Und die meisten sind freiwillig ins Exil gegangen. Wir vom Dreibund – den die meisten aus der Inneren Sphäre als die Südwestlichen Welten bezeichnen – schätzen unsere Autonomie höher als alles andere. Als Generalhauptmann hat Thomas Marik mehr Macht an sich gerissen als all seine Vorgänger. Er setzt unser Volk daheim schwer unter Druck, in der Hoffnung, es auf seine Linie einzuschwören.

Und was diese Geschichte angeht, als Oberhaupt im

Exil hochstilisiert zu werden, gibt es zu Hause auf unseren Heimatwelten Befürchtungen, daß er dazu neigt, Blakes Wort als eingeführte Religion in der Liga Freier Welten anzuerkennen. Wir Caballeros sind religiöse Leute, Indios und Protestanten ebensosehr wie gute Katholiken wie ich selbst. Wir haben gelernt, meist friedlich mit dem Glauben anderer leben zu können, und durch Jahrhunderte der Mühen haben wir zu akzeptieren gelernt, daß man seine eigene Religionsfreiheit am besten schützt, wenn man sie auch bei anderen anerkennt. Wenn der Generalhauptmann Blake anbeten will, ist das seine Sache. Sollten seine Anhänger uns aber zwingen wollen, uns vor seinen falschen Propheten zu verneigen, dann kämpfen wir.«

»Danke, Don Carlos«, sagte der Mirza gravitätisch. »Ich bin zufrieden, und ich spreche auch für Chandrasekhar Kurita. Ich hoffe, Sie verstehen, daß ich diese Angelegenheit nicht auf die leichte Schulter nehmen konnte.«

Kolonel Camacho nickte. »Ich werde meine Truppen sofort zurückrufen. Wenn es sich einrichten läßt, wäre es vielleicht das beste, sie im Schutze der Nacht auf den Flußbarken hereinzuholen. Es ist nicht nötig, unsere Feinde auf unsere Vorbereitungen aufmerksam zu machen, wenn es nicht sein muß.«

»Allerdings nicht. Wenn ich einen Vorschlag machen dürfte, Kolonel?«

»Es wäre mir eine Ehre, Señor Abdulsattah.«

Einen Augenblick lang drohte sich auf dem asketischen Mund des Mirza fast ein Lächeln breitzumachen. Don Carlos bemerkte erneut, wie es diese *culebras* immer wieder zu erstaunen schien, daß Leute von anderswo in der Inneren Sphäre Höflichkeitsrituale genauso schätzten wie sie selbst.

»Ich halte es für unwahrscheinlich, daß uns ein regelrechter Angriff mit BattleMechs bevorsteht. Nicht einmal die ISA würde mit Mechs ausgerüstete Blake-

Fanatiker auf Hachiman loslassen. Wir können eher so etwas wie ein Überfallkommando erwarten. Es wäre vielleicht am besten, wenn Sie nicht mehr als ein Bataillon zurückriefen, damit Ihre Leute nicht so dicht aufeinander hocken. Wir haben im Komplex nicht sehr viel freie Wohnräume.«

»Einverstanden. Ich werde sofort den Befehl geben.«

Abdulsattah nickte. »Ich werde mit unserem Transportbüro sprechen und mich um die Barken kümmern. Ich glaube, wir haben die Möglichkeit, noch heute nacht in Aktion zu treten.«

Nach einem Austausch von Freundlichkeiten hängte der Mirza auf. Don Carlos preßte die Augen zusammen.

Es war ein Fehler. Er sah wieder Patsy, umgeben von OmniMechs der Nebelparder, ein Kojote im Kampf gegen Mastiffs. Sein alter *Kampftitan* war langsam gewesen, zu langsam ...

Die Tür zu seinem Büro öffnete sich. Marisol Cabrera trat ein, in ihrer Uniform im Marikstil, ihr leicht ergrautes Haar zu einem traditionellen galisteischen Knoten auf dem Kopf zusammengefaßt. Sie trug ein Plastiktablett, auf dem eine weiße Teekanne aus schwerer Galisteo-Keramik mit zwei passenden Tassen stand. Alle waren blau mit Szenen langhörniger Ranger-Bullen bemalt, die mit *vaqueros* in AgroMechs kämpften. Das Service war von Handwerkern auf Don Carlos' eigener Hazienda Vado Ancho hergestellt worden und hatte ihn und das Regiment auf ihren vielen Abenteuern in der ganzen Inneren Sphäre begleitet.

Sie stellte das Tablett vor ihn. Er lächelte beim Minzegeruch des Dampfs.

»*Yerba buena*«, sagte sie. »Es wird dir helfen, dich zu entspannen.«

»Du weißt eben immer, was ich brauche, Marisol«, sagte er. »Was täte ich nur ohne dich?«

»Laß mich deinen Nacken massieren«, sagte sie und

trat hinter Don Carlos, damit er nicht ihr erfreutes Lächeln bei seinen Worten sehen konnte. Er nickte und ächzte dann zufrieden, als ihre kleinen, starken Finger die Knoten der Verspannung aus Nacken und Schultern zu massieren begannen.

Er schloß die Augen, und dieses Mal erhob sich hinter den Lidern nicht der Märtyrertod seiner Tochter. »Ich werde zu alt hierfür«, sagte er träumerisch. »Ich sollte mich auf Vado Anchò zur Ruhe setzen. Meine Schwester Marta altert vorzeitig, so strengt es sie an, dort alles im Griff zu behalten, aber für mich wäre es eine segensreiche Erholung.«

Und ich wäre bereit, es darauf ankommen zu lassen, daß Thomas Marik nicht mehr weiß, auf wessen Seite sich ein früherer Kommandant der Legionäre Freier Welten in der Erbfolgeauseinandersetzung schlug. Und daß man uns zumindest ein paar unserer alten Freiheiten zugesteht, bis ich in Frieden bei Patsy und der Himmelskönigin ruhe. Er bekreuzigte sich.

»Worauf wartest du, Carlos?« flüsterte sie ihm ins Ohr. »Warum übergibst du das Kommando nicht jetzt? Du hast gewiß so lange gekämpft, wie ein Mann muß. Nicht einmal der Heilige James, der Mohrentöter, hat mehr getan.«

Und das Siebzehnte Gavilán übergeben. Er erschauderte fast. Es gab ein paar junge Rauhbeine, besonders in seinem Ersten Bataillon, denen das gefallen würde. Aber die älteren Mitarbeiter – und klügeren Köpfe – würden vielleicht nicht so bereitwillig die Führung des jüngeren Camacho akzeptieren, ehe er bewiesen hatte, daß er die Last der Befehlsgewalt wirklich zu tragen vermochte.

Don Carlos seufzte. *Mein Sohn, mein Sohn, was habe ich dir angetan?* Er kannte die Antwort nur allzugut.

»Ich kann nicht«, sagte er. »Zumindest nicht jetzt. Hast du die Nachrichten gehört?«

»Es gab irgend etwas über eine wissenschaftliche Entdeckung hier«, sagte sie.

»Es war eine Lüge. Eine Lüge, die Ärger bereiten sollte – und anderen Ärger vertuschen. Uns steht hier bald ein Angriff bevor. Ich habe eine Verpflichtung unserem Arbeitgeber und meinen Leuten gegenüber. Ich kann ganz gewiß erst ruhen, wenn die Gefahr vorbei ist und ich meine Pflicht Chandrasekhar Kurita gegenüber erfüllt habe.«

Nun war es an Cabrera zu seufzen, auch wenn sie es unhörbar tat. »Du wirst ein Bataillon aus dem Biwak außerhalb der Stadt zurückrufen wollen.«

Er nickte. »Das Erste, denke ich.«

»*¿Por qué?* Sie sind hier schon an der Reihe gewesen. Das Dritte Bataillon hat die Rotation in den Komplex noch nicht mitgemacht.«

»Das Dritte ist das grünste. Das Erste ist unser bestes Bataillon.«

»Du mußt so stolz auf deinen Jungen sein, bei dem, was er aus ihnen gemacht hat.«

Oder was sie ihm zum Trotz aus sich selbst gemacht haben. Dennoch würde es eine gute Erfahrung für den Burschen sein. »Ja«, sagte Don Carlos.

»Ich werde alle Vorkehrungen treffen«, sagte Cabrera zu ihm und ließ kurz beide Hände auf seinen Schultern ruhen.

Er griff nach oben und tätschelte ihre Hand. »Liebe Marisol. Immer der perfekte ausführende Offizier. Du bist ein Schatz.«

Wieder war sie froh, daß er ihr Gesicht nicht sehen konnte, nicht die Freude in ihren dunklen Augen und auch nicht den Schmerz.

23

Masamori, Hachiman
Distrikt Galedon, Draconis-Kombinat

15. Oktober 3056

Zwischen 23.30 Uhr und Mitternacht verstopften Arbeiter, die zur Friedhofsschicht kamen, die U-Bahn-Station unter dem Zentrum des Hachiman-Taro-Komplexes. Diese Arbeiter, die sich in den beiden ersten Wagen des Ostregen-Zugs, der in die unteren Mittelklasse- und besseren Arbeiterviertel Shin Kobe, Hangan und Kim nördlich des Komplexes fuhr, drängten, waren sich der Gegenwart von rund zwei Dutzend Gaijin in den pastellfarbenen Overalls von HTE-Angestellten der Spätschicht bewußt. Höflich nahmen sie davon Abstand, ihnen Fragen zu stellen oder auch nur allzu offen hinzustarren. Fremde oder nicht, diese Leute waren offenbar in Onkel Chandys *uchi* aufgenommen worden. Sie waren nicht völlig *tanin*.

Manche von ihnen trugen Sporttaschen, auf die die Logos von Sportartikelfirmen aufgedruckt waren – mehrere davon tatsächlich von außerhalb des Kombinats. Das war nicht auffällig. Onkel Chandy förderte die Fitneß bei seinen Angestellten und gestattete denjenigen, die laufen, Gymnastik machen oder Kendo trainieren wollten, eine einstündige Arbeitspause. Die fremden Logos, die erst in letzter Zeit durch Theodores Reformen auf den Märkten des Kombinats langsam auftauchten, hatten ihre beste Zeit als Statussymbole in Masamori bereits hinter sich.

Die Fremden beteiligten sich nicht ganz so enthusiastisch wie die Masakko am Ansturm auf die Ausgänge, als der Zug an der HTE-Haltestelle anhielt. Sie ließen die erste lautlose Welle an sich vorbei durch die Türen zu den Ausgangsdrehkreuzen strömen, wo sich die Arbeiter gehorsam anstellten, um zwei Wachen in himmelblauen Overalls und Helmen, um die ein auffälliger weißer Farbstreifen verlief, ihre Holo-Identifikationsanstecker zu zeigen.

Der erste der Fremden war einen Kopf größer als die meisten Masakko. Er trug einen dunklen Ziegenbart und ein Fab Three-Symbol auf seinem Schutzhelm, was bedeutete, daß er im Nordteil des Komplexes an Gebäudekontrolltafeln für Haushaltsanwendungen arbeitete. Der zitronengelbe Overall war dem schlanken Mann ein wenig zu weit.

Die Wachen betrachteten den Ausweis, den er hochhielt, und nickten. Als er durch das Drehkreuz ging, schlug ein Metalldetektor Alarm.

Aus seinem ausgebeulten Overall zog der Mann mit dem Ziegenbart eine kompakte halbautomatische Pistole mit eingebautem Schalldämpfer. Bevor eine der Wachen reagieren konnte, hatte er beide zwischen die Augen getroffen.

Aus einem Zeitungskiosk innerhalb der Wartehalle rief eine Stimme einen Satz, den er nicht verstand, als die gesamte Situation abrupt und komplett zum Teufel ging.

Die Worte hießen auf Japanisch ›*Runter!*‹. Die Einwohner Hachimans konnten zwar ungebärdig sein, waren aber für die Begriffe des Großteils des menschenbewohnten Raumes erstaunlich zahm und gehorsam. Als die Stimme ihnen befahl, sich hinzuwerfen, ließen sie sich prompt auf die Bäuche fallen – so daß nur noch zwei Dutzend Gaijin-Terroristen von Blakes Wort mit zusammengebissenen Zähnen aufrecht dastanden.

Aus Kiosken, hinter quadratischen Stützsäulen hervor, aus Putzmittelschränken flackerte gelbes Mündungsfeuer auf. Der große Mann mit dem Ziegenbart hatte noch Zeit, tapfer einen Slogan zum Ruhme Blakes zu rufen, die vorprogrammierte Notsendung im Kommunikator auszulösen, den er in der linken Hand hielt, und seine Pistole mit dem Schalldämpfer zu heben. Dann erblühten etwa zwanzig blutrote Blumen auf seiner Brust und warfen ihn ein halbes Dutzend Schritte zurück, ehe er auch nur fallen konnte.

Die zwei Dutzend Azteken, die in Verstecken in der U-Bahn-Station gewartet hatten, waren keine Mech-Krieger. Aber sie waren dennoch Krieger, und keiner hatte dem Regiment nur mit Schraubenschlüssel und Taschenlampe gedient. Viele waren verwundet worden, ehe sie auch nur ihre Heimatwelten verlassen hatten.

Der Großteil des Terroristenkommandos wurde niedergestreckt, bevor sie noch nach in ihrer Kleidung oder ihren Sporttaschen verborgenen Waffen griffen. Vier von ihnen gelang es, die Schranken zu durchbrechen, Granaten zu werfen und Salven aus Automatikwaffen abzufeuern. Sie erreichten die Treppe, die zur Oberfläche führte, und stürmten hoch.

Stabssergeantin Belle, die winzige Acomafrau, die für den Hinterhalt verantwortlich war und deren Gesicht von einem halben Dutzend Granatsplittern blutete, drückte einen Kontakt auf der kleinen schwarzen Einheit, die sie in der Hand hielt. Es gab ein klickendes Geräusch.

Die beiden Claymore-Minen waren so angebracht worden, daß sie ihren Hagel von Stahlsplittern in einem Winkel nach oben verschossen, über die Köpfe der gehorsam daliegenden Arbeiter hinweg und direkt in die Angreifer von Blakes Wort hinein, die auf der Treppe in Fetzen gerissen wurden.

Sergeantin Belle hatte ihre erste Pflicht im Eifer des Gefechts nicht vergessen. Sie hatte ihren eigenen Panikknopf gedrückt, ehe sie selbst das Feuer eröffnete.

Die Alarmsirenen hatten oberirdisch kaum ihr an- und abschwellendes Heulen begonnen, als von der

Nordwand des Komplexes ein gewaltiger weißer Blitz ausging. Das Geräusch einer Explosion rollte wie eine Woge über das große Gelände.

Mit heulenden Servos und dem Donnern großer Metallfüße begannen sich die BattleMechs des Siebzehnten zu bewegen. Don Carlos hatte in vier Vierstundenschichten jeweils eine ganze Kompanie auf einmal in ihren Maschinen warten lassen. Da sich sechs Kompanien innerhalb der Mauern des Komplexes befanden, hatte niemand einen Tag frei, aber der Kolonel glaubte, seine MechKrieger seien am besten, wenn sie nicht allzu lange am Stück im Cockpit saßen, und zwanzig von vierundzwanzig Stunden waren jede Menge Ruhezeit.

Heute nacht war Bronco die diensttuende Kompanie – und da Kolonel Camacho den Verdacht gehegt hatte, die Terroristen könnten sich den Schichtwechsel zunutze machen, setzte er seine Wachen zeitversetzt ein, so daß sie nicht mit den Arbeitszeiten der Arbeiter im Komplex zusammenfielen. Die anderen Kompanien, in Bereitschaftszuständen, die von Einsatzbereitschaft im Raum bis zur Ruhephase reichten, rannten zu ihren Maschinen.

Cassie nickte Zuma und Diana zu, die, in Panzerwesten gekleidet, die nicht am Kampf Teilnehmenden und die Angehörigen beaufsichtigten – meist Kinder unter zwölf, die bereits in unterirdische Luftschutzbunker strömten. Ob sich Onkel Chandy auf die unvermeidliche Zeit vorbereitet hatte, wenn der Waffenstillstand mit den Clans endete, oder ob er einfach glaubte, für jeden Notfall vorbereitet sein zu müssen, der Komplex war jedenfalls gut darauf vorbereitet gewesen, einer Belagerung standhalten zu müssen, ehe das Siebzehnte überhaupt eintraf.

Sie startete ihr kleines Honda-Rheinmetall-Motorrad und knatterte in Richtung der Explosion davon. Als jemand, der an Heimlichkeit – oder auch Beweglichkeit –

als die erste Tugend glaubte, verachtete sie üblicherweise Transportmittel mit Motor. Aber da jetzt überall Sirenen aufheulten, Fahrzeuge in alle Richtungen rasten und BattleMechs in Aktion traten, würde das Geräusch des Motors ihrer Maschine keinen verdammten Unterschied machen. Und nicht einmal Cassies kräftige Beine konnten ihr MiG-Mountainbike so schnell über den gewaltigen Komplex treiben.

Sie ratterte an den Montagegebäuden der Mechs vorbei, großen, hellerleuchteten Höhlen, die fast wie Tore zu anderen Welten wirkten. Vor ihr schritt ein riesiger Schatten zielstrebig voran. Sie fühlte einen reflexartigen Stich von Panik beim Anblick der nur allzu vertrauten Silhouette eines *Atlas*.

Dann empfand sie einen zweiten Stich, weil nachts um diese Zeit nur ein *Atlas* im Einsatz war. *Mach es mit mir nicht so wie Patsy, Lady K. Hier geht es zwar nicht gegen Tigre-Omnis, aber das bedeutet nicht, daß sie dich in deinem Hundert-Tonnen-Kokon nicht verletzen können.*

Irgendwie bezweifelte sie, daß es ihre neue Freundin darauf ankommen lassen würde, was sie beruhigte. Das Metallmonster hob grüßend die rechte Hand, als Cassie ausscherte, um daran vorbeizufahren.

Auf der Dreihundertsechzig-Grad-Anzeige über ihrem Transpex-Sichtschirm sah Kapitan Kali MacDougall die Gestalt einer *Wespe* an der pagodenartigen Zitadelle vorbei aufragen, sichtbar als ein sich bewegender schwarzer Fleck vor sterngesprenkeltem Schwarz über der gelben Lichtkuppel, die das Flutlicht des Komplexes warf.

»Sabado«, sagte sie in das Mikrofon, das aus ihrem Neurohelm vor ihren Mund ragte, »schaff deinen Arsch wieder auf den Boden. Mach dich erst zur Zielscheibe, wenn wir wissen, womit wir es zu tun haben.«

Die Sprungdüsen flackerten doppelt auf, als der Pilot

die Gyros ergriff, um seine Maschine rückwärts zu neigen und die Vorwärtsbewegung zu bremsen. »Bestätige, Lady K«, kam die Antwort zurück. »*Lo siento.*«

»*Winger*«, sagte Kali und rief damit einen der beiden Piloten, die an der Nordmauer auf Streife waren. »Hörst du mich, *Winger*? Tecolote?«

»Hier Teco, Kapitan«, kam die Stimme U-Leutenient Hector ›Teco‹ Alvarez' zurück, der den einzigen *Jäger-Mech* des Regiments steuerte. »Hier oben ist in der Wand ein großes fettes *puto* von einem Loch. Heftiger Beschuß aus kleinen Waffen trifft die Blauen, die in den Fabrikationsgebäuden der Nordeinheit ausharren. Ich habe gesehen, wie eine Rakete Wingers *Jenner* direkt ins Cockpit traf. All seine Systeme sind zusammengebrochen.«

»Ist er rausgekommen?«

»Negativ, Lady K. *Ai, Cabrón*! Mich hat gerade eine ganze Bootsladung Raketen verfehlt!«

»Na, dann benutz die Gebäude als Deckung und schieß zurück.« Auseinandersetzungen mit Clanelementaren und ironischerweise die Tatsache, daß die besessene und höchst erfolgreiche Mech-Mörderin Cassie Suthorn in der Einheit war, hatten einiges dazu beigetragen, das unbegründete MechKrieger-Vorurteil der Caballeros zu erschüttern, die einzig wahre Bedrohung für einen BattleMech sei ein anderer BattleMech. Lady Ks Leute hatten Angst, plötzlich Infanteristen mit Mechabwehrwaffen und ausreichend Fanatismus, um sie auch zu benutzen, gegenüberzustehen – besonders, wenn sie erst einmal zwischen die stabilen Gebäude des Komplexes vorgedrungen waren. Die eingeschränkte Beweglichkeit und die Nahkampfreichweite gestalteten ein so vollbebautes Gelände ideal für genau die Art von häßlichem Hinterhalt, die ihre eigene Abtacha so gerne legte.

»Die Kavallerie ist unterwegs«, versicherte Kali Teco. Und dann hatte sie Zeit zu denken: Sierra Foxtrot, die-

ser Fandango hat gerade erst begonnen, und ich habe schon einen Mann verloren. Unglaublich guter Start für eine Karriere als Kommandantin einer Kompanie.

In ihrem Hinterkopf erklangen Stimmen, vertraute Stimmen, die ihr sagten, daß sie schlecht und dumm war und scheitern würde. Sie biß die Zähne zusammen. Sie hatte schon lange gelernt, diese Stimmen zu erkennen: Sie waren der Feind. Die feindlichen Gestalten, die mit tragbaren KSR durch die Nacht schlichen, waren nur potentiell tödliche Nervensägen.

Etwas Gutes hatte es, mitten in einem Feuergefecht im Cockpit eines BattleMechs angeschnallt zu sein, dachte sie. Es macht es verdammt schwer, in den Alltagstrott zu verfallen. Wenn das hier erledigt war, würde sie mit Zuma sprechen. Wenn sie beide davonkamen.

Im Augenblick hatte sie sich auf die Aufgabe zu konzentrieren, ihr Kommando wahrzunehmen. Sie betete lautlos und fuhr das Kommandonetz hoch. »Kompanie Bronco, wir haben eine größere Lücke in der Nordmauer, stehen unter schwerem Beschuß, kleine Waffen und Panzerbrecher ...«

Cassie brauchte weniger als zehn Sekunden, um zu erkennen, daß der Angriff auf die Nordmauer eine Finte war.

Es sah nicht aus wie eine Finte, als sie quer aus der Mündung einer Straße des Komplexes in der Nähe des Flusses geschlittert kam, um nach Westen die Straße entlangzuschauen, die innen am Rand des Komplexes entlanglief. Die Blauen, wie die Caballeros HTEs eigene Sicherheitstruppen nannten, lieferten sich in der Tat ein beeindruckendes Feuergefecht mit einer Streitmacht, die durch eine fünfzehn Meter breite Lücke zu stürmen versuchte.

Verdammt große Explosion, dachte sie. Ich wette, das war eine Vanbombe. Dünger und Diesel. Sie konnte die in der Öffnung herumliegenden Leichen sehen und auf der anderen Seite einen *Jenner*, der keine Anzeichen von Beschädigung zeigte, aber auch keine Lebenszeichen. Genau in diesem Augenblick sah sie Tecos *Jäger-Mech* aus einer Straße westlich der Lücke treten und das Loch mit den beiden großen Autokanonen in den Armen bestreichen.

Die Terroristen von Blakes Wort waren so fanatisch wie angekündigt und beantworteten den Beschuß des Jägers mit einem augenblicklichen Schwarm von KSR, die große Brocken aus den zementverkleideten Fabrikgebäuden der Nordeinheit rissen. Cassie sah ein paar Raketen vom Kugelbauch des Mech abprallen, ehe er sich zurückzog.

Sie verschossen tragbare Geschosse, als gäbe es sie umsonst, und das ließ sie stutzig werden. Ungepanzerte Infanterie durfte niemals hoffen, sich gegen den Widerstand von BattleMechs mit Unterstützung durch Bodentruppen einen Weg in einen befestigten Komplex zu bahnen, egal, wie viele KSR sie abfeuerten. Was sie tun konnten, war Schaden anrichten und eine Menge Lärm machen.

»Tiburón«, sagte sie in das Mikro in dem Kommu-Headset, das sie sich übergestülpt hatte, ehe sie losgefegt war. »Tiburón, hier Abtacha. Kommen, Tiburón.«

»Er ist noch nicht im Netz«, kam die trockene, überlegene Stimme von Gordo Baird. »Hier Kolonel Baird. Sie können mir Ihre Informationen geben.«

»Ist sonst noch jemand im Kommandonetz?«

»Einen Augenblick mal, junge Dame ...«

»Lady K hört, Abtacha, GA.«

Stell dir vor, du bist froh, die Stimme einer Mech-Pilotin zu hören. »Ich bin an der Bresche, Lady K. Sind Sie hier irgendwo?«

»Komme. Die Dunkle Lady ist eine langbeinige, langsame Hure, aber sie ist die reine Bosheit. Ein paar der anderen Broncos sollten jedoch bei dir sein.«

»An Lady K und alle 'lleros, die zuhören: Ich glaube, das ist eine Finte. Ich sage es noch mal, der Angriff hier ist ein Ablenkungsmanöver.«

Das rief einen Wirrwarr von erregten Kommentaren hervor, in erster Linie von den Bronco-MechPiloten, die herbeigeeilt waren, um Teco und den Blauen zu helfen.

»Das ist lächerlich«, sagte Baird, der das Geplapper übertönte. »Allen Berichten zufolge ist das ein größerer Angriff.«

»Sie verschießen haufenweise Munition, Gordo. Das bedeutet aber noch nicht, daß sie hier ihre große Nummer abziehen.«

»Abtacha, hier Badlands. Bei uns versuchten ein paar durch die U-Bahn-Station heraufzukommen. Zumas Leute haben sie trockengelegt, keine Überlebenden.«

»Sehen Sie?« fragte Baird mit höhnischem Triumph. »Das ist ein Zweiflankenangriff. Die HTE-Sicherheitsabteilung hat bereits mit einem Gefangenen von der Bresche gesprochen. Es gibt nur diese beiden Angriffe.«

Cassie riß ihr Motorrad herum und jagte es südwärts, auf den dunklen sich nähernden Klotz von Kalis *Atlas* zu.

»Das sind die einzigen, von denen Ihr Vögelchen weiß«, sagte sie weit über den Lenker gebeugt. Sie zog an dem *Atlas* vorbei. »Badlands, ich bin unterwegs zur Südmauer. Ich will, daß Sie den Späherzug dorthin schicken. Er wird vor mir ankommen.«

»Unterleutenient Suthorn, das ist Feigheit vor dem Feind! Kapitan Powell, Sie halten Ihren Zug in Reserve, bis ...«

»Vergiß es, Gordo«, fauchte Badlands Powell. »Du bist nicht mein Vorgesetzter. Und versuch daran zu denken, Rufzeichen zu verwenden wie ein echter Soldat. Abtacha, ich werde auf dich hören. Badlands Ende.«

»Hier oben gibt es nichts, was Bronco nicht in den Griff bekommen könnte«, setzte Lady K hinzu. »Und wenn die eigentliche Aktion unten im Süden ist, wird außer dem Gebrüll sowieso alles vorbei sein, bis ich meinen Bleifuß dort hinuntersetze.«

Kolonel Carlos Camacho saß im Cockpit des Großen Weißen, seines erbeuteten Clan-Mechs, und träumte. In seinem Neurohelm prasselten Anfragen und Situationsberichte. Er hörte sie nicht; er war in einer anderen Zeit, an einem anderen Ort …

Die Draco-Bergbauwelt Jeronimo, im Angesicht des unaufhaltsamen Vorrückens der fürchterlichen Tigres, des Nebelparderclans. Das Siebzehnte und seine VSDK-Verbündeten fielen wieder zurück, versuchten, sich genug Platz und Zeit zu erkämpfen, damit Landungsschiffe die angeschlagenen Einheiten evakuieren konnten. Nur das unzugängliche Terrain des Contrapelagischen Gebirges, in dessen Herz sich die Überlebenden aus der Inneren Sphäre zurückzogen, hinderte die schnelleren Clan-Omnis daran, sie zu überrennen – das Terrain und die gleichermaßen brutalen Hinterhalts-Taktiken der Caballeros.

Sie hatten fast den breiten Kessel eines schon lange inaktiven Vulkans erreicht, einen Ort, an dem Landungsschiffe heruntergehen konnten, um die MechKrieger und ihre Angehörigen zu retten. Ein Stern Tigres war vor dem Rudel hergeprescht und bedrängte sie hart, selbst als die ersten Schiffe schon landeten.

*Don Carlos erinnerte sich gut an das Gefühl von Verzweiflung und Entsetzen, als der erste schnelle Clan-*Puma *sich von den Felsen löste und über die verbliebenen Überlebenden hereinbrach. Der Rest des gemischten Sterns folgte ihm voller Mordlust. Und mit Stolz und Kummer erinnerte er sich daran, wie Patsys* Feuerfalke, *la Capitana, plötzlich zwischen den messerscharfen Lavaklippen, die reich an Metalladern waren und sie vor den besseren Sensoren der Clanner verborgen hatten, hervorbrach. Sie hatte ihre Waffen aus kürzester Entfernung von oben auf den Kopf des* Puma *ab-*

gefeuert, noch ehe der Pilot mit seinen genmanipulierten Reflexen reagieren konnte.

Der Nebelparder-MechKrieger war tot, bevor der rechte Fuß des Feuerfalken durch den angeschlagenen Panzerdeckel seines Mechkopfes brach. Und dann war Patsy mitten zwischen den vier überlebenden Mechs des Sterns, die vom Gelände gezwungen worden waren, ihre Formation zu schließen und wie wahnsinnig um sich schlugen. Sie gab den Tigres keine Chance für die Duelle Mann gegen Mann, die sie bevorzugten – und besonders gab sie keinem der feindlichen Mechs eine Chance, sie anzugreifen, während die anderen vorbeieilten, um das herabsinkende Landungsschiff zu zerstören. Sie zwang sie alle, gegen sie zu kämpfen.

Sie zwang sie, sie zu töten.

Wieder durchlebte Don Carlos die Qual des behäbigen Vormarsches seines Kampftitan und sah, wie die Omnis Patsy in Stücke schossen. Als das Cockpit ihres Feuerfalke zu einem rauchenden Hohlraum zerschossen war, war der Rest des Ersten Bataillons in Reichweite.

Patricia Camacho wurde schnell gerächt. Don Carlos selbst hielt den Katamaran des Sternkommandanten am Arm fest, während er den Piloten bei lebendigem Leib röstete, indem er die Mündung seiner PPK gegen die Transpexkuppel preßte und schoß, bis seine eigene Wärme weit über die rote Linie stieg und sein Kühlsystem zusammenbrach. Er war gezwungen gewesen, per Schleudersitz auszusteigen, um zu vermeiden, daß er selbst gekocht wurde.

Der übereifrige Stern der Clanner wurde abgeschlachtet. Die schwer traumatisierten Überlebenden der VSDK und des Siebzehnten gingen an Bord des Landungsschiffs und führten als letzte trotzige Trophäe den weitgehend intakten Katamaran mit. Er trug ein wenig dazu bei, ihren durch die rasche, unvermeidliche Niederlage angeschlagenen Stolz wiederherzustellen.

Aber nichts konnte den Verlust Patricias wiedergutmachen.

Und nichts konnte je den Schmerz des Wissens mildern, warum die beste Pilotin und beliebteste Offizierin des Regiments sich entschlossen hatte zu sterben.

Don Carlos saß inmitten seiner Gedanken in dem kompakten, aber bequemen Cockpit des *Katamaran* und hörte die Stimmen nicht, die seinen Namen riefen.

24

Masamori, Hachiman
Distrikt Galedon, Draconis-Kombinat

15. Oktober 3056

Das Klingeln des Kommunikators riß Lainie Shimazu augenblicklich aus dem Schlaf. Sie drehte sich um und hieb auf den Knopf. »Shimazu.«

»Tai-sa, hier ist der Wachraum. Wir haben hier unten Bewegungen der Zivilen Führungskontrolle beobachtet. Die *deka* berichten von einem größeren Feuergefecht im Hachiman-Taro-Komplex. Explosionen und Gewehrschüsse, vielleicht Raketen.«

»So also hört man Blakes Wort.« Lainie schwang ihre langen Beine vom Futon und setzte sich auf. Chandrasekhar Kurita hatte die Gerüchte über einen neuen Hyperpuls-Durchbruch geleugnet und in der Tat jegliches Interesse an der Hyperpulstechnologie abgestritten. Niemand hatte erwartet, daß die Fanatiker von Blakes Wort ihm das abkaufen würden.

Hinter ihrem nackten Rücken rührte sich ihr nächtlicher Gefährte. Sie ignorierte ihn. Im Augenblick konnte sie sich nicht einmal an seinen Namen erinnern.

»Versetzen Sie das Regiment in Alarmstufe Gelb. Ich will das erste Bataillon marschbereit und online. Alle anderen halten sich bereit. Ich bin unterwegs. Shimazu Ende.«

Sie stand auf und suchte ihren Slip. Ihr Partner setzte sich im Bett auf und blinzelte sie durch seinen schwarzen Haarschopf schläfrig an.

»Was machst du da eigentlich?« wollte der junge Mann wissen. Er stammte aus einer guten Familie in Masamori, war groß, geschmeidig und gebräunt. Seine Bräune und die Muskeln waren ein Produkt der Sporthalle, nicht des Soldatenlebens. Er war im Grunde ein Spielzeug.

»Raus«, sagte sie kurz angebunden. »Die Pflicht ruft.«

»Wie kannst du nur jetzt weggehen wollen, wo ich es dir so schön besorgt habe«, sagte er und räkelte sich, so daß sie das Spiel seiner Muskeln unter der glatten Haut bewundern konnte. »Komm wieder her.«

»Ich habe dir doch gesagt, ich habe zu tun«, sagte sie trocken.

Mit wutverzerrtem Gesicht sprang er auf, eine Hand zum Schlag erhoben. Ihre Augen verwandelten sich von fast Schwarz zu Kastanienbraun. Er hielt inne und stand mit in die Bettwäsche verstrickten Füßen und erhobener Faust da.

»Wenn du mich schlägst«, sagte sie, »werde ich dir beide Arme brechen und dich von meinen Männern nackt auf die Straße werfen lassen.«

»So kannst du mit mir nicht reden, du Nutte! Ich habe Verbindungen.«

»Die die Verbindung rasch lösen werden, wenn sie erfahren, daß du mit einer klassenlosen *eta*-Hure in die Kiste gestiegen bist.« Als der gewalttätige Impuls des jungen Mannes verflogen war, hatte Lainie den Slip angezogen und ein weißes Baumwoll-T-Shirt aus ihrer Schublade geholt. Ihre dick wattierte MechKrieger-Kühlweste stand an der Wand wie eine alte Samurairüstung. Es würde nicht das erstemal sein, daß sie ihren *Mauler* halbnackt steuerte.

Sie zog das T-Shirt über den Kopf und trat dem Jungen gegenüber, an dessen Namen sie sich plötzlich erinnerte. »Du warst adäquat, Yuki, aber du fingst an, langweilig zu werden. Lauf schon zurück zu deinen reichen kleinen Mädchen und vergiß mich. Ich bin Offizierin der VSDK. Jeglicher Versuch, einen kindischen Rachefeldzug gegen mich zu starten, wird nur nach hinten losgehen. Leck deine Wunden und geh.«

Er funkelte sie einen Augenblick lang an, dann schien die Luft aus ihm zu entweichen. Er wandte sich ab, um seine eigenen Kleider zu suchen.

Sie stieg in ihren MechPiloten-Anzug. Ihr Lover war Vergangenheit.

»Wir haben eine Nachricht von der HTE-Sicherheitsabteilung bekommen«, ertönte Gordo Bairds besserwisserische und haßerfüllte Stimme in Cassies Headset. »Ihre Leute an der Südmauer berichten von keinerlei Aktivitäten. Sie führen unsere Reserve in die Irre, Leutenient Suthorn.«

Cassie grunzte. Sie hatte das Motorrad an einem Fabrikgebäude abgestellt und war jetzt zu Fuß. Sie spähte die Straße hinab, die an der Südmauer entlang verlief. Ein paar andere Späher waren auf ihren Motorrädern eingetroffen und standen vornübergebeugt neben ihr.

Blaue Streifen gingen am Fuße der Mauer auf und ab. Ein vierköpfiger Trupp trabte auf die kleine Gruppe von Spähern zu. Sie schienen die Söldner noch nicht entdeckt zu haben.

»Ich schätze, das war's, Cass«, sagte Stabssergeant William ›Drygulch‹ Dix, ein hochgewachsener blonder Hinterwäldler von Galisteo. Selbst die Cowboys, die nächsten Verwandten der Hinterwäldler, taten diese oft als geistig langsam ab. Dix hatte eine langgezogene, bedächtige Sprechweise, aber Cassie machte nicht den Fehler, ihn zu unterschätzen. »Wir gehen wohl besser wieder nach Norden.«

»*Mierda de toro*«, sagte Cassie. »Warum sind am anderen Ende des Komplexes, so weit vom eigentlichen Geschehen, noch so viele Blaue?« Sie schulterte ihr Sturmgewehr, lugte um die Ecke und feuerte einen einzelnen Schuß mitten in die Brust des Mannes an der Spitze der Blaugekleideten.

Der Sicherheitsbeamte setzte sich unsanft hin und verlor sein Gewehr. Die anderen drei gingen in den

Schatten des Fabrikgebäudes in Deckung. Einen Augenblick später tat der, auf den Cassie geschossen hatte, das gleiche.

»Er blutet nicht, Drygulch«, sagte Jimmy Escobar.

»Körperpanzerung«, sagte der Sergeant. »Blaue tragen keine Körperpanzerung!«

Cassie stellte Schaltkreise an ihrem Kommunikator um. »An alle Einheiten! Eindringlinge kommen über die Südmauer. Achtung, einige sind als HTE-Sicherheitspersonal verkleidet. Greifen Sie alle Blauen an, die Sie sehen – wenn sie Körperpanzerung tragen, gehören sie zur ISA.«

»Tiburón antwortet noch immer nicht.« Gavilán Camacho hatte gerade den Neurohelm über Kopf und Schultern gestülpt, als die Worte schon in seinen Ohren prasselten. »Wir haben ein Problem an der Südmauer. Eindringlinge schleichen sich herein, einige von ihnen tragen Uniformen der Blauen.«

»Hier Falke«, sagte Gavilán. »Ich übernehme das Kommando.«

Das war ein fragwürdiger Anspruch, da sein Mitkomtur ›Maccabee‹ Bar-Kochba dienstälter war als er. Aber das Zweite Bataillon war in dieser Schicht außer Dienst, seine Mitglieder ruhten sich aus, kümmerten sich um Instandhaltung oder genossen ihre Freizeit. Der Rabbi war noch nicht selbst im Netz. Er kletterte wahrscheinlich noch immer die Leiter zum Cockpit seines *Kriegshammer* hoch. Er war nicht mehr so jung und gelenkig wie früher.

Gavilán wollte es nicht darauf ankommen lassen und befahl: »Alle aktiven Mechs bei mir melden.«

Die Antworten ratterten mit erfreulicher Knappheit herein. So war das mit den Caballeros. Sie schwatzten endlos unter jeder Sonne, die der liebe Gott gerade auf sie scheinen ließ, aber wenn der Hammer herunterfiel, gingen sie direkt zur Sache.

Bronco hatte mit der Bresche in der Nordwand alle

Hände voll zu tun. Auch mehrere Mechs von Cochise waren da oben schon beschäftigt. Das Dauerfeuer der Blake-Angreifer, die sich in den Arbeiterwohnungen nördlich des Komplexes verschanzt hatten, ließ sofort nach, als ein Dutzend BattleMechs mit ihrer ehrfurchtgebietenden Bewaffnung über sie hereinbrach. Das Zweite Bataillon stieg gerade erst in die Mechs. Der Großteil von Adelante war jedoch startbereit.

Ich werde ihnen zeigen, wie man das macht, dachte Gabby. Sein Vater hatte zu lange von hinten geführt. Gavilán hätte nie auch nur im Traum den Mut seines Vaters in Frage gestellt und hätte jeden gefordert, der das tat. Es war nur, daß der alte Mann zuviel Angst um seine Kinder hatte. Er zog es vor, soweit wie möglich über dem Geschehen zu bleiben statt in seinem rotglühenden Kern.

»Folgt mir«, sagte Gabby und setzte seinen *Dunkelfalken* auf die Südmauer zu in Bewegung. Der Aufprall der Mechschritte erschütterte seine Wirbelsäule durch das Sitzpolster hindurch. Der *Dunk* hatte einen Tritt wie ein Maulesel. Kein *Dunkelfalke*, in dem er je gewesen war, bewegte sich bei Lauftempo gleichmäßig, aber der Rote Milan war schlimmer als die meisten.

Die Späher, die die List als erste entdeckt hatten, brüllten um Hilfe. Die falschen Blauen waren ihnen waffentechnisch weit überlegen und trieben sie zurück. Schlimmer noch, einige der Eindringlinge waren bereits an ihnen vorbei in den Komplex gelangt.

Er kam in Sichtweite der Mauer. Auf seinem verstärkten Sichtschirm flackerte Mündungsfeuer wie hyperaktive Glühwürmchen von der Innenseite der Zinnen. Zu langsam, dachte er, dann kauerte er mit dem Mech nieder und sprang.

Das Brüllen der Düsen erfüllte seine Ohren, als der Mech über die niedrigen Südlichen Fabrikgebäude schwebte. Er biß sich unter dem Schnurrbart auf die Lippe und kämpfte darum, seine Maschine gegen einen unerwarteten Seitenwind ruhig zu halten. Kugeln von der Mauer vor ihm prallten vom Panzer des *Dunk* ab wie die Schnäbel von Hennen, die nach Hirse pickten.

Gabby war nicht besonders geschickt im Springen mit einem Mech. Wahrscheinlich, weil er nicht gerne mit Mechs sprang, außer vielleicht mit dem fürchterlichen fünfundneunzig Tonnen schweren *Gladiator* der Clans. Er mochte große Mechs, je schwerer desto besser. Nicht wie seine Schwester, die ständig immer nur in ihrem *Feuerfalken* herumhüpfte.

Nur daß Daddy ihn keinen steuern lassen wollte. Don Carlos bestand darauf, daß sein Sohn ein beweglicher Kommandant sein sollte. Kein *Atlas* für ihn, nicht einmal der alte *Kampftitan* seines Vaters.

Die KSR, die von der Mauerkrone auf ihn herabregneten, überraschten ihn. Er war zu spät ins Netz eingestiegen und erwartete nicht, daß die Eindringlinge mit Bewaffnung der Mechklasse auf ihn schießen würden. Keine traf ihn wirklich, aber sie erschreckten ihn, so daß er den Auslöser der Sprungdüse leicht zurücknahm.

Weit genug, um wegzukippen, mit der Fußspitze am Dach einer Fabrik hängenzubleiben und mit dem Gesicht nach unten und einem ohrenbetäubenden Krachen in das Gebäude zu donnern.

»Das Publikum will diese Dinger hochgehen sehen, Archie«, sagte Mariska Savage in geduldigem Tonfall.

»Das Publikum will auch Geschichten über menschliche Regungen«, antwortete Archie Westin ebenso geduldig. Die beiden trugen die vernünftigsten Streitigkeiten aus, die die Südwestler je gesehen hatten. Sie waren das Wunder des Regiments. Das Paar war mit Zuma, Diana Vásquez und zwei blauen Sicherheitsbeamten dabei, etwa zwanzig der Regimentskinder in dem unterirdischen Krankenhaus zu beaufsichtigen, das während des Alarms Schutz bot.

»Wenn der Kampf weitergeht oder zu uns kommt, können wir so viel Action erleben, wie dein Herz begehrt«, erklärte Archie. »Das ist für uns die perfekte Gelegenheit, das Siebzehnte für unser Publikum menschlich darzustellen, zu zeigen, daß Söldner etwas anderes sind als kaltblütige Kampfmaschinen wie die Mechs, die sie steuern.«

Diana lächelte. Sie hatte auf jedem Arm ein Baby und redete beruhigend auf sie ein. Die älteren Kinder saßen ruhig zwischen den Untersuchungstischen und spielten. Sie zeigten keine Anzeichen von Furcht vor den gedämpften Kampfgeräuschen draußen. Auch sie waren Caballeros.

Zuma lachte und klatschte in die Hände. »Das gefällt mir, Arch. Das ist ziemlich gut.« Der Chef der Azteken hatte eine Selbstlade-Schrotflinte unter den Arm geklemmt. Als Vater von sechs Kindern verbrachte er wie Diana einen großen Teil seiner Freizeit mit der Arbeit im Kindergarten. Seine eigenen Kinder waren zusammen mit Dianas Sohn und dem Großteil der anderen Jugendlichen des Regiments draußen auf dem Sportplex. Sie würden nur in den Komplex verlegt werden, wenn das gesamte Regiment hierher umzog.

»Archie«, sagte Mariska in gespielter Empörung, »wenn du jetzt hier anfängst, poetisch zu werden, dann warte wenigstens, bis ich die Tonaufzeichnung gestartet habe.«

Archie lachte. »Tu dir keinen Zwang an. Mal sehen, ob ich mich noch erinnern kann, was ich gesagt habe.«

Grinsend machte die Kamerafrau gerade ihren Holocorder bereit, als zwei Blaue, ein Mann und eine Frau, die Stufen herabgetrottet kamen. Die beiden Wachleute im Raum sahen sie an. Der Ältere verzog das Gesicht, ging auf die Neuankömmlinge zu.

Die Frau hob ihre Maschinenpistole und jagte ihm eine kurze Salve in den Bauch.

Auf so engem Raum war das Geräusch ohrenbetäubend. Mehrere Kinder begannen zu weinen. Als gute Südwestler lagen sie alle flach auf dem Boden, noch ehe die Tränen zu fließen begannen.

»Betrachten Sie sich als Geiseln«, sagte der Neuankömmling. Er hatte blondes Haar und schwarze Augen mit deutlichen Schlitzen. »Wenn Sie ruhig bleiben, wird niemand …«

Zuma hatte die Schrotflinte herabrutschen lassen, so daß ihm der Kolben in die Hand glitt. Jetzt hob er sie und schoß mit einer Hand. Der Schuß traf die falsche Blaue an der Taille und schleuderte sie gegen einen Tisch mit schwarzer Platte. Ihr Kopf schlug gegen einen metallenen Handtuchspender. Sie fiel auf die Knie.

Der andere Eindringling bewegte sich mit den Reflexen eines Mungos und erschoß den verbleibenden Blauen, als der nach der Waffe im Holster an seiner Seite griff, dann wirbelte er herum, um mit seinem Sturmgewehr auf Zuma zu feuern. Der Oberste Azteke duckte sich hinter einen Untersuchungstisch. Es würde nur Sekunden dauern, bis die Mantelgeschosse, die das dünne Metall des Podests durchschlugen, ihn trafen.

Archie Westin hechtete auf den Schützen zu und riß ihn mit sich gegen die Wand. Der Attentäter ließ sein Sturmgewehr fallen, als Archie ihm die Faust in den Magen hieb.

Der Körper des Mannes knickte als Reaktion nur leicht ein. Die kugelsichere Kleidung, die er unter dem blauen Overall der HTE-Sicherheitsbeamten trug, fing die Wucht des Schlages ab. Er rammte Archie hart das Knie in den Unterleib und ließ ihn dann mit einem Ellbogenstoß ins Gesicht rückwärts taumeln.

Zuma kam wieder hoch und schoß dem Mann mit der Schrotflinte in den Bauch. Der Eindringling brüllte. Trotz der Körperpanzerung mußte eine Salve 00-Schrot unglaubliche Schmerzen verursachen. Er riß einen Dolch im Tanto-Stil heraus und stürmte vor.

Der Oberste Azteke feuerte drei weitere Schüsse in den Körper des Mannes. Der letzte traf ihn ins Gesicht – sein kopfloser Körper fiel zuckend zu Boden.

Archie hatte sich wieder aufgerappelt. Er hatte eine der Handfeuerwaffen der gefallenen Blauen in der Hand.

»Keine Bewegung!«

Die Stimme war ein gespenstisches Zischen zwischen blutigen Lippen. Das weibliche Mitglied des Kommandos saß mit dem Rücken an der Wand und hatte eine Pistole ins Ohr der vier Jahre alten Lucy Aragón gesteckt, die sich zur Behandlung eines schlimmen Falls von Masern im Hauptkomplex befand. Der Bauch des blauen Overalls war aufgerissen und enthüllte den darunter getragenen schwarzen DEST-Kommandoanzug. Ihr Gesicht war blutbedeckt. Die Ecke des Handtuchspenders hatte ihre Kopfhaut aufgerissen, und vielleicht blutete sie infolge von Zumas Schrotflintenladung auch aus dem Mund. Aber ihre blauen Augen brannten in fanatischem Eifer, der dem aller anderen Blakies entsprach.

»Laßt eure Waffen fallen, oder das Mädchen stirbt«, sagte sie.

Diana Vásquez stand hinter einem Tisch auf, sie hatte noch immer ein Kleinkind auf dem Arm. Ihr rechter Arm hing an ihrer Seite. Ihr anmutiges Madonnengesicht war versteinert.

Die Attentäterin sah Zuma an. »Los«, sagte sie.

Diana Vásquez' rechte Hand zuckte hoch. Die Bewegung fiel dem weiblichen Mitglied des Kommandos ins Auge. Sie wandte den Kopf, um zu sehen, was vor sich ging.

Die kompakte Autopistole in Dianas Hand bellte auf. Die Kugel traf die Frau ins linke Auge. Ihr Kopf wurde herumgerissen, und durch die Ausschüttung von Neurotransmittern im Augenblick des Todes verkrampfte sich ihre Hand und feuerte die Pistole dreimal ab.

Aber die Waffe zeigte nicht mehr auf Lucys Kopf, sondern nach oben, und die Kugeln fetzten lediglich Brocken aus den weißen Deckenplatten.

Mariska Savage, die die gesamte Szene aufgezeichnet hatte, ließ ihren Holocorder fallen und rannte vorwärts, um die hysterisch weinende Lucy in die Arme zu nehmen. Anklagend wandte sie sich den beiden Caballeros zu.

»Die Kinder hätten getötet werden können!«

Diana senkte ihre Pistole. »Sie hätten meine Babys nicht bedrohen dürfen«, sagte sie.

»Aber Sie haben die Kinder in Gefahr gebracht.«

Während sie stritten, untersuchte Zuma schnell die Leichen, um sich zu vergewissern, daß die Eindringlinge sich nicht tot stellten. Dann hatte er den Interkomknopf an der Wand gedrückt, um zu berichten, was in der HTE-Sicherheitszentrale geschehen war. Jetzt kniete er über einem der beiden echten Blauen und schüttelte den Kopf.

Er sah zu der Kamerafrau auf. »Wir haben nichts riskiert, Ms. Savage. Wenn sie uns als Geiseln genommen hätten, hätte Don Carlos ein paar hundert Liter Benzin hier hereingepumpt und mit dem Flammenwerfer hereingeschossen. Oder jemand anders.«

Savage keuchte und wurde weiß.

»Wir verhandeln nicht über Geiseln«, sagte Zuma. »Wir retten oder beerdigen sie. Dazwischen gibt es nichts.«

Savage sah Kapitan Diana Vásquez an. Die andere Frau tröstete die Kinder, überzeugte sich, daß keins von ihnen verletzt war, bemerkte aber den Blick der Kamerafrau. Sie nickte.

Es war Archie gelungen, sich aufzurappeln, und jetzt stand er mit dem Rücken an einem Operationstisch, leicht vornübergebeugt, und massierte einen Wangenknochen, auf dem sich bereits ein blauer Fleck zu bilden begann. Er sah Savage an, und beide schüttelten den Kopf. Es war offensichtlich, daß sie einen gemeinsamen Gedanken hatten: Diese Caballeros waren nach ihren ultrazivilisierten Maßstäben aus dem Vereinigten Commonwealth in mancher Hinsicht so fremdartig wie die Clans.

»KSR-Beschuß!« prasselte es in Cassies Headset. Der Melder mit dem Cowboyakzent identifizierte sich nicht; typische Kommu-Disziplin beim Siebzehnten. »Falke ist gefallen!«

»Ungelogen«, bemerkte Sammy Chato und zuckte zurück, als eine lange Salve Betonbrocken aus der Fabrikwand neben ihm aufwirbelte. Einen Augenblick zuvor hatten sich alle Kundschafter wegen eines Schutthagels im Anschluß an den Sturzflug des jüngeren Camacho geduckt.

Derzeit schossen nicht viele von den schlimmen Jungens auf sie. Eine Traube stand auf der Mauer, aber sie hatten abrupt das Interesse an den Bodentretern verloren und feuerten jetzt Salven von Mechabwehrgeschossen auf den springenden *Dunkelfalken*. Die Kundschafter zogen ein paar Salven von der Straße auf sich. Aber entweder waren nicht viele Eindringlinge von der Mauer heruntergekommen, oder die meisten davon waren im Komplex unterwegs.

»FF im Anmarsch«, sagte der Gemeine Patricio und deutete in den Himmel westlich von ihnen. Ein humanoider Mech war dort mitten im Sprung und bestrich die Mauer mit Armlasern und seinem winzigen Lasergewehr.

»Sieht aus wie Don Kojote«, sagte jemand anders.

Cassie blickte auf. Die rubinfarbenen Wellen aus dem linken Arm kamen ein wenig unregelmäßig. Beim *Feuerfalken* des Kommandanten von Adelante waren nachträglich Strahlenwaffen auf dem neusten Stand der Technik eingebaut worden, aber es gab ein Kontrollinterface-Problem mit dem mittleren

Martellpulslaser in seinem linken Arm. Ganz klar O'Rourke.

Der Mech landete in der schmalen Straße neben dem Gebäude, in das Gavilâns *Dunkelfalke* gefallen war. Der FF war noch nicht beschossen worden – nicht einmal Elite-DEST-Kommandos waren versessen darauf, sich mit kleinen Waffen gegen große Laser mit vergrößerter Reichweite zu stellen. In dem Augenblick, in dem die Füße des Mech jedoch den Asphalt berührten und seine Knie sich beugten, um den Aufprall der Landung abzufangen, schossen so viele weiße Rauchtentakel mit taghellem KSR-Auspuffeuer auf ihn zu, daß es aussah, als sei eine riesige weiße Phosphorbombe auf der Mauer hochgegangen.

Der Mech wurde zu einer riesigen humanoiden Fackel, er stand in einem Feuersee. »Sierra Foxtrot«, sagte Sergeant Dix. »Infernowerfer.«

»Ich bin stillgelegt«, sagte Kapitan O'Rourke über den Kommunikationskanal. Der junge schwarze *norteno* klang so ruhig, als unternähme er mit seinem Mech einen Nachmittagsspaziergang am Ufer des Yamato. Don Kojote war immer kühl, immer überlegen. Diese Eigenschaften hatten ihn bei den Caballeros rasch aufsteigen lassen.

Obgleich es seine Stimme nicht enthüllte, hatte er Probleme. Der Sprung und das ständige Laserfeuer hatten die Hitze hochgetrieben. Als sein Mech mit klebrigem Napalm übergossen worden war, hatte er sofort die rote Linie überschritten. Sein *Feuerfalke* besaß noch keine Wärmetauscher mit doppelter Kapazität.

»Steig aus, Kojote«, drängte Lady K. »Du kannst nichts tun, und wenn dein Gefährt nicht hochgeht, bergen wir es, sobald dieser kleine Fandango vorbei ist.«

Don Kojote trug seinen Namen nicht umsonst. Obwohl der Kojote von der alten Erde die übelste Plage für eine Ranch darstellte, war er von den kauzigen, ungestümen Siedlern, die die Dreibundwelten kolonisierten, bewußt mitgebracht worden. Das Tier war ein widerliches, übles Halbblut mit schlechtem Ruf, gesetzlos bis ins Mark; die Caballeros auch. Es war auch für seine Schläue und seinen unvergleichlichen Überlebensinstinkt bekannt. Als einziges nordamerikanisches Säugetier, von Raubtieren ganz zu schweigen, hatte sich der Kojote nach der Besiedelung durch die Europäer vermehrt ausgebreitet.

Kapitan O'Rourke war tapfer, wenn Tapferkeit erforderlich war. Er wußte auch, wann man besser Fersengeld gab. Das war ein weiterer Grund, warum ihm Don Carlos das Kommando einer Kompanie übergeben hatte.

Der Schleudersitz des Kapitans schoß aus den Flammen hervor, die seinen Mech einhüllten. Das Nullhöhen-Schleudersystem sollte den Piloten leicht rückwärts werfen – normalerweise befand sich vor einem kampfunfähigen Mech ja der Gegner, wenn man aussteigen mußte. Leider waren der Infernobombenbeschuß und die Überhitzung, die er auslöste, so schnell gekommen, daß der Reaktor des Feuerfalken zusammengebrochen war, während der Torso noch nach vorne geneigt war. O'Rourke wurde direkt nach oben geschleudert. Sein Fallschirm erblühte wie eine geisterhafte Blume.

Die Brise vom Fluß erfaßte ihn und trug ihn nordwestwärts – direkt über die Eindringlinge auf der Mauer. Mündungsfeuer flackerte auf die Gestalt zu, die vom Schirm hing, der sich schnell auf die Straßen außerhalb der Mauer herabsenkte.

Die BattleMechs des Neunten Geisterregiments standen aufgereiht unter dem Flutlicht der Basis in den südlichen Vororten Masamoris wie die Statuenarmee eines alten chinesischen Kaisers. Eleanor Shimazu ging an ihnen entlang auf ihren *Mauler* zu.

Gerade als sie den Fuß von Rache, ihrer neunzig Tonnen schweren Kriegsmaschine erreichte, trat eine stämmige Gestalt auf sie zu und verbeugte sich. »Tai-sa.«

Es war Mond, der Tosei-ka-Yakuza, der sich schon vor langer Zeit selbst zu ihrem Chefadjutanten, Schatten und Leibwächter ernannt hatte. »Ja?« fragte sie.

»Wir haben eine Nachricht vom Schirmherrn des Planeten erhalten, Kolonel. Er verbietet uns, Hachiman Taro Enterprises zu Hilfe zu kommen. Das Zivile Führungscorps reicht für die Situation aus.«

Einen Augenblick stand sie mit einer Hand an der einziehbaren Leiter des Mech und der anderen an der Stirn da und krallte sich in ihren roten Haarschopf. Sie schaute über die Wiese mit dem hohen Gras hinweg, die hinunter zum Felsgestade der Shakudo führte, die jetzt in der Schwärze hinter den Lichtern unsichtbar war.

Das riecht nach Verrat, dachte sie. In Übereinstimmung mit den Traditionen der Soldaten und Yakuza gleichermaßen, betrachtete sie die *deka* – Bullen – als Raufbolde mit Abzeichen und Pistolen. Die Freundlichen Berater waren gut bewaffnet, aber sie konnten einfach keine große Hilfe gegen das sein, was Blakes Wort gegen HTE ausschicken würde. Die Medien würden die Einsatzmannschaften ›Terroristen‹ nennen, wenn das Feuergefecht vorüber war, aber in Wirklichkeit waren es ausgewachsene Kommandos, Teile der Spezialtruppen entweder der großen Armee, die ComStar vor der Claninvasion insgeheim ausgehoben hatte, oder ihrer gefürchteten ROM-Geheimpolizei, die beide zusammen mit der Religion selbst auseinandergebrochen waren, nachdem Präzentor Martialus Focht Primus Waverly wegen Verrats hingerichtet hatte.

Percy, dieser nutzlose Wurm. »Wie genau lauten die Anweisungen des ehrenwerten Schirmherrn?«

»Uns wird befohlen, in Alarmbereitschaft zu bleiben«, sagte Mond, »aber Mechs dürfen die Basis nicht verlassen.«

Lainie lächelte dünn. »Nun gut. Es werden sich keine Mechs bewegen.« Sie öffnete die Verschlüsse ihres Anzugs. »Besorg mir eine Schwadron Freiwillige und Transportmittel aus dem Fahrzeugpark. Körperpanzerung und Handfeuerwaffen; das gleiche für mich.«

Sie trat aus dem Anzug. Die Techs, die um die Füße der geparkten BattleMechs herumhuschten, taten ihr Bestes, um nicht allzu auffällig auf ihre Kommandantin zu starren, wie sie da in Unterwäsche mitten auf dem Paradeplatz stand. Physische Bescheidenheit war im Kombinat nicht besonders wichtig, aber Lainie ging wieder einmal bis an die Grenze.

»Schickt jemand in mein Quartier, um meine Stiefel zu holen«, sagte sie und drückte ihre Kühlweste ein paar Männern im Unteroffiziersrang in die Hand, die sie mit offenem Mund anstarrten.

Mond stand bewegungslos da und blickte sie unter schweren Lidern an. »Und ein Paar Hosen«, setzte sie hinzu.

»Die *cabrones* schießen auf ihn!« gellte ein Kundschafter.

»Don Kojote.« Erstmals ertönte die Stimme von Kolonel Camacho auf dem Kommkanal. »Don Kojote, bitte kommen.«

Keine Antwort. In den Neurohelm des Kapitan war ein Übertragungsgerät eingebaut. Es konnte natürlich kaputt sein. Aber da mindestens ein halbes Dutzend Sturmgewehre auf O'Rourke feuerten, während sein Schirm auf die Straße sank, schien eine düsterere Erklärung für sein Schweigen wahrscheinlicher.

Wie ein Monster aus einem alten japanischen Horrorfilm erhob sich ein *Dunkelfalke* aus den Trümmern des Fabrikgebäudes Neun Süd. Gavilán Camacho sah, wie die Eindringlinge Don Kojote beschossen, während der MechKrieger hilflos an seinem Schirm hing, und stieß einen raubvogelhaften Wutschrei aus, während sein *Dunkelfalke* vorwärtspolterte, die Wand des Fabrikgebäudes aus dem Weg trat und die Umgrenzung mit allem beschoß, was er hatte: der Autokanone in seinem linken Torso, dem Doombud-LSR-Werfer im rechten, dem mittleren Martylaser in seinem rechten Arm.

Gestalten in puderblauen Overalls hetzten vor den zusammenbrechenden Wänden des Fabrikgebäudes davon wie verängstigte Wachteln, während der Mech hindurchwatete. Der *Dunkelfalke* änderte leicht seinen Kurs; sein gewaltiger rechter Fuß senkte sich auf zwei von ihnen herab. Schrille Schreie ertönten und brachen dann abrupt ab.

Heulend wie die Wölfe bestürmten die MechKrieger des Siebzehnten die Nordmauer. Es war seit dem Yom-Kippur-Krieg vor fast zwölfhundert Jahren bekannt, daß Infanterie Panzern schweren Schaden zufügen konnte, solange sie panzerbrechende Munition verschießen konnte. Das Problem, das den ägyptischen Sieg 1973 verhindert hatte, war das gleiche, vor dem jetzt die DEST-Kommandos standen: Sie konnten nur eine gewisse Anzahl Geschosse tragen. Und die ISA-Eingreiftruppe, die mit leichtem Gepäck reiste, hatte auch nicht annähernd soviel logistischen Nachschub.

Geschosse, Infernobomben und Panzerbrecher hämmerten auf die angreifenden BattleMechs ein und hinderten die Eindringlinge daran, ihr Feuer auf ein bestimmtes Ziel zu konzentrieren, wie sie es mit O'Rourkes *Feuerfalke* getan hatten. Die Geschoßsalve zog vorbei wie ein Gossenkehrer auf Cerillos und fügte den Caballero-Mechs auch etwa genausoviel Schaden zu.

Die Körperpanzerung der DEST hatte ein paar der Kommandos befähigt, die Gaijin-Kundschafter und die authentischen HTE-Truppen, die sich ihnen entgegenstellten, zu überwinden. Aber gegen die Energiewaffen und großen Geschoßwerfer der Mechs war sie nicht effektiver als die dünne Haut eines Menschen.

Die erste Schlacht um den Komplex war geschlagen.

25

Masamori, Hachiman
Distrikt Galedon, Draconis-Kombinat

15. Oktober 3056

Der Kampf war vorbei. Das Töten jedoch ging die ganze Nacht weiter.

Einige Mitglieder der DEST-Streitmacht verschanzten sich im Erdgeschoß des Bürogebäudes direkt auf der anderen Straßenseite gegenüber der Südmauer des Komplexes, aber die Caballero-Mechs sprengten sie einfach heraus. Wolkenkratzer auf Hachiman waren für die Ewigkeit gebaut, und dieser hier gehörte Onkel Chandy. Der Schaden, der entstanden war, konnte repariert werden.

Ein größeres Problem war die unbekannte Anzahl von ISA-Kommandos, die als HTE-Sicherheitsbeamte im Komplex verstreut waren. Chandrasekhar Kurita befahl, daß die Einrichtung abgeriegelt wurde. Dann durchkämmten Söldnertrupps, Kundschafter, Hilfstruppen und MechKrieger den gesamten Komplex. Sie überprüften sorgfältig die Ausweise aller HTE-Angestellten innerhalb der Mauer mit den Computern – und achteten dabei besonders auf die Sicherheitstruppen.

All das verursachte ernsthafte Spannungen zwischen normalen HTE-Angestellten und den Caballeros. Bei drei Anlässen weigerten sich Blaue zornig, ihre Waffen abzulegen und sich vor Söldnern der Gaijin auszuweisen. Aber die Söldner waren nicht in der Stimmung für Spielchen: Drei Sicherheitsmitarbeiter von HTE starben, und zwei bekamen einen Hubschrauberflug mit Schläuchen in der Nase zum Masamori Central Hospital. Nachdem sich diese frühen Vorfälle herumgesprochen hatten, kooperierte jeder, erfreut oder nicht.

Elf Eindringlinge wurden aufgespürt. Zumindest wurden elf Männer und Frauen gefunden, die schwarze DEST-Körperpanzerung trugen oder im Computer des Mirza nicht zu finden waren. Sie alle begingen Selbstmord, manche, indem sie, wie es schon ihre Ahnen getan hatten, einen zyanidgefüllten hohlen Zahn zerbissen, andere, indem sie Widerstand leisteten. Ihnen gelang es, sechs weitere blaue Soldaten und fünf Caballeros mitzunehmen, darunter zwei MechPiloten.

Zwanzig Minuten nachdem die DEST-Kommandos im Wolkenkratzer massakriert worden waren, gab es kurzzeitig Aufregung, als ein paar leichte Lastwagen, beladen mit schwerbewaffneten Geistern, am vorderen Tor auftauchten und ihre Hilfe anboten. Abdulsattah zögerte, sie einzulassen. Kapitan MacDougall bürgte für sie, und Kolonel Camacho, der aus seinem Tagtraum wieder aufgewacht war, unterstützte sie. Die VSDK-Soldaten wurden eingelassen und bewachten fortan die Lazarette, in die die Verletzten gebracht wurden.

Die Identitätsüberprüfung wurde mit Bedacht außerhalb des Gesichtskreises von Kolonel Shimazu und ihren MechKriegern durchgeführt. Weder Onkel Chandy noch das Siebzehnte sahen einen Grund, auf eine mögliche Beteiligung der ISA hinzuweisen, nicht einmal offensichtliche Verbündete.

Die Aufzeichnungen der Überwachungskameras an der Umgrenzung zeigten deutlich den unschuldig wirkenden großen Lieferwagen an der Straße, die den Komplex von einem Wohnkomplex für bessergestellte Arbeiter trennte, der von HTE-Angestellten bewohnt wurde. Er war auf den Gehsteig gefahren und detoniert, wohl gesteuert von einem Fahrer, der bereit gewesen war, zur Mehrung von Blakes Ruhm zu sterben. Er war mit geschätzten drei Tonnen jenes altbewährten Gemischs beladen gewesen, Nitratdünger, der mit Dieselöl getränkt war. Die Explosion hatte den halben Wohnblock weggepustet und die Nordmauer aufgerissen, wodurch bei ahnungslosen Arbeitern und ihren Familien die schwersten Verluste des gesamten Gefechts entstanden.

Wie den DEST-Kommandos waren den Blake-Terroristen schnell die Raketen ausgegangen, was ihren Kampf gegen die Kompanie Bronco bemerkenswert einseitig machte. Einige der Terroristen hatten sich in den Wohnkomplex verdrückt, wohin die MechKrieger sie nur zögernd verfolgten, weil sie keine weiteren Unschuldigen töten wollten. An dieser Stelle jedoch, als der Ausgang des Angriffs schmerzlich offenkundig wurde, hatte das Zivile Führungscorps plötzlich beschlossen, eine aktive Rolle bei der Friedenserhaltung zu spielen, und war vorgerückt, um die Angreifer zusammenzukehren. Sie führten die Operation mit ihrer üblichen Unterscheidungsfähigkeit aus – sie schossen auf alles, was sich bewegte –, und verursachten auf diese Weise genau die Verluste unter der Zivilbevölkerung, die Onkel Chandy und das Siebzehnte so unbedingt hatten vermeiden wollen. Aber daran konnten die Verteidiger des Komplexes nichts ändern.

Der DEST-Angriff war eine ganz andere Geschichte. Wie die Untersuchungsbeamten des Mirza später rekonstruierten, war der Atem des Drachen in jener Nacht zu einem der legitimen diensthabenden Sicherheitsleute gekommen. Während das diensthabende Personal an den Überwachungs-Videomonitoren in der Zentralzitadelle mit dem Ablenkungsmanöver in der U-Bahn und dem offenen Angriff im Norden beschäftigt war, hatte er offenbar seinen Partner ausgeschaltet und ein Seil auf die Straße hinabgelassen. ISA-Mannschaften in HTE-Sicherheitsoveralls waren daraufhin eingedrungen. Das war eine Annahme – als sich der Kampf gegen sie wandte, hatten die Kommandos alle legitimen Blauen in ihren Händen exekutiert, darunter auch den als Verräter verdächtigen –, aber die Theorie paßte zu den greifbaren Fakten.

Mehrere Terroristen von Blakes Wort wurden lebend gefangen. Bei Befragung bestanden sie darauf, jegliches Wissen um eine Beteiligung der ISA zu leugnen. Sie glaubten, es sei ihnen trotz der Geheimpolizei des Kombinats gelungen, sich und ihre Waffen nach Hachiman zu schmuggeln. Sie hatten sich auf ihren eigenen Plan des Eindringens durch die U-Bahn verlassen. Der Angriff auf die Nordmauer war als Rückzugsgefecht und als Ablenkung für das U-Bahn-Team gedacht gewesen, wenn es nach dem Eindringen in den Komplex entdeckt worden wäre.

Von den Toten der ISA war nichts zu erfahren. Innerhalb von Minuten nach dem Tod des Trägers entzündeten sich Brandsätze, die in die Anzüge der DEST-Kommandos eingebaut waren, und reduzierten Leiche und Ausrüstung zu einer zerschmolzenen schwarzen Masse.

Für die ISA war der gesamte Angriff von Blakes Wort offenbar nicht mehr als eine Ablenkung gewesen. Man hatte erwartet, daß die Blakies mit Pauken und Trompeten scheitern würden – schließlich war es ja ihr Ziel, ein erfundenes Forschungsprojekt zu zerstören –, während die DEST-Kommandos einbrachen und Chandrasekhar Kurita ermordeten.

Eine wichtige Frage beschäftigte die Gedanken aller im Komplex: Würde sich die ISA nun zurückziehen und ihre Pläne gegen HTEs Besitzer und Direktor überdenken? Oder würde sie es erneut versuchen?

Die Antwort schien schmerzlich selbstverständlich. Der Atem des Drachen würde zurückkommen. Und beim nächsten Mal würde er viel härter zuschlagen.

»Steck diese Sonde da rein, Mann«, sagte Zuma und beugte sich über Astrozombies bucklige Schulter, »sie wird rauchen.« Die beiden leitenden Techniker hatten eine Öffnungsplatte an der Seite des Kopfs von Wingers *Jenner* geöffnet und versuchten herauszufinden, was geschehen war. Es war kein gutes Zeichen, wenn ein einziger KSR-Treffer einen mittleren Mech umlegte.

Cassie saß auf einem Kirschpflücker in der sanften Sonne des Herbstnachmittags. Von hier oben zeigte der Komplex nur geringe Beschädigung außer dem Loch, das in der Nordmauer klaffte, und dem zertrümmerten Fabrikationsgebäude 9 Süd. Sie konnte gerade so eben noch den verbrannten Fleck ausmachen, wo Kapitan O'Rourkes Mech von Infernowerfern getroffen worden war. Ironischerweise war er nicht explodiert. Er war bereits geborgen worden und hatte größtenteils nur kosmetischen Schaden genommen. Die Brise vom Fluß trug noch immer den Gestank verbrannter Isolation und menschlichen Fleischs heran.

Sie lehnte sich zurück, die Ellbogen auf das Sicherheitsgeländer gestützt, ohne einen Gedanken daran zu verschwenden, daß sie fast zehn Meter hoch in der Luft hing. Die Verluste der Caballeros waren Gott sei Dank nur leicht gewesen. Ein Azteke war in der U-Bahn-Station gestorben, Kapitan Juan Pedro O'Rourke hatte es an seinem Fallschirm erwischt, und bei der Jagd auf die DEST-Eindringlinge hatte es Verluste gegeben. Für morgen war ein Dankgottesdienst vorgesehen.

Ein prominenter Nicht-Verlust war U-Leutenient Nelson ›Winger‹ Blackbird. Das Geschoß, das den Kopf seines Mech getroffen hatte, hatte nicht einmal die Panzerung durchschlagen. Aber es hatte Schaltkreise durchtrennt und lebenswichtige Chips gelockert, was alle Systeme der Maschine völlig lahmlegte. Selbst der Schleudersitz war außer Betrieb.

Die Explosion hatte auch die Luke so sehr verformt, daß Winger nicht entkommen konnte. Er hatte die gesamte Schlacht damit verbracht, abwechselnd vor Zorn zu brüllen und sein Totenlied zu singen, nur falls die Blakies daran denken sollten, ihn mit Infernowerfern zu beschießen.

Astrozombie regte sich wegen Zumas Dünkel gewaltig auf. Er schob den geklebten Nasensteg seiner Brille nach oben. »Nonsens. Ich weiß, was ich tue. Ich habe einen Elektroingenieursabschluß vom Technologieinstitut Atreus.«

»Schon gut«, sagte Zuma gleichmütig. »Sie weiß das nicht. Sie wird trotzdem rauchen.«

Astrozombie schnaubte und steckte die Sonde hinein. Funken flogen, gefolgt vom Geräusch bratenden Specks und einer braunen Rauchwolke. Die Lichter auf der Testkonsole des Cheftechs blitzten einmal auf und erloschen.

Cassie kicherte. »Ich weiß nicht, was sie euch Kindern in der Schule heutzutage so beibringen«, sagte Zuma und schüttelte klagend den Kopf. »Du solltest wissen, daß sie diese Dinger mit genau der richtigen Menge Rauch drin bauen. Man läßt was davon entweichen – und wusch, funktionieren sie nicht mehr.«

Astrozombie stieß einen schrillen Schrei aus.

Zuma klopfte mit einem Gabelschraubenschlüssel auf die Panzerplatte hinter der offenen Platte. »Diese *mamacita* war schon immer wunderlich«, sagte er. »Verdammt, ich glaube, sie ist wahrscheinlich eine der ersten *Jennies*, die je gebaut wurde.«

»Sei nicht blöd«, schnauzte Astrozombie. »Ich habe diese Maschine komplett überprüft. Keine der Seriennummern ist auch nur annähernd niedrig genug.«

»Oh, aber schau, sie ist genau wie die alte Axt meines Großvaters, die schon drei neue Blätter und sechs neue Stiele hat. Alles wurde schon ein paarmal ausgetauscht, weißt du?«

Der Cheftech riß die Hände empor und entfernte sich so weit, wie es ihm die Vier-Meter-Plattform erlaubte. Zuma sah hinter seinem Rücken Cassie an und zwinkerte.

Ein Ruf vom Boden: »Yo, Cassie!« Sie drehte sich um und sah nach unten. Kali MacDougall stand am Boden und winkte ihr zu.

»Ich mache Pause im Lazarett«, sagte die MechKriegerin. »Kommst du mit?«

Cassie sah sich um. Sie hatte aktives Interesse an der BattleMech-Wartung und -Reparatur nach dem Prinzip, daß man, wenn man wußte, wie sie funktionierten, auch wußte, wie man verhindern konnte, daß sie funktionierten. Aber die Lektionen, die sie unter diesen besonderen Umständen lernte – daß die mächtigsten Kriegsmaschinen der Geschichte überraschend zerbrechlich sein konnten, wenn ihnen etwas die Chips aus den Sockeln riß und ihre empfindlichen Kontrollschaltkreise unterbrach, und alte Mechs genau so wunderlich waren wie alte Leute –, waren bereits ziemlich offensichtlich. Die Feinheiten der Leichenbeschau und anschließenden Reparatur überschritten ihre Kompetenz – und ihr Interesse.

Sie sah Zuma an. Der Oberste Azteke winkte ihr zerstreut zu. »Später, *'manita*«, sagte er. Astrozombie achtete nicht auf sie, er tat es eigentlich nie. Im Regiment war allgemein bekannt, daß der Cheftech keine Mädchen mochte. Andererseits gab es auch keinen Beweis dafür, daß er Jungs mochte. Skurrilere Geister spekulierten gerne über Kapitan Harris und die riesigen humanoiden Maschinen, denen er natürlich jede wache Minute widmete, aber das war nur Gerede. Wahrscheinlich.

»Bin gleich unten«, rief Cassie. Sie kletterte wie ein geschmeidiger brauner Affe die Leiter hinunter.

»Ich hätte es nicht geglaubt«, sagte Archie Westin, »aber euch Südwestlern gelingt es immer noch, mich in Erstaunen zu versetzen.«

Die Tische in der Kantine waren gepolstert worden, so daß sie als improvisierte Krankenhausbetten für bandagierte Zivilisten aus dem Wohnkomplex dienen konnten. Mütter trösteten jammernde Kinder. Schwerverletzte Patienten stöhnten und warfen sich auf den Tischen herum, vor Stürzen durch Gurte oder manchmal einfach nur durch Klebeband geschützt. Dr. Sondra Ten Bears, *la Curandera,* die erste medizinische Offizierin des Siebzehnten, ging zwischen ihnen auf und ab und untersuchte sie.

»Was nagt denn jetzt schon wieder an dir, Arch?« rief Cowboy und stellte einen niedrigen Transportkarren voller Schachteln mit Schmerzmitteln an der Wand ab.

Der Reporter wies in die Runde. Die große, stämmig gebaute *Curandera* war nur eine von vielen Söldnern, die dem medizinischen Stab von HTE halfen.

»Ihr seid der stolzeste Haufen MechKrieger, den ich je getroffen habe«, sagte er, »und ich habe über die Crucis-Lanciers und die Lyranische Garde ebenso berichtet wie über die Kell Hounds und Wolfs Dragoner. Aber hier seid ihr und spielt Krankenschwestern für Zivilisten – Zivilisten, die noch vor gar nicht allzu vielen Jahren eure Todfeinde waren.«

Chuy Montoya, ein Wespenpilot von Cochise und nicht verwandt mit Vater Montoya, blieb stehen und wischte sich mit dem Taschentuch über die Stirn. Er half, Verwundete und Tote auf Tragen zu heben – die einen wurden in eines der Krankenhäuser Masamoris überführt, die anderen neben dem Gebäude unter Persennings aufgebahrt.

»Wir haben selbst Familien, *carnal,* weißt du?« sagte er.

John Amos Ames und seine Frau Raven traten ein. Ames sah leicht benommen aus. Die MechPiloten unterbrachen ihre medizinischen Tätigkeiten, um ihm zu applaudieren. Er zuckte zurück. Raven lächelte ihr kühles Lächeln.

»Gratulation, Kapitan«, sagte Ten Bears.

Ames schüttelte den Kopf. Er war mittelgroß mit langem, dunkelblondem Haar, schwarzen Augenbrauen und melancholischen braunen Bluthundaugen. Er wedelte mit den Händen, als wollte er das Klatschen abwehren.

»Ja, dann wohl danke«, sagte er. »Wenn alles mit rechten Dingen zugegangen wäre, hätte ich meinen zweiten Streifen sicher nicht so bekommen.« Er war als Nachfolger Don Kojotes zum Kommandanten von Adelante befördert worden.

»Wenn alles mit rechten Dingen zugegangen wäre«, sagte Raven kühl, »wäre er überhaupt nicht befördert worden. Es könnte bedeuten, daß er Verantwortung übernehmen muß.«

Pommes Frites verschränkte seine Hände über dem Herzen. »Sierra Foxtrot, Schatz, geh pfleglich mit mir um. Ich habe letzte Nacht nicht viel Schlaf gekriegt.«

»Und was gibt es Neues?« fragte seine Frau.

Archie sah Cowboy an, der gerade eine Atempause machte und sich an einen Tisch lehnte, auf dem schnarchend eine ungeheuerlich fette Frau lag, deren beide Arme geschient waren. »Ich habe nie begriffen, was ›Sierra Foxtrot‹ bedeutet.«

»Santa Fé«, sagte Raven. Sierras Hauptstadt war zum Inbegriff der Sichtweise Außenstehender über die ›südwestlichen‹ Welten geworden, ebenso wie ihr Namensvetter vor Jahrhunderten für Gringos zum Inbegriff des amerikanischen Südwesten geworden war. Wie ihre Ahnen zuvor verachteten auch die ländlichen Caballeros lautstark Santa Fé und alles, wofür es stand.

»Quatsch, Raven«, sagte Cowboy, »das bedeutet es eigentlich nicht.«

»Für Mr. Westins Zuschauer daheim im Vereinigten Commonwealth ist es nahe genug dran«, sagte Raven. »NDVC ist ein Familiensender.«

»Zuma und Diana haben mir erzählt, er habe letzte

Nacht ganz schön losgelegt, als die Finstermänner versuchten, die Kids als Geiseln zu nehmen«, sagte Cowboy. »Seine kleine Freundin Savage hat das alles auf Diskette.«

Er warf Westin ein breites, freundschaftliches Grinsen zu. »Ich vermute, sie bilden euch schlaue Füchse daheim in New Avalon schon richtig aus.«

26

Imperial City, Luthien
Distrikt Pesht, Draconis-Kombinat

16. Oktober 3056

Der alte Mann saß in seinem Garten im Rollstuhl, das Licht von Luthiens Sonne übergoß ihn durch die Zweige der jungen Pflaumenbäume mit willkommener Wärme, und er empfand ein Gefühl, das ihm in all seinen langen Lebensjahren fast fremd geworden war, während er den dünnen Streifen Papier mit einer leberfleckigen Hand umklammerte: Angst um sich selbst.

Er fürchtete auch in gewisser Weise um das Kombinat. Wenn Chandrasekhar sich wirklich mit den Clans eingelassen hatte, waren die Folgen fast unabsehbar. Sollte aber das Wissen, daß ein Mitglied der Familie des Koordinators des Verrats im kosmischen Maßstab verdächtig war, öffentlich werden, konnten die Ergebnisse vielleicht sogar noch schlimmer sein.

Aber das war eine vertraute Furcht. Subhash Indrahar hatte den Großteil seiner fast neunzig Lebensjahre dem Dienst am Kombinat gewidmet. Seine Loyalität zum Hause Kurita überstieg sogar noch seine Loyalität zu einem einzelnen Kurita, wie sein alter Freund Takashi hatte erfahren müssen, als Subhash und sein Adoptivsohn versucht hatten, ihn zu töten. Die meisten seiner Leidenschaften waren dem Drachen vorbehalten.

Aber jetzt ... konnte er die Regungen rein selbstsüchtiger Furcht in seiner eingesunkenen Brust nicht unterdrücken.

Selbst sie galt gewissermaßen dem Drachen, zumindest sagte er sich das. Sein Körper war einst der eines Athleten gewesen, geschmeidig und stark. Aber er hatte seine Kraft überlebt. In den letzten Jahren hatte nur die reine unbezähmbare Willenskraft ihn am Leben gehalten.

Ja, er hatte Angst. Er hatte Angst vor den Clans. Er hatte Angst vor dem Chaos, das nach einer flüchtigen Phase der Einheit angesichts des von jenseits der Peripherie einfallenden Ungetüms in der Inneren Sphäre auszubrechen drohte. Er hatte Angst, daß die Saat der Anarchie im Draconis-Kombinat vielleicht schon gesät war. Theodores Liberalisierung war von reiner Notwendigkeit erzwungen worden. Das Kombinat hatte fast keine Ressourcen mehr, und seine Versuche, das Leben seiner Bürger immer umfassender zu reglementieren, hatten begonnen, die Entropie zu steigern, nicht sie umzukehren. Doch Subhash wußte nicht, ob die Reformen den Verfallsprozeß aufhalten oder ihn beschleunigen würden.

Aber eines war sicher: Jetzt hing der Drache mehr als je von der Stärke, der Weisheit und dem selbstaufopfernden Mut seiner Söhne ab: der Internen Sicherheitsagentur.

Den Großteil eines Jahrhunderts lang war Subhash Indrahar die ISA gewesen. Nicht einmal der Lächelnde konnte diese Last noch viel länger tragen.

Er sehnte sich danach, sie leichten Herzens übergeben zu können. Schon einmal hatte er gedacht, einen würdigen Nachfolger gefunden zu haben. Doch Nakina Grandy, sein erwählter Erbe, war an einer Aufgabe gescheitert und hatte sich als Sühne das Leben genommen.

Jetzt hatte er einen anderen Erben, einen Nachfolger, der noch würdiger war, wenn man die rauhen Kanten Ninyu Kerais abschleifen konnte. Aber im Augenblick drohte Ninyu offenbar zu scheitern. Vielleicht dachte er eben jetzt über das *tanto* nach, mit dem er sich die Eingeweide herausreißen würde.

Davor hatte Subhash Angst. Er hatte keine Zeit mehr, einen neuen Nachfolger zu suchen. Und die ISA ohne starken Führer zurückzulassen, hieße, das Schiff des Kombinats angesichts von Myriaden Stürmen steuerlos zu hinterlassen.

Nicht, daß Subhash der Glaube an Theodore abging. Viele – in erster Linie Theodores Vater, der damalige Koordinator Takashi – hatten den jüngeren Kurita unterschätzt und seine Fähigkeiten und Charakterstärke angezweifelt. Sie alle hatten sich geirrt. In Subhash' Augen war Theodore Kurita die größte Führungspersönlichkeit, die das Haus Kurita je hervorgebracht hatte.

Aber wenn der Koordinator der Kapitän war, dann war die Interne Sicherheit das Steuerruder. Ohne dieses würde dem Koordinator das Mittel fehlen, den Staat zu lenken.

Der Lächelnde sehnte sich nicht nach einer Chance, sich zur Ruhe zu setzen. Er sehnte sich danach, sterben zu können.

Ein Hauch von Brandgeruch. Subhash ließ das dünne Papier los. Die chemische Reaktion, die begann, wenn die Druckertinte in Kontakt mit dem speziellen Papier kam, war erfolgt und endete in einer Flamme. Die Eintagsfliegen-Lebensdauer des Botschaftsstreifens hatte mit der Selbstvernichtung geendet.

Es war egal. Der Lächelnde hatte sich den Inhalt mit einem einzigen Blick eingeprägt.

Jetzt mußte er eine Antwort formulieren. Das Schicksal des Draconis-Kombinats – und vielleicht der gesamten Inneren Sphäre – hing davon ab.

»Wie geht's dir, Mädchen?«

Cassie hatte die Hände tief in die Taschen ihrer ausgebeulten Khakihosen gesteckt. Sie tänzelte in ihren schwarzen Turnschuhen irgendwie herum, offenbar, um mit der größeren MechKriegerin Schritt halten zu können. Sie schüttelte sich leicht, sah auf.

»Gut. Wirklich gut. Ich habe Diana mit den Kleinen

geholfen – sie sind immer noch ziemlich erschüttert über das, was letzte Nacht passiert ist. Kapitan Vásquez hat mir befohlen, aufzuhören und mich auszuruhen. Aber mir ist im Augenblick gerade nicht nach Ruhe zumute.«

»Immer noch verkrampft, wie?« fragte Lady K. Sie trug ihren üblichen Freizeitdreß, Jeans und ein Männerhemd, dessen Zipfel verknotet waren. Ihr blondes Haar war windschief auf dem Kopf zusammengesteckt; eine widerspenstige Strähne war entkommen und hing ihr wie ein Tentakel in die Augen. Sie hatte dunkle Ringe unter den Kornblumenaugen, und auf einer Wange war sie verschmiert. Cassie empfand eine gewisse perverse Befriedigung dabei, ihre schillernde neue Freundin so zu sehen, als hätte diese in der Gosse gepennt.

»Ich weiß nicht«, sagte Cassie und fragte sich wieder einmal, warum sie den Drang verspürte, zu dieser Frau offen zu sein. »Ich fühle mich unvollständig. Als wären die Dinge irgendwie nur halb vorbei.«

Lady K zog die Augenbrauen zusammen. »Bist du etwa nervös, weil du gestern nacht niemand getötet hast?«

»Was, zum Teufel, soll das heißen?« rief Cassie. Zorn kochte in ihr hoch wie eine Plasmafontäne.

»Ziemlich genau das, was ich gesagt habe«, antwortete Lady K ruhig, »wie üblich.«

»Willst du mir etwa sagen, wie ich meine Arbeit machen soll?«

»Daran würde ich nicht im Traum denken. Ich will nur, daß du darüber nachdenkst.«

»Ich tue meinen Teil.«

»Niemand tut mehr für das Regiment als du, Schätzchen, und das weiß auch jeder. Aber deine Aufgabe ist es, Informationen zu sammeln. Das Töten von Leuten ist zweitrangig.«

»Manchmal muß es sein. Wir sind Kriegerinnen, falls du das vergessen haben solltest.«

»Habe ich nicht. Meine Aufgabe ist es, Leute zu töten. Aber ich mache mir Sorgen um dich.«

Cassie war ein paar Schritte vor ihr hergegangen. Jetzt drehte sie sich um und sah der größeren Frau ins Gesicht. »Warum?«

»Willst du wirklich Gefallen daran finden?«

Einen Augenblick lang stand Cassie mit zur zornigen Maske erstarrtem Gesicht da. Der Zorn in ihr siedete wie ein Sturm auf der Oberfläche von Hachimans orangefarbener Sonne.

»Was versuchst du mir anzutun? Mich zu schwächen? Mich abzustumpfen?«

Lady K schüttelte den Kopf. »Nein, Süße. Ich versuche nur aufzupassen, daß du auch ein Mensch bleibst.«

Cassie wirbelte herum und legte die Arme fest um ihre kleinen Brüste. »Vielen herzlichen Dank.«

Sie spürte, wie Lady K sich ihr näherte, verspannte sich, hatte Angst, die andere würde sie zu berühren versuchen. Sie wollte jetzt niemanden in ihrer Nähe.

Aber Lady K berührte sie nicht. Sie stand nur da, nicht nahe genug, um bedrängend zu wirken.

»Was willst du überhaupt?« fragte Cassie. Zu ihrer Überraschung verriet der Unterton in ihrer Stimme, daß sie den Tränen nahe war. Ihre Augen begannen bei dieser Erkenntnis zu brennen. »Warum überhaupt dieses Interesse an mir? Was willst du von mir?«

»Deine Freundin sein.«

Cassie wirbelte herum. »Warum?« schrie sie fast. Tränen flossen jetzt ungehindert über ihre Wangen. »Willst du mit mir ins Bett? Glaubst du, es sei eine gute Idee, dich an mich zu kuscheln, weil ich so eine Kundschafterin bin? Warum zum Teufel willst du mir nahe sein?«

»Nur, weil du du bist.«

Cassie funkelte sie wild an. Ihre Augen waren fast so blau wie der Himmel. »Warum? Wer bin ich?«

»Jemand, den ich sehr gerne meine Freundin nennen würde.«

Cassie holte tief Luft, gewaltig, fast mehr Luft, als ihr ganzer magerer Körper aufnehmen konnte. Sie stand kurz davor, sie MacDougall um die Ohren zu blasen, ihr in ihr Modepüppchen-Gesicht zu sagen, daß sie eine Lügnerin war. Statt dessen schluckte sie einfach nur, drehte sich um und stand da.

»Warum findest du es so schwer zu glauben, daß jemand dich einfach um deinetwillen mögen könnte?« fragte Lady K.

»Weil ich es nicht wert bin«, sagte Cassie steif. »Ich bin Straßendreck, eine billige kleine Hure. Eine mutwillige Mörderin.«

»Du bist nichts von alldem. Aber du könntest dazu werden, wenn du dich nicht genau anschaust und einige Entscheidungen triffst. Wenn wir zu lange versuchen, gegen unsere Alpträume anzukämpfen, verwandeln wir uns in etwas, das direkt aus ihnen kommt.«

»Ja«, sagte Cassie höhnisch und wandte sich der MechKriegerin zu. »Ich werde mich in eine Zehn-Meter-Kriegsmaschine verwandeln. Jeden Augenblick.«

»Du hast mehr Mechs zerstört als die Hälfte unserer MechKrieger«, sagte Lady K, »deshalb weiß ich nicht, wieso das so weit hergeholt sein soll. Aber das Risiko, das du wirklich eingehst, ist, dich in eine Mordmaschine zu verwandeln, schlicht und einfach. Statt einer Frau, die tödlich sein kann, wenn sie muß – wenn sie will.«

Cassie stand da, die Sonne heiß auf ihrem Gesicht und die Fäuste so fest geballt, daß ihre Unterarmsehnen weh taten. Nach einem kurzen Moment stieß Lady K ein leises Lachen aus.

»Du kannst da stehen und mich hassen, wenn du willst, Babypüppchen«, sagte sie, »aber ich werde ein paar von der Bande auftreiben und ein paar große Kühle kippen.«

Archie fiel der Kiefer herunter. In der plötzlichen Stille wandten sich Caballeroköpfe um. Zu Cowboy.

Der schlaksige MechPilot schaute sich im Halbkreis seiner Kameraden um, dann sah er zu Westin zurück. Das hübsche junge Gesicht des Reporters hatte unter seinen Sommersprossen einen höchst unvorteilhaften hellgrünen Farbton angenommen.

»Da bin ich wohl in ein Fettnäpfchen getappt«, sagte Cowboy mit bedrückter Stimme.

»Das klingt wie eine angemessene Einschätzung der Situation«, sagte Raven.

Westin holte zitternd Luft. »Ich glaube, ich brauche was zu trinken.«

»Hier kommen Cass und Lady K«, sagte Raven. »Laßt uns eine Pause machen und ein paar Sachen klären.«

»Wann seid ihr mir auf die Schliche gekommen?« fragte Archie. Sie saßen in einem Freizeitraum, in dem sich keine Ortsansässigen befanden. Der Reporter war bei seinem zweiten Borstal Boy aus dem Automaten. Er hatte bereits die übliche Runde Leugnen hinter sich, der seine Gefährten mit dem begegnet waren, was ihrer Auffassung nach höflicher Skepsis entsprach.

»Als ich dich zum ersten Mal gesehen habe«, sagte Cassie mit giftigem Unterton. Sie schien zornig zu sein. Westin hatte sie noch nie so gesehen, und jetzt gefiel es ihm nicht. »Dir stand Spion in Leuchtbuchstaben auf der Stirn.«

»So schlimm ist es eigentlich gar nicht, Arch«, sagte Lady K. »Denk doch mal darüber nach: Während des Clankrieges gingen in Erledigung ihrer Aufgabe viele MechKrieger-Regimenter verloren. Eines davon war zufällig das Siebzehnte. Die Spionagenetze der Inneren Sphäre fragten sich, was, zum Teufel, mit ihnen passiert war. Dann tauchen wir wieder auf – in einem Sprungschiff, das ins Herz des Draconis-Kombinats unterwegs war.«

Sie zuckte die Achseln. »Und dann tauchst du in dem Augenblick auf, an dem wir den Sprungpunkt ins System erreichen, und sagst, du willst für deine Nachrichtenagentur über uns berichten. Und bleibst wochenlang bei uns.«

»Aber eure Geschichte ist recht fesselnd ...«

»Klar.« Sie streckte die Hand aus und tätschelte seine. »Aber das kümmert niemanden eine Prise saurer Eulenscheiße, Süßer, weil wir keine glitzernde Einheit wie die Dragoner oder die Kell Hounds sind.«

»Niemand hat je von uns gehört«, sagte Chuy, »außer den Leuten, die uns anheuern.«

»Und den Leuten, denen in den Arsch zu treten sie uns anheuern«, fügte Cowboy hinzu.

»Aber ich bin wirklich Journalist der Nachrichtenagentur des Vereinigten Commonwealth.«

»Klar«, sagte Cassie. »Und eure Nachrichtenagenturen im VerCom sind dafür berüchtigt, daß sie die Beine breit machen, wenn jemand, der mit Nachnamen Davion oder Steiner heißt, sie freundlich bittet.«

Archie zuckte zurück. »Das ist hart. Das klingt ja, als seien wir Marionetten, wie – wie die Kombinatsmedien.«

Lady K schüttelte den Kopf. »Nichts da. Es gibt einen Unterschied zwischen der unterwürfigen, aber freien Presse und einer regelrechten Marionette. Uns allen war das wichtig, damals, als das *Frei* in Liga Freier Welten noch etwas anderes bedeutete als die Freiheit, Thomas Mariks persönliches Spielzeug zu sein.«

Westin hob sein Bier und senkte es dann wieder. Nach seinem Gesichtsausdruck zu schließen, roch es verdorben.

»He, dann habt ihr mich ja die ganze Zeit über an der Nase herumgeführt.«

»Arch«, sagte Lady K, »wir mögen dich. Wirklich.«

»Und wir haben nichts dagegen, hin und wieder ein

wenig günstige Berichterstattung zu bekommen«, setzte Raven hinzu.

»Was – was ist mit Vater García?« Der Jesuit hatte mit der Zeit einige EMT-Kurse absolviert und war unterwegs, um die Ruinen des Wohnkomplexes zu durchkämmen und sich dort um Überlebende des Terroristenangriffs und der CGC-›Rettungsaktion‹ zu kümmern. Es lag ein gewisses Spannungspotential darin, einen katholischen Priester auf den Straßen einer Stadt im Kombinat frei herumlaufen zu lassen, wo Christentum mit Ausnahme des Rasalhaagschen Lutheranismus offiziell verboten war. Aber Vater Bob war nicht unbedingt der Typ, der bekehren mußte, und er trug in der Regel einen schwarzen Rollkragenpullover statt des Priesterkragens – und es war überhaupt davon auszugehen, daß niemand allzu versessen darauf sein würde, sich mit einem Mann anzulegen, der fünfzig freundliche BattleMechs in Rufweite hatte.

»Er hat mir nachspioniert, nicht?«

»Er versuchte nur, Ärger von dir fernzuhalten, Vetter«, sagte der neue Kapitan Ames.

»Er mag dich wirklich«, sagte Raven. »Du bist für ihn eine erfrischende Neuerung – ein wirklich lebender, irgendwie kultivierter VC-Bursche, im Gegensatz zu uns struppigen, provinziellen Kojoten, mit denen er leben muß.«

Archie verzog das Gesicht. Er hatte auch nicht mehr geschlafen als die Söldner, also gar nicht, und selbst anderthalb Bier zeigten bei ihm Wirkung, wenn seine Abwehrkräfte so geschwächt waren. Er stand auf und schwankte leicht.

»Ihr alle wart im Umgang mit mir ziemlich unaufrichtig«, sagte er.

»He, Arch, jetzt mußt du doch nicht vor all den Damen ausfällig werden«, sagte Cowboy. »Sierra Foxtrot, es ist ja nicht so, daß wir dich loswerden wollen.

Davion könnte diesmal jemand auf uns ansetzen, den wir nicht so leicht entdecken.«

Kali MacDougall senkte die Stirn auf die Tischplatte. Westin funkelte Cowboy wild an und stampfte hinaus. Cowboy blinzelte seinen Kameraden zu.

»Was habe ich gesagt? Was habe ich gesagt?«

Raven stützte ihr spitzes Kinn in die Hände und sah ihn bewundernd an. »Cowboy«, sagte sie, »bist du von Natur aus so ein großer Schwachkopf oder mußtest du dafür auf die Schule gehen?«

Eine Transpexmauer ermöglichte den Blick über die Shakudosee im Dämmerlicht. Der Boden des Raumes war aus grünem Marmor, darauf lag ein kunstvoller Arkabteppich. Die Möbel waren schlicht, von jener tiefstapelnden Eleganz, die keine Zugeständnisse an den menschlichen Körperbau machte. Ninyu Kerai Indrahar, dem Komfort und Eleganz gleichermaßen gleichgültig waren, stand in der Raummitte und beobachtete den Tanz holographischer Marionetten auf der Bühne in der Ecke.

Ein ernster, gutaussehender junger Reporter stand vor einem Wohnblock, dessen eine weißgetünchte Mauer auf die Straße herabgestürzt war, so daß Balken wie verdrehte Skelettfinger sichtbar wurden. Rauch quoll aus der Ruine. Eine Gruppe Feuerwehrmänner richtete den Strahl eines Schlauchs darauf.

»Terrorismus und Unordnung«, sagte der junge Mann. »Die Zwillingsgeißeln der Inneren Sphäre haben die stille Unberührtheit des Drachenreiches zerstört ...«

»Natürlich beobachtet mein Herr, wie wir die Geschichte zu unserem Vorteil wenden«, sagte Enrico Katsuyama, der dicht hinter Ninyu stand. Das war an sich schon irritierend, aber Ninyu wollte sein Unbehagen nicht zeigen, indem er zurücktrat, um die unterwürfige kleine Kröte in sein Gesichtsfeld zu bringen. »Bald werden sie auf Szenen der gegenwärtigen nationalistischen Unruhe im Vereinigten Commonwealth umschwenken und darauf hinweisen, um wieviel verbreiteter diese Art von Unruhen dort sind.«

»Das Vereinigte Commonwealth ist im Augenblick nicht unser Feind«, sagte Ninyu.

Katsuyama nickte. »In der Tat nicht, Herr. Aber es ist der Lebensstil des Commonwealth, den unser Volk am ehesten beneidet. Diese Ereignisse geben uns Gelegenheit zu zeigen, daß ihre Art und Weise von Unordnung gezeichnet ist.«

Ninyu verzog das Gesicht. »Aber wir versuchen nicht die Tatsache zu verbergen, daß die Angreifer Terroristen von Blakes Wort waren. Wir verlassen uns darauf als Tarnung für unsere eigene Beteiligung. Was hat Blakes Wort mit dem Vereinigten Commonwealth zu tun?«

»Äh, nichts, Herr. Und? Wir zeigen der Öffentlichkeit eine Sache und erzählen ihr eine andere, und niemand ahnt etwas.« Seine Augen leuchteten. »Das ist eine Technik, die von den frühen Meistern des zwanzigsten Jahrhunderts perfektioniert wurde.«

Ninyu räusperte sich tief und wies auf die Anzeige. Ein Söldner-*Schütze* hielt die Hand hoch, während eine gefangene Arbeiterin mit einem Säugling in den Armen vom Balkon eines zertrümmerten Gebäudes auf seine Handfläche kletterte.

»Sie lassen Chandrasekhar Kuritas fremde Mietlinge wie Helden aussehen«, sagte er. »Haben Sie das geklärt?«

»Äh, ja, Herr.« Katsuyama lächelte vorsichtig. »Wir werden dies in der zweiten Phase unserer Operation zu unserem Vorteil wenden.«

Die zweite Phase ... Der Mann sagte es vergnügt. Als ob die Niederlage der letzten Nacht erwartet gewesen sei, vielleicht sogar beabsichtigt, nur ein Schritt auf dem Weg.

Ninyu schritt zur Fensterwand. Die Meeresoberfläche war schwarz. Die Kronen und Ränder der Gischt wurden vom Licht der untergehenden Sonne vergoldet und sahen aus wie der Hintergrund eines alten Ölgemäldes, das mit Flammenfirnis lackiert war.

Was alles noch schlimmer machte, war, daß die Einschätzung des behäbigen kleinen Mediendoktors von der Hyperpulsbotschaft gestützt wurde, die Ninyus Adoptivvater ihm am Nachmittag geschickt hatte. Betrachte es als Auskundschaften, mein Sohn, hatte Subhash Indrahar geschrieben. Wir mußten die Verteidigungsstärke unseres Ziels kennen. Jetzt kennen wir sie, und die Kosten sind vernachlässigbar.

Es hatte in Wirklichkeit mehr als hundert Terroristen von Blakes Wort das Leben gekostet, was natürlich für Ninyu Kerai Indrahar oder seinen Vater weniger als nichts bedeutete. Aber es war schwerer, die sechsunddreißig verlorenen DEST-Kommandomitglieder abzuschreiben. Ninyu begriff, daß ihre Leben Münzen waren, die man im Dienste des Drachen ausgeben durfte, ohne zu zögern; so war es sogar mit seinem eigenen Leben und mit dem seines Adoptivvaters. Aber es belastete ihn, so viel für so wenig offensichtlichen Gewinn zu verschwenden.

Sie hatten den Barbaren skandalös wenige Verluste zugefügt, eine Tatsache, die Ninyu als Blamage bis auf die Knochen empfand. Doch trotz der Geschoßwerfer, die das ISA-Angriffsteam mitgeführt hatte, hatten sie nie vorgehabt, in den Nahkampf gegen BattleMechs zu gehen. Sie sollten so leise wie möglich hineingelangen, Chandrasekhar Kurita meucheln und sich so geschickt wie möglich zurückziehen. Der Plan war jedoch vereitelt worden, und die Mannschaftsmitglieder wurden von Feinden abgeschlachtet, die selbst sie nicht zu überwinden vermochten.

Ein Weg, die Scham zu sühnen, die in ihm brannte, war natürlich Selbstmord. Aber die Nachricht seines Vaters schloß diese Möglichkeit aus und machte unmißverständlich klar, daß Seppuku nur seinem Dienst am Drachen im Wege stünde. Ninyu akzeptierte das, wie er alles akzeptierte, was ihm sein Vater auferlegte.

Also blieb ihm die Möglichkeit des Zorns. Ein Zorn, den er vollständig an diesem lächerlichen fetten Narren Onkel Chandy auszulassen beabsichtigte. Und an seinen Schoßbarbaren.

»Herr«, sagte Katsuyama respektvoll, »schaut.«

Ninyu sah zur Holobühne. Das Gesicht der Nachrichtensprecherin war wieder aufgetaucht.

»Vor nur wenigen Stunden überschattete – oder besser überglänzte – eine bemerkenswerte pyrotechnische Vorstellung am Nachthimmel für die Bewohner der Stadt Hawthorne in der südlichen Hemisphäre die tragischen und entsetzlichen Ereignisse in der Hauptstadt.«

Das Bild des Sternenhimmels erschien. Etwas, das einem Riesenmeteoriten ähnelte – oder eher einem brennenden Frachtzug –, schoß darüber hinweg und hinterließ eine Leuchtspur.

»Das feurige Schauspiel war selbst Zeichen einer Tragödie«, sagte die Nachrichtensprecherin ernst, »des katastrophalen Wiedereintauchens des Landungsschiffes *Peggy Sue* des bei Davion registrierten Sprungschiffes *Daisy Belle*. Das Landungsschiff wurde mitsamt seiner Besatzung vernichtet. Solche Unfälle sind äußerst selten ...«

»Wie ist das passiert?« fragte Katsuyama.

Ninyu schüttelte den Kopf. Ihm war es egal, wie viele Landungsschiffe vom Himmel fielen.

Er hatte ein eigenes Feuerwerk vorzubereiten.

27

Masamori, Hachiman
Draconis-Kombinat

17. Oktober 3056

Der Geruch nach Blumenerde hing wie ein dicker feuchter Vorhang im Gewächshaus. »Nun, Tochter«, sagte Chandrasekhar Kurita, »Ninyu Kerai hat unsere Verteidigungsmaßnahmen auf die Probe gestellt. Und dank dir und deinen Freunden festgestellt, daß sie stark sind.«

»Er wird wiederkommen«, sagte Cassie schlicht.

Die fleischigen Orchideenblüten umgaben sie wie vielfarbige, in der Zeit eingefrorene Explosionen. Onkel Chandy stopfte Torfmoos in einen Topf unter einer orangefarbenen und schwarzen Blüte, wandte sich Cassie zu und lächelte.

»Natürlich wird er das«, sagte er und sah aus wie Buddha in einer Gärtnerschürze. »Die Frage ist, was tun wir dagegen?«

»Die Initiative ergreifen«, sagte Cassie.

Onkel Chandy lachte. »Deine Anmaßung ist wirklich wunderbar, Mädchen. Ninyu Kerai gegenüber die Initiative zu ergreifen, ist, als versuche man, einem verhungernden Banth frisches Fleisch wegzunehmen.«

Im bekannten Raum gab es zwei Dutzend Tierarten namens Banth. Sie alle waren Raubtiere.

Cassie warf den Kopf zurück und schüttelte sich so eine lose Haarsträhne aus den Augen. »Entweder das, oder passiv auf das Messer warten«, sagte sie.

Onkel Chandy hatte eine Schaufel aufgenommen. Er drehte sich um, stand da und sah sie mit seinen dicklidrigen Amphibienaugen an, wobei er das Werkzeug in den Händen drehte. Cassie ging ein Risiko ein, indem sie ihn belehrte, und sie wußte es.

Er lächelte. »Du bist weise, meine Tochter«, sagte er. »Zumindest in deinen Wahrnehmungen, wenn auch nicht immer in deinem Verhalten.«

»Ihr habt jede Menge Leute, die Euch erzählen, was Ihr hören wollt.«

Er lachte schallend. »Es ist wirklich erstaunlich, wie oft der Preis für kompetente Hilfe Unverschämtheit ist«, sagte er. »Wie gut für uns alle, daß ich – im Gegensatz zu so vielen von meinesgleichen – durchaus gewillt bin, einen solchen Preis zu zahlen. Wie viele wertvolle Ressourcen würden ansonsten verschwendet.«

Er betonte das Wort *verschwendet* auf eine bestimmte Weise. Cassie weigerte sich zu zittern.

Er wandte sich wieder seinen Pflanzen zu. »Was ist mit der Daisy Belle?« fragte sie.

»Die Leute des Mirza kümmern sich darum. Sie ist im Augenblick nebensächlich.«

»Die Clanner ...«

»Stellen wohl keine so unmittelbare Bedrohung dar wie Ninyu Kerai Indrahar, hm?«

Cassie biß sich auf die Lippe. Sie nickte.

»Ich habe eine bestimmte Aufgabe für dich im Sinn«, sagte er und griff nach einem Gestell über seinem Kopf. »Das heißt, wenn du das mit der Initiative wirklich ernst meinst.«

»Meine Straßenkontakte ...«

»Werden nicht ausreichen. Welche Chance haben wir, Ninyu langfristig zu schlagen?«

Cassie hielt inne und berechnete Überlebenschancen. Ihre eigenen, um die schwer verkraftbare Wahrheit zu sagen. Die Risiken, nach denen sich Onkel Chandy erkundigte, bedurften keiner Berechnung.

»Langfristig keine.«

Onkel Chandy nahm einen Topf herunter, aus dem eine extravagante grüne, orangefarbene und purpurne Blüte hing. »Diese Art wurde im späten achtundzwanzigsten Jahrhundert von Filbert Fujimori entwickelt, der später hingerichtet wurde«, sagte er. »Hatte allerdings nichts mit Gartenbau zu tun. Er schrieb einen skurrilen Haiku über Koordinator Jinjiro – natürlich verständlich, aber nicht klug. Diese Orchidee war mir immer besonders lieb. Ich weiß nicht, warum. Sie zeugt von wahrhaft schrecklichem Geschmack. Vielleicht habe ich einen Hang zum Perversen.«

Er stellte sie sorgsam auf einen langen Tisch mit Metallmaschenplatte und machte sich daran, die schrille Pflanze umzutopfen. »Wir müssen dafür sorgen«, sagte er, »daß Ninyu Kerai das Interesse an uns verliert. Du kannst dir den Einwand, daß das nicht leicht sein wird, ersparen. Solange er lebt, wird er uns verfolgen, und sollte er sterben, wird ihn sein Adoptivvater sicher rächen.«

Cassie wandte sich ab. Sie wollte nicht, daß Onkel Chandy den Glanz der Verzweiflungstränen in ihren Augen sah.

»Was also können wir tun?« fragte sie, und die Worte erstickten sie fast. Sie gab ihre Machtlosigkeit zu – und zwar angesichts ihres neuen Alptraums, des rothaarigen Mannes. Es war das Schmerzlichste, woran sie sich erinnern konnte, seit Patsy gestorben war.

»Unsere Unschuld demonstrieren.«

»Ich dachte, so etwas wäre der ISA scheißegal.«

»Die ISA leitet die Schuld aus der Tatsache eines bestehenden Verdachtes ab. Nicht dasselbe, überhaupt nicht dasselbe. Weder der Lächelnde noch seine anmaßenden Handlanger arbeiten absichtsgelenkt. Wenn wir ihm den wahren Schuldigen zeigen können, wird er seinen Zorn von uns abwenden.«

Cassie lehnte sich zurück an ein Regal. »Und wer ist der wahre Schuldige?«

»Tanadi«, sagte Onkle Chandy. »Wer sonst könnte es sein?«

Jemand, der skrupellos genug ist, eine Landungsschiffs-Besatzung umzubringen, um seine Spuren zu verwischen. »Wißt ihr das?«

»Der Mirza glaubt es auf der Basis dessen, was seine Nachforschungen ergeben haben.«

Cassie zuckte die Achseln. »Hat er gute Beweise, die Ninyu überzeugen werden?«

»Leider nein. Hier trittst du auf den Plan.«

»Ihr wollt, daß ich da reingehe?«

Der große glatte Schädel nickte. Das künstliche Tageslicht glitt darauf hin und her.

»Wie ist der CEO von Tanadi?«

»Kaum von der Sorte, die eine Zwanzig-H-Note in die roten Schuhe steckt, die den Großteil deines Kostüms bei Torashii Gyaru bilden«, sagte Onkel Chandy. Cassie schnitt eine Grimasse. »Redmond Hosoya ist auf seine Weise ein Mann von Rechtschaffenheit. Seine Sünden sind zwar beklagenswert genug, werden aber von seinem Sicherheitsstab genau überwacht. Er erlaubt niemandem, ihm ohne sorgfältige Überprüfung zu nahe zu kommen – sorgfältiger, als wir dich zu überleben vorbereiten können, in Anbetracht der begrenzten Zeit, mit der wir zurechtkommen müssen.«

Er wandte sich ihr zu, bürstete sich schwarze Erde von den Händen und lächelte. »Glücklicherweise ist nicht jeder in den höheren Rängen unserer Gesellschaft so wählerisch.«

»Wir müssen rasch handeln«, sagte Komtur White Nose Pony zu den Offizieren, die dichtgedrängt in der für die Söldner reservierten Kantine des Komplexes standen. »Wir müssen unsere verbleibenden Streitkräfte und unsere Angehörigen sofort in den Komplex verlegen.«

Es war das, was die 'lleros den Ältestenrat nannten. Solche Versammlungen wurden bei politischen Fragen einberufen, die das gesamte Regiment angingen. Streng militärische Angelegenheiten wurden von einem Kommandorat erledigt. Im Sog des Angriffs – und da weiterer Ärger fast sicher im Anmarsch war – schien die Stimme des Volkes gefragt zu sein.

Der Rat bestand aus Kommandanten von der Kompanieebene aufwärts, ranghohen Stabsangehörigen, Hilfspersonal und Leuten, deren Wort aus dem einen oder anderen Grund im Regiment Gewicht hatte. Zuma war ebenso da wie Diana und Dr. Ten Bears. Auch die verschiedenen Kaplane waren anwesend. Außerdem die Kreuzritter-Pilotin des Dritten Bataillons, Teresa de Avila Chávez, *la Guadalupana,* die – wenn auch nur ein einfacher Unterleutenient – anwesend war, weil ihr oft die Jungfrau von Guadeloupe erschien. Die Gläubigen daheim im Dreibund verfolgten ihre Errungenschaften mit lebhaftem Interesse, besonders auf Cerillos, wo sie vor allem verehrt wurde.

Tische waren zusammengeschoben worden, um einen Riesentisch zu schaffen, an dessen Kopfende Don Carlos saß. Seine Offiziere flankierten ihn zu beiden Seiten in absteigender Rangfolge. Das bedeutete, daß Unteroffiziere brüllen mußten, um sich verständlich zu machen. In dieser Hinsicht waren Caballeros nicht rückständig.

»Das ist Lagerseligkeitsdenken«, sagte O-Leutenient James Kicking Bird, Kommandant der Kompanie Geronimo. Als Vollblutkomantsche war er ständig darüber verstimmt, daß seine Kompanie nach einem Apatschen benannt war. »Sich auf Mauern zur Verteidigung zu verlassen.«

White Nose Pony warf ihm einen ungeduldigen Obsidianblick zu. »Wir sind vertraglich verpflichtet, den Komplex zu verteidigen, nicht den Sportplex«, sagte er. »Hier werden weitere Angriffe stattfinden. Ist es daher weise, unsere Krieger zu sammeln und unsere Herden und Kinder schutzlos zu lassen?«

Kicking Bird verzog das Gesicht. Er hatte darauf nicht viel zu erwidern. Der Sänger sagte nicht viel, aber wenn, war es schwer, ihm zu antworten.

»Also konzentrieren wir unsere Kräfte«, sagte Kapitan Bobby Begay bestimmt. Der Sänger sah über die offensichtliche Unterstützung nicht erfreut aus. »Das ist beschlossene Sache. Wir müssen uns noch einer anderen Frage stellen: Ist Kolonel Camacho noch in der Lage, uns zu befehligen?«

Die plötzliche Stille tat fast weh. »Was sagst du da, Schurke?« fragte der Sänger.

Das hübsche Gesicht Bobby des Wolfs nahm die Farbe von Stiefelleder an, und er erhob sich. Gavilán Camacho, der zur Rechten seines Vaters saß, beugte sich vor. »Nimm's leicht, Bobby«, sagte er ruhig. »Das bedeutet gar nichts.«

Mit funkelnden Augen setzte sich der Kommandant von Cochise wieder.

»Ich wittere eine Absprache«, sagte Kali MacDougall.

Köpfe wandten sich ihr zu. Sie lehnte sich mit einem säuerlichen Lächeln in ihrem Stuhl zurück. »Für mich sieht das aus, als hätten einige Ihrer jungen Strolche den Eindruck, es sei Zeit für einen Wechsel.«

Ein Wirrwarr von Fragen, Kommentaren und Argumenten verbreitete sich durch die Kantine wie ein Präriefeuer. »Kolonel Camacho hat uns während des Terroristenangriffs im Stich gelassen«, versuchte sich Vanity Torres trotz des Lärms verständlich zu machen.

»Steckst du dahinter, Gabby?« fragte Lady K.

Die jüngeren Offiziere sahen einander beunruhigt an und musterten immer wieder den großen, blonden Kapitan. Niemand war so richtig darauf vorbereitet, ihr entgegenzutreten.

»Niemand bezweifelt die Tapferkeit meines Vaters«, sagte Gavilán. »Wenigstens nicht mir gegenüber. Doch sein Betragen in der letzten Schlacht hat dennoch Fragen aufgeworfen.« Er zögerte. »Selbst für mich.«

»Er ist eingefroren«, sagte Bobby der Wolf. »Er hat uns nicht befehligt, als wir ihn brauchten. Er lebt zu sehr in der Vergangenheit.«

»Wir haben gewonnen, erinnerst du dich?« unterbrach ihn Lady K. Die Dissidenten funkelten sie an. Sie stellte dauernd Fragen, die sie nicht hören wollten, und erwähnte Punkte, die ihnen noch weniger gefielen.

Der Kopf des Kolonel hing herab, als sei er zu Blei geworden. »Ihr habt recht«, sagte er auf Spanisch. »Ich konnte mich nicht auf den Kampf konzentrieren.«

Er sah mit sichtbarer Anstrengung auf. »Solches Verhalten ist bei einem Kommandanten nicht akzeptabel …«

»Don Carlos.«

Der Lärm verstummte. Komtur Bar-Kochba hatte nicht die Stimme erhoben. Wie üblich mußte er das nicht.

»Wir befinden uns in einer sehr gefährlichen Situation«, sagte er in seiner langsamen, gedehnten Sprechweise. »Sie haben uns zuvor durch manchen Engpaß geleitet, Kolonel. Ich glaube, wir brauchen Ihre Erfahrung und Ihr Urteilsvermögen.« Er sah sich in dem Versammlungsraum um, seine Augen blickten wild. »Wenn sich Kolonel Camacho zur Ruhe setzte, müßte ich schwer darüber nachdenken, ob ich mich ihm nicht anschließe.«

»Sind Sie also ein Feigling, der angesichts von Gefahr den Schwanz einzieht?« fragte Gavilán.

Langsam, wie ein *Atlas* seinen Torso dreht, wandte Bar-Kochba den kahl werdenden Kopf, bis seine Augen – so blau, daß sie in dem gebräunten und graubärtigen Gesicht auffielen – auf dem jungen Komtur ruhten wie PKK-Mündungen, die kurz vor dem Abfeuern knisterten.

»Im Interesse des Regiments«, sagte der Rabbi langsam, »und aus Respekt vor Ihrer Familie, die schon lange mit der meinen verbunden ist, werde ich so tun, als hätten Sie das nie gesagt.«

Gavilán erbleichte hinter seinem Schnurrbart. Der Junge war kein Feigling. Er war auch kein völliger Narr – nicht ganz.

Bar-Kochba zählte wegen seiner ruhigen Weisheit auch unter härtesten Bedingungen zu den geachtetsten Mitgliedern des Regiments. Er war auch für seine Wildheit bekannt, die er zeigen konnte, wenn er mit dem Rücken zur Wand stand, und für sein Geschick als MechKrieger. Er war kein Mann, den man ohne weiteres provozieren sollte.

Seinem Volk fiel Nachsicht angesichts von Provokationen nicht leicht. Im Gegensatz zu vielen Juden jener Zeit hatten sich seine Ahnen nicht den Maßnahmen eines besonders militanten Regimes in Israel im einundzwanzigsten Jahrhundert widersetzt. Sie hatten Israels Ruf militanter Wildheit genossen und ihn noch Generationen nach der Großen Versöhnung mit sich getragen in die Gesetzlosen-Intendanz von Neu-Neuspanien. Sie hatten sich selbst den trotzigen Beinamen Judenboys zugelegt und sich mit dem Rest der Caballeros zu einem Leben glücklicher Piraterie niedergelassen. Sie nannten ihre Kinder immer noch nach Moshe Dayan, Ariel Sharon, Golda Meir und anderen Helden der Frühzeit Israels und arbeiteten schwer, um jene Tradition der Wildheit aufrechtzuerhalten, die zu Zeiten des Alten Testaments Eroberer inspiriert hatte, an ihren Grenzen hebräische Siedlungen zu errichten, um Eindringlinge abzuschrecken.

Gavilán senkte den Kopf und hielt den Mund.

»Das war kein Einzelfall«, sagte Gordon Baird, Spionageoffizier des Regiments. Er klang immer angestrengt, als müßte er die Worte aus seinem Hals pressen. »Jeder weiß, daß ich ein alter Waffenbruder Kolonel Camachos bin. Ich achte ihn so sehr wie jeder andere. Aber …« Er schüttelte traurig den makellos gekämmten grauen Kopf und spielte die Rolle des Elder Statesman. »Tatsache ist, daß er schon seit einiger Zeit abgelenkt ist und die Angelegenheiten des Regiments vernachlässigt.«

»Das ist wahr.«

Die ruhige Frauenstimme rechts vom Kolonel hätte kaum schlimmer wirken können, wäre sie laut gewesen wie eine Betäubungsgranate. Der sich erhebende Lärm erstarb abrupt. Alle starrten die Frau an, die jetzt neben el Patrón stand.

»Seit einiger Zeit schon ist Don Carlos außerstande, seine Verantwortung wahrzunehmen. Ich habe ihn gedeckt. Jetzt fürchte ich, daß die Lage zu verfahren geworden ist, um dies noch länger zu tun.«

Der Kolonel starrte Marisol Cabrera wie vom Donner gerührt an. Sein Gesichtsausdruck passiver Resignation war verschwunden. Jetzt sah er wütend aus.

Er erhob sich. Eine volle Minute lang starrte er sie an, während der der Raum in einem Frachtnetz aus Stille zu hängen schien.

»Leutenient-Kolonel Cabrera«, sagte er, als sich seine Gesichtsfarbe von Weiß wieder zu Rot verwandelt hatte, »Sie sind als meine Adjutantin vom Dienst suspendiert.« Er stapfte aus dem Raum.

Die eherne Fassade von la Dama Muerte zersprang wie Panzerplatten, die von einer Salve aus einem Gaussgeschütz getroffen werden. Sie bedeckte ihr Gesicht mit den Händen und floh weinend durch die Tür.

In der Kantine brach ein Tumult aus. Alle brüllten. Die Hälfte der 'lleros war aufgesprungen. Manche von ihnen zogen sich vom Tisch zurück und ballten Fäuste oder ließen Hände zu Revolverkolben gleiten.

In der Enge des Raums war der Pistolenschuß grotesk laut. Alle hielten den Mund, horchten auf das Klingen ihrer Ohren und starrten zum Kopfende des Tisches.

Kapitan Kali MacDougall steckte ihre Pistole mit dem Elfenbeingriff wieder weg. »Ich bin ganz froh, daß diese Gebäude aus Stahlbeton sind«, bemerkte sie. »Würde ungern jemandem, der sich einen Stock über uns befindet, in den Arsch schießen.«

Sie sah sich um. »Ich glaube, ihr vergeßt alle eine winzigkleine Einzelheit.«

»Und welche könnte das sein, liebe Kali?« fragte Vanity im Tonfall seidener Gemeinheit.

»Wir werden belagert, hier und jetzt. Soweit wir wissen, müssen wir vielleicht feststellen, daß sich die ganze verdammte Welt draußen gegen uns verschworen hat. Wir haben nur einander. Wir können uns keine Grabenkämpfe leisten.«

»Aber der Kolonel…«, begann Bobby der Wolf.

»Hör mir zu, verdammt! Siehst du nicht, daß wir tiefer in der Scheiße stecken als damals auf Jeronimo gegen die *tigres*?«

»Wovon redest du?« verlangte Gavilán zu wissen. »Der Clan hat die Schlangen ebenso leicht geschlagen wie uns.«

Sie fixierte ihn mit Augen, die so klar und unnachgiebig waren wie blauer Himmel, der sich in einer Transpex-Windschutzscheibe spiegelt.

»Diesmal, Gabby, holt uns keiner ab«, sagte sie sanft. »Diesmal müssen wir gewinnen. Oder das war's für uns.«

Kali saß mit dem Rücken zur Wand und rauchte eine Zigarette. Die Messe war leer. Sie war mit ihren Gedanken allein. Es war keine tolle Gesellschaft.

Archie Westin steckte seinen blonden Lockenkopf durch die Tür, sah sich um, erblickte sie, zögerte und kam dann herüber.

»Darf ich mich zu Ihnen setzen, Kapitan?«

Sie seufzte und spreizte die Finger. Er nickte und nahm den Stuhl ihr gegenüber.

»Wenn Sie Cassie suchen«, sagte Kali, »sie hat zu tun. Und sie ist wohl für eine Weile aus dem Verkehr.«

»Cassie?« schüttelte er den Kopf. »Nein. Sie ist ein wunderbares und faszinierendes Wesen, aber ich habe beschlossen, daß ich jetzt genug Zeit damit verbracht habe, mit dem Kopf gegen diese bestimmte Backsteinmauer zu rennen, danke.«

Kali sah ihn mit hochgezogener Augenbraue an. »Sie könnten das weitere Anrennen der Mühe wert finden. Selbst wenn es verdammt hart für die teure Frisur ist.«

Er grinste. »Sie sind selbst ein ganz besonderes Exemplar, Kapitan MacDougall, wenn ich so kühn sein darf, das zu sagen.«

»Ich werde es als Kompliment auffassen«, sagte sie. »Ansonsten, denke ich, würde ich Sie einfach erschießen müssen, und ich habe schon genug Probleme, ohne daß Davions MI4 auf mich zielt.«

Archie kniff unter seinem bleistiftdünnen Schnurrbart die Lippen zusammen. »Sie würden wahrscheinlich denken, Sie täten ihnen einen Gefallen. Mein Onkel ist ihr Chef, wissen Sie.«

»Ohne Quatsch?«

Er schüttelte den Kopf. »Das ist kein Staatsgeheimnis. Ich bin wirklich Archie Westin, und meine Mutter ist wirklich eine geborene Leticia Cromwell. Daheim in den Vereinigten Sonnen eine Frage der Aufzeichnung.«

Sie sah ihn an, und er korrigierte sich rasch. »Vereinigtes Commonwealth, meine ich. Ich fürchte, das war ein eher böser Versprecher, wenn man die Situation daheim bedenkt.«

»Könnte sich aber bald wieder als richtig erweisen, fürchte ich.«

Er seufzte. »Ich hoffe nicht. Ich wurde so erzogen, daß ich mich als Sohn und Diener des Vereinigten Commonwealth betrachte.«

»Ja, und ich wurde so erzogen, daß ich mich als Tochter der Liga Freier Welten betrachte, und sehen Sie, was daraus geworden ist.« Sie beugte sich vor. »Und wie, zum Teufel, kamen Sie dann an einen Geheimeinsatz für Ihren Onkel Ian?«

Er zuckte die Achseln. »Ich habe ihn als Junge schon

immer vergöttert. Wollte ihm nacheifern. Hat meine Mutter wahnsinnig gemacht.«

»Also haben Sie sich freiwillig gemeldet, als Sie alt genug waren.«

»O ja.« Er schüttelte reuig den Kopf. »Oh, ich weiß, daß ich bei dem Mantel-und-Degen-Kram noch nicht besonders gut bin. Ich habe als eher aktiver Agent angefangen, wenn Sie das glauben können. Wieder folgte ich Onkel Ians Spuren; auch er fing bei MI6 an.«

»Mir ist aufgefallen, daß Sie sich für einen Nachrichtenreporter ungeheuer fit halten.« Sie zog an ihrer Zigarette. »Sie waren also ein schlauer Fuchs. Was ist dann passiert?«

Archie seufzte. »Meine Mutter. Sie will mich ständig beschützen und bedrängte meinen Onkel, bis er einwilligte, mich nach draußen zu versetzen. Ich sei der einzige, der weiter den Familiennamen Westin trägt, sagte sie. Eine wunderbare Frau, die Freifrau Leticia.«

»Ich verstehe.«

»Dies ist mein erster Auftrag als verdeckter Ermittler. Es ist ja schließlich auch ein Einsatz mit vergleichsweise niedriger Priorität. Bei allem Respekt, das Commonwealth mag ja daran interessiert sein, wo das Siebzehnte gewesen ist und warum es so abrupt im Dienst eines Kombinatspotentaten wieder aufgetaucht ist, und noch dazu eines echten Kurita. Aber so interessiert ist es jetzt auch wieder nicht.«

»KGS, Archie. Keine große Sache. Unsere hohe Meinung von uns selbst reicht für das gesamte Universum.«

Sie saßen eine Weile schweigend nebeneinander. Dann seufzte Kali und drückte die Zigarette in ihrer Polymer-Kaffeetasse aus.

»Also, was ist, Archie? Es gibt ja wohl einen Grund dafür, daß Sie sich nicht mehr so rar machen.«

Er spreizte die Finger. »Sie haben mich wieder erwischt. Sie sind eine höchst aufmerksame Dame.«

»Sparen Sie sich die Blumen für später; können Sie vielleicht noch brauchen. Was haben Sie denn nun wirklich im Sinn, außer Ihrem hübschen blonden Haar?«

Er biß sich auf die Lippe. »Ich habe mich gestern zum Narren gemacht. Stimmt's?«

»Ja.«

»Ich habe Sie alle beschuldigt, mich getäuscht zu haben. Ich weiß, daß das ziemlich kleinlich ist, wenn man bedenkt, daß ich eigentlich nur sauer über mein eigenes Versagen war beim Versuch, Sie zu täuschen.«

»Was Ihnen, wie Sie bemerken werden, niemand übelnimmt.«

»In der Tat. Ich wollte Sie jedenfalls aufsuchen und mich entschuldigen. Kann ich meine Beleidigung irgendwie wieder gutmachen?«

Sie sah ihn von oben bis unten an, und langsam breitete sich ein Lächeln auf ihrem Gesicht aus. »Sie könnten mich in der Angestelltenlounge zum Essen einladen. Echtes Steak. Den Draco-Dreckspatzen ist es völlig egal, was diese halbbekehrten Hindus über den Verzehr von Kühen denken.«

Archie blinzelte. Dann grinste er. »Verehrte Dame«, sagte er, »es wäre mir ein Vergnügen.«

28

Masamori, Hachiman
Distrikt Galedon, Draconis-Kombinat

21. Oktober 3056

»Wer ist das entzückende Wesen bei dem fetten Burschen?« fragte der Ehrenwerte Percival Fillington, Graf von Hachiman, seinen vertrauten Adjutanten Gupta Yorimoto.

Ohne den schlanken runden Kopf zu drehen – seine Schläfen waren bis zu den Ohrenspitzen hochrasiert, das schwere braune Haar darüber trug er lang und hatte es zu einem Pferdeschwanz zusammengebunden –, sah der kleinere Mann quer durch den Salon der Penthouse-Suite der Zitadelle zu ihrem Gastgeber hinüber. Onkel Chandy war mit seiner üblichen scharlachfarbenen Robe bekleidet, hatte einen riesigen brandygefüllten Cognacschwenker aus Srinagarkristall in einer Hand und eine wunderschöne Frau am Arm.

»Sein neuestes hübsches Spielzeug, nehme ich an, Milord«, murmelte Yoritomo in einer Lautstärke, die genau so berechnet war, daß sie über das Geräusch der Cocktailgespräche an die Ohren seines Herrn drang, aber nicht weiter. Mitglieder seiner Familie dienten schon seit Jahren den Grafen von Hachiman als persönliche Adjutanten; wie so viele seinesgleichen war er seit der Geburt für seine Stellung erzogen und in seinen Fertigkeiten ausgebildet worden. »Eine unter vielen, aber keine, mit der ich vertraut wäre.«

Percy grinste mit dem offenen Enthusiasmus eines Schuljungen. »Eine, die es wert wäre, sie kennenzulernen, würde ich sagen.« Die strenge Distanz des Samurai fiel dem jungen Schirmherrn des Planeten Hachiman nicht leicht. Sie hatte sich auch durch lange und schreckliche Ausbildung nicht eingestellt, aber bei Staatsakten konnte er sie vortäuschen.

Es wurde allgemein angenommen, Percy sei ein Trottel. Seine Trotteligkeit wurde jedoch als staatsdienlich angesehen. Trotz der Zentralisierung der Staatsgewalt auf Luthien, die eine der weniger publik gemachten Reformen Theodore Kuritas gewesen war, erfreuten sich die einzelnen Schirmherren der Planeten noch immer beträchtlicher Autonomie. Daher war es den Interessen des Drachen dienlich, daß der Graf eines so wichtigen Planeten wie Hachiman ein Trottel war.

Selbst ein Nichttrottel hätte jedoch vielleicht mit der Einschätzung des jungen Grafen übereingestimmt. Die Frau war für eine Frau aus dem Kombinat überdurchschnittlich groß, etwa 165 Zentimeter, und fast knabenhaft schlank – ein großer Unterschied zu den langbeinigen, toplastigen Blondinen, die Kurita-Würdenträger traditionell liebten, obgleich ihre Stiefel mit den Pfennigabsätzen noch zur offenbaren Länge ihrer Beine beitrugen, die für ihre Größe schon lang und makellos geformt waren. Aber die von einer Lage unvergleichlicher Smaragdseide aus der Stadt Kuranosuke auf Hachiman umschmeichelte Gestalt besaß eine geschmeidige Anmut. Ihr Haar war von metallischem Knallrot, das sich schrecklich mit der Robe ihres Begleiters biß. Ihre Augen paßten zu dem Kleid. Ihre Haut war blaß, eher elfenbein- als alabasterfarben, was den leicht asiatischen Einschlag in ihren edlen Zügen auf eine Weise unterstrich, die Percy höchst faszinierend fand.

Sie ertappte ihn dabei, wie er sie ansah, und sah dann zu ihrem Begleiter auf. Onkel Chandy war damit beschäftigt, mit jemandem vom niederen örtlichen Adel Scherzworte auszutauschen, und hatte sie völlig vergessen; sie war schließlich nur eine Frau. Es war fast überraschend, den aufgeblasenen Chandrasekhar eine so klassische Kuritatugend an den Tag legen zu sehen – und Percy fühlte einen Stich von so etwas wie Neid, daß der Mann offenbar einer solchen Frau gegenüber gleichgültig bleiben konnte.

Sie sah wieder zu Percy und lächelte. Es war ein Lächeln, das zu Herzrhythmusstörungen führen konnte. Er schluckte schwer.

»Ich werde sie überprüfen, wenn Euer Exzellenz es wünschen«, sagte Yoritomo.

Percy winkte ab. »Nicht jetzt; ich kann nicht mitten im Schloß meines Feindes indiskrete Nachforschungen anstellen.« Er schüttelte bedauernd den Kopf. »Ekelhaft, eine so anmutige junge Frau neben einem so fetten Schwein wie Chandrasekhar.«

»In der Tat, Herr.« Yoritomo warf ihm eine kurze Tsu-Grimasse zu. Percy unterdrückte ein Seufzen. Sein Adjutant war Kurita bis ins Mark. Er dachte nur an die Verschwendung so hübschen Fleisches, nicht an die tiefere Tragödie einer schönen Seele, wie sie Percy im kurzen Aufblitzen dieser Augen zu sehen glaubte – grün wie die Hartholzwälder des Trimurti-Vorgebirges im Mai –, gefangen in den Klauen eines Schänders wie diesem Kurita-Idioten.

Einen Augenblick lang war der Schirmherr des Planeten in seiner Phantasie ein Ritter in Rüstung – kein Samurai mit Hornhelm in bunt lackiertem Stahl auf einem struppigen kleinen Inselpony, sondern ein mittelalterlicher Europäer in maßgearbeitetem Ketten- und Plattenpanzer auf einem mächtigen weißen Streitroß. Das war eine der gefährlichen romantischen Visionen seiner Kindheit gewesen und schnell unterdrückt worden. Es gab keinen Platz für Drachentöter-Ritterlichkeit im Reiche des Drachen. Außerdem hatten seine Lehrer in der Kindheit – die recht kultiviert waren, wie es für eine kosmopolitische Welt wie Hachiman angemessen war – darauf geachtet, daß er las, was Miguel de Cervantes über das alte Ideal des Rittertums zu sagen hatte.

Der Schirmherr war peinlich berührt und bewegte

sich in Richtung Buffet. Es war natürlich ein Meisterstück der Extravaganz, ein üppiges Sortiment von Nahrungsmitteln, die mit unfehlbarem Geschmack angerichtet waren. Der Kult des Drachen predigte zwar Schlichtheit, doch der Adel sollte gut leben, mit einem gewissen Exhibitionismus, um die überlegene Stellung klarzumachen, die er in der Gesellschaft genoß. Das war eine Verantwortung, die sein Name mit sich brachte, vor der Chandrasekhar Kurita nicht zurückschreckte.

Die Parties des fetten Chandy waren Stadtgespräch auf ganz Hachiman – dessen Standards für Festlichkeiten bereits legendär waren. Um das Überleben des Überfalls auf sein Konzernhauptquartier zu feiern, hatte der CEO von HTE ein großes Fest ausgerichtet.

Percy benutzte eine kunstvolle Silberzange in Form von Kranichflügeln, um einen purpurnen Melonenschnitz neben einen marinierten Seeskorpion zu legen, als Parfumgeruch auf ihn zuwehte wie ein Nachtigallenlied und ihn unvermittelt aufblicken ließ.

Neben ihm stand Chandrasekhar Kuritas anmutiger Gast. »Welch erstaunliches Obst«, sagte sie. »Schmeckt es so gut, wie es aussieht?«

»Das tut es in der Tat«, sagte er und spürte, wie sein Herz schneller schlug. »Das ist Tamerlanmelone, von Neu Samarkand importiert. Eine echte Delikatesse.«

Er sah sie von der Seite an. Aus der Nähe war sie atemberaubend. »Wenn man jedoch von Schönheit spricht, könnte man es dümmer anstellen, als mit Ihnen zu beginnen. Und auch aufzuhören.«

Sie lächelte, senkte den Blick. Lange Wimpern zuckten in hübsch anzusehender Verblüffung.

»Euer Exzellenz sind viel zu freundlich«, sagte sie.

»Meine Exzellenz ist nur ehrlich«, sagte Percy. »Fachgerecht, wenn überhaupt.« Er nahm ihre Hand und hob sie an die Lippen.

Sie warf einen wachsamen Blick über eine nackte

Schulter. Ihre Begleitung hielt sich noch immer drüben in der Ecke auf.

»Ich bin Percival Fillington«, sagte Percy, »es ist mir eine Ehre, dem Drachen im Amt des Schirmherrn der Welt Hachiman zu dienen.«

»Ich habe Euer Lordschaft erkannt«, sagte sie und senkte respektvoll den Blick. »Nur seid Ihr wesentlich hübscher, als Ihr im Holovid ausseht.«

Percy fand in der Tat, er mache eine recht gute Figur mit seiner rapierdünnen Gestalt, die in seine dunkelpurpurne Amtsrobe gehüllt war; darunter trug er ein weißes Rüschenhemd und flaschengrüne Hosen, das lockige rotgesträhnte Haar oben im Genick zum Pferdeschwanz zusammengebunden. Er erkannte, daß es ziemlich absurd war, sich geschmeichelt zu fühlen. Vorsichtig, Bursche, sagte eine Stimme in ihm. Fall nicht zu schnell. Sie ist nur eine Frau.

Er hatte Probleme damit, letzteres zu akzeptieren. Jemand so Anmutiges konnte nie nur irgend etwas sein.

»Bitte gestatten Sie«, sagte er und legte eine Melonenscheibe auf den Teller der Frau, der aus geschnitztem Quarz bestand.

Sie öffnete den Mund zu einem hübschen ›O‹ der Überraschung. Es war eine fast unmerkliche Geste.

»Komm, Kind, sag mir deinen Namen«, drängte Fillington sanft.

»Jasmine, Herr«, sagte sie. »Jasmine Mehta, zu Euren Diensten. Ich stamme aus der Stadt Srinagar.«

»Viele wertvolle Dinge kommen aus Srinagar«, murmelte er.

Ihr Gesicht hellte sich auf und bewölkte sich genauso schnell wieder mit einem Ausdruck der Aufgestörtheit und der Verblüffung. Percy spürte jemanden hinter der rechten Schulter und drehte sich um.

Zwei offensichtliche Gaijin aus Onkel Chandys Söldnerregiment standen da. Einer war weiß und schlaksig mit schlecht frisiertem schwarzem Haar und einem offenen, wulstigen Mund. Der andere war schwarz und gut zwei Meter groß und mit mindestens einem ebensolchen Bauchumfang. Sein Kahlkopf schimmerte im Licht des Kristallüsters wie poliertes Mahagoni. Ein wilder, struppiger schwarzer Bart umrahmte sein Mondgesicht.

»Der Boß bat uns, ein Auge auf Fräulein Jasmine hier zu haben«, grollte der schwarze Muskelmann mit einer Stimme wie ein Erdbeben.

»Yep«, bestätigte der Dürre, nickte und kicherte, als hätte sein Partner einen Witz gemacht. Percy argwöhnte, er könne geistig zurückgeblieben sein.

»Kommen Sie, kleine Dame«, sagte der fette Söldner. Er umfaßte den Oberarm des Mädchens mit einer riesigen schwarzen Pranke.

Sie kam ziemlich bereitwillig mit, aber der eine Blick, den sie dem Schirmherrn des Planeten über die nackte Schulter zuwarf, sprach Bände.

»Euer Exzellenz wirken verstört.«

Percy schrak zusammen und drehte sich um. Sein Adjutant war neben ihm aufgetaucht. »Drachenblut, Mann, schleich dich nicht so an mich an!«

»Wie Euer Exzellenz wünschen«, murmelte Yoritomo, der das zuvor schon getan hatte und auch wieder tun würde. »Haben Euer Lordschaft irgendwelche Wünsche?«

Percy sah hinüber, wo Jasmine jetzt an der Seite des Kurita stand, ein elender und schöner Satellit eines aufgequollenen Planeten. Sie sah wieder zu ihm her.

Er zwang sich, die Fäuste zu öffnen. »Ja, habe ich, Gupta«, sagte er. »Aber es gibt Dinge, die selbst der Schirmherr eines Planeten nicht haben kann.«

Auf dem Weg vom Fahrstuhl hinüber zu seinem persönlichen Hubschrauber, der auf der Dachlandeplattform von Chandys Zitadelle geparkt war, hielt Percy inne, um einen polierten Stiefel auf die Brüstung zu stellen und über den ausgedehnten Hachiman Taro-Komplex hinauszublicken. Er war wirklich riesig, eine Feenstadt, gesponnen aus Lichtfäden, umgeben und überragt von den Bronzetürmen seiner Hauptstadt wie von lichtverkrusteten Bergen. Er seufzte.

Er ist wirklich großartig, dachte er. Schade, daß er an Chandy verschwendet wird, der seinen Namen entehrt und alles schändet, was er berührt.

»Mein Herr«, sagte Yorimoto hinter ihm.

»Ich werde nicht fallen, das weißt du doch«, sagte Percy, ohne sich umzudrehen.

»Nicht einmal die erhabene Stellung Eurer Exzellenz bietet Schutz vor den Gesetzen der Schwerkraft.«

Percy grinste in den Nachtwind, der geschwängert war vom Geruch des Flusses und außerdem nach Ozon von Schweißgeräten und dem stechenden Gestank des methanolerzeugten Formaldehydsmogs roch. Es war traditionell das Vorrecht der Haus- und Hofmeister im Kombinat, mit ihren Herren frei, ja sogar unverschämt zu sprechen. Es war auch ihr Vorrecht, für dieses Privileg mit ihren Köpfen zu bezahlen, wenn sie sich irrten – oder wenn es ihren Herren zufällig in den Sinn kommen sollte. Percy Fillington hatte die kalkulierte Frechheit seines Adjutanten immer genossen. Es war ein Spiel, das er seit langem beherrschte.

Er seufzte wieder und knallte den Stiefel wieder auf das splitbestreute Dach. »Der alte König Canute aus dem alten England auf Terra wird oft als Beispiel größenwahnsinniger Torheit verspottet, weil er am Strand auf seinem Thron saß und der Flut befahl, ihn nicht zu berühren.«

»Man kann sich denken, daß er ziemlich naß geworden ist«, sagte Yoritomo.

»In der Tat ist er das. Aber die Spötter übersehen das Wesentliche: Der König war bei Hofe von Speichelleckern umgeben, die so taten, als glaubten sie, Seine Majestät sei so mächtig, daß selbst die Gezeiten seinen Wünschen folgen würden. Seine Absicht war, derlei närrisches Geschwätz in die Tat umzusetzen. Und schau, wohin es geführt hat.«

»In den Tod«, sagte Yoritomo, »er ist seit mehreren tausend Jahren tot.«

Percy lachte in überraschter Freude. »Du hast natürlich recht«, sagte er. »Und ich denke, ich kann mich glücklich schätzen, wenn man in zweitausend Jahren noch von mir spricht – sei es auch nur als Zielscheibe des Spotts.«

Ehe er mehr sagen konnte, trug der Nachtwind den Schrei einer Frau heran. Er fuhr herum.

Onkel Chandys Begleiterin, die magische Jasmine Mehta, stürmte aus dem Aufzugsschacht. Ihr kastanienfarbenes Haar war in wilder Unordnung, das trägerlose Kleid auf enthüllende Weise zerrissen, und aus den Nasenlöchern floß Blut über ihre Lippen und ihr Kinn. Sie hatte die Pumps fortgeschleudert und rannte, so schnell sie konnte.

Sie erblickte Percy und schoß auf ihn zu. Zwei bewaffnete Wachen in der Livree des Hauses Fillington, die beim Hubschrauber Wache gestanden hatten, machten Anstalten, sie abzufangen.

»Euer Exzellenz!« schrie sie. »Ihr müßt mir helfen! Er ist wahnsinnig geworden!«

Percy stürmte los. Yoritomo packte ihn am Arm.

Der Schirmherr wirbelte herum, sein Gesicht verzerrt vor Entsetzen. Selbst von seinem Adjutanten war dies eine schwerwiegende Verletzung der Etikette.

»Mischt Euch nicht ein, Euer Exzellenz«, sagte Yoritomo drängend. »Er ist ein Kurita.«

Die Wachen hielten die verzweifelte junge Frau an den zarten nackten Armen. Sie wehrte sich wild. »Er wird mich töten!« klagte sie. »Er hat es schon versucht.«

»Eine groteske fette Parodie eines Kurita und noch dazu eine, die schon lange in Ungnade vom Hof verstoßen wurde«, sagte Percy steif. Er setzte nicht hinzu: *und eine, die von der ISA des schwärzesten Verrats verdächtigt wird.* Sein Adjutant wußte das nur zu gut. Die Indiskretion, es so ausdrücklich zuzugeben, hatte also keinen Sinn.

»Und ich bin der Schirmherr des Planeten«, setzte er hinzu und riß sich los.

Die Tür zur Treppe neben dem Aufzug flog auf. Die beiden Gaijin stürmten hindurch und sahen sich wilden Blicks um. Der Dürre packte den Fetten am Arm und deutete. »Da ist sie!«

Sie rasten auf das Mädchen zu, das einen verzweifelten Schrei ausstieß.

Ihre Hand bewegte sich schnell wie ein Mungo zum Sicherungsriemen am Halfter einer der Wachen, die sie hielten, und löste ihn. Ehe jemand reagieren konnte, hatte sie seine schwere Handfeuerwaffe herausgerissen und damit auf die heranstürmenden Söldner gezielt.

»Ihr werdet mich niemals zu diesem Monster zurückbringen!« schrie sie und schoß.

Der große schwarze Gaijin taumelte, als die Kugeln den Gebirgshang seiner Brust und seines Bauchs trafen. Dunkle Flecken erblühten auf seinem Hemd. Er griff sich an die Brust, torkelte rückwärts und brach stöhnend zusammen, während die Wachen das Mädchen auf das Dach niederzwangen und es entwaffneten.

Die Wache, die ihr Schießeisen noch hatte, zog es und zielte auf den Nacken der Frau.

»Halt!« rief Percy aus und trat vor. Er hörte hinter sich seinen Adjutanten protestieren, aber seine Ohren waren verschlossen. »Laßt sie los. Diese Frau sucht meinen Schutz.«

Die Wachen starrten ihn an. »Aber Euer Exzellenz, sie hat diesen Mann erschossen!«

»Er hat sie angegriffen.« Die Wachen sahen immer noch ungläubig drein. Das Recht auf Selbstverteidigung war den Bürgern des Draconis-Kombinats nicht unbedingt zugesichert. »Er war ein Gaijin, der eine Hachimanerin angriff.«

Das beruhigte sie. Tanin waren natürlich Freiwild, wenn sie ihre Grenzen überschritten. Sie ließen Jasmine los, standen auf und traten den Söldnern entgegen.

Der Dürre beugte sich über seinen monströsen Kameraden, der sich nicht bewegte. Er sah verstört auf.

»Du hast ihn umgebracht, du Nutte!« rief er so heftig, daß Percy halb erwartete, es würden Blut und Gewebe aus seinem Hals spritzen. »Dafür wirst du bezahlen! Egal, wo du hinrennst, du kannst dich vor uns nicht verstecken! Wir werden dich aufspüren, wir werden dir die wertlose Haut abziehen, ehe wir dich sterben lassen ...«

Wenn der Graf von Hachiman irgendwelche Zweifel gehegt hatte, so zerstreute der psychotische Schwall von Flüchen sie. »Hilf mir, sie in den Chopper zu schaffen«, befahl er Yoritomo in einem Tonfall, der keinen weiteren Widerspruch duldete. Gupta rollte die Augen himmelwärts und tat, wie ihm gesagt wurde.

HTE-Sicherheitsbeamte in pulverblauen Uniformen kamen aus dem Aufzug. Mehrere näherten sich im Laufschritt mit Maschinenpistolen im Anschlag.

»Euer Exzellenz«, rief einer, »Ihr müßt uns diese Frau ausliefern. Sie hat ein Verbrechen an einem Mitglied des Hauses Kurita begangen!«

Percy stand hoch aufgerichtet vor ihnen, während Yoritomo Jasmine ins Schiff verfrachtete. »Sie steht jetzt unter meinem Schutz. Jeder, der Hand an sie legt oder mich zurückzuhalten versucht, ist ein Verräter!«

Die HTE-Wachen sahen einander konsterniert an. Percy kletterte in den Hubschrauber. Seine Wachen drängten nach ihm herein, die Handfeuerwaffen noch immer im Anschlag.

»Bring uns hier raus«, sagte Percy zum Piloten, »ehe Onkel Chandy beschließt festzustellen, ob ihm sein

Name Straffreiheit bringt, wenn er den Schirmherrn eines Planeten niederschießt.«

Das mußte man dem Piloten nicht zweimal sagen. Der Motor heulte auf, und der Hubschrauber sprang vom Dach in die Nacht hinein.

»Na, na, Kind«, sagte der Graf von Hachiman zu dem schluchzenden Mädchen und tätschelte durch den Mantel hindurch, den er um sie gelegt hatte, ihre Schultern. »Alles wird gut werden.«

Unterleutenient Cassiopeia Suthorn vom Siebzehnten Kundschafterregiment saß da in ihrem zerrissenen Kleid, ein Taschentuch vor das Gesicht gepreßt, und machte sich keine Sorgen über ihre Überlebensaussichten bei dieser hirnrissigen Mission, nicht einmal darüber, ob ihre angeblich wasserfeste Langzeithaarfarbe, die Hauttönung und die Kontaktlinsen mit verlängerter Lebensdauer wirklich hielten, was sie versprachen. Sie dachte: *Wenn ich Cowboy zu fassen kriege, werde ich ihm wieder die Nase einschlagen.*

Die kleine Gruppe auf dem Dach beobachtete, wie der Hubschrauber des Schirmherrn in der Nacht verschwand, bis er nur noch ein Licht war und dann nur noch ein Hauch von einem Pulsen über den allgegenwärtigen Geräuschen der Stadt.

Im allgemeinen erachtete es U-Leutenient Earl Willie ›Fleischberg‹ Carter als Unglück seines Lebens, eine so erstaunliche Ähnlichkeit mit dem bärtigen schwarzen Patriarchen zu haben, der das geschützte Warenzeichen einer Kette von Grillrestaurants darstellte, die tatsächlich von den Südwestlichen Welten stammte, einer Kette, die sich durch den gesamten Marik-Raum bis ins Steiner- und Davionterritorium ausgebreitet hatte. Er haßte nämlich Gegrilltes. Seine Leidenschaft war die französische Küche; ein beträchtlicher Teil dessen, was er als *Heuschreck*pilot der Kompanie Adelante verdiente, ging für die Bezahlung eines Video-Fernkurses bei einem Cordon bleu-Chefkoch drauf, bei dem er schon während eines Einsatzes des Regiments auf New Avalon gelernt hatte.

Heute nacht jedoch hatte er das Pech, einer der Leute des Siebzehnten zu sein, die am ehesten geeignet schienen, Dracs einzuschüchtern.

Ächzend kam er auf die Beine. Er betastete vorsichtig seinen gewaltigen Bauch, als wolle er sichergehen, daß die rote Sauerei vorn auf seinem Hemd wirklich ausschließlich das Produkt von Blutbeuteln war und keiner der drei Schüsse seine kugelsichere Weste tatsächlich durchschlagen hatte.

»Wenn es jemand anderes als Cassie gewesen wäre«, brummte er, »hätte ich das hier überhaupt nie mitgemacht. Gott, ich glaube, sie hat mir ein paar Rippen gebrochen.«

Cowboy Payson schwenkte die linke Hand durch die Luft und schüttelte den Kopf. Chandrasekhar Kurita hatte sich schlicht geweigert, Cassie zu schlagen, also war es ihrem Kameraden von Adelante zugefallen, ihrer Tarnung den letzten Rest Glaubwürdigkeit zu verleihen. U-Leutenient Payson war dem nur allzu gerne nachgekommen.

»Wißt ihr, was das eigentlich Schlimme ist?« fragte er traurig und rieb die Knöchel seiner Geschäftshand. »Diese magere kleine Ratte hat meinen besten Schlag weggesteckt und ist nicht einmal zu Boden gegangen.«

29

Masamori, Hachiman
Distrikt Galedon, Draconis-Kombinat

30. Oktober 3056

Der Wind, der tote Blätter über die Terrasse trieb, ließ die reinweißen Falten von Cassies Mousseline-Nachthemd um ihre Beine flattern. Die Luft trug schneidende, eisige Herbstkälte mit sich, doch der Sandstein unter ihren Füßen war warm von der Morgensonne, die über den fernen blauen Trimurtis hing. Sie nippte starken heimischen Tee aus einer so dünnen Porzellantasse, daß man fast durch sie hindurch lesen konnte, stand da und starrte auf die Gischt, die sich weit drunten an den Felsen brach.

»Haben Sie letzte Nacht gut geschlafen, Ms. Mehta?« ertönte Percival Fillingtons Stimme hinter ihr.

Einen Augenblick lang blieb sie der bewegten See zugewandt, damit er ihre Grimasse nicht sehen konnte. Sie hatte ihn nicht aus der Villa kommen hören. *Lasse ich nach?*

Dann wandte sie sich mit angemessen gesenktem Blick um. »Ziemlich gut, Milord.«

Sein Mund lächelte, aber seine Augen waren sorgenerfüllt. Selbst wenn es in ihrem Zimmer keine Wanzen gab – was Cassie für äußerst unwahrscheinlich hielt –, bezweifelte sie, daß die Schalldämpfung an der schweren Tür, hinter der sich einzuschließen Fillington ihr gestattet hatte, ausreichte, um ihre Lüge vor ihm zu verbergen. Ihre nächtlichen Schreie waren zweifellos genau das gewesen, was der junge Graf von jemandem erwartete, der gerade Opfer der Gelüste Chandrasekhar Kuritas geworden war.

Das Problem war, daß sie nicht schauspielerte. Die Alpträume waren wiedergekehrt, die Träume, die sie seit ihrer Kindheit verfolgten, Träume von dunklen, bedrohlichen Gestalten, die sie bedrängten – die Träume der Mißhandelten.

Sie konnte sich einreden, es läge daran, daß sie sich getrennt von Bluttrinker unsicher fühlte, der in ihrem Quartier im HTE-Komplex eingeschlossen war, weil Fillington zweifellos nicht akzeptiert hätte, daß Chandys unschuldiges Spielzeug einen tödlich aussehenden Dolch von der Länge ihres Unterarms dabei hatte. Oder daran, daß ihr die Bewegungsmeditation bei der Übung ihrer Pentjak-silat-Formen versagt war.

Ihr Problem war auch nicht, daß sie unbewaffnet und allein in den feindlichen Stützpunkt marschierte und daß, falls sie entdeckt würde, ein rascher Tod noch das Beste wäre, worauf sie hoffen durfte. Cassie war an Todesgefahr gewöhnt.

Diese Dinge halfen, sie aus dem Gleichgewicht zu bringen, gewiß. Aber sie allein konnten nicht für die Alpträume verantwortlich sein.

Ob das nun rational war oder nicht, sie gab Kali MacDougall die Schuld. Die große blonde Frau hatte ihre Abwehr durchbrochen und dabei Wesen aus den schlammigen Tiefen aufgestört – von ihrem Platz verdrängte, lange unterdrückte Bruchstücke, die an die Oberfläche ihres Geistes emporwirbelten, dunkle Dinge, verborgene Dinge.

Sie spürte Percy Fillingtons Wärme dicht hinter sich, roch die Seife, die er an diesem Morgen benutzt hatte, spürte, wie eine Hand über der Haut ihrer nackten Schulter schwebte, als seien die Finger rotglühend. Sie zuckte zurück.

Die Hitze des Fastkontaktes blieb bestehen, wurde zurückgenommen.

»Mmm«, sagte der Schirmherr. »Ja, mein Kind. Wären Sie so freundlich, mit mir zusammen zu frühstücken? Wir werden hier draußen auf der Terrasse essen und die verbleibende Herbstwärme genießen, wenn es Ihnen recht ist.«

Sie nickte, ein wenig zuckend, und erlaubte ihm, ihr einen weiß emaillierten Stuhl zurechtzurücken. Sie wunderte sich noch immer über die hochrangigen Draconier, die sie auf dieser Welt getroffen hatte. Die Welt Hachiman war anerkanntermaßen ein Jungstier, der weitgehend seinen eigenen Weg gehen durfte, weil er einen beträchtlichen Prozentsatz dessen herstellte, was das Kombinat an positiver Handelsbilanz aufzuweisen hatte, zum Teil auch wegen seiner freigeistigen Bürger, die, wenn man sie provozierte, echte Nervensägen sein konnten, selbst für die gefürchtete ISA.

Aber die drei wichtigen Dracos, mit denen Cassie den engsten Umgang gepflegt hatte, seit sie nach Hachiman gekommen war – der Mirza, Onkel Chandy und jetzt Fillington, der Schirmherr des Planeten – hatten sie alle mit Respekt und Höflichkeit behandelt. Selbst auf Larsha, wo es ihr gestattet war, als Tochter eines angesehenen Mannes betrachtet zu werden, der den Heldentod gestorben war, hatten die Kombinatsflüchtlinge sie nicht so gut behandelt.

Sie setzte sich und hob dann ihr Gewicht noch einmal an, so daß der Schirmherr eine entsprechend galante Schau abziehen und ihren Stuhl ranschieben konnte. Auch ihr angeekeltes Erschaudern bei seiner Beinaheberührung war nur zum Teil gespielt gewesen. Als sie noch auf Larsha war, hatte sie gelernt, diesen Impuls zu unterdrücken, wenn die Tarnung es erforderte. Aber sie empfand es nur bei seltenen Gelegenheiten als angenehm, berührt zu werden, besonders von einem Mann.

Der Abscheu hatte mit den Jahren nachgelassen. Jetzt war er wie ihre Alpträume mit aller Gewalt zurückgekehrt.

Es war seltsam, dachte Cassie, als der Schirmherr ihr gegenüber Platz nahm, während stumme Diener in makellosen weißen Tuniken herauskamen, um ihnen Tee nachzugießen und Emailtabletts mit Speisen auf den Tisch zu stellen. Denn sie stellte fest, daß sie Percy ungewollt sympathisch fand. Er war ziemlich hübsch, aber darüber hinaus besaß er einen unschuldigen Enthusiasmus, etwas Kleinjungenhaftes, das sie anziehend fand.

Was passiert mit dir? verlangte ihre innere Stimme zu wissen. Seit wann hast du angefangen, Ziele zu mögen? Das ist gefährlich.

Und die Antwort schien zu lauten: Seit sie sich erlaubt hatte, Lady K mit ihrer sanften, drängenden Art des Nachhakens – des Herausforderns, ohne wirklich zu provozieren – zu mögen. Seit Patsy hatte Cassie niemanden mehr so tief in ihre Abwehr eindringen lassen.

Und siehst du, was geschieht? Patsy hat dich verlassen, indem sie sich von den Nebelpardern ermorden ließ. Und jetzt versucht diese blonde Hure, dich aufzubrechen wie einen gekochten Hummer!

Ihr wurde bewußt, daß Percy sie forschend ansah. Ein trauriger Gesichtsausdruck überschattete sein Lächeln. Er griff nach ihrer Hand, berührte sie. Sie ließ ihn gewähren.

»Sie müssen Schreckliches durchgemacht haben«, sagte er und zog seine Hand zögernd zurück.

Sie nickte. »Ja«, sagte sie in dem angespannten Ton von jemandem, der gerade noch die Selbstbeherrschung bewahren kann. In Wirklichkeit fiel ihr das leichter. Sie glitt in ihre Tarnung; spielte die Rolle, statt mit ihrem Ziel als Person umzugehen.

»Können Sie mir davon erzählen?«

Natürlich konnte sie. Ihr jüngerer Bruder studierte Elektrotechnik in Srinagar. Ihr Vater war gestorben, als sie beide noch klein waren. Ihre Mutter war gezwungen gewesen, ihnen vieles zu opfern.

Als Jasmine alt genug war, wurde sie Hosteß in einer Bar, wo es ihr gelang, genug zu verdienen, um ihren

Bruder auf die Schule zu schicken. Aber als ihr Bruder kurz vor dem Abschluß stand, war ihre Mutter sehr krank geworden.

Frauen zählten im Weltbild des Kombinats zwar im Grunde nicht, aber Mütter spielten eine besondere Rolle. Selbst ein Samurai erkannte seine Schuld für die endlosen Opfer an, die seine Mutter ihm pflichtgemäß gebracht hatte. Darin waren die Leute aus dem Kombinat den Caballeros sehr ähnlich, besonders den *norteños*, für die es zur größten Schande gehörte, die einem Krieger widerfahren konnte, wenn er seine Mutter zum Weinen brachte.

Jasmines jüngerer Bruder war gefangen gewesen in einem klassischen Konflikt zwischen Ninjo und Giri: Pflicht gegenüber dem Drachen, die erforderte, daß er sein Studium abschloß, um in der Stellung zu dienen, für die er sich am besten eignete, und seine Pflicht als Sohn, seiner Mutter zu helfen – die in der Tat ebenfalls eine Art Giri war.

Hier traten die Talentsucher für Chandrasekhar Kuritas Boudoir auf den Plan, die die liebliche Jasmine in ihrer Bar in Srinagar ›entdeckten‹. Wenn sie einwilligte, sich für Onkel Chandys Harem zu bewerben, würden sie sie nicht nur einstellen, sondern auch ihrem Bruder eine Stelle garantieren. Ihre Mutter, so versicherten sie ihr, würde weiter keine Sorgen mehr haben.

Mutter und Bruder waren natürlich erfunden. Doch der Mirzah Abdulsattah hatte ihr versichert, daß jede Nachforschung, die der Schirmherr des Planeten über ihren Hintergrund anstellen mochte, ihre Geschichte stützen würde – zumindest, solange diese Mission dauerte. Es sollte eine möglichst schnelle Affäre werden, ehe der allzeit argwöhnische Ninyu großes Interesse entwickeln konnte. Cassie wußte, daß kriminalistische Untersuchungen und die Gerichtsmedizin im Kombinat wesentlich weniger weit entwickelt waren als anderswo in der Inneren Sphäre. Strafen auf bloßen Verdacht war viel billiger. Außerdem vertraute sie Onkel Chandys Sicherheitschef.

Oder vielmehr seiner Kompetenz.

Sie starrte auf ihren Teller. Trotz ihres verzweifelten Zustands – sowohl des echten als auch des vorgetäuschten – hatte sie mit ihrem üblichen Appetit gegessen. Sie hoffte, der Schirmherr werde ritterlich annehmen, sie habe einen ungewöhnlich robusten Magen.

»Und jetzt habe ich sowohl meine Mutter als auch Michael im Stich gelassen«, sagte sie mit einer Kleinmädchenstimme. »Aber ich …«

Sie bedeckte ihr Gesicht mit beiden Händen und schluchzte. »Ich konnte es nicht mehr ertragen, bei … ihm zu sein.«

Fillington starrte sie an und trommelte mit den Fingern auf das Damasttischtuch, das weiß war wie die Schwingen eines Seevogels. Dann stand er auf und ging ein paar Schritte auf die steinerne Umfriedungsmauer zu, die die Terrasse umgab.

Cassie hatte eine kurze Vision von Chandrasekhar Kurita, der vor Lachen über den tiefen Ekel, mit dem sie von ihm gesprochen hatte, brüllte. Sie fand es schwer, ihre persönlichen Erfahrungen mit dem dämonischen Bild in Einklang zu bringen, das Percy von ihm hatte. Es war möglich, daß Onkel Chandys Hände nicht so sauber waren, wie sie hätten sein können – sogar wahrscheinlich. Doch in Cassie keimte der Verdacht auf, daß hier noch etwas vor sich ging. Jemand hatte sich bemüht, im Schirmherrn des Planeten einen tiefen Haß auf seinen Untertanen mit den mächtigen Beziehungen zu wecken. Tanadi hatte wahrscheinlich seinen Stab infiltriert. Vielleicht hatten seine Leute Percy gegen Onkel Chandy eingenommen.

Natürlich war es, wenn es wahrscheinlich schien, daß Tanadi Spitzel im Haushalt des Schirmherrn hatte, im Falle der ISA unzweifelhaft. Es war nur eine Frage der Zeit, bis der rothaarige Mann von Cassies Eintreffen erfuhr. Sie erschauerte.

Fillington schaute zufällig genau in diesem Augenblick wieder auf sie. Er verzog leicht das Gesicht, dann nickte er. Natürlich zuckte sie beim Gedanken an Kurita erneut angeekelt zusammen.

»Sie haben das Richtige getan, Jasmine«, sagte er. »Glauben Sie mir. Der Drache kann hart sein, aber er verlangt von seinen Kindern nicht, daß sie sich vor … vor Monstern erniedrigen.«

Sie senkte den Kopf. »Euer Lordschaft sind sehr freundlich.«

»Nennen Sie mich Percy.« Er kam herüber und trat neben sie. Seine Hände schwebten wie Vögel über ihren Schultern.

»Ich muß zurück«, sagte sie. »Ich kann nicht zulassen, daß meine Mutter und mein Bruder die Folgen meiner Schwäche zu erdulden haben.«

»Unsinn!« sagte er heftig. »Sie gehen nicht zurück zu … nicht dorthin zurück.«

Sie wandte sich in ihrem Stuhl um. »Aber was ist mit meiner Familie?«

Er lächelte. »Ich bin nicht ohne Ressourcen, liebes Mädchen. Erlauben Sie mir zu prüfen, was ich für Ihren Bruder tun kann. Der Drache braucht in dieser Krisenzeit ausgebildete Ingenieure.«

»Oh, könnten Sie das tun?« Sie sprang auf, drückte seine beiden Hände und floh.

Gupta Yoritomo wollte Cassies tränenerfüllten Sturmlauf in ihre Gemächer im zweiten Stock der Villa aufhalten; sein glattes Gesicht war von Sorgenfalten durchzogen. Trotz seiner anfänglichen Besorgnis, weil sein Herr sie mitgenommen hatte, war er zu ›Jasmines‹ treuer Stütze geworden. Cassie schüttelte ihn ab und schloß die Tür.

Sie wandte dem schweren mit Schnitzereien verzierten Holz den Rücken zu und ließ sich daran entlang auf den dicken Teppich hinabgleiten. Sie fühlte sich blendend. Solange Seine Exzellenz weiter ihre Hinweise auffing, sah es aus, als könne dies hier am Ende doch noch funktionieren. Cassie war Expertin, was verdeckte Hinweise anging – und auch im Herumnörgeln, wenn es dazu kommen sollte. Das waren zwei von den Myriaden von Fertigkeiten, die für ein mageres, braunbeiniges Straßenmädchen nützlich sein konnten, wenn es versuchte, am Rande von Larshas so gut wie nicht existierender Wirtschaft zu überleben.

Um die Sache ein wenig zu entschärfen, gab Cassie für den Fall, daß ihre offensichtliche körperliche Anziehungskraft auf ihn die vorgetäuschte Ritterlichkeit des Schirmherrn überwiegen sollte, vor, ihre Tage zu haben. Sie war darauf vorbereitet, diese Behauptung unbegrenzt aufrecht zu erhalten – wenn der Schirmherr es nicht wußte, konnten seine Ärzte ihm sagen, daß extreme Streßsituationen derlei herbeiführen konnten. Das sollte ihn fernhalten. Kombinatbewohner hatten im allgemeinen einen Horror vor ›unreinen‹ Frauen.

Cassie hatte sich im Laufe der verschiedenen Tarnungen einen Schwung Tricks angeeignet, um die sexuellen Erwartungen eines Ziels nicht erfüllen zu müssen. Sie versprach nie ausdrücklich sexuelle Gefälligkeiten; das war ein weiteres ihrer merkwürdigen Ehrgesetze. Üblicherweise bildete sich jedoch die männliche Phantasie des Ziels solche Versprechungen ein, und sie schritt erst ein, wenn sie eingelöst werden sollten.

Eine von Cassies kriminellen Jugendfreundinnen von der Straße und gelegentliche Komplizin hatte sie einst die einzige ihr bekannte Hure genannt, die nie mit jemandem ins Bett ging. Die Bemerkung war halb verzweifelt, halb bewundernd gewesen.

Cassie hatte ein entzückendes, luftiges kleines Schlafzimmer zugewiesen bekommen, ganz in Weiß und Gelb gehalten, komplett mit eigenem Bad und einem Schrank voller Kleider. Der Schirmherr hatte in der Nacht zuvor vom Hubschrauber aus gefunkt, damit entsprechende Vorbereitungen zur Aufnahme seines entzückenden Flüchtlings getroffen wurden. Er hatte ein gutes Auge für die Größe von Frauen.

Als Cassie die Tür hinter sich abgeschlossen hatte, ging sie ins Bad. Es war mit den üblichen Notwendigkeiten ausgestattet, von denen einige benutzt werden mußten, um ihre List aufrechtzuerhalten.

Sie nahm ein Paket aus dem Schrank neben dem Waschbecken, bereit, es aufzureißen. Ein kleines, dünnes Papierquadrat flatterte heraus. Sie hielt inne, starrte darauf und bückte sich dann, um es aufzuheben.

Es war eine Botschaft. Sie lautete: *Wir behalten dich im Auge. Was du brauchst, wird dir rechtzeitig zur Verfügung stehen. Achte auf diejenigen in Ps Nähe. Hinterlasse Antworten am selben Ort.*

Die Botschaft war an einem der wenigen Orte versteckt gewesen, an denen eine einigermaßen gründliche Suche sie nicht zutage gefördert hätte. Sie befeuchtete ihre Lippen, schluckte nicht ohne eine gewisse Mühe. Vermutlich kam die Nachricht von einem der Agenten, die der Mirza seinen eigenen Versicherungen zufolge im Stab Fillingtons hatte. Was aber, wenn nicht, was, wenn sie von einem Provokateur kam, der herauszufinden versuchte, ob sie das Richtige tun und die Botschaft dem Schirmherrn übergeben würde? Sie zuckte die Achseln. Sie konnte nicht jede Eventualität abdecken. Sie konnte nur würfeln.

Die Botschaft stand auf Reispapier. Das war im Kombinat so verbreitet, daß man seine Herkunft niemals nachvollziehen konnte, und darüber hinaus eßbar. Sie zerknüllte es, schluckte es und machte weiter.

»Warum haßt Ihr ihn so?« fragte Jasmine den Schirmherrn des Planeten. Sie kniete auf einem Perserteppich von Terra, gekleidet in ein Seidengewand mit einem

Rechteckmuster in Weinrot und Erdtönen, und streichelte die weiße Langhaarkatze des Grafen, Amadeus. Der ›Herbst‹ aus Vivaldis *Vier Jahreszeiten* erfüllte den Raum und vervollständigte auf nette Weise die untertriebene, aber bequeme Eleganz des Salons. Außerdem war es, wie Percy bemerkte, *basho-gara*: den Umständen entsprechend.

Percy Fillington war zurück von einem Tag voller Ringkämpfe mit den Verwaltungsproblemen seines ungebärdigen Planeten und stand jetzt in weißem Rüschenhemd und engen indigoblauen Hosen mit einem Ellbogen auf dem Kaminsims und einem Schwenker mit edlem Arc-Royal-Cognac in der Hand da – ein lyranischer Import, der auf Hachiman noch immer ein beliebter Luxusartikel war, auch wenn er jetzt nur noch als Schmuggelgut zu haben war.

Er verzog leicht das Gesicht. Offenbar mochte er es nicht, wenn sein Gast sich mit Gedanken an ihren früheren ›Arbeitgeber‹ belastete.

»Ich schätze, weil Chandrasekhar so viel von dem verkörpert, was im Kombinat schiefläuft«, sagte er. »Er hat seinen Familiennamen ausgenutzt, um ein unglaubliches Vermögen anzuhäufen. Doch es fehlt ihm so augenfällig an allen traditionellen Kurita-Tugenden, daß er als Werbeträger für Dekadenz geeignet wäre.«

Cassie nickte und wandte ihre Aufmerksamkeit der Katze zu, die nichts anderes erwartet hatte. Ihrer Erfahrung nach waren die einzigen Kurita-Tugenden, die Onkel Chandy fehlten, streng-einfache Lebensführung und der Hang zum Kriegführen. Sie war jedoch nicht hier, um den jungen Percy über dieses Thema aufzuklären. Aber sie war neugierig, wollte wissen, warum genau der Schirmherr ihrem Arbeitgeber solchen Haß entgegenbrachte.

»Er scheint seine Arbeiter gut zu behandeln – hat ihren Lohn erhöht, ihre Stunden verkürzt, woraufhin der alte Redmond einen Anfall bekommen hat, das kann ich dir sagen. Aber er beutet sie aus und zerschlägt skrupellos jede Opposition. Und er hat Sumiyamas Versuche, HTE-Arbeiter zu organisieren, um ihre Rechte zu verteidigen, brutal unterdrückt.«

Es war durchaus möglich, daß Seine Exzellenz naiv genug war, um nicht zu bemerken, daß der von der Sumiyama-kai gesponserte Brüderliche Arbeiterschutzbund nach außen hin eine Gewerkschaft, in Wirklichkeit nur eine weitere Yakuza-Organisation war, die Geld von den schon lange leidenden Arbeitern erpreßte. Das Kombinat hielt viel auf seine Arbeiterverbindungen, aber natürlich waren wirklich unabhängige Organisationen nicht erlaubt; und die Verbindungen wurden unweigerlich von den örtlichen Yakuza-Organisationen dominiert.

Es war nicht nur möglich, daß Percy naiv war, zumindest nach Cassies Urteil war er es – und Cassie kannte ihre Ziele. Aber es lag nicht daran, daß er dumm war oder einfach nur stupide. Sie fand, er sei ein wirklich intelligenter Mann mit raschem Auffassungsvermögen und beweglicher Phantasie.

Er war sogar ein kleiner Kriegsheld, ein ausgebildeter MechKrieger, der sich in den frühen Vierzigern während der wenig intensiven, aber unablässigen Scharmützel sowohl gegen das VK-Militär als auch gegen die Liga Freier Welten im Feld ausgezeichnet hatte, die dem Vierten Nachfolgerkrieg folgten. Mit fünfunddreißig Standardjahren wurde er allgemein zehn Jahre jünger geschätzt.

Aber wie alle anderen auch hatte ihn seine Erziehung geformt. Und es schien, als hätten alle Beteiligten, von seinem tyrannischen Großvater Rex, dessen wildes Porträt mit den weißen Brauen wie ein Wachdämon von der Wand herabfunkelte, über vor Ort verwurzelte Kräfte wie Tanadi und der Yakuza bis hin zum Koordinator des Draconis-Kombinats ein Interesse daran, ihn zur Ineffizienz zu formen. Percy Fillington war verformt und beschnitten worden wie ein Bonsaiahorn; und Cassie wunderte sich, daß er überhaupt noch soviel Haltung und Persönlichkeit aufzubringen vermochte.

Sie konnte immer noch nicht aufhören, ihn zu mögen, eine Tatsache, die sie ständig überraschte und beunruhigte. Er war schließlich nur ein Ziel. Und wenn sie ein Ziel wirklich zur Person werden ließ, konnte sie den Auftrag vergessen. Sie würde dann den Instinkt verlieren und beginnen, Fehler zu machen. In ihrer Jugend hatte Cassie andere Leute, die in Tarnung agierten, diesen Weg gehen und erwischt werden sehen – oder am Ende selbst betrogen werden. Sie hatte geschworen, daß ihr das nie passieren würde.

»Er ist seit der Party ständig hinter mir her, weißt du«, sagte der Schirmherr, kam herüber und trat hinter sie. »Er bombardiert mich Tag und Nacht mit Forderungen und beschwört mich. Er fiebert danach, dich wiederzubekommen. Was ich natürlich durchaus nachvollziehen kann.«

Wieder konnte sie seine Begierde spüren, sie zu berühren. Diese Begierde war nicht sexuell – oder zumindest nicht ausschließlich. Er wollte sie halten, trösten.

Üblicherweise bereiteten ihr solche Empfindungen das gleiche Vergnügen wie einem Angler der Moment, in dem ein Fisch anbeißt. Diesmal erregte und verwirrte sie Percys Verhalten, selbst wenn es ganz plangemäß war.

Meistere dich selbst, pflegte Guru Johann zu sagen, und du kannst jede Situation meistern. Scheitere in deiner Selbstbeherrschung, und du vermagst nichts zu steuern.

Sie wandte sich um, noch immer auf den Knien, und nahm eine seiner Hände in die ihren. »Euer Exzellenz ist höchst freundlich, mir Schutz zu gewähren.«

Er zog sie hoch. »Nun, nun, mach dir keine Sorgen mehr wegen des Monsters. Denk nicht einmal an ihn.«

Sie hob seine Hand, berührte sie rasch mit den Lippen und zuckte zurück, als habe die Berührung sie verschreckt. »Ich stehe zu Euren Diensten, Herr«, sagte sie im verlorensten Tonfall eines heimatlosen Kindes und hielt den falschen Smaragdblick gesenkt. »Ich bin Eure bescheidene Dienerin.«

Er holte Atem und erschauerte. Jetzt balancierte sie auf der Kante. Sie spürte das reine, ungetrübte Vergnügen einer Künstlerin, als er eine Hand hob, um sie zu berühren, sie ausstreckte und dann innehielt, als sei Cassie von einem unsichtbaren Kraftfeld umgeben. Sie spielte jetzt mit ihm wie auf einem Instrument.

Er ließ den Arm fallen wie ein totes Etwas. »So darfst du nicht sprechen«, sagte er. »Du bist nicht meine Dienerin. Du bist ...«

Er verzog das Gesicht und suchte nach Worten. »Du bist jemand, der mir immer wichtiger wird. Du bist, äh, meine Freundin.«

»Euer Exzellenz, das ist zuviel der Ehre.«

»Überhaupt nicht.«

Sie hob ihr Gesicht seinem entgegen. »Ich bin meinem Herrn sehr dankbar. Aber es bereitet mir Pein, hier zu sein, umgeben von solchem Luxus, während meine Mutter und mein Bruder leiden.«

Mit einer bewegten Geste hob er die Hand und ließ sie dann wieder fallen. »Darum werde ich mich kümmern«, sagte er. »Versprochen.«

Er drehte sich um, entfernte sich mehrere Schritte, wandte sich wieder um. Er ließ seine Augen über ihren schlanken Körper wandern, den das lose Gewand auf fesselnde Weise abwechselnd betonte und verbarg. Einen Augenblick lang spürte sie Furcht und fragte sich, ob sie zu hoch gepokert hatte.

Er holte tief Luft und sammelte sich. »Ich muß mich jetzt zurückziehen, Jasmine. Aber bleib bitte so lang auf, wie du möchtest. Wenn du etwas brauchst, werden sich die Diener darum kümmern.«

Er verbeugte sich und ging rasch. Sie stand einen Augenblick lang da, bebend vor Erfüllung. Und doch war tief in ihr ein kaltes, unwillkommenes tröpfelndes Gefühl, eines, mit dem sie schon lange vertraut war – aber nie in solch einer Umgebung.

Ich schäme mich, erkannte sie in einem Ansturm von Zorn und Furcht. Sie schloß die Augen und rieb sie mit den Handballen.

Ich lasse nach, dachte sie und wünschte sich nur noch, diese Mission sei vorbei. Sie hatte so lang und so hart um ihre Selbstbeherrschung gekämpft. Sie hier, mitten in einem für das Regiment, ihre Ersatzfamilie, lebenswichtigen Einsatz zu verlieren, wäre eine schlimmere Strafe als jede, die eine Enttarnung nach sich ziehen konnte.

Sie ging ins Schlafzimmer und verschloß die Tür. Eine halbe Stunde lang lag sie im Dunkeln auf dem Rücken und starrte an die Decke. Als sie erkannte, daß sie tatsächlich den verhaßten pinkfarbenen Plüschbären vermißte, den Kali ihr gegeben hatte, drehte sich Cassie um und ließ den Tränen freien Lauf.

30

Masamori, Hachiman
Distrikt Galedon, Draconis-Kombinat

30. Oktober 3056

Der Hufschlag ihres Pferdes auf dem flutnassen Sand erfüllte Cassies Körper mit einem wilden Rhythmus. Die Brandung, hochgepeitscht von einem unsichtbaren Sturm draußen über der Shakudo, schlug den Baß dazu. Büschel hohen, purpurfarbenen Strandgrases, das sich im Wind bog, peitschten ihre Beine, als sie vorüberritt.

Mit donnernden Hufen holte Percy Fillingtons Roß auf und überholte sie – er hatte den Punkt erreicht, an dem die normalen Kuritaverhaltensweisen tonangebend wurden und die alte westliche Ritterlichkeit endete. Er erreichte die vereinbarte Ziellinie auf gleicher Höhe mit dem Stumpf des Hauptmastes eines vor langer Zeit gestrandeten Frachters ein paar hundert Meter im Wasser. Er riß sein Pferd herum, ließ das Tier hochsteigen, um seinen Triumph anzuzeigen, und beugte sich dann über seinen Hals, den er tätschelte, während Cassie auf ihrer graugescheckten Araberstute heranritt.

»Du lernst schnell«, sagte er zu ihr. »Du reitest, als hättest du seit Jahren nichts anderes getan.«

»Ich war schon immer gut im Umgang mit Tieren, Euer Exzellenz«, sagte Cassie, die tatsächlich schon seit Jahren ritt. Die einst durch und durch stadtverbundene Straßengöre hatte auf ihrem Weg zur Meisterkundschafterin gelernt, eine Vielzahl mehr oder weniger zugerittener Tiere zu reiten. Aber es war eine Form des Reitens aus dem Bauch heraus, alles andere als vollendet. Reiten war eine hochgeschätzte Fertigkeit in der Oberschicht des Kombinats. Es war ein angemessener Zeitvertreib für Krieger. Es roch nach Tradition, und außerdem gab es im Kombinat jede Menge Planeten, auf denen Pferde das Hauptfortbewegungsmittel waren. Der Schirmherr des Planeten ritt besser als Cassie und hatte ohne ihre Hilfe gewonnen.

Sie trabten gemächlich weiter am Strand entlang und spürten, wie die Flanken ihrer Reittiere zwischen ihren Beinen pumpten wie Blasebalge. Die Luft war kühl, aber nicht eisig. Sie genossen ein letztes, der Jahreszeit nicht angemessenes Aufbäumen von Wärme. Hachimans größerer Mond, Yoshitsune, hing pinkfarben und angeschwollen über der fernen schwarzen Zackenlinie der Trimurtis. Das letzte Tageslicht lag wie vergossenes flüssiges Feuer am fernen Horizont. Der Geruch nach Salz, nassem Sand und verfaulendem Seegetier und das endlose, zeitlose Meeresrauschen hüllten sie ein wie ein Laken. Spätjahresgrillen zirpten in den Dünen über dem Strand. Nachtflügler schienen sich mit weichbepelzten Schwingen das Gesicht zu wischen, als sie durch das Dämmerlicht wirbelten, durch weit geöffnete Mundröhren winzige Insekten einsaugten und klagende Rufe ausstießen. Im Moment fühlten sich die Reiter wohl in der Stille des jeweils anderen.

Was entweder ein gutes oder ein sehr schlechtes Zeichen war. Daß sie sich nicht sicher war, zeigte, wie daneben Cassie eigentlich war. Percy war drei volle Tage weggewesen, um sich um Staatsgeschäfte zu kümmern, während sie daheim hockte und mit Yoritomo, der sozusagen als ihr Aufpasser fungierte, Mah-Jongg und Poker spielte. Sie wußte, daß irgendwo eine Uhr tickte – daß irgendwo der rothaarige Mann seinen nächsten Überfall auf Onkel Chandy und das Regiment vorbereitete –, und fühlte sich eingesperrt und hoffnungslos. Bis Percy an diesem Nachmittag zurückgekommen war, hatte sie das Gefühl gehabt, ihre Nervenenden hätten begonnen, aus der Haut zu wachsen.

Yoritomo war auf sympathische, aber unaufdringliche Weise zugegen gewesen. Er sah sie mit einem seltsam wissenden Blick an, und sie war fast schon zu dem Schluß gekommen, er sei der V-Mann des Mirza im Sturmhafen. Oder jedenfalls einer davon, und höchstwahrscheinlich der, der ihr von Zeit zu Zeit geheime Botschaften hinterließ.

Sie ritten einen Querpfad entlang, auf einen steilen Hügel, und folgten dann den Klippen, die sich zur dunklen Silhouette des Gutshauses auf seinem Vorsprung erhoben. Drinnen wurden gerade Lichter sichtbar. Percy erzählte ihr mit leiser Stimme von offizieller Torheit und adeligem Gehabe und brachte Cassie zu einem offenen und echten Lachen. Er verstand sich auf Anekdoten.

Am Fuß des Hügels, auf dem das große Haus stand, übergaben sie ihre Reittiere Stallburschen mit ernsten Gesichtern und nackten braunen Füßen und gingen dann einen Saumpfad aus zertretenen Muscheln hinauf. »Ich habe dich vermißt, das muß ich zugeben«, sagte der Schirmherr.

»Ich habe Eure Exzellenz auch vermißt.«

Er blieb vor ihr stehen, legte einen gekrümmten Finger unter ihr Kinn und hob ihr Gesicht dem seinen entgegen.

»Wäre es nicht an der Zeit, daß du anfängst, mich Percy zu nennen?« fragte er.

Er küßte sie. Einen Augenblick lang stand Cassie da und ließ es geschehen. Dann riß sie sich los und rannte den Pfad hinauf.

Er kam lachend hinter ihr her. Sie stellte fest, daß sie selbst auch lachte. Seine Verfolgung bedrohte sie nicht. Sie dachte kurz darüber nach, ob sie sich fangen lassen sollte.

Am Ende des Pfades blieb sie abrupt stehen. Ein kleiner Hubschrauber mit offensichtlich seitlich ausgefahrenen Geschützträgern stand mitten auf dem breiten, makellosen Rasen. Dieses Eindringen war wie ein Schlag ins Gesicht.

Der Schirmherr des Planeten stand hinter ihr. Er legte ihr sanft die Hand auf die Schulter, lachte nicht mehr.

»Vielleicht gehst du am besten durch die Hintertür hinein, meine Liebe«, sagte er ruhig.

Sie sah zu ihm auf und machte ein entsetztes Gesicht. Er schüttelte leicht den Kopf.

»Hab keine Angst, Jasmine. Es ist nicht Chandy. Es sind nur Staatsangelegenheiten.«

Sie nickte, begann sich zu entfernen, blieb stehen. »Herr – Percy – wegen meines Bruders ...«

»Später! Später, ich verspreche es. Und jetzt, ab mit dir.«

»Ihr habt mich warten lassen«, sagte Ninyu Kerai Indrahar, als der Schirmherr des Planeten den Salon betrat.

»Ich war beschäftigt.«

»In der Tat.« Der stellvertretende Leiter der ISA war wie üblich in Schwarz gekleidet. Er stand mit den Händen hinter dem Rücken da und studierte das Porträt des Großvaters des derzeitigen Grafen. Er kultivierte noch immer gehorsam sein Empfinden für Schönheit, auch wenn er noch nicht so ganz begriff, was ein Sinn für Ästhetik mit den Aufgaben eines Meuchelmörders zu tun hatte. Hier war endlich einmal etwas, das er fast zu schätzen wußte. Der alte Graf war offenbar ein Krieger gewesen, ein Draconier bis ins Mark, mit stechenden Falkenaugen und unnachgiebiger Stirn und mit vorgeschobenem Kinn. Der Maler schien ihn porträtiert zu haben, als er gerade vor Zorn gegen die Feinde des Hauses Kurita die Zähne zusammenbiß.

Dennoch fühlte sich Ninyu ein wenig erleichtert, als hätte man ihm eine Last von den Schultern genommen, als er sich von der Kunst ab- und dem Geschäft zuwenden konnte.

»Euer neues Spielzeug«, sagte er. »Sie hat Chandrasekhar Kurita gehört.« Es war eine schlichte Feststellung, keine Frage.

Der Schirmherr nickte. Er trug noch immer seine Reithosen und -stiefel. »Hat sie. Aber nicht mehr.«

»Woher wißt Ihr, daß sie keine Spionin ist?«

»Sie hat einen von Chandrasekhars Leibwächtern mit einer Waffe erschossen, die einem Mitglied meiner Garde gehört. Ich glaube kaum, daß selbst Chandrasekhar so weit ginge.«

»Gaijin-Söldner sind leicht zu beschaffen.«

»Ich habe ihren Hintergrund gründlich überprüft. Sie ist, was sie zu sein vorgibt, ein schlichtes Opfer von Chandrasekhars Gelüsten.«

»Ich will, daß sie verhört wird.«

»Nein.«

Vernarbte Brauen zogen sich über schwarzen Augen zusammen. »Ich könnte sie mitnehmen.«

»Bei allem Respekt, aber was sollte das bringen? Sie ist hier nicht in der Lage, irgend etwas zu erfahren, das den Feinden des Drachen nützen könnte.« Er schüttelte den Kopf. »Sie hat schon genug durchgemacht, das arme Kind. Ich werde nicht zulassen, daß Sie sie Ihren Verhörmethoden unterziehen, nicht einmal den sanftesten. Mein Wort darauf: Sie braucht Chandrasekhar Kurita ebensowenig wie Sie oder ich oder sonst jemand auf Hachiman.«

Einen Augenblick lang bohrten sich diese schwarzen Augen in Fillingtons, wobei Ninyus Gesicht eine Maske kaum kontrollierter Wut war. Ein Muskel an der Seite des Kiefers des Schirmherrn zuckte, aber er hielt dem Blick stand.

Ninyu schüttelte den Kopf, als habe er sich selbst im Nacken gepackt. »Es ist egal. Ich bin gekommen, um Euch zu sagen, daß wir startbereit sind.« Nach einer Pause fuhr er zögernd fort: »Beigeordneter Direktor Katsuyama hat mich informiert, daß das Meinungsklima günstig ist.«

Percys Lächeln trug eine Spur von Erleichterung. »Bestens. Wann schlagen wir los?«

»Morgen.« Die vernarbten Lippen zeigten so etwas wie ein Lächeln. »Und selbst wenn Chandrasekhar Kurita jede Einzelheit des Planes kennen würde, könnte nichts auf dieser oder einer anderen Welt uns aufhalten.«

Masamori wurde oft als Stadt der Bronzetürme beschrieben. Der höchste ihrer asymmetrischen Wolkenkratzer im Yamatostil war das Verwaltungshauptquartier von Tanadi Computer, das zweihundertfünfzig Stockwerke über dem dichtgedrängten Herzen der Stadt schwebte.

Als eine schlanke blonde Sekretärin die Ankunft des Schirmherrn des Planeten meldete, stand der Marquis Redmond Hosoya, Tanadis oberster leitender Angestellter, mit dem Rücken zu seinem überraschend kleinen Büro und starrte aus dem Fenster nach Osten zum Fluß – und zum gewaltigen Rechteck des HTE-Komplexes. Morgendliches Sonnenlicht floß durch den Raum und verlieh ihm eine ganz unechte Heiterkeit.

»Ah, Euer Exzellenz«, sagte der Marquis und drehte sich nach der sorgsam berechneten Unverschämtheit einer herzschlaglangen Pause um. »Wie schön, Euch zu sehen.«

Er verbeugte sich und trat zum Händeschütteln vor. Er war wie sein Büro: kompakt, aber makellos und teuer ausgestattet. Sein Haar, die Koteletten und der Schnurrbart waren dicht und weiß wie der ewige Schnee auf den höchsten Trimurtigipfeln. Er trug einen dunklen Anzug, dessen strenger Schnitt und strenge Farbe allein schon eine scharfe Aussage waren – und vielleicht ein bewußter Kontrast zu Onkel Chandys scharlachroter Robe.

Die Verbeugung des Marquis war flüchtig, aber Percy, der dieses Spiel schließlich schon sein ganzes

Leben lang spielte, schlug ihn mit einer Verbeugung, die nur wenig mehr war als ein kurzes Nicken seines eleganten Kopfes. Sein Handschlag war fest wie ein Backstein. Trotz Hosoyas Verhalten und seiner kostspieligen Maniküre hatten die breiten Schultern und die faßförmige Brust etwas, das vermuten ließ, der Adlige könnte sich nicht zu schade sein für den Versuch, die Knöchel des Schirmherrn zu zerquetschen. Er wußte es allerdings besser. Fillington hatte mit seinen schlanken bleichen Händen einen Griff wie ein *Schütze*.

»Marquis«, sagte Fillington, »erlauben Sie mir, Ihnen meine Freundin Jasmine Mehta aus Srinagar vorzustellen.«

Hosoyas dunkle Augen huschten über sie wie die Strahlen einer Holovidkamera. »Sie ist entzückend«, sagte er im selben Tonfall, in dem er auch von einem neuen Rennpferd oder vielleicht einer importierten Hightech-Armbanduhr gesprochen hätte.

Er wandte seine Aufmerksamkeit wieder dem Schirmherrn des Planeten zu, und es war, als sei Cassie unsichtbar geworden. »Welchem Umstand verdanke ich die Freude und Ehre Eures Besuchs?«

Sie war sehr konservativ gekleidet: ein dunkelbraunes knielanges Kleid über dunkleren Strümpfen und Schuhen, ein brauner Hut in Form einer Pillendose mit der Andeutung eines Netzschleiers vorn, der ihr Gesicht mehr verschattete als verbarg. Er war auf seine Weise auffällig und betonte das Elfenbeinerne ihrer künstlich gebleichten Haut und die grünen Augen, aber er war nicht auffallend, nicht die Art von Kleidungsstück, die ungewollte Aufmerksamkeit auf sich lenkt.

»Meine Freundin hier hat einen Bruder in Srinangar, der, wie mir versichert wurde, graduierter Elektroingenieur ist. Er braucht Arbeit. Mir fiel ein, daß Sie mir die Ehre erweisen könnten, über seine Anstellung nachzudenken.«

»Eure Exzellenz erweisen mir eine Ehre. Euch ist ja

bekannt, daß Tanadi ständig nach talentierten und engagierten Mitarbeitern sucht. Ich danke Euch für Eure Großherzigkeit.«

Auf eine Geste Percys hin hatte Cassie sich seitlich auf einem Stuhl niedergelassen und züchtig die Füße überkreuzt, in der aufmerksamen Haltung, die von einer guten Gespielin im Kombinat erwartet wurde. Die blumige Rede war natürlich nur weißes Rauschen; der Marquis hätte Percy für einen Messingbriefbeschwerer in Form einer Kakerlake ebenso wortreich gedankt. In ihrer Rolle mußte ›Jasmine‹ den Eindruck machen, als faszinierte sie alles Gesagte unendlich, selbst wenn es sie zu Tode langweilte. Äußerlichkeiten waren in der Draco-Kultur alles.

Sie legte noch einen drauf, beugte sich ein wenig vor, befeuchtete die Lippen und spielte die Rolle der besorgten Tochter und Schwester. Sie wollte wirklich nichts verpassen. Es war unwahrscheinlich, daß einer der beiden Männer eine Perle der Erkenntnis fallen lassen würde, selbst vor jemand so unbedeutendem wie einer ausgehaltenen Frau. Aber man wurde nicht zur perfekten Kundschafterin, indem man irgend etwas als gegeben voraussetzte.

Subtil führte Hosoya Percy von seiner Gespielin weg zu dem Fenster, von dem man auf den Komplex und den Fluß sehen konnte. Höchstwahrscheinlich weil er es widerlich fand, wichtige Angelegenheiten in Anwesenheit einer Frau zu besprechen, selbst wenn sie wenig mehr war als ein Schmuckstück. Dennoch war etwas an der Körpersprache des Mannes, während sie sprachen. Aber ihre Stimmen waren zu leise, als daß sie hätte verstehen können, was sie sagten, das darauf hinwies, daß zwischen den beiden tatsächlich etwas Unausgesprochenes vor sich ging. Ob es mit dem zu tun hatte, was sie gerade besprachen oder nicht – vermutlich ihr erfundener Bruder in Srinagar –, sie sahen aus, als planten sie eine Verschwörung.

Wenn Hosoya wirklich Dreck am Stecken hat, dachte Cassie, *dann hoffe ich, Percy hängt nicht mit drin.*

Der Gedanke überraschte sie. *Warum sollte mir das nicht egal sein?*

Sie öffnete ihre Handtasche, um ihr Schminkset herauszunehmen und sich nachzuschminken. Das war die Art weiblicher Geste, die ein Draconier buchstäblich nicht sehen würde. Dann steckte sie ihr Schminkset weg, griff nach unten, um ihren Rock zu richten – und ließ die scheibenförmige Wanze, die sie in der hohlen Hand aus ihrem Versteck im Schminkset hervorgeholt hatte, unter ihren Stuhl gleiten.

Eine Oberfläche der mattschwarzen Polymerscheibe war mit einem Tropfen speziellen Molekularklebers bestrichen, der sofort an allem haften blieb, wiederentdeckte Tech aus der Zeit des Sternenbundes. Sie war gewarnt worden, unter allen Umständen eine Berührung mit der klebrigen Oberfläche zu vermeiden, wenn sie die Wanze erst einmal aktiviert hatte. Selbst für die neue *enamorata* des Schirmherrn des Planeten könnte es schwer sein zu erklären, warum sie plötzlich mit einem an ihrer Hand klebenden audiovisuellen Überwachungsgerät herumlief.

Cassie war sich nicht sicher, wie das Ding funktionierte. Sie wußte, es war passiv elektrooptisch, nicht holographisch. Aus genau demselben Grund wie damals im Lagerhaus, wo sie Ninyu Kerais Treffen mit Sumiyama beobachtet hatte, wollte sie nicht, daß Umschaltlaser überall im Büro des CEO von Tanadi herumflackerten. Mirza Abdulsattah hatte ihr versichert, es sei unwahrscheinlich, daß die Wanze gefunden werde. Sie hatte einen geringen Eisenanteil, verbrauchte, solange sie inaktiv war, so gut wie keine Energie und war damit schwer aufzuspüren. Darüber hinaus führte die spezielle Arroganz von Dracobeamten dazu, daß Hosoya wohl kaum einer Durchsuchung seines Büros nach Wanzen zustimmen würde – weil er zu stolz war zuzugeben, daß ihn in seinem Allerheiligsten Spionagekameras überwachten.

Man hatte ihr gesagt, die Wanze würde beobachten. Und warten. Wenn der winzige Nanoprozessor darin – noch mehr Tech, die bei der panischen Suche nach der Claninvasion aufgetaucht war – etwas entdeckte, das er für wichtig hielt, würde er es aufzeichnen, komprimieren und in einem Mikrosekundenimpuls an Empfänger schicken, die in der Nähe des Tanaditurms verborgen waren. Dann würde sie mit an Sicherheit grenzender Wahrscheinlichkeit entdeckt werden; das Gebäude war bestimmt voller Sensoren, die unerlaubte Übertragungen meldeten. Aber die Wanze würde ihre Aufgabe erledigt haben.

Cassie schenkte Supertechnik wenig Vertrauen, ob sie vom Sternenbund stammte oder nicht, und hatte keine Ahnung, woher sie ›wissen‹ sollte, ob sie Zeuge von etwas ausreichend Bedeutsamem geworden war, um es zu übertragen oder nicht. Aber es war ihre einzige Chance, den rothaarigen Mann von der Spur Chandrasekhar Kuritas abzulenken – und den Caballeros.

Es war auch der Grund für die ganze komplizierte Scharade mit Percy Fillington, dem Grafen von Hachiman. Sobald Cassie die Wanze angebracht hatte, fühlte sie sich gleichzeitig leer und erfüllt. Sie fühlte sich sowohl in gehobener Stimmung als auch enttäuscht.

Bleib wachsam, sagte sie sich, und konzentrierte sich darauf, das perfekte Schmuckstück zu sein.

31

Masamori, Hachiman
Draconis-Kombinat

30. Oktober 3056

Cassie saß auf dem Boden ihres von der Nachmittagssonne erhellten Schlafzimmers, die Beine gespreizt und die Arme vor dem Körper verschränkt, und beugte sich zum Dehnen vor. Verborgene Monitore würden offensichtliches Kampfsporttraining argwöhnisch beobachten. Von der Gespielin eines Adligen wurde jedoch erwartet, daß sie sich in Topform hielt.

Nachdem der Schirmherr des Planeten sich mit Hosoya getroffen hatte, hatte er sie in seinem Privatchopper nach Sturmhafen zurückgeschickt. Seiner zerstreuten Art nach zu urteilen, hatte er offensichtlich wichtige Geschäfte zu erledigen; er schenkte ihr nicht mehr als eine flüchtige Umarmung und ein Küßchen auf die Wange.

Die Spannung in ihrer Magengrube verriet Cassie, was das für Geschäfte waren. Sie hatte keine schlagenden Beweise. Aber sie wußte es.

Ein kleiner Holovid-Apparat lief in der Ecke des Schlafzimmers. Cassie hatte noch nie besonderen Gefallen an Unterhaltung aus der Konserve gefunden. Als sie sich weit genug vorbeugte, daß ihr Kinn den Teppich berührte, sah sie auf der Holoplattform eine Miniaturausgabe des HTE-Komplexes.

Sie griff nach der Fernbedienung und stellte lauter. Im Vordergrund fragte eine Reporterin den Schützen Mangum vom Kundschafterzug, einen ziemlichen Schwachkopf: »Warum kämpfen Sie?«

Er rieb sich mit dem Daumen den Nasenflügel, spie aus, grinste dämlich in die Kamera und sagte: »Für Geld. Was sonst?«

Dann folgten Szenen, in denen Caballeros in Ruheräumen herumhingen, Poolbillard spielten, stritten oder trinkend herumstanden und trübäugig in die Kamera glotzten. Die meisten der gezeigten Gesichter waren weiß oder schwarz. Es gab im Kombinat zwar einen Haufen Weiße und Schwarze, doch sie waren nicht die Mehrheit, weder insgesamt noch auf Hachiman. Der Großteil der Kombinatsbevölkerung sah tatsächlich gar nicht so anders aus als die Norteno- und Indianerkontingente des Siebzehnten.

Cassie stockte das Herz. Wenn sie eine Bestätigung brauchte, daß der Hammer bald auf das Regiment herabsausen würde – hier hatte sie sie. Die Masamori-Medien zeigten überdeutlich, daß die Söldner gierig, unzivilisiert und fremd waren: Gaijin. Die Berichterstattung über den Marsch des Ersten Bataillons durch Masamori zum Komplex war positiv gewesen. Seit damals hatten die Medien dem Siebzehnten aber wenig Beachtung geschenkt, außer im Gefolge des Blake-Angriffs, und auch hier war die Berichterstattung positiv gewesen. Die plötzliche Veränderung konnte nur von oben angeordnet sein.

Du weißt, wer es ist, sagte die Stimme in ihrem Kopf. *Percy.* Doch während Percy zwar sicher die plötzliche Wendung gegen Chandy und seine Mietlinge gutgeheißen hatte, zweifelte sie daran, daß er dahintersteckte. Es mußte Ninyu Kerai sein, der sein häßliches rotes Haupt erhob.

Mit einem Daumendruck ließ sie das Holo verschwinden. Ich muß zurück, dachte sie in einer Art Panik.

Der Mirza mußte wissen, daß ihre Mission erfüllt war – oder mußte zumindest wissen, daß sie eine Gelegenheit gehabt hatte, sie zu erfüllen. Ihr unbekannter Freund im Stab des Grafen hatte in der Nacht zuvor die Wanze mit Klebeband unter dem Waschbecken angebracht. Sie wußte noch immer nicht, ob es Yoritomo war oder nicht, aber wer auch immer der HTE-Spitzel war, er oder sie wußte, daß Cassie heute den Tanadi-CEO treffen würde. Der Spion wußte vermutlich auch, daß sie zurück war.

Sie hatte Abdulsattah über den Rückzug nach ihrer Mission befragt. Jede weitere Sekunde, die sie in Fillingtons Nähe zubrachte, erhöhte die Wahrscheinlichkeit des Entdecktwerdens. Seine Spione – und vielleicht Ninyus – wühlten noch immer in ihrer Vergangenheit herum. Früher oder später würden sie das Fundament unterhöhlen, und die ganze Fassade brach zusammen. Oder sie würde vielleicht einen Fehler machen. Cassie vertraute unterschwellig auf ihre Fähigkeit, getarnt zu arbeiten, aber so sehr sie es haßte, das zugeben zu müssen, sie war nicht vollkommen.

Der Mirza hatte ihr gesagt, sie solle sich keine Sorgen machen. Sie würden sie holen kommen.

Sie fragte sich nur wann. Insgeheim war sie überzeugt, daß sie jeden Augenblick auffliegen konnte. Jeder mögliche kleine Fehltritt, den sie seit Onkel Chandys Party gemacht hatte, begann in ihrem Geist wie eine Sirene aufzuheulen.

Und selbst wenn sie nicht gefaßt würde, konnte sie den Gedanken einer Bedrohung ihrer ›Familie‹ nicht ertragen, solange sie ihr nicht helfen konnte. Die Ironie ihres verzweifelten Wunsches, die gegenwärtige bequeme Sicherheit der Villa des Schirmherrn mit dem Schlachtfeld im HTE-Komplex zu vertauschen, ging ihr gar nicht auf.

Beherrsch dich, sagte Cassie zu sich selbst. *Wenn du in Panik gerätst, bist du erledigt.* Sie zwang sich, tief zu atmen, sagte sich, daß sie zuvor auch schon in unangenehmen Situationen gewesen war. Sie bestärkte sich gerade in der Überzeugung, daß sie, wenn Abdulsattah sie nicht herausholte, einfach selbst würde einen Weg finden müssen, zu den Ihren zurückzukehren, als es im Vorgarten eine Explosion gab.

Sie sprang auf und rannte zu den Glasschiebetüren, die sich auf den kleinen Balkon öffneten, und bewegte den offenen Vorhang leicht, so daß sie ohne allzu großes Risiko, entdeckt zu werden, hinausspähen konnte.

Auf dem Rasen stand ein Transporthubschrauber, sein Hauptrotor wurde langsamer, während dunkelgekleidete, über Maschinenpistolen gebeugte Gestalten aus seinem Inneren strömten.

Das Stakkatoknattern eines anderen Rotors direkt über ihr ließ das Glas beben. Cassie wandte sich vom Fenster ab. Die Eindringlinge trugen nicht die Standarduniform der DEST-Kommandos, aber das bedeutete nicht, daß sie nicht zur ISA gehörten. Im Lauf der letzten paar Tage hatte sie insgeheim ein paar Verstecke ausgespäht, die von der Speisekammer über den Keller bis zu Besenschränken reichten. Sie beabsichtigte, in einem davon unterzutauchen und erst wieder hervorzukommen, wenn sie eine bessere Vorstellung davon hatte, wer all diese maskierten Bewaffneten waren.

Bevor sie das aber tun konnte, öffnete sich die Tür zu ihrem Zimmer. Gupta Yoritomo stand da und starrte sie an. Cassie hatte ihre Tür abgeschlossen, aber ihre Reaktion, als sie ihn sah, war Erleichterung.

»Gupta«, sagte sie grinsend. »Ich bin froh, daß du es ...«

Er hob den Arm, und plötzlich blickte sie in den großen Doppellauf einer auf sie gerichteten Gyrojet-Pistole.

»Ich wußte, daß du eine Spionin bist«, sagte Gupta mit derselben seidigen, leicht gelangweilten Stimme wie immer. »Jetzt werde ich dich töten.«

Cassie stand plattfüßig da und starrte ihn an. Sie hatte gerade noch genug Zeit, um zu denken: *Was zum Teufel ist los mit dir, daß du so erstarrst?* Sein Finger krümmte sich um den Abzug, als die Glastür zum Balkon plötzlich in einem Wirbelsturm von Glassplittern nach innen flog. Es war, als hätte ein ungezogenes Kind einen Pinsel in rote Farbe getaucht und die Vorderseite von Yoritomos makelloser weißer Tunika damit bespritzt. Er taumelte drei Schritte zurück und sah an sich hinab.

Dann zielte er, das Gesicht wie aus Zorn über seine ruinierte Kleidung verzerrt, mit seiner Waffe wieder auf Cassie.

Dieses Mal besaß sie die Geistesgegenwart, sich hinter das Bett fallen zu lassen. Eine große Gestalt trat durch die zerstörte Tür und löste mit einer behandschuhten Hand ein Seil von den Karabinerhaken, die an ihrem Schultergurt angebracht waren. Die andere hielt eine kompakte 42er Shimatsu-Maschinenpistole, deren Lauf ein eingebauter Schalldämpfer verunzierte. Der Eindringling ging auf den Adjutanten des Schirmherrn zu und leerte das Magazin in dessen Brust. Yorimoto fiel zuckend in den Gang hinaus.

Unter der Tür blieb die Gestalt stehen und sah durch ihre Gasmaske Yoritomo an, der jetzt außerhalb von Cassies Gesichtsfeld lag. Dann nickte sie und ließ das leere Magazin fallen.

Während die maskierte Gestalt ein neues Magazin aus einer Tasche am Schultergurt nahm und einschob, wandte sie sich Cassie zu. Ein Aufnäher, der ein Breitschwert mit der Spitze nach unten zeigte, zierte die Vorderseite ihres schwarzen Wollpullovers.

Blakes Wort! dachte sie. Die schreckliche Untätigkeit, die sie gepackt hatte, als Yoritomo eingetreten war, war wie weggeblasen. Wenn man beim *pentjak-silat* vor einer Waffe nicht weglaufen konnte, griff man sie an. Sie schnappte sich ein Kissen vom Bett und schleuderte es mit derselben Bewegung direkt in das maskierte Gesicht. Dann hechtete sie über das Bett, schlug auf dem Boden auf, rollte sich ab und kam wieder hoch. Ihre Hände griffen nach der Waffe, und ihr Knie zielte auf die Stelle, wo die schwarzbekleideten Beine zusammenliefen.

Die Gestalt nahm die Gasmaske ab und lachte ihr ins Gesicht. »Meine Güte, Cassiopeia«, sagte Unterleutenient William Payson, tänzelte in die Halle zurück und wehrte sie mit der Maschinenpistole ab, »bist du so scharf darauf, mir heimzuzahlen, daß ich dir bei Chandy die Fresse poliert habe?«

Sie blieb stehen. »Hast du nicht«, sagte sie.

»Bullenscheiße.«

Sie machte mit der Hand eine gereizte Geste. »Was, zum Teufel, tust du hier?«

Cowboy lachte wieder. Von irgendwo unten erklang das ohrenbetäubende Krachen von Betäubungsgranaten und das dumpfere Donnern von Tränengasbomben.

»Das lockere Leben hat dich offenbar langsam werden lassen, Cass«, sagte er. »Zuerst läßt du zu, daß dieser Bursche im Oberkellneranzug dich ins Visier nimmt. Dann kannst du dir nicht einmal vorstellen, daß du gerade gerettet wirst.« Er schüttelte den Kopf. »Warte, bis ich das Reb und Sägebock erzähle. Sie werden es nie glauben.«

»Warum, zum Teufel, bist du als Blakie verkleidet?«

Cowboy schenkte ihr sein breites dämliches Grinsen. »Sierra Foxtrot, Cassie, wir wollen doch nicht, daß der alte Percy glaubt, Chandy habe dich einfach zurückgeholt. Er könnte auf die Idee kommen, dir zu folgen.«

Cassie glitt auf den Copilotensitz des Choppers, der vor dem Haus stand. Der Pilot, ein großer blonder Mann, war kein Regimentsmitglied. Er nickte ihr zu, als sich Mitglieder des Sturmteams an Bord drängten, und riß die Maschine dann in die Luft. Als sie von Sturmhafen abdrehten, sah sie, daß die andere Maschine, die Cowboy Payson im sprichwörtlich letzten Augenblick auf ihrem Balkon abgesetzt hatte, hinter dem Haus gelandet war. Ihre Rotoren waren noch nicht auf Abhebgeschwindigkeit.

Als die Villa kleiner wurde, spürte sie ein seltsames Gefühl des Bedauerns. Dann ballte sie die Hände zu Fäusten und schlug sich rasend vor Zorn und Furcht über die Art, wie sie erstarrt war, als Yoritomo auf sie angelegt hatte, gegen die Stirn.

»Yoritomo war also nicht Ihr Spitzel«, sagte Cassie flach.

Der Mirza Abdulsattah sah seitwärts zu seinem Arbeitgeber, der umgeben von seinen Kissen dasaß und sich leicht vorbeugte wie ein gewaltiges, fasziniertes Baby.

»Nein«, sagte der dürre Sicherheitschef. »Wir haben den Verdacht, daß er zur ISA gehörte.«

Ein kalter Wind wehte durch die Korridore von Cassies Seele. Es waren völlig unterschiedliche Empfindungen, sicher zu sein, daß man vom Atem des Drachen beobachtet wurde und es bestätigt zu bekommen.

»Wer war dann Ihr Agent?«

Abdulsattah lächelte schwach. »Müssen Sie das wirklich wissen, Leutenient?«

»Nein«, sagte sie. »Aus welchem Grund nehmen Sie an, der Schirmherr des Planeten werde diese Nummer mit Blakes Wort schlucken? Er hat damit gerechnet, daß Sie etwas unternehmen, seit ich Ihnen entkam.«

»Glücklicherweise hat unser Überfall auf Sturmhafen auf beiden Seiten nur zu geringen Verlusten geführt«, sagte Onkel Chandy. »Wir ließen jedoch zwei Tote zurück. Die Terroristen von Blakes Wort, die nach dem Angriff auf den Komplex vom Zivilen Führungscorps gefangengenommen wurden, werden sie eindeutig als frühere Kameraden identifizieren können.«

Sie holte tief Atem. Sie wußte, daß Abdulsattahs Männer während des Angriffs einige Terroristen lebend gefangen hatten. Das bedeutete, daß diese lächelnde Buddhastatue angeordnet hatte, sie zu töten und zurückzulassen, um der Erklärung mehr Glaubwürdigkeit zu verleihen, daß es Splittergruppen von ComStar gewesen waren, die die Villa angegriffen hatten.

Es war nicht ihre Haut – die unlängst wieder ihre normale Farbe erhalten hatte und noch immer von dem Chemikalienbad prickelte. Dieser fette, heiter wirkende Mann war eben doch ein Draconier, ein Kurita, und er spielte nach harten Regeln.

Sie auch.

Sie schüttelte den Kopf und seufzte. Die behangenen Wände von Chandys Allerheiligstem schienen näher zu kommen, aus Gründen, die nichts mit den nicht vorhandenen Gewissensbissen über das Schicksal der gescheiterten Terroristen zu tun hatten. »Was geschieht jetzt?«

Chandrasekhar Kurita spreizte die Knubbelfinger. »Wir warten. Als nächster ist Ninyu Kerai Indrahar am Zug.«

»Er wird bald ziehen.«

»Zweifellos«, sagte Onkel Chandy ungerührt.

»Was ist mit der Wanze, die ich bei Hosoya versteckt habe? Werden wir etwas durch sie erfahren?«

»Das müssen wir abwarten. *Insh'allah,* wie der Mirza sagen würde: Es liegt in Gottes Händen.«

Cassie warf Abdulsattah einen Seitenblick zu, dessen gemeißeltes Gesicht seinen Ausdruck nicht veränderte. Die Herrscher des Kombinats fanden es zwar lohnend, mit seinen nützlichen mohammedanischen Bewohnern Kompromisse zu schließen, doch offiziell war der Islam illegal. Onkel Chandy war heute abend in einer koboldhaften Laune.

»Was soll ich jetzt tun?«

»Sie können zu Ihren Leuten zurückkehren«, sagte der Mirza, »und warten.«

»Ja«, setzte Onkel Chandy hinzu, »du wirst auf dem

Höhepunkt unseres kleinen Dramas eine Rolle zu spielen haben. Hab keine Angst.« Er lächelte. »Geh jetzt zurück und ruh dich aus, solange du kannst. Sie haben gerade begonnen, etwas zu feiern, das, wenn ich es richtig verstanden habe, ein dreitägiges rauschendes Volksfest ist.« Er spreizte die Finger. »Vielleicht findest du einen Weg, dich zu zerstreuen, bis ...«

Cassie hielt den Kopf gesenkt. Es enttäuschte sie, daß Chandy sie aufzuheitern versuchte. Sie hatte gedacht, er würde sie besser kennen.

Als offensichtlich wurde, daß ihr Arbeitgeber nichts mehr zu sagen hatte, erhob sie sich zum Gehen. An der Tür zum Aufzug wandte sie sich noch einmal um. »Eins noch.«

»Ja?« fragte Onkel Chandy.

»Percy«, sagte sie, »das heißt, der Graf von Fillington. Ich glaube, er hat mit diesem Clanding nichts zu tun. Ich will, daß er da rausgehalten wird.«

Onkel Chandy schmollte wie ein Säugling, dem man plötzlich sein Spielzeug weggenommen hatte. »Wagst du es, mir Bedingungen zu stellen?«

»Ja.«

Er lachte. »Ausgezeichnet. Ich verehre die, die ihrem Wesen treu bleiben – besonders, wenn sie so geschickt darin sind, es zu verbergen wie du. Flieg in dein Nest zurück, kleiner Vogel, und sei versichert, daß deinen Grafen kein Schaden treffen soll, den er nicht unbedingt selbst auf sich laden will.«

32

Masamori, Hachiman
Distrikt Galedon, Draconis-Kombinat

1. November 3056

Der Hubschrauber tauchte an dem kühlen klaren Morgen von Allerheiligen über der Stadtmitte aus dem Westen auf. Das Radar auf der Zitadelle nahm ihn als bewegtes Objekt wahr, doch das Bedienungspersonal, das die Anlage überwachte, beachtete ihn nicht.

Als seine Kreise ihn auf einen halben Klick an die Komplexmauer heranbrachten, setzte die HTE-Sicherheitsabteilung eine Routinemitteilung an das Dritte Bataillon ab, das aktive Umgrenzungswache hatte. Das Erste war in Bereitschaft, das Zweite in Ruhestellung.

Heute bedeutete das Erholung von den Festlichkeiten der letzten Nacht und Vorbereitung auf die morgigen. Allerheiligen diente als Puffer zwischen zwei der beliebtesten Feiertage auf den Dreibundwelten: Halloween und *el Dia de los Muertos.*

Gerade als die Botschaft in den Helmen der MechKrieger des Dritten prasselte, drehte der Chopper bei und ging mit Vollschub in einen flachen Sturzflug auf die Zitadelle.

Im Draconis-Kombinat war das gleichbedeutend mit Selbstmord. Konzernmitarbeiter nahmen ihre Sicherheit ernst, von den Adligen ganz zu schweigen. Selbst wenn die Söldner nicht in einer vierundzwanzigstündigen Daueralarmbereitschaft gewesen wären, weil man mit Ärger rechnete, hätte in einem solchen Fall Feuer frei gegolten.

U-Leutenient William ›Deputy Dawg‹ Carson von Infante hatte seinen *Schütze* auf der fünf Meter hohen ›Mechstufe‹, die wie die *banco* im Wohnzimmer einer Hazienda auf Galisteo rings um die Innenseite der

Mauer lief. Hundert Meter nördlich des großen Doppeltors zur Tai-sho-Dalton-Allee stationiert, entdeckte Carson den Hubschrauber, der in den Sturzflug überging. Carsons Mech war eine Maschine älteren Typs mit Imperator-A-Autokanonen zusammen mit schweren Magna III-Lasern in den Armen, war allerdings für eine Erneuerung vorgesehen, wenn das Regiment das zu erwartende Geld bekam.

Carson schwenkte den Torso des *Schütze* nach links und verfolgte das Flugobjekt mit seinem Sichtpeilgerät. Als der Hubschrauber über der Mauer auftauchte, schoß er. Die beiden Laserstrahlen verfehlten das Ziel und ionisierten harmlos Luft vor dem Hubschrauber. Mit seiner Autokanonensalve hatte er mehr Glück, er riß ein Stück aus dem backbordseitigen Stummelflügel und verbeulte die Verbindung zwischen Kabine und Heckrotor.

Zu diesem Zeitpunkt hatte die Hälfte von Infante das Feuer auf den Eindringling eröffnet. Mechs im gesamten Komplex fielen ein, darunter auch Reb Perez' *Awesome,* der aus den Mechstallungen kam, wo Astrozombie und die HTE-Techs gerade die Installation eines improvisierten Sensorensatzes beendet hatten. Aus Gründen des Stolzes schloß sich auch die HTE-Sicherheit mit ihren weißen Helmen und pulverblauen Overalls mit Handfeuerwaffen an.

Das konnte der Chopper nicht lange aushalten und tat es auch nicht. Der gelbe Speer eines PPK-Strahls durchschnitt seinen Rotorkranz. Als er durch die Luft taumelte, traf ihn das Feuer aus einem Dutzend anderer Waffen, verdampfte Verkleidung und Struktur und riß Stücke aus dem zerbrechlichen Flugobjekt. Es wurde zu einer Flammenkugel, die wie ein Meteor mitten im Komplex aufschlug und mit einem weißen Blitz und den Himmel erschütternden Donner hochging. Die Explosion riß einen flachen, dreißig Meter breiten Krater in das Pflaster. Der Chopper war mit Sprengstoff beladen gewesen. Glücklicherweise ereignete sich der Angriff mitten während der Schicht, so daß innerhalb des Komplexes wenig Oberflächenverkehr stattfand. Die einzigen Verluste waren mehrere Dutzend geplatzter Trommelfelle und vier Fabrikwartungstechs, die starben, als das getroffene Flugobjekt in den Caddy einschlug, in dem sie fuhren.

MechPiloten des Ersten Bataillons rannten in ihren dicken Kühlwesten und dünnen Shorts aus Bereitschaftsräumen. Sirenen bliesen das Zweite buchstäblich aus den Kojen und der Küche, wo sie unter den geweiteten Augen des HTE-Kantinenpersonals Bleche voll Gebäck in Form kleiner Schädel und Skelette zum Backen vorbereitet hatten. BattleMechs gingen rings um die Mauern in Position, während Rettungsfahrzeuge sich um die gewaltige schwarze Rauchwolke sammelten, die aus dem Wrack aufstieg.

Mit elektronisch verstärkten Sinnen tasteten die Krieger des Siebzehnten den Himmel und die Straßen um den großen Komplex ab. Es gab keine weiteren Veränderungen im Verkehrsmuster, kein weiteres Anzeichen einer Bedrohung.

Kein Mann, keine Frau von den Caballeros glaubte, daß das so bleiben könne.

Die Nachrichtensprecherin hatte glattes blondes Haar, das auf Kinnhöhe abgeschnitten war, und helle blaugrüne Augen mit deutlichen Schlitzen. Hinter ihr befanden sich die großen Bronzetore zum Tai-sho-Dalton. Über ihnen erhob sich ein schwarzer Rauchpilz in den allmählich dunkel werdenden Himmel. Zusätzlich zu Sprengstoffen hatte der Hubschrauber eine Substanz mitgeführt, die das Feuer länger brennen ließ als normales Benzin.

»Nach einem gespannten halben Tag des Wartens auf Antworten aus dem grimmen, festungsartigen Hauptquartier von Hachiman Taro Enterprises«, sagte die Reporterin, »haben zumindest Hinweise auf die tatsächliche Situation die gespannte Stadt und die Vertreter des Planeten erreicht.«

Der Blickwinkel veränderte sich, man sah eine undeutliche Telephoto-Aufnahme von einem Hubschrauber, der deutlich außerhalb der Sicherheitszone der Verteidiger kreiste. Sie zeigte BattleMechs der Söldner, die innerhalb der Mauer Streife liefen oder wartend in der Nähe der Zitadelle standen. Mitten im Bild schwelte noch immer ein Krater.

»Im Anschluß an den noch immer ungeklärten Hubschrauberangriff vom heutigen Morgen«, sagte die Stimme der Reporterin, »haben die Autoritäten erfahren, daß Teile des von außerhalb stammenden Siebzehnten Kundschafterregiments wegen einer Auseinandersetzung über die Bezahlung gemeutert haben. Die Söldner haben den Obersten Leitenden Angestellten von HTE – und Vetter unseres ehrenwerten Koordinators –, Chandrasekhar Kurita, als Geisel genommen.

Aus dem Regierungssitz in Masamori war keine offizielle Stellungnahme zu erhalten, aber es wird erwartet, daß der Schirmherr des Planeten, Fillington, bald militärisches Vorgehen anordnen wird, um den Aufstand zu unterdrücken und Lord Kurita wenn möglich zu befreien. Das Draconis-Kombinat erhält eine alte Tradition aufrecht, nach der es sich weigert, mit Terroristen zu verhandeln, egal wer ihre Geiseln sein mögen.

Das war Miyako Tadamashi für MBC News.«

Der Mirza Peter Abdulsattah saß in der weißen Sterilität des Versammlungsraums, der sich tief im unterirdischen Bereich der Zitadelle befand, und stieß langsam den Atem aus. »Jetzt geht es also los.«

Chandrasekhar Kurita rieb langsam die Handflächen aneinander. »Zumindest hat das Warten ein Ende«, sagte er.

Die Holovisionssendung kehrte zum regulären Programmablauf zurück, zu Schulfernsehen mit einem

Beitrag darüber, wie man aus dem reichhaltigen Meeresleben Hachimans richtig Sushi zubereitete. Jemand schaltete das Gerät aus.

»Schicken Sie die Leute nach Hause«, sagte Onkel Chandy, »außer dem Sicherheitspersonal. Schließen Sie die Fabriken und weisen Sie die Angestellten, die gerade keine Schicht haben, an, daheim zu bleiben.«

»Aber Lord Kurita!« protestierte ein leitender Angestellter, »das wird uns Millionen kosten.«

»Glauben Sie, das würde eine Schlacht mitten in meiner Fabrik nicht? Ich habe eine Verpflichtung gegenüber meinen Leuten. Außerdem können sie nichts tun, ehe die Krise vorüber ist. Ich werde sie keinen unnötigen Risiken aussetzen.«

»Wenn wir sie nach Hause schicken, laufen sie vielleicht Gefahr, als Geiseln genommen zu werden«, bemerkte Abdulsattah ruhig.

»Meine Feinde glauben offenbar, ich sei ein schlechter Kurita«, sagte Onkel Chandy gleichmütig, »aber sie können nicht vernachlässigen, daß ich eben allemal ein Kurita bin. Ich sorge für meine Leute, aber auch ich werde nicht mit Geiselnehmern verhandeln.«

Der Mirza senkte zustimmend den schmalen Kopf.

»Sie werden Kolonel Camacho informieren, daß wir von diesem Augenblick an jederzeit mit einem umfassenden Angriff zu rechnen haben. Er sollte seine Streitkräfte entsprechend einsetzen.«

»Aber wer wird uns angreifen, Herr?« fragte ein anderer leitender Angestellter, dessen Gesicht trotz der Klimaanlage von Schweiß glänzte. »Die – die ISA?«

»Sie hat ihren Versuch gegen uns unternommen und ist gescheitert«, sagte Chandrasekhar, »doch es könnte sein, daß sie dabei eine Rolle spielen wird.«

Er machte eine Pause, und sein großes Mondgesicht sah eher traurig als ängstlich aus.

»Meine Herren, auf die Frage, wer uns angreifen wird, kann es nur eine Antwort geben.«

»Ich glaube es einfach nicht«, sagte Tai-sa Eleanor Shimazu zum Schirmherrn des Planeten. Sie saßen einander in seinem Büro gegenüber, das voller Krimskrams von Terra war. Er stand auf, um ihr ins Gesicht zu sehen, als er ihr Befehle gab. Sie war nicht in der Stimmung, diese Ehre schätzen zu können.

»Bitte?« fragte Fillington und legte den Kopf in den Nacken, um der Kommandantin der Geister ins Auge sehen zu können. Er war gut vier Fingerbreit kleiner.

»Bei allem Respekt, Euer Exzellenz, ich kann nicht glauben, daß das Siebzehnte Kundschafterregiment gegen seinen Arbeitgeber meutern würde. Ich kenne diese Leute, Herr. Sie nehmen ihre Loyalität genauso ernst wie wir.«

»Sie kennen einige von ihnen, Kolonel. Aber Sie können sie nicht alle kennen. Unser Nachrichtendienst ist über jeden Zweifel erhaben. Zumindest einige von ihnen haben revoltiert. Es liegt an Ihren Leuten, sie wieder unter Kontrolle zu bringen.«

Lainie biß die Zähne zusammen, zwang sich aber, ihn anzusehen. Sie wußte sehr gut, daß das eine Lüge war.

Aber sie hatte keine Wahl. Der Graf hatte die Macht, ihr Befehle zu geben.

»Welche Unterstützung werden wir haben, Milord?« fragte sie mit krächzender Stimme.

»Sie sind die einzige derzeit auf dem Planeten befindliche Mecheinheit, wie Ihnen sicher bewußt ist. Das Zivile Führungscorps von Masamori wird mobil gemacht, um Ihnen als Infanterietruppe Beistand zu leisten.«

Lainies Lippen preßten sich zu einer Linie zusammen. Sie hätte eine Kompanie Geister oder Caballeros gegen alle Bonbonfarbenen auf Hachiman antreten lassen.

»Euer Exzellenz waren früher beim Militär«, sagte sie. »Ihr seid Euch ohne Zweifel im klaren darüber, was die allgemein akzeptierte Militärdoktrin besagt: daß ein Angriff gegen eine gut verteidigte Position eine mindestens dreimal so große Streitmacht wie die der Verteidiger erfordert, um eine Chance auf Erfolg zu haben.«

Einen Augenblick lang funkelten die Augen des Grafen, aber er beherrschte sich mit sichtbarer Anstrengung. »Sie haben fünfundneunzig BattleMechs. Zusammen mit dem halben Dutzend Maschinen, die Tanadi mit Katzenaugen-Ziel- und Spürsystemen ausgerüstet hat und die der Marquis für die Dauer des Notfalls in unsere Dienste zu stellen bereit ist, hat Ihr Regiment seine volle auf dem Papier festgehaltene Stärke von einhundertundacht Maschinen. Erstmals in seiner Existenz, wie ich annehme?«

Lainie nickte.

»Sie sind kampferprobte Veteranen, die seit Jahren zusammen Dienst tun. Sie gehören auch zu den VSDK. Ihre Gegner sind fremde Söldner eines Degenerierten, der seinem Namen Schande bereitet.«

»Es wärmt mir das Herz, daß Euer Exzellenz den Eindruck hat, die Mystik des Drachens mache Seine Diener unbesiegbar.«

Fillington legte den Kopf wieder in den Nacken. »Tai-sa«, sagte er mit gefährlich leiser Stimme, »wollen Sie mir sagen, daß Sie sich außerstande sehen, Ihre Pflicht zu tun, indem Sie Ihre Truppen morgen früh in die Schlacht gegen Chandrasekhar Kuritas Geldsoldaten führen?«

Lainie nahm Haltung an. »Alles, was ich bin«, sagte sie und starrte fest auf einen Punkt deutlich über dem Kopf des Schirmherrn des Planeten, »verdanke ich Koordinator Theodore Kurita. Er kann jederzeit mein Leben einfordern.«

Sie senkte die Augen und sah in seine. Sie waren schwarz wie Pechsteine. »In dieser Angelegenheit sprecht Ihr mit seiner Stimme. Und deshalb werde ich gehorchen.«

Er nickte brüsk und wandte seine Aufmerksamkeit dem Bildschirm zu, der diskret in seine Tischplatte eingelassen war. Sie blieb in Habachtstellung.

»Weiß Euer Exzellenz, wie die Gaijin-Söldner den morgigen Tag nennen?«

Genervt sah er zu ihr auf. »Nein, Tai-sa, weiß ich nicht.«

»Sie nennen ihn *el Dia de los Muertos*«, sagte sie. »Totensonntag.«

Lainies Augen brannten, und in ihrem Magen tobte Übelkeit, als sie durch die Glastüren des Regierungssitzes stürmte. Sie kochte vor Zorn, und das machte sie regelrecht krank. Im Gegensatz zu dem, was im Vereinigten Commonwealth oder gar in der Liga Freier Welten auf sie gewartet hätte, verstopften keine Medienleute, die ihr Mikrofone und Holokams ins Gesicht stießen und jede Einzelheit der bevorstehenden Operation zu erfahren verlangten, die breiten Stufen. Die Kombinatspresse würde geduldig auf alles warten, was ihr die Herrschenden vorzuwerfen beschlossen. Die nächtliche Straße war fast verlassen, doch markierten Blitzlichter und Martinshörner ein paar Blocks entfernt eine Evakuierungsroute aus dem Distrikt Murasaki, dem morgigen Kampfgebiet.

Dennoch wurde sie erwartet. Eine lange weiße Limousine parkte hinter dem kleinen Lieferwagen, der sie hergebracht hatte. Emma und Sutton, die persönlichen Leibwächter des Oyabun von Masamori, lungerten daneben herum.

»Die Vaterfigur will dich sehen, Zimt«, sagte Sutton und richtete sich auf.

Sie funkelte die beiden an. »Habt ihr euren letzten Rest Verstand verloren? Ich bin eine Offizierin der VSDK, und dies ist ein militärischer Notstand. Ihr lausigen *chimpira* solltet bloß wagen, Hand an mich zu legen.«

Emma knurrte und blies sich auf wie eine riesige Speikröte aus den Sümpfen südlich von Funakoshi. Sutton knackte mit den Knöcheln und lachte.

»Lustig«, sagte er. »Das ist genau, was *er* gesagt hat.«

Er deutete mit dem Kopf auf die hintere Stoßstange von Lainies Fahrzeug. Die stämmige Gestalt ihres treuen Schatten Tosei-kai, der sie zu dem Treffen mit Fillington gefahren hatte, lag mit dem Gesicht nach unten in der Gosse zwischen den Autos. Er bewegte sich nicht.

»Mond!« rief sie und eilte zu ihm. Der gewaltige *sumitori* versperrte ihr den Weg.

»Ist er in Ordnung?« wollte sie wissen.

»Er hat nur einen kleinen Schlag auf den Kopf bekommen«, sagte Sutton, »um ihn zu lehren, vernünftig zu sein. Es wird ihm gutgehen – sofern du mit uns kommst.«

Lainie griff nach oben und packte ein Büschel ihres roten Haars, während sie die beiden Schläger anfunkelte. Auf der Straße bewegten sich noch andere Männer, die jetzt lässig herübergeschlendert kamen, um sie zu flankieren. Männer mit dunklen Brillen und grellgemusterten, *zaki* Yakuza-Sportjacketts mit Schulterpolstern und ausgebeulten Achseln.

Sie fletschte die Zähne und nickte verkrampft. »Na gut«, sagte sie. »Gehen wir.«

33

Masamori, Hachiman
Distrikt Galedon, Draconis-Kombinat

1. November 3056

Für Cassie war es ein seltsames Gefühl, in der absoluten Sicherheit – wie lange die auch immer anhalten mochte, wenn das Neunte Geisterregiment vorbeischaute – eines tief vergrabenen Bunkers zu sein, während sich ihre Freunde auf den Kampf vorbereiteten.

»Was tue ich hier?« fragte sie den Mirza direkt. »Ich muß oben beim Regiment sein und herausfinden, wie wir die Geister aufhalten können.«

»Sie haben eine Mission«, sagte der Sicherheitschef, »die, wie Sie sicher zugeben werden, selbst die Wichtigkeit Ihres persönlichen Rachefeldzugs gegen BattleMechs übersteigt.«

»Welche ist das?« fragte Cassie schnippisch, die nicht in der Stimmung für Unterwürfigkeit war.

»Die Saat, die Sie im Büro von Marquis Hosoya gesät haben«, sagte Abdulsattah, »hat schon Früchte getragen.«

Sie stand in dem kahlen unterirdischen Besprechungszimmer und spürte, wie Hitze auf der Oberfläche ihrer Haut prickelte, während ihr die hyperaktive Klimaanlage gleichzeitig eine Gänsehaut bereitete.

»So schnell?« war das einzige, was ihr zu sagen einfiel.

Er nickte und beobachtete sie genau. »Das Glück war uns hold. Das ist nicht mehr, als wir verdienen, meine ich, wenn man bedenkt, womit wir es zu tun haben.«

»Sie haben die Waren?«

»Der Marquis läßt sich mit Leuten ein, die zweifellos Clanner sind.« Er lächelte. »Als Zusatzbonus nahm außerdem kein Geringerer als Kazuo Sumiyama teil.«

Ihr Herz stockte. »Und der Schirmherr.«

Abdulsattah schüttelte gravitätisch den Kopf. »Ihm ist nichts vorzuwerfen.«

Sie holte tief Luft und atmete erleichtert aus. *Warum sollte mir das etwas ausmachen?* Aber es machte ihr etwas aus.

»Was jetzt?«

»Ninyu Kerai Indrahar hat in einem Hotel, das einen Kilometer nordwestlich des Komplexes gebaut wird, eine Kommandozentrale eingerichtet«, sagte der Mirza. Er lächelte. »Unsere Bemühungen, herzliche Beziehungen zu unseren Nachbarn zu unterhalten, tragen weiter Früchte: Jemand aus dem Bautrupp hat uns einen Hinweis gegeben. Wir haben unwiderlegbare Beweise, die zeigen, daß Hosoya von Tanadi der Verbrechen schuldig ist, derer Chandrasekhar Kurita verdächtigt wird. Es ist Ihre Aufgabe, Ninyu Kerai diese Beweise vorzulegen.«

Sie lächelte humorlos. »Ich gehe einfach rein und bitte um einen Termin, ja?«

»Sie kämpfen. In dem Gebäude sind außer ihm mindestens fünfzig DEST-Agenten versammelt.«

Der rothaarige Mann war ihr nicht wie einer vorgekommen, der sich hinter einer Phalanx von Leibwächtern verbirgt. »Ein Einsatzteam.«

Abdulsattah nickte. »Ninyu erwartet vielleicht, daß die auf Hachiman anwesenden Kombinats-Streitkräfte Ihre Truppen überwältigen, auch wenn die Wahrscheinlichkeit eher für einen endlosen Grabenkrieg spricht, der in einem blutigen Patt endet. Wir vermuten, daß ihm das egal ist. Er betrachtet den Angriff des Geisterregiments nur als Ablenkungsmanöver – den Angriff von Blakes Wort als Hauptstoß. Wenn Sie die Mauern durchbrechen und seinen Männern die Möglichkeit geben können, unbehindert hereinzuschlüpfen, um Chandrasekhar Kurita zu ermorden, wird er zufrieden sein.«

»Und wir sind nicht stark genug, um die Geister draußen zu halten«, sagte sie bitter.

Er neigte den Kopf. »In der Tat. Heute werden viele sinnlos sterben.« Er hob das Gesicht und starrte ihr tief in die Augen.

»Es sei denn, Sie kommen zu Ninyu durch und zwingen ihn, sich die Beweise anzuschauen, die uns reinwaschen.«

Sie holte bebend Luft. »Wann breche ich auf?«

»Erst in ein paar Stunden. Der Geisterangriff wird Ihre beste Deckung sein.« Er berührte ihren Arm. »Wir werden uns um die Vorbereitungen kümmern. Sie schlafen am besten ein wenig.«

»Cassie.«

Sie schob das Kinn vor und ging weiter. Um sie herum machte Flutlicht die Nacht zum Tag, um die betriebsame Verwirrung eines Lagers zu beleuchten, das sich auf die Schlacht vorbereitete. Die Nacht war eiskalt geworden. Sie war voller Rufe und Gehämmer und Funkenregen von Schweißgeräten, weil die Techs und Panzerspezialisten in letzter Minute noch Umbauten an den mächtigen Kriegsmaschinen vornahmen. Elektrokarren rumpelten vorbei und zogen Anhänger, die unter dem Gewicht aufgestapelter Geschosse und Kisten mit Autokanonenmunition tief in ihrer Aufhängung hingen, zu festgelegten Nachschubpunkten im Komplex. Onkel Chandy war höchst großzügig gewesen, als es um die Lagerhaltung mit Munition ging. Das Regiment besaß genug davon, um einen größeren Krieg zu führen. Und offenbar stand ihm genau das bevor.

»Cassie, verdammt, red mit mir. Bitte!«

Sie blieb stehen, wirbelte herum. Kapitan Kali MacDougall schritt hinter ihr her, eingepackt in ihre Kühlweste.

»Was willst du?« rief Cassie mit einer Vehemenz, die

sie selbst überraschte. »Ich habe dich durch meine Abwehr gelassen. Und jetzt weiß ich nicht mehr, woran ich bin!«

»Weißt du nicht mehr, woran du bist«, fragte Kali gleichmütig, »oder findest du dich?«

»Ich werde weich. Ist es das, was du willst? Daß ich nachlasse und … und da draußen sterbe?«

»Ich will, daß du eine Entscheidung triffst.«

»Und die wäre?«

»Mensch zu sein.«

Cassie wandte sich ab. »Ich kann nicht. Ich werde bestimmt schwach. Ich werde nicht tun können, was ich tun muß.« Sie wirbelte herum, um Kali wieder anzusehen, und in ihren Augen glitzerten Tränen. »Es hat schon angefangen, verdammt. Bin schon fast draufgegangen.«

Lady K schüttelte den Kopf. »Du verstehst das nicht, Cassie. Du kannst tun, was du mußt, ohne zu werden, was du so heftig bekämpfst: ein seelenloser Roboter, eine Mordmaschine.«

»Du bist genau wie Vater Bob. Ist es das? Glaubst du, ich sei einfach nur eine Soziopathin?«

»Nein«, sagte Kali, »aber ich glaube, du könntest dazu werden.«

»Toll! Dann laß mich eine Soziopathin sein! Nur das wird uns retten.«

»Cassie«, sagte Lady K, »wann glaubst du endlich an dich selbst?«

»Wovon, zur Hölle, redest du? Ich habe dafür keine Zeit!«

»Die Fertigkeiten, die du besitzt, gehören dir, Cassie. Du bist die beste Kundschafterin der Inneren Sphäre – du bist es, nicht irgendein … irgendein Robotermonster. Du kannst Mensch sein, ohne irgend etwas aufgeben zu müssen, worum du so heftig gekämpft hast.«

Cassie starrte Kali an, als wolle sie sie jeden Augenblick anspringen und ihr mit den Zähnen die Kehle aufreißen. »Ich glaube dir nicht.«

»Dann glaube folgendes.« Die größere Frau legte ihr die Hand auf die Schulter. »Ich weiß, was dir passiert ist, Cassie. Und es war nicht deine Schuld.«

Cassie fühlte sich, als hätte Kali ihr in den Magen getreten. Die Luft entwich aus ihr, und ihre Knie gaben nach. Ihre Sicht wurde an den Rändern grau.

»Mir ist das gleiche passiert, Cassie«, sagte Lady K. »Mein Vater – aber die Einzelheiten sind nicht wichtig, nicht jetzt. Wir werden darüber reden, wenn all das vorbei ist, wenn du willst. Du bist nicht beschmutzt, du bist nicht schuldig, du bist nicht schlecht – nur darauf kommt es an. Weil du nichts falsch gemacht hast.«

Cassie fühlte sich, als sei sie aus Porzellan, sei fallengelassen worden und zersprungen. »Warum erzählst du mir das jetzt?« flüsterte sie. »Du bringst mich um.«

»Nein. Es ist etwas anderes, das dich umzubringen versucht.«

Sie berührte mit einer behandschuhten Fingerspitze Cassies Brustbein. »Es ist hier drin. Etwas in dir will, daß du dich selbst zerstörst, weil es nicht länger mit der Furcht leben kann. Es ist die Furcht vor dem, was du falsch gemacht hast, und vor der bevorstehenden Strafe. Du bist des Wartens auf eine gerechte Strafe, das Herabfallen des Fallbeils, müde. Aber es geschieht nicht, Cassie, weil du nichts falsch gemacht hast.«

Tränenblind drehte sich Cassie um und floh.

»Es schmerzt mich, Eleanor«, sagte Kazuo Sumiyama im Tonfall unendlicher Traurigkeit, »dir sagen zu müssen, wie enttäuscht ich von dir bin.«

Lainie stand im Büro des Yakuza-Oberhaupts. Weil die Wände aus Glas und die Lichter gedämpft waren, kam es ihr vor, als stünde sie im Freien, umgeben von Schwärze und Lichttürmen. Die leuchtende Schlange der Evakuierung wand sich drunten durch die Bronzeschluchten der Nacht. Sie hatte nichts zu sagen.

Sumiyama schüttelte den weißhaarigen Schildkrötenkopf. »Das sind Gaijin … *tanin*. Mehr als das, es sind Söldner. Doch du läßt dich trotz meiner ausdrücklichen Mißbilligung mit ihnen ein.«

Ich bin nicht mehr deine gefangene Hure, wollte sie ihm ins Gesicht schreien. *Ich gehöre dir überhaupt nicht mehr. Ich bin eine Soldatin des Drachen.* Doch dies war weder die richtige Zeit noch der richtige Ort, um es zu sagen. Denn im Augenblick hatte Sumiyama die Macht, dafür zu sorgen, daß sie diesen Raum nicht lebend verließ. Und wenn ihr Regiment in die Schlacht gegen das Siebzehnte ziehen mußte, würde sie die Führung niemand anderem anvertrauen.

»Genau wie bei unseren Samuraibrüdern muß Giri vor Ninjo kommen«, sagte der Yakuzaboß. »Wir haben unsere Traditionen der Ninkyo, des Adels, aufrechtzuerhalten.«

Du verlogener alter Betrüger, dachte sie. *Wie kannst du es wagen, die Samurai unsere Brüder zu nennen? Wenn es in unserer Yakuza-Geschichte so etwas wie Ehre gibt, dann in unseren Wurzeln als* machi-yakko, *Nachbarschafts-Selbstverteidigungsgruppen, die gegen die Samurai kämpften. Jetzt hüllen du und deinesgleichen euch in die Traditionen unserer alten Feinde. Feinde, für die wir nach wie vor nichts* als *eta sind: Dreck und Drecksammler.*

»Meine Geister stehen in Ehrenangelegenheiten niemandem nach«, sagte sie steif.

»Ah, aber du mußt lernen nachzugeben, mein Kind. Das ist das Problem mit euch Jungen: Ihr glaubt, ihr wüßtet alles, und wollt euren Willen gegen den eurer Ahnen durchsetzen. Das stimmt nicht mit den Idealen des Drachen über Harmonie überein.« Er zuckte die Achseln. »Und siehst du, wohin es führt? Ihr habt große Gesichtsverluste der Organisation verschuldet, indem ihr euch mit diesen *koroshiya* eingelassen habt.«

Lainie machte sich nicht die Mühe, auf die Ironie hinzuweisen, die darin lag, daß er das Siebzehnte als ›gedungene Mörder‹ bezeichnete. Sie wußte genau, was als nächstes kam.

»*Hazukashii*«, intonierte der Oyabun. »Ich bin beschämt. Dein Verhalten hat diese Schande über mich gebracht.«

Sie spürte, daß Sutton und Emma plötzlich zu beiden Seiten von ihr aufragten und sie bedrängten. Sie schluckte. Ihre Kehle war trocken.

»Ich vertraue darauf, daß du den Lauf des *jingi* befolgen wirst.« Jingi: die Vorstellung der Yakuza von Rechtschaffenheit.

Sie bleckte die Zähne. »Ich werde tun, was getan werden muß.«

Er nickte. Er öffnete eine Schublade, griff hinein, holte einen *tanto* in einer schwarzen Hailederhülle heraus.

Sutton beugte sich an Lainie vorbei, um auf der Platte von Sumiyamas Schreibtisch ein weißes Tuch auszubreiten. Lächelnd hielt er ihr einen Streifen weißes Tuch hin.

Sie nahm ihn, wickelte ihn um die linke Hand. Wikkelte ihn grausam eng, um den Blutkreislauf so weit wie möglich zu unterbrechen.

Sie hielt den Dolch vor die Augen, zog ihn aus der Scheide. Sie legte die linke Hand mit der Handfläche nach unten auf das Tuch, die Finger weit gespreizt, und stützte sich darauf.

»Durch meine Taten habe ich meinem Oyabun Schande bereitet«, sagte sie mit zusammengebissenen Zähnen. Sie legte die Schneide des Messers an den Ansatz ihres linken kleinen Fingers.

»So will ich büßen.«

Mit einer schnellen, entschiedenen Bewegung drückte sie den Dolch nach unten. Sumiyama zuckte zurück, als ihr Blut sein Gesicht und die Vorderseite seines Anzugs bespritzte.

Sutton überreichte ihr einen weiteren Verband, mit dem sie rasch ihre blutende Hand verband. Sumiyama lächelte zu ihr empor.

»Es ist gut zu sehen, daß du den angemessenen Respekt zeigst.«

Sie deutete auf ihren abgetrennten Finger, der wie eine Zwischenmahlzeit auf dem blutigen Tuch vor ihm lag.

»Bewahre ihn in Trockeneis auf«, knirschte sie.

Er lachte erfreut. »Das werde ich.« Er sah seine beiden Gefolgsleute an. »Ein wundervoller Gedanke, nicht? Und wenn du dich reinwäschst, indem du deine früheren Verbündeten zermalmst, kannst du ihn wiederhaben. Du wirst ihn dir sicher verdient haben.«

»Das werde ich«, sagte Lainie Shimazu. »Das werde ich.«

In der Dunkelheit ihres Quartiers preßte Cassie den Plüschbären an die Brust und weinte. Sie hatte zuvor schon oft in der Dunkelheit geweint, aber noch nie so heftig. Es war, als würde der Kummer in ihr von einer großen hydraulischen Presse aus ihr herausgequetscht; als hätte jemand einen großen Stahlhaken an einer Trosse genommen, ihr in den Hals geschoben, ihn an ihrem Kummer festgehakt und ziehe ihn jetzt mit einer Motorwinde aus ihr heraus. Sie stöhnte und wand sich und verströmte Tränen wie ein Hydrant.

Irgendwann wurde sie einfach vor Erschöpfung bewußtlos. Als weniger als zwei Stunden später ein Gemeiner aus dem Kundschafterzug kam, um sie aus dem Schlaf zu reißen, erwachte sie mit dem Gefühl, völlig erfrischt und erfüllt von der Wärme der Entschlossenheit zu sein.

TEIL V

TOTENSONNTAG

34

Masamori, Hachiman
Distrikt Galedon, Draconis-Kombinat

2. November 3056

Die letzten Sterne der Nacht verbargen sich hinter tiefhängenden, düsteren Wolken. Der Winter war wie die Claninvasion über Masamori hereingebrochen, die Luft war brüchig und scharf geworden wie eine Glasscherbe.

Ein paar Schneeflocken schwebten zwischen den Bronzetürmen herab und bestäubten die Köpfe und Schultern von BattleMechs, die entlang verlassener Prachtstraßen aufgereiht waren. Tai-sa Eleanor Shimazus *Mauler* saß rittlings auf dem Brunnen im Verkehrskreisel, an dem die Tai-sho-Dalton-Allee mit vier anderen Straßen zusammentraf. Rings um sie sammelte sich das Erste Bataillon zum Angriff.

In einer Hinsicht ähnelten die weitgehend aus Yakuza bestehenden Geisterregimenter jenen anderen *eta* früherer Zeiten, den Ninja: Sie konnten unfair kämpfen, ohne ihre Ehre zu beflecken, da sie in den Augen der *buke* keine hatten.

Es war allgemein, wenn auch stillschweigend, bekannt, daß Theodore Kurita die Geister deshalb zusammengestellt hatte. Während das Dictum Honorium weniger restriktiv war als der Ehrenkodex der Clans, gab es doch einige Dinge, die die VSDK nicht tun konnten, zumindest nicht ohne Gewissenskonflikt. Und *giri* ging zwar zumindest in der Theorie immer vor *ninjo*, aber Konflikte zwischen *giri* und *giri* konnten zu tödlichem Zögern führen.

Lainie schnitt eine Grimasse. Sie hatte ihre eigenen Kodizes. Die Pflicht zwang sie zu kämpfen, aber dies würde sie auf ihre Weise tun.

Sie schaltete den Kommunikator auf die Standardfrequenz von HTE. »Achtung, Männer und Frauen des Siebzehnten Kundschafterregiments«, sagte sie auf Englisch. »Ich bin Tai-sa Eleanor Shimazu und befehlige das Neunte Geisterregiment.«

Sie hielt inne. Ihre verstümmelte Hand pochte in dem dicken Isolierhandschuh. Sie ignorierte es. Schmerz zu ignorieren, war ihr nicht neu. Was wirklich schmerzte, war die Botschaft, die nun kam.

»Wenn ihr nicht eure Waffen niederlegt, sofort alle BattleMechs und Verteidigungspositionen verlaßt und euch ergebt, werden wir gezwungen sein, euch anzugreifen und zu vernichten.«

»Hier Kolonel Camacho.« Es war die Stimme eines Mannes, der über die Maßen gealtert war, gealtert vor Sorge, Verlust und Schmerz.

»Kolonel, ich grüße Sie. Jetzt muß ich Sie um Ihre Kapitulation bitten. Sie werden ehrenhaft behandelt werden.«

»Können Sie das garantieren, Tai-sa?«

Lainie biß die Zähne zusammen. *Nein. Kann ich nicht. Nicht, solange dieser Teufel Ninyu hier ist.* Sie bedauerte, daß ihre Geister eine so verächtliche Distanz zu ihren Straßenyakuzabrüdern von der Sumiyama-kai gewahrt hatten. Sie hatte gerade erst entdeckt, was die *kobun* schon seit Wochen wußten: daß der Erbe des Lächelnden vor Ort in Masamori war und eine aktive Rolle in dieser tödlichen Farce spielte.

»Ihr Zögern spricht Bände, Tai-sa«, sagte Camacho. »Egal. Wir haben unsere Pflicht. Wir haben Lord Kuritas Geld genommen, und wir werden ihn bis zum Tode beschützen.«

An dieser Stelle sollte sich Lainie dazu äußern, daß die Geister kamen, um Chandrasekhar Kurita zu retten. Vergiß es, dachte sie. Was können sie schon tun? Mich erschießen?

»Ich empfinde keine Feindschaft gegen Sie persönlich, Kolonel«, sagte sie förmlich. »Sie sind ehrenhafte Männer und Frauen. Aber *giri* verpflichtet mich, Ihnen das Leben zu nehmen.«

»Ich danke Ihnen für Ihre höflichen Worte«, sagte Don Carlos. »Lassen Sie uns weitermachen.«

Es gab ein Klicken, als er abschaltete. Lainie schaltete auf die allgemeine Frequenz der Geister um.

»An alle Geister«, sagte sie, »hier Rote Hexe. Es ist Zeit für das *chi no matsuri:* das Blutfest.«

Mit einem Ächzen der Servos und einem schlurfenden Donnern schwerer Metallfüße gingen die Mechs des Geisterregiments zum Angriff über.

»Die *culebras* kommen, Cassiopeia«, sagte Kolonel Camacho. »Der Angriff beginnt. Zeit, daß du gehst.«

Sie waren allein im Büro des Kolonel. Cassie hatte die Unterredung mit der flammenhaarigen Geisterkommandantin gehört.

Die Ausstatter des Mirza hatten für den handverlesenen Zug Kundschafter, die sie auf dem Raubzug begleiten würden, eine große Bandbreite von Ausrüstung zugänglich gemacht, darunter Sturmpanzerwesten, die ballistisches Tuch mit Stahlkeramikeinnähern verbanden, die fast jede konventionelle Kugel aus Handfeuerwaffen aufhalten würden. Cassie Suthorn zog es vor, unbelastet in die Schlacht zu ziehen, so nackt wie irgend möglich.

Ihrer Auffassung nach hing das Leben einer Kundschafterin von ihrer Beweglichkeit ab, alles andere war tödliche Illusion. Weil heute eine Menge Partikelverschmutzung in Masamoris vergleichsweise sauberer Luft sein würde – in erster Linie Blei und möglicherweise Granaten- und Bombensplitter –, hatte sie eingewilligt, eine einfache kugelsichere Weste unter einem schwarzen Wollpulli zu tragen. Weite schwarze Hosen und schwarze Sportschuhe rundeten ihre Ausrüstung ab. Als Sahnehäubchen hatte sie sich einen

Streifen schwarze Seide in Nachahmung der Hachimakibänder um die Stirn gewunden, die heute viele ihrer Feinde tragen würden, einfach weil ihr gefiel, wie es aussah.

Sie trug auch eine reißfeste Weste mit vielen Taschen für Magazine und andere nützliche Gegenstände. Bluttrinker hing ihr diagonal vor der Brust, mit dem Griff nach rechts unten, wie die Schlauen Füchse ihre Kampfmesser trugen. Über der rechten Schulter hing eine schwere Maschinenpistole, und unter der linken trug sie im Halfter eine große Nambu-Nissan-Autopistole, die beide die gleichen 10-mm-Projektile verschossen. Auf dem Rücken trug sie einen leichten Rucksack mit der alles entscheidenden Diskette und einem Projektorspieler sowie weiterer Munition. Sie sah wie ein kleines Mädchen aus, das als Terroristin auf ein Kostümfest gehen wollte.

Don Carlos streckte die Arme aus. »Komm zu mir.« Als sie sich umarmten, sagte er über ihre Schulter hinweg: »Du warst für mich wie eine Tochter, Cassiopeia. Sei äußerst vorsichtig. In der Inneren Sphäre brechen seltsame Zeiten an. Das Regiment braucht dich vielleicht mehr denn je, wenn ... wenn das hier erst einmal erledigt ist.«

Sie lösten sich voneinander. Sie schnitt ihm ein Gesicht. »Es klingt, als hätten Sie nicht vor, diesen Kampf zu überleben, Patrón.«

Seine Augen lösten sich von ihren. »Ich habe meine Leute beim Terroristenangriff im Stich gelassen. Bobby Begay und die anderen – Baird, Vanity, Marisol – haben recht. Meine Zeit ist um.«

»Wenn Sie so empfinden, warum ziehen Sie sich dann nicht auf die Hazienda zurück, wie Sie es immer angekündigt haben?«

Er schüttelte den Kopf. »Es ist nicht gut.«

»Was meinen Sie damit? Sie werden doch nicht etwa da raus gehen, um sich umbringen zu lassen, oder?«

»Ich habe meine Tochter umgebracht«, sagte er ruhig. »Ich kann diese Last nicht länger ertragen.«

»Sierra Foxtrot, Sie haben Ihre Tochter umgebracht! Die dumme Patsy hat sich selbst umgebracht!«

Einen Augenblick lang kehrte das Leben in Form von Zorn in die Augen Don Camachos zurück. Er hob die Hand, als wolle er sie schlagen, und Cassie hob das Gesicht, um den Schlag hinzunehmen.

Er seufzte und ließ die Hand fallen. »Ich habe sie dazu getrieben. Sie wollte mir gefallen, aber je intensiver sie es versuchte, desto schlimmer wurde es, desto schlechter ließ sie ihren Bruder aussehen. Ich konnte nicht akzeptieren, daß sie die größere MechKriegerin war. Mein Sohn mußte Numero Uno sein. Und so zwang ich sie zu sterben und Gavilán, den Rest seines Lebens mit dem Versuch zuzubringen, ihr gleichzukommen.«

»Sie gezwungen? Sie haben sie gezwungen?« Cassies klares, ungläubiges Lachen erklang wie eine Trompete in dem winzigen Raum. »Wann, in ihrem Leben, ist Patsy je zu etwas gezwungen worden?

Kolonel, bitte hören Sie mir zu. Ich ehre das Andenken Ihrer Tochter. Ich liebte sie ebensosehr wie Sie. Sie war meine einzige Freundin, verdammt! Aber sehen Sie der Wahrheit ins Auge: Sie beschloß, ihr Leben gegen die Nebelparder wegzuwerfen. Es gab damals nichts, was Sie dagegen hätten tun können. Und jetzt können Sie noch viel weniger daran ändern!«

Er bedeckte sein Gesicht mit den Händen. »Patricia ...«

»Sie können sich jetzt den Luxus nicht erlauben, ein Märtyrer zu sein, Don Carlos. Das Regiment braucht Sie. Wenn Sie da hinausgehen, um zu sterben, werden Sie unser aller Leben wegwerfen.« Sie packte ihn an der Schulter. »Vergessen Sie es. Lassen Sie Patsy gehen. Wenn nicht, geht alles, was Sie getan haben – daß Sie uns zusammengehalten, uns am Leben gehalten haben – in Flammen auf.« Beide weinten hemmungslos. »Verstehen Sie nicht?«

Er holte tief Luft, nickte.

Die Tür öffnete sich. Der junge Norteno-Stabsoffizier, der seit Cabreras Suspendierung als sein Adjutant gedient hatte, stand da und blinzelte sie ängstlich an.

»Sir«, sagte er, »Adelante meldet Feindberührung.«

Cassie küßte Don Carlos schnell auf die Wange. »Ich muß gehen.« Sie schaute ihn fragend an.

»Ich werde mein Bestes tun, um zu überleben, *mija*«, sagte er. »Für das Regiment und für dich.«

Ein schwaches Lächeln hob die Enden seines Schnurrbarts.

Fünfzehn Männer und Frauen vom Kundschafterzug saßen oder standen in der Pumpstation, waffenstarrend und aufgequollen vor Körperpanzerung. Das kleine quadratische Bauwerk verbarg einen Zugang zum Kanalisationssystem Masamoris, den einzubauen Onkel Chandy seine Architekten angewiesen hatte. Chandrasekhar Kurita war ein weitblickender Mann.

Cassie sah sich um. Die Kundschafter reagierten unterschiedlich, manche mit zuversichtlichem Lächeln, manche mit militanten Grimassen, andere mit trüben Blicken. Alles Masken, die sie trugen, um die Furcht zu verbergen.

Auch Cassie hatte Angst. Irgendwie aber auch nicht. Der Adrenalinausstoß hatte ihre Sinne geschärft, aber tief in ihr, wo fast ihr ganzes Leben lang Sturmwolken der Furcht getobt hatten, waren nur blauer Himmel und Ruhe.

Sie hatte keine Zeit, über ihren unvertrauten Gefühlszustand nachzudenken. Jetzt war die Zeit, die Chancen abzuwägen, die nicht gerade ermutigend waren. Fünfzehn waren entweder zu viele oder zu wenige für die anstehende Aufgabe. Aber es war nicht viel Zeit zum Planen gewesen. Auf jeden Fall würden drei von ihnen – Scooter Barnes in Begleitung seines Spähers und seiner Sicherheitsfrau und mit seinem großen Zeus-Präzisionsgewehr über der Schulter – sich ganz kurz vor ihrem Ziel absetzen, um in einem Gebäude gegenüber von Ninyus Kommandoposten Stellung zu beziehen und Langstrecken-Feuerschutz zu gewährleisten. Die übrigen zwölf würden mit Cassie hineingehen.

Gedämpft durch die Entfernung und die Hohlziegelmauern der Station ertönte das unverkennbare Zischen und Krachen schwerer Energiewaffen. Einen Augenblick später war in größerer Nähe das brüllende Krachen von Dianas *Katapult* zu vernehmen, der seine großen Arrow-IV-Lenkraketen abfeuerte.

Cassie sah Richtung Westen. Sie konnte nur die Wand sehen, aber in Gedanken blickte sie dahinter.

Ich bin nicht dazu gekommen, auf Wiedersehen zu sagen, Lady K, dachte sie, *aber ich wünsche dir Glück, meine Freundin. Ich nehme dein Geschenk an.*

Cassie hoffte nur, daß es kein Abschiedsgeschenk war.

Eine einzelne Träne rollte ihr über die Wange. Sie wischte sie weg.

»Gehen wir«, sagte sie.

Sonnenlichtlanzen stachen zwischen den Bronzetürmen herab wie PPK-Strahlen. Als Lainies *Mauler* die Höhe östlich des Verkehrskreisels erstieg, erhob sich fast zwei Kilometer entfernt die wie geschmolzenes Kupfer aussehende Scheibe der Sonne über die Mauern des Hachiman Taro-Komplexes.

Die breite Tai-sho-Dalton-Allee war merkwürdig verlassen. Die Seitenstraßen und Gassen ebenso. Die Geschäfte im Erdgeschoß waren geschlossen, die Rolläden herabgelassen, alles war dunkel. Der Graf von Hachiman hatte im Umkreis von zweitausend Metern um den Komplex alles östlich des Flusses abgeriegelt. Ob sie gewannen oder verloren, dies würde ein teurer Tag werden.

Wirtschaft war nicht Lainie Shimazus Problem. Taktik schon. Selbst wenn man ihren kleinen Ausflug, um sich zu demütigen und sich den eigenen Finger ohne Narkose zu amputieren, außer acht ließ, hatte sie nur unzureichend Zeit gehabt, um einen detaillierten oder subtilen Angriff zu planen. Falls es eine subtile Weise gab, eine riesige städtische Festung anzugreifen.

Die zehn Meter hohen Mauern des Komplexes bedeuteten bei einem Mechgefecht nicht so viel, nicht mit Sprungdüsen und schweren Waffen. Die erhöhte Position verlieh verteidigenden BattleMechs weiteren Schutz. Aber in erster Linie garantierten die Mauern, daß jeder Angriff frontal durchgeführt werden mußte: für den Angreifer die schlechteste Möglichkeit.

Sie hatte getan, was sie konnte. Das Zweite Bataillon hatte sie nach Süden gesandt, um von dort anzugreifen. Den Norden mit seinem Komplex, in dem HTE-Angestellte wohnten, ließ sie schön in Ruhe.

Ihre Beurteilung Chandrasekhar Kuritas war wesentlich realitätsnäher als die des Schirmherrn des Planeten oder Hosoyas und im Gegensatz zu Sumiyamas nicht von persönlichem Haß getrübt. Sie tat ihn nicht als fetten Narren ab. Sie hielt den halb in Ungnade gefallenen Kurita für einen harten, klugen, draufgängerischen Bastard, der verdammt wenige Wetten verlor. Wenn sie der HTE-Chef wäre, hätte sie die Wohnungen der Arbeiter mit Fallgruben, Fußfallen für Mechs und Infanterie mit Abwehrraketen spikken lassen.

Solche Maßnahmen hielten einen Mechangriff normalerweise nicht auf, aber eine Handvoll Kommandoteams, die tragbare KSR auf Rückenpanzerungen oder verletzliche Beinaktivatoren abfeuerten, konnte massive Verwirrung stiften, die in absolut keinem Verhältnis zum Schaden stand, den sie anrichteten – und außerdem konnte sie sich den Schaden an ihren BattleMechs auch nicht leisten.

Das Dritte Bataillon wurde als Reserve zurückgehalten. Die Ausnahme war die Kompanie I. Unterstützt von ein paar LSR abfeuernden *Pirschern*, die bereits in Sodegarami gegenüber dem HTE-Komplex in Stellung waren, würde sie einen Vorstoß vom Fluß selbst aus wagen. Wegen der Bewässerungsanlagen stromaufwärts war der Yamato zu dieser Jahreszeit weder besonders tief noch reißend, aber das komplexe Gezeitensystem machte einen Angriff vom Fluß schwierig. Nichtsdestoweniger würde Kompanie I vom Süden her heranwaten, um die östlichen Verteidigungsstellungen zu testen, in der schwachen Hoffnung, die Söldner überraschen zu können. Wenn sich etwas Positives ergab, konnte sie den Rest des Dritten einsetzen und sogar ein paar Leute vom Zweiten abordnen.

Das Erste Bataillon unter ihrem persönlichen Kommando drang durch die Vordertür ein, abgeschirmt von *Heuschreck*- und *Jenner*-Lanzen, die als Stolperdrähte dienen sollten, falls die Caballeros eine Vorwärtsverteidigung versuchen wollten, statt passiv hinter ihren Mauern zu sitzen.

Und das war genau, was die Gaijin wollten. Ein *Rabe* mit Schnabelschnauze, der für seine 35 Tonnen klein aussah, tauchte rechts aus einer Seitenstraße auf, 700 Meter vor Lainie in ihrer *Rache*, und schoß ein paar Raketen direkt über die Köpfe der vorausmarschierenden leichten Geistermechs. Eine davon krachte durch den dritten Stock eines Bürogebäudes. Die andere traf einen *Kampftitan* der Kompanie A an der linken Frontverkleidung direkt unterhalb des Lasers an seinem Torso. Der riesige BattleMech schwankte beim Einschlag leicht, aber es erfolgte keine Explosion.

»NARC-Modul!« rief Lainie aus. »Taifun, weg von der Straße! Jetzt! *Jetzt*!«

Die ganze Kompanie an der Spitze eröffnete das Feuer auf den *Rabe*, und Mündungsfeuer schwerer Autokanonen schlug Fenster ein wie unsichtbare Fäuste. Glas und Baustahl verdampften unter der Liebkosung von Lasern und PPK; Backstein und Granit zerstoben zu Staubblüten.

Der Söldner-Mech hatte sich bereits wieder außer Sicht geduckt. Die an der Spitze marschierende leichte Lanze verfolgte ihn dröhnend.

Die Pilotin des *Kampftitan* hatte ihre Maschine gewendet und versuchte, zur nächsten Straßenkreuzung zurückzukommen, denn sie hoffte, den riesigen Leib eines Wolkenkratzers zwischen ihren Mech und das, was kam, legen zu können. Durch Glück oder Absicht hatte es ihren Mech mitten im Block erwischt. Die große Maschine mußte ihre Brüder umrunden, um Deckung zu finden, und sie war nicht beweglich.

Weiter vorn stiegen hinter den Mauern zwei weiße Rauchsäulen in den Nebel der Dämmerung auf. »Erstes Bataillon, zwei Raketen im Anflug, null-neun-fünf, Angriff jetzt-jetzt-jetzt.«

Die Geister eröffneten mit allem, was sie hatten, das Feuer, als die beiden Raketen über sie hinwegstrichen und sich auf den hochragenden *Kampftitan* herabsenkten. Die Geister hofften, die Raketen mit ihrer eigenen Feuerwand aufhalten zu können. Reine Verzweiflung, aber manchmal führt Verzweiflung zum Ziel.

Eine Rakete wurde getroffen und begann zu trudeln. Sie kam vom Kurs ab und krachte seitlich in den siebten Stock eines Mittelklasse-Wohnkomplexes. Der Sprengkopf explodierte nicht, aber unverbrauchter Treibstoff floß aus und entzündete ein tobendes Feuer.

Die andere traf den *Kampftitan* mitten in die linke Schulter. Kopf und Aktivator verschwanden in einem weißen Blitz.

»Ich will, daß jetzt sofort Bahndaten über diese Raketen in meinen Bordcomputer gespeist werden«, befahl Lainie im selben Moment, als die Rakete traf. Behandschuhte Finger drückten Knöpfe, während Botschaften in ihrer Headset-Anzeige tanzten und darauf hinwiesen, daß die Zahlen kamen. »Dai-kyu Eins und Zwei, ich stelle euch jetzt die Daten zur Verfügung. Macht eine Dreieckspeilung auf diesen Raketenwerfer. Ich will Gegenfeuer unterwegs, ehe sich der *chikusho* bewegt.« Dai-kyu – der asymmetrische japanische Langbogen – war das Rufzeichen, das den *Pirschern* zugewiesen war, die zur Unterstützung Langstreckenraketen abfeuerten.

Ein verrückter Schrei ertönte in Lainies Neurohelm, ein wildes Trillern, das seinen Höhepunkt im Japsen eines Kojoten fand: »Trrrreeeee-ya-ha-ha!«

Andere Gaijin-Stimmen antworteten: »*Presente la Super Cadena, Radio TAWB!*«

»Tritte in den Arsch ...«

»... und Wüste Beschimpfungen!«

Lainie fühlte den Zorn in sich hochsteigen. Die Fremden bejubelten den Tod ihrer Freundin, der Kriegerin im Cockpit des *Kampftitan*. Sie wußte es besser, als sich vom Zorn mitreißen zu lassen. Aber der Kick, den er gab, war gut. Machte es leichter zu tun, was getan werden mußte.

Sie schickte die Kompanien B und C rechts und links auf die Flügel. Sie und A marschierten weiterhin direkt durch die Mitte.

Der *Kampftitan* war erstarrt stehengeblieben, wiegte sich sanft vorwärts und rückwärts und blutete Rauch aus dem Krater in seinem oberen Torso. Lainie hatte sechs Jahre lang mit Chu-i van Doorn gedient, in der Hölle der Claninvasion. Misty van Doorn, ein Mittelklassemädchen, keine geborene Gesetzlose, hatte dennoch beschlossen, die *irezumi* zu akzeptieren, die sie unwiderruflich als Yakuza und Geist kennzeichneten.

Lainie hatte der anderen Frau während des schmerzhaften Tätowierungsvorgangs die Hand gehalten – und später wieder, als van Doorn ihren Sohn Theodore gebar, der jetzt der erste in der neuen Generation von Waisen der Neunten Geister war. Aber Kolonel Shimazu weigerte sich, das neue Loch anzuerkennen, das in ihre Seele gerissen worden war.

Wir sind alle tot, dachte sie wild. *Was macht es, ob wir uns jetzt oder später hinlegen?*

35

Masamori, Hachiman
Distrikt Galedon, Draconis-Kombinat

2. November 3056

»Es hat begonnen, Direktionsassistent.« Ninyu Kerai Indrahar stand am Fenster, schaute südostwärts zum Stützpunkt des abtrünnigen Kurita und verbiß sich eine ätzende Antwort. Jeder Narr hätte erkannt, daß der Kampf begonnen hatte. Hatte er keine Ohren, um zu hören? Aber er sagte nichts, weil Techniker keine Krieger und noch viel weniger Ninjas waren. Sie sahen es nicht als Schande an zu schwatzen, um ihre Nervosität zu tarnen.

Das Penthouse des prahlerisch *Ruhe des Koordinators* genannten Hotels nahm das gesamte obere Stockwerk ein und saß wie ein Deckel auf dem hundert Stockwerke hohen Atrium. Im Augenblick war es noch ein einziger großer Raum; die Trennwände mußten erst eingezogen werden. Das Hotel, das kurz vor der Fertigstellung stand, wurde nach dem Entwurf eines Architektenteams aus der Liga Freier Welten unter Oberaufsicht von Bauexperten aus der LFW erbaut. Gerüchten zufolge, die nach Wissen des großen rothaarigen Mannes stimmten, stammte ein Großteil des Geldes von einem Konsortium in erster Linie lyranischer Investoren aus dem Vereinigten Commonwealth.

Seinen Feinden zu erlauben, die wirtschaftliche Grundlage des Kombinats mit ihren Investitionen aufzubauen – das war ein Aspekt von Theodore Kuritas weitreichenden Reformen, den Ninyu verstehen konnte.

Ein wenig mehr Probleme hatte er mit dem Umgang der Direktive, die in der letzten Hyperpulsbotschaft seines Adoptivvaters mitschwang, die ihn in diesem

Horst festhielt; er wäre viel lieber dort gewesen, wo er, wie ihm sein Kriegerblut sagte, hingehörte – unten im Erdgeschoß, um mit dem fünfzigköpfigen Assassinenteam darauf zu warten, daß das Neunte Geisterregiment in die Trutzburg seines Ziels einbrach. Die Botschaft war in Gestalt eines Haiku gekommen:

Der weise Führer weiß
Daß selbst großer Mut knien
Muß vor Giri.

Die Bedeutung war eigentlich klar: Ninyus Aufgabe war es, die Schlacht aus einer geeigneten Perspektive zu überblicken, nicht, mit dem Schwert in der Hand die Truppen zu führen. Er hätte darauf hinweisen können, daß sowohl er als auch der Lächelnde persönlich das DEST-Team begleitet hatten, das den verstorbenen Koordinator Takashi liquidieren sollte, ein Versuch, der im Seppuku des Koordinators gegipfelt hatte. Aber dies hier war anders. Takashi war nicht nur einfach ein Kurita gewesen, er war *der* Kurita gewesen, Herrscher des Kombinats, von seiner lebenslangen Freundschaft mit Subhash Indrahar ganz zu schweigen. Er war auch trotz seines Alters ein vortrefflicher Gegner gewesen, vortrefflich genug, daß es ihm gelungen war, mehrere Angehörige des Elite-ISA-Kommandos zu töten, das gekommen war, um ihn zu meucheln. Onkel Chandy war ein fetter Narr, nur dem Namen nach ein Kurita. Die Situationen waren unvergleichlich.

Aber daß Ninyu es verstand, bedeutete nicht, daß es ihm gefallen mußte. Er würde die Schlacht so genau verfolgen, wie es ihm ein hochentwickeltes Kommunikationssystem erlaubte, das in dem unvollendeten Penthouse eingebaut worden war, den günstigsten Augenblick auswählen, um seine Mannschaft auszuschicken, und dann ihre Fortschritte beobachten. Er hatte sich geschworen, daß er persönlich eingreifen würde, wenn die Dinge schiefliefen. Natürlich nur, um sicherzustellen, daß die Aufgabe entsprechend erledigt wurde.

Ravens *Rabe* schlitterte die Seitenstraße hinunter wie eine aufgescheuchte Wachtel. Hier in den Eingeweiden der Hauptstadt standen die Gebäude dicht bei dicht; einige herrschaftliche Prachtstraßen wie die Dalton-Allee waren groß genug, daß eine Lanze, ohne daß es zu eng wurde, in V-Formation marschieren konnte – wie es die Führungseinheit der Geister getan hatte –, aber viele der kleineren Straßen waren nur wenig breiter als Gassen. Das Gehäuse ihrer beiden Cereslaser am rechten Arm schrammte im Gehen an den Backsteinen eines Gebäudes entlang, so daß sie einen Funkenregen hinter sich herzog. Sie war eine echte Caballera, zur Mechpilotin geboren.

Beim Zielschießen fielen die Caballeros in aller Regel durch, wenngleich sich Raven gar nicht so schlecht angestellt hatte. Sie hatte darauf geachtet, den großen *K-Titan* mit mindestens einem ihrer NARCs zu treffen. Die leichten Mechs von Bronco, die verborgen weiter unten auf der Dalton kauerten, hatten dann einen Direkttreffer bei dem großen Mech erzielt, was ihr recht gab.

Die Kehrseite: Sie war der vordersten leichten Lanze der Geister quasi ins Gesicht gehüpft. Ehe sie die Gebäude hinter sich lassen konnte, kam ein *Heuschreck* hinter ihr ins Blickfeld des Dreihundertsechzig-Grad-Streifens gehüpft. Sein Pilot war an den Kontrollen nicht so sicher wie Raven; der kleine Kundschaftermech prallte von einer Gebäudeecke ab, die bereits von Laser- und PPK-Feuer zersiebt war. Aber er richtete sich sofort auf und kam rennend wie ein zorniger Vogel hinter ihr hergehüpft, wobei seine Laser nach Raven stachen.

Die Caballera fühlte, wie die Hitze in ihrem klimatisierten Cockpit anstieg, als der mittlere Martell des

Heuschreck Panzerung von der Rückseite ihrer Maschine abriß. Die Rückenpanzerung war nicht die starke Seite des *Rabe. Davon kann ich nicht viel wegstecken!*

Raven sah, wie ein *Jenner* die stumpfe Schnauze hinter dem ersten Geistermech in die Gasse steckte, schnappte mit dem rechten Fuß ihres Mech eine Mülltonne und riß sie hoch. Im anschließenden Schneesturm aus herumwirbelndem Papier schoß sie aus der Mündung der Gasse, duckte sich aus der Schußlinie des *Heuschreck* und wirbelte dann sofort herum, um sich zur Mündung der Gasse zu drehen. Stahl kreischte auf Pflaster, als ihre Füße rutschten, aber sie hielt den Mech aufrecht.

Fast augenblicklich gellte ein Ton in ihrem Neurohelm auf, und an ihrer HEA blitzte eine rote Warnlampe auf. Zweihundert Meter westlich ließen sich zwei spitzköpfige *Whitworth* auf die Straße fallen, die ein vierstöckiges Gebäude gefunden hatten, das sie überspringen konnten. Sie leuchteten sie beide mit ihren Artemis IV-FLS an. Das wirkte irgendwie unfair; das war *ihr* Job.

Wenn sie nun schon einmal in dieser Richtung stand, pumpte Raven einen Schuß aus ihren beiden Ceres gegen die herabsinkenden Mechs, aber sie hatte ihr Gyros bereits für eine schnelle Drehung im Uhrzeigersinn eingeschlagen. »Adelante«, japste sie, »hier Raven. Ich bin auf der Mitsui, und hier ist wirklich die Hölle los.«

Auf der anderen Seite der Mitsui-Avenue stand eine Turnhalle mit einer glasverkleideten Eingangsfront und einem Erdgeschoß, das so hoch war, daß ein Basketballfeld hineinpaßte. Nicht ohne im Geiste Cassie und dem Kundschafterzug zu danken, weil sie das Gelände so gründlich untersucht hatten, was Gordo Baird für unnötig gehalten hatte, raste sie in einem Scherbenregen direkt ins Foyer.

Der *Rabe* war kein besonders großer BattleMech. Er konnte praktisch ohne anzuhalten den Mittelgang entlangrennen. Aber Raven in ihrem Cockpit tat es trotzdem instinktiv. Hinter ihr ging der Eingangsbereich in einem orangefarbenen Flammenmeer auf, als die doppelte Salve Longbow-Langstreckenraketen der *Whitworth* in nutzloser Wut verschossen wurde.

»Wir haben dich, *guerita*«, erklang die Stimme von Macho Alvarado. Raven grinste über die Verblüffung, die die Piloten des mittleren und des leichten Draco-Mechs empfinden mußten, als Machos *Kampftitan* weiter unten auf der Mitsui in Sicht kam und den Block entlang auf sie zurumpelte.

Aufgrund des Mülls, den sie auf ihrer Beagle-Sonde bekam, wußte Raven, daß die *culebras* sie jetzt, wo sie außer Sicht war, unmöglich verfolgen konnten. Durch all den Baustahl und die allgemeine Masse überall waren Beagles in einem Stadtzentrum nicht von großem Nutzen. Sie konnte weiter herumstreifen, wenn sie wollte. Ihre mittelschweren Cereslaser waren mehr als ausreichend, um die Rückwand der Sporthalle wegzupusten und sie augenblicklich auf die nächste Straße treten zu lassen.

Statt dessen wandte sie sich um und kauerte sich in der Düsternis hin, um zu warten, ob vielleicht einer der leichten Dracos es ihr gleichtun und sich in die Sporthalle ducken wollte, um dem *Kampftitan* zu entgehen. Raven hatte kein Problem mit der Drauf-und-dran-, Schuß-und-Schluß-Form der Kriegsführung, die heute für die Vorwärtsverteidigungsmission des Ersten Bataillons angeordnet worden war. Es war der bevorzugte Stil der 'lleros und ohnehin die richtige Methode, mit einem kleinen, leicht gepanzerten *Rabe* zu kämpfen. Aber wenn jemand ihr einen freien Schuß auf sich anbieten wollte ...

Die 65-Tonnen-Masse von Diana Vásquez' *Katapult* neigte sich leicht nach vorn, als die LSR-Salve von jenseits des Yamato in den Komplex einschlug. Wäre sie zu Fuß gewesen, die Druckwellen hätten sie in Stücke gerissen. Die tonnenschwere Panzerung an ihrem Mech schüttelte den Aufprall und Schutt ab wie leichten Herbstregen.

Die Culebra-Kommandantin muß fix gewesen sein, als es ihr gelungen war, so schnell eine Dreieckspeilung auf sie vorzunehmen. Aber auch die geschickten Mechs des Siebzehnten praktizierten Blitzkriegsführung. Die Jägerin lief in dem Augenblick los, in dem ihre beiden Arrows aus den Waffenbatterien waren.

Und jetzt hatten die Artilleriemechs der Geister auf der anderen Seite der Gezeitenmündung im *ukiyo* Ärger, denn sie gerieten unter Gegenbeschuß von zwei der Caballero-*Pirscher*. Im Gegensatz zu den Draco-BattleMechs, die Schulter an Schulter im klassischen Artillerie-Gefechtsstil aufgereiht waren, sah keiner der Mechs des Siebzehnten einen anderen.

So wie sie es sahen, war es egal, von wem die schwere Post kam. Wichtig war, wem sie zugestellt wurde.

Auf ihrer HEA leuchtete der Indikator für eine Feuerleitanfrage auf. Jemand hatte einen anderen angreifenden Mech mit einer NARC gefangen. U-Leutenient Silas García war an der Reihe, mit seinem *Katapult* auf den Ruf zu reagieren. Fast augenblicklich blitzte die Missionsnachfrage grün und zeigte an, daß seine Arrows unterwegs waren.

Diana hoffte, es würden ein paar Sekunden lang keine weiteren Rufe eingehen. Es dauerte seine Zeit, die Mechs mit der schweren Artillerie von einer Feuerposition in die nächste zu bewegen. Wenn die Dinge heiß und heftig wurden, würden sie vor Ort festsitzen und gezwungen sein, ständig vom selben Ort aus zu schießen, um ihre Freunde in der Ferne zu unterstützen. Sie betete kurz zur Jungfrau von Guadaloupe, sie möge den *Pirschern* bei ihrem Duell mit der Geisterartillerie zielen helfen.

Dann betete sie erneut für die Sicherheit ihres Sohnes und all der anderen Kinder des Regiments, die in den gewaltigen Schutzbunkern tief unter dem Komplex zusammen mit HTE-Personal Schutz gesucht hatten, dem es nicht gelungen war, aus der Fabrik zu gelangen. Es war nicht wirklich Sache der Jungfrau, ihre Sicherheit zu gewährleisten; sie oblag den BattleMechs des Siebzehnten und ihren Piloten. Aber Diana betete dennoch, weil die Braune Jungfrau die Schutzpatronin der Caballeros war und es nicht schaden konnte, sie wissen zu lassen, daß sie an sie dachten.

Sie erreichte ihren Standort, ehe der nächste Ruf einging, und versprach, eine Dankeskerze anzuzünden.

Vor Lainie und Kompanie A erstreckte sich die Dalton-Allee breit und einladend direkt bis zu den Toren des HTE-Komplexes. Sie konnte zwar bisher noch nicht einmal Verteidiger auf der Mauer ausmachen, aber sie wußte, daß sie da waren, zusammengekauert auf der Mech-Feuerstufe oder auf dem Boden stehend und darauf wartend, aufzutauchen und zu schießen.

Lainie ging davon aus, daß sie in einen Hinterhalt marschierte. Aber das machte ihr nichts aus. Wenn man in einem Stadtkampf die Offensive an sich riß, geriet man in Hinterhalte. Ihr ging es darum, bereit zu sein, wenn es soweit war.

Sie hatte ihre leichte Lanze zurückgerufen, damit sie weit vor B als erste die Dalton-Allee hinuntermarschierte. Sollte sich Kompanie B um diesen penetranten, NARCs verschießenden *Rabe* kümmern – von dem *Kampftitan* gar nicht zu reden, der ihm zu Hilfe geeilt war. So wie es aussah, war die Lanze auf drei reduziert. Die PPK des *Kampftitan* hatte dem vordersten *Heuschreck* das rechte Bein weggebrannt, ehe sich weitere

Mitglieder der Kompanie B den beiden *Whitworth* anschlossen und den AngriffsMech der Söldner mit einem Hagel von LSR in die Flucht schlugen.

Der Heruzu Enjeruzu fehlte es merklich an Artillerieunterstützung, ein Problem, das alle Geisterregimenter hatten. Das lag am Willen des Oberkommandos der FSDK, daß Auseinandersetzungen mit den Feinden des Drachen im Nahkampf und nicht als Artillerieduell ausgetragen wurden. Sie hatte gerade mal drei *Pirscher*, die beiden, die jenseits des Flusses in Sodegarami standen und einen, der weit hinter Kompanie A zurückhing. Die Gaijin – sie fing wohl besser wirklich an, so von ihnen zu denken – hatten vier *Pirscher* und zwei Mechs, die über die tödlichen Arrow IV-Raketenartilleriesysteme verfügten, sie hingegen keine.

Als sie eine Kreuzung betrat, zeigte der Dreihundertsechzig-Grad-Streifen über Lainies Sichtschirm plötzliche Bewegung links von ihr. Etwas Großes ...

»Hinterhalt!« rief sie. »Links!«

Sie wendete den Torso ihres *Mauler*. Ein *Paladin* und ein *Greif* waren in der Seitenstraße aufgetaucht. Während sie sich noch umdrehte, erhellte der gelbe Höllenglanz der PPK des *Greif* die Gebäude zu beiden Seiten. Der große *Mauler* bebte von der Rückprallwirkung des Strahls, der Neu Samarkands beste Ferrofaserpanzerung in Form von Plasma von seinem Torso wegsprühte. Die gewaltige Strahlungsentladung ließ die Elektronik ihres Mech in ihren Ohren schreien wie verwundete Kinder.

Der stets treue Mond in seinem *Kampfschütze* befand sich unmittelbar hinter ihr, den Schädel unter dem Neurohelm mit einem Polsterverband bandagiert. Er geißelte den mittleren Mech mit dem Duo aus schwerem Laser und Autokanone, das an beiden Armen angebracht war.

Die Leute im Hinterhalt zogen sich bereits zurück. Als Autokanonentreffer gegen die vordere Panzerung des *Greif* prasselten, trat der Mech zur Seite in die links von ihm einmündende Gasse. Der schwerere Mech versuchte, sich nach rechts wegzuducken, war aber langsamer zu Fuß. Monds *Kampfschütze* verlagerte sein Feuer. Die Kurzdistanztreffer seiner beiden Imperator-A-Autokanonen warfen den *Paladin* rückwärts gegen die Ecke eines Warenhauses, dessen Rückfront an die Gasse grenzte.

Lainie wendete den Torso ihres Mechs bereits im Gegenuhrzeigersinn und schwenkte *Rache* auf den Füßen herum, um ihre Waffen einsetzen zu können. Die Entfernung war zu gering für die Shigunga-LSR-Werfer, die den Kopf des BattleMechs flankierten. Aber die großen Victorylaser, die beide Unterarme des Mechs bildeten, waren gut einsatzfähig.

Der *Paladin* machte die gleichen Probleme, für die der *Kampfschütze* so berüchtigt war: Für einen heftigen Schußwechsel Auge in Auge war er untergerüstet, und seine Brustpanzerung war sogar noch dünner. Darauf konzentrierte Mond seinen Beschuß und bearbeitete den Körper wie ein guter Boxer, der er schließlich auch war, wobei er die Wärme in seinem eigenen Cockpit hochtrieb, indem er mit seinen mittelschweren, am Torso befestigten Magnalasern ebenso schoß wie mit ihren größeren Vettern in den Armen. Ein Fleck von der Größe eines Minibusses an der unzureichenden Frontpanzerung des *Paladin* glühte kirschrot.

Lainie ließ das kleine, aufgebohrte Autokanonenviereck in ihrem Bauch den aus dem Gleichgewicht geratenen BattleMech eindecken. Aber ihre großen Armlaser feuerten rote Lanzen direkt in seine Sichtschirme. Der schwere Gaijin feuerte volles Rohr mit seinen eigenen Lasern zurück, und dem KSR-Paket in seiner Brust gelang es, seine einzige Salve abzufeuern, ehe Mond es schrottreif schoß. Aber er hatte zu wenig Waffen, zu wenig Panzerung und ganz allgemein zu wenig Glück.

Der *Paladin* bereitete sich auf einen Sprung vor. Zu

spät. Lainies schwere Laser brannten sich durch seine Gesichtsscheibe. Er warf die Arme in grotesker Nachahmung eines Menschen hoch, als Filter versagten und die Höllenglut der Zwillingslaser den Piloten einen Augenblick, bevor sie ihn in Brand setzten, blendeten und den Kopf des *Paladin* in einem Regen glitzernder Transpex- und Metallfragmente, die helle Narben in die Frontpanzerung der beiden Geistermechs rissen, zerfetzten.

»Ein Punkt für uns, Tai-sa«, sagte Mond. Seinem Tonfall nach hätte er genauso gut über den leichten Schnee sprechen können, der jetzt auf den Straßen liegenblieb.

»Ja«, sagte Lainie und spürte das heiße Brennen auf ihren Wangen, das sie bei einem Todesschuß immer empfand. Halt dieses Gefühl fest, sagte sie sich, und denk bloß nicht darüber nach, wen du da tötest.

»Kompanie B«, verlangte sie zu wissen, »was ist los? Warum achtet ihr nicht auf eure linke Flanke?«

»Keine Entschuldigung, Tai-sa«, antwortete Tai-i Iyehara, der Kommandant von B. »Aber wir wurden aus dem Norden gerade schwer getroffen. Es scheint ein Angriff in Kompaniegröße zu sein.«

Fast augenblicklich knatterten andere Berichte in ihren Neurohelm. Rechts von ihr war Kompanie C auf erbitterten Widerstand gestoßen. Lainie spürte, wie ein hartes, trockenes Lächeln ihre Lippen teilte. Spürte, wie sie aus sich selbst heraustrat und in die größere Rolle einer Kommandantin einer Schlacht schlüpfte.

Endlich, dachte sie, *wird das Spiel interessant*.

Chu-i Sammy Ozawa hatte das Kriegsspiel der Caballeros am Yamato nicht gesehen und den Berichten derer, die es gesehen hatten, keinen rechten Glauben geschenkt.

Er hatte seinen 35-Tonnen-*Panther* ostwärts eine Gasse entlang gelenkt und die Nordflanke der Kompanie B gedeckt, wie diese die Flanke von A deckte. Der Gaijin-Vorstoß von Norden war an ihm vorbeigerauscht, ohne auch nur Notiz von ihm zu nehmen.

Für einen leichten Mech war der *Panther* langsam, auch wenn er sich am oberen Ende der Gewichtsklasse befand. Er kompensierte das mit einer um Artemis IV verstärkten KSR-Batterie in seiner Brust und einer verflucht bösen Lord's Light-PPK im rechten Arm. Als Sammy den riesigen *Kampftitan* unachtsam an der Mündung der Gasse vorbeigehen sah, hatte sich in seinem Kopf sofort ein Plan gebildet.

Wie die meisten Piloten leichter Mechs träumte er ständig davon, einen Angriffsmech zu beschämen. Angriffspiloten hielten sich für das Geschenk des Drachen an die Innere Sphäre, die Könige und Königinnen des Schlachtfelds. Seine PPK mit der verbesserten Reichweite war im Nahbereich nicht so gut – der Strahl brauchte hundert Meter oder so, um sich zu bündeln –, aber sie war treffsicher. Sie und seine Raketen würden ausreichen, um einen Knieaktivator zu zerschmelzen und den *Atlas* mit einem raschen Streich aus dem Kampf zu werfen. Und dann konnte ihn die gar nicht so üble Sprungfähigkeit seiner Lexingtonheber in Sicherheit bringen, ehe die Kameraden des Monsters Vergeltung üben konnten.

Der *Atlas* war kaum fünfzig Meter von ihm entfernt. Er schlüpfte aus der Gasse und beschoß das rechte Knie des *Atlas* von hinten. Schnell wie ein *Heuschreck* wirbelte der *Kampftitan* herum und sprang ihn an.

Unmöglich! dachte Sammy. Einen Augenblick lang stand er da und kämpfte, feuerte die KSR auf die Brustmitte des Monsters und hob seine PPK, die schon feuerte, während sie noch hochkam. Er beschädigte kaum die Frontpanzerung des *Kampftitan*.

Zu spät kam ihm die Idee zu springen. Als er sich erhob, packte ihn der Koloß am Fuß. Gegen die volle Kraft seiner Sprungdüsen zerrte er den *Panther* wieder herunter. Während Schweiß über sein Gesicht strömte und Überhitzungswarnungen in seinen Ohren gellten, versuchte Sammy, die PPK in sein häßliches, schädelartiges Gesicht abzufeuern. Statt dessen legte ihn die Notabschaltung still.

Sammy Ozawa war zu gelähmt, um auszusteigen. Das letzte, was er sah, war die Faust des *Kampftitan*, die seinen Sichtschirm erfüllte wie ein Mond mit Knöcheln.

Lainie Shimazu war zwar eine geborene Athletin, aber nicht viel mehr als eine kompetente BattleMech-Pilotin. Als Taktikerin war sie brillant, in der Fähigkeit, mit ihrer großen Maschine und ihrem Regiment gleichzeitig effektiv zu kämpfen.

Blitzschnell schätzte sie ihre Situation ab. Die Söldner führten offenbar Störangriffe durch und versuchten, ihre Streitkräfte so weit wie möglich zu beschädigen und in Unordnung zu bringen, ehe sie den Komplex erreichten. Sie vermutete, daß ihre Hauptmacht hinter diesen blanken Steinmauern lauerte.

Ihrer Einschätzung nach war die Gegenwehr, von der Kompanie C berichtete, nur Tarnung. Aus dem Bauch heraus wußte sie, daß der echte Schlag B von Norden her traf. Zwei Drittel des Dritten Bataillons folgten ihnen als Reserve. Es war noch nicht Zeit, sie einzusetzen. Sie befahl C, den Vormarsch zu stoppen und links auszuschwärmen, um As Front leicht zu decken, und wies gleichzeitig Kompanie A an, links abzudrehen, um B zu unterstützen.

Was Lainie betraf, so ging sie nach keinem festgelegten Zeitplan vor. Sie hatte nicht die Absicht, mit Feinden im Rücken den Angriff gegen verschanzte BattleMechs zu forcieren. Sie würde sich um den Flankenangriff kümmern und dann die abschirmenden Streitkräfte an die Mauer zurücktreiben, und dann würde sie den eigentlichen Komplex angreifen. Und wenn sich der teure Graf von Hachiman über die Zeit beschwerte, die das dauerte, konnte er in einen BattleMech klettern und seinen eigenen bleichen Arsch in die Schußlinie halten. Lainie würde ihre eigene Schlacht schlagen, bis sie getötet oder abgelöst wurde.

Es war natürlich ein Glücksspiel. Das Risiko für ihre Karriere kam ihr nie in den Sinn. Aber sie war sich sehr wohl bewußt, daß der Angriff aus dem Norden eine Finte sein könnte, während der wirkliche Befreiungsschlag kurz davor stand, Cs dünne Front zu durchbrechen und ihren Gegenangriff in der Flanke zu treffen. Oder die Söldner könnten besonders kühn sein und aus dem Komplex herauskommen, um einen Flankenangriff zu führen.

Lainie führte ihren *Mauler* in die Seitenstraße, aus der heraus die Gaijin-Mechs ihr einen Hinterhalt gelegt hatten, und lächelte grimmig amüsiert. Sie konnte den Verteidigern hinter den Mauern etwas Besseres zu tun geben, als das Erste Bataillon zu belästigen. Der von Hachimans Monden verursachte Tidenhub war in vollem Gange und warf wie üblich fünf Meter hohe Wellen auf. Bis er sich beruhigte, würde die Kompanie des Dritten Bataillons warten müssen, ehe sie für den Flußangriff ins Wasser gehen konnte. Aber das Zweite Bataillon hatte sich in den Geschäftsbezirk südlich des Komplexes vorgearbeitet. Lainie befahl ihm, sofort anzugreifen. Das sollte die Söldner dazu veranlassen, auf dem Teppich zu bleiben.

Lainie war eine Yakuza und hatte das Herz einer Spielerin. Sie setzte auf ihr Urteilsvermögen und auf die Fähigkeit ihrer harten Männer und Frauen, die gegenwärtige Bedrohung zu zermalmen, ehe die Söldner einen weiteren Trick aus ihren Cowboyhüten ziehen konnten.

36

Masamori, Hachiman
Distrikt Galedon, Draconis-Kombinat

2. November 3056

Der Angriff aus dem Norden war keine Finte. Es war die Kompanie Bronco, und sie kam, um zu töten. Innerhalb der ersten sechzig Sekunden Feindberührung ließ Lady Ks Kommando fünf Geistermechs auf Kosten zweier eigener rauchend liegen.

Dies war Kali MacDougalls Debut als Kommandantin einer Mech-Schlacht. Ihr Verstand sagte ihr, daß die Begegnung für die 'lleros gut gelaufen war. Aber erzählen Sie mal einer Mutter, der Verlust zweier Kinder sei ein geringer Preis ...

Feuernd steuerte sie die Dunkle Lady an Quecksilber, Joey Sosas *Hermes II* vorbei. Der mittlere Mech brannte heftig. Aus seinem Rücken schoß die hochgehende Autokanonenmunition in Rauchschwaden mit brennenden Rändern hervor; sie ähnelten den Feuerstacheln eines exotischen Fischs.

Niemand hat gesagt, das hier würde einfach werden, Mädchen.

»Tai-sa!« ertönte die Stimme des besten Kundschafterpiloten der Neunten Geister, Otenkinagashik. Er war ein dünner und stiller kleiner Yakuza, dessen *irezumi* seine Beine, Arme und seinen Körper wie ein extravaganter, wirbelnder Body bedeckte. Er lenkte den anderen *Heuschreck* der Scoutlanze, die vorausmarschiert war und jetzt die rechte Flanke von Kompanie A deckte, während diese B zu Hilfe eilte. »Wir werden aus Nordosten angegriffen!«

Lainie riß *Rache* um die Ecke, gerade rechtzeitig, um zu sehen, wie ein *Tomahawk* dem kleinen Kundschafter-

Heuschreck mit einem Schlag seiner Hiebwaffe den Kopf einschlug. Der Söldner-Mech stand über seinem Gegner, während der jetzt führerlose *Heuschreck* zu seinen Füßen zusammenbrach. Dann schritt er die Straße entlang den Geistern entgegen.

Hinter ihm füllte sich die Straße mit weiteren BattleMechs. Geschosse pfiffen ihm über die Schultern. »*Mattaku*«, sagte Lainie, »verdammt. Samurai, packt sie. Ich gebe euch Rückendeckung.«

»Hai!« rief der jugendliche Offizier, der mit seinem *Großdracon* eine gemischte Lanze anführte. Sein Tonfall ließ klar erkennen, daß er dies für die ideale Gelegenheit hielt, sich von der Schande reinzuwaschen, die ihn von zu Hause weggetrieben und zum Dienst mit niedrigen *eta* gezwungen hatte.

Dann mal los, dachte Lainie.

Endlich bleiben die Feiglinge stehen und kämpfen! Der junge Samurai jubelte innerlich. Die mit doppelter Leistungsfähigkeit ausgestatteten Wärmetauscher erhöhten noch sein Selbstvertrauen, und er hämmerte mit seinen vollen Vorwärtsfeuermöglichkeiten – einer PPK, einem schweren Laser und einem Satz an der Brust angebrachter LSR – auf den vorrückenden BattleMech ein. Die anderen Mechs in seiner Lanze konzentrierten ihr Feuer auch auf den *Tomahawk*. Seine Audiosensoren knisterten vom Krachen der Laserstrahlen und Autokanonensalven.

Noch ein weiteres Geräusch erreichte seine Ohren, ein gutturaler Gesang, der aus den Lautsprechern der vorrückenden Maschine erdröhnte. Er erkannte ihn nicht als Todeslied eines Kriegers der Chihené, des Rotbemalten Volkes der Chiricahua. Er dachte, es sei nur barbarisches Geschwätz.

Der *Tomahawk* schoß mit seiner Defiance-LB-X-Autokanone und seinen drei mittelschweren Impulslasern zurück. Aber er war hoffnungslos unterlegen und hielt eigentlich nur das Feuer von seinen Kameraden hinter ihm fern.

»Chu-i«, sagte der Geist im *Whitworth* links vom Samurai, »was glaubt er eigentlich, was er da tut?«

»Ich weiß nicht.« Der Gaijin starb. Geschosse rissen menschengroße Metallbrocken aus dem Torso des Söldner-Mechs. Ferrofaserpanzerung verpuffte unter Energiewaffentreffern zu glühendem Dampf und floß in geschmolzenen gelben Bächen aus seinen Wunden, wie Lava, wie Blut. Aber noch immer rückte der *Tomahawk* vor und verkürzte ständig die Entfernung, zweihundert Meter, hundertfünfzig.

Die in seinem rechten Torso gelagerte Autokanonenmunition detonierte, sein CASE-System leitete die Wucht der Explosion in einem plötzlichen gelben Flammenstoß aus seinem Rücken hinaus. Und noch immer rückte der BattleMech vor.

Er war bereits an dem Punkt vorbei, den der junge Offizier für unmöglich gehalten hatte. Er muß doch jetzt bald fallen! dachte er. Seine Autokanone und die Laser waren zerstört. Da fast die gesamte Panzerung von den Beinen und dem linken Arm weggeschmolzen war, begannen die freigelegten Myomermuskeln zu rauchen und sich aufzurollen.

Auf fünfzig Meter herangekommen, winkelte der *Tomahawk* den rechten Arm an und warf sein Beil. Als er losließ, riß der Arm ab. Dann fiel der BattleMech auf die Knie und knallte rauchumhüllt auf die Straße.

»Masaka!« rief der Samurai aus, als das Beil in seinem Blickfeld immer größer wurde. Es war von dem schrecklichen Schlagabtausch durchlöchert und schartig – aber es war dennoch ein tödliches Drei-Tonnen-Wurfgeschoß. »Ich glaube es einfach nicht! Diese Gaijin wissen, wie man stirbt!«

Und das tat er dann auch, weil einen Herzschlag später das Beil durch den Schädel des Großdracon fuhr und ihn zu rotem Brei zermalmte.

Als der Samurai und der *Tomahawk*-Pilot im Tode vereint wurden, wehte ein horizontaler Feuersturm die Straße entlang in die Gesichter von Lainie und Kompanie A. Lainie erkannte, wie kraß sie die Tapferkeit der Söldner unterschätzt hatte, und wußte jetzt, daß ihr Erstes Bataillon in einer V-förmigen Falle saß. Sie setzte einen schnellen Ruf ab.

Die gelehrten Militärbrahmanen der MechKrieger-Akademie Sun Zhang betrachteten es als schlechten Stil, früh in einer Schlacht Entsatztruppen einzusetzen, und zogen einem Offizier, der das bei einer Übung tat, viele Punkte ab. Aber dies hier war keine Übung, und was Lainie anging, so waren Sieg und Niederlage die einzigen Schiedsrichter.

»Drittes Bataillon«, befahl sie, »zur Unterstützung von Kompanie B vorrücken. Zweihundert Meter nach Norden abrücken. Versucht, die Gaijin in der Flanke zu erwischen. Kompanie A wird im Nordosten angreifen.«

»Who-ee«, sagte Stabssergeant Willard Dix und spähte durch den Spalt im Gullydeckel, den er mit einer Hand offenhielt. »Da draußen haben sie ein verdammt teures Freudenfeuer angezündet.«

Stinkend, frierend und müde war es Cassies kleiner Kommandoeinheit gelungen, etwas mehr als die Hälfte des Weges zu ihrem Ziel zurückzulegen, ehe ihr die Kanalisationsrohre ausgingen, die groß genug waren, um sich darin zu bewegen, und annähernd in die Richtung des Hotels führten, in dem Ninyu Kerai Indrahar seine Befehlsleitstelle hatte. Auf den letzten zweihundert Metern waren sie schon gezwungen gewesen, sich im Gänsemarsch durch schienbeinhohen Dreck zu bewegen. Selbst Cassie fühlte sich, als würden ihre Schenkel gleich aufreißen, was sie der fehlenden Möglichkeit zuschrieb, während ihres Einsatzes als Hausgast des Grafen von Hachiman ihr Trainingsprogramm fortzusetzen.

Affenartig huschte sie an Dix vorbei die Stahlsprossenleiter an der Seite des Einstiegs empor, um hinauszuspähen. Das trübe Morgenlicht wirkte nach der Dunkelheit in der Kanalisation blendend. Cassie blinzelte in das Gleißen und konnte sehen, daß der Sergeant recht hatte.

Das Herz Masamoris stand in Flammen. PPK-Strahlen, Bombenexplosionen, Laser und Raketen hatten zig Feuer entfacht. Hachimans Hauptstadt war zwar feuerfest erbaut worden, doch ein rascher Blick zeigte Cassie ein halbes Dutzend Gebäude, die in einem Flammeninferno aufgegangen waren, darunter ein hundertstöckiger Bronzekoloß. Unter ihr husteten mehrere ihrer Soldaten, als der Rauch des Stadtgefechts durch die Gullyöffnung hereinkam: ein fürchterlicher Gestank nach brennendem Gummi, der beißende Gestank von brennendem Plastik und Polymer sowie der Rauchgeruch von Papier und Möbel, die in Wohnhäusern und Unternehmen brannten. Über allem lag der widerliche Geruch von brennendem Menschenfleisch.

Der Lärm war ohrenbetäubend. Er schien zwischen dem Rand des Einstiegs und dem Deckel hindurchzustechen wie blendendes Sonnenlicht durch Risse in einer Wand. Der Höllenlärm war nicht unterscheidbar, man konnte die einzelnen Geräusche nicht wahrnehmen, aus denen er sich zusammensetzte. Nur ein beständiges Dröhnen jenseits des weißen Rauschens, das zum chaotischen Rhythmus einer Schwermetallschlacht an- und abschwoll. Wäre der Knochenleitlautsprecher nicht hinter ihr Ohr geklebt gewesen, hätte Cassie den Kommentar des Sergeanten niemals gehört.

Sie schlug Dix auf die Schulter und deutete. Er nickte und floß auf die Oberfläche hinaus wie Öl. Aus Gründen, die nur ihnen selbst bekannt waren, hatten die Stadtplaner Masamoris ihre Einstiege in die Kanalisation genau auf die Mitte von Kreuzungen gelegt, zumindest in diesem Stadtteil. Dix rannte zur Nordwestecke der Kreuzung, wo Fensterpuppen in der neuesten Mode die Schlacht beobachteten, eingefroren in Posen synthetischer Heiterkeit. Cassie folgte ihm auf dem Fuß.

Der Rest des Zugs war ihnen dicht auf den Fersen. Barnes und sein Heckenschützenteam hatten sich bereits abgesondert. Die anderen elf sprinteten allein oder zu zweit los, um sich ihren Gefährten anzuschließen, die auf dem Gehsteig kauerten, in der weitgehend illusorischen Schutzwirkung der Gebäudeecke zwischen ihnen und der Schlacht.

Sie waren viel zu nahe dran, als daß sie sich hätten wohl fühlen können. Cassie konnte den Teil der Adelante-Streitmacht, der Kolonel Shimazu überrascht hatte, weniger als einen halben Klick entfernt mit den Geistern im Nahkampf sehen. Mechs waren gefallen. Sie konnte gerade so eben die Form einer Banane mit Rückenflosse sich aus einem rauchenden Schutthaufen erheben sehen und fürchtete, dies sei der Kopf von Benito Delshays *Tomahawk*.

Adelante schien auf dem Rückzug. Cassie sah Gabby Camachos *Dunkelfalke* hoch droben auf seinen Sprungdüsen reiten und über ein dreistöckiges Gebäude hinwegschweben, als sich Schußlinien an ihm kreuzten. Reb Perez' *Todesbote* stand mitten auf der Straße und deckte offenbar den Rückzug seiner Kameraden. Sein Angriffsmech mit der flachen Front wurde zusammengeschossen, Rauch kräuselte sich aus seinen flackernden Schulterlagern. Aber der trotzige Cowboy gab seinen zwanzig Wärmetauschern mit doppelter Kapazität etwas zu tun und schoß mit seiner schrecklichen Hauptbewaffnung – drei PPKs mit verbesserter Reichweite und einem mittelschweren Impulslaser –, was die Rohre hergaben.

Weiter unten auf der Straße explodierte ein DracMech. Über den Köpfen der Mechs zersplitterte Glas, als eine zurückgeworfene Druckwelle Fenster in oberen Stockwerken zertrümmerte. Die Splitter fielen auf die Kundschafter wie ein Rasierklingenregen. Cassie blickte voll Entsetzen auf die großen Schaufenster direkt über ihr. Wenn die splitterten, würden die dabei entstehenden Glasscherben direkt auf die kleine Gruppe Caballeros fallen. Eine in ihrer Mitte explodierende Mörsergranate konnte nicht schlimmer sein.

Die großen Fenster bebten und schwangen dissonant wie eine Kreissäge, die mit einem Geigenbogen bearbeitet wird, aber sie hielten. Die Zunahme von Dekigoro-zoku-Banden, Jugendlichen, die die Straßen auf der Suche nach Gelegenheiten zum Vandalismus, für Plünderungen und nach einem gelegentlichen Kopf zum Einschlagen durchstreiften, hatten Ladenbesitzer im Erdgeschoß vor die Notwendigkeit gestellt, auf Transpexfenster umzusteigen.

Es war die Art von Schlacht, die so sehr zum Gefühl der Hilflosigkeit der Fußsoldaten des einunddreißigsten Jahrhunderts beitrug. Die Panzerkolosse beherrschten das Schlachtfeld. Selbst wenn die Kundschafter am Kampf beteiligt gewesen wären und nicht nur unfreiwillige Zuschauer, hätten die BattleMechs nicht geruht, ihnen Aufmerksamkeit zu schenken.

Aber auch so waren Mechs für unbedeutende Menschen tödlich. Als die letzten Kundschafter aus dem Gully auftauchten, um in Deckung zu hetzen, griffen die Geister an und schossen wild auf Perez' getroffenen *Todesboten*. Ein schwerer Laser verfehlte den Mech und streifte die rennenden Kundschafter wie eine Schwinge des Todesengels.

Contreras der *truchaseno* explodierte einfach wie ein Insekt, das in eine elektronische Käferfalle geraten war. Bill Huckaby, der schwarze Hinterwäldler und Zugjüngste, fiel schreiend zu Boden. Sein Haar und seine Jacke brannten, seine Polymerpanzerung verschmolz mit seinem Fleisch.

Petie McTeague, der aus einem Cowboyclan stammte, der über keinen Grundbesitz verfügte, und deshalb genauso geringschätzig betrachtet wurde wie ein Hinterwäldler, wollte ihm zu Hilfe eilen. Cassie packte sein rechtes, über dem Stiefel gebauschtes Hosenbein und riß ihn um.

»Du kannst ihm nicht helfen!« rief sie, obwohl sie wußte, daß er es nicht hören konnte.

Über das Ziel hinausgeschossenes Autokanonenfeuer prasselte auf die Kreuzung. Billy Huckabys Körper wurde wie von unsichtbaren Fingern in Stücke gerissen. McTeague drehte sich um und rollte wieder in Deckung, schluchzte und hielt sich das Gesicht, das von kleinen Splittern übersät war.

Der *Todesbote* explodierte. Perez stieg nicht aus.

Cowboy Payson stand in einer Seitenstraße und sah den Mech seines ständigen Begleiters hochgehen. Brüllend vor Zorn lenkte er seine kleine *Wespe* wieder ins Zentrum des Gefechts.

Sein anderer Kumpel, Buck Evans, hielt ihn mit dem mittelschweren Laser zurück, der den rechten Unterarm seines Orion bildete. »Du kannst jetzt nichts tun«, sagte der ältere MechKrieger, »außer dein Leben wegwerfen. Sag dir einfach, daß es nichts bedeutet.«

Paysons Mech schien fast zu seufzen. »Ja«, sendete er mit rauher Stimme zurück. »Es bedeutet nichts.«

Sie zogen sich nach Norden zurück. Der Kampf war für sie noch nicht beendet.

Cassie funkelte die herannahenden Geister in so ungezügeltem Haß an, daß er wie Öl aus den Poren ihrer Haut zu dringen schien. Arrogante Bastarde! Sie glauben, die einzige Infanterie, die sie verletzen könnte, seien Elementare!

Sie würde es ihnen zeigen. Für die Claninfantristen, denen die Krieger der Inneren Sphäre den Spitznamen ›Kröten‹ gegeben hatten, empfand Cassie nur Verachtung. Was sich Elementare in ihren Superrüstungen zutrauten, traute sie sich nackt zu – und hatte es schon getan. Diese Dracos würden sehen …

Eine Berührung am Arm. »Cassie«, sagte Dix. »Komm. Das ist nicht unser Kampf.«

Sie schüttelte sich. Der Sergeant hatte recht. Das dringende Bedürfnis, BattleMechs und ihre arroganten Piloten zu bestrafen, verklang in ihr wie die Stimme von jemand, der in einen Brunnen fiel. Sie fragte sich, ob das eine Folge von Lady Ks Rat oder der Tatsache war, daß sie eine Verabredung mit dem rothaarigen Mann hatte.

An der Nordflanke der Geister hatte Beschuß eingesetzt, und sie schwenkten nach links, um sich damit auseinanderzusetzen. Der Höllenlärm der Schlacht ließ nach.

Cassie sah ihren Zug an. »Hört zu, Leute. Ich bin eine Jägerin, eine einsame Wölfin, die allein jagt, keine Anführerin. Ob wir gewinnen oder verlieren, die meisten von euch werden dabei draufgehen.«

Sie holte Luft. »Wenn ihr aussteigen wollt, dann geht jetzt, einer oder auch alle. Ich werde, wenn nötig, allein reingehen.«

Yvonne Sánchez, die stämmige kleine Schützin aus Neu Acoma auf Sierra, grinste sie an. »Quatsch, Cass. So leicht wirst du uns nicht los.«

Cassie sah sich nach den anderen um. Alle nickten.

»Eure Beerdigung«, sagte sie achselzuckend und brach nach Nordwesten auf.

Komtur Gavilán Camacho schrie wie sein Namensvetter in hilflosem Zorn.

Tief drinnen brannte immer noch die Schmach über sein Versagen im Kampf mit den Terroristen. Auch wenn ihn die Fraktion der jungen Strolche zum Helden dieser Aktion erkoren hatte, erinnerte er sich daran, wie er mit dem Gesicht zuerst in das Fabrikgebäude eingeschlagen war.

Und während der versuchten Amtsenthebung seines Vaters – als die Kerngruppe zu ihm gekommen war, Vanity, Bobby der Wolf, Baird und erstaunlicherweise der treue Schatten seines Vaters, la Dama Muerta – hatte er tapfer so getan, als habe er überhaupt keine Lust, Nachfolger seines Vaters zu werden. Das war natürlich eine Lüge, und er hatte es ihnen bewiesen, indem er ihnen nicht von vornherein ins Gesicht sagte, sie könnten es vergessen. Im Herzen hatte er seinen Vater verraten. Es war eine Sünde, die er nicht einmal Vater Montoya zu beichten gewagt hatte, der schließlich auch der Beichtvater seines Vaters war.

Patricia wäre nie mit ihrem Mech gestürzt. Und sie hätte Gordo und den Rest als die treulosen Hunde beschimpft, die sie waren. Don Carlos hatte recht, das wußte Gabby, wenn er sie all die Jahre bevorzugt hatte. Sie war zwar nur eine Frau, er wußte aber, sehr zu seinem Mißvergnügen, daß sie doppelt so gut gewesen war wie er.

Aber er konnte sich in seinen eigenen Augen und – mit Hilfe der Heiligen – auch in denen seines Vaters reinwaschen, wenn er nur ein für alle Mal beweisen konnte, daß er ein würdiger MechKrieger war.

Beim Sturmangriff der Kompanie Adelante zusammen mit Bronco hatte er zwei feindliche Mechs erledigt, einen *Stadtkoloß* und einen *Whitworth*. Aber er hatte einen Preis bezahlt und die gesamte Munitionsladung für seine Imperator-Ultra-Autokanone verschossen. Der an seinem rechten Arm angebrachte mittelschwere Martell-Laser war weggebrannt worden, und ein Schwarm KSR hatte Kopf und oberen Torso des *Dunkelfalke* getroffen und sein Cockpit mit Funken und dem Gestank brennender Isolation erfüllt. Jetzt waren all seine Waffenleitsysteme außer Betrieb. Er konnte noch nicht einmal an einer Anzeige ablesen, daß die Imperator leer war.

»Gavilán«, ertönte die Stimme seines Vaters. »Was ist, mein Sohn?«

Gabby biß die Zähne so hart zusammen, daß sie knirschten. »Alle Waffen sind einsatzunfähig, Vater.«

»Dann komm sofort hinter die Mauern zurück. Kapitan MacDougall wird das Bataillon übernehmen.«

»Nein!«

»Mach schon, um Gottes willen«, ertönte die Stimme Lady Ks. »Hat keinen Sinn, sich umbringen zu lassen.«

Gabby schürzte die Lippen zu einem geräuschlosen Knurren. Ein Teil von ihm versuchte zu glauben, daß ihm diese Bolilla-Schlampe mit dem knackigen Hintern den Posten wegnehmen wollte, aber sein Herz wußte, daß dem nicht so war. Wenn er unbewaffnet weiter am Kampf teilnahm, würde er kein Held, sondern ein Verlust sein.

Er schaltete auf die allgemeine Frequenz. »Achtung, Erstes Bataillon. Hier Komtur Camacho. Mein Mech ist beschädigt.« Pause. »Ich übergebe das Kommando an Kapitan MacDougall und kehre zum Stützpunkt zurück.«

37

Masamori, Hachiman
Distrikt Galedon, Draconis-Kombinat

2. November 3056

»Kapitan, der Tidenhub ist vorbei.«

»Das sehe ich«, sagte Tai-i Roger Hanson. Er rieb sein bärtiges Kinn und grinste.

Sie hatten eine ängstliche Zeit des Wartens in den Abwässern des verrufenen Distrikts Zwei Monde südwestlich des HTE-Komplexes am Yamato verbracht. Jetzt, wo die brutale Flut abfloß, war das Warten beendet. Hanson empfand Erleichterung und ein warmes, sich ausbreitendes Prickeln der Vorfreude.

Das Flußbett des Yamato war weich. Seine Spezialkompanie bestand aus den meisten leichten und mittleren Mechs des Dritten Bataillons, von denen keiner schwerer war als seine eigene Fünfzig-Tonnen-*Ballista*. Er würde zwölf Maschinen führen, die mühsam stromaufwärts wateten, wobei nichts mehr ihre Annäherung deckte, wenn sie erst einmal in Sichtweite des Ziels waren. Ihnen würden Teile eines Söldnerregiments gegenüberstehen, das von den Anstrengungen des Rests des Neunten bereits alarmiert war und aus der Dekkung heraus feuerte.

Was er nun beginnen wollte, kam einem Himmelfahrtskommando gleich.

Die *Ballista* sah aus wie ein stämmiger Mann in einem alten Topfhelm. Sie watete auf etwas zimperliche Weise in das eiskalte, jetzt träge fließende Wasser, wie ein Sarariman mittleren Alters, der zu einem Eisbärenverein gehörte und zu einem eiskalten Bad unterwegs war. Die anderen Mechs folgten und kletterten oder sprangen von den zerbröckelnden Zementdocks herab.

Kapitan Hanson, der in seiner Freizeit Wettsalukis veranstaltete, erschütterte die ihm bevorstehende Feuertaufe nicht besonders. Er hatte die Hölle der Claninvasion erlebt und auf Herausforderung eines Geisterbären in einem *Fenris* ein Duell auf Leben und Tod überstanden. Die Chance seiner Verzweiflungsmission war, daß seine kleine Streitmacht die Gaijin wirksam, und überraschend von hinten angreifen konnte, wenn sie sie erwischte, während sie den Angriffen aus Westen und Süden zuviel Aufmerksamkeit schenkten, was die üblichen vernichtenden Auswirkungen auf die Moral haben würde.

Außerdem war er Veteran vieler Stadtkämpfe. Aus fast drei Klicks Entfernung konnte er tatsächlich Flammen aus den Fenstern eines brennenden Wolkenkratzers schlagen sehen, ebenso das Hitzeflimmern über der gesamten Innenstadt Masamoris. Er wußte, daß seine Leichtgewichte von Glück sagen konnten, dort nicht dabei zu sein.

Er lehnte seine *Ballista* gegen die langsame Strömung Yamato-sans nach vorn und führte seine Truppen zum Angriff.

Das Auftauchen der Geisterreserven überraschte Lady K, als sie von Gavilán das Kommando über das Bataillon übernahm.

Broncos Westflanke wurde von Leutenient Annie Sue Hurd in ihrem *Kampfschütze* gehalten. Kali hatte Hurd aus der dichtesten Gefechtszone des wilden Straßenkampfes herausgehalten, damit sie aus mittlerer und weiter Entfernung unterstützend tätig werden konnte. Infolgedessen war Hurd die erste Caballera, der die Führungslanze aus vier schweren AngriffsMechs des Zweiten Geisterbataillons begegnete, als sie über den Anstieg vom Verkehrskreisel her kam.

»Hier die Rächende Annie«, sendete Hurd. »Mechs greifen aus Westen an. Ich sehe hier einen *Marodeur*, einen *JägerMech*, ein *Streitroß* und einen *Atlas*. Dahinter kommen noch andere. Mindestens eine Kompanie.«

»Weg da, Annie«, befahl Lady K.

Der Rest von Bronco war bereits schwer mit den Geistern beschäftigt. Wenn der neue Angriff nicht verzögert werden konnte, würde er sie regelrecht überrollen. Hurd wandte ihre Kleine Meisterschützin den vorrückenden BattleMechs zu.

»Tut mir leid, Lady K«, sagte Hurd. »Ich kann den Befehl nicht befolgen.«

Sie konzentrierte das Feuer ihrer Autokanonen und schweren Laserpaare auf die Beine des *JägerMech*, des am wenigsten bedrohlichen der Führungslanze. Er war auch der am leichtesten gepanzerte und infolgedessen derjenige, den sie in der ihr verbleibenden Zeit am ehesten verletzen konnte.

Die Ränder von Lainies HEA wurden abrupt rot. »Ich werde angestrahlt«, sagte sie auf der Kompaniefrequenz.

Kompanie A drängte wieder ostwärts in Richtung der Mauern und trieb die Gaijin vor sich her. Nach einem kurzen, aber brutalen Schlachtfest hatten sich die Söldner schnell zurückgezogen. Mehrere der leichter zu beeindruckenden Geister hatten in triumphierendem Spott gejubelt und geglaubt, der Feind fliehe.

Mit einem kurzen Befehl brachte Lainie sie zum Schweigen. Die Caballeros zogen sich schnell zurück, aber dennoch hielten sie durch und schossen unterwegs. Ihre Leute hatten sie schwer verletzt, dabei aber böse Prügel bezogen. Soweit Lainie sehen konnte, zogen sich die Gaijinüberreste vor ihnen geordnet zurück, nachdem sie soviel erreicht hatten, wie sie hatten hoffen dürfen.

Und sie hatten sich noch nicht aus dem Kampf zurückgezogen. Lainie wandte ihren *Mauler* den Gebäuden auf der Südseite der Straße zu, auch wenn sie ihr nur geringen Schutz zu bieten vermochten, und suchte die umliegenden Straßen und Gebäude sowohl mit ihren Augen als auch mit ihren Mechsensoren ab. Sie sah überhaupt keine feindlichen Maschinen. In Wirklichkeit gab es nicht viele Orte auf der breiten Allee durch den Geschäftsbezirk, wo sich etwas von der Größe eines BattleMechs hätte verstecken können. Aber jemand strahlte sie unverkennbar mit einem ZES-Infrarotstrahl an – und sie war wie von Doorn mitten in einem Block.

»Tai-sa«, sagte Mond, »Sie müssen sich zurückziehen.«

»Negativ! Kompanie A, auf Raketenabwehrverteidigung vorbereiten, und findet mir diesen Sucher!«

»Beschuß mit Arrows«, meldete Usagi aus seiner *Speerschleuder*.

Lainie sah Rauchschwaden hinter den Mauern emporsteigen und verzog das Gesicht. Es war unannehmbar, in diesem Stadium aus dem Kampf genommen zu werden. Das Schicksal hatte sie betrogen.

Die Geister feuerten ungezielt, während die Söldnerraketen auf den Mech ihrer Kommandantin zuschossen. Diesmal half das Sperrfeuer nicht.

Shig Hofstras *Kintaro* warf sich vor *Rache* und sprang. In Ermangelung von Sprungdüsen benutzte der Mech nur die Kraft der Myomer-Pseudomuskeln in seinen Beinen. Das reichte aus. Die beiden großen feindlichen Raketen trafen ihn in die Brust, rissen ihn auf und schmetterten ihn rückwärts in Lainies Mech.

Lainie bemühte sich, konnte aber nicht aufrecht bleiben. Ihr *Mauler* fiel auf den Rücken, drückte den Asphalt ein, und trotz der Schutzkissen rings um sie wurde sie beim Aufprall bewußtlos.

BattleMechs sammelten sich um sie. »Tai-sa ...«, stammelte Mond.

Als Lainie wieder zu sich kam, sah sie vor ihrem geistigen Auge plötzlich einen Umriß, der in ihr Gesichtsfeld gedrungen war. »Das Parkhaus!« rief sie aus und zwang ihren Mech wieder auf die Beine.

»Tai-sa?« Das war Buntaro Mayne in seinem *Feuerfalke,* dessen linker Arm abgeschossen worden war.

»Parkhaus, dritter Stock!« Lainie deutete mit ihrem rechten schweren Laser auf ein zehnstöckiges Gebäude siebenhundert Meter nordöstlich. Zufällig war keiner der Wolkenkratzer im Yamatostil in seiner unmittelbaren Nähe erbaut worden. Es bot einen hervorragenden Blick sowohl über den Komplex als auch über die zu ihm hinführenden Straßen. »Steht nicht mit offenen Mündern da, ihr Narren, schaut.«

Das taten sie. Gerade noch rechtzeitig, um den gebogenen Schnabel des verflixten *Rabe* zu sehen, der sich außer Sicht duckte. Der Strahl, den Lainie auf ihn abfeuerte, verfehlte ihn knapp.

»Tai-i Mayne!«

»Hai!«

»Nehmen Sie drei leichte Mechs und bringen Sie mir diesen verdammten *Rabe.*«

Der schwere Laser des *Atlas* durchschlug die Kopfpanzerung der Kleinen Meisterschützin und erfüllte das Cockpit mit schrecklichem rubinrotem Glühen. Bärchen, der im Fahrgastsitz angeschnallt war, ging in Flammen auf. Die Rächende Annie schrie auf, mehr vor Kummer über den Verlust ihres geliebten Freundes als aus Furcht um sich selbst.

Die PPKs des *Marodeur* folgten dem Lasertreffer. O-Leutenient Annie Sue Hurd verging in einem schmerzlosen Blitz, ehe ihr aufgehen konnte, daß der Geruch in ihren Nasenlöchern ihr eigenes brennendes Fleisch war.

»Uh-oh«, sagte Raven zu sich selbst und drückte den Ausschalter an ihrem Funkgerät. Diese rothaarige Hexe hatte mehr Leben als der alte dreibeinige Schildpattkater auf der Ranch ihres Pas. Und wie dieser verehrungswürdige Bauernhoffetzer wollte die Kommandantin der Geister einfach nicht aufgeben. Sie stand auf, schüttelte das ab, was von dem *Kintaro* übrig war, der sie gerettet hatte, und deutete dann direkt auf den Rasenden.

Raven wirbelte herum, jagte weg, so daß die Ferrofaser-Vogelfüße ihrer Maschine zischende Funken auf dem Zementboden des Parkhauses schlugen.

Ein rosafarbener Blitz erleuchtete ihre Anzeige. Hinter ihr ertönte ein Knall, gefolgt von großen Zementbrocken, die auf den Rücken ihres Mech herabregneten. Diese verdammte Frau Shimazu hätte ihr beinahe einen Blattschuß verpaßt.

Raven grinste unter ihrem Neurohelm. Zur Hölle, sie hatte den Draco-Kolonel und die anderen Geister, die sie getroffen hatte, gemocht. Die meisten anderen 'lleros auch. Aber Caballeros lebten nach einer einfachen Regel: *Wenn du kommst, um uns weh zu tun, dann sei darauf vorbereitet, daß es dir nicht gut bekommt, denn wir werden unser Bestes tun, um dir zuerst und schlimmer weh zu tun.*

Sie rannte zwischen gedrungenen Zementsäulen hindurch auf die Rampe nach unten zu. Auf diesem Stockwerk waren nur wenige Autos geparkt, weil die meisten Kunden des Parkhauses Mittelklassetypen aus der Tagschicht waren, die durch die Abriegelung des Murasaki-Distrikts zu Hause festsaßen. Raven hoffte, daß sie versichert waren.

Sie hörte ein Donnern hinter sich, sah im Sichtstreifen Bewegung. Sie wirbelte herum, und die beiden mittelschweren Laser in ihrem rechten ›Flügel‹ stießen vor.

Ein Geister-*Jenner* war auf das offene Parkdeck gesprungen. Er stand mit gebeugten Knien, so daß der Raketenwerfer auf seinem vorgestreckten Kopf nicht an die Decke stieß. Seine eigenen mittelschweren Laser schossen zurück. Ravens Sichtschirm wurde automatisch trübe. Als er wieder hell wurde, glühte eine frische weiße Kerbe im Schnabel des Rasenden.

Der *Jenny* war nicht schwerer als der Rasende, und seine Frontpanzerung war nicht ganz so gut. Aber mit vier mittelschweren Victorylasern und einem Telos-KSR-Werfer verfügte er über deutlich mehr Feuerkraft als Raven, auch wenn ihr Sechsfach-Werfer NARC-unterstützt war. Ein Großteil der 35 Tonnen eines *Rabe* bestand aus moderner Sensor-, Sicht- und Zielelektronik. Er war kein geborener Nahkämpfer wie der *Jenner*.

Außerdem bewies die Anwesenheit des *Jenner*, daß die Geister wußten, wo sie war. Andere würden zweifellos versuchen, das Parkhaus im Erdgeschoß zu betreten. Sie würden sie von hinten angreifen, wenn sie blieb und kämpfte.

Sie feuerte eine ungezielte KSR-Salve auf den feindlichen Mech, dann wirbelte sie herum und rannte weg. Ihr Mech hatte schlechte Rückenpanzerung – aus der bereits einige Elemente herausgeschossen waren – und war ganz allgemein langsamer als ein *Jenny*. Aber Raven O'Connor hatte, seit sie neun Jahre alt war, in einem AgroMech riesige, langhörnige Ranger gehütet. Sie würde jederzeit ihre Beweglichkeit auf dem Zementboden – der für Mechfüße rutschig war, selbst wenn er nicht mit Motoröl aus den chronisch undichten Klapperkisten der Dracos beschmiert war – gegen die Laserbewaffnung und Geschwindigkeit des Geistes setzen.

Außerdem hatte sie noch ein As im Ärmel. Hoffentlich bekam sie Gelegenheit, es auch auszuspielen.

Vorwärts hetzend, Haken schlagend und halsbrecherisch um Zementsäulen schlitternd, während ihr Laserstrahlen um die Ohren zischten, raste Raven auf die Rampe zu.

»Don Carlos?«

Der Kommandant des Siebzehnten Kundschafterregiments saß im Cockpit seines Kommando-*Katamarans*, der vor den Stufen zu Onkel Chandys Zitadelle stand. Die C3-Anzeigen hielten ihn über den chaotischen Verlauf der Schlacht auf dem laufenden. Er hatte gerade Kapitan MacDougall angewiesen, das, was vom Ersten Bataillon noch übrig war, in den Komplex zurückzubringen. Sein Verstand war heute scharf. Er spürte nichts von der schrecklichen Lethargie, die ihn während des Angriffs von Blakes Wort befallen hatte.

»Ja, Zuma«, antwortete er über den Kommunikator.

»Kolonel, Lady K hat mich gebeten, für das Erste Bataillon zu singen.«

Kamacho nickte. Es war keine ungewöhnliche Bitte. Die 'lleros baten ihren besten Balladensänger und Meister seines Fachs oft, in schwierigen Situationen die Moral mit seinen Liedern zu heben. Der Oberste Azteke war bereits damit beschäftigt, Mechs des Zweiten und Dritten Bataillons zu reparieren, die von den Geistern beschädigt worden waren, die an der Südmauer angriffen. Aber er konnte seine Assistenten ein Mikro aufbauen lassen und bei der Arbeit singen.

»Natürlich, Zuma«, sagte er leicht überrascht. »Du mußt nicht fragen.«

»Aber *patrón*«, sagte Zuma, »ich will ihnen ein ganz bestimmtes Lied singen.«

»Welches?«

»Das, das ich zu Ehren Ihrer Tochter Patricia geschrieben habe.«

»Nein. Tut mir leid, aber das kann ich nicht erlauben.«

Eine Pause folgte, die durch die Entladungen ferner Energiewaffen untermalt wurde. »Also gut, *patrón*. Zuma Ende.«

Don Carlos seufzte. Er trommelte mit dick behandschuhten Fingern auf die Armlehnen seiner schmalen Kommandocouch. Er wartete ungeduldig darauf, daß die *culebras* endlich richtig loslegten.

Weil es einen Grund für seine Rückkehr zur geistigen

Klarheit gab. Er war endlich mit seinem Kummer und seinem Selbstzweifel ins reine gekommen.

Trotz Cassies Beschwörung hatte er beschlossen, heute sei ein guter Tag zum Sterben.

Ihre unregelmäßige Fortbewegungsweise hatte den *Jenner*-Piloten so frustriert, daß er stocksteif stehenblieb, um ihr einen gezielten Schuß zu verpassen, wodurch es Raven bis zum zweiten Stockwerk schließlich gelungen war, ihren Vorsprung ein wenig auszubauen. Statt dieselbe Rampe weiter abwärts zu laufen, lief sie auf die gegenüberliegende Seite zu einer anderen. Als der *Jenner* hinter ihr die Rampe herabgesprungen kam, drosselte sie die Geschwindigkeit, bis sie die Füße des GeisterMechs auftauchen sah. Dann gab sie wieder Vollschub.

Am Fuße der Rampe versuchte der *Jenner* eine zu schnelle Drehung, rutschte und fiel fast über das Geländer auf die Straße hinab. Aber ganz soviel Glück hatte Raven nicht, und sie war auch nicht in der Lage, dem Sturz des *Jenny* mit ein oder zwei Kurzstreckenraketen nachzuhelfen. Der Geisterpilot bekam seine Maschine wieder in den Griff und verfolgte sie stampfend.

Im Rückspiegelteil ihrer Dreisechzig-Rundsicht behielt Raven den Vormarsch des *Jenner* aufmerksam im Auge. Als er unter einem mit einem gelben Streifen bemalten Zementträger hindurchging, nahm sie die Abdeckung vom Knopf einer Box, die an die Armlehne geklebt war. Als der Feind eine blaue Markierung erreichte, drückte sie den Knopf.

Sechzehn Ladungen, die an einer Anordnung von vier mal vier Zementsäulen befestigt waren, gingen mit ohrenbetäubendem Krachen los. Gleichzeitig zerstörten sorgsam angebrachte Sprengladungen Träger und Stahlstreben in der Decke.

Der *Jenner* verschwand in einem erdbebenartigen

Donnern und in einer Staubwolke, als ihm ein mehrere hundert Tonnen schwerer Teil des dritten Stocks auf den Kopf fiel.

In vollem Lauf erreichte Raven das Erdgeschoß. Am Fuße der anderen Rampe stand eine Gruppe Mechs, die aus einer *Speerschleuder*, einem *Heuschreck* und einem tief gebeugten, einarmigen *Feuerfalken* bestand, und spähte hinauf, als versuchten sie herauszufinden, was das schreckliche Chaos bedeutete.

Fünfundzwanzig Meter entfernt führte ein Ausgang auf die Straße hinaus. Raven ging darauf zu. Die drei Geister reagierten schnell und geschickt und schossen einfach, ohne sie zu verfolgen. Raven spürte, wie Treffer ihren Mech erschütterten, und sah rote Lichter wie fluoreszierende Farbe über ihre Instrumente flackern. Sie biß die Zähne zusammen und hielt den Rasenden mit reiner Willenskraft aufrecht.

Sie hatte gerade die gestreifte Holzbarriere erreicht, als ein Laserschuß des *Feuerfalke* ihren rechten Hüftaktivator zerschmolz. Der Rasende taumelte vorwärts, durchbrach die Barriere und pflügte mit dem Schnabel draußen eine Furche in die Straße.

Die schwer zusammengeschlagenen Reste von Adelante und Bronco zogen sich Richtung Komplex zurück. Bataillonskommandantin MacDougall stand vor einem letzten Problem: nicht sprungfähige Mechs, darunter ihren eigenen *Atlas*, sicher hineinzubekommen.

Am Fuß der Mauer wendete das Erste Bataillon und eröffnete das Feuer auf seine Verfolger. Die Geister, die dachten, sie hätten endlich den Willen ihrer Feinde gebrochen, zögerten und blieben stehen.

Während Bobby der Wolf unterwegs war, um ein paar Skalps zu sammeln, hatte seine Cochise nichts anderes getan, als sich Blickduelle mit Kompanie C der Geister zu liefern. Während sich jetzt die riesigen Tore mit eisiger Entschlossenheit öffneten, führte er die verbleibenden sprungfähigen Mechs des Ersten Bataillons in eine wirbelwindschnelle Attacke, um die Geister sich nicht sammeln zu lassen.

Mehrere hundert Meter vor dem Komplex aufgehalten, konzentrierten die Geister ihr Feuer auf die Tore, aber Bobbys Ansturm gegen ihre Flanken störte diese Konzentration schnell. Kali MacDougalls Dunkle Lady war die letzte Maschine, die aus dem Feuersturm in den zeitweiligen Schutz des Komplexes polterte. Als sich dann die Tore wieder schlossen, schwebte Bobby Begays improvisiertes Kampfteam über die Mauer.

Zischend entwich erhitzte Luft, als die Luke des gefallenen *Rabe* aufsprang. Raven O'Connor krabbelte heraus und riß den Neurohelm herunter. Sie warf ihn weg und sprintete in die Deckung eines Ladens, dessen Fenster von einem Streifschuß einer PPK zerschmolzen waren.

Hinter ihr kam der einarmige *Feuerfalke* aus dem Parkhaus, richtete sich auf und stand dann da, auf den gefallenen BattleMech starrend.

Sprungdüsen pfiffen. Eine Wespe mit gelben und schwarzen Streifen auf der Brust und abgetrenntem rechten Armlaser ließ sich von oben auf den *Feuerfalke* fallen. Panzerung verformte sich, und der *FF* ging zu Boden.

Buntaro Mayne rollte den *FF* herum und versuchte, sein schweres ›Lasergewehr‹ auf den Gegner in Anschlag zu bringen. Die *Wespe* trat mit einem Fuß nach ihm und zerstörte die Waffe in den Klauen des *Falke*.

»Pack besser ein, alter Kumpel«, ertönte eine Stimme aus den Lautsprechern des Caballero-Mechs. »Ich habe dich im Visier.«

»Cowboy?« dröhnte der Lautsprecher des *Feuerfalke*. »Cowboy Payson?«

»Buntaro?« Buntaro Mayne lachte. »Du hast deine

Lektion wohl immer noch nicht gelernt, Cowboy«, sagte er und stemmte seinen Mech hoch, um auf die Maschine des anderen Kriegers einzudringen.

Als das Zweite Geisterbataillon und das angeschlagene Erste auf die Mauer zumarschierten, befahl Lainie den beiden Kompanien des Dritten, den Angriff im Süden zu forcieren. Sie war nicht so überrascht von Caballeroseishin wie die jungen Samurai und spürte die Notwendigkeit, jeden erlangten Vorteil so lange zu pressen, bis das Blut herauslief.

Sie hatte die Gaijin zum Rückzug gezwungen – fein. Selbst wenn das Manöver geplant war, hatte die Tatsache eines Rückzugs ganz klar Auswirkungen auf die Moral. Sie würde den Angriff gegen sie so hart wie möglich führen.

Getriebene Bronze löste sich beim ersten Kuß der PPK-Strahlen in Plasma auf. Unter der Zierschicht jedoch waren die Tore Hundert-Tonnen-Blöcke aus Ferrofaser-Panzerplatten. Von beiden Seiten geißelte der Beschuß schwerer Waffen die vorrückenden Mechs – ein Grund mehr, den Verteidigern alles ins Gesicht zu schleudern, was sie hatte. Sie mußte sie von den Mauern zurückscheuchen lassen. Dann konnte sie mit Mechs hineinspringen, unter anderem auch mit *Victors* und *Katanas* der Angriffsklasse und einem mit einem Heber ausgestatteten MAR-5D-*Marodeur*. Ihre bodengestützten Schweren konnten hindurchrumpeln, sobald die Tore oder Mauern durchbrochen waren.

Und wenn die zusammengewürfelte Kompanie, die den Yamato heraufwatete, zufällig in einem günstigen Augenblick eintraf... Sie lächelte tatsächlich, trotz des Schmerzes in ihrer Seele und der malträtierten Hand. Selbst die tapfersten Soldaten, das war bekannt, spritzten auseinander wie eine fallen gelassene Glasscheibe, wenn man sie während des Kampfes von hinten angriff.

Die *Wespe* rammte ihren Ellbogen hart gegen den runden Schädel des *Feuerfalke*, verbeulte ihn und erschütterte Mayne genug, daß er losließ. Dann setzte Cowboy seine Rawlings-Sprungdüsen ein, um ihn vom Pflaster zu heben, schlug das Gyros ein, um ihn hochzureißen.

Der *Feuerfalke* begann sich aufzurichten. »Du kannst nicht gewinnen, Cowboy«, sagte Mayne über seinen Lautsprecher. »Meine Maschine ist doppelt so schwer wie deine.«

Die *Wespe* schaltete ihre Sprungdüsen aus und landete mit den Füßen voran auf dem Kopf des anderen Mech. »Nicht die Masse macht's«, sagte Cowboy, »sondern die Beweglichkeit.«

Der *Feuerfalke* erhob sich auf seinen am Rücken angebrachten Sprungdüsen senkrecht nach oben, kein ganz so elegantes Manöver wie Cowboys, aber ausreichend, um ihn wieder auf die Füße zu bringen. Seine rechte Faust schoß vor und erwischte Gelbjacke im Gesicht.

Nun war es an Cowboy, von einem Hieb betäubt zu sein, unter dem sein Mech zurücktaumelte. Die Rückseiten seiner Beine verfingen sich an dem zertrümmerten Raben.

Als Mayne ihn ansprang, hüpfte Cowboy senkrecht nach oben und schwebte mit den Sprungdüsen auf voller Kraft.

Gesicht an Gesicht erhoben sie sich senkrecht nach oben, stiegen zwischen Bronzetürmen hoch. Die *Wespe* schlug dauernd mit ihrer Faust nach unten gegen den *FF*, während Mayne den verbleibenden Arm seiner Maschine um die Hüfte des kleineren Mech legte und seinen Kopf an seine Hüfte schmiegte.

Als die beiden Mechs den Scheitelpunkt ihres senkrechten Sprungs erreichten, begannen sie zur Erde zurückzufallen, aber beide Piloten rangen weiter, während sie ihren Fall mit Impulsen ihrer Düsen bremsten.

Es war ein in sich unstabiles System. Fünfzig Meter über der Straße fielen die zuckenden Maschinen aus den Antriebssäulen ihrer Düsen. An dieser Stelle hatten sie in etwa die Flugeigenschaften einer Drehbank im freien Fall.

Zum Glück fielen sie nicht die ganzen fünfzig Meter auf die Straße hinunter. Unter ihnen war ein vierstöckiges Backsteingebäude, das ihren Fall abfing.

Mehr oder weniger.

»Was soll das heißen, du nimmst meine Maschine?« verlangte U-Leutenient Alberto Jaramillo zu wissen. Seine Stimme hallte von den Fliesen der verlassenen U-Bahn-Station wider, die von den meisten Blutflecken des Überfalls von Blakes Wort gereinigt worden war.

»Genau das, Berto«, sagte Gavilán Camacho. »Ich befehlige deinen Mech.« Das war nichts, was jemand im Regiment hätte voraussehen können. Man wußte, daß der jüngere Camacho sich nach größeren Mechs als nach seinem *Dunkelfalke* sehnte. Die Waffensysteme seiner Maschine konnten nicht rechtzeitig repariert werden, egal, wie laut der junge Komtur Zuma, Astrozombie oder den Ersten Rüstungsschmied Bogdan Michael ›Stacks‹ Stachiewski anschrie. Und jetzt machte er hier seinen Rang geltend, um in das Cockpit eines *Skorpion* zu kommen. Der Mech hatte nicht nur das gleiche Gewicht wie Roter Milan, es war auch der unbeliebteste Typ in der Einheit.

Mit Hilfe von Abdulsattahs Leuten – und von Onkel Chandy und seinen Designern – bereitete das Siebzehnte eine letzte Überraschung für die Geister vor.

Das Tor war zwar durchgebrannt, doch hatten sich noch keine Geistermechs hereingedrängt. Es war natürlich nur eine Frage der Zeit. Wenn sie erst einmal drinnen waren, würde ihnen noch ein bitterer Kampf in der Miniaturstadt bevorstehen, die der Komplex bildete, aber sie würden eindeutig die Initiative an sich gerissen haben.

Bei der Planung seiner Trutzburg hatte Chandrasekhar Kurita einkalkuliert, daß er vielleicht eines Tages eine Möglichkeit würde haben wollen, Mechs in den oder aus dem Komplex zu schaffen, ohne daß sie gesehen wurden. Unter Geheimhaltung war die U-Bahn-Station mit einem beweglichen Betonblock überdacht worden. Zurückgefahren enthüllte er eine Öffnung von BattleMech-Größe, die zu einem Tunnel führte, der groß genug war, um Mechs durchzulassen, wenn sie sich tief genug bücken konnten. Natürlich waren die einzigen, die das konnten, diejenigen aus der 30-Tonnen-Klasse und darunter.

Mit einer Ausnahme. Der 55 Tonnen schwere *Skorpion* war eines der wenigen je gebauten BattleMech-Modelle mit vier Beinen. Er war häßlich wie die Sünde und hatte einen schrecklichen, die Nieren erschütternden Gang, denn er bewegte jeweils nur ein Bein wie ein Maultier. Aber er verfügte über eine höchst respektable PPK mit verbesserter Reichweite. Und was das Wichtigste war, er war flach genug, um den U-Bahn-Tunnel unter dem Komplex zu durchqueren.

Es war eine offensichtliche Wahl, den zwölf leichten Mechs aus dem Zweiten und Dritten Bataillon einige Kraft zu verleihen, damit sie durch die U-Bahn hinaus und die Geister von hinten angreifen konnten.

»Aber ich soll doch den Angriff führen!« beklagte sich Jaramillo. Eine Andeutung von klagendem Tonfall schlich sich in seine Stimme, weswegen man ihm kaum Vorwürfe machen konnte. Ein Unterleutenient bekam nicht oft die Gelegenheit, eine Kompanie zu führen.

»Nicht mehr«, sagte Gavilán Camacho.

»Ganz vorsichtig, großer Junge«, sagte Cowboy Payson, als Buntaro Mayne ihn aus dem Schrott seiner *Wespe* zog. »Ich glaube, mein Bein ist gebrochen.«

Der Geisterkapitan schleppte den Söldner zu einer noch stehenden Mauer. Die beiden BattleMechs lagen ineinander verschlungen als riesiger Schrotthaufen auf Straßenniveau. Für beide war der Kampf vorbei.

Cowboy bewegte seinen Hintern im vergeblichen Versuch, sich bequem hinzusetzen. An der Blässe seines Gesichts und der Art, wie vom Schweiß feuchtes Haar an seiner Stirn klebte, sah man deutlich, daß er Schmerzen hatte.

Er sah Mayne an, der unverletzt zu sein schien mit Ausnahme seines gesunden Auges, das blau war. »Ich werde dir nicht weh tun müssen, oder?« fragte der Söldner.

Mayne lachte. »Wenn ich ein normaler Soldat der VSDK wäre, würde die Ehre mir gebieten, dich zu töten, egal, in welchem Zustand wir sind. Glücklicherweise bin ich bloß ein niedriger Yakuza.«

Er setzte sich schwer. »Und um dir die Wahrheit zu sagen, ich fühle mich, als hätte ich für heute genug getan.«

Cowboy starrte einen Schutthaufen an, aus dem eine Musikbox hervorschaute.

»Sag mal, ist dir klar, wo wir sind?«

Der Geist schüttelte den Kopf.

»Mein Sohn, wir sind zufällig direkt durchs Dach der alten Verdienten Erholung gefallen.«

Mayne studierte etwas, das er aus dem Schutt gezogen hatte: eine kleine blaue Krishnafigur, die Flöte spielte. »Sind wir.«

»Weißt du, was das bedeutet?«

Der einäugige Yakuza nickte. »Es bedeutet«, sagte er gravitätisch, »daß die Getränke aufs Haus gehen.«

38

Masamori, Hachiman
Distrikt Galedon, Draconis-Kombinat

2. November 3056

Zwei ISA-Kommandomitglieder standen links und rechts der Haupttüren des Hotels Ruhe des Koordinators. Wie üblich hatten sie Ninjatos mit gerader Klinge auf den Rücken geschnallt und hielten 42er Shimatsus in Patrouillenhaltung diagonal vor dem Bauch.

Trotz der modernen Sensorenausrüstung in den schwarzen Anzügen war es unwahrscheinlich, daß das DEST-Team die vier entdecken würde, wenn es nicht aktiv nach ihnen suchte. Cassie hoffte inständig, daß sie ihm keinen Grund dafür gegeben hatten.

Außerdem gab es jede Menge Anreize, anderswohin zu schauen.

Der Schlachtenlärm hatte nachgelassen, und jetzt erscholl nur noch ein dumpfes Donnern irgendwo hinter ihnen. Die 'lleros zogen sich in den Komplex zurück. Das lief alles nach Plan – solange sie den Geistern ausreichend weh getan hatten. Nach ein paar Blicken zu schließen, hatte das Siebzehnte ein bißchen mehr ausgeteilt als eingesteckt.

In dieser bizarren Schlacht war das ein Sieg. Aber er war vergänglich.

Das Wissen, daß ihre MechKrieger-Kameraden letztlich nicht gewinnen konnten, erdrückte sie fast. Nur sie konnte gewinnen, und wenn sie scheiterte, würde das die Vernichtung des Siebzehnten bedeuten, egal, wie es ihm gegen seine früheren Freunde vom Neunten Geisterregiment erging. Denn solange Ninyu Kerai Indrahar und sein Vater glaubten, Onkel Chandy sei ein Verräter am Kombinat, würden sie die Macht des Drachen immer vehementer gegen ihn schleudern, bis die Caballeros in einer Sturzflut von Stahl, Feuer und Blut ertranken.

Sie sah ihre Gefährten an. Sie nickten und sahen im Dunkel aus wie Waschbären auf einem Photonegativ. Sie griff nach oben und schaltete den in eine Tasche ihrer Weste eingenähten Kommunikator ein. Sie hatten ihre Sender an einem bestimmten Punkt einen halben Klick von dem unvollendeten Hotel ausgeschaltet, weil sie davon ausgingen, daß die ISA hochentwickelte FAS-Ausrüstung drinnen hatte, die eingeschaltete Geräte selbst dann orten konnte, wenn sie nicht sendeten.

Jetzt würden die Dracos sowieso bald wissen, daß die Kundschafter da waren. Sie drückte dreimal mit dem Daumen.

Fünf Herzschläge später flog der rechte Wächter rückwärts durch die Glasscheibe in die Lobby.

Was ihre Sensoren anging, so hatten die vor Umwelteinflüssen geschützten Anzüge, die die DEST-Mörder trugen, ihre Nachteile. Der Schutz kostete sie Flexibilität, und wie Cassie setzten die ISA-Agenten auf Beweglichkeit und trugen leichte Panzerung statt klobiger Sturmwesten mit eingenähten Stahlkeramikverbindungen wie jene, die auch mehrere aus Cassies Mannschaft anhatten.

Natürlich konnte nicht einmal eine gepanzerte Sturmweste dem Einschlag der Kugel eines Zeus-Präzisionsgewehrs standhalten, die so groß war wie Cassies kleiner Finger und mit fünffacher Schallgeschwindigkeit flog. Die Kugel durchschlug das DEST-Kommandomitglied glatt und zerschmetterte das angeblich kugelsichere Glas – nicht Transpex – hinter ihm.

Die andere Wache reagierte genauso, wie es ein DEST-Mitglied in den Holos täte: Sie ließ sich auf ein Knie fallen und riß ohne jedes Zögern ihre Shimatsu hoch. Cassie, Elizondo, McTeague und Absalom Sloat hatten bereits ihre Maschinenpistolen über die Theke geschoben.

In den Action-Holodramen taten die Leute seltsame Dinge: Sie schlugen Fenster mit dem Knauf ihrer Waffe ein, ehe sie schossen. Das machte Cassie immer wahnsinnig. Wenn man die Scheibe einschlagen konnte, warum dann nicht einfach durchschießen und gleichzeitig sein Ziel umlegen? Soweit sie das sagen konnte, wurde das allgemein so gemacht, damit das Geräusch des brechenden Glases die Helden warnen konnte, statt daß sie plötzlich auszulaufen begannen, ehe sie auch nur wußten, daß irgend etwas nicht in Ordnung war. Genau wie die Soldaten im Film – DEST und normale Soldaten – jedesmal ihren ganzen Schlachtplan ruinierten, indem sie einen entsetzlichen Schrei ausstießen, ehe sie ihre Opfer von hinten angriffen. Blöd.

Das Fenster des Nudelladens war nicht kugelsicher. Angeblich war das egal. Onkel Chandy hatte illegale 10-mm-Munition zur Verfügung gestellt, die außer echten Panzerplatten die meisten kugelsicheren Stoffe durchschlug. Nicht einmal das DEST benutzte solche Munition, zumindest nicht im Kombinat. Zum einen war Körperpanzerung für Kombinatsbürger nicht erlaubt, zum anderen senkte es das Risiko, daß sich ISA-Agenten in jenen peinlichen Kreuzfeuersituationen, die sich in der Hitze des Gefechts so oft ergaben, gegenseitig verletzten.

Das Fenster flog zufriedenstellend heraus, als die Kundschafter das Feuer eröffneten. Die kniende DEST-Agentin fiel nach hinten, ohne auch nur einen einzigen Schuß abgegeben zu haben. Das war ein gutes Zeichen für die Effektivität der Munition – aber auch bei flexibler Panzerung würde ein Dutzend Körpertreffer aus der Nähe einen Gegner schon allein wegen der gebrochenen Rippen zu Boden gehen lassen, selbst wenn die Geschosse nicht durchgingen. Aber auch das Hotelfenster zerbarst auf dieser Seite, was ein gutes Zeichen war.

Beim Geräusch von Schüssen sollte der Rest der

Kommandomitglieder die Funkgeräte einschalten. »Gehen wir«, hauchte Cassie in das Punktmikro an ihrem Kehlkopf. Sie setzte über die Theke und rannte, dicht gefolgt von den anderen, auf die Straße.

»Mechs! José y María, sie kommen aus dem Fluß!«

Langsam und unaufhaltsam schoben sich die Dracos von Westen in den Komplex. Von dem Cockpit des Großen Weißen aus zog Kolonel Camacho Beteiligte aus dem Kampf an der Südmauer ab, wo der Angriff nicht so stur vorgetragen wurde, und stellte sie in die Bresche.

Er war noch nicht mit seinem eigenen Mech in Aktion getreten. Er wollte sich den Augenblick zum Sterben aussuchen. Abgesehen von dem Schmerz des Wissens, daß seine Söhne und Töchter, die MechKrieger des Siebzehnten, unter den Waffen der *culebras* litten und starben, hatte er eigentlich Spaß.

Der Warnruf riß ihn vom Kommandomodus in den Kampfmodus. Er setzte den Großen Weißen in Bewegung und umrundete die Südseite der turmhohen Zitadelle.

Als er die Ecke umrundete, sah er sie. Eine *Ballista* war bereits innerhalb des Komplexes. Andere Mechs sanken aus den Wolken herab – wie Engel, dachte er.

Er lächelte unter seinem Helm. Diese Erscheinungen standen definitiv auf der falschen Seite, um Engel zu sein. Leutenient Teresa Chávez würde ihn endlos schelten, wenn sie wüßte, daß er solch ketzerische Gedanken hegte.

Jenseits des Flusses fiel der Schnee schwer auf Sodegarami. Tatsächlich fiel überall Schnee. Aber auf das flammende Herz Masamoris fiel keiner.

Das sagt viel über unsere Sünden aus, dachte Don Carlos. Gott läßt seinen reinen weißen Schnee auf die Treibende Welt fallen, aber nicht auf uns.

Langsam ging er mit seinem *Katamaran* den eindringenden Mechs entgegen. Er verstand nur allzugut, was geschehen war. Die Sicherheitstruppen des Mirza in ihren blauen Overalls waren sehr gut in dem, was sie taten. Aber es gehörte nicht zu ihrer Stellenbeschreibung, die volle Wucht eines Frontalangriffs eines gesamten Veteranenregiments von BattleMechs aufzufangen. Sie waren alle völlig damit beschäftigt gewesen, das entsetzliche, aber erregende Schauspiel zu sehen, wie Tai-sa Shimazus Streitkräfte sich einen Weg ins Herz des Hachiman Taro-Komplexes freinagten, und hatten vergessen, ein Auge auf den Fluß zu werfen.

Als die feindlichen Mechs landeten, schwärmten sie zu beiden Seiten aus, bis sie den Großen Weißen im Halbkreis umstanden.

»Es gibt nicht zu viele erbeutete *Katamarane* in der Inneren Sphäre«, dröhnte es aus den Lautsprechern der *Ballista,* »und noch viel weniger haben dieses Hailächeln auf die Schnauze gemalt. Kolonel Camacho, nehme ich an.«

»Sí. Mit wem habe ich die Ehre?«

»Tai-i Hanson vom Neunten Geisterregiment.« Die *Ballista* machte eine Geste mit der linken Hand. »Ich fordere Sie auf, sich zu ergeben, Kolonel. Dieses Spiel ist aus. Ich weiß, daß Sie einen *Katamaran* steuern – was bedeutet, daß sie zunächst einmal Manns genug waren, um ihn von den Clans zu erbeuten. Und wir sind nur kleine Jungs. Aber wir sind zwölf gegen einen.«

In der Tat, dachte Don Carlos, und was für ein ruhmreiches Lied kann Zuma über mein Hinscheiden schreiben. Da empfand er Scham, weil er dem Obersten Azteken nicht erlaubt hatte, das Lied zu singen, das er für Patsy komponiert hatte. Es war reine Kleinlichkeit gewesen, ein letzter, bleibender Stich, zugefügt von einem unwürdigen Vater. Aber Zuma war weise, er würde wissen, daß er Patsys Lied bei Don Carlos' Beerdigung singen konnte.

Wenn Caballeros überlebten. Aber welchen besseren

fähig machten, denn nur ein selbstmörderischer Eiferer würde Stoffe wie Tränengas, Übelkeitsgas oder Halluzinogene in die Luft freisetzen, die er vielleicht selbst atmen mußte. Die Kommandoanzüge der ISA schützten sie vor Splittern und dem blendenden Blitz und Knall der Blendgranaten und waren auch gegen Sprays versiegelt.

Was Cassie benutzte, war eine schlichte Rauchbombe – oder was mehr als ein Jahrtausend nach seiner Erfindung allgemein immer noch als Rauchbombe bezeichnet wurde. Weißer Phosphor war eigentlich eine ziemlich miese Rauchladung, da er in der Regel ganze Wälder schlanker weißer Rauchtürme produzierte, die selten viel verbargen.

Für Willy Peter, den Erfinder dieser Waffe, war es darum gegangen, was diese Rauchtürmchen produzierten: Hunderte von winzigen Phosphorbröckchen, die zäh an allem hängenblieben, was sie berührten, und mit 2400 Grad Celsius brannten. Sie konnten Ferrofaserpanzerungen verätzen und fraßen sich recht gierig durch die schwarzen DEST-Bodysuits, aus denen man, wie die plötzlich panischen Agenten feststellen mußten, nur sehr langsam herauskam.

Der Großteil des Attentäterteams, das darauf wartete, Chandrasekhar Kurita auszuschalten, war in einem großen Zuschauerraum und Holotheater neben der Lobby des Hotels Ruhe des Koordinators versammelt. Der Schallschutz war sehr wirksam. Nur eine Handvoll am Eingang hörte etwas, als die Wachen zu Boden gingen. Eine Tatsache, die sich als sehr unglücklich für sie erwies, denn sie waren derzeit in einem qualvollen Totentanz mit Phosphor als Tanzpartner gefangen.

Ihre Gewehrschüsse, die Granatenexplosion und die anschließenden Schreie alarmierten den Rest. Schwarzgekleidete Gestalten strömten in die Lobby, als die Kundschafter hereinstürmten.

Yvonne Sánchez rannte an Cassie vorbei, sie drückte

eine Sprengladung mit einer Hand an die Brust, mit der anderen feuerte sie ihre Maschinenpistole ab. Ihr Körper war von der Bombe und ihrer Sturmweste geschützt, und sie stürmte direkt auf das Kommando los, das in der Tür zum Zuschauerraum stand und auf sie schoß. Blut spritzte aus einem Arterientreffer am Arm. Sie rannte weiter.

Sie prallte wie ein Quarterback in vollem Lauf in das Kommando und versuchte, sich durchzutanken. Mehrere ließen ihre Shimatsus fallen, zogen Schwerter und trafen sie an Armen und Gesicht.

Die Kundschafter schrien ihr zu zurückzukommen und hüpften herum, denn sie versuchten, freies Schußfeld auf ihre Angreifer zu bekommen, ohne sie zu treffen. Cassie rannte einfach auf die Aufzüge zu. Bei dieser Mission blieb keine Zeit, sich um die Verwundeten zu kümmern. Die arme Yvonne war tot.

Das Ruhe des Koordinators war ein turmhoher hohler Zylinder, bei dem sich hundert Stockwerke hoch Terrassen zu einem Atrium hin öffneten. Die Aufzüge waren spindelförmige Kapseln, die in Schächten im Atrium nach oben fuhren. Nur von Arbeitslicht erhellt, war es eine merkwürdige widerhallende Weite, wie eine surrealistische Mine.

Hinter Cassie ertönten Gewehrfeuer, weitere Schreie und dann eine Explosion, die das gesamte Gebäude erschütterte. Sánchez hatte ihren Weg in den Zuschauerraum freigemacht und mit sterbenden Fingern die fünf Kilo Plastiksprengstoff in ihrer Tasche gezündet.

Dix und fünf andere erreichten mit Cassie den nächsten Aufzug. Sie zwängten sich hinein und drückten den Knopf für das oberste Stockwerk. Flüsternd schlossen sich die Türen. Die Beschleunigung drückte sie nach unten, als die Kapsel nach oben schoß.

Durch die durchsichtigen Aufzugswände sah Cassie Mündungsfeuer, als das DEST-Team zu ihnen heraufschoß.

Ein Knall. Patricio umklammerte seinen Oberschenkel und glitt zu Boden, wobei er eine rote Schmierspur auf dem Glas hinterließ.

Als Kommandomitglieder waren die DEST-Agenten seit ihrer Rekrutierung dazu ausgebildet worden, hinterlistig zu denken. Die Angewohnheit, teuflisch zu sein, war schwer zu durchbrechen, weshalb wahrscheinlich der Aufzug den sechzigsten Stock passierte, ehe jemand daran dachte, den Strom abzustellen.

Die rote Stockwerksanzeige war gerade an der Siebzig vorbeigeflackert, als sie ausging. Die Deckenbeleuchtung der Kapsel ging ebenfalls aus. Einen Augenblick lang kam die einzige Beleuchtung von der Kette Notfall-Lichter, die sich wie selbstleuchtende Tiefseelebensformen ins Atrium hinunterschlängelten.

Trübe ging die Deckenbeleuchtung wieder an, als sich die Notbatterie der Kapsel einschaltete. Cassie sah ihre fünf Kameraden an, die noch auf den Beinen waren. Dann sah sie zu Patricio hinunter.

Der junge Apache aus den Weißen Bergen schüttelte den Kopf.

Während das Attentäterteam im Erdgeschoß sein Mütchen kühlte, warteten zwanzig Kommandomitglieder mit ihrem Herrn in den oberen Stockwerken. Nicht daß Ninyu glaubte, er brauche Leibwächter; wenn jemand Ärger mit ihm wollte, dann sollte er nur kommen, Ninyu würde ihm mit dem Schwert in der Hand und einem Lächeln auf den vernarbten Lippen eine Vollbedienung verpassen. Aber seine Leute wollten ihn beschützen. In Übereinstimmung mit seinen bemühten Versuchen, die unvertrauten, menschlichen Fertigkeiten – ninjo-Fertigkeiten – auf Bitten seines Vaters zu lernen, ließ Ninyu sie gewähren. Sie empfanden es als große Ehre.

Per Kommunikator vor dem gewarnt, was da unterwegs war, warteten fünf DEST-Agenten vor dem Aufzug, als die Kapsel schließlich im achtzigsten Stock anhielt. Die Tür glitt auf. Alle fünf DEST-Agenten feuerten sofort ihre im Anschlag gehaltenen Shimatsus ab.

Die Magazine waren leer, bevor sie bemerkten, daß sich in der Kapsel nur ein einziger Terrorist befand, der auf dem Boden saß. Er war völlig durchlöchert und völlig tot. Seinen Gesichtszügen nach zu urteilen hätte er fast Japaner sein können.

Die fünf drängten sich in die Kapsel und untersuchten sie, als erwarteten sie, die anderen angekündigten Terroristen irgendwo in dem kleinen Raum verborgen zu finden. Dann deutete einer von ihnen nach oben zu der offenen Luke über ihnen.

Sie legten alle den Kopf in den Nacken, um nach oben zu schauen, als ein schwarzgekleideter Fuß Patricios Arm streifte. Seine Hand drehte sich, und seine toten Finger ließen den Sicherheitsstift der Weißphosphorgranate los, die sie umklammert hatten.

39

Masamori, Hachiman
Distrikt Galedon, Draconis-Kombinat

2. November 3056

Die Scouts hingen wie neugeborene Opossums an der Außenseite der Kapsel, bis der Aufzug anhielt. DEST-Kommandomitglieder in einem höheren Stockwerk entdeckten sie und begannen zu schießen. Absalom Sloat, der unvergleichliche Spurenleser, der sich nie an die städtische Umgebung des Regiments angepaßt hatte, rutschte weg und verschwand mit einem verzweifelten, immer leiser werdenden Schrei im Abgrund unter ihm.

Die anderen krabbelten rasch über das Geländer ins nächsthöhere Stockwerk und verschwanden in den Schatten.

MechKrieger des Zweiten Caballero-Bataillons auf der Südseite des Komplexes entdeckten das Gefecht an der Flußmauer. Komtur Bar-Kochba schickte U-Leutenient Bodine in seinem *Jenner* zur Unterstützung. Der *Kriegshammer* des Rabbi selbst und Marsh Waits' *Marodeur* kamen hinterhergerumpelt.

Als Bodines *Jenner* über die kahlen Ahornbäume sprang, die den Platz vor der Zitadelle säumten, war der linke Arm des Großen Weißen abgeschossen und sein linker Knieaktivator festgefroren. Aber der *Katamaran* stand zwischen den rauchenden Kolossen vier angreifender Mechs, und sein Pilot war wirklich der Tiburón der alten Tage, wirbelte den Mechtorso hierhin und dorthin und schwang seinen gesunden Arm über den Rücken, um so beständig die Gegner, die ihn wie Schakale umkreisten, mit Feuer einzudecken.

Die Dreihundertsechzig-Grad-Sichtstreifen verliehen dem MechPiloten der Geister Augen im Hinterkopf. Aber wenn vor ihnen eine gewaltige Schlacht tobte – in deren flammenden Eingeweiden sie jederzeit beordert werden konnten –, neigten sie dazu, das Geschehen im Auge zu behalten.

Der letzte BattleMech der Streitkräfte, die von Westen her angriffen, war der eine und einzige Stadtkoloß der Geister. Sein Pilot sah zum erstenmal etwas von der Streitmacht der Söldner, die sich sechs Minuten zuvor einen Weg aus der U-Bahn-Station Siriwan-Kurita-Opernhaus freigeschossen hatte, als Alacráns PPK seine Maschine von hinten in gelbes Ionenfeuer tauchte.

Durch die Ankunft von Bodines vergleichsweise intaktem *Jenny* und den beiden großen Mechs von Bar-Kochbas Zweitem Bataillon sowie dadurch, daß sich mehrere andere Caballero-Maschinen aus der Schlacht im Westen zurückzogen, um der neuen Bedrohung entgegenzutreten, war der Angriff aus dem Yamato schnell aufgehalten. Drei leichte GeisterMechs verzogen sich in die Fabrikationsgebäude in der Nähe der Mech-Ställe im Norden, um den Kampf fortzusetzen, bis sie zur Strecke gebracht wurden. Der Rest ging einfach in Rauch auf.

Mit einem gequälten Ächzen hitzeverformten Metalls gegen aufprallverformte Panzerplatten wandte Kolonel Carlos Camacho Bar-Kochbas Hammer Gottes das kraterübersäte Rumpfwerk des Großen Weißen zu.

»Warum haben Sie sich eingemischt, Rabbi?« fragte der Kolonel ruhig über die Komverbindung. »Mein Sohn ist tot.«

»Ihr Leid ist auch das meine«, sagte Bar-Kochba. »Vater Montoya wird eine Messe für Ihren Jungen lesen, und ich werde die Kaddish beten. Aber Sie müssen weitermachen. Das Regiment braucht Sie.«

Don Carlos seufzte. Er wollte nicht mehr sterben. Er wollte nur eine Gelegenheit, zu weinen und Kerzen am Leichnam seines Sohnes zu entzünden, und dann schlafen.

»Sie haben recht«, sagte er. »Ich habe eine Pflicht der einzigen Familie gegenüber, die ich noch besitze.«

Er ging auf eine andere Verbindung. Zumas volltönender Bariton drang an seine Ohren, er sang *El Camino Real de Guanajuato.*

»Zuma«, sagte er. »Entschuldige, wenn ich dein Lied unterbreche.«

»Ja, *mi coronel.* Was wollen Sie?«

Don Carlos holte schaudernd Atem. »Sing für mich, Zuma«, sagte er und versuchte zu verhindern, daß er an seinen Tränen erstickte. »Sing Patsys Lied.«

Das rote Leuchten der Notfallanzeigen erfüllte das Cockpit von Tai-sa Eleanor Shimazus *Mauler.* Nicht aller Glanz kam von den Warnlampen. Sie konnte riechen, wie ihr Haar in der Hitze des Cockpits zu verschmoren begann. Sie war auf mittlere Reichweite mit zwei schweren Caballeros beschäftigt, und das einzige, was ihren Mech noch aufrecht hielt, war der Zorn in ihr. Zorn, von dem sie inständig wünschte, sie könnte ihn gegen die Söldnerkrieger ablassen, die ihre Freunde gewesen waren.

Du willst sehen, wie sich Sumiyamas Haut im Plasmafeuer kräuselt, dachte sie. Aber der Yakuzaboß saß sicher in seinem fernen Turm, über allem, und lachte. Unberührt, unberührbar.

Sie wußte schon, daß der Angriff vom Fluß fehlgeschlagen war. Der Warnschrei ihres Zweiten Bataillons – »Gaijin-Mechs hinter uns!« – hallte noch in ihren Ohren nach, als Unagi sie rief.

»Tai-sa«, sagte der Pilot des leichten Mech. »Schalten Sie auf die allgemeine Frequenz der Ca ... der Gaijin.«

Sie tat es gerade noch rechtzeitig, um die Stimme des

Obersten Azteken kühn wie eine Trompete dröhnen zu hören: »*Presentando Patricia Camacho, la Capitana!*«

Er begann zu singen, von einem anderen wolkigen Tag im Gebirge einer Welt, die nach dem christlichen Heiligen Jerome hieß.

»Ist das nicht das Lied, das ihr Kolonel sie nie singen lassen wollte?« fragte Unagi.

»Doch«, sagte Lainie fast unhörbar. »Ist es.«

Eine einzelne Träne rollte über ihre rechte Wange. Sie bildete sich ein, sie könne sie als Dampf verzischen hören, als sie unter den Rand ihres Neurohelms fiel.

Unagi sagte etwas. Sie hörte es nicht. Sie hörte nur noch Patsys Lied.

Es war der Trauermarsch für das Neunte Geisterregiment. Was auch immer heute noch geschah, ihre barschen, rauflustigen, schamlosen Yakuzajungs und -mädels konnten die Caballeros niemals schlagen.

Ihr blieb nur noch eins zu tun.

Cassie dachte, ihre Mannschaft hätte endlich einmal Glück. Über ihnen tauchten keine DEST-Kommandomitglieder auf, um ihnen Granaten auf die Köpfe zu werfen, als sie die Treppe emporrasten.

Sie fand schnell heraus, daß das Gegenteil der Fall war. Die Treppen endeten im 99. Stock.

»Verdammt!« sagte sie.

Die anderen sahen sie an. Dix war noch bei ihr, außerdem Jimmy Escobar – der kaum schneller atmete –, McTeague und der muskulöse weißblonde Mangum.

Sie wies mit der Maschinenpistole auf die Tür. »Die werden auf uns warten.«

Mangum kicherte. »Wer will schon ewig leben?« Escobar murmelte etwas auf Zuni.

»Nun, ich hatte es eigentlich vor«, sagte Dix, »aber Pläne ändern sich nun mal.«

Cassie zog eine weitere Willy-Peter-Granate hervor.

Sie aktivierte sie, hielt sie für eine konservative Zählung bis zwei fest, warf sie durch die schwere metallene Feuertür und schlug die Tür wieder zu.

In dem Augenblick, in dem die Granate hochging und die Tür in ihrem Rahmen erschütterte, rammte Cassie den Öffnungsriegel beiseite und wirbelte hinaus, die MP im Anschlag.

Sie kam gerade rechtzeitig, um zu sehen, wie ein brennender DEST-Agent über das Geländer kippte und durch das Atrium hinabstürzte wie ein Meteorit.

»Das ist doch mal was, das man nicht jeden Tag zu sehen bekommt«, sagte Mangum hinter ihr.

Die anderen brachen aus dem Treppenhaus hervor und verteilten sich. Die verdunkelte Terrasse um die Tür erstrahlte in einer Galaxie blauweißer Phosphorsterne. Cassie war so vorsichtig, keinen davon zu berühren. Der weiße Rauch, den sie abgaben, blieb ihr in der Nase und im Hals hängen.

Auf der anderen Seite des Abgrunds blühte Mündungsfeuer auf.

Auf allen Stockwerken der Ruhe des Koordinators lagen die Räume strahlenförmig um einen Rundgang, der rings um das Atrium führte. Cassie stürmte ihn im Uhrzeigersinn entlang. Hinter ihr wechselten Dix, Escobar und Mangum aus der Deckung des Aufzugsschachts Schüsse mit den DEST-Kommandomitgliedern auf der anderen Seite des finsteren Schachts. McTeague rannte mit Cassie zur Treppe auf der gegenüberliegenden Seite und hoffte, sie würde nach oben führen.

Auf halbem Weg flog eine Tür auf, als sie vorbeikamen. In dem geisterhaften Leuchten des Arbeitslichts blitzte eine Klinge. McTeague schrie und stürzte mit gespaltenem Schädel, und Cassie wurde die Maschinenpistole in dem Augenblick aus der Hand getreten, als sie die Waffe in Anschlag brachte.

Zwei schwarzgekleidete Kommandomitglieder glitten heraus und teilten sich auf, um sie daran zu hindern, in eine der beiden Richtungen den Rundgang entlang zu fliehen. Beide trugen Pistolen in Schulterhalftern. In echter Ninjamanier bevorzugten sie ihre Schwerter.

Cassie hatte ihre Vorliebe für Schwertgefechte geahnt und war vorbereitet gekommen. Sie griff zu dem leichten Rucksack auf ihrem Rücken und zog einen Reißverschluß an einer Extratasche auf, die unten angebracht war. Fünf Kilogramm Stahlkugeln fielen donnernd und klackernd zu Boden.

Die DEST-Mitglieder wollten sich nicht von einem derart kindischen Trick aufhalten lassen. Beide griffen an. Der Frau riß es augenblicklich die Füße weg. Sie setzte sich hart auf den Boden.

Rutschend und ausgleitend kam der Mann Cassie nahe genug, um einen ungestümen diagonalen Hieb gegen sie anzusetzen. Sie setzte sich einfach hin, um ihn abzuducken, und preßte sich inmitten trübe schimmernder Metallmurmeln auf den Boden.

Er fing sich und sprang sie an, das Schwert für einen Überkopfschlag hoch erhoben. Der Fuß seines DEST-Anzugs mit der Falte für den großen Zeh landete auf Metallkugeln. Er fing sich zu gut ab und begann, nach vorn umzukippen, wobei er die Arme herumwedelte, um sein Gleichgewicht wieder zu finden, während er hilflos auf sie zurannte.

Sie packte ihn vorn am Dress, legte ihm eine Hand in den Schritt und half ihm durch eine leichte Abänderung der Bewegungsrichtung und etwas zusätzlichem Schwung zu dem hüfthohen Geländer, darauf und darüber.

Das Feuergefecht dauerte noch an und war recht einseitig, wenn die Lautstärke des Feuers irgend etwas zu bedeuten hatte. Aber die Caballero-Kundschafter wurden dazu erzogen, so zu jagen, wie ihre MechKrieger zu steuern lernten. Hinterwäldler, entrechtete Cowboys, ewig nörgelnde Nortenos aus den Hügeln, Pueblo-Indianer, Ausgestoßene, die von ihren stolzen reitenden Vettern verachtet wurden. Sie alle stammten aus den ärmsten Gegenden lebensfeindlicher Planeten, wo Fähigkeiten als Pirscher und die Kunst, Wild mit einem gutgezielten Schuß zur Strecke zu bringen, oft den Unterschied zwischen Überleben und Verhungern bedeuteten.

Im Gegensatz zu den meisten Fußgängern der Inneren Sphäre – darunter auch die vielgerühmten DEST-Superkommandos – mochten die Kundschafter des Siebzehnten keine Lokalrunden, zumindest nicht, wenn es um Feuergefechte ging. Sie zielten genau und schossen nicht gerne daneben.

Das weibliche Mitglied des Kommandos war wieder auf die Beine gekommen und umkreiste sie, das Schwert vor sich gestreckt. Die Körpersprache machte klar, daß ihr Weltbild schwer erschüttert war. Eine nichtswürdige Gaijin-Frau, und noch dazu eine ehrlose Geldsoldatin, sollte einfach nicht mit bloßen Händen einen der Besten des Drachen, der mit einem Schwert – der Seele jedes echten Draconiers – bewaffnet war, angreifen und gewinnen.

Sie ging tief in die Knie, als glaubte sie, das könne ihr bei dem unsicheren Boden helfen. Cassie zog Bluttrinker. Im Sitzen spreizte sie die Beine weit zur Grätsche, beugte sich dazwischen nach vorn, den Kris quer in der rechten Hand, die linke Hand bildete eine Tigerklaue: Harimau.

Die DEST-Frau täuschte einen Überkopfschlag an, wirbelte ihr Schwert zu einem Rückhand-Querhieb herum. Das Ninjato, handgearbeitet aus abwechselnden Lagen weichen und spröden Stahls nach jahrtausendealter Tradition, konnte Bluttrinker durchschlagen wie Reispapier. Die schlangenförmige Klinge war nicht aus dem besten Stahl.

Aber Cassie pflegte nie Klinge gegen Klinge, Kraft gegen Kraft zu setzen. Ihre lebenslange Besessenheit von der Mech-Jagd hatte sie die Fruchtlosigkeit dieser Herangehensweise gelehrt. Statt dessen erwischte Bluttrinker die Kommandoklinge mit der flachen Seite an der flachen Seite und leitete sie über Cassie und an ihr vorbei, als diese sich in den Hieb hineinduckte. Ihre linke Hand ergriff den Arm der Frau und wirbelte sie hart gegen die Sicherheitswand.

Die Kommandoangehörige war gut. Sie bewahrte ruhiges Blut, und ihre Erholungszeit war fast nicht meßbar. Die Würfel fielen zu ihren Gunsten; die Gummisohlen ihrer weichen schwarzen Stiefel fanden glatten Teppich. Sie drehte sich mit dem Rücken zur Wand und richtete die Schwertspitze auf Cassie.

Cassie löste sich aus ihrer Position mit den gekreuzten Beinen und richtete sich auf, dann drehte sie sich in eine Position, in der sie ihrer Gegnerin gegenüberstand, und begann sie im Uhrzeigersinn zu umkreisen. Die Schwertspitze senkte sich kurz und kam dann wieder hoch, zielte auf ihre Augen.

»Deine Tricks werden dir nicht helfen, Gaijin«, sagte die Frau mit durch das Visier gedämpfter Stimme. Sie drehte sich, um Cassie weiter gegenüber zu stehen. »Ich werde dich in Stücke schneiden.«

Cassie hatte sie umkreist, bis sie mit der rechten Schulter an der Sicherheitswand stand, die rings um die Außenseite des Atriums lief, aus dessen Tiefen drängende, verwirrte Stimmen ertönten. Sie rechnete jederzeit damit, beschossen zu werden, aber daran konnte sie im Augenblick nichts ändern. Sie war völlig auf ihre Gegnerin konzentriert.

Die Frau in Schwarz ging auf sie los. Katzenhaft sprang Cassie zurück. Blitzschnell stieß ihre Gegnerin mit einer einhändigen Handgelenkdrehung nach ihrem Gesicht.

Cassie spürte, wie etwas wie eine Fingerspitze ihre

linke Wange streifte. Dann war da das Stechen von Luft in einer offenen Wunde und Blut an ihrem Kinn.

Unter ihren Füßen waren rollende Stahlkugeln. Sie ritt auf ihnen und legte zusätzliche Entfernung zwischen sich und ihre Gegnerin. Dann fiel sie hilflos auf den Hintern.

Mit einem triumphierenden Schrei warf sich die Frau vom DEST auf Cassie und trat direkt auf die Stahlkugeln. Sie verlor das Gleichgewicht und flog nach vorn.

Cassies Sturz war vorgetäuscht gewesen. Sie fing die Frau mit einem Stoptritt mit gestrecktem Bein gegen den Solarplexus ab. Trotz der Körperpanzerung krümmte sich die Frau vom DEST. Cassie ließ ihre Hüfte Nabe und die Frau vom Kommando Rad spielen und rollte ihre Gegnerin über sich hinweg, ehe sie diese hart auf den Boden aufprallen ließ.

Nachdem der Frau die Luft weggeblieben war, sprang Cassie auf sie wie eine Tigerin. Ihre Gegnerin war etwas größer und stärker, aber das war egal. Cassie setzte sich auf sie, packte ihren gesichtslosen Kopf und schlug ihn dreimal gegen die Außenwand. Dann entwand sie den schwach gewordenen Fingern das Schwert und ließ es über das Geländer fallen.

Eine schwarzbehandschuhte Hand kratzte nach ihren Augen. Cassie packte das Handgelenk, rollte von der Frau herunter, benutzte ihre Körpermasse, um den Ellbogen auszuhebeln und brach ihn dann mit einem Stoß ihres eigenen Ellbogens. Die Frau in Schwarz grunzte.

Obgleich sie stoisch war, machte der Schmerzschock sie vorübergehend unbeweglich. Das gab Cassie Gelegenheit, ihr den Arm um den Hals zu legen und sie mit einem Nervengriff bewußtlos zu machen.

Sie zog der Frau vom Kommando die schwere Autopistole aus dem Halfter, steckte sie vorne in ihre Hose. Sie stand auf, entdeckte rasch Bluttrinker, holte sich den Dolch zurück.

Sie steckte den Kris in seine Scheide zurück und zog ihre Nambu-Nissan. Die Schüsse aus dem Treppenhaus hatten unerklärlicherweise aufgehört. Jetzt gab es plötzlich einen lauten Schußwechsel von der Treppe her, die sie gerade verlassen hatte, das Blitzen und Krachen einer Granate und Schreie.

Gestalten rannten auf sie zu. Sie hob die Pistole. »Nicht schießen, Cass«, keuchte eine Stimme.

»Dix?«

»Du hast's erfaßt.« Seine große Gestalt löste sich aus der Düsternis. Direkt hinter ihm tauchte die noch größere Gestalt Mangums auf, der sein Bein nachzog.

»Die DEST-Burschen gegenüber haben sich die Treppe hoch zurückgezogen«, sagte Dix. »Jimmy hat's erwischt.« Er sah ihr Gesicht an. »Du verlierst Blut.«

»Entweder werde ich Gelegenheit haben, es zu ersetzen«, sagte sie zu ihm, »oder es kommt alles raus. In jedem Fall kann ich mir jetzt darüber keine Gedanken machen.«

»Ich will ja die Party nicht stören«, sagte Mangum, dessen Zähne hinter seinen lächelnden Lippen zusammengebissen waren, »aber gerade eben kamen uns alle DEST-Kommandos der Welt auf die Pelle gerückt. Ich schätze, unser alter Kumpel Willy Peter wird sie nicht ewig aufhalten.«

Cassie deutete auf die DEST-Mitarbeiterin, die sich zu rühren und zu stöhnen begann. »Bringt sie her«, sagte sie. »Und paßt auf die Stahlkugeln auf.«

Dix verzog das Gesicht. Dann zuckte er die Achseln und schulterte seine Wumme. Er beugte sich nach unten und schlug den Kopf der Frau vorsichtshalber einmal auf den Boden. Dann packte er ihren Arm im Polizeigriff und hob sie regelrecht auf.

Cassie führte sie auf die Treppe zu. Um sie herum waren fünf schwarzgekleidete Gestalten verstreut wie weggeworfene Puppen, Zeugen der Effizienz von gezielten Schüssen.

Sie trat zur Seite der Tür, drehte den Knauf und stieß sie so weit wie möglich auf. Licht strömte heraus, aber kein Feuer. Als die Tür zurückschwang, ließ sie sich auf den Boden fallen und rollte mit vor sich gestreckter Pistole durch die kleiner werdende Öffnung.

Das Treppenhaus war leer. Offenbar hatten die Verteidiger beschlossen, sie im Penthouse selbst zu erwarten.

Ein Feuerstoß ließ Stuckstaub von der Wand neben der Tür hochwirbeln. »Rein hier«, sagte Cassie und deutete mit dem Kopf auf das Treppenhaus. Dix riß die Tür auf und schleuderte die bewegungslose Frau vom DEST auf die Stufen. Die drei drängten hinein.

Einen Augenblick lang kauerten sie sich keuchend hin. Cassie deutete auf Mangums Hosenbein, das feucht war und auf dem ein dunkler Fleck glänzte. »Was ist mit dir?«

Sein Grinsen war fast höhnisch. »Scheiße, ich wollte immer schon dieser einbeinige Mann in dem sprichwörtlichen Arschtrittwettbewerb sein.«

»Ich wußte gar nicht, daß du so komplizierte Wörter kennst«, sagte Dix.

»Was? ›Scheiße‹?«

»Könnt ihr beiden hier die Stellung halten?« fragte Cassie.

Dix sah Mangum an und zuckte die Achseln. »Zumindest bis sie unsere totenstarren Finger vom Abzug lösen.«

»Auf die eine oder andere Weise«, sagte Cassie, »wird es nicht lange dauern.« Sie packte die Frau an der leeren Ninjatoscheide, die noch immer auf ihrem Rücken hing, und schleppte sie die Stufen hoch, wobei sie aussah wie eine Katze, die Beute heimschleppte, die größer war als sie selbst, nur um es den Leuten zu zeigen. Ihre Kameraden starrten ihr nach, fragten aber nicht, was sie tat. Genau wie eine Katze ging Cassie ihren eigenen Weg und gab nicht viele Erklärungen ab.

»Die warten da oben alle bloß auf dich, Süße«, warnte Dix.

»Ich weiß«, sagte Cassie. Mit der linken Hand zog sie die Pistole der Frau. Dann beugte sie sich vor, schob der Kommandoangehörigen, die keinen Widerstand leistete, von hinten die Hände unter den Armen durch und stand auf, so daß sie die halb bewußtlose Frau jetzt an den Armbeugen vor sich hielt.

»Deshalb habe ich eine Freundin mitgebracht.«

40

Masamori, Hachiman
Distrikt Galedon, Draconis-Kombinat

2. November 3056

Während die Ballade über ihre gefallene Heldin in ihren Ohren erklang, gingen die Caballeros wie ein Mann zum Angriff über.

Der kühne Streich, den Gavilán Camacho führte, konnte eigentlich nicht viel Schaden anrichten – aber Napoleon Bonaparte hatte nicht nur heiße Luft abgesondert, als er sagte, daß im Krieg das Verhältnis von Moral zu Körper drei zu eins sei. Er hatte tatsächlich eine seiner seltenen Untertreibungen begangen.

Die Teile des Dritten Geisterbataillons, die nicht schon in den Eimer gegangen waren, zersplitterten einfach. Die Draco-MechKrieger wußten vom Kopf her, daß unter keinen Umständen plötzlich eine Verstärkungsarmee von BattleMechs aufgetaucht sein konnte, die den belagerten Gaijin half. Aber die Rationalität verdampfte, als im Rückspiegel Mechs mit bellenden Waffen auftauchten.

Deru kugi utareru, lautete ein japanisches Sprichwort, das Generationen von Koordinatoren sehr geliebt hatten: »Der Nagel, der heraussteht, wird eingeschlagen werden.« Die Yakuza lebten nach einem einfacheren Slogan: »Besser Hammer sein als Nagel.« Im Herzen konnten die Geister gar nicht anders, als die lächerliche Handvoll *Heuschrecks* und *Hornissen* – und einen *Skorpion* – zum Hammer Gottes persönlich zu verklären.

Unter einer Armee im Kampf breitet sich Panik aus wie eine Flamme auf vergossenem Benzin. Südlich des Komplexes sahen MechKrieger des Zweiten Geisterbataillons das Dritte Bataillon westwärts fliegen, so schnell die Sprungdüsen es nur trugen. Als die Söldner plötzlich über die Mauer hinweg über sie kamen, fiel ihnen einfach kein guter Grund ein, zu bleiben und sich abschlachten zu lassen.

Die Schlacht liegt in den Händen der Jungfrau, dachte Don Carlos jetzt, als die Berichte über fliehende Geister sich überschlugen. Er löste das Sigel seines Deckels, öffnete seinen Sicherheitsgurt und kletterte die Leiter seines Mech hinunter zum Boden.

EMTs von Hachiman Taro mit seltsam flachen Metallhelmen schweißten gerade mit riesigen hydraulischen Kneifern, die speziell für den Einsatz bei BattleMechs entwickelt worden waren, den Piloten aus dem Wrack des *Dunkelfalke* seines Sohns. Don Carlos rannte weinend hinüber.

Ein paar Schritte vor den Medtechs blieb er stehen. Die zerquetschte Gestalt, die sie auf die Trage legten, war viel zu klein, als daß es die seines Sohnes hätte sein können.

Eine Medtech mit einem unbehandelten Granatsplitterriß auf der Wange nahm der Gestalt sanft den Helm ab. Graumeliertes rotes Haar wogte hervor.

»Marisol?« fragte Camacho.

Leutenient-Kolonel Cabrera griff mit blutigen Fingern nach ihm. »Carlos?« sagte sie. Sie würgte, hustete Blut. Es floß über die Vorderseite seiner Kühlweste, als er sie in die Arme nahm.

»Sir«, sagte die verletzte Medizinerin, »sie ist schwer verletzt …«

Don Carlos funkelte sie an, so daß sie zurückwich. »Marisol, was machst du hier?«

»Ich – konnte dich doch nicht dein Leben wegwerfen lassen. Ich wollte für das sühnen, was ich dir angetan habe.«

Er barg ihren Kopf an seiner Brust. »Still jetzt. Sprich nicht.«

Sie packte seinen Arm, zog sich hoch, um ihm in die

Augen zu sehen. »Ich habe dich verraten, Carlos«, sagte sie, »aber ich tat es aus Liebe. Ich wußte, wenn ... ich nicht etwas täte, daß du dann nie ...«

Ihre Stimme begann zu versagen, und gleichzeitig sank sie langsam auf die Trage zurück.

»Wußte, daß du dich nie ... zur Ruhe setzen und mich mit nach ... Galisteo nehmen würdest.«

Ihre Finger lösten sich von seinem Ärmel. »Carlos, ich liebe dich«, flüsterte sie. »Küß mich, *mi amor*. Küß mich und sag, daß du mir vergibst.«

»Ich vergebe dir, Marisol«, sagte er. »Ich liebe dich.«

Er beugte sich vor, um ihre versengten Lippen zu küssen. Mit dem Kuß endete auch ihr Leben.

Als Cassie die Tür auftrat, schlug ihr ein Kugelhagel entgegen wie die glühende Wolke eines Vulkans. Der Körper der DEST-Frau zuckte unter Einschlägen wie von Vorschlaghämmern. Cassie lehnte sich in den Kugelhagel und trieb sich mit starken Beinen und Willenskraft hinein.

Weil die Treppe an der Außenwand emporführte, hatte das halbe Dutzend Kommandomitglieder, das auf sie wartete, keinen Platz, um die Tür zu umstellen. Das hielt sie lange genug am Leben, um zurückzuschlagen.

Sie waren nicht besonders subtil vorgegangen. Außer der merkwürdigen Säule gab es in dem halbfertigen Penthouse keine Deckung. Sie hatten sich in verschiedenen Entfernungen von der Tür stehend oder kauernd aufgebaut, die 42er Shimatsus auf die Tür gerichtet.

Einer stand keine drei Meter rechts vor ihr. Cassie hob die Nambu-Nissan und drückte in dem Augenblick ab, in dem die drei großen weißen Zielpunkte vor ihren Augen auftauchten.

Ein schwarzer Punkt tauchte genau in der Mitte des Visiers des Mannes im schwarzen Anzug auf. Die Panzerbrecher des Mirza wirkten verheerend, wie sie dankbar feststellen konnte.

Ein weiteres DEST-Mitglied schoß von links vorne auf sie. Sie schoß ihn in die Brust, einmal, zweimal, noch einmal. ISA-Kugeln durchdrangen ISA-Panzerung nicht. Aber sie trieben ihn zurück. Sein flexibles kugelsicheres Tuch fing die Kugeln ab, aber nicht, ehe sie ein gutes Stück in seinen Körper eingedrungen waren. Er ging zu Boden.

Cassies Sichtbereich war begrenzt, weil sie ihr Gesicht hinter den von einer zur anderen Seite wackelnden Kopf ihres menschlichen Schildes geduckt hielt. Sie fühlte sich, als bewege sie sich in Zeitlupe und konzentrierte sich darauf, ihr Bewußtsein nicht zu fokussieren, sondern mit der Randsicht Ziele zu suchen. Sie war sich einer großen einzelnen Gestalt bewußt, ganz in Schwarz gekleidet wie die Kommandoangehörigen, aber mit ungeschütztem rothaarigen Kopf. Die Gestalt stand am gegenüberliegenden Ende des riesigen Raums mit dem Rücken zu den Fenstern und einem Pult mit elektronischer Ausrüstung. Techniker in weißen Kitteln duckten sich dahinter.

Die rasche Wahrnehmung zeigte die Gestalt in einer Haltung angespannter Wachsamkeit, aber nicht der Bedrohung. Gut, dachte sie, bring mich nicht dazu, dich zu erschießen. Das würde die Dinge nur komplizieren.

Rechts von ihr kniete ein weiteres DEST-Kommandomitglied und versuchte auf ihren Kopf zu zielen. Sie konnte ihn zwar hinter ihrem Schild kaum sehen, aber sie richtete die Nambu-Nissan auf ihn und drückte ab. Sie sah Blut hinter seiner linken Schulter spritzen, dachte, eine weitere Kugel habe ihn in der Körpermitte getroffen. Mit wedelnden Armen fiel er rückwärts um.

Ein weiteres Kommandomitglied rannte links um sie herum und versuchte, hinter seinem zusammengebrochenen Kameraden zum Schuß zu kommen. Cassie drehte sich im Gegenuhrzeigersinn, so weit sie es wagte. Das Gewicht der toten Frau zog ihre Arme nach unten. Sie leerte die ISA-Pistole auf das Bein des rennenden Mannes und traf sein Knie von der Seite. Auch dieser Schuß ging nicht durch – aber er zerstörte dennoch das Gelenk. Er ging heulend zu Boden.

Zwei letzte Kommandomitglieder blockten sie Schulter an Schulter, ihre Waffen donnerten wie Indras persönlicher Fernschreiber. Cassie ließ ihre linke Pistole fallen und stürzte sich auf sie. Sie hatte das Gefühl, ihr menschlicher Schutzschild zucke in ihren Armen. Aber es waren nur Kugeleinschläge. Mit den Armen registrierte Cassie, daß sich der Brustkorb der Frau mittlerweile durchnäßt anfühlte.

Als sie fast an dem Paar dran war, legte sie eine Hand zwischen die Schulterblätter ihres Schildes und schleuderte dem Linken den Körper entgegen. Sie selbst warf sich auf den Rechten, richtete ihre Handfeuerwaffe auf den Mann und zog panisch durch. Mündungsfeuer sengte ihre linke Augenbraue ab, Sprengkapselreste stachen an ihrer Wange. Der Lärm von Kugeln, die mit doppelter Schallgeschwindigkeit an ihrem Kopf vorbeischossen, war wie das krachende Bersten einer Autobahnbrücke, die unter dem Gewicht eines *Atlas* nachgab.

Sie landete neben dem knienden DEST-Kommandomitglied, die Pistole noch immer im Anschlag und noch immer schießend. Er begann auszusehen, als habe er Mottenlöcher in seinem engen schwarzen Anzug. Von Motten mit rotem Speichel.

Ihre Nambu-Nissan war leer. Das nähere Kommandomitglied kniete noch, aber etwas in seiner Haltung verriet, daß er nicht mehr lebte. Er kippte auf sie zu, als sich sein Kamerad unter der toten Frau hervorwand.

Cassie sprang hoch und rannte auf das letzte Kommandomitglied zu. Im Vorbeilaufen riß sie dem toten DEST-Mann das Schwert aus der Rückenscheide. Sie hob es mit der Spitze nach unten über den Kopf.

Der verbleibende Gegner hatte inzwischen seine eigene Handfeuerwaffe aus dem Schulterhalfter gefummelt. Als er sie in Anschlag brachte, stieß Cassie mit einem ohrenbetäubenden Schrei das Ninjato nach unten.

Japanische Klingen waren für ihre Fähigkeit bekannt, Panzerungen zu durchdringen. Der Lächelnde rüstete seine Elite nicht mit Sian-Imitationen aus billigem Metall aus. Die Schwertspitze durchschlug die Panzerung auf dem Kopf des Kommandomitglieds, durchdrang Schädel, Hirn, Gaumen, Kiefer und dann erneut Panzerung und ragte schließlich drei blutige Zentimeter aus seinem Kinn heraus.

Sie ließ den kordelumwickelten Schwertgriff los und wandte sich dem großen Mann zu. Er hatte sich noch immer nicht bewegt. Sie öffnete ihren Rucksack, nahm den Kompakt-Holoprojektor heraus. Sie ging auf ihn zu, hielt den Projektor dabei mit beiden Händen vor sich und zeigte ihre Absicht, indem sie es sich bewußt schwer machte, eine Waffe zu erreichen.

Als sie näher kam, spürte sie, wie sein Blick sie traf wie Energiestrahlen. Fast hätte sie sich umgedreht und wäre weggerannt. Fast – aber das Regiment zählte auf sie, und sie hatte es noch nie im Stich gelassen.

»Sie sind so weit gekommen«, sagte der rothaarige Mann und klang fast amüsiert, »nur um mich in die Luft zu jagen?«

»Lord Kerai-Indrahar«, sagte sie und kniete vor ihm, »das ist keine Bombe. Es ist ein Beweis, der Lord Chandrasekhar Kurita ein für allemal von dem Vorwurf des Verrats reinwäscht, der ihn so ungerechtfertigt getroffen hat.«

Sie senkte den Kopf und streckte ihm den Projektor hin. »Meine Kameraden und ich haben unser Blut vergossen, um Ihnen diesen Beweis zu bringen. Jetzt liefere ich mich Ihrer Gnade aus und bete, daß Sie als ehrenwerter und großherziger Mann ihn ansehen werden, ehe Sie ein Urteil über meinen Herrn Kurita oder über mich selbst fällen.«

Ninyu Kerai Indrahar lächelte mit warmer Ernsthaftigkeit, was, wie er wußte, dem Geist seines Adoptivvaters Freude bereiten würde, wenn er es nur sehen könnte.

»In der Tat, mein Kind«, murmelte er, »bin ich der Ehre nicht würdig, die du mir erweist.« Und das ist auch noch wahr, dachte er, als er eine winzige zweischüssige Waffe aus seinem rechten Ärmel gleiten ließ.

Das nächste, was er registrierte, war, daß sein Schußarm hinter seinem Rücken in einem schmerzlichen Polizeigriff hochgedreht wurde und die unverschämte junge Frau an seinem Rücken hing wie ein Affe, die Spitze ihres gewellten Dolches so heftig an sein Kiefergelenk gepreßt, daß Blut floß.

»Ich glaube an dieses Samurai-Ehrengerede genausowenig wie du«, zischte sie ihm ins Ohr, »aber ich werde nicht länger zusehen, wie meine Freunde gebraten werden und sterben. Fangen wir jetzt noch einmal von vorne an, du nichtsnutziger Ninja-Hurensohn?«

Lainie schritt zwischen brennenden Gebäuden hindurch und stellte fest, daß sie *Raches* linken Arm nicht mehr bewegen konnte. Sie feuerte mit ihrem rechten Armlaser ständig auf einen sechzig Meter entfernten *Grashüpfer*, während die Hitze um sie herum stieg und stieg. Kurz bevor ihr Reaktor die rote Linie überschritt, stieg der *Grashüpfer*-Pilot aus. Einen halben Herzschlag später ging seine Munition hoch.

Sie fühlte keine freudige Erregung bei dem Todesschuß. Sie nahm ihn kaum wahr. Ihr Wesen war auf die sich vor ihr erhebende Zitadelle konzentriert. Sie beabsichtigte, auf ihren Stufen zu sterben.

Sie erreichte die große Freifläche vor dem Verwaltungsturm. Die Bäume waren so bunt, als sei der Frühling früh gekommen, aber ihre Äste trugen Flammen, keine Blüten.

Eine Gestalt löste sich aus dem Rauch vor ihr, eine Gestalt, die groß genug war, um ihre Aufmerksamkeit zu erregen. Ein *Atlas*, verbeult und grimmig.

»Lainie«, sagte eine vertraute fremde Stimme über ihre allgemeine Frequenz, »du siehst aus wie die Hölle.« Die Geisterkommandantin schaffte es, krächzend zu lachen. »Du solltest dich mal selber sehen, Kali. Deine Mechs sehen aus wie Benkeis meteorgeplagte Oberfläche.«

»Du weißt genauso gut wie ich, daß dieser Kampf vorbei ist«, sagte die Gaijin. »Geh zurück.«

»Ich muß vorbei.«

»Ich kann dich nicht durchlassen.«

Lainie schlug zornig gegen ihre Armlehne. Aufgrund der Hitze begannen die synthetische Schutzschicht und die Innenpolsterung augenblicklich zu versengen. »Warum müssen wir einander töten? Warum?«

»Wahrscheinlich, weil wir uns so ähnlich sind, Püppchen«, sagte die andere, »und weil wir nicht die Leute töten können, die uns zu dem gemacht haben, was wir sind.«

Die Tränen strömten unkontrollierbar aus Lainies Augen. »Kali«, sagte sie, »auf Wiedersehen.« Und sie hob den gesunden rechten Arm ihres Mech.

»Achtung, alle Einheiten des Neunten Geisterregiments«, sagte eine frische, trockene Stimme auf der allgemeinen Frequenz. »Hier spricht Direktionsassistent Ninyu Kerai Indrahar von der Internen Sicherheitsagentur. Alle Kombinatsstreitkräfte haben auf meinen Befehl hin die Kampfhandlungen sofort einzustellen. Ich wiederhole: Feuer einstellen.«

EPILOG

PATSYS LIED

41

Masamori, Hachiman
Distrikt Galedon, Draconis-Kombinat

2. November 3056

Marquis Redmond Hosoya, CEO von Tanadi Computer, kannte den Grund für Ninyu Kerais unerklärliche Nachricht nicht. Aber er wußte, was sie bedeutete. Das Leben im Draconis-Kombinat war von brutaler Einfachheit – das war schließlich eine der Traditionen, die er so liebte. Ein günstiger Wind für deinen Feind brachte die unvermeidlich schlechte Luft. Wenn sich für Chandrasekhar Kurita das Blatt gewendet hatte, dann folgte daraus mit unausweichlicher Logik das gleiche für ihn selbst.

Er beorderte einen Hubschrauber auf das Dach von Tanadis stolzem Bronzeturm und ließ sich von ihm durch den Schneesturm zum Rex-Fillington-Gedächtnisflughafen bringen. Dort bestieg er einen kleinen Privatjet mit Deltaflügeln. Er befahl dem Piloten, so schnell wie möglich ostwärts zu fliegen.

Er saß allein in der geräumigen Kabine, trommelte mit nervösen Fingern auf die Armlehne seines Sitzes und ignorierte einen Cocktail, den ihm der Steward gebracht hatte. Er sah zu, wie die Trimurtis rasend schnell größer wurden. Im merkwürdig unwirklichen Licht des Sonnenuntergangs, das auf ihrem Mantel aus frisch gefallenem Schnee glitzerte, sahen sie besonders groß aus, und das tat ihm wohl.

Er war ein kluger Mann, und er wußte gut, wie schnell das Glücksrad sich drehen und wenden konnte. Er hatte gewisse Vorkehrungen getroffen, um in der großen Gebirgskette zu verschwinden, in einem unterirdischen Versteck, das selbst Satelliten nicht entdecken konnten. Er würde dort in vollendetem Komfort abwarten, bis sich der Wind wieder gedreht hatte.

Während er sich mit diesem Gedanken tröstete, fiel ein schwarzer *Sholagar*-Raumjäger ohne Hoheitskennzeichen aus dem Orbit. Er schwenkte fünfundzwanzig Kilometer hinter dem fliehenden Jet flach ein, weit außerhalb des Sichtbereichs des ahnungslosen Piloten.

Der Pilot des Jägers schaltete sein Radar ein. Wenn der Jetpilot es bemerkte, würde er nur glauben, es sei der ihn streifende Verkehrskontrollstrahl aus dem beliebten Ferienort Varner fünfzig Kilometer südöstlich. Der *Sholagar*-Pilot nahm den Jet gerade lange genug ins Visier, daß die Suchköpfe von vier Langstrecken-Fire-and-Forget-Raketen ihre Beute sehen und ihr Schicksal werden konnten. Dann drehte er ab, riß die Schnauze nach oben und donnerte wieder empor in die endlose Nacht.

Das Untersuchungskomitee der Luftfahrtbehörde Hachiman fand nie eine Ursache für den tragischen Absturz, der das Leben des geschätzten Marquis Hosoya forderte. Sie schrieben ihn einem Pilotenfehler zu.

Das Dünengras wirkte schon brüchig und wintergepeitscht. Die Sonne war in die Shakudo gesunken, und der Wind von See war bitter. Cassie fand es schwer zu glauben, daß sie noch vor einer Woche auf einem Pferd durch die Brandung geritten war.

»Alles an dir war eine Lüge, nicht?« fragte der Graf von Fillington.

Cassie nickte.

Sie ging neben ihm her, und der Rock ihres langen weißen Kleids wehte ihr um die Beine. Es war ein seltsames Gefühl, als Cassiopeia Suthorn so gekleidet zu sein. Cassie trug selten Kleider. Doch Onkel Chandy hatte es vorgeschlagen, und Lady K hatte ihm zugestimmt.

»Warum bist du dann zurückgekommen?« fragte er

bitter. »Um mir meine eigene Torheit unter die Nase zu reiben?«

Sie blieb stehen und wandte sich ihm zu. »Ich weiß nicht«, sagte sie ehrlich. »Vermutlich… um dir zu sagen, daß es mir leid tut.«

»Leid tut?« echote er, und sein Tonfall wurde beißend. »Leid tut? Deine Söldnerkomplizen bringen meine Leute um, und du glaubst, du kannst herkommen und mir sagen, es täte dir leid? Du mißbrauchst mein Vertrauen und meine Gastfreundschaft, du spielst schamlos mit meinen Sympathien, all das im Interesse dieses ekligen Monsters Chandrasekhar, und du glaubst, du kannst herkommen und mir sagen, es täte dir leid?«

»Nein«, sagte sie. »Für all das entschuldige ich mich nicht. Ich tat das für das Regiment. Was ich zu sagen versuche, ist, es tut mir leid, daß ich dir weh getan habe.«

Das hübsche Gesicht des Grafen über seinem Spitzenkragen wurde weiß. Er hob eine Hand, als wolle er sie schlagen, aber Cassie wandte den Blick nicht von seinen Augen ab. Nur die Farbe ihrer Augen schien sich leicht zu einem ganz blassen Blau zu verändern.

Er beherrschte sich, sah seine Hand an, als habe er gerade entdeckt, daß sie aus dem Ende seines Arms wuchs, und ließ sie an seiner Seite herabfallen.

»Wenn ich versucht hätte, dich zu schlagen«, sagte er, »hättest du mich getötet, nicht?«

»Ja.«

Er holte tief Luft. »Manchmal reißen starke Gefühle einen Vorhang in uns beiseite, und wir sehen Dinge, von denen wir wünschten, es gäbe sie nicht.«

Sie sagte nichts. Sie wandte sich ab und ging wieder los, die Arme gegen die Kälte um sich geschlungen.

Einen Augenblick später folgte er ihr und holte sie mit langen Schritten ein. »Wenn die Immunität nicht wäre, die Ninyu Kerai dir gewährt hat, würde ich dafür sorgen, daß du und deine Leute für die Ermordung meines Personals zur Rechenschaft gezogen werden.«

»Wir haben nur einen getötet«, sagte sie, »und der war ein ISA-Spion. Er versuchte übrigens, mich zu töten.«

»Ja.« Percy steckte die Hände in die Taschen. »Ninyu hat zugegeben, daß Gupta einer seiner Agenten war. Nur ein Kommentar im Vorübergehen, als er herausfand, daß es den armen Burschen erwischt hatte.« Er runzelte die Stirn. »Aber ich schätze, du hast diesen großen schwarzen Burschen nicht wirklich getötet?«

»Menschenberg ist am Leben und treibt seine Kochlektionen voran. Er hat die Schlacht unverletzt überstanden.« Sie sah zu ihm auf, und ihre Augen waren wieder blaß geworden.

»Wo du doch so empfindlich bist, wenn Menschenleben gefordert werden«, sagte sie, »was ist mit meinen Freunden?«

Er nickte knapp. »Nun gut, jetzt bin ich an der Reihe, mich nicht zu entschuldigen. Ich könnte sagen, daß ich von unserem gemeinsamen Freund Lord Kerai-Indrahar hereingelegt wurde. Aber Tatsache ist, daß ich eine willkommene Gelegenheit nutzte, gegen deinen Arbeitgeber vorzugehen. Du hast ja meine Gründe gehört.«

Als Cassie nicht antwortete, sagte er: »Ich glaube, du wirst mir jetzt sagen wollen, wie sehr ich mit Chandrasekhar Kurita schiefliege.«

Sie schüttelte den Kopf. »Ich kam nur her, um dir zu sagen, daß es mir leid tut, dir weh getan zu haben«, sagte sie. »Wir sehen Onkel Chandy allerdings unterschiedlich. Das räume ich ein.«

»Du bist eine eiskalte kleine Schlampe, nicht?«

Da sah sie schroff auf, aber ihre Augen hatten ihr normales Grau. »Wenn du mein Freund wärst«, fragte sie ruhig, »würdest du mich dann genauso sehen?«

Er rieb sich die Wange. »Nein«, sagte er nachdenklich. »Nein, das glaube ich nicht. Ich glaube, ich würde die Welt eher als insgesamt ungefährlicheren Ort betrachten, wenn du auf meiner Seite wärst.«

Sie waren auf dem Pfad aus zertretenen Muscheln, der an den Stallungen vorbei zum großen Haus hinaufführte. »Ich muß gehen«, sagte sie.

»Warte.«

Sie blieb stehen, drehte sich um.

»Sehen Sie so wirklich aus, Ms. Suthorn?«

Sie breitete die Arme aus und grinste. »Wirklicher wird's nicht.«

»Ich finde, so siehst du reizender aus als zuvor.«

Sie verzog leicht das Gesicht und fragte sich reflexartig, was er von ihr wollte. Dann erinnerte sie sich an lange Gespräche mit Lady K während der düsteren Zeit nach der Schlacht.

»Danke«, sagte sie.

Er streckte die Hand aus. Sie bewegte sich nicht.

»Komm«, sagte er, »gib mir die Hand. Meine Berührung hat dich doch früher auch nicht vergiftet, oder?«

»Nein«, sagte sie und nahm seine Hand.

»Ich bin wahrscheinlich wirklich ein so großer Narr, wie Ninyu Kerai und der verstorbene Marquis Hosoya glaubten«, sagte er, »aber was ich vorhin sagte, entspricht voll und ganz der Wahrheit. Ich würde mich sicherer fühlen, wenn ich dich meine Freundin nennen könnte. Und ich muß gestehen, mir geht es dabei nicht nur um Sicherheit. Du bist bei weitem die bemerkenswerteste Frau, die ich je das Privileg hatte zu treffen. Du besitzt – trotz deiner tödlichen und trügerischen Art – einen beträchtlichen Charme. Ich glaube, es würde mir gefallen, dich besser kennenzulernen.«

Cassie beugte sich weit genug zu ihm, daß sie seine Hand an die Lippen führen und den Handrücken ganz leicht mit den Lippen streifen konnte. Dann ließ sie sie los.

»Vielleicht«, sagte sie und ging.

Am Ende des Pfades wandte sie sich noch einmal um. »Die Leute, die dich für einen Narren halten, denken dasselbe von Onkel Chandy«, sagte sie langsam. »Aber in Wirklichkeit sind sie die Narren. Denk darüber nach, Percy Fillington.«

Und dann war sie weg.

Tai-sa Eleanor Shimazu lehnte sich in dem lederbezogenen Stuhl zurück und legte die Stiefel auf den breiten Schreibtisch vor ihr neben einen Isolierkanister von einem halben Meter Höhe und nur wenig geringerem Durchmesser. *Daran könnte ich mich gewöhnen*, befand sie und war plötzlich froh, daß das Penthousebüro während der Schlacht keinen größeren Schaden genommen hatte.

Sie war schließlich eine Heldin, ebenso wie ihre überlebenden Geister Helden waren. Und die Caballeros. Die Medien waren immer noch voll davon, wie Saboteure einer unbekannten Macht – sprich: des Vereinigten Commonwealths – versucht hatten, den geliebten Vetter des Koordinators in gestohlenen BattleMechs zu ermorden. Nur eine heldenhafte gemeinsame Aktion des ruhmreichen Neunten Geisterregiments des Kombinats und des fremden, aber fast ebenso ruhmreichen Siebzehnten Kundschafterregiments hatte den Tag gerettet.

Es war eine bemerkenswert dünne Geschichte. Eine kritische Presse und Öffentlichkeit hätten sie mit Freude zerfetzt. Aber das Draconis-Kombinat besaß keine kritische Presse und Öffentlichkeit. Die Medien schworen, die Geschichte sei wahr; die Öffentlichkeit glaubte es gehorsam.

Die Macht der Presse war etwas, das sie sich im Lichte ihres neuen Verantwortungsbereichs vielleicht einmal näher anschauen sollte.

Leider war entdeckt worden, daß Kazuo Sumiyama Teil des schurkischen Plans gegen Onkel Chandy gewesen war. Da er nicht so zuvorkommend war, in ein Flugzeug zu steigen und in den Vorhügeln der Trimurtis zu zerschellen, wurde es zur traurigen Pflicht der Neunten Geister, ihn für seine Verbrechen zur Rechenschaft zu ziehen.

Lainie hatte traurige Soldaten noch nie so breit grinsen sehen wie ihre Geister, als sie sie gegen Sumiyamas Wolkenkratzer führte. Sie schienen nicht einmal die Erschöpfung der schrecklichen Schlacht am Tag vorher zu spüren.

Das Telefon klingelte, und das Bild Miss Rajits, der früheren Empfangsdame Sumiyamas, erschien über der Tischplatte des Schreibtischs.

»Die Oyabuns von Kuranosuke und Hawthorne haben gerade angerufen, Tai-sa«, sagte sie. »Sie wollen wissen, wann sie kommen können, um ihre Aufwartung zu machen.«

Das war zu erwarten gewesen. Die meisten anderen Yakuza-Bosse des Planeten hatten sich schon gemeldet. Der Oyabun Masamoris war der Oyabun Hachimans. Das war eine von Sumiyamas Errungenschaften, die sie beizubehalten beabsichtigte.

»Sie können wie alle anderen zu dem Treffen am Donnerstag kommen.«

Miss Rajit leckte sich die Lippen. »Entschuldigung, Tai-sa, aber sie fragen sich auch, wem sie ihre Aufwartung machen sollen. Sie sind es nicht … gewohnt, sich vor einer Frau zu verbeugen.«

Lainie grinste. »Sagen Sie ihnen, daß es kopflos von ihnen wäre, am Donnerstag zu kommen, wenn sie irgendwelche Probleme mit der Vorstellung haben, sich mir zu unterwerfen«, sagte sie.

Miss Rajit verzog in diskretem Unverständnis das Gesicht. »Bitte, Tai-sa?«

»Sagen Sie ihnen einfach genau das, was ich Ihnen gesagt habe. Sie werden es schon begreifen.«

Das Bild der Empfangsdame verschwand. Lainie

kratzte sich die Rippen, wo das Klebeband sie juckte, das ihre Verbände hielt. Im Eifer des Gefechts hatte sie gar nicht bemerkt, wie sie ein Splitter der Ferrofaserplatten traf.

Sie hatte sich ein wenig über die Empfangsdame des früheren Oyabun umgehört, Teil ihrer allgemeinen Bestandsaufnahme. Sie war eher überrascht gewesen zu entdecken, daß Miss Rajit mehr war als nur Zierat. Sie war scharfsinnig, hart und schnell. Lainie plante, ihr so bald wie möglich eine Rolle zu übertragen, in der die Sumiyama-kai – an diesem Namen mußte sie etwas ändern! – ihre Fähigkeiten voll nutzen konnte. Das würde es Lainie auch erlauben, einen blonden Muskelprotz mit wunderbarem Hintern und kleinem Hirn einzustellen, der für sie ans Telefon ging.

Sie hielt die linke Hand hoch. Die rosafarbene Linie um den Ansatz ihres kleinen Fingers, wo Neurochirurgen diesen wieder angenäht hatten, juckte genauso höllisch wie das Klebeband auf ihren Rippen. Aber das war ein geringer Preis dafür, daß sie wieder ganz war.

Und nicht nur körperlich.

Es war zu schade, dachte sie zynisch, daß es Kazuo Sumiyama schwerer fallen würde, seine fehlenden Körperteile wieder zusammenzusetzen. Seinen Kopf zum Beispiel, der derzeit in Trockeneis in dem Isolierbehälter neben ihrem Fuß ruhte.

Sie lachte. Als sie Miss Rajit gesagt hatte, die geringeren *Oyabuns* würden sich *kopflos* verhalten, wenn sie Probleme mit ihrer Amtsübernahme äußerten … hatte sie das wörtlich gemeint.

Cassie Suthorn stand inmitten der fleischigen Blätter und extravaganten Blüten in Onkel Chandys Gewächshaus und sagte: »Ich will die Wahrheit.«

Er nestelte weiter an seinen Orchideen herum. »Im Draconis-Kombinat verlangen Untergebene nichts von Vorgesetzten«, antwortete er.

Sie sah ihn unverwandt an. Nach einer Weile begann er zu lachen. »Sie sollten anfangen, sich mit Zen zu beschäftigen, Kind. Sie haben Talent dazu.«

Er legte seine Schaufel weg und wischte sich die fetten Finger an der Schürze ab. »Dann kommen Sie. Sie haben mir gute Dienste geleistet. Genug, um sich die größte Belohnung zu verdienen: die Wahrheit.«

Ihre Kleidung war fremdartig, doch etwas an den Gestalten, die auf der Holobühne in Onkel Chandys innerem Heiligtum zu sitzen schienen, ließ Cassies Nackenhaare zu Berge stehen.

»Clanner«, sagte sie.

»O ja. Jadefalken.«

»Ich erkenne ihre Kastenabzeichen nicht.«

»Es sind Händler. Ich sehe, Sie sind überrascht. Kaum einer in der Inneren Sphäre hat je jemanden aus der Händlerkaste des Clans gesehen. Kerenskys Kinder sind schließlich nicht zurückgekommen, um Handel zu treiben.«

Sie sah die Gestalten wieder an. Sie waren ganz so, wie der namenlose Raumfahrer sie beschrieben hatte.

»Wo sind sie?« fragte sie mit ausdrucksloser Stimme.

»Oben, in einer hübschen Eckwohnung im obersten Stock. Ein angemessener Ort, um Falken aufzubewahren, meinst du nicht, im Penthouse? Sie hatten einen ziemlich guten Blick auf deine glorreiche Schlacht mit den Geistern. Sie weigerten sich, in die Bunker hinunterzugehen; sie sind fast so kriegerisch wie die Krieger.«

Cassie sah ihn an. »Sie also sind der...« Sie verstummte, unfähig, das Wort auszusprechen.

»Verräter?« half Onkel Chandy aus.

Sie erschauerte. Es war nicht Selbsterhaltung, die sie davon abhielt, das Wort wirklich zu sagen. Es ging viel tiefer als das.

Er schüttelte den Kopf. »Bin ich nicht«, sagte er. »Ein

Verräter, meine ich. Aber ich konnte den alten Subhash und seinen angeketteten Leoparden von einem Erben einfach nicht davon überzeugen, wie du dir sicher vorstellen kannst. Deshalb wurde es notwendig, den ahnungslosen Marquis Hosoya anzuschwärzen. Der es, wenn ich das hinzufügen darf, mehr als verdient hatte.«

Sie drehte sich abrupt um, preßte die Augen zusammen, ging blind ein paar Schritte vorwärts, ohne sich darum zu kümmern, ob sie gegen eine Wand lief.

»Cassie.« Die Stimme des gewaltigen Mannes war ruhig und nüchterner, als sie sie je gehört hatte. Selbst als der Komplex vor der Belagerung stand, hatte sie ihren Unterton belustigten Geplauders beibehalten.

»Sag mir nicht, du hättest es nicht gewußt, Kind.«

Mit funkelnden Augen fuhr sie herum. Er lachte, hob die Hand. »Erspar mir den gerechten Zorn. Du wußtest, was vorging, als du von deinem ersten Abstecher nach Sturmhafen zurückkamst.«

»Wie, zum Teufel, können Sie so etwas sagen?«

»Ganz einfach. Du hast mich gebeten, ›Percy da rauszuhalten‹. Oder eine entsprechende Formulierung.«

Sie hielt die Arme steif an den Seiten und sagte gar nichts dazu.

»Das war eine äußerst merkwürdige Formulierung«, fuhr Onkel Chandy fort, »wenn du wirklich geglaubt hast, du hättest eine Wanze untergebracht, um echte Beweise dafür zu sammeln, daß Marquis Hosoya ein Verbrechen beging. Wenn du jedoch den Verdacht hattest, daß dein kleines Gerät in Wirklichkeit Bilder des Marquis und seiner Umgebung sammelte, in die entsprechend geschulte Computertechniker Bilder unseres Sumiyama und unserer Clanbesucher einspeisen konnten, wird deine Bitte völlig verständlich.«

Cassie setzte sich zwischen die Plüschkissen. »Und als deine Wanze so schnelle Ergebnisse lieferte«, sagte er, »muß das doch gewiß alle Zweifel beseitigt haben, die du daran hattest, daß die ganze Sache getürkt war.«

Er polterte zur Holobühne hinüber, lächelte voller Zuneigung zu den Clannern hinab, als seien es liebe Puppen. »Es sind übrigens wirklich ausgezeichnete Techniker. Lyranische Nationalisten, die es für klug befanden, sich im Kielwasser der kleinen Auseinandersetzung zwischen dem Archonprinzen und seiner Schwester anderswo niederzulassen.«

Sie sah streng zu ihm auf. »Mach dir keine Sorgen, Tochter; sie sind nicht tot. Sie sind auf dem Weg in die Peripherie, und zwar mit genug Geld, um zu leben wie die Könige oder zumindest wie kleine Herzögchen. Ich töte, Kind, aber wie du versuche ich es nur in gerechtfertigten Fällen zu tun.«

Ihre Nasenflügel bebten. Sie sagte einen Augenblick lang nichts. Als sie sich ausreichend in der Gewalt hatte, um zu sprechen, sagte sie: »Warum glauben Sie, Ninyu werde Sie so davonkommen lassen?«

Er lachte sein übliches brüllendes Gelächter kosmischer Buddha-Heiterkeit. »Liebstes Kind, er hat mich schon so davonkommen lassen! Er und sein Adoptivvater sind jetzt unsere wertvollsten Komplizen.«

Sie starrte ihn an.

»Ich bin nicht wahnsinnig, Kind«, sagte er, »oder zumindest halluziniere ich im Moment nicht. Erinnere dich, worüber wir zuvor sprachen: der kümmerliche Zustand des Gerichtswesens im Draconis-Kombinat. Selbst der Lächelnde hätte echte Probleme damit zu beweisen, daß die Beweise falsch sind, die wir zusammengebastelt haben, um Hosoya ans Messer zu liefern.

Aber bedenke: Jetzt, wo der alte Subhash sie akzeptiert hat, hat er kein Interesse mehr daran, sie zu widerlegen. Er hat einen möglichen Skandal vermieden – daß ein Kurita Umgang mit dem größten Feind haben könnte, den das Kombinat je hatte –, der durchaus das gesamte komplizierte Bauwerk unseres Reiches hätte in sich zusammenstürzen lassen können. Und die ISA hat offiziell ihre Schurken an meiner Statt benannt: Hosoya und Sumiyama. Er wollte auch Percy, aber das habe ich ihm ausgeredet – ebenso, wie ich meine Techniker anwies, unseren guten Grafen aus unserem selbstgebastelten Bildmaterial herauszuhalten.«

Onkel Chandy spreizte die Finger. »Wir haben eine … dankbare Öffentlichkeit, wie die offiziellen Erklärungen der jüngsten kleineren Störungen zeigen. Aber es gibt eine Grenze dessen, was selbst Subhash' Medienmagier Katsuyama das Volk des Kombinats glauben machen kann. Niemand weiß das besser als der Lächelnde. Sollte die offizielle Erklärung in Frage gestellt werden, würde nicht nur das Haus Kurita, sondern auch die ISA mit in Frage gestellt. Und Subhash Indrahar glaubt, ob zu Recht oder zu Unrecht, der Atem des Drachen sei der Leim, der das Kombinat zusammenhält.«

Die Erklärung ergab Sinn – auf verdrehte Weise, aber auf eine, die Cassie erfassen konnte. Doch es blieb die größte aller Fragen.

»Warum?«

»Dein Japanisch ist perfekt. Was bedeutet ›Hachiman Taro‹?«

Sie zwinkerte ihn an.

»Gib der Narretei eines alten Mannes nach«, sagte er. »Antworte mir.«

»Der erstgeborene Sohn des Kriegsgottes«, übersetzte sie mit dumpfer Stimme.

»Ein Name, der oft mit dem alten japanischen Helden Yoshitsune in Verbindung gebracht wird, der freundlich genug war, dem größten unserer Monde seinen Namen zu leihen. Ein Name, den selbst unsere hartgesottenen Traditionalisten wie unser verstorbener Marquis Hosoya für einen auf Hachiman befindlichen Konzern angemessen finden mußten. Obschon sie seine wahre Bedeutung nie errieten.«

Er sah auf die Clanner hinab. Die Frau las, der Mann machte irgendwelche Dehnungsübungen. »Das Risiko, das sie mit ihrem Hiersein eingehen, ist ebensogroß wie meines, wenn ich sie beherberge«, sagte er sanft. »Die Jadefalken sind der konservativste Clan. Am meisten fürchten sie solche Kontakte. Und am allermeisten fürchten sie die Fracht, die ich mit diesen edlen Exemplaren zurücksenden werde.«

»Was denn?«

»Holografie-Projektoren«, sagte er und wandte sich von dem Schauspiel ab. »Videospiele. Waschmaschinen. Toaster. Holofone. Holofonbeantworter. Haushaltselektronik. Geräte zur Arbeitsersparnis. Spielzeug.«

»Sie haben Angst vor Spielzeug?« fragte sie. Sie begann sich zu fragen, was für einen Streich ihr Arbeitgeber ihr spielte. Sie weigerte sich zu glauben, daß er so verrückt war, wie er klang.

»Absolut. Und weißt du was? Mit Recht.«

Er deutete wieder auf die Clanner. »Meine edlen Händlerfreunde werden zurückfliegen mit einem Laderaum, der vollgestopft ist mit all dem dekadenten Komfort und den Bequemlichkeiten, vor denen der verrückte, böse General Kerensky sie schützen wollte. Sie sind nicht die ersten. Dank deiner Anstrengungen und derer deiner Freunde werden sie auch nicht die letzten sein.«

Er lächelte wie ein glücklicher Mond. »Wir werden nicht stark genug sein, sie zu schlagen, wenn der Waffenstillstand ausläuft. Aber wenn ich ihnen genug Waren schicken kann, haben sie sich dann vielleicht schon selbst geschlagen. Der Erstgeborene des Kriegsgottes hat einen Weg gefunden, mit anderen Mitteln das zu erreichen, was mit kriegerischen Mitteln unerreichbar ist, verstehst du.«

»Aber wenn das wahr ist«, sagte sie, »warum arbeiten sie dann mit Ihnen zusammen?«

»Weil sie keine Ahnung haben, was ich eigentlich tue. Sie verstehen die Macht der Fülle nicht. Wer kann ihnen das verdenken? Unsere eigenen Herrscher haben sie jahrhundertelang ignoriert, trotz der Tatsache, daß sie die Steiners nie zermalmen konnten, die es zu meinen Lebzeiten nur fertiggebracht haben, eine Armee auszuheben, die den Chor in einer komischen Oper spielen könnte. Das lyranische Volk hat immer gekämpft wie ein Dachs, um nicht unter den gütigen Schutz des Drachen zu geraten. Und warum auch nicht? Es hatte Bequemlichkeit und Fülle. Wir hatten ihm nur Mühsal zu bieten.«

»Aber was ist mit den damit verbundenen Risiken?« fragte Cassie. »Sie sagten selbst, sie seien in Gefahr.«

»O ja. Die Krieger, die in ihrem Clan das Sagen haben, würden sie und jeden, der auch nur entfernt mit ihnen verwandt ist, töten, wenn sie davon Wind bekämen.«

»Das riskieren sie?«

»O ja, weil sie die enormen Verdienstmöglichkeiten in der Fracht sehen, die ich ihnen verkaufe. Und Clanhändler sind ganz genauso besessen von ihren Zielen wie ihre MechKrieger und Elementare.«

Sie saß da und betrachtete ihre Hände, die in der Auseinandersetzung mit Ninyus Kohorten ganz schön gelitten hatten. Vielleicht sollte sie sie besser eincremen, ehe sie sich in Klauen verwandelten.

»Sie verdächtigten mich, gegen Theodore zu konspirieren«, sagte der riesige Mann wie zu sich selbst. »Aber ich bin sein treuester Diener.«

Sie hörte nicht zu. Zumindest nicht ihm. Cassie hörte sich selbst zu.

Nun, er hat dich benutzt, und er hat das Regiment benutzt, und er hat dich voll aufs Kreuz gelegt, sagte eine Stimme in ihrem Kopf. Es war nicht die haßerfüllte Stimme, die sie ihr ganzes Leben lang verfolgt hatte, um ihr zu sagen, sie sei schmutzig und eklig und falsch. Sie klang kein Stück so.

Na und? Du bist bezahlt worden. Die Caballeros auch. Und was das Hereinlegen angeht – das ist die Wurzel, nicht?

Du bist wütend, weil er dich getäuscht hat.

Cassie schüttelte den Kopf und seufzte. Dann lachte sie.

Chandys großer Kopf war auf seine Knie gefallen, er selbst in Träumerei versunken. Als sie aufstand, blickte er hoch.

»Kind«, sagte er, »mir ist bewußt, daß ich dich getäuscht habe. Aber ich habe auch nichts getan, um dir zu schaden. Und du hast tatsächlich begonnen, mir etwas zu bedeuten, mit deiner Unverschämtheit und deinem scharfen, räuberischen Geist. Wie du weißt, bedenkt dein Kolonel derzeit ein Angebot, den Vertrag des Regiments mit mir zu verlängern. Ich würde dich, egal ob er annimmt oder nicht, gerne bitten, bei mir zu bleiben.«

Und plötzlich hatte er etwas Ungeschicktes und Verletzliches an sich, und sie erkannte, daß er ehrlich zu ihr war. Nicht zum ersten Mal – das mußte sie ihm zugestehen.

»Ich werd's mir überlegen«, sagte sie und ging.

»Das war's? Du hast dem möglicherweise mächtigsten Mann der Inneren Sphäre gesagt, du würdest es dir überlegen?« Kali MacDougalls Stimme bebte vor Bewunderung, als sie durch den Komplex gingen. Der Wind, der vom Yamato her blies, war scharf wie ein DEST-Schwert.

»Ja.«

Lady K lachte und umarmte sie. »Gut für dich.«

Sie hatte nicht nach den Einzelheiten von Cassies Treffen mit dem großen Mann gefragt, und ihre Freundin hatte sie nicht freiwillig preisgegeben. Sie waren eine Bürde, die Cassie zunächst allein tragen würde.

»Und was jetzt?« fragte Kali.

Cassie sah sie von der Seite an, fast scheu. »Glaubst du, du würdest vielleicht ein paar Tage wegwollen, nur zelten gehen oder so, bevor wirklich Schnee fällt? Nur weggehen und reden?«

»Ist der Bär katholisch? Zünden sie daheim im Dreibund Kerzen an und beten zur armen toten Terry de Avila Chávez? Sierra Foxtrot, Cassie, ich dachte schon, wenn ich mit all den Geistern hier eingesperrt bleiben müßte, würde mir bestimmt die Jungfrau erscheinen. Und ich bin nicht katholisch und außerdem nicht geneigt, dem früheren Reverend Tommy Joe Poteet irgendwie zu ähneln.«

Cassie biß sich auf die Unterlippe. »Was ist mit, äh, Archie?« fragte sie und staunte über ihr eigenes Zögern. »Wird er nichts dagegen haben, wenn wir uns ein paar Tage absetzen?«

»He«, sagte Kali, »Archie macht viel Spaß, da gibt es gar keinen Zweifel. Und wenn es mehr als das ist, wird er nichts dagegen haben, wenn ich mir etwas Zeit für mich nehme. Und wenn...« Sie zuckte die Achseln. »Dann vergiß ihn.«

Sie legte den Arm um die kleinere Frau und umarmte sie erneut. »Spaß ist Spaß, Cassie«, sagte sie, »aber Freunde sind das, was bleibt.«

Cassie nickte. »Ja«, sagte sie. »Nur Freunde bleiben.«

ANHANG

Glossar

BattleMech-Typen

GLOSSAR

Autokanone: Eine automatische Schnellfeuerkanone. Leichte Fahrzeugkanonen haben Kaliber zwischen 30 und 90 mm, während eine schwere Mechautokanone ein Kaliber von 80 bis 120 mm oder mehr besitzen kann. Die Waffe feuert in schneller Folge panzerbrechende Hochexplosivgranaten ab.

Bataillon: Ein Bataillon ist eine militärische Organisationseinheit der Inneren Sphäre, die in der Regel aus drei Kompanien besteht.

BattleMech: BattleMechs sind die gewaltigsten Kriegsmaschinen, die je von Menschen erbaut wurden. Diese riesigen humanoiden Panzerfahrzeuge wurden ursprünglich vor über 500 Jahren von terranischen Wissenschaftlern und Technikern entwickelt. Sie sind schneller und manövrierfähiger in jedem Gelände, besser gepanzert und schwerer bewaffnet als jeder Panzer des 20. Jahrhunderts. Sie ragen zehn bis zwölf Meter hoch auf und sind bestückt mit Partikelprojektorkanonen, Lasergeschützen, Schnellfeuer-Autokanonen und Raketenlafetten. Ihre Feuerkraft reicht aus, jeden Gegner mit Ausnahme eines anderen BattleMechs niederzumachen. Ein kleiner Fusionsreaktor liefert ihnen nahezu unbegrenzt Energie. BattleMechs können auf Umweltbedingungen so verschieden wie glühende Wüstenei und arktische Eiswüsten eingestellt werden.

Bluterbe: Die Geschichte der Blutnamensträger eines bestimmten Blutrechts wird Bluterbe genannt.

Blutname: Als Blutname wird einer der ursprünglich achthundert Familiennamen jener Krieger bezeichnet, die während des Exodus-Bürgerkrieges auf seiten von Nicholas Kerensky standen. (Derzeit existieren nur noch 760 dieser Namen. Vierzig Namen wurden nach dem Hochverrat eines der ursprünglich zwanzig Clans getilgt.) Diese achthundert waren die Basis des ausgedehnten Zuchtprogramms der Clans. Das Recht, einen dieser Nachnamen zu tragen, ist seit Einführung dieses Systems der Wunschtraum jedes Kriegers. Nur jeweils fünfundzwanzig Krieger dürfen gleichzeitig einen bestimmten Blutnamen tragen. Stirbt einer von ihnen, wird ein Wettbewerb abgehalten, um einen neuen Träger zu bestimmen. Ein Anwärter muß zunächst anhand seiner Abstammung sein Anrecht auf den Blutnamen nachweisen und anschließend eine Abfolge von Duellen gegen seine Mitbewerber gewinnen. Nur Blutnamensträger haben das Recht, an einem Clankonklave teilzunehmen und zum Khan oder ilKhan gewählt zu werden. Die meisten Blutnamen wurden im Laufe der Zeit einer oder zwei Kriegerklassen vorbehalten. Es gibt jedoch einzelne, besonders angesehene Blutnamen, wie zum Beispiel Kerensky, die dadurch ihren genetischen Wert bewiesen haben, daß sie von herausragenden Kriegern aller drei Klassen (MechKrieger, Jägerpiloten und Elementare) getragen wurden.

Blutnamen werden matrilinear vererbt. Da ein Krieger nur über seine Mutter erben kann, besteht nie ein Anrecht auf mehr als einen Blutnamen.

Blutrecht: Ein spezieller Blutname und die Reihe seiner Träger werden als Blutrecht bezeichnet. Jeder Blutname besitzt fünfundzwanzig Blutrechte. Ein Blutrecht ist kein Stammbaum nach unseren Begriffen, da die Krieger, die ein Blutrecht tragen, möglicherweise nur durch die gemeinsame Abstammung von einem einzelnen Vorfahren verwandt sind. Wie bei Blutnamen sind auch manche Blutrechte angesehener als andere, was hauptsächlich vom Bluterbe abhängt.

Im übertragenen Sinne wird der Begriff Blutrecht auch für den Kampf um einen Blutnamen gebraucht.

Clans: Beim Zerfall des Sternenbundes führte General Aleksandr Kerensky, der Oberkommandierende der Regulären Armee des Sternenbundes, seine Truppen beim sogenannten Exodus aus der Inneren Sphäre in die Tiefen des Alls. Nachdem sie sich weit jenseits der Peripherie niedergelassen hatte, zerfiel auch die Sternenbundarmee. Aus der Asche der Zivilisation, die Kerensky hatte aufbauen wollen, entstanden die Clans.

ComStar: Das interstellare Kommunikationsnetz ComStar wurde von Jerome Blake entwickelt, der in den letzten Jahren des Sternenbunds das Amt des Kommunikationsministers innehatte. Nach dem Zusammenbruch des Bundes eroberte Blake Terra und organisierte die Überreste des Sternenbund-Kommunikationsnetzes in eine Privatorganisation um, die ihre Dienste mit Profit an die fünf Häuser weiterverkaufte. Seitdem hat sich ComStar zu einem mächtigen Geheimbund entwickelt, der sich jahrhundertelang in Mystizismus und Rituale gehüllt hat, bis es nach der Entscheidungsschlacht gegen die Clans auf Tukayyid unter Prima Sharilar Mori und Präzentor Martialum Anastasius Focht zur Reformation des Ordens und Abspaltung der erzkonservativen Organisation Blakes Wort kam.

Elementare: Die mit Kampfanzügen ausgerüstete Eliteinfanterie der Clans. Diese Männer und Frauen sind wahre Riesen, die speziell für den Einsatz der von den Clans entwickelten Rüstungen gezüchtet werden.

Die Erinnerung: *Die Erinnerung* ist ein noch nicht abgeschlossenes Heldenepos, das die Geschichte der Clans von der Zeit des Exodus bis zur Gegenwart beschreibt. *Die Erinnerung* wird ständig erweitert, um neuere Ereignisse einzubeziehen. Jeder Clan verfügt über eine eigene Version dieses Epos, in der seine speziellen Meinungen und Erfahrungen verarbeitet sind. Alle Clankrieger können ganze Verse dieses riesigen Gedichtes aus dem Gedächtnis zitieren, und es ist durchaus nicht ungewöhnlich, Passagen auf OmniMechs, Luft/Raumjägern und sogar Rüstungen zu finden.

frapos/franeg: Diese Clanredewendungen werden am Ende rhetorischer Fragen benutzt. Wird eine bejahende Antwort erwartet, benutzt man *frapos* (Frage positiv). Erwartet man eine verneinende Antwort, benutzt man *franeg* (Frage negativ). Die entsprechenden Antworten sind *pos* bzw. *neg*.

Freigeboren: Ein Mensch, der auf natürlichem Wege gezeugt und geboren wurde, ist freigeboren. Da die Clans so großen Wert auf ihr Zuchtprogramm legen, gelten Freigeborene von vornherein als minderwertig.

Freigeburt: Diese Verwünschung wird von wahrgeborenen Mitgliedern der Kriegerkaste benutzt und ist eine tödliche Beleidigung für einen anderen wahrgeborenen Krieger. Sie drückt im allgemeinen Widerwillen oder Frustration aus.

Geschko: Eine Gruppe von Kindern (Geschwisterkompanie) des Zuchtprogramms der Kriegerkaste, die wahrscheinlich von denselben Eltern abstammen und gemeinsam aufgezogen werden. Während sie älter werden, werden sie ständig getestet. Bei jedem Test scheiden Mitglieder der Geschko aus und werden in niedrigere Kasten abgeschoben. Eine Geschko besteht zunächst aus etwa zwanzig Kindern, von denen beim abschließenden Test noch etwa vier oder fünf übrig sind. Diese Tests und andere Erlebnisse binden die überlebenden ›Geschkinder‹ so eng aneinander, daß sie häufig lebenslanges Vertrauen und Verständnis füreinander zeigen.

Innere Sphäre: Mit dem Begriff ›Innere Sphäre‹ wurden ursprünglich die Sternenreiche bezeichnet, die sich im 26. Jahrhundert zum Sternenbund zusammenschlossen. Derzeit bezeichnet er den von Menschen besiedelten Weltraum innerhalb der Peripherie.

Kompanie: Eine Kompanie ist eine militärische Organisationseinheit der Inneren Sphäre, die aus drei BattleMech-Lanzen oder bei Infanteriekompanien aus drei Zügen mit insgesamt 50 bis 100 Mann besteht.

KSR: Abkürzung für ›Kurzstreckenrakete‹. Es handelt sich um ungelenkte Raketen mit hochexplosiven oder panzerbrechenden Sprengköpfen.

Landungsschiffe: Da Sprungschiffe die inneren Bereiche eines Sonnensystems generell meiden müssen und sich dadurch in erheblicher Entfernung von den bewohnten Planeten einer Sonne aufhalten, werden für interplanetare Flüge Landungsschiffe eingesetzt. Diese werden während des Sprungs an die Antriebsspindel des Sprungschiffes angekoppelt. Landungsschiffe besitzen selbst keinen Überlichtantrieb, sind jedoch sehr beweglich, gut bewaffnet und aerodynamisch genug, um auf Planeten mit einer Atmosphäre aufzusetzen bzw. von dort aus zu starten. Die Reise vom Sprungpunkt zu den bewohnten Planeten eines Systems erfordert je nach Spektralklasse der Sonne eine Reise von mehreren Tagen oder Wochen.

Lanze: Eine Lanze ist eine militärische Organisationseinheit der Inneren Sphäre, die in der Regel aus vier BattleMechs besteht.

Laser: Ein Akronym für ›Light Amplification through Stimulated Emission of Radiation‹ oder Lichtverstärkung durch stimulierte Strahlungsemission. Als Waffe funktioniert ein Laser, indem er extreme Hitze auf einen minimalen Bereich konzentriert. BattleMechlaser gibt es in drei Größenklassen: leicht, mittelschwer und schwer. Laser sind auch als tragbare Infanteriewaffen verfügbar, die über einen als Tornister getragenen Energiespeicher betrieben werden. Manche Entfernungsmeßgeräte und Zielerfassungssensoren bedienen sich ebenfalls schwacher Laserstrahlen.

LSR: Abkürzung für ›Langstreckenrakete‹, zum indirekten Beschuß entwickelte Raketen mit hochexplosiven Gefechtsköpfen.

Nachfolgerfürsten: Die fünf Nachfolgerstaaten werden von Familien regiert, die ihre Herkunft von einem der ursprünglichen Lordräte des Sternenbunds ableiten. Alle fünf Hausfürsten erheben Anspruch auf den Titel des Ersten Lords. Sie kämpfen seit Ausbruch der Nachfolgekriege im Jahre 2786 gegeneinander. Ihr Schlachtfeld ist die riesige Innere Sphäre, bestehend aus sämtlichen einstmals von den Mitgliedsstaaten des Sternenbunds besetzten Sonnensystemen.

Nachfolgerstaaten: Nach dem Zerfall des Sternenbunds wurden die Reiche der Mitglieder des Hohen Rats, die sämtlich Anspruch auf die Nachfolge des Ersten Lords erhoben, unter dem Namen Nachfolgerstaaten bekannt. Die Nachfolgerstaaten bestehen aus ursprünglich fünf und derzeit noch vier Herrscherhäusern: Haus Kurita (Draconis-Kombinat), Haus Liao (Konföderation Capella), Haus Steiner-Davion (Vereinigtes Commonwealth) und Haus Marik (Liga Freier Welten). Die Clan-Invasion hat die Jahrhunderte des Krieges seit 2786 – die Nachfolgekriege – einstweilen unterbrochen. Schauplatz dieser Kriege ist die riesige Innere Sphäre, bestehend aus allen einst von den Mitgliedsstaaten des Sternenbundes beherrschten Systemen. Die Nachfolgerfürsten haben ihre Streitigkeiten ausgesetzt, um der Bedrohung durch den gemeinsamen Feind, die Clans, zu begegnen.

Peripherie: Jenseits der Grenzen der Inneren Sphäre liegt die Peripherie, das weite Reich bekannter und unbekannter

Systeme, das sich bis in die interstellare Nacht erstreckt. Die einstigen terranischen Kolonien in der Peripherie wurden durch den Zerfall des Sternenbundes technologisch, wirtschaftlich und politisch verwüstet. Derzeit ist die Peripherie größtenteils Zufluchtsort für Banditenkönige, Raumpiraten und Ausgestoßene.

PPK: Abkürzung für ›Partikelprojektorkanone‹, einen magnetischen Teilchenbeschleuniger in Waffenform, der hochenergiegeladene Protonen- oder Ionenblitze verschießt, die durch Aufschlagskraft und hohe Temperatur Schaden anrichten. PPKs gehören zu den effektivsten Waffen eines BattleMechs.

Regiment: Ein Regiment ist eine militärische Organisationseinheit der Inneren Sphäre und besteht aus zwei bis vier Bataillonen von jeweils drei oder vier Kompanien.

Sprungschiffe: Interstellare Reisen erfolgen mittels sogenannter Sprungschiffe, deren Antrieb im 22. Jahrhundert entwickelt wurde. Der Name dieser Schiffe rührt von ihrer Fähigkeit her, ohne Zeitverlust in ein weit entferntes Sonnensystem zu ›springen‹. Es handelt sich um ziemlich unbewegliche Raumfahrzeuge aus einer langen, schlanken Antriebsspindel und einem enormen Solarsegel, das an einen gigantischen Sonnenschirm erinnert. Das gewaltige Segel besteht aus einem Spezialmaterial, das gewaltige Mengen elektromagnetischer Energie aus dem Sonnenwind des jeweiligen Zentralgestirns zieht und langsam an den Antriebskern abgibt, der daraus ein Kraftfeld aufbaut, durch das ein Riß im Raum-Zeit-Gefüge entsteht. Nach einem Sprung kann das Schiff erst weiterreisen, wenn es durch Aufnahme von Sonnenenergie seinen Antrieb wieder aufgeladen hat.

Sprungschiffe reisen mit Hilfe ihres Kearny-Fuchida-Antriebs in Nullzeit über riesige interstellare Entfernungen. Das K-F-Triebwerk baut ein Raum-Zeit-Feld um das Sprungschiff auf und öffnet ein Loch in den Hyperraum. Einen Sekundenbruchteil später materialisiert das Schiff am Zielsprungpunkt, der bis zu 30 Lichtjahre weit entfernt sein kann.

Sprungschiffe landen niemals auf einem Planeten und reisen nur sehr selten in die inneren Bereiche eines Systems.

Interplanetare Flüge werden von Landungsschiffen ausgeführt, Raumschiffen, die bis zum Erreichen des Zielpunktes an das Sprungschiff gekoppelt bleiben.

Sternenbund: Im Jahre 2571 wurde der Sternenbund gegründet, um die wichtigsten nach dem Aufbruch ins All von Menschen besiedelten Systeme zu vereinen. Der Sternenbund existierte annähernd 200 Jahre, bis 2751 ein Bürgerkrieg ausbrach. Als das Regierungsgremium des Sternenbunds, der Hohe Rat, sich in einem Machtkampf auflöste, bedeutete dies das Ende des Bundes. Jeder der Hausfürsten rief sich zum neuen Ersten Lord des Sternenbunds aus, und innerhalb weniger Monate war die gesamte Innere Sphäre im Kriegszustand. Dieser Konflikt hält bis zum heutigen Tage, knapp drei Jahrhunderte später, an. Die Jahrhunderte nahtlos ineinander übergehender Kriege werden in toto als die ›Nachfolgekriege‹ bezeichnet.

Wahrgeboren/Wahrgeburt: Ein wahrgeborener Krieger ist aus dem Zuchtprogramm der Clan-Kriegerkaste hervorgegangen.

Zug: Ein Zug ist eine militärische Organisationseinheit der Inneren Sphäre, die typischerweise aus etwa achtundzwanzig Mann besteht. Ein Zug kann in zwei Abteilungen aufgeteilt werden.

KATAPULT

JENNER

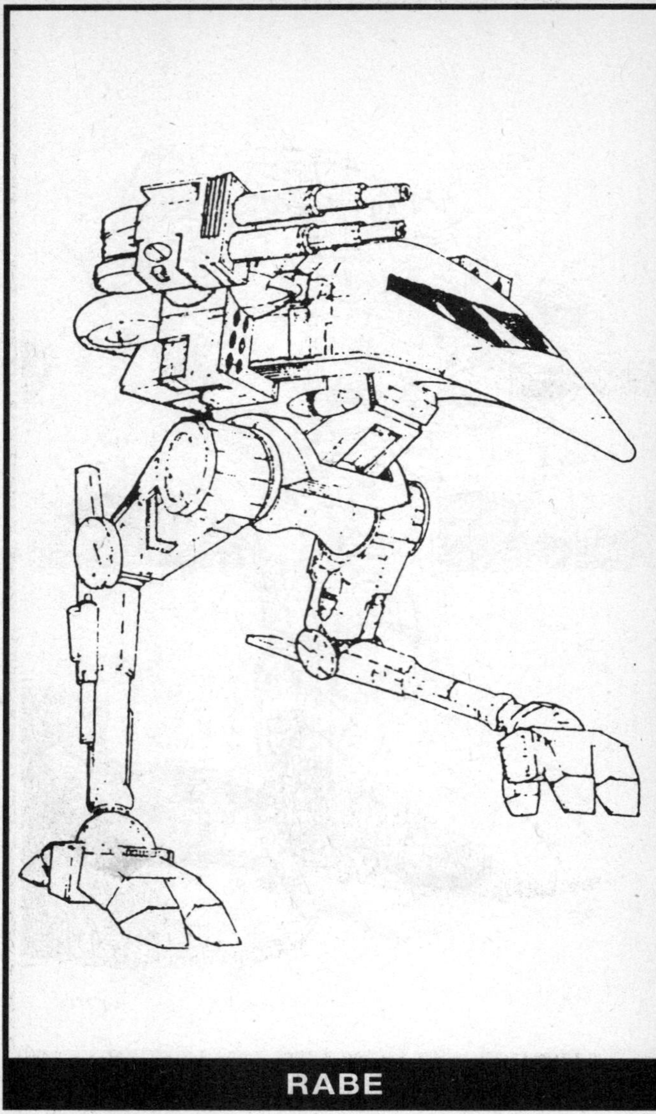

RABE

SCHÜTZE

TODESBOTE

DUNKELFALKE

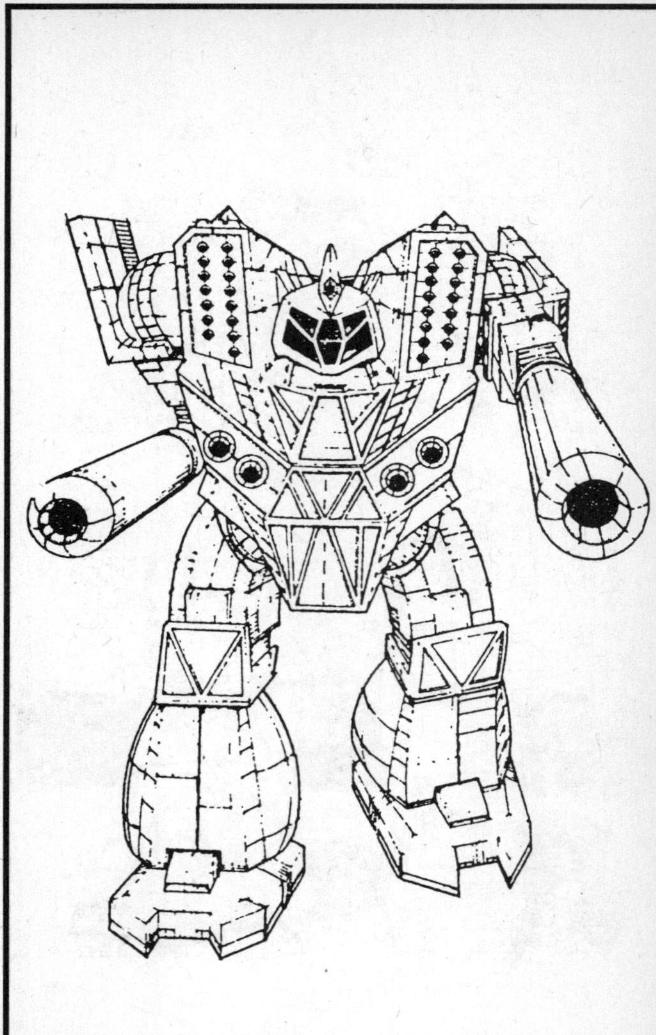

MAULER

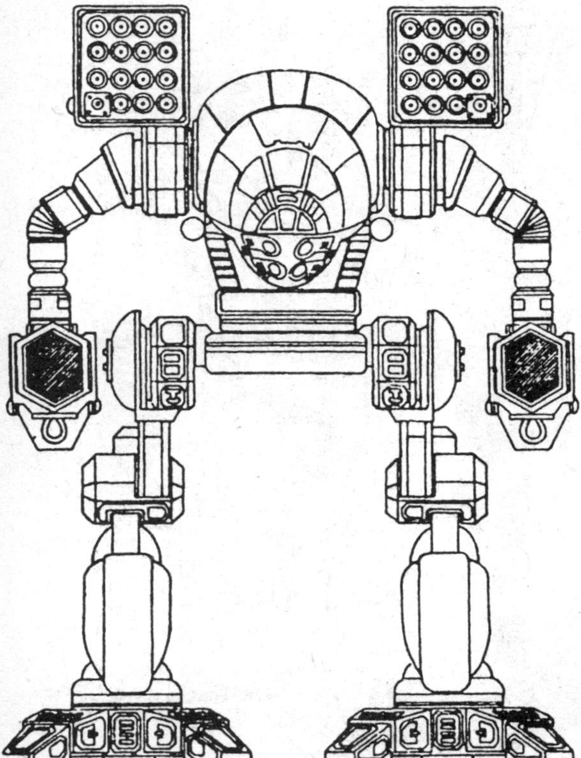

KATAMARAN

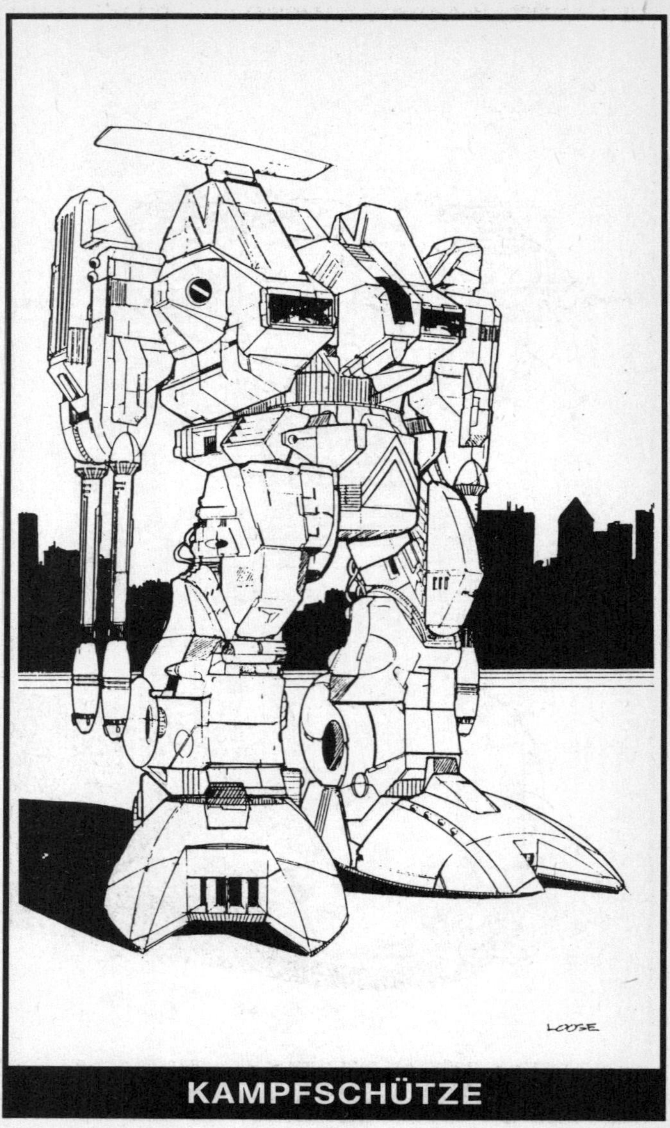

KAMPFSCHÜTZE

PIRSCHER

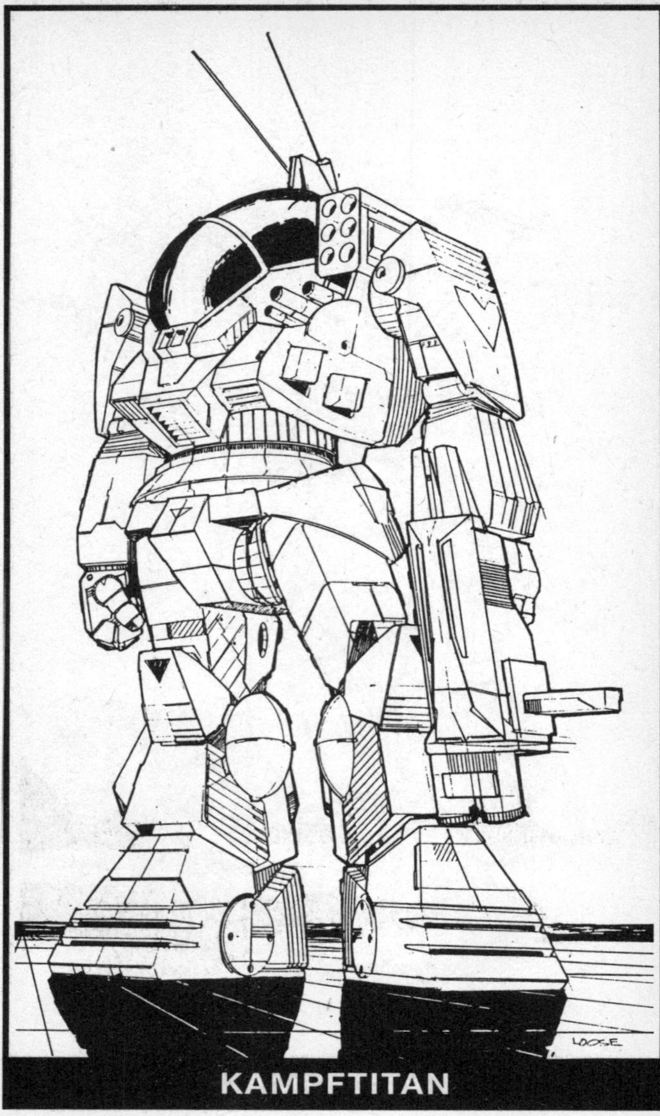

KAMPFTITAN

FEUERFALKE

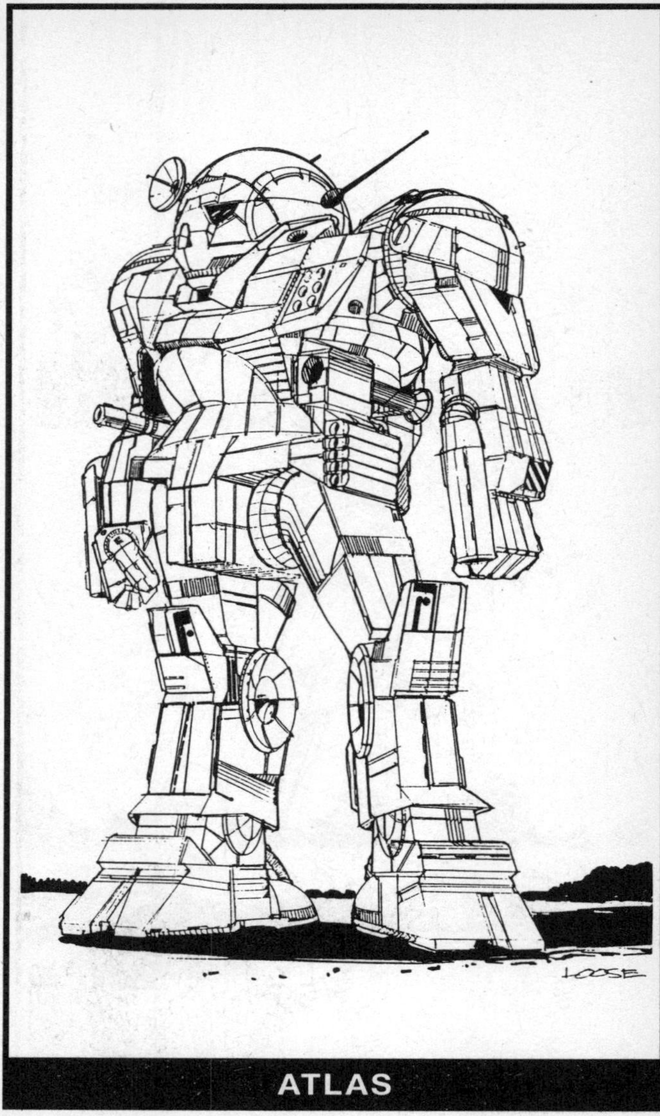

ATLAS

ORION